遥遥
YAO YAO

苏他 著

上

北京联合出版公司
Beijing United Publishing Co.,Ltd.

他突然想告诉她，开始不是真的，但现在是了。

我想告诉你，
遥遥是我们的距离，

距离阻止不了我爱你。

目 录

CONTENTS

楚星

ChuHuang

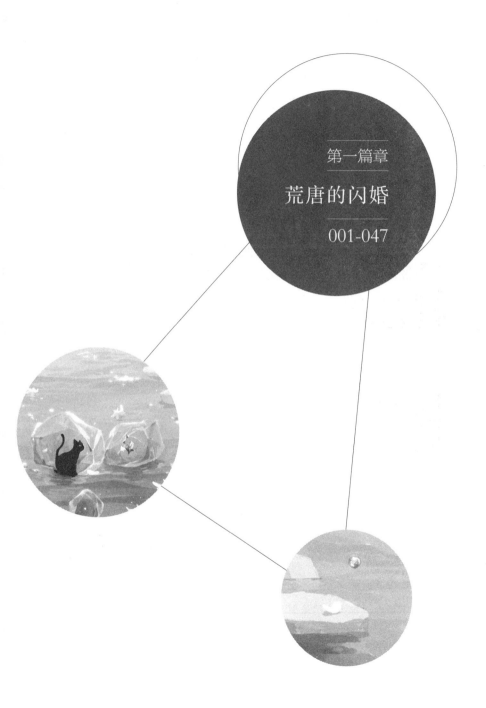

第一篇章

荒唐的闪婚

01

知乎上有一条问题帖："跟偶像谈过恋爱是种什么感觉？"

此帖评论区有一条用户回答，在几百条得到高赞的回答当中眇乎小哉。

问题是——

跟爱豆谈过恋爱是种什么感觉？

匿名用户编辑于 2020-02-11。

203 人赞同了该回答。

答主严肃点题——

我和通过某选秀节目成团出道的某一个成员暧昧了三个月，但我最后嫁给了他爹。

勿扒！

复工前夕，电视上在播某选秀节目，我闲着无聊，便没有换台，镜头突然给到了一个人，我惶急站起，恬淡的心情消失无影。

我认识他。

我认识他的时候，他还是素人①，我确实听他说过想进娱乐圈，他也确实长得还不错，但好像家里不同意。听他口吻，他家教很严。

他唱歌的声音跟他说话的声音不一样，但都有些性感，一下子把我带回去年过年那时候。

那时候我们在他租的房子里，该做的差不多都做了……

自我介绍，我是某互联网公司社畜②一枚，工作内容是跟些 KOL③接洽，遂攒了点朋友。

2019 年春节我没回老家，在上海过的。我们部门合作过一个画插画的老师，三差五错，她也一个人过，于是我俩不谋而合，采买了些年货准备搭伙过这个年。

过年后是她生日，她在她们圈儿里很有名，人缘也好，故而招来很多人参加她的生日宴，跟我暧昧三个月的男主角就是来客之一。

我称他为 Z 吧。

老师在某水湾花园租了个轰趴④别墅，我一早过去，帮老师摆了半天的酒水食物。下午四点多开始来人，老师招待朋友，我就在一楼吧台靠边的位置歇了歇。

没一会儿，老师叫我和几个男生帮她搬户外烧烤的工具。

---

① 意思是平常的人，相对于娱乐明星或者其他娱乐公众人物的概念。
② 出自日语しゃちく，是日本用于形容上班族的贬义词，指在公司很顺从地工作，被公司当作牲畜一样压榨的员工；在中国大陆网络语言环境中流行一时，多为自嘲，含调侃之意。
③ Key Opinion Leader 的缩写，中文译为关键意见领袖，是营销学上的概念。
④ 是 Home Party 的音译，其真正的含义也就是私人举办的家庭聚会。

在搬的过程中，有人摸了我屁股一下，吓了我一跳，我立刻扭头找人，入目几张脸，都没有看我，我完全不知道是谁。

老师问我怎么了，我想了想没跟她说，毕竟是人家过生日，这种事儿说出来也是给人家添恶心，但不说我又恶心。

我披着这股恶心到晚上九点，大家正吃得开心，我实在反胃，找了个借口返回室内。

Z也在室内，就在吧台。

我不认识他，也没印象，选择直接避开，他却在我走时叫住我："我是不是见过你？"

老土的打招呼方式。

如果没有被人揩油，如果心情还不错，那可能会跟他聊两句，但我心情很差，就没理会。

凌晨零点左右，晚上还有其他安排的人走完了，剩下的准备通宵。楼上有麻将桌，还有桌球台，他们很快三两成团，找到了伙伴。

我跟老师说我先回去了，老师挽留我，我实在不舒服，连说了几声"抱歉"。

老师拍拍我胳膊："那你回去慢点。"说完她又觉得不妥，拉住我，"你等一下。"

她把Z喊了过来，对他说："开车没有？送送我朋友呗？她住得太偏了。"

我忙说"不用"，老师却说："他开车来的，让他送你，这时间地铁早停了。"

Z很痛快："好。"

盛情难却，加之确实不早了，我思量一番，没再拒绝。

这一路，我与Z沉默不语，他专心开车……呃，可能也不是很专心，我不知道，我没有看他，我在车窗旁看树影倒走。

很快到家，我跟他道谢，正要下车，他说："你微信号是什么？"

他刚送我回来，我直接拒绝不太合适，但又不想给，便没说话。

答主长相一般，自认为唯一亮点就是个子高，身材还可以。

我以为他觉得我不错的原因是打扮。

我工作接触的都是注重面子的人物，我有样学样，算是会打扮的，那天人太多，估计他也没仔细看我，对我的真实外貌不太了解。

我没回答，他自顾自放了段录音，内容是他和另外一个男人的对话。

他说："可以啊。手感怎么样？"

另一个人说："也就那样儿，摸起来有点柴。"

我一听就知道，另外一个人是揩我油的那个，我以为他们是一起的，发了火，说了很多难听的话，还有威胁和警告。

他解释："我在吧台看见他那个你了，烧烤的时候我问了他，顺便录了音。"

他又说："我要跟他一伙儿的，我会来告诉你？"

他这么一说，我觉得有点道理，但也不准备跟他多聊了。我不认识他，而且被摸屁股又不是什么好事儿，被他个男人知道，还过来跟我说，我的立场总归是尴尬的。

我跟他说事情到此为止，还请他别跟别人说。

他答应了，又说要加我的微信，说要把录音发给我。

我不好再推辞，便加了他的微信。

我回到家，洗完澡，躺到床上，他正好发来一句"晚安"，我没有回，顺手点进他的朋友圈。

他有在朋友圈发照片，我这才算真正看清楚他的长相。

他很帅，五官有点像我喜欢的一个电影演员。

我接着往下翻。

没什么目的，就是睡前不知道干点什么，正好他给我发消息，我便刷刷他的朋友圈。

刷了几条，我有些困了，便退出，准备睡觉。

锁屏时看到他又给我发了消息："你在看我朋友圈吗？"

我当时很尴尬，有一种被抓包的无地自容感，耳朵到脸红了个透彻，匆忙否认："没有。"

他说："你点赞了我三个月前发的两张照片。"

我一怔，反应过来后尴尬不已。

我想是我在浏览他朋友圈时不小心手滑了，也不好辩驳，只得迅速切回他的朋友圈，找到那两张照片，匆匆取消点赞。

他又发来消息："你现在取消也没用，我已经看见了。"

我面红耳热，没有再回。

自此，乙总会跟我说"晚安"，不时发来几张他家小狗的照片。

他有时候会问我拍得怎么样，我工作不忙的时候会跟他说上两句。

我们渐渐熟悉起来，从宠物话题到生活话题，但一直保持露水朋友该有的距离，不交心，不谈心。

他没有撩过我，刚认识时，他问我的"我们是不是见过"，后来也再没有问过。

关系有所突破是在一个下雨天，他给我发了一个表情符号，是一只委屈的小猫。我那天有点忙，没顾上看手机，回家路上才看到了这条消息。

那时我已经把他当作朋友，看到消息的第一时间便有所回复，但他没有回我。

我回过消息就忘了这茬，自己在家煮了果酒，喝完洗澡，看书，学习，准备睡觉。

研究生毕业后，我就进了我目前所待的企业，从操作层到中间层只用了半年时间。在同水平、同时入职的员工里，我算混得不错的。

但只有我知道，我的职务美其名曰是管理者，其实更多是协调、沟通上下级，没半点决策权。在我们公司要想晋升成为高级管理者，本企业工龄、个人能力、应酬技巧，都是参考标准。

尤其是应酬，说白了，一个不大不小的管理者在职场当中最重要的就是情商。而我虽然还算果敢，但也未免太好说话，所以我的晋升之路要更艰难。

我不算是眼高于顶的人，但这样的生活也不是我想要的，所以就想着攒两年学费，出国再读。

出国所需的材料我从去年就开始准备，正好我在学习时，有一个跟我关系比较硬的朋友在瑞士，有他的推荐信，我的材料会被一些知名的导师看到。

为什么在这里说我当时的规划呢？

因为后来我被现实教会，计划固然重要，它可以拯救我的焦虑，但计划永远赶不上变化，我们永远不知道接下来会发生什么。

所以千万切记活在当下。

我看书看到晚上十点多，熄灭夜读灯之前看了眼窗外。这段时间一到晚上就下雨，绵绵密密，一下就是一整晚。

我掩好窗户，忽然想起被我抛到脑后的Z，我拿起手机，他竟然给我打过一个语音电话。

我回过去，有点抱歉："我没看手机，你有急事儿吗？"

电话那头雨声连续不断，我想他是在室外。

没等到他回应，我以为他在忙，开始怪自己这个电话没考虑周到，正想要挂断，他说了话："我在你家楼底下……"

我先皱眉，接着站起来，手机拿离了耳朵，朝门走去。

我下了楼，他就在门口，坐在台阶上，雨淋了一身、一脸，水珠子挂在他眼睫毛上、下巴上，眼睛、鼻子红通通的。

我也不知那些水珠子到底是雨水，还是泪水，但我就是心软了，帅气的男人总会让女人心软。

我蹲下来，给他打了伞。

我没敢离他太近，他突然拉住我的手腕，把我拉到他跟前。

他的脸倏然放大，我被吓了一跳，眼睛也不自觉地睁大。

我一时没反应过来，他已经先说了话："你的衣服淋湿了。"

他离我好近，那种二十刚出头的皮肤，还有带着雾气的眼睛、微微张开的嘴唇……我可能是单身太久了，心跳变得好快，撑着地面的手慢慢攥成了拳头。

雨一直下，我们好像越靠越近，这段时间以来的晚安都变成孵化箱里的蛋，壳子破了，粉粉的骨头连着肉冒出尖……

他打了个喷嚏，我们之间这种浓郁的暧昧氛围才消散。

我一时心软，便把他带回了家。

他倒是规矩，我给他一条新的毛巾，让他坐，他就在椅子上坐着。我烧了水给他喝，他就把毛巾放下，接过水杯，捧着暖手。我给他两片感冒药，他也直接吞下。

这些个事儿做完，我没事儿干了，他也没事儿干了，我们就这么各在一处干坐着。

我的表动静很大，整个房间就听见秒针在走。

我坐着坐着，脚心出了汗，背到身后的手也被我揪出了红印。

我不算是对爱情懵懂的，高中时就跟人家互写情书，但被我妈发现，狠狠打了我一顿。她还说，爱情只能是锦上添花的东西，不能是做人最要紧的事情。

我那时候似懂非懂，被逼着放弃了当时的"男朋友"。

后来我就沦为了学习的机器，考大学、保研，还没毕业就决定来这家公司。

我一直严格按照我妈给我规划的人生轨道行进，确实是吃亏碰壁最少的，我也说不上遗憾还是不遗憾，要说有什么比较介意的，那就是爱情方面。

我高中的爱情朝生夕死，大学喜欢学长，可是学长有女朋友，我的爱情又一次"出师未捷身先死"。

后来我就不想了，工作这一年倒是有同公司的、同行的约我吃饭。我也试着跟他们接触。但我们之间总是那种和和睦睦的氛围，好像我们在一起只是因为合适。

我已经"合适"了二十多年，突然想离经叛道一回，便都拒绝了。

我长得有点狐狸相，不像没谈过恋爱的，但我偏偏没有谈过，更别说把男人带回家里来。这是头一回，我不知该怎么办，开始心急，撑到现在，汗也冒出了不少。

我脑子乱，心也乱，他又打了一个喷嚏，我紧提着的心才稍微放下来一些。

我又给他添了点热水，没着急回我的沙发，接着当活化石，就在餐桌前问他："你开车来的吗？"

他说："不是。"

"哦。"

他说："我是不是给你添麻烦……"

"没有，就是有点晚了，我明天还要上班。"

他懂了，把杯子放下，站起来，说话磕磕绊绊的，有点不好意思："呃，实在不好意思，我也没提前跟你说一声就过来了，要不我先走？"

他说着话往外走，只是走得慢。

我打开门，他走到门口，又转过身，让我这心又提了起来。他有一米八高，我要仰头才能看到他的神情，我跟他对上眼，不自然地撇开。

他没说话，再转过去，迈出门。

我在门里。

他回身跟我道谢："谢谢你收留了我一会儿。"

我假笑一声："上回你也帮我来着，扯平了。"

我们又没话说了。

外头的冷风往屋里灌，我宽松的裤腿被风吹得前后摇摆。

他手往电梯的位置指了一下："那我就先走了。"

我点点头："嗯，好。"

他转身走了一步，又回身。

我这心算彻底放不下来了。

他看着我，那眼睛如干柴焚烧，火苗不光燎了他的眉毛，也快燎到我的了。他说："就，只能扯平吗？"

我傻傻的："啊？"

"不扯平行不行？"

我乱了，心怦怦跳，像鼓面。

他突然靠过来，把我压到墙上。他潮湿的衣服、滚烫的身体，彻底掀了我的鼓面。

门还没关，我怕被人看见，手在他胸膛："那个，门还没关。"

他低头寻我的眼睛："你看我。"

"看……看什么？"

"你先抬头，你，你抬头我就关门。"他压着嗓子说话，声音低沉好听。

我不想抬头，我心里慌，我没经历过这种事儿。

他还逼我："你，你要是不抬头，我就亲你了。"

我吓得慌，赶紧抬头。

谁知道，他就等着我抬头，我抬头他就亲我了。

我开始热，开始烫，扭来扭去，没动两下，他突然停住。

我还没发觉他的异样，哼哼两声，表达着不愿。

他一下咬住我的耳垂，他的呼吸很烫，但外头风冷，他咬湿了我的耳朵，风一吹，耳朵传来丝丝凉意。我不舒服，便不自觉发出一声半声的"唔""嗯"。

他声音温柔，对我说："不扯平行不行？"

我应该说"不行"的，我们就是那种认识了几个月的朋友，平时只在微信聊天，这才见第二面，怎么就扯不平了？但我骨头软，尤其是耳朵的骨头，要更软，便没答。

他的手搂着我的腰，我们已经身子相贴，他好像还觉得不近，又把我往他怀里压。

他有些地方的坚硬让我一下醒悟，原来他的异样是因为这个……

我不敢动了。

我还没跟人那个过……

他见我没拒绝，好像很开心，怎么抱都觉得抱不紧，我在他怀里差点就要断气了。

我揪着他的衣裳："你先松开我……"

他不松我，还跟我撒娇："我不。"

我叫他的名字，本来是警告，但他不这么想，缠着我，还想听我叫他："姐姐再叫我一声。"

我不想叫，别开脸："你别这样……"

他接着跟我撒娇："你叫我一声，我放开你。"

我不相信。

"就一声。"

我耳根子软，于是又叫了一声，就是这一声，闹得他又亲我。

我不知道他算不算老练，但我肯定是个生涩的，我不想让他把舌头伸进来，嘴闭得紧，不小心咬了他一下，他非要多亲五分钟，说我咬了他，得补偿他。

他很喜欢叫我，他一叫我，我就腿软，他还亲得用力，我们缠这一会儿，工夫不久，我却被绞空力气，只能倚在他身上了。

门开了二十分钟，屋里的热乎气全都跑没了。

我打了个哆嗦，他停了下来，终于想起先把门关上。

门关上，他转身看着我。

我别开脸看窗外的雨，左手握着右手的胳膊，脚在地上踢着，试图缓解尴尬氛围。

他像是醒了，也跟我一起尴尬起来，不再向前走了。

那一晚，他没走。他在地上睡，我在床上睡。我们有一搭没一搭地聊了很久，我才知道他那么反常的原因——他妈再婚了。

他那晚是有反应的，但很尊重我，没有再进一步，这反而让我对他刮目相看。我以为像他这种家里条件不错的二十岁男生，都是坏的。

自那以后，我们微信聊天更放得开了。

他大多数时候是叫我姐姐，我也没比他大几岁，我说叫"姐姐"显得我们年龄差好多，他说："现在不是流行'小奶狗''小狼狗'叫姐姐吗？"

我可不喜欢。

他便又用那种试探的语气问我："那，叫宝贝？"

我急了："你别乱叫，谁是你宝贝？"

他便又把那一晚的事搬出来："我们接吻了，还在一个房间睡过了，姐姐。"

虽然是事实，但他一提，我就脸红，心跳加快，速速结束聊天。

但也就个把小时不聊，他很黏人，他要二十四个小时都跟我在一起，我是不喜欢的，但我……就，就抗拒不了。

我开始想他，工作时想，学习时想，我在办公室坐着，脑子不知不觉就去想他了，每每这时候，他好巧不巧地发来消息，也不多说，简单粗暴道明心意："想你了。"

我看着手机，嘴角、眼角老不听使唤地翘起。

他经常接我下班，"5·20"那天还开着跑车在我公司楼下放飞了一后备厢的氢气球。

他约我吃饭也总有花样，还有几次亲自下厨，就在他租的度假别墅。

他会偷偷亲我的脸，牵我的手，我要是表现出不愿意，他便会停下。

他在朋友圈放我的照片，没有说我是他女朋友，只说，他在追求我，希望老天保佑，他能成功。

我开始收到花，还有下午茶，全办公室的人都羡慕我。

我不喜欢张扬，但我无法拒绝。

我认为，没有一个女人可以拒绝这种惊喜一般的示爱。

那一段时间，我们公司人人都在说，我被富二代追得狠，要辞职去做豪门太太了。

但其实，Z没有问过我，要不要做他女朋友。

我不是端架子等着别人上赶着追我，但是他先开始的，说是追我，却未真正表白。要知道相处下来我已经被他打动，我开始允许他叫我宝贝，我还红着脸喊过他小名……

我怕我不明显，甚至三番五次暗示，他若问我，我一定答应。

但他没有。

总不能他来追我，反而我去问我们什么时候在一起，那算什么呢？

我们暧昧正浓时，我被那种我没见过的粉红泡泡遮了眼，不知道暧昧会让人失智。

认识三个月，暧昧两个多月，我以为我们就差捅破那层窗户纸了，他忽然没了消息。我们公司有一些人开始说我闲话，说我想嫁富二代想疯了，结果人家不要我了。

花啊，礼物，我都不看重，我有钱能自己买，我只想要一个答案，他到底怎么了。

我发了很多消息，他都没有回，我想来想去想不通，厚着脸皮找到当时引我们认识的老师。老师没问我们是什么关系，只说她也很久没联系过他。

我难过，意志消沉了一段时间。

我以为我失恋了，我身边朋友却说，我这叫失恋，我也不一定喜欢他，只是到年龄了，空虚了，寂寞了，跟一个人暧昧过了劲，误以为那就是爱情。

我也不知道，我只知我做了一个决定，那便是不再轻易尝试爱情。

自那以后，我把所有心思都放在工作和学习上。

用心有用，很快，我收到了来自瑞士的offer（录取通知）。

2019年10月的时候，我接到老师消息，她说Z联系了她。我一下想起半年前，Z对我那番没有后续的挑逗。

她说Z想见我，说着便把地址发了过来。

我没有去。

倒不是清高，故作矜持，是暧昧的火熄了，我冷静下来，便能理智看待我们之间的关系了。

如果那时他再进一步，哪怕我们没可能，我也会拼上一回，跟他谈一场已知结果的恋爱，但他因为什么事退缩了，那就是没缘。

没缘就算了。

再有Z的消息便是同年11月了，送快递的打电话给我，说有我的快递，我让他放快递柜，他说那儿附近没有快递柜。

我家附近是有的，我感到奇怪，便问了收件地址，我一听不是我家，当即说打错了。

快递小哥却咬定没有打错，而且说出了我的名字。

本来我是打算让他转寄到我家的，但那地址离我家不远，快递正忙，而我正好有时间，便自行去取了。

那是幢独栋小楼，主人正在搬家，东西被从里往外搬。

快递小哥在门口，递给我一个巴掌大小的盒子，我签收后准备离开，独栋楼上传来流畅动人的钢琴声。

我扭头朝上看了眼，恰是这个时候，开来一辆沃尔沃XC，从车上下来一个红头发的女人，穿得清凉，也朝楼上看了眼，接着便打了电话。

我不喜窥探别人的事，转身朝外走。

那女人嗓门大："××，我在你家楼下，你不下来接我吗？"

身后上方传来拉窗户的声音，接着是一个会让人想要多听两句的男人的声音："你没腿？"

我忍不住再次扭头，看到了他的脸——不是Z。

他看着比Z大几岁，女人看男人应该跟男人看女人一样，都是从脸开始看。

我不能免俗，喜欢帅哥，不然也不会被Z撩到。这个男人显然比Z还要帅气。

红头发女人对他说："你大儿子呢？"

他说："等下过来。"

后来他们又说了两句话，提到Z，我大概知道了他们口中的"大儿子"就是Z。我以为他们是朋友，朋友之间好像经常会开"儿子""爸爸"的玩笑。

我怕等会儿撞见尴尬，便赶紧走了。

出了别墅区，我又接到了老师的电话，她跟我说Z给我寄了东西，但寄错了地址，寄到了他家，如果我接到快递电话，不要以为是诈骗。

我说："我已经拿到了。"

老师这才放心，跟我说："我刚知道一点小道消息，Z是不满继父才决定出国的。"

我当时很惊讶："继父？"

老师说："嗯，他们家的事儿有些复杂，我只听说他继父才比他大七八岁，刚跟他妈结婚仨月，他妈就去世了。"

我一下想起刚才那帅哥，原来大儿子不是开玩笑吗？

老师又说："本来我们猜他继父是个吃软饭的，但那人好像挺有本事的，还是个导演呢，在国外名气不小呢。"

我问："他继父叫什么？"

"××。"

正是我听那红发女人喊那帅哥的名字。

编辑于 2020-02-11

02

楚晁写完知乎的更新，突然不想写了。

起初她只是觉得这问题有趣，跟她的经历相仿，于是隐去很多重要信息，稍加掩饰，用浮夸的，不像她的手法写了写。

现在她觉得写作太花时间，而且被人扒出来也不好。

2019 年年初，二十五岁的楚晁认识了二十岁的舒伯乾，暧昧了三个月，舒伯乾消失。

2019 年 11 月，她在舒伯乾的独栋小楼第一次看到他继父，修祈。

2020 年 1 月 3 日，她和修祈闪婚。

今天是 2020 年 2 月 11 日，楚晁和修祈结婚第二个月，修祈仍然夜不归宿，楚晁仍然无所谓。

没有感情就是会这样。

刚躺上床，门响了，楚晁坐起来，没敢朝外走，以为是贼，直到修祈醉醺醺地走来。

修祈又喝了一晚上酒，进来就躺在床上，还盖楚晁的被子。

楚晁拉她自己的被子，拉不动，还把这个醉倒的帅哥闹醒了。

他醒来便把楚晁摁住，压上去。

楚晁推不动他，就抓他："姓修的！"

修祈正烦，楚晁的声音更烦，她的小尖爪子还要抓他的背，他不胜其烦。他捏住她的嘴，看着她的狐狸脸，他也不懂，为什么这女人长了张狐狸脸，却不会勾引人。

要说她不会勾引人，当初又为什么迷住了舒伯乾？

还是说她只勾引舒伯乾，不勾引他？

修祈想到这事有些烦，不再回忆，松开她的嘴，说："叫老公。"

楚晃"呸"他："滚吧你，想得美，我永远不会叫你老公。"

修祈笑了。

他长得帅，笑起来就像在撩拨人，但楚晃知道他是个什么东西，不会被他迷惑。

他拨弄楚晃的头发，问她："你那么不情愿，为什么要嫁给我？"

提到这个，楚晃来了气，不知道哪儿来的力气，把他推开，再把他拉起，往外拽："你好意思问我？要不是你喝多了强吻我，被人拍到，我会上头条？要上不了头条，我妈会知道？我妈不知道，会让你对我负责？本来你一口咬定不娶我，我还不会嫁给你，你答应得那么痛快，你是愁娶吗，修祈？"

修祈被拽出门，却也没让她进门，拖着她到沙发，把她摁住，骑在她身上，解裤腰带。

楚晃慌了，白了脸，又捂住了脸："你要干什么？！"

修祈只是想吓唬她，没料想楚晃属狐狸的，牙尖嘴利便算了，狐狸爪子还尖得很，照着他的脸挠了一爪子，登时给他破了相。

舒家是名门世家，舒爷爷是工程院院士，舒父娶了舒奶奶义兄的女儿，生了舒伯乾。

没两年，两人分居。

分居的原因是第三者插足，舒父早年在外有了人，被舒母知道，大闹一场，但没有离婚，分居生活，舒母带着舒伯乾。

舒母不愿认输，苦苦挣扎，直到舒伯乾毕业，她身心疲惫，再难支撑，于是放手，与舒父离了婚。

其实舒伯乾早就了然于胸，从他居家再没见过他父亲的身影，便知道父母之间的感情到头了。

他并不在意，本来也是父母之命，感情基础薄弱，现代社会包容性那么强，离婚算什么？他希望他母亲可以自行追求幸福，没想到，母亲再婚却还是父母之命。

舒爷爷手底下学生无数，最让他满意的便是修祈了。

修祈是孤儿，舒爷爷从孤儿院把他领回来，悉心养育，严格教导，修祈也不负所望，自小便是最优秀的。

爷爷的朋友都说这个养子比亲儿子出息，爷爷也这么觉得，有心让修祈继承他的衣钵。

修祈却违背他的意愿，跑到英国 RCA[①]学动画设计。

机缘巧合，修祈拍了世界几个典型城市深夜的街头，用几组小故事来反映现实世界的多个极端。对比之下，有些地方的深夜街市如昼，有些地方十点之后人烟稀少，有些地方天亮天黑皆是危机四伏。主题不新颖，但拍摄手法和切入角度都独辟蹊径，代入性强，发人深省。

修祈在 YouTube 上爆火，载誉归来，翅膀更硬了，舒爷爷管不了他，便不再管了。总之，他是个有出息的孩子，也不枉舒爷爷这么多年对他的投入。

本来尘埃落定，但舒奶奶老糊涂了，还心有郁结，老觉得自己儿子不争气，辜负了义兄的女儿，便跟舒爷爷闹起来。

舒爷爷何尝不知道，舒奶奶这么闹无非是当年想嫁义兄没嫁成。她跟义兄是彼此的初恋，那时候规矩多，两人未能修成正果，算是她这一生最大的遗憾。

---

① Royal College of Art 的缩写，即皇家艺术学院。

舒爷爷心里不得劲，但自结婚以来便疼她疼得紧，这已经成为一种习惯。尤其这两年舒奶奶身体不好了，他怕了，怕她什么时候提前一步走了。

于是，两个糊涂的老人做了个糊涂的决定，给舒母和修祈牵线。

其实也是有人给舒爷爷吹耳边风，说养子到底是养子，这会儿不是白眼狼，谁知道以后不是呢？

舒奶奶想给义兄的女儿一个归宿，舒爷爷想成全舒奶奶，又想跟修祈关系再稳固一些，便合力出了这个下下策，把两个人硬是绑在了一根绳上。

修祈事业有成，但是个浪荡子，换女朋友就像吃饭一样，当然不愿意稳定下来，而且一直称舒母"嫂子"。他们夫妻还没离婚的时候，他对他们二人一直很尊重。

但先前出国已让舒爷爷伤了心，他始终记得老人的养育之恩，便没有拒绝。

他跟舒母约定，两人假结婚，只为让老人开心。

舒母一生随波逐流，就像一枚软柿子，谁都能捏，在跟前夫的婚姻上硬气了一次，父母之命的大山压下来，又退让了。

既然长辈觉得好，她便也答应了这场荒唐的安排。

万万没想到，两个人的假结婚才刚开始，舒母便因病逝世。

舒奶奶一病不起，舒爷爷焦头烂额，整个舒家乱了套，二十岁的舒伯乾扛不住事儿，这重担便压在了修祈的身上。

舒父在感情上始乱终弃，但待父母和修祈这个弟弟没有二心，只是舒爷爷看不上他，不信他。

他回到广东，把家里这摊事揽过来，放修祈回了上海。

舒伯乾过于伤心，把责任都归在舒父身上，父子俩大吵一架，舒父一巴掌把他打出国。

舒伯乾从小便是懂事的，这跟舒母的教导有关，他们很容易优先考虑别人的感受。舒伯乾精神和心理双重崩溃，怕把坏情绪带给楚晃，便不告而别了。

回来后，楚晃把他拉黑了，也不见他，他逮谁问谁该怎么办。

还没等他好好跟楚晃解释，修祈截了和，跟她在车库接吻被狗仔拍到。两人迫于舆论和家里长辈的压力，匆匆领了证。

自修祈和楚晃结婚以来，舒伯乾便没有再出现，他以为他可以忍很久，却还是破功了。

他约了修祈吃饭，修祈已经迟到半个小时。

过了饭点，修祈姗姗来迟，脸上、脖子上的红色抓痕非常醒目。

舒伯乾气不打一处来："故意跟我显摆呢？"

修祈摸了摸下巴的抓痕："尖牙尖爪，我不知道你喜欢她什么。"

舒伯乾扔了筷子："你别得了便宜还卖乖，楚晃跟你真是倒了八辈子血霉。我问你，你那屁股擦干净了吗？那些女朋友解决了吗？"

修祈夹一筷子菜，似笑非笑："你就这么跟你爹说话？"

"呸！别说你当时只是跟我妈办了订婚宴，就说真领证了，你也才当了我仨月的继父，你休想让我叫你。"

修祈是舒爷爷养子，舒伯乾应该跟修祈叫"叔"。但修祈就大他八岁，从小把他当弟弟看待。

舒伯乾自小家教颇严，要不是修祈帮他找回一些童年，他天天被神经紧张的舒母管束着，怕是早就抑郁了。

所以这么多年，他都是叫"哥"。

现在是叫不出了。

当时修祈跟舒母订婚，舒伯乾就别扭了一阵，觉得爷爷奶奶老糊涂，但这一大家子都有些愚孝，两位老人说一不二，他心有不满也只能接受。

现在修祈娶了他一心惦记的女人，他再不能忍受，彻底跟修祈撕破了脸。

修祈不在意，对他说："不叫就不叫吧，但要记得，楚晃已经嫁给我了。"

舒伯乾咬牙瞪他："你这是乘人之危！"

修祈吃了几口菜，吃饱了，放下筷子，淡淡笑着："当初你追她那些招是我出的，餐厅我帮你订，微信都是我手把手教你回。你扪心自问，就你这副温暾性子，她能不能看上你？"

舒伯乾咬牙咬得更紧。

修祈拍拍他的脸，帮他放松放松咬肌："就算她纯粹是被你的人格魅力吸引，可你不告而别了，这跟我没关系吧？"

舒伯乾眼圈泛红。

"有谁会在原地等你？"修祈淡淡说。

修祈吃饱便要走了，叫来服务员买单。

舒伯乾站起喊住他："哥！"

修祈停下，没有回身。

舒伯乾说："你不会再乱搞了吧？你跟那些女人还有没有关系？楚晃没交过男……"

修祈转过身来，手插进裤兜里，左边嘴角上挑一些，不明显："既然你叫我哥，那我就提醒你一声，楚晃是你嫂子。"

舒伯乾气昏头，在包厢嚷了一声："那又怎么样！你没跟有夫之妇约会过？你是个渣男，我也可以是！"

修祈还是那副云淡风也轻的漠然之态："我记得你想出道，对吧？"

"你什么意思？"

修祈微笑着："没事，就是圈儿挺小，你别碰到我。"

03

星期二，上午十点，楚晃走进公司。

电梯口到办公室不过二十米，却有十多人跟她或是汇报，或是交代工作。

每周一都是这些事，不过她这周一头疼请了一天假，事情积到今天就显得多了。

助理跟她汇报完广告、公关、搜索引擎优化和营销三个岗位上周的工作，已经到午饭时间。

楼上营销部主管过来敲了敲她的门。

她抬头，主管笑呵呵地说："吃饭。"

这位主管，刚三十出头，老公在4S店上班，平时跟楚晃走得近些。

食堂在四楼，旁边是餐厅，她们没去食堂，去吃了烤鱼。

主管吃着鱼，说："明天吃莜面吧？"

楚晃心不在焉，前几天修祈到她那儿闹了一通，他刚走，她妈打来电话，让她周末带姑爷回家。她跟修祈这么尴尬的关系，怎么带他回去？

主管看楚晃不说话，伸手在她眼前晃晃："想什么呢？"

楚晃回神，随便找了个事说："哦，我听说，昨天老刘跟一个新人吵起来了，还很下不来台？"

主管点点头："那新人不懂事，私下问别人工资来着。老刘说他，他还不服气。"

她们公司算是 BAT①之外体系比较大的互联网公司了。

楚晃她们隶属市场部这个大部门，部门内还有两个部门，公关媒介部、市场营销部。

楚晃是公关媒介部主管，跟她吃饭的主管是市场营销部主管。

楚晃她们部门主要工作是与媒体建立关系，消除负面影响，解决企业危机，其次便是广告投放，品牌形象的建立和推广也归她管，再有就是搜索引擎的维护和营销了。

她们口中的老刘是运营部总监。

"不说他们。"主管给楚晃夹了一块鱼肉，说，"上个礼拜咱们部门和品牌部聚餐，你看见他们那个空降的总监了吗？"

楚晃记得，他一亮相，女同事们都直了眼。

主管说："我加到他微信了，等会儿我推给你。"

"我不要。"

主管说："你也该考虑个人问题了，咱们公司又没有禁止员工之间谈恋爱的规定，我看你们俩檀郎谢女的，很般配呢。"

楚晃敷衍地笑笑。

修祈比他担得上"檀郎"这个形容，但又有什么用呢？

长相跟人品并不挂钩，越是好看的东西越是陷阱。

楚晃跟修祈在车库被拍，上了新闻，但她的脸不太清楚，所以新闻的内容只是"修祈车库激吻新欢，携手归家至凌晨"。

倒也有"新欢身份大起底"这样的新闻出来，但都是胡乱猜测，不是网红，就是十八线演员，没一个猜到她这种小人物的头上。

---

① B 指百度、A 指阿里巴巴、T 指腾讯，互联网三巨头。

加上修祈是花花太岁，为人太放荡，新闻没两天也就没动静了。

他们之所以发展到结婚这步，也有一段故事可说。

楚晃亲戚家的孩子看到新闻，认出了楚晃。亲戚把这事告知楚晃母亲，楚母杀到上海，在楚晃的住处看到睡在她家的修祈，大动肝火，要打断楚晃的腿。

情急之下，修祈说他会负责，楚晃才免遭这顿打，保住了双腿。

楚晃老家林清府市是北方二线城市，她父亲经营饭店，母亲是林清府大学的英语老师，他们家在当地算是小康家庭。

她家里是她母亲说了算，但楚母并不迂腐，没有过夜就必须结婚的规矩，更不好高骛远。

以前有人给她说亲，家里条件太好，楚母都没同意。

她也不知她母亲为什么会看上修祈。

她自小学什么、考什么都是楚母决定，她也不总是听话的，也有一截反骨，但经了几回事，发现母亲的决定都是最好的，便也不折腾了。

她母亲是觉得修祈就是最佳选择吗？

她不知道，也不重要。

她跟舒伯乾那段并未开始的感情伤得她不浅，表面不显，但她心里是不想再尝试爱情了。

既然如此，那她跟谁结婚也没关系了。

只是要楚晃对外公开她已婚，而且还是跟那个天天换女朋友的修祈，她不愿，所以她的圈子都不知道这件事。

她跟修祈结婚的事没出现在任何一家报纸上，想必他的圈子也不知。

星期五，"陈酿"酒吧。

老板娘刚跟几个客人说清楚规矩，扭头便看见了修祈。她撇下手头事，走过去，把酒单递给他，左右看看，说："一个人？"

修祈说："嗯。"

他点了个套餐，把酒单还给老板娘。

老板娘把酒单转交给酒保，要了两个套餐，转身对修祈说："我再送你一个。"

修祈很敷衍："谢了。"

老板娘笑说："祈导跟我客气什么？你能多来两回，我就乐意了。"

过了会儿，修祈的朋友来了，坐下便跟他说："我刚路过卫生间看见你前女友了，她进了203。要不要过去打个招呼？"

修祈正跟其他女人聊微信，没抬头："哪个前女友？"

朋友把他手机夺走，在胸前比画了一下："就那个，胸大的那个，演过卫子夫的。"

修祈忘记了。

朋友才注意到他脸上的抓痕："你脸怎么了？"

修祈恍然看到楚晃的消息，把手机拿回来，点开一看果然是，楚晃说找他有事。

他们结婚后，他把他名下唯一的房子给她住，她不住，仍租房。他便使了个下三烂的招数，让房东毁约，把她轰了出去。

谁知楚晃不光有骨气，朋友也多，当天便找到了新房子，还有几个朋友帮她搬家。

她还警告他，以后不要去她那儿。

那天他喝了酒，忘记她的警告，被她的狐狸爪子挠了脸。

短时间内他没有再去的打算，她竟然发来消息。

他不喜欢楚晃，只是天生怜香惜玉，想给每个女人一个家罢了。

既然楚晃跟他之间比其他女人多了一张结婚证，那给她套房也没什么大不了。

他没回，翻了翻她的朋友圈，她倒不像他朋友圈的名媛多是定位自拍和奢侈品，她喜欢分享歌曲，都是伤感旋律。

他点赞了她最近的一条朋友圈，收起手机，又端起酒杯。

他前女友从203包厢出来，看到他时神情一滞，迅速别过脸，紧接着大步离开。

朋友用胳膊肘杵他："出来了。跑了跑了。"

修祈看到了，没什么好看的，虽然他们只处了两个月，但他已经看腻了她的脸。

朋友坐到他旁边，很好奇："你跟她分手是为什么来着？"

修祈还没答，他想起来："哦对，她跟你要角色，你铁面无私没给她，还说她演丫鬟合适，她就把你在格林club包场给别的女的庆生的事儿抖搂出去，还说你是渣男，说你脚踩两条船。"

修祈早忘了。

朋友笑起来："我刚才搜了她一下，好像自上次跟你那事闹上热搜之后，她就再没接到过剧本，说是她这招釜底抽薪把人都吓住了，生怕以后跟她合作有一点不如她意，她又找媒体说三道四。"

修祈手机屏幕亮起，来了一条微信消息。

他滑开手机，是楚晃发的。楚晃说："我知道你看见我的消息了，你手滑点赞了我的分享。"

修祈以前给舒伯乾当军师的时候，楚晃手滑点赞过舒伯乾的照片，她以为他修祈跟她一样笨？他淡淡一笑，回给她："谁跟你说我手滑？"

楚晃没再回他。

朋友还在数修祈的情史，他却没心思待下去了，抓起外套朝外走。

朋友拉住他："干什么？"

修祈说："等会儿小张总来了，你带他去泡温泉。"

朋友手里有 IP[①]，有心推荐给修祈，但没钱。他把本子给修祈看过，没有回声，以为修祈没看上，没想到修祈悄无声息地找了资方合作。

他更不让他走了："我一个人怎么谈啊？"

修祈说："没让你谈，带他玩儿就行。"

"啊？"

修祈开车去楚晃家，半路想起一件事，大概知道了她为什么找他——他买东西时故意填了她家的地址，买的都是贵重物品，他料定楚晃胆子不大，听快递小哥说是贵重物品，一定会联系他。

他没敲门，给她发微信消息："开门。"

过了一会儿，楚晃穿得严严实实地过来开门了。

修祈看着她乖巧的眼睛，她不让门，他也没有非要进去，手插进裤兜："找我有事？"

楚晃转身把玄关的一些快递盒子搬到修祈脚下："你买的东西为什么要填我家的地址？"

"夫妻之间，还分你家我家？"

楚晃把快递盒搬到门外："我就提醒你这一次，以后再有你的快递，我就给你扔了。"

修祈笑了笑，迈过快递盒子，把楚晃框在他两臂间，身子压近一些："聊点别的吧。"

---

① Intellectual Property 的缩写，即知识产权，引申为所有成名文创（文学、影视、动漫、游戏等）作品的统称。

楚晃眉头紧皱，身子紧绷，说话不流利了："我……我跟你没的聊，拿上你的东西赶紧走！"说着话，她从修祈胳膊下钻出去，要把他推到门外。

但她哪有修祈的力气，修祈掰开她扒在门框的手指头，迈进去，从里把门关上。

她知道晚上叫他过来很危险，但没办法。

这些快递送到一周了，她不知道他的住址，不能转寄，白天得上班，下班要去健身房，还要上一节西班牙语课，忙完就晚上十点了。

本来明天叫他来也行，但明天她要回老家。

她在想对策的时候，修祈走过来，自顾自地坐到沙发上。

她扭过头来，满脸的防备："你想干什么？"

修祈胳膊搭在沙发靠背上："你不要紧张。"

楚晃立刻反驳："我没紧张！"

修祈笑："你晚上穿着毛衣睡觉？"

楚晃低头看一眼自己的穿着，实在是她对修祈没有好印象，他总是动手动脚，她不得不多穿一点，绝他的心思："我愿意！你赶紧走！再不走我报警了！"

修祈做个"请"的手势："随你。"

楚晃只是吓唬他，见吓唬不住，急转话头："我明天还有事，得早睡，有话能不能改天说？"

修祈不答，说："我口渴了。"

楚晃看一眼岛台上的水壶，跟他讨价还价："我给你倒杯水，你就走，行不行？"

修祈又笑，他的笑并不像是表示开心的笑，更像是他运筹帷幄的标志。

楚晃管不了那么多，给他倒水，端到他面前的桌上："好了。"

修祈手碰了一下杯口，说："烫。"

"不烫。"

"烫。"

"都烧开半个小时了，怎么会烫？"楚晃端起杯，自己喝了一口给他看，"不烫。"

修祈朝她伸出手。

楚晃看着他的手，再看她刚喝过的水，耳轮泛红："我再给你倒一杯。"

修祈动作很快，一把捞住她的腰，把人拉到自己腿上，不让她动弹。

楚晃突然心跳好快，不是害羞，是害怕，害怕使她一动不动。

修祈也不动，没有更进一步的动作，但楚晃不对他抱有期待，车库里的事至今还历历在目。她警告他："我真的会报警的，你别不相信！"

修祈说："说点能吓到我的。"

"你不怕坐牢？"

修祈没说话。

楚晃懂了，他不怕。

修祈扭正她的身子，捏住她的脸。

楚晃还没来得及想他要干什么，他的脸已经凑过来，吻住她。

她瞪大眼，没想到修祈真敢！

她挣扎着起来，扬手便是一巴掌。

修祈微笑，没顾她的巴掌，只是摸了摸脸上被她抓花的地方："你可以抓我，打我，我不能亲你？你这么霸道，谁还敢要你？"

楚晃被气得胸腹起伏不定，当下没想到要骂他什么。

修祈倒是很从容，又说："哦，我忘了，我要了你，你已经嫁给我了。"

楚晃嘴边还有修祈的津液，光一照，亮晶晶，她的心跳是惊魂未定时才会出现的节奏，呼吸也是。

　　她恶狠狠地瞪着他："我跟你约法三章了，我们井水不犯河水，我不管你跟多少女人有关系，你也别总来碍我的事！"

　　"我可没答应。"

　　"你无耻！"

　　"你也不是第一天知道了。"

　　楚晃气死了："那趁早把婚离了！"

　　"我不离。"

　　"我不喜欢你，你也不喜欢我，我们只是被父母逼迫，现在相安无事也装不下去了，不离婚干什么？！"楚晃吼道。

　　修祈微笑："谁说我不喜欢你？"

04

楚晃有些惊讶，心情也略微复杂，过了半晌都只是直愣愣地看着修祈。

虽然这话很好听，但好听的话可不靠谱。

修祈慢悠悠地走过去，节奏较缓，话却乘胜追击："我不喜欢你为什么要娶你？"

楚晃理智犹在，只是人一旦让情绪主导身体，那些理智就显得薄弱了。

楚晃或许涉世未深，但并不天真，不相信她有那么独特，能让修祈放弃他的花花王国。即便他真有这个想法，她也不是那么便宜的东西，任谁随便招招手都会贴过去。

她跟他保持安全距离："我小时候不喜欢上学也必须上，可见人做一件事也不完全是因为喜欢。"

修祈不往前了，靠着落地摆架，很随意，随意到有点吊儿郎当。他微笑："那你说我为什么？"

楚晃从他进门起就是防备状态，心跳一直没有恢复到正常指数，说话声音有些几不可察的颤抖："我不知道。"

"男人不复杂，男人说想要，就是想要。"

一语双关。

修祈说这话之前，楚晃还有余力跟他对视，此话一出，她的余力都被他的薄唇卷入嘴里。她别开脸，底气一点一点消失："我不是你那些女人，你说两句好听的我就信了。"

修祈继续往前走，楚晃继续往后退。

退无可退，修祈却没有更进一步的动作，只是把楚晃毛衣领口翻出来的标签掖回去了。

他说："晚安，明天见。"

修祈走后，楚晃单手朝后拄到摆台边缘，撑住身子，惊魂未定。

他的手指凉丝丝的，碰到了楚晃的脖子。他的动作本身就很暧昧，这样若有似无的触碰比直接亲吻还来得烧心。

他比舒伯乾大胆多了，做这些不要脸的事也比舒伯乾驾轻就熟。

楚晃没有多想，不能多想，不敢多想，缓过劲儿来便去洗澡了，试图洗掉这一身的霉运。

次日大早，天气大好。

楚晃顶着对发黑的眼圈起床，收拾了一下自己，下楼。

她希望回家有丰盛的午餐，还有父亲亲手做的奶茶。

美梦被喇叭声打断，她抬眼看去，是修祈的车。他戴着眼镜，坐在驾驶位，车窗开着，他胳膊搭在窗框，微抬下巴，朝楚晃打招呼："上车。"

楚晃当作没看见，去开自己的车。

关上车门，她悄悄朝后看了眼，修祈还没走。

她呼口气，大早上看到他真倒霉。

楚母在这时打来电话，又嘱咐了一遍，让她带修祈回去。楚晃不愿意，但一想或许可以趁这个机会跟楚母说清她和修祈的关系，还是上了修祈的车。

修祈从后视镜看向后座的楚晃，楚晃正好抬头，两人视线相对，他随即送她一个他招牌的浅浅淡淡的笑容。

楚晃别开眼，对他胜利者的姿态憎恶至极。

修祈载着楚晃买了些礼品，专挑贵重之物。导购对他热情似火，不停推荐。楚晃站得老远，看着他前呼后拥。

她出发时间不早，他明明可以提前买，偏要带着她来买，就为了让她看到他对她出手阔绰？

修祈还装出一副居家好男人的模样，拿着瓶子过来问她："这几条虫草怎么样？"

楚晃下意识看向导购，她们那个"你丈夫对你真好，真让人羡慕"的表情让她很不习惯。但纠正他不仅麻烦，别人也不信，便由他了，她敷衍道："你看着办。"

修祈知道楚晃不耐烦，却装作不知道，关切地问她："还不舒服？那不逛了。"

楚晃皱起眉，投给修祈不可思议的眼神。

修祈转身把手里瓶子递给导购："就这个，要两盒。"他接着对楚晃说："还在生我的气？"

楚晃看着他，有些傻眼："你没事吧？"

旁边两个女导购已经笑着走远，边打包东西边窃窃私语了。

修祈还是那个态度，让人看不出来真的假的："昨天我喝了点酒，想到我们已经结婚了，你却这么抗拒我，就没忍住，亲了你。"

他说话声音不小，周围顾客全看过来。

楚晃听了这话，自觉没脸，低下头，用手遮眼，走到一旁。

修祈淡淡一笑，有点阴谋得逞的快意。

后面一路，两人均没话说。

到家已经过了十二点，楚父抱怨着把楚晃和修祈迎进了门："你们俩要不再晚点过来，正好过来吃晚饭。"

楚晃笑着问："爸，我锅包肉呢？"

楚父睨她，那眼神又嫌弃又宠溺："没啦，喂狗啦。让你早点回来，哪回都赶个晚集。"

修祈在两人身后提着东西不插嘴，很有规矩。

楚母从房间出来，看了两人一眼："先洗手吃饭吧。"

楚母天生一副叫人生畏的神态，她说话，没人敢驳。

饭桌上，修祈讲究做客之道，楚家夫妻问什么都对答如流，有礼有节，讨人喜欢。

楚晃也不拆穿他。没有意义。

饭后，楚母叫楚晃洗碗。

楚晃干活还是很利落的，从小练出来的。

楚母透过窗户看一眼坐在客厅聊天的楚父和修祈，见他们专心，没关注她们这边，这才对楚晃说："你们没在一起。"

楚母或许不知道情侣之间的氛围，但知道夫妻是如何相处的，修祈和楚晃之间那种互不干涉、淡然置之的感觉，显然不是夫妻该有的。

楚晃把刷碗布放下，说："我以为您不会问我。"

楚母疑惑："没有感情？"

"没有。"

"那为什么被我撞见他大清早出现在你家？"

楚晃便好好跟她说了事情的前因后果："修祈有个非亲的弟弟叫舒伯乾，我先认识了他。

"我跟他之间可能存在一些误会，他总想跟我解释，想了很多办法，又是错寄东西，又是以别人的名义约我。但不凑巧，我们一直没能见上面。"

虽然楚晃打心眼儿里不想再见到舒伯乾，但如果他用别人的名义约她，她真不能做到未卜先知。但他们还是没有再见过，只能说命里无缘。

楚晃说："他不知怎么说服了我一个客户，改了我们会面的地点。"

楚母嫌她说得太慢："你的停顿是在给我一边想象一边说吗？"

楚晃说："是太复杂，我怕我说快了，您记不住。"

"说你的。"

"我只是常规开车到地下车库，接着就被不知从哪儿冒出来的修祈欺负了。"楚晃很不愿意回忆这一段，语速较快，"我打了他一巴掌，然后要走，他提醒我有偷拍。我怕上新闻，正在犹豫走不走时，他用衣服蒙住我，硬把我带上电梯。所幸那天他喝了很多酒，我们才能一整晚相安无事。"

楚母问她："那怎么后来我去你那儿，他在你家？"

楚晃解释："那天记者在车库待了很久，他怕我开车太稳被他们跟踪，送了我一趟。我的车就这么留在了他家楼下。"

后面不用说楚母也猜到了。

楚晃还是说完："后来修祈给我送车，以头疼为理由要到我家坐一坐。

"我刚在车库被他酒后欺负，不可能引狼入室，尤其还是晚上。但他是男人，个子高，力气大，而且颇有心机，总有说辞。那天也是倒霉，连运气都站在他那头。我家水管正好断了，淹了厨房。他帮我把水管装好，我实在不好推辞，就留他坐了一会儿。"

楚母说："我可是早上过去找你的，他正在你的床上睡觉。"

说到这里楚晃有些无奈："后来他睡着了，我叫不醒，就没管，但我有把我的房门上锁。只是半夜上卫生间我把门打开了，再回房时迷迷糊糊，忘记锁了，就被他溜进去，爬上了床。"

楚母消化完这些话，徒生怅然："你这么说，倒是我乱点鸳鸯谱，把你往火坑里推了？那你怎么不早跟我说？"

"我当时说了，但您在气头上，不听我说。"

"于是你就把婚姻大事当儿戏了？"

楚晃从小便不喜欢交心，楚母也不跟她交心，对她更多是命令，这一下要听她的想法，她还有点受宠若惊："我觉得结果会酿成肯定有它的原因，当时我事情太多顾不上考虑这些，如果只是领一个证，您便不再生我的气，领也没关系。"

楚母一怔，定眼看了楚晃好一阵。

楚晃也不是在怪楚母，当时接到了另外一家公司的橄榄枝，而她本身打算出国进修，一时不知自己的前程在哪里。

她思索不得，日复一日的精神压迫，让她有些焦虑。

她如此状态，婚姻在前程面前就突然变得不值一提。

现在木已成舟，她只想知道——

"妈，您为什么会同意他跟我结婚？"

楚母说："他窄腰长腿，容貌俊朗，被世家收养，还事业有成，从基因的角度考虑，你们的下一代一定会强过你。"

楚晃猛然抬眸。她想了很多，唯独没想到这最肤浅的一点。自她有记忆以来，她母亲便是强势独断的，家里家外都是母亲操持，容不得"不"字出现，尤其是在她的教育上，严苛到一种少见的境地。

现在楚晃长大了，这种情况倒是有所改善，但也只是体现在平时相处，若是楚晃在要紧事上忤逆她，她不会让事情轻易过去。

楚母的脾气，方圆百里，都略有耳闻。

楚父总是低楚母一截，不完全因为楚母太强势，还因为他心存愧疚。

他文化程度不高，跟楚母在一起是因为酒后犯了错。虽然事后楚母没有后悔，还是跟他结了婚，但未免不是因为那个时代过于传统，她拗不过守旧的长辈。

婚后，他们有了楚晃，楚母的嘴边开始常挂一句话："如果不是嫁给你，我会生出楚晃这种资质的孩子吗？"

楚晃虽然是一路重点班读下来的，但跟班上那些玩着就有好成绩的人还是没法儿比。楚母就是玩儿着就有好成绩的人，从小到大都是第一名，她的基因确实无可挑剔。她自然是有嫌弃楚父的资格了。

楚晃不再问了，说："下一代不会有了，我准备跟他离婚。"

"胡闹！"

楚母放大音量，惊动了外边的男人，两个人朝她们看过来。

楚晃把厨房门关上，回身跟楚母说真心话，她很少对楚母说真心话。"您撞见他在我床上，您很生气。他在那个节骨眼说要跟我结婚，我当时要解释，您不听，而我本身也有一些烦恼。准确来说是我们三人共同促成了这段婚姻。若纠错，我们都有错，所以我只是问您那时的想法，不是埋怨。"

楚母听着楚晃说话，她竟然不知道她这个独生女学业上没什么成绩，想法倒是自成一派。

楚晃又说："现在我发现我们的婚姻是一个错误，那就该早点结束。"

"那你就是二婚了。"

楚晃下意识接了句："反正您只在意基因，不是吗？"

楚母沉默。

楚晃后知后觉自己说错了话，想挽回，但又显得太刻意，张了张嘴，终于还是抿起。

她们二人，一个管教严格，动辄打骂，什么都要自己说了算；另一个心有不甘却只能装乖。这样的母女，即便在女儿成年后可以好好说话了，也是轻易就被打回原形的关系。

厨房里的悄悄话说完了，客厅里以茶会友也到了尾声。

楚父要去饭店给员工开会，楚母下午有个学术沙龙，他们一同离开。

家里只剩下楚晃和修祈，修祈坐在沙发上回复消息。

楚晃跟楚母聊过之后，心下有了些想法，朝他走过去："我们谈谈。"

修祈敲完字才抬头："说。"

楚晃靠着电视柜旁的书架，跟修祈距离三米远："我跟我妈说过了，我们回去把婚离了，各自安好。"

修祈闻言，靠着沙发，跷起二郎腿，一只胳膊搭在沙发扶手上，另一只放在大腿上，手敲着膝盖："什么时候单方面也能离婚了？"

楚晃并不像前几次那么激动，耐心地说："形婚没有意义。"

"我那时没有逼你。"

楚晃想到他会这么说："我后悔了。"

"没有后悔药。"

"你没后悔的时候吗？"

"有。"

"那为什么我不能后悔？"

"因为我不后悔。"

修祈一句话堵死了楚晃。她屏气三秒，脸色微红。

修祈站起来，给她倒了杯水，递给她："看你热得脸通红，多喝点水。"

楚晃没接，转身回房间。

她坐到电脑椅上生闷气。

她相信修祈是不会跟她离婚了，但不相信他说的，他跟她结婚是因为喜欢。

纵使他对她确实有那么一点好感，以他浪子的秉性，也不会持续太久。楚晃打定主意，既然暂时不能说服他，那就先不管，顺其自然一阵。

　　说起来，也是那时她自己没想好，默许了。她都没挣扎，哪儿有资格怪他？

　　消了气，她躺到床上，看着墙上的奖状，想的却是基因。

　　不知不觉，她睡着了，还没睡踏实，又被一个电话惊醒。

　　打电话来的是她同学杨璇，到她家饭店吃饭，听楚父说她回来了，想约她聚聚。

　　她正要答应，修祈推门进来，跟她说："爸说晚上吃火锅，让我们买东西。"

　　楚晃纠正他："我爸！"

　　"我在楼下等你。"修祈说完离开。

　　"喂？晃晃？"

　　楚晃想起电话还没挂，拿起："在。"

　　"怎么样啊？来不来吃饭啊？"

　　"去不了。"

　　"刚才跟你说话的是谁啊？男朋友？"

　　"不是。"

　　"那就好。"

　　"好什么？"

　　"没事。你吃不了晚饭，能吃个下午茶吧？我快到你家了。"

　　杨璇挂断了电话，没给楚晃拒绝的机会。

　　楚晃穿上鞋往外走，刚从楼门出来便看到了她。

　　她开着辆日本车，从驾驶座的车窗探出头来："快，上车。"

　　楚晃向左看了看修祈的车，却还是上了杨璇的。

杨璇把蛋糕递给她："刚我买奶茶的时候买的，送给你了。"

楚晃拿着蛋糕盒子，转了转手，看了看："这就是你说的下午茶？"

杨璇发动车子，笑了笑说："怎么样？朴实无华。"

楚晃要下车："停车，我要去买菜了。"

杨璇不放人："等会儿我亲自送你到超市，再把你送回来。"

"你要带我干什么去？"

杨璇起初不答，扛不住她一直问，便告诉了她："给你介绍对象。"

楚晃没兴趣："不要。"

"你喜欢的类型。"

楚晃自己都不知道自己喜欢什么类型："我喜欢什么类型？"

杨璇卖关子，不说，楚晃问不出来也懒得再问。

到目的地，倒也不用问了，她认识，高中同学。

杨璇把楚晃带进门就以有事为由溜了，留下楚晃和高中同学两个人，都有点尴尬。

高中同学有些拘谨，挠了几次后脑勺，终于开口："好多年没见了。"

高中毕业以后就再没见过，确实好多年了。楚晃有些敷衍道："嗯。"

"你还好吗？"

"还好。"楚晃刚结了婚，丈夫还是知名导演，如果这位知名导演不是个渣男，他们也相爱，那说起来确实是过得还好。

但是，人生不如意。

高中同学尴笑两声："本来杨璇说你不回来了，他们的订婚宴你都没去，我以为你真不回了。"

"什么订婚宴？"

"杨璇和井润识啊。"

楚晃闻言有些不明显的讶然，顿时了解了杨璇给她介绍对象的原因。她说："你给杨璇发个微信，就说我们相谈甚欢，晚上要请她吃饭。"

高中同学脑袋发蒙:"相谈甚……"

"现在就发。"

高中同学虽不明白她要干什么,但她既开口,他也不好拒绝,就照做了。

很快,杨璇领着井润识过来了,带着不出所料的笑容,用不怀好意的眼神打量楚晃二人:"就知道你们能看对眼。"

楚晃只看向井润识,井润识跟她打招呼:"好久不见了楚晃,听说你在上海混得还不错。"

楚晃笑了笑:"哪里!肯定不如你这海归混得好。"

杨璇听楚晃和井润识你来我往地聊天,神色有异,松开井润识的手,挽住楚晃的胳膊,挤眉弄眼:"你刚跟老何说什么了啊?怎么看对眼的,说说啊。"

楚晃自然地抽回手,张罗大家坐下:"别站着了,坐下聊。"

几人一落座,楚晃就笑着说:"一看到你们我就想到了高中时期。"

杨璇应声:"高中咱俩最好。"

楚晃笑笑,服务员上了甜品,她切开一块叉到杨璇碟子里:"对啊,高中咱俩最好。那时我喜欢井润识,还是你帮我跟他传话,只不过传着传着他不大理我了。"

在场四人,有三人脸色突变。

楚晃顾自切着甜品,给每人碟子里放了一块:"后来他出国了,我以为他是因为出国所以跟我断了。那时你也是这么告诉我的,阿璇。"

杨璇笑不出来了,眼神不再和善,盯着她看。

楚晃倒是还笑着,那神情颇有点修祈的感觉。

修祈就总一副掌握全局却又淡漠置之的姿态。

楚晃吃一口甜品,餍足地点着头:"好甜啊。"

杨璇不想跟楚晃撕破脸，尤其还是在未婚夫井润识的面前。她假模假式地看看手机，说："既然你跟老何聊得还不错，那我们就不打扰你们了，我跟阿识过阵子结婚，还有不少事没落实呢。"

　　井润识有些不清楚状况，但现在跟杨璇在一起，所以还是知道自己应该跟谁站在一头。

　　两人起身要走，楚晃说："你怕什么？"

　　杨璇怔了怔，紧接着笑了，掩饰不住急张拘诸："我怕什么啊？你说话我怎么听不懂？"

　　楚晃站起来，拉住杨璇的手，把她拉到椅子上坐好："已经过去那么久，你跟井润识都要结婚了，我不会再有什么想法，只是想知道，为什么当时你帮我们传话，最后你跟他在一起了呢？"

　　井润识疑惑起来。

　　他那时候确实喜欢楚晃，后来杨璇说楚晃想等以后上了大学再谈，他为此难过了好一阵子，都是杨璇陪他，他才慢慢走出来。

　　听楚晃的意思，她当时没有说过这话？

　　他拉住杨璇另一只胳膊，教养使他没有当场质问，只是叫了她一声："阿璇。"

　　杨璇手心冒了汗，垂死挣扎："随便你怎么说，我们是后来在一起的，我没有对不起你。"

　　"既然没有对不起我，为什么这么着急给我介绍对象？又为什么早不介绍晚不介绍，偏偏在你跟井润识要结婚的时候给我介绍？你到底是想帮我，还是想求个心理安慰？"

　　楚晃咄咄逼人，杨璇节节败退，心理防线近乎崩溃。

　　高中同学在一边不敢说话。

　　井润识通过杨璇的反应知道了事情的真相，但他现在喜欢杨璇，他可以原谅，遂对楚晃说："事情已经过去那么久，要怪也该怪我，如果那时候我勇敢一点，也许我们的结局会不一样。"

楚晃可没有要跟他再续前缘的意思，那时候这段暧昧关系被她妈发现，她差点没命，她就已经放下了。她本不用再想起这段往事，是杨璇硬把这层窗户纸捅开，硬要她难堪。

她说："我难得回家，如果你们大大方方给我送请柬，想要我的祝福，我会大大方方地祝福，但你们没有，不仅没有告诉我，还给我安排了一场荒唐的相亲。"

杨璇狡辩："我是真的希望你幸福。"

楚晃愿意相信，但愿意不是事实，她清楚，比起希望她幸福，杨璇更想让自己安心。

她正要说话，有人从她身后搂住她的腰。她一惊，扭头看到修祈的脸，他一副姗姗来迟的样子，对她说："爸让我们去买火锅材料，眨眼工夫你不见了。"

楚晃睁大眼，小声说："你干什么！"

修祈搂得她更紧，抬头扫了一眼三人，没搭理他们。

三人呆在原地，丈二和尚摸不着头脑。

杨璇认出了修祈："你不是那个演员……还是什么？我在什么颁奖晚会好像见过你。"

楚晃以为修祈要把绅士装到底了，谁知他对他们没有对她父母的耐心："我刚在旁边听了两句，你要给我老婆介绍对象？"

三人目瞪口呆，满脑子都是：楚晃结婚了？什么时候？

修祈的气场三丈有余，这会儿好像不屑于伪装，就用他平时那个痞坏的德行应付他们："你们还要组团欺负她？"

井润识护着杨璇，说："误会一场，阿璇没别的意思。"

修祈不听他扯淡："管好你的女人，别给别人找麻烦。"

井润识不喜欢他的态度和他的发言，把杨璇拉到身后，透出敌意："兄弟，不至于吧？她们姐妹的事自己可以处理好，用不着你在这儿说难听的话。"

修祈起初没站直，井润识一说话，他站直身子，比井润识高出半个头："姐妹的事？那你又在这儿说什么呢？"

井润识理亏，语塞。

修祈朝他走近一步，靠近他耳朵："给脸就要。"

井润识被惹怒："你什么意思？！"

修祈帮他整理整理领带，接着一把攥住，把他提起。

井润识脚离了地，心跳也快了。

修祈可不是什么正经东西："就是这个意思。"

井润识不说话了。

修祈放开他，问服务员要来湿毛巾，擦干净手才牵住楚晃，说："走吧。"

楚晃心不在焉，就这么被他牵着离开了，余下三人恐惧未消。

杨璇和井润识都在今日丢了脸，这会儿各有心思，各有不服，但又碍于实力的不允许，只能吃下这个哑巴亏。

至于高中同学老何，比起楚晃的老公是谁，为什么这么蛮横，他更想知道，为什么楚晃变了。

以前的楚晃很内向，是老师眼里的三好生，同学眼里的乖乖女，她是什么时候变得这样说话不给人留情面的？还是说，她以前都是装出来的，其实她一直这样？

修祈领着楚晃走到车前，给她打开车门，楚晃已然回神，不等他说，自觉上了车。

他们这辆车是下飞机后，在机场旁边的车行租的。

本来，楚晃说打车，但修祈好像对别人开车不是很信任。反正楚晃也只是一个坐车的，便没提意见，随了他。

　　修祈上车后，先回了几条微信消息，接着等楚晃开口说话。

　　刚那场面，楚晃能应对，但修祈过来总归是让她的处境看起来更好看了些。出于礼貌，她还是跟他道了谢，只不过话音含混不清，似乎并不想他听见。

　　修祈笑了："你说什么？"

　　"刚才谢谢。"楚晃说完就把脸扭向了窗外，红了的耳朵尽显尴尬。

　　修祈捏住她的脸，转过来，让她面对他。

　　楚晃还没反应过来，他已经靠过来，亲了她嘴唇一下。

　　楚晃捂住嘴，睁大眼睛看着他，眼神里的含义好不复杂。她酝酿了半天，急吼吼地骂道："你怎么这样？！"

　　修祈手肘抵着车窗窗框，左手握拳撑着脑袋，怡然自得地看着她："怎样？"

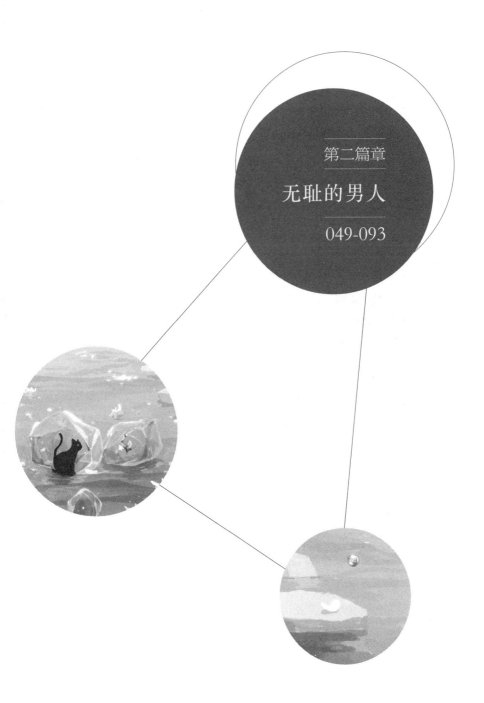

第二篇章

无耻的男人

049-093

05

楚晃不想跟他纠缠，纠缠的结果从不会是她占便宜。已经被他亲了那么多口，她又没有被占便宜的瘾，惹不起，还躲不起吗？

她一只手捂嘴，另一只手开车门。

车门被修祈锁住了，楚晃捂着嘴说话："把门打开。"

修祈耳朵对着她："什么？"

楚晃只好放下手来："我让你把门打……"

她话还没说完，已经被修祈托住后脑勺，带到他面前，紧接着便被吻住了。

她受惊，眼睁大的同时还不小心张了嘴。修祈抓住机会，得寸进尺，舌头探入楚晃嘴里，一番卷弄，弄得她喘不过气。

楚晃被固定住脑袋，进不得，退也不得，只能攘着他的衣裳。

修祈纵情侵略，偿其大欲，这才放开她。

楚晃喘匀了气，怒目瞪他："我没见过你这么无赖的人！"

修祈看着她嘴角的白光，不知是她自己的，还是他遗留在她嘴唇上的，伸手给她擦了擦："现在你见到了。"

楚晃转脸躲开："你把门打开。"

修祈不开："爸让我们买材料。"

"我自己去买，不用你。"

修祈仿佛失聪，径自启动了车。楚晃斗不过他，扭过头，望向窗外。

草木、车辆飞快掠过，阳光懒洋洋地扑到她的脸上。如果这样美好的下午，驾驶座上的是自己喜欢的人，那该多好。

只是楚晃每次敞开心扉都被浇冷水，次数多了，她便不指望了。什么喜欢，算了吧。她现在只希望自己能有一个好的前程，再就是跟修祈划清界限。

楚晃记得，离家近的生鲜超市位于林清府市比较偏僻的一条街，她以为没多少人，谁知道到目的地连车位都找不到。

看着眼前热闹非凡，她有些感慨，这才几年光景，已时过境迁。

她下车去找车位，修祈在车上看她。

她皮肤白，今天天气又好，他在她嘴唇上拓的那块粉红就过于显眼了。不过，配她的葡萄眼，倒也刚刚好。

舒伯乾在这时给他发来微信消息，美其名曰是问候他。

他没有回。

舒伯乾又发来："哥，我爸让我找你拿一幅画，说是我祖父先前给你的那幅，他借来用用。"

修祈还是不回。

"哥，你家没人，你是没在上海吗？你去哪儿了？"

这才是舒伯乾的根本目的，问清楚他在不在上海，若是不在，他就可以去给楚晃献殷勤了。他叫修祈一声"哥"，修祈这做哥的还不明白他那点花花肠子？

修祈回复："你嫂子回家，我陪她。"

舒伯乾不再回消息，却打来了电话，修祈接通。

舒伯乾语气急："修祈，你有意思吗？"

修祈装傻："怎么？"

"我听说你跟我们公司新签的一个艺人勾搭上了，既然不喜欢楚晃，为什么不能成全我？"

修祈拆穿他："你喜欢楚晃吗？"

舒伯乾很激动："我不喜欢她我让你帮我出主意？"

"那你为什么出国？"

"我说了那时候发生了太多事，我很乱，我不想让她跟我一起乱，我也不想把我的负面情绪带给她，我是为她考虑。"

还是那套说辞，修祈不想跟他车轳辘话来回轧了："消灭负面情绪这点小事都比她重要，这配叫喜欢？"

"且比你配！你那些莺莺燕燕扯不清楚，还拖着她，你已经有那么多条船了，为什么非踩着她那条？"

舒伯乾指责他时，他正看着往回走的楚晃，她的嘴唇还是粉红粉红的，他没见过有这样嘴唇的女人，这不算理由吗？

他把手机音量调小，放一旁，待楚晃上车后，问她："找到了？"

楚晃点头："那边有一个。"

修祈在她脸上亲了一下，亲出了响声。

他每次亲她都没征兆，她每次都闪躲不及被亲个正着，她快麻木了，但该发的火也要发，不然他更肆无忌惮了："你别太过分了！你今天已经占我两回便宜了！"

修祈把手机拿起来，舒伯乾已经挂断，应该会消停几天。

舒伯乾若想要楚晃，应该去缠楚晃，而不是来缠他，不过也正是因为舒伯乾拎不清，才给了他机会。

临近下午六点，超市人正多，修祈推着购物车，跟在楚晃身后。

楚晃买东西很专注，一度忘了她跟修祈是形婚，几次扭头问他。比如此刻，她指着生鲜柜里的百叶："你看看这个百叶是不是不新鲜了？"

修祈还没答，她又去问导购。修祈看着她认真的样子，想起了舒伯乾的问题，为什么不喜欢，却还要拖着她。

他不喜欢吗？

购物时很畅快，买单时就头疼了，十多个收银台全都排着长队。

楚晃腰塌了，拄着购物车："要排半个小时。"

修祈用手托住她的腰："那你先上车。"

楚晃立马站直了身子，瞪圆的眼睛显得十分警醒："你干什么？"

做了坏事被人摁住，换作别人，大概会解释两句糊弄过去，修祈不是，他很大方："搂你的腰。"

楚晃皱眉抿嘴咬着牙，修祈看着，微微一笑。

他太危险，楚晃的四两拨不了千斤，遂冲他伸出手："车钥匙。"

拿到车钥匙，楚晃便想早点离开"修祈身边"这个鬼位置，岂料一回头又撞上另一个高中同学。

这一位跟楚晃没什么交情，楚晃本想打个招呼离去，她却颇为热情地挽住楚晃的胳膊："楚晃！我刚就看你眼熟，看你跟别人一道，怕认错了，没敢认，真是你啊！"

楚晃微笑："嗯。"

她跟楚晃没说两句，视线就飘到了修祈身上："这是你男朋友吗？"

楚晃没答，是与不是，她都不好说——说"是"，她不愿意；说"不是"，又恐这位同学再问他是谁。

修祈没她那么多顾虑："是丈夫。"

同学讶道："什么时候结的婚啊？我还以为你这趟回来是参加杨璇和井润识婚礼的呢。高中那时候传了好一阵子你跟井润识的事儿呢，谁知道他竟然选了杨璇，以前你跟杨璇可形影不离。"

她说得快，生怕楚晃打断她似的。

这一句两句，句句奔着让楚晃难堪的局面去，楚晃不久前面对杨璇就烦了一回，这又烦她一回，她实在不能客气了，挽住修祈的胳膊：“我前段时间结的。我不结，他们能这么快结婚吗？”

言外之意就是，要不是我结了婚，井润识会选杨璇吗？

同学本想让楚晃尴尬，没承想她早不是以前那好拿捏的性子了。

她何时变的？

楚晃还靠在修祈身上，摆出一副跟同学很熟的样子，笑着对她说：“你是明眼人，你会放着我老公这样的不选，选井润识吗？”

同学抬眼看了看修祈，无言辩驳。

待同学走远，楚晃松开修祈的手。

修祈嘴角一直挂着笑。笑而不语，他很擅长，但现在他有话说："老公好用吗？"

楚晃知道他一定会揶揄她，早就在松开他时想好了对策："我说离婚，你不离，你可以跟我爸叫爸，我用用你不行吗？你要觉得不行，那离婚啊。"

修祈并不意外楚晃的态度。

认识楚晃这么久，他基本摸清了她的脾性。她是一个热衷扮乖守拙的人，看着笨，其实很精明。她只是不喜出风头，比起众所瞩目，更想默默无闻。

危机来临，只要给她思考的时间，哪怕数秒，她都能化险为夷。她跟他打交道时屡屡吃亏，也不过是因为他不给她思考的机会。但如果她的临场反应一直没有长进，恐怕是要一直被他压着了。

他没接话，只是低头时一笑云尔。

二人回到家，楚父楚母早已回来。

楚父从他们手里把食材接过去："你们俩去歇着吧，我来准备。"

修祈说："我帮您。"

楚晃很实在，换了鞋便到客厅休息去了。

楚母出来看到楚晃一个人在客厅看电视，把她轰去了厨房帮忙。

火锅是最简单省事的晚餐，材料都是现成的，洗好摆盘就行了。

饭桌上，楚父牵头聊家常，聊到楚晃小时候："晃晃没启蒙时呆呆的，我跟她妈、幼儿园老师，教三角板，教死了她都不会拼，笨的呀。"

楚晃脸发烫："爸！"

楚父冲她笑笑："后来就好了，后来一直考前三名。"

楚晃给楚父夹菜，想堵他的嘴。

楚父看着楚晃："但我也再没见过她像小时候似的，那么快乐。"

楚母在楚父碗里添了块肉："吃饭，少说话。"

好像每一家都有点想说，但没机会说，也不能说的话，修祈见惯不怪，始终赔笑，做个倾听者。

吃完饭，楚母把楚晃叫到一边，让她给修祈拿被子和洗漱用品。

楚晃不情不愿地搬出床新被子，抱到客房，又拆开新的四件套，没精打采地给他装上。

客厅里，修祈第一次打断楚父的娓娓而谈，看一眼客房的门，说："我去帮晃晃。"

楚父后知后觉地点头："哦哦，去吧。"

楚母看着修祈进了客房，瞪向楚父："你怎么那么多话？那是你姑爷，不是你的话筒。"

楚父扭头对上楚母严厉的眼神，摸了摸耳垂，没有吱声。

修祈从客房里边关上门，轻靠在门上，看着楚晃装被罩。

她的动作利索干净，确实像舒伯乾说的那样。舒伯乾刚喜欢上她的时候来找他分享，直说他在朋友的生日宴上认识了一个姑娘，活儿干得最多，话说得最少，身子高挑，有狐狸相。

修祈在楚晃家吃了两顿饭，通过她家的氛围，猜到了她的成长轨迹，也推测出了她扮乖的原因——一个强势的母亲，一个懦弱的父亲，她定然会藏起棱角，屈服于母亲。

楚晃装好了被罩，把被子叠好，转身看到修祈，熟练地蹙起眉："谁让你进来的？"

修祈睁眼说瞎话："爸让我来帮你。"

"那你倒是帮啊。"

"你干完了。"

楚晃懒得跟他说，把毛巾、牙缸、牙刷一并递给他："我包里有洗头洗脸什么的随行装，等会儿拿给你。"

"你让我用你的？"

"难道你想用我爸妈的吗？他们用的都是中老年的。"

"我没用过女人用的东西。"

楚晃可不信，靠在桌沿："修祈导演，我看过你的新闻，知道你私下生活丰富，就别跟我装纯了。"

修祈不置可否，笑了笑："那你呢？你有私生活吗？"

楚晃不想被嘲笑："有啊，很多啊。"

修祈没拆穿她："那你有资格说我吗？"

楚晃搬起石头砸自己的脚，被堵得说不出话，便也不再跟他消磨时间，走了。

九点半左右，楚父楚母把他们叫到客厅，神情严肃，郑重其事。

楚晃以为是楚母要训话，做好听训的准备了，谁知她只是拿出了一张银行卡，还有一本房产证，对他们二人说："你们这婚结得匆忙，事儿都没办，我跟你爸看了日子，该补的都给你们补上。"

楚晃怔了片刻，拒绝道："我已经打算回去离婚了。"

楚父第一次听到楚晃这个想法，有些惊讶。

楚母听过了，反应平淡，只是说："我们看了十一月初三的日子，也就是公历十二月十七号。"

楚母把日子定在八个月后，就是要楚晃用这半年多好好考虑。楚晃理解她的用心良苦，也明白这是她最大限度的让步了。如此一来，楚晃再想提离婚的事情就是要跟她撕破脸了。

楚母对楚晃说："卡里有一百四十万，房产是林清府淳安区一套三居，是我和你爸给你的。"

楚晃张口结舌，只呆愣愣地看她。

楚母翻开房产证："是个大三居，一百八十平方米，你们想在林清府这个小地方生活，敞开了住也够。你们想扎根上海，就把它卖了。这边房价两万四五，你们若不挑好的地段，不要大面积的，卖房的钱应该够你们在上海的半套房。"

楚晃从小没过过穷日子，但一下给她这么多钱，总归是不好消化的："妈，我不用。"

楚母跟楚晃说完，轮到修祈了："我只有楚晃一个女儿，我有什么东西都是她的，但只是她的。你明白我的意思吗？"

"明白。"

楚母说："我女儿是嫁给你，不是硬塞给你，我生的女儿我纵使有不满意，也知道，她到什么时候都好嫁。

"虽说你们的婚姻是在阴错阳差下酿成的，但事已至此，就不计较当时的过错了。

"我给你们俩八个月时间，如果你们还是过不下去，那之后的婚礼也就不用办了。

"现在时候还没到，你还是要尽丈夫的责任。"

言外之意便是，你不能光靠张脸就把我含辛茹苦养大的女儿拐走了。

修祈聪明，也大方，手机摁录音，推到桌中央："我名下只有一套房，在陆家嘴，三百一十六平方米，我可以跟晃晃签署赠予协议，业主变更为她。

"我有两辆车，一辆捷豹 XFL 定制款，一辆保时捷 911，GT2，3.8 排量的。

"流动的钱有两三百万，剩下三千多万在项目里。

"这是我可以做主给晃晃的。

"我父亲在广东给我和我哥各自备下了两份家产，我是养子，我父亲能给，我却不能要，所以这一份我做不了主。"

楚父没想到他竟这么果断，要知道让男人把钱都交给女人，比要他的命都难。

楚母也没想到，但比楚父的承受力强一些，在这么大的阵仗面前，依然从容："你愿意给？"

修祈扭头看向楚晃，她看起来有些搞不清楚状况，但这不妨碍他深情款款地对她说："愿意。"

楚晃忽地耳鸣，眼也花了，这一傻便傻到了半夜。

她翻来覆去睡不着，脑海里都是她母亲和修祈的话。

他们着实惊到她了。

楚母扮演了一辈子阎王，突然露出菩萨一面，她不敢轻信，却也没有不信的理由。她母亲是很严厉，说话也难听，希望所有人接受她的安排，有时候很有刻薄之相……但她以为，天下母亲都不是春风一样和煦、浑身上下全无缺点的。

是以这么多年，甭管旁人怎么讲究楚母，她都没放在心上。

但这跟楚母今日之举是两码事，今日她这番行为，显然是早就考虑好了。难道她也跟自己扮乖一样，一直都在假装严格吗？

楚晃不知道。

还有修祈，他那是在说什么？

把他的家底清点好推到她面前，还说出那么容易叫人误会的话，就好像他真的喜欢、在意她，但他们的婚姻明明是被赶鸭子上架的啊。

换作舒伯乾说这番话，或许她还相信。

但他是修祈啊，她在网上随便一搜就是他的花边新闻，图文并茂，她是宁可相信世上有鬼，也不相信男人能浪子回头的。

浪子就是浪子，花丛里待惯了，怎么愿意安稳下来？

就算破了天荒，他愿意回头，她楚晃也不会是诱因。

娱乐圈那些女人有才气、有美貌，那么多本事，尚且拴不住他，她凭什么？

再说，能拴她也不拴，男人要能用绳子拴住，那也能拽着绳子跑了。

她思绪万千，连叹了几声气都没有注意。这团烦恼还没个着落，忽地一双手从她腰上穿过，把她搂住了。她一个激灵，猛然回头，果然又是修祈。

她欲挣扎，修祈搂着她不给机会。

楚晃掰他的手："你放开我！你没有房间睡吗？"

修祈不说话，也不松手。

楚晃又不敢闹出太大动静，唯恐把父母引了来，扭头低喝："你别使劲，我喘不过气来了！"

修祈松了松手，楚晃找准机会，起身要逃。

修祈反应快，力气大，把她捉了回来，这回用身子压上去。

楚晃看着他近在咫尺的脸，不敢再动。

修祈拨弄她的头发，抚了抚她的眉毛。

楚晃心跳加快："我爸妈就在隔壁，你别乱来。"

修祈轻飘飘地说不要脸的话："我还没做新郎。"

楚晃面红耳赤，急道："你，你胡说八道什么？！"

许久，修祈才说："别让我等太久。"

房间太静，楚晃都能听到她的心跳声，她嗓子眼的水分被她的心火烧干了，她正要开口，修祈已经从她身上起来，躺到一旁。

楚晃缓和心跳，气出了几口才有余力推他："回你房间！"

修祈不动弹，楚晃气急："爱走不走！你不走我走！"

她还没起身，又被修祈攥住了胳膊，她挣两下没挣开，放弃了，不再做无用功了。

她扭头看他，这么俊的男人，身边都是女人，想闻什么花香没有？

她本来还摸不清楚他的想法，他今晚闯进来，爬上她的床，她猜了个大概。他闻着她香，是因为他没吃到，什么东西都是没吃到的最好吃。

虽然这是显而易见的，但当她真正面对，还是有些难受，没有人为她而来是因为爱。

她用力挣开他的手，转过身，背对他。

回到上海，修祈跟楚晃便回归了各自的生活。从那之后他们谁都没再联系谁，好像回家的种种是黄粱一梦。楚晃深知男人都不是常性的，但变脸这么快也是没见过的。

所幸她一直没信他深情款款的做派，倒也不是很失望。

楚晃拒绝了其他公司抛来的橄榄枝，也没有出国进修，那眼下就只有在这家公司卖力工作这条路了，倒是清晰多了，用不着她难以抉择了。

眨眼到了5月，盛夏将临未临。

楚晃他们公司每年的"5·20"都会开办一个狂欢晚会，答谢客户，慰问员工。活动当天中午全体员工在酒店总会厅吃饭，厅内能容24桌。领导在嘉会厅，只开6桌。

晚会从下午三四点开始准备，八点开幕，十二点闭幕，跨年演唱会级别的狂欢，除了员工八仙过海，当然也会请些歌手前来助阵。

其中就有舒伯乾成团出道的组合。

进入 5 月，公司上下只有这一个话题，有出息的员工盼着当天公司老总亲自颁发奖金，没出息的就想着吃喝玩乐，以及跟哪位明星要签名。

晚会是楚晃的部门和运营部门主办，出谋献计、制定节目是运营部门的活儿，行政、人事部帮忙落实。

楚晃他们部门负责联系嘉宾，比如娱乐圈的艺人、各企业领导人。再有便是对外宣传，宣传的出发点是让全网认识到他们公司的庆功会多么盛大。剩下的就是未雨绸缪了，没有意外最好，若有，她要在第一时间提供公关策略。

"5·20"当天，楚晃他们公司上下齐聚一堂，酒店宴会厅好不热闹。

嘉会厅里，楚晃和市场营销部主管居静和坐在一起。居静和看着隔壁桌的男人，扯楚晃的袖子："要不是我结婚了，我一定去撩他。"

男人没一个好东西，楚晃早已知晓，很没兴致地答了一声："嗯。"

居静和问她："我给你推他的微信，你没加啊？"

楚晃的注意力在菜色上，这一桌一万五千八，量不大，味道倒是值这个价，敷衍道："谁啊？"

"傅承风啊谁，品牌部空降的那个总监。"

楚晃抬起头，傅承风正好朝她看过来，冲她点头示意。

这段时间因着筹办晚会的事，楚晃跟他有了些接触，但也都是工作上的事。人是不错，心动没有，楚晃也对他点了一下头。

居静和说："看看人多客气。"

楚晃没说话。

过了会儿，有些领导喝多了上头，挨桌敬酒。傅承风走到楚晃这一桌，敬了她一杯。楚晃没想到，举杯的动作慢了半拍。居静和更没想到，在旁边看呆了。

　　傅承风把她手里的酒杯换成了果汁杯："你别喝酒，你喝多了，我没法跟修导交代。"

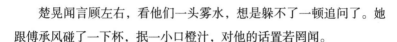

06

　　楚晃闻言顾左右，看他们一头雾水，想是躲不了一顿追问了。她跟傅承风碰了一下杯，抿一小口橙汁，对他的话置若罔闻。

　　傅承风问她："修导回来了吗？"

　　楚晃已半个多月没跟他联系，对他的事一概不知："不知道。"

　　傅承风停顿一下，随即笑了："他回广东处理家事，半个圈子都知道，你不知道吗？"

　　楚晃不知道。

　　这对她来说不是重点，傅承风再说下去，所有人都会知道她和修祈结婚了才是重点。

　　她佯装自然地放下橙汁杯子："你说谁？"

　　她想上手把他拉走，但又没修祈那么不知羞耻，思来想去，决定装傻，但愿傅承风是个聪明的。傅承风十分上道，懂楚晃的眼色，很仗义地帮她把戏演了下去："我说晚上的晚会，楚主管记得看我们部门的节目。"说完，他看一眼不远处一桌，"我过去一趟。"

　　他人一走，居静和拽楚晃胳膊，拉着她坐下来："什么修道？你出家了？还是说谁叫这个名字？"

　　楚晃搪塞道："我也不知道他在说什么。"

　　居静和好奇，但懂人跟人相处的距离，楚晃打定主意不说，她便不会再问。

中途，楚晃去卫生间，出来碰上了傅承风，但看起来，他好像在等她。

她先跟他道谢："刚才谢谢你。"

傅承风摇了摇头："小事。前段时间跟修导撞了饭局，他的局就在我隔壁，我跟周总过去敬了杯酒。周总提到修太太在我们公司，我才知道，修导结婚了。"

楚晃听他说话，表现得兴致缺缺，傅承风却想说完："昨天晚上，周总告诉我，修导的太太姓楚。我们公司姓楚的可不多。"

楚晃看不透他："你想说什么？"

傅承风笑了笑："你别紧张，我就是很好奇，你为什么不想让别人知道，你跟他结婚了？"

修祈其人，放荡不羁，跟他结婚这事说出去太丢人了。明着，他们叫他一声修导，认可他的社会地位；暗着，谁不知道他那点事儿？他的妻子，那不就是个冤大头吗？

她想也知道，他们背地里都说她是一个绿帽子收集户。

楚晃说："商业联姻，过不了多久就离了，说它干吗？"

傅承风挑眉，显然他有些惊讶楚晃这个说法，但没再问什么。

回到嘉会厅，挺热闹的场面忽然变得肃静。

楚晃不解地归位，居静和小声对她说："闹贼了，猎狐的PD（产品经理）戒指丢了，说吃饭时还戴着，眨眼不见了。"

猎狐是他们公司旗下一款招聘产品，计划明年年初正式关闭，原因是多年来产品不温不火，没有竞争力，没有盈利点。猎狐的PD已经被公司掌钱的大哥们轮番开了几回会，楚晃置身事外也能体会到她的疲惫，用心做的东西要被关闭，谁受得了？

居静和的助理猜测道："你们说她是不是贼喊捉贼啊？"

居静和看过去，等她的下文。

助理分析："首先，她跟周总说她没离开过座位，也就是因为这一点，大家断定她的戒指是被偷了。但把戒指从她手里撸走，她没反应吗？"

居静和说："她说她喝多了，兴许是喝多没知觉了。"

"知觉没有，记性有？她就那么肯定她戴着戒指来的？"

居静和听她这么一说，觉得有理，跟楚晃使眼色。

楚晃不知道，也不猜测，就希望这场意外快点结束。"5·20"的活动宴请了那么多贵宾，其中不乏媒体记者，闹大了又得她去摆平。

猎狐的 PD 直哭，周总在旁边轻拍她的肩膀，安慰着："你看这样行不行？等活动结束我跟你去监控室，要还找不到就报警。"

那一桌都是有头脸的人物，吃完饭看美人痛哭，别有一番景致。

互联网公司的重中之重在技术，楚晃他们公司也一样。

他们公司部门大致分为两类，专业类和职能类——行政人事、市场公关等部门属于职能类别，职位是明确的，员工是员工，领导是领导；专业类别不是，职位并不明确，专业类别包括产品、技术、设计、运营等，要有过硬的专业知识。

他们公司的专业类别有九个档，档越高，地位越高。第八档的周总本名周嘉彦，副总级别，他亲自喂这位 PD 吃定心丸，她慢慢也就不再哭哭啼啼了。

但她对丢失的戒指很执着，"懂事"地说，只需要关起门来找贼，保证不对外声张。她有非找不可的原因——戒指是亡夫送给她的。

这回周嘉彦的面子也不够大了。

周嘉彦抬了一下手，说："找吧。"

他是职场老麻雀，没让人觉得不耐烦，但"5·20"活动当前出了这档子事，门外又都是客，他怎么能不烦呢？

有人附和他："找吧，你不怕把我们这些人都得罪光了，我们被怀疑的怕什么？"

"别说了，那戒指对人家意义重大，丢了帮忙找找也累不着你们。"

"HR 挨个儿问吧。"

在座的都是领导，这要怎么问才能不得罪人？怎么问都不行，怎么问都不好，连番几轮下来什么都没问出来，又不能搜身，只能尬住了。

最后不知道谁说了句："这么着吧，咱们自觉把兜和包翻出来给郭总看，看有没有她的戒指，省得把时间耽误在这里。"

没别的法了，有人打头把包里东西倒了出来。

有人阴阳怪气："这屋里都是有头有脸的，又不是买不起，谁偷她一个破戒指？"

有人回复他："没看过新闻吗？那戒指一百多万买的。"

"所以呢？她那桌缺年薪百万的吗？"

"也不一定就是谁拿了，可能是不小心弄掉了，大家看看是不是敬酒的时候挂在了谁的身上。"

行政部总监这时候说话："行了，都少说两句，赶紧找。咱们这边门关着，等会儿外边有人觉得不对劲，那就瞒不住了。"

接下来便只剩下翻找东西的声音了。

居静和的助理在她身后小声问："静姐，那戒指一百万？"

居静和说："嗯。"

"这么牛？"

"她是被挖过来的，来咱们公司之前是概念新星的 PD，她丈夫是概念新星合伙人之一，两年前死于飞机失事。"

助理以为自己问了不合适的问题，缩缩脖子，吐吐舌头，闭上嘴，不再问。

所有人的包都打开了，怀也敞开了，就是没那戒指的踪影。眼看着大家伙儿的耐性快被消磨尽了，周嘉彦不能再让这个局面持续下去，对 PD 说：“你也看到了，都没有，别让大家在这儿耗着了。”

　　PD 抿着嘴不说话，显然是不愿意。

　　周嘉彦见她不应，也没依着她，径自给大伙儿放了行。

　　傅承风留下来，跟周嘉彦一起应对。

　　没人了，PD 坐下来，捂着脸又哭一遍，这回边哭边怨：“我的念想没了，我不知道该怎么坚持下去了，我什么都没了。”

　　傅承风握住周嘉彦的肩膀：“周总，你先去前头忙吧，我来跟郭总说两句。”

　　周嘉彦点头：“好好安慰安慰郭总。”

　　傅承风把 PD 带到休息室。

　　酒店的休息室也是茶室，更是书店，进门便有一股梨香扑鼻而来。

　　傅承风给 PD 斟茶，待她情绪缓和一些，对她说：“你也看到了，他们的包和口袋里都没有你的戒指。”

　　PD 用竹镊子拨弄茶罐里的茶叶：“我听见了，让大家把包和口袋都翻出来的话是你说的。”

　　傅承风没否认：“是。”

　　“傅总，我们也算是朋友吧？你真心对我说一句，你是真的帮我吗？还是为了洗清大家的嫌疑，避免他们私下猜测。”

　　傅承风说：“我们是朋友，那你能不能真心对我说一句，你闹这一场，是不是想激起周总他们的同情心，以此达到延迟关闭猎狐的目的？”

　　PD 笑了，她跟傅承风是同学，她没必要在他面前装腔作势：“明显吗？”

　　酒店房间里，居静和跟楚晃在聊天。居静和吃着酒店赠送的下午茶，用手接着碎渣："咱们都能看出来郭心橤自导自演，周总他们看不出来吗？"

楚晃很喜欢国悦酒店的下午茶，甜而不腻，正合她口味。

居静和说："她也太明显了，前脚公司宣布猎狐关闭，后脚她就丢戒指，委委屈屈。说她不是博取同情谁信啊？"

楚晃不喜欢八卦，跟同事待在一起却不能避免。

居静和吃完，拍掉手上的碎渣，说："傅承风还留下了。听说他们俩是大学同学，还是同系，洲大的金童玉女。"

楚晃看向她："洲大？"

"嗯。"

"我也是洲大的。"

居静和知道："所以我才给你推他的微信啊。我以为你俩一个学校能有共同语言呢。现在看来，他更喜欢寡妇。"

楚晃问："咱们公司有不少洲大的吧？"

"基层不知道，咱们这个级别往上的，满打满算也就五个人。"

楚晃想想觉得也是，他们公司校招都是招南边的学校，社招都是精准到个别人，直接到小公司去挖。

这时候，有人敲她们房间的门，居静和看了楚晃一眼，站起来，朝外走："谁啊？"

"静姐，是我。"居静和助理说。

居静和打开门，只能看到她抱着的啤酒和零食："你不是去要签名了吗？"

助理进门，把东西放到小圆桌上，从包里拿出一本手账本："要了啊，他们组合好几个成员给我签了。舒伯乾的字最好看了。"

说到舒伯乾，楚晃不自觉地朝那本手账看过去。

居静和咂嘴："可以啊你，昨天运营部那群妖精都没要到，说经纪人连门都没让进，你这么轻松就要了来？"

助理嘻嘻地笑："那还得说咱们市场部有牌面。"

楚晃瞥了一眼，手账本中几个签名只有舒伯乾的签名笔势有力，蚕头燕尾，有文化的门户出来的孩子就是不一样。

居静和把手账本还给助理："没人找我们俩吧？"

助理说："没有。找什么找？咱部门忙多少日子了？现在会场安排好了，舞台搭好了，节目彩排过了，就等开幕了，要还拿咱们当驴去推磨，那年终我就得要六个月的奖金了。"

居静和瞥她："你想得美，还六个月，我都没有六个月。"

他们的薪资结构是按级别划分的，居静和他们这种半大不小的主管都是十四加二薪，即一年到头除了十二个月的工资，还有四个月奖金。

助理嬉皮笑脸："我刚看见周总跟个男的勾肩搭背地上了30层。"

"30层？"

"嗯，30层不是贵宾酒廊吗？有卡才让进。在国悦旗下的酒店年消费达到六十万才有卡。"助理给二人打开啤酒。

这一点居静和知道，她是想知道："那男的是傅承风吗？"

"不是，不是咱们公司的。我只看到张侧脸，不过很帅。"

居静和猜测道："那可能是咱们公司请的嘉宾。"说完她看向楚晃："你发出去的邀请函里有长得帅的嘉宾吗？"

楚晃哪记得这些？还末说，居静和已经不要她的回答了："你也看不出来帅不帅，傅承风那样的你都没感觉。"

助理说："傅总是挺帅，人中龙凤。"

助理喝着啤酒，吃着山楂酸奶球："傅承风在 TO 的时候给 TO 创收，搞得可不错呢，TO 在同行的排名打了鸡血似的往上涨。咱们老大还是有本事啊，把他挖来了。"

居静和说："有什么用？我还以为把他挖过来是给咱们公司女同事谋福利的，结果跟郭心焱暗度陈仓。"

助理说："郭心焱这么一闹，猎狐怕是没那么快关闭了。"

楚晃听着两人说话，犯了困，刚要眯眼，手机振动赶走了她的瞌睡，打开便看到修祈的消息，他说："你在哪个房间？"

她没回。

修祈又说："我在国悦。"

楚晃皱眉，他在国悦干什么？又是跟哪个演员看剧本吗？

她没回，还把他的消息删了。

过了会儿，居静和收到条微信消息，疑惑地看向楚晃："周总要你微信。"

楚晃一下子想到了修祈，居静和的助理说周嘉彦跟一个男的勾肩搭背上了酒廊，现在看来那人是修祈。她可以不回修祈消息，但不能不回周嘉彦，尤其居静和还在这儿看着。若是她不回应，那便是有鬼，有理也会变成没理。

她添加了周嘉彦，周嘉彦第一句便是："楚主管现在来趟酒廊，我在这儿等你。"

楚晃回复："您有事儿在微信说也一样，需要我帮忙，我会帮忙。"

居静和看她收起手机，好奇地问："周总找你干吗？"

楚晃不能说"没事"，居静和的嘴她惹不起，搞不好周嘉彦找她就成了明天公司里茶余饭后的谈资，遂说："问我邀请嘉宾的事。"

居静和没怀疑："吓我一跳，我以为是因为郭心焱丢戒指的事儿，要挨个儿问话呢。"

贵宾酒廊中央的下陷区有两张圆形设计的卡座，周嘉彦坐在当中，看完楚晃的回复，笑着递给修祈："你老婆很聪明。"

修祈没接。

周嘉彦说："要不我再帮你问问她在哪个房间？"

"先不用。"

周嘉彦把手机放下，酒杯也放下："你回家料理家事还带着别的女人，带也就带了，还让人拍到了，知道你结婚的人指不定怎么笑话你老婆呢，她愿意见你才怪。"

以前的不说，这一次，修祈回广东没带任何人，但他懒得解释，反正解释也没人信。

周嘉彦劝他："知道有人盯着你拍，你就收敛一点，要不就瞒得紧一点，你这名声也不至于坏到没有转圜的余地。"

"名声值钱？"

周嘉彦倒是同意这个说法，但还是说："名声不值钱，但能让你家里那位心安。"

修祈问他："你家里那位心安吗？"

周嘉彦可不愿与他混为一谈："我们一样吗？我可没跟你似的今天跟这个人去吃饭，明天跟那个人去蹦迪，给这个人买包，给那个人过生日，动不动跟谁唱歌到凌晨。"

修祈也不是不知道周嘉彦上个月在新加坡的那档子事儿，但这时候提没意义，提起便是五十步笑百步，都是一丘之貉，还分什么第一第二？

他草草结束了话题："盛辰光呢？"

盛辰光是辰光集团主席，与他相交多年，最初是周嘉彦介绍他们认识的。

盛辰光做互联网做出成绩后，沉迷资源运作，大量认购各行业公司股份，其中就有修祈作为股东的无双传媒，耗费近八个亿。他跟修祈卖了个好，目的在于招揽修祈，用修祈打开影视市场。

要说他们是朋友，其实并不准确，准确来说，他们走到一起是利益使然。

周嘉彦说："他有节目，这会儿应该在练习。"

"真有瘾。"

周嘉彦认同似的笑了声："一年就这么一次，他愿意唱愿意跳随他就好，我可不敢有其他意见。"

修祈看了眼手机，时间也不早了，晚会要开幕了，便不耽误周嘉彦的时间了，直截了当地说明目的："你把她旁边的人叫走。"

周嘉彦是聪明人，但这么好一个嘲笑修祈的机会他可不想错过，明知故问："谁啊？修导。"

"我老婆。"

居静和收到周嘉彦的微信消息，皱着眉对楚晁说："周总叫我去一趟。这回别是真跟郭心惢的戒指有关吧？"

楚晁不明白，但有种不好的预感。

她也没在房间多待，准备跟居静和一道离开。

她拿上房卡，跟在居静和身后，听着居静和和助理的猜测，正在想这些猜测是否符合逻辑，突然一股力量如风如雨，拦了她的路。

待她扭头找缘由，已经被人拉到另一条走廊。

她拼命挣扎，看清来人，挣扎得更凶了："你放开我！"

修祈不放，还把她打横抱起，抱到他的房间。

楚晁心跳异常地快，揪着他的衣裳，轻重不均地喘气："你不放我下来，我就叫了！"

修祈把她放到落地窗前的浴缸里，楚晁扒住浴缸边，踢着腿退到角落。她心里头不害怕，但管不住身体，修祈一看过来，她便汗毛直竖，瞪圆了眼睛。

修祈坐在浴缸围台，半个多月没见面了，她看起来一点都不想他，还烦透了他。

但她没办法，还是被他抱到这狭窄的一隅。

她有很多种样子，修祈就喜欢她无能为力的样子。

楚晃紧扒着浴缸边，双手出现暂时性血阻断，骨节处青白一片。修祈掰开她的手指头，牵住她的手。楚晃挣脱不开，便从浴缸里出来，用尽力气往回抽她被牵住的手。

修祈轻轻一拽，就把她拽到了跟前。他顺势搂住她的腰，双腿夹住她的腿，任她怎么反抗，就是不放开。

楚晃耗光了力气，不动弹了，像条死鱼，面无表情、没有知觉地由他摆弄。

修祈见她消停了，跟她说话："想我吗？"

真不要脸，楚晃不想搭理他。

修祈捏她的脸："安徒生影视的高管是不是挖过你？"

楚晃闻言活了过来，狐疑地看着他："你听谁说的？"

修祈没答："为什么没同意？"

他好意思问？安徒生递橄榄枝的时间，正是他们俩眼红不休的时间。如果不是他们俩的误会在她家闹得沸沸扬扬，她怎么会没有心力去琢磨自己的前程？

她偏头看墙："辰光挺好的。"

"安徒生适合你。"

楚晃不想总提已经过去的事："现在说这个还有用吗？我为什么没时间考虑，为什么拖到后面耽误了，你不知道吗？"

修祈只问她："你还想去吗？"

楚晃笑了笑，像嘲笑，不仅嘲笑他，也嘲笑自己："你真可笑，你当安徒生是你开的吗？"

两人说话时，窗外楼下的篮球场灯光舞美已然到位，舞台的噪声传到他们的耳朵里，辰光"5·20"晚会正式开始了。

主持人是人事部总监，激励人心的开场白结束后，便是辰光去年这一年斩获的成绩。念完去年的成绩单，该今年的任务和目标了，主持人说着辰光上半年的大事，台下欢呼雀跃。

楚晃兴致索然。她事业心重，野心不大，只有最高层才会把目光和战场投放到整个行业，这些跟同行竞争而取得的成就，离她太遥远。

直到主持人说："辰光已于年初完成了对安徒生影视的收购，2月，安徒生召开股东大会，安徒生影视正式更名为辰光影业。知名导演修祈获委任为执行董事。"

07

楚晃闻之愕然，盯着修祈不发一言。

修祈也看着她，只是他的神情比起楚晃轻快多了。泰山崩于前而色不变是他的拿手好戏，楚晃认识他那么久，就没见过他乱了阵脚的时候。

她越这么想，修祈越是副余笑姿态，她心里越来越毛，别开了脸。

修祈在这时候问她："你还想去吗？"

楚晃答："不想了。"

"条件你开。"

楚晃嗤之以鼻："你想潜规则我吗？"

修祈稍微歪了一下头，像是觉得她这个说法也不错："也不是不行。"

楚晃是想要一份发展空间大的工作，可以施展拳脚，最好待遇也好一点。没有人工作只为实现价值，而不用生活，她也不是。但如果这一切是建立在时不时被修祈折磨的基础上，那她就要重新考虑了。

安徒生确实适合她，但安徒生的老板不适合。

她说："我不愿意。"

修祈听而不闻："我给你一个月时间考虑。"

"不用，我现在就能回答。"楚晃很笃定。

修祈换了个话题，搂紧了楚晃的腰："半个月没见了。"

楚晃常温的身子被他抱到三十八摄氏度，很快就要烧到脸上来了，她转头四十五度看向角落，不答不理没反应。修祈也能等，就这样抱着她直到晚会进行至终章。他其实很生她的气，她不是温柔的人，但也能对每个人都温柔，唯独对他，她就没有过好脸。

她对舒伯乾跟对他，完全是两个人。

但没关系，他喜欢挑战。

楚晃脚上是一双细跟的高跟鞋，十厘米左右，久站会脚疼，但偏偏能忍，这么长时间过去都未吭一声。

晚会闭幕，居静和给楚晃打来电话，问她在哪儿，要不要顺道送送她。

楚晃说"好"。

她收了手机，对修祈说："放开我。"

修祈当真放开了她。

楚晃站了太久，倏然被放开，力量没了倚靠，致使她身形一晃，差点摔倒，幸而修祈手快，捞住了她的腰。

这回没等她再说一遍"放开我"，修祈已经把她公主抱到了沙发，单膝着地蹲在地毯，脱了她的高跟鞋。她脚疼、腿疼，动就疼，便由他了。修祈手掌托着她的脚心，另一只手轻捏她的脚踝。他不说话，是因为他不想说。楚晃是一脸讶然，说不出。

修祈给她捏了很久，久到居静和的电话接二连三地打来。

楚晃手机铃声开得不大，架不住环境安静，所以丁点动静都会很清晰，但她就是没有拿起来，没有接通，还是修祈提醒她："你电话。"

楚晃七零八落的注意力才迅速聚拢，手忙脚乱地接起来。

"哪儿呢？等你十多分钟了。"居静和语气有点不耐烦。

楚晃抽回脚来，着急忙慌地穿上鞋："马上下去。"

她没有要跟修祈打声招呼的意思，走到门口了也没停下。

修祈在她走后才站起来，轻轻挽起衬衫袖口，走到开放式吧台，从餐车的冰桶里拿出一瓶酒，给自己倒了一杯。

耽搁太久，酒没那么凉了，但口感还在，他左手拇指、无名指捏着酒杯杯口，晃晃，看着杯内打转的气泡，淡淡一笑。

放下酒杯，他给楚晃发了条微信消息。

楚晃在居静和的车上，听着她的感慨："咱们的晚会一年比一年盛大，还得说咱们老大有本事啊，辰光我是来对了。"

楚晃满脑子都是修祈，他总是这样，突然出现，突然做一些稀奇古怪的事，突然让她心里头不安。

居静和从内后视镜看着她："怎么了？几个小时不见，怎么变得迷糊了。"

楚晃回神，把鬓角发丝捋到耳后，掩饰情绪："戒指的事儿有下文了吗？"

"没有。还说呢，我以为周总找我是问这件事，结果只是问了问我的工作情况。这我们也不是一个部门的啊，他问得着吗？"

楚晃笑笑没说话。

居静和还有话说："辰光影业成立，除了几个核心员工，全都面临大换血，据说出了新招，就是从咱们总部调人过去。"

楚晃听到宣布时就想到了："如果可以选，你会去安徒生吗？"

居静和笑了："会啊，执行董事是修祈啊，跟着修祈有肉吃。再者说，不看前程，就看人，很少会有人拒绝吧？我猜运营部那帮漂亮的已经心花怒放了。"

楚晃知道，就是别扭，小声说："可他很渣。"也不知是说给居静和听，还是说给自己听。

居静和点头："花边新闻是挺多的，但不是每个人的价值观、感情观都跟你我似的。优秀的男人跟漂亮的女人一样，不会因为名花有主就使人望而却步。"

楚晃淡淡道："我不愿意跟一群女人争宠。"

居静和笑得很大声："你想多了吧？你以为轮得着咱们啊？修导要人也会在运营部挑，运营部是咱公司颜值最高的部门了。"

楚晃没有多言，笑了笑说："也是。"

国悦酒店，休息室。

茶热了凉，凉了热，晚会结束了半个多小时，傅承风和郭心惢还没继续先前未结束的话题。郭心惢又在拨弄茶叶，弄着弄着，说了话："上海外滩的夜不静，灯光很明丽，无论室外还是室内，都是。只可惜这样的明丽不会单纯为我，或者为你。"

傅承风没有她慨叹的心情："你既来到上海，就要接受它的无情。"

郭心惢笑了笑："你变了，我记得你以前心气儿很高，现在怎么一副被社会磋磨得妥协的模样了？"

傅承风不想跟她说太多没用的话，直奔主题："猎狐这个产品没用户，不挣钱，再养下去就是钱多烧得慌。我知道这是你来辰光的第一个产品，你舍不得，但你也不是第一年入这行，你见这行善待过谁的情怀了？"

其实傅承风知道她也不是在意猎狐，她只是怕她把一个产品做到被关闭，以后的职业生涯会因此走下坡路。

傅承风以朋友的身份劝她："就算猎狐留下来了，痛点解决不掉，关闭也是迟早的事。到时候你怎么办？再闹吗？"

"我三十三岁时被辰光从概念新星挖过来，上了多少家报纸，现在我把一个产品做到关闭，哪个公司还愿意要我？"

"那你就要把别人拖下水？"傅承风跟她摊开说。

郭心惢定睛看了他一阵："你看出什么了？"

傅承风只是猜测："如果周总无动于衷，没有改变主意，没有同情你，你会继续以丢戒指这件事闹下去。"

郭心焱洗耳恭听。

傅承风身子前倾，神情严肃正经，继续说："现场没找到你的戒指，你会说有人带出去了，那去过卫生间的都要被你冤枉了。"

郭心焱不置可否。

傅承风又说："席间去过卫生间的有四人，我，运营部的老刘和米伊莎，还有楚晃。

"老刘是运营部总监，没有背景，走到现在纯靠自己。他对于你来说没有利用价值；楚晃是市场部公关媒介部的主管，人脉不少，但也是媒体方面的人脉较多，关闭猎狐是辰光上层的决定，她说不上话，所以也没有利用价值。

"至于我，我们做校友时就熟悉，你知道我的脾气，没有价值的事情我不会做，帮你留下猎狐纯粹浪费资源，我不会帮你的。

"那就剩米伊莎了。"

傅承风轻言慢语，但措辞直接："米伊莎刚刚入职三个月，目前在运营部的内容运营岗位。她虽是个组长，却连老刘都不敢随意指使。为什么？因为她是盛辰光的人。这是咱们内部心照不宣的事，你非要栽到她的头上，这不是在下盛总的面子吗？

"得罪盛总，你还想在这行混吗？"

郭心焱扔了竹镊子，撕开一块便捷毛巾，擦了擦手："猎狐的团队是我精挑细选一路带过来的，说关闭就关闭，可以，我们没意见，我们可以接手新的项目，但凭什么一个指令把我的团队整个调走加入别人的项目？"

傅承风知道她是怨这件事："不然呢？猎狐关闭，你团队的人全部遣散。这是你想看到的结果？"

郭心惢只想要个理："我是辰光花钱请过来的，不是社招进来的，猎狐这个产品运行至今日，变成这样，也不都是我决策失误。"

傅承风大概能猜到她要说什么，很多新人遇到不公平的事时，都是这样的反应。

果然，郭心惢说："他们辰光当我是傻的？给我个烂摊子，让我起死回生，我没那个本事，就让我腾地方。是，猎狐黄了，但我把团队练出来了啊。我用两年时间，就为给他做嫁衣裳吗？"

傅承风跟她说了句跟自己人才说的话："我也是花钱请进来的，我的起点甚至高于你，但如果有一天我的能力和我的薪资不成正比，我一样会被扫地出门。

"你是打工的，你不是皇帝，你的能力最要紧，没有能力，给你三个月薪水让你离开都无可厚非，何况只是把你的团队调走。"

郭心惢听不进去这番劝说，自她丈夫离开，她变得执拗，行事作风雷厉风行，说一不二，不容驳斥，谁要是有不同意见，那就憋着。于是她手里的人在她的严格要求下，越来越能独当一面。

但这样行走于职场有一个致命的问题，就是她不听别人的话，而她又不能永远保持长远的眼光，最后导致团队上下前程远大，唯她一人是穷途末路。

她气不过："嘉会厅是辰光第六档往上的人聚餐的厅，她米伊莎是什么东西？野鸡。就因为爬上了盛辰光的床，就可以端着酒杯在凤凰窝里当主人了？"

她说话太过难听，傅承风眉头紧蹙，觉得再聊下去也没意义，说："你现在听不进去人话，自己好好想想吧。"

说着，他站起来。

郭心惢喊住他："你会出卖我吗？"

傅承风停住脚，却没回头："我劝过你了，你不听就是铁了心自掘坟墓了，如此我也不劝了，好自为之吧。"

他行至门口，冷不防想起楚晃和修祈的关系，又转过身，看着她。

郭心惢端起了茶杯："再喝一杯？"

傅承风说："不光盛总的事，还有一个你同样惹不起的。"

郭心惢笑了笑："没招了？开始吓唬我了？放心吧，我要真是自掘坟墓了，也不拉你下水。"

话已至此，傅承风不再多说。

傅承风走后，郭心惢站起来，把茶杯里的茶水倒掉，往杯里倒了点酒，抿了一口。

她站在全景窗前，左手托着右手手肘，右手捏着杯，眼看着杯，轻声道："这么好看的杯子，该盛酒的。"

正如她，有本事的人不该被淘汰掉的。

楚晃到家才发现她钥匙丢了，翻遍了包都没有，想来是在嘉会厅倒包里东西时把钥匙丢了。

这么一想，她就要给酒店前台打电话。

拿出手机，屏幕中央是修祈半个小时前发来的微信消息，她皱眉点开，看到他说："你钥匙掉了。"

现在进不得门是正事，于是她也顾不上分析钥匙到底是掉了，还是修祈顺手牵羊牵走了，打车返回了酒店。

站在房间门口，她没急着敲门，先把自己衣领的扣子系上，再把胸罩的钩解开，重新钩上，钩最里边的一排。

做好准备，她深呼一口气，敲了敲门。等了一分多钟，门才打开，修祈赤裸着上半身出现在门口。他下半身是条浅灰色的休闲裤，穿也不好好穿，裤腰挂在腰上，头发还滴着水，滴在他胸膛上，从胸肌往下滑，滑到腹肌。

楚晃心慌，下意识扭头，浑身的细胞都在提醒她，赶紧走。

修祈靠在门框，双手插进裤兜，微笑看着她。

楚晃冲他伸出手："钥匙。"

修祈没反应。

楚晃把脸转回来，但眼神不落在他身上，以保持清醒："请把钥匙拿给我。"

她用了"请"，虽然觉得以修祈的恶劣程度，应该不会因她这么客气就如她的愿，但礼多人不怪，万一他今天好说话呢？

正想着，修祈一把攥住她伸出去的手，把她拽进了房间。

修祈把她抱住，他自己湿漉漉的还不行，还要把她弄得湿漉漉的。他轻拂她的头发，轻摸她的脸："你还没答我的问题。"

楚晃是个女人，挣扎无用，省下了力气，说："你把钥匙给我。"

"你先答。"

"什么？"

"那么久不见，有没有想我？"

楚晃假装不知道他真正想问的是什么："久？我怎么觉得才见过你这张讨厌的脸。"

修祈手托着她后腰，声音轻盈："说明你一直在想我。"

楚晃自己挖了个坑，跳了进去，一时语塞，只能低下头阻绝他的目光，以度过在他怀里这段令她别扭难挨的时间。

修祈没有太为难她，抱了抱便松开了，却也没给她钥匙，顾自去吹头发了。

待平复了心跳，楚晃便过去找他了。她不能耽误时间，她知道修祈拿她当一朵野花，想要糟蹋。她没病，不会上赶着让他糟蹋。

她站在浴室门口，还冲他伸手："钥匙给我，不然我就给前台打电话，我不怕丢人，你就不一样了，修导演。"

修祈吹完头发，放下吹风机，转过身，靠在洗手池前，长腿往前伸，左右脚叠在一起，双手交叉抱臂，嘴角含笑看着她："正好我也在找机会，公开我们的婚姻关系。"

"你不要脸！"楚晃急道。

"嗯。"

楚晃不要了，什么钥匙，她早该知道修祈就不会给她，为什么要犯蠢？还是说她心里是对他有一点期待的？

有也没有了，修祈不值得她相信，他用行动证明他不是值得相信的人。

她转身就走。

修祈在这时把她家门钥匙拿出来，晃了晃。

两把钥匙撞在一起的声音使楚晃停下来，她转过身，看向她的钥匙，再看修祈："你就说怎样才能给我。"

修祈没说，只是走向她，把钥匙递给了她。

但当楚晃拿到钥匙，他立刻抱起了她，不顾她的反抗，把她抱到床上。

楚晃紧张地捂住胸口，心跳很快，缓不下来。

修祈却只是吻了她，接着便躺到一侧，搂着她闭上眼。

楚晃侧躺在床上，身后是修祈，他正抱着她，手放在她小腹上，她一动不敢动，呼吸都小心翼翼。修祈身上有香味，可能是沐浴液，也可能是洗发液，她不知道，她脑子很乱，想东西都不连贯，一会儿一个样子。

她是最善于思考的，喜欢给一切结果找原因。她不相信一见钟情，一见钟情钟的是脸不是人，而就算是脸，她最多有七分。

修祈会喜欢七分，会喜欢五分，那不过因为他得不到。

她自知没本事成为谁的白月光，那自然也不会是谁的朱砂痣，她不愿意给修祈的情史增砖添瓦，被修祈宠幸过的头衔她厌恶至极。

但她毕竟是女人，毕竟感性，到底会问出愚蠢的问题。

她声音轻淡，几不可察："你，是喜欢我吗？"

修祈没回答。

楚晃觉得丢脸，她为什么问这么愚蠢的问题？此时的她恨不能找个地洞钻进去，以此来缓解尴尬和无地自容。

许久，修祈吻了吻她的后脖颈，轻轻说了一个："嗯。"

楚晃一夜未眠，早晨才睡着，等她醒来，修祈已经离开，桌上是他叫的早餐，餐车上有一张卡片，上边有一行手写的字——

"邀请你加入安徒生，这话我说的，永远有效。"

08

时间不早了，楚晃来不及回家换衣服，决定直接去公司，办理退房时，米伊莎挽着盛辰光的手从电梯门走出来。盛辰光已经结婚了，跟他妻子在辰光的员工眼里是神仙眷侣，现在看来也不神仙了。

楚晃不确定他们认不认识她，掩面躲了一下，随后便从酒店前台的反光墙里看到他们行至门口松开了彼此的手。

打车回公司的路上，她繁思袭脑，想的都是爱情和婚姻。盛辰光何等人物，四十五六，就已经有这么亮眼的战绩——辰光 AI^①项目的成就远胜三家巨头，未来是由科技主导的世界，他已占鳌头，谁提到他都说眼光长远。

想想刚才酒店经理和前台心照不宣的眼神，楚晃忍不住怀疑，男人本事越大，拈花惹草的事越能被原谅，那女人呢？女人做错了什么？

她到达公司，助理照常从她下电梯便一直汇报工作，汇报到她进办公室，端起助理提前十分钟准备的咖啡。

助理说："咱们晚会的讨论度挺高的，但也有一些人说我们穷人乍富，还有人趁机传播我们公司前两年已经澄清过的负面新闻。我已联系豆瓣、知乎删帖了。"

---

① Artificial Intelligence 的缩写，即人工智能。

楚晃有别的想法："放着吧，不用删。"

助理疑惑："为什么？"

"造谣帖是删不完的，你不删，他说你没的反驳，你删了，他说你欲盖弥彰，反正他要造你的谣，越理他越蹬鼻子上脸。"

助理对楚晃许多决策都不理解。她以为该严惩的，楚晃放任了；她以为该放任的，楚晃偏偏花费很多人力、物力处理。这一次她忍不住问："这不比上次两个项目的技术总打架的事儿大吗？"

楚晃本来在看文件，停下来，抬起头，双手交叉叠在一起，说："公关的作用不在于大事化小，小事化了，而在于价值。"

助理歪头，似懂非懂。她是经过层层面试才站在楚晃面前的，有能力，就是太纯净。

楚晃看她，想到刚入职的自己，她也问过师父同样的问题。恍若经年，她缓声道："辰光这么大的公司若是清清白白，太假，我们要做的就是把我们不清白的地方变成价值。"

助理不懂，但有一双看似懂了的眼睛，闪着光。

她木讷地点点头，说她知道了，转身出了办公室。

楚晃靠在椅背，把咖啡喝完，整理工作。

一团漆黑的地下酒吧的包厢里，修祈穿一身休闲装，黑色裤子裤腿吊在脚踝，白色衬衫袖子挽起一截，领口扣子跳开两颗。他的胳膊搭在卡座靠背上，脚踩在酒桌边缘，手端着一只异纹杯，闭眼听音乐。

包厢里播放的是邓紫棋的歌，她声音清透，直击人心，但他的脑子里全都是楚晃。

楚晃那狐狸崽子声音没那么悦耳，但胜在长得不错，仙姿玉色，美目长腿，只看不吃确实有些暴殄天物。不过好饭不怕晚，他等得起。

坐在他旁边的是周嘉彦，再旁边是张子蕴，人称"小张总"，便是修祈前段时间在"陈酿"酒吧约的那一位小张总。周嘉彦和张子蕴都曾在澳大利亚读书，相见恨晚，聊起那一阶段的经历，旁若无人地一句接着一句。他俩都忘了身侧的修祈，正合修祈的意，他不喜跟他们这种人说话，相当无趣。

穿得跟个花蝴蝶似的盛辰光姗姗来迟，周嘉彦和张子蕴都站起来欢迎他，唯独修祈，不动如山，坐得别提有多稳当。盛辰光跟张子蕴说了句话，走到修祈跟前踢了他小腿一脚："没看见我？"

修祈睁眼便回给他一脚。

盛辰光哑了一下嘴，"嘿"一声："给你脸了？还敢还手了？"

周嘉彦给盛辰光挪了个位置："你赶紧坐下吧，老二不在，咱俩绑在一块儿都不够他打的。"

盛辰光坐下来，对张子蕴说："小张总看修导的项目得擦亮眼睛，他这人黑得很，而且固执，拒绝带资进组的演员。"

张子蕴笑了笑，说："已经见识过了，安排不进人。"

盛辰光跟他处境一致，惺惺相惜似的跟他握了握手。

张子蕴说："项目是好项目，所以我只能是闭门谢客，等选角落听了再露面，省得我不知道怎么拒绝这些想让我安排进他组里的朋友。"

"悲兮苦兮，徒唤奈何。"盛辰光摇头道。

周嘉彦白眼翻到天上去了："你好好说话，咬文嚼字的，装什么呢？"

修祈有一部电影，目前在召集出品人。他是个聪明人，电影主题都选得不错，加上他有奖项加身，故而不缺投资。张子蕴是专业投资人，什么项目都能看到他的身影。修祈找到张子蕴，是给他赚钱的机会。

当然不白给，只是张子蕴不知修祈相中了他的什么。

盛辰光也是投资人之一，跟张子蕴待遇就不同了，他是权力压制，威逼利诱修祈同意他认购一定的股份。修祈本来也脸欠，经常鼻子不是鼻子，眼不是眼，这下更不好生搭理他，以前还客气地叫一声"老大"，现在都连名带姓地喊盛辰光，心情不好的时候直呼奸臣。

对于修祈来说，这部电影作为辰光影业的出山作品，能不能做到交口称赞不重要，能不能赚得盆满钵满也不重要，重要的是声势大，开门红。

对于盛辰光和张子蕴来说，盆满钵满很重要，所以一个张罗人，给修祈的团队配置最好的设备和人才；一个准备钱，自动请缨化身修祈的金库。

修祈是带着团队加入辰光影业的，最多差几个公司管理者，自己从其他公司招了几个看着顺眼的，现在就宣发缺人手了。

辰光影业的结构不同于辰光总部，辰光影业作为一个集投资、制片等于一体的多元化影视公司，不光有投资部去满市场地扒拉好项目，还有很强的制片能力。投资是独立部门，制片方面比较全面，有策划、制作、发行、营销几个部门。营销部又细分为品牌公关、整合营销两个部门。发行部总监这个职位，修祈准备社招一个，至于营销部，他想让楚晃接手。

他不在乎楚晃的能力，强弱都无所谓，只想把她弄到眼皮子底下。近水楼台，他干什么都方便。

盛辰光在这时候问他："你不是说要挑个人过去吗？挑好了吗？"

周嘉彦以为修祈不敢明目张胆地挑楚晃，他连找她都铺垫半天，七拐八绕的，他敢让他们的关系透明化？周嘉彦不信。

修祈还没答，盛辰光又说："要不我给你推荐一个？"

周嘉彦以为是米伊莎给盛辰光吹枕边风了，想去辰光影业，咂嘴："你舍得？"

盛辰光抽一口电子烟，说："郭心恋我有什么舍不得的？我不知道该把她安排在什么地方了，她有能力，但缺一把开启她能力的钥匙。"

周嘉彦还记得郭心怂丢戒指那事，弄得他不胜其烦："你快别给老四添堵了。"

老四是修祈。这几个大人物在各个行业都是翘楚，这么有能耐的一帮人偏偏懒得叫对方名字，以前都是"欸""欸"地叫，这种称谓有个弊端，便是人一多就不知道是叫谁，于是有人提议以那玩意儿的长短论资排辈。

盛辰光不干，说年纪大了，不如壮年的尺寸了，太吃亏。

修祈无所谓，不介意当这几位哥哥的老大；周嘉彦也无所谓，三十多岁混个老二、老三也是赚的；最后碍于盛辰光社会地位最高，财力最雄厚，几人无奈妥协，听了他的损招——拼酒排大小。

修祈酒量一般，统共四个人，拿了第四名；盛辰光下海多年，最早创业要拉投资，早早把酒量练出来了，实至名归地当上了大哥；周嘉彦是第三；第二是早已退役的泰拳拳王李文孝。

男人最喜欢跟男人玩儿，除了脑回路差不多，共同话题不少，就是懂彼此的难言之隐。再沉迷女色的男人也只跟男人说心事，这是男人之间心领神会的秘密。

张子蕴插嘴："修导还没凑齐团队吗？我有个人你肯定喜欢。"

盛辰光感到好奇："谁？"

张子蕴淡淡一笑："算我送你获委任为辰光影业执行董事的礼，过两天就到辰光影业了。"

"那肯定是人了。"盛辰光说，"看样子还是个女人。"

张子蕴故作神秘，只笑不语。

盛辰光也没逼问，叫来老板，领进几个签过保密协议的姑娘，黏糊糊地唱起歌来。

背影音乐换成权志龙的 *Missing You*，周嘉彦冷落旁边的美人，把手伸向了修祈："跳个舞？"

修祈皱起眉："你恶不恶心？"

周嘉彦就是故意恶心他："谁让你出来总摆张臭脸？你要不喜欢这几个女人，那我陪你啊。"后半句话被他说得三回九转，臊人得很。

修祈说："我不会跳舞。"

周嘉彦还要再说什么，修祈手机响了，楚晃的消息。

楚晃说："舒伯乾在我楼下。"

修祈起身，抓起外套朝外走。

周嘉彦追了出去，拉住他胳膊："怎么了？干吗去？"

修祈说："有点事。"

"需要我跟你一起吗？"

"不用。"

修祈大步离开，周嘉彦返回包厢，盛辰光这才发现修祈不在了："老四呢？"

"他说有点事。"周嘉彦说。

盛辰光见惯不怪，继续挽起陪唱女人的手。

他们平时事多缠身，难得有机会聚在一起，说不了几句又被叫走了。局一散，他们全都换了面孔，再哭再笑都不真心了。

舒伯乾不敢上楼敲楚晃的门，就在楼下的台阶坐着，故技重演，企盼老天垂怜，赏赐给他一场雨，这样楚晃就会像上次一样心软了。只可惜，月明星稀，明天会跟今天一样，是个晴天。

修祈把车开到楚晃家楼下，透过车窗看到颓废模样的舒伯乾，莫名来气，下了车，快步走过去，攥住他衣领，拎起，迫使他双脚离地，只能艰难地叫着："哥！是我！"

修祈把他拖到车前，打开后座车门，把人丢进去。

舒伯乾被扔到后座，脑袋撞在车门上，他一疼，想下车，刚把手伸向车门，修祈上了车，堵死他的路。

舒伯乾捂着脑袋，"兔"目圆睁，不发一言。

修祈看前方，给他一张侧脸。

小区装着白光路灯，光全照进来都照不清修祈的模样。舒伯乾知道修祈生气了，这个气氛他感受到过，不敢说话。从小到大，他都不敢。

修祈歇够了，声音显得凶狠："我让你离楚晃远一点，听不懂？"

舒伯乾哆嗦一下，心突突跳起来，却还是梗着脖子，嘴硬道："凭什么你可以跟她在一起，我就不行？"

修祈答非所问，指着车外的树木高楼："你知道哪座楼、哪棵树后有狗仔？"修祈不跟他兜圈子，"你以为你现在还是个素人，想喜欢谁就喜欢谁？"

舒伯乾瞪着眼，呼哧呼哧的，修祈戳他痛处，他恨极了。

修祈不留面子："你以为你出道是你有本事？你看看你浑身上下，就一张脸出类拔萃，你有资格喜欢谁吗？"

舒伯乾怕这样的修祈，后槽牙咬碎都不敢吱声。

修祈该说的话说完了，打开车门，下车，把他拽了出去，一脚踹在他后腰上："滚蛋！你想作死自己作去！"

舒伯乾把嘴抿成一根青白的线条，愤恨地转身，朝外走。

修祈上了车，摔上车门，看着舒伯乾不争气的背影，打了个电话。

电话接通，那头先说："可算打通您的电话了。修导，舒伯乾联系您了吗？"

修祈说："他跟我在一起。"

电话那头的人放心下来："跟您在一起就好。都怪我这个经纪人，他说请假我应该请给他的。我主要是怕，怕他没经验，到时候让拍了，或让私生饭跟上，都是事儿。"

修祈说："明天我把他送回你们公司。"

"明……明天？"

"明天。"

电话挂断，修祈又给舒伯乾朋友打去。

舒伯乾的朋友对他很客气："修祈哥，找我有事儿吗？"

修祈说："你到浦东南路和浦建路交叉口来接舒伯乾。"

"舒伯乾？他不是出道了？这会儿不在他们艺人的宿舍吗？我刚跟他联系过，他……"

他话很多，修祈没让他说完，挂断了，开车跟上了舒伯乾。

修祈开得慢，离得远，舒伯乾又很难过，故而没发觉。直到舒伯乾的朋友开车赶来，他看着舒伯乾上了车，才停下来。他把车停在路边，点了根烟，捏着烟嘴狠抽了一口。

他忘了他为什么会同意帮舒伯乾追楚晃，但很清楚，他后悔了。

楚晃的音响还开着，拉丁舞曲还在播放，她散落一头黑发，着一身拉丁舞装扮，长腿仿佛是从一朵黑莲花中生出来的，雪白，纤长。她有一双漂亮的脚，大学期间还做过脚模，能令她自夸的却只有她的业余爱好拉丁舞。

她自小便资质一般，是父母的严格教导硬把她塞进尖子生的行列。楚母问她喜欢什么，她说画画，结果葫芦娃救爷爷让她画成了群魔乱舞；跳舞也不行，同手同脚。

幸而当时他们的邻居有一个女儿，长楚晃几岁，女孩儿从小跳舞，跳了多年，气质卓然。她自告奋勇教楚晃跳舞，楚晃喜欢姐姐，就这么在这姐姐的鞭策下学了姐姐两三成功力。

其实她的拉丁舞水平很业余，但因为是她唯一学会的特长，便被她当成绝活儿说了多年。那时楚家宴请朋友，朋友问她会什么，她直说"拉丁舞"。

今日她上完西班牙语课，接到了姐姐的电话，姐姐要随未婚夫回国了，未婚夫正好是上海人，于是这第一站是上海，正好来看看她。

若只是看看就好了，偏偏姐姐还说要考她基本功，她赶紧回家翻箱倒柜把拉丁舞裙找出来，临时抱佛脚。谁知道舒伯乾半夜造访，她只能给修祈发微信消息让他来解决这个麻烦。

她歇了会儿，继续扭腰，这时门铃响了。

舒伯乾要有这个魄力来敲她的门，她也敬他是个男人。她笃定不是舒伯乾，既然不是舒伯乾，那是谁便都没关系了。

她喊着"谁啊"去开门，开门见是修祈，皱起眉。修祈看她这身打扮颇为惊喜，左眉梢不易察觉地挑了挑，随后冲楚晃伸出手，说："跳舞吗？"

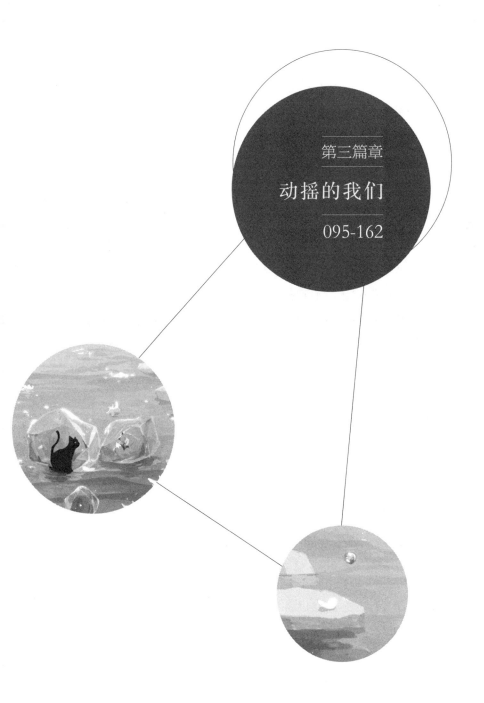

第三篇章

动摇的我们

095-162

09

　　修祈一只手伸向楚晃，另一只手背到身后，身子微弓，煞有介事。

　　楚晃不愿跟他纠缠，直接关上了门。

　　修祈没有敲门，只是给她发了微信消息。

　　楚晃回房换衣服，换到一半，手机响了，一边脱衣服一边拿来看，看到修祈说："你邻居知道你结婚了吗？"她着急忙慌地披上件风衣，跑到门口开了门。

　　修祈就在门口，哪儿都没去，智珠在握的神情对比楚晃的慌张，胜负已分。

　　楚晃堵着门口："你敢！你要跟我邻居乱说，咱俩就鱼死网破！"

　　修祈微笑，伸手把她歪着穿的风衣调整过来，说："紧张什么？"

　　楚晃躲开他的手："我没有！"

　　"我帮你把舒伯乾弄走了，你不请我进门喝杯水？"

　　"我为什……"

　　楚晃还没说完，修祈已经拥过来，把她抱住往后压，压到墙角，紧接着捏住她的脸深吻下去。

　　如果是热爱亲吻的人一定会迷上修祈的吻，他的吻技太优异了，嘴唇的温度和吻下来的力度都刚刚好。他让人紧张，也让人舒服。楚晃心怦怦跳，很有抵抗的念头，却无抵抗的能力。

修祈亲吻她，手往下，伸到她腰后，滑到她大腿，把她托起，贴着她的嘴唇说："因为我想。"

楚晃的力气在他面前微乎其微，她只能任他火炉似的手托着她的大腿。他倒也规矩，这么多次侵犯她只是到亲吻而已。

想到这里，楚晃微怔。

她怎么能这么想呢？没更进一步的动作就能被原谅吗？她就这么便宜，他想亲就亲？

楚晃抿着嘴，突然奋力挣扎："你放开我！"

修祈伸出手，顺着楚晃的脸颊，手背若有似无地轻碰，没有说话，意思是不行。楚晃咬住牙，忽地心里一疼，一种莫名其妙的刺痛感扎漏了她的力量，她突然没劲儿跟他争了，总说的"无耻"再也没心情说出来了。

原本沉溺于对楚晃亲吻的修祈，被她突如其来的难过打乱了计划，顿住不动了。

楚晃看他停下来，推开他，左手握着右手胳膊，手指慢慢收紧了。

修祈皱眉，伸出手。楚晃挡掉，不让他碰自己。

修祈把自己外套脱下来，硬给她披上，接着走到窗前，关上了窗。楚晃没等他回来，走向房间，关上门。修祈立于窗前，外头下了雨，雨水淅零淅留，室内空气变得潮湿、发黏，他听雨声、风声，就是听不到楚晃一丁点声。

他没回头，但知道她回房了。

他又想抽烟了。

须臾，他缓缓走到楚晃房间门口，微启唇，却无话可说。最终，转身离开。楚晃就在门内，两个人仅有一门之隔，然而没有打开这扇门的理由。

次日中午，傅承风到楚晃部门找她吃饭，弄得整个部门热议，说她跟傅承风暗通款曲。她答应不答应都免不了这顿编派，于是也没拘着，大方应下来。

饭桌上，傅承风提醒她注意最近的事业运，别在职场上吃亏。

楚晃不知道他出于什么目的，也不想猜，便直接问了，他倒痛快，说是帮修祈照顾她，让她宽心，别多想。她告诉他不用这样，这样闹得公司上下质疑他们的关系，给彼此压力都大。

傅承风充耳不闻，只反复提醒她提防同事给她穿小鞋。

她是最小心谨慎的人了，没背景，纯靠自己，要是垮了，那就是离滚蛋不远了。她虽然不是公司多重要的人，但被开除这样的下场她也不愿尝试。原本跟傅承风被胡乱配对她就很烦了，一天下来神经紧张，好不容易熬到下班，上了节西班牙语课，舒服了些，舒伯乾又来给她添堵。

舒伯乾走了，修祈又来。

她已经过了被男人围绕不免窃喜的年纪，现在的她更理智了，知道这些男人靠近她有各种各样的目的，那她何必上赶着糟践自己？

女人不是只有"被男人爱"这一种价值。

她不愿意做米伊莎。

但是为什么，为什么她的这些理智在撞上修祈的时候分崩离析了？

他总是突然出现，把能占的便宜占一遍，然后突然离开。他什么也不说，不说他是怎么想的，不说他想干什么……

她问他是不是喜欢她，他连个"嗯"都能说得真假难辨。

一向有条理的人生加入这么一个不确定因素，她一再妥协，却还是一再被冲破底线。

她不明白，但更多的还是对自己反应的不理解。

她靠着门，身子慢慢下滑，滑进地毯。

她多想化成一摊水，流入角落缝隙不见，那这些她理不清、解不开的烦恼便都不用管了。

修祈停在了楚晃家楼下，靠在栏杆，点了根烟。

他想抬头看看楚晃家的窗户，但那样就会看到她是开着灯还是关着灯。

开着，或者关着，他这一晚都要失眠了。

楚晃顶着一双黑眼圈来上班，助理随她进办公室后，殷勤地帮她把包摘了下来，放好跟她说："老大，今天傅承风送米伊莎来上班，全公司讨论炸了。"

楚晃求之不得，傅承风把注意力放在米伊莎身上，她就不用应付他了。

助理为她打抱不平："昨天还跟你献殷勤，今天就又跟米伊莎出双入对了，男人啊。"

楚晃打开电脑，把杯子递给她。

助理接过杯子，还没有说完："这个米伊莎也很绝，特招进来，却只是个组长。听运营部的说，她也就有组长的能力，那为什么会被特招进来呢？组长，这不是谁都能干吗？"

米伊莎有盛辰光这条大腿，组长已经很低调了，换别人，或许会跟盛辰光讨个总监。

楚晃把助理轰走："去煮杯咖啡，什么都不加。"

"好的。"

助理离开，楚晃闭目养神，刚想缓解缓解眼压，有人敲了敲她的玻璃门，她睁开眼，周嘉彦手下的人。他冲楚晃笑了一下，说："主管，周总找你有事。"

楚晃第一时间看手机，怎么不在内部通信 APP 上找她？

周嘉彦的助理说："周总说，我来叫你，避免误会。最近咱们公司上下这些花边新闻有点多，多一事不如少一事。"

"嗯，我等一下就过去。"

周嘉彦坐在办公室，眼前是郭心惢，梨花带雨地哭了不知多少场。他十点半来的公司，郭心惢就在他办公室外了。他知道她要问什么，"5·20"晚会结束后，她一刻也没闲，不停地问她丢的戒指去哪里找。

傅承风、楚晃、米伊莎三人陆续前来，周嘉彦见人齐了，对郭心惢说："老刘请假了，等他来了你单独问。"

郭心惢点头，对三人说："嘉会厅内没监控，只有厅门口有，我看了门口监控，你们中途去过厕所，所以我想问你们几个问题，可以吗？"

楚晃半路就猜到了是这件事，真让居静和说着了。她偏头看了傅承风一眼，傅承风找她，又找米伊莎，难道是早知道这件事？

想想他跟郭心惢是校友，早就认识，那天聚餐后还独处了一会儿，那应该是知道的。傅承风让她谨防同事给她穿小鞋，接着又跟米伊莎一起来了公司，那是不是说，他也跟米伊莎说了这样的话？

楚晃猜测，郭心惢真要用丢戒指这件事做文章，傅承风或许劝过，未果。于是他来提醒她和米伊莎，别轻易着了郭心惢的道。想着，她看向傅承风，傅承风有些抱歉和无能为力的眼神在她看来，应该是表明她猜得八九不离十。

郭心惢不等他们答，又对他们说了一声"对不起"："麻烦大家了，不是我小题大做，是这枚戒指真的对我很重要。"

米伊莎还不清楚状况，展颜对她说："小事儿，你找到戒指最重要。"

郭心焱又看向傅承风，傅承风不说话也不看她。

当她看到楚晃，楚晃点了点头。

郭心焱便问了："嘉会厅到卫生间的走廊没有监控，卫生间门口有，卫生间门口的我看了，其间只有傅总、楚主管、老刘去过，傅总和楚主管是空手进卫生间的，出来碰上了，聊了两句。老刘是手插着兜进的，老刘不在，所以我想问问小米，你中途去了哪里？"

米伊莎被问住了，张了张嘴，半吞半吐："我、我去透了透气。"

"那你去哪儿透气了？我想去调调监控。"郭心焱说。

米伊莎答不上来，脖子涨红，眼神也不自然起来，头先的活泼劲儿已不见。

周嘉彦皱眉，斥郭心焱："你怎么跟审犯人一样？不见得是同事不小心拿了你的东西。你这么问让人怎么答？"

郭心焱给米伊莎道歉："对不起，我太心急了，没掌握好说话的分寸。"

米伊莎摆摆手："没事，就是我不知道怎么说，我出去确实是有事，但我不能说。我真没拿你的戒指，我不缺戒指啊。"

郭心焱不问了，又哭起来。

周嘉彦心烦，知道米伊莎说不出去哪儿的原因，无非是当时正跟盛辰光在一起。

米伊莎看郭心焱哭了，扶住她的胳膊，拍拍她的背："你别哭，要不，要不我给你买一枚新的？"

"你就告诉我，那天你去了哪儿，你不说我怎么相信你？"

米伊莎说不了啊，她怎么能说她去找盛辰光了？盛辰光结婚了，他们的关系一旦公开，她能有什么好下场？她虽不聪明，但这点利己细胞还是有的。

周嘉彦渐渐明白了，盘狮子头的动作慢了下来。

他起初还不觉得郭心蕊是别有目的，今天这个场面，让他不得不多想，她这是挟米伊莎以令盛辰光啊。她能有什么目的？无非是为了猎狐。

他只是没想到，她会为了个产品不惜得罪盛辰光。

他突然停手，不盘了，把狮子头放在桌上，站起来，说："行了，该问的你也都问了，傅总和楚主管没嫌疑，小米呢，不差钱，想要戒指可以自己买，只剩老刘了，你愿意问，就等他上班了问问他。"

"可是我还没问……"

"行了郭总，你非要闹得公司上下都知道？到时传到外边，说辰光有贼，你觉得好听吗？"

郭心蕊攥住拳头，不说了。

事情告一段落，楚晃以为，她和傅承风就是去看了一场热闹，却没想到从他们出周嘉彦办公室开始，公司里风言风语就开始了，说郭心蕊丢的戒指跟他们三人有关。

老刘请假没去，反而躲过了一劫。

有人说戒指是米伊莎偷的，她不辨菽麦还能一身名牌穿着，却一点也不像富二代。他们这个年纪的富二代在父母熏陶和海外浸泡下，不至于这么没见识。有人说戒指是楚晃偷的，她是三个人当中最穷的，若从三个人里挑，她最有动机。唯独没人说戒指是傅承风偷的，毋庸赘述，在所有人眼里，他就是被连累的那个。

一连发酵了几天，楚晃开始明显感觉到同事对她的疏远。

这样的事，她甚至不能为自己辩解。她是做公关的，她清楚无用的辩解只会越描越黑。所幸不是第一次被议论了，习惯成自然，她还算能承受。

大清早，楚父给楚晃打了个电话，问了问她工作的事，顺便告诉她给她寄了腌菜和腊肉。

她早就想吃楚父的腌菜和腊肉了："真的吗？"

"你晚上记得拿快递，用老爸的腌菜下面条最好吃了。"楚父说。

楚晃忙着"嗯嗯嗯"，没听到楚母在电话那头说："马上到梅雨季节了，你记得增减衣服。"

楚父也说："别跟小时候似的光着条腿哆哆嗦嗦。"

楚晃一心想着腌菜和腊肉，没用耳朵听。

这天中午，楚晃和居静和在大食堂吃饭。

居静和义愤填膺："真让我们说着了，郭心蕊那个寡妇没安好心，只是我没想到她居然打的是这个主意，想要大家都知道这件事。"

楚晃练了几天舞，腰酸腿疼，食堂的饭菜也变得难以下咽。

她反复扒拉着薏米饭，对着两块西蓝花和胡萝卜挑挑拣拣。

居静和以为她在难过，放下筷子，安慰道："我知道现在全公司都在乱猜测，你免不了不好受，但你别泄气啊，邪不压正知道吗？"

楚晃抬起头，面对她的说法淡淡一笑："我只是不太饿，早上喝的那盒脱脂奶饱腹感太足了。"

"那你就不着急吗？"

"我急什么？又不是我丢了戒指。"

居静和看她不开窍，也不说了，毕竟是别人的事。同事间的友情太浅薄，居静和顶多为自己谈得来的人义愤填膺两句，多了不做。

对楚晃来说，这些谣言也并不全是坏处，还是有一点好处的，比如她近来都不会有时间想起修祈了。不然她总是好奇他的目的，有时连觉都睡不好。他带女人回广东的事没发生多久，新闻上都是，他却可以像没事人一样过来占她便宜，是渣男一贯没皮没脸，还是新闻的真实性有待查证？

想到这里，她皱起眉，她怎么又想他了？

渣男能有什么隐情？有图有真相，他还有什么可辩驳的？她又有什么可怀疑的？修祈到她脑海里串了个门，她更没有心思吃饭了，放下筷子，静等居静和吃完。

居静和边吃边跟她说："修祈放消息说从本部挖一个人到辰光影业，运营部几乎全军覆灭，超过一半的人都写了申请表，够夸张的。"

楚晃能冷静地分析："也不一定都是冲那个人，新公司有发展空间，而且老刘有些苛刻，在他手下工作应该不好过。"

居静和把鸡翅骨头剔掉，随口问道："那个人？修祈吗？你怎么不叫名字啊？"

楚晃没说话，她不想叫。

说到修祈，居静和跟她分享了个笑话："我们部门有个人说，郭心蕊真正的目的是去辰光影业。"

楚晃眼神微变，看着她。

"她这是也看上修祈了？那她就是跟傅承风没那回事啊。"居静和吃着鸡翅，"楚晃，傅承风真不错，你可以考虑。"

楚晃笑笑。

来不及了，再不错也没机会了，她的所有资料现在都是已婚。

修祈，断了她的姻缘路。

郭心蕊丢戒指的事一再闹大，终于还是闹到盛辰光的耳朵里。

盛辰光日理万机，一天到晚闲不下来，这种公司内部员工矛盾的小事哪儿就轮到他操心了，就算是跟米伊莎有关，也不会为她开先例，亲自去处理的。

他只会给米伊莎打钱，最多说好话哄哄。

这次他却找到郭心蕊，是因为郭心蕊先问他还要包庇米伊莎到什么时候。盛辰光只能在百忙之中抽出几分钟，把她叫到办公室，看她到底想干什么。

办公室里，郭心惢微笑着跟盛辰光打了一声招呼："盛总。"

盛辰光跳过米伊莎，直接说："猎狐必须关闭，你要铁了心做下去就自己去融资。而在你找到资源之前，我也不会负担猎狐运行的费用。"

"所以我不是非要猎狐继续运行不可。"

"那你说说看，你是想要哪个岗位？"盛辰光是老狐狸了，永远能看透他手下人的几道肠子有多少弯绕。郭心惢也不拐弯抹角，知道跟盛辰光耍小聪明的下场，所以与其跟他斗，不如做一条狗。只不过她是一条聪明的狗，会为了自己的前程摇尾巴："我想去辰光影业。"

盛辰光本来也有此意："那你不用绕这么大弯，申请就行。"

郭心惢有自知之明："如果跟别人一样申请，我一定竞争不过，我都三十多岁了，跟运营部的小姑娘们比，我太老了。"

"你以为修祈是光看脸的？"

"我不想赌，比起被倒进一缸水里，让他舀，我更想被指派过去，这样我会有施展拳脚的空间。"

郭心惢这番说辞是打过草稿的，盛辰光听出来了："你有没有想过，我本来也打算把你安排过去？那你闹这一场不多此一举吗？"

"您跟修祈那么好的关系，如果他不要，您一定会依他。"

"所以你就在公司里折腾，想着拿住我的把柄，我没办法，非把你安排进去不可。"

郭心惢点了点头。

盛辰光也点头："出去等消息吧。"

他站起来，走到办公桌前，靠在桌沿，交叉抱臂，慢慢闭上眼。郭心惢是个聪明的，他明珠弹雀大材小用了。

他给修祈打去电话，半晌才通，他没有跟修祈逗贫，直说："你说的事，我同意了。"

又是午饭时间，公关媒介部的领地，吃盒饭的戴着耳机刷剧，工作的十指如飞敲着键盘。下午茶区有人在聊天，阳光透过落地窗，她们端着咖啡言笑晏晏的样子赏心悦目。

楚晃站在办公室窗前，面朝北方，正好能看到她们的漂亮，这么漂亮的脸却长了张破嘴，可惜了——最近公司有关楚晃的讨论越来越多，郭心惢牵了个头，便像开闸放水一样，让越来越多的谣言流入楚晃的风评里。

楚晃已经把始作俑者找出来了，正是下午茶区那两位。

她没有问她们为什么，恶意都是没理由的，她问心无愧，便不会问出什么逻辑自洽的答案。其实发生在她身上的这件事，辰光每一个人都经历过，有些人吃饱了没事干就想听别人的隐私。

就像在国悦酒店的房间里，她也听居静和的助理说了很多别人的隐私。当公司突然发生另一件事，他们的注意力就会被转移，她的隐私他们也就不感兴趣了。

只需静等，时间会帮所有人渡过难关。

可是，楚晃是个死心眼的，循规蹈矩二十多年，不敢跟楚母说的话都说了不止一句，不该嫁的人也嫁了，还有什么是不能做的？

她不愿被时间治愈，就当她的叛逆来得有些迟吧。她想为自己讨一个公道。

午休时间结束，大家开始下午的工作，楚晃也不例外。

忙活了一个多小时，助理敲响她的门。

她抬起头来："进。"

助理和安保部两个男人搬着一束玫瑰花进门，助理从巨大的花束后探出颗脑袋："老大你看，又有人给你送花了，玫瑰，九百九十九朵呢！"

楚晃看见了，问她："谁送的？"

"不知道，前台收的，给我打电话，我下去拿的。"花被放在地上，助理叉着腰，看着花，"老大，你好有魅力，次次都收这么大朵的花！"

楚晃看着那束玫瑰，想到了舒伯乾，但这一定不是舒伯乾送的。

她又想到了修祈，拿出手机，找到修祈的微信，看着他空白的头像，她却不知道要不要问他了。

她又一个多星期没见他了。

助理给楚晃换了杯热咖啡便自觉出去了，楚晃还在盯着花发呆——是修祈吗？

楚晃重新拿起手机，在与修祈的对话框里输入一行字，未发送，又删除，这样反复了两次，修祈发了消息过来："有事？"

楚晃一慌，像偷吃东西被抓包的小馋猫，匆匆回过去："没有。"

"嗯。"

楚晃心跳突然快起来，好像看到修祈在她面前，对她"嗯"的画面了。

她甚至忘了，为什么她明明没有发消息，修祈却回了过来。待她回过神，想起这茬，也没任自己胡乱猜测，直接说："我没给你发消息。"

"我看到你正在输入了。"

楚晃看到这句，耳朵发烫，快速放下手机，站起来，端着杯走向茶水间。

她是薄面皮，但能装，所以没有让同事看出她的异样。但不被看出不代表没有，只见她接了一杯凉水，一口便喝光。

他，是一直看着她的聊天框吗？

米伊莎到卫生间补妆，出来时撞到同部门的一个同事。这位同事是货真价实的富二代，有钱又漂亮，两人不熟，只是打了个招呼，米伊莎便匆匆别过，低头跑了。

富二代不太信那些说她偷东西卖了买奢侈品的流言，但光不相信没用，米伊莎要想洗清嫌疑，就得拿出有力的证据，不然众口铄金，一人一口唾沫也会淹死她。

她摇着头返回自己的工位，路过咖啡机，两个人正在聊米伊莎，谣言已经从她偷东西演变成她一个高中没毕业的人，一路靠跟男人睡，睡进了辰光。

她皱着眉撑回去："没工作干了吗？"

那两个人闻言面面相觑，又看着她，其中一个人说："你不知道吗？下午有个人来公司找她，说是她前男友，被她骗了七十万。"

富二代也动摇了，她连看都没看到，就因为别人说了一句，便动摇了。

楚晃收到一束九百九十九朵玫瑰的事，很快在辰光传遍，周嘉彦颇有兴致地给修祈打了个电话。修祈接通摁免提，手机放一边。他在画画，他习惯把他脑海里的故事画下。

周嘉彦说："有人给你媳妇儿送花了。"

修祈兴致缺缺，正在画分镜，腾不出时间理他，便没理。

周嘉彦看热闹不嫌事大："让你成天绿她，天道好轮回。"

修祈给他挂了。

电话挂断，他放下画笔，翻了翻辰光的内部网，有几张那束玫瑰的路拍图，足足三个人搬，仍然显得吃力。

拜郭心蕊和那束九百九十九朵玫瑰所赐，楚晃被人从电梯口一路看到车库，其间有人小声议论，虽不知他们说什么，但大概能猜到，无非又是针对她的狐狸脸。

果不其然，上车之前，她就听到一些笑声。

他们在猜，猜楚晃是不是跟那个富二代旧情复燃了，还在猜她这么媚、这么不像好人的身材长相是不是调整过了。

她想起她之前在知乎写帖子，写到外貌，故意没提她长得妖媚惑主，像武侠片里那些女魔头，也是怕被人以貌取人。

谁能想到，在这样的外貌下，其实是一副绵羊的性子。

她没多想，回家拿快递要紧，回到家，修祈就在楼下等她。起先那一眼，她以为她看错了，待停车，闭了一下眼，再睁开，他还没消失，就站在楼下大厅门外不远处。

她往四周看，除了眼前这条路，别无他选。

她忍不住埋怨自己，应该未雨绸缪，早早找一扇后门，也就不会有今天这个只能迎难而上的局面了。她在车里待了十多分钟，修祈丝毫没有离开的趋势，站得笔直，像是显摆他那副身材似的。

她不熬了，下车回家。修祈不出所料地挪了一下脚，转过身，等她迎面走来。楚晃想笔直走过，但那条小道很窄，容不下两个人，于是她如修祈所愿，在他面前停了下来。

修祈微笑，白光路灯下，他的脸像是用了磨皮特效，过于俊美。

楚晃别开脸："让让。"

修祈没有让："肯下车了？"

楚晃要推开他，刚伸出手，还未碰到，反被他攥住。

她急了，往回抽："松手！"

修祈不松，另一只一直背着的手伸到面前，手里是一小束玫瑰。

楚晃看到花，愣了一下，抬起头来，木讷地望着他。

修祈把花放在她手上。

楚晃看一眼花，再看他："什么意思？"

"今天什么日子？"

"六一啊，还能是什么……"说到一半，楚晁眉头慢慢锁起，表情变得呆呆的，后面的话像是喃喃自语，"我生日。"

她傻傻地看他："你为什么会知道？"

"我是你老公。"

楚晁张了嘴，却没反驳。不管她认不认，确实是这么回事。

但承认这段关系和承认修祈是两码事，于是她扔了花，说："送两朵花的老公？我今天可收到了九百九十九朵。"

她没有炫耀的意思，她小时候也没喜欢过花。只是每次都被修祈牵着鼻子走，好不容易有个叫他难堪的机会，她不愿放过。

修祈把她吃到嘴里的头发拨出来："是吗？"

"以后两朵别送，寒酸。"

修祈笑容不减，把她不安分的头发统统顺了一遍，淡淡地问："那九百九十九朵玫瑰里插着卡片，写着修祈赠，你没看到吗？"

10

楚晃不尴尬，只是有些失惊，他是把她当成他众多女朋友中的一个来对待了？糖衣炮弹，守株待兔，穷追猛打，跟舒伯乾当初走的路子一模一样。

她突然反应过来，或许舒伯乾就师出修祈。

他确实很懂女人，如果没有舒伯乾身先士卒，她或许就被他拿下，吃干抹净了。幸好舒伯乾先他一步试了试水，她自以为已经免疫了。

她用几秒摆正自己的姿势，淡淡道："是吗？还好丢了。"

修祈不恼，看一眼地上的花："捡起来。"

楚晃不愿屈服："我不捡。"

"破坏环境。"

楚晃屈服了，把花捡了起来。

她本就抱着快递箱子，再拿花，看起来未免有点可怜。修祈见缝插针，从她手里把快递箱子拿了过去，准确地说是抢。

楚晃去夺："还给我！"

修祈转身走向大厅门。

楚晃跟上去，拽他的袖子："给我！"

她以为修祈身后有门，他定会靠在门上，那她用点劲儿也没关系，就没拘着自己的力量。

谁知她刚拽住他的胳膊，他直接用后背顶开了门。

这样他整个身子往后仰，攥着他的楚晃把力量全抛出去了，就也跟着他倾向门的位置。

楚晃睁大眼，想停下来，但刹车已经来不及了，便直挺挺地扑到了修祈怀里。

修祈进门后站住不动了，低头看着投怀送抱的人的发旋。

楚晃好尴尬，这辈子的尴尬全都塞进了这半分钟，她不起来对不起自己这么久以来的抗拒，起来又无法面对投怀送抱的自己，一时无措，便这么僵住。

修祈刻意等了一分多钟才对着她的发旋，轻声说："要不回家再抱？"

楚晃猛地弹开，从他手里抢了快递匆匆走向电梯。

修祈看着楚晃一阵风似的背影，笑了笑。

楚晃进入电梯，像患了手抖症一样摁关门键，眼看着门要合上了，一双细长、指甲修剪整齐的手握住了电梯门边。电梯门感应到异物，重新开启，修祈就站在门口。

楚晃第一反应是要换一趟电梯，于是立刻往外走。

修祈堵着电梯门，步步紧逼，逼得楚晃节节倒退。

楚晃退无可退了，他手往后伸，凭记忆摸到电梯按键，关上了门。楚晃缩到角落，低头看自己的脚，盼望这个鹌鹑样可以唤起他一点同情心，不要再靠近了。

熬到电梯门开，她撇下修祈，先出了门。

修祈在她身后不紧不慢地走着，到她家门口，又要不紧不慢地进门。

楚晃转过身来，伸手挡住他的胸："滚。"

修祈优游不迫，什么话都没说。

楚晃把门关上。

她先脱了高跟鞋，摘耳环、头饰，随手放在玄关的置物柜上，再光脚往里走，边走边捏她酸沉的脖子。

刚迈进卫生间就有人敲门，她以为是修祈，置之不理。

直到传来了陌生的声音："您好，外卖。"

楚晃皱起眉，停顿片刻，带着一脸疑云去开门，门打开，修祈还在门口，除了他还有外卖员，对方手里拿着一个大号的蛋糕。

她这回学聪明了，先找卡片，没找到，扭头看修祈，他还是那副没破绽的神情，她便直接问："你买的？"

"除了我，你还有其他男人吗？"

"我不要。"

修祈把蛋糕拿过来，越过她往房间里走。

楚晃没想到他连话都不说，直接进门，反应过来后便转身拦他："谁让你进来了？"

修祈把蛋糕放桌上，拆开丝带，说："你吃一口我就走。"

他以退为进，楚晃反而不知要怎么拒绝了，想了半天无言以对。

修祈切了块蛋糕，亲自喂给她。

楚晃躲开他的手，把蛋糕接过来，敷衍地吃了一口："好了，吃了，你可以走了。"

话毕，修祈突然抱起她，把她搬上餐桌，两手握住桌沿，圈住了她。

楚晃略显迟钝地问："你不说我吃了你就走吗？"

"你也信。"

楚晃火冒三丈，伸手打他，反被他攥住了手。

修祈把她双手拿到她身后，单手攥住她两只手腕，腾出来的手抹掉她唇角的奶油，填进嘴里："你生日，我能当新郎吗？"

楚晃又气又羞，红着的脸也不知是怒多一点，还是羞多一点：

"你满脑子都是这件事？"

修祈恬不知耻："嗯。"

"一束花加一块蛋糕，我就着急忙慌地把自己献给你，想得倒美。"

"那明天接着送？"

"不稀罕。"

"一直送。"

楚晃看他疯了，不想跟疯子争辩，用所剩不多的理智组织好语言，严肃地跟他说："上次我心情不好，没跟你说清楚，正好你又来了，我就一次性跟你说清。"

修祈不想听："先做再说。"

"先说再做！"楚晃下意识接道。

修祈微笑："也行。"

楚晃口误，脸更红了，耳朵也红了，这回像一只烧熟的鹌鹑了。

她不愿一直被动，用力推开修祈，快速跑到离他三米远的地方，说："首先，请你不要再做这些稀奇古怪的事了，我很烦恼。今天在我面前像个情种，明天就人间蒸发，你跟舒伯乾倒不愧是父子俩。你要是一身本事无处施展，请你换个女人当目标，攻略我没价值。"

修祈弯弯唇角，靠在桌沿："不是你每次都不想看见我？现在又嫌我消失了？"

"你别乱说，我只是举例！"

"你不想让我走，可以直说，我会留下来。"

楚晃急道："你少断章取义！我不是那个意思！"

修祈笑着把袖口解开，轻轻挽起袖边，走向楚晃。

楚晃一惊，收起肩膀，往后退至墙角。

修祈站定在楚晃面前，微微弯腰，凑到她耳朵边："说完了，可以做了？"

楚晃心虽慌，嘴却硬："我说那么多白说了？"

修祈问她只是客气，不是真询问她的意思，说完便不顾她的反抗、叫嚷，把她抱上床，摁住手："安全期？"

楚晃心要跳出喉咙了，攥着拳头，夹紧腿："不是！"

修祈轻轻松松分开了她两条腿："有套吗？"

"没有！"

"那就生个孩子。"

楚晃双手挡在胸前，活那么大第一次这么六神无主，实在没辙了，几乎是吼了出来："我可以去辰光影业！"

修祈挑眉，诧异只有四分之一秒，随后便说："你可以不去，我现在必须要。"

情急之下，楚晃扑向他，咬住他的下巴，咬出血来。

修祈静静待她咬完，随后不慌不忙地擦了擦："小牙可以。"

看他满不在乎的样子，楚晃怕了，没招了，要急哭了，告哀乞怜："能不能不要……"

楚晃眼泪来得极快，极美地从她眼角滑落。

修祈进行不下去了。

他不善良，但美人落泪，他不能无动于衷，于是只能再委屈自己一回，从她身上起来，径自用了她家的淋浴，冲了个凉，心头是驱不散的急躁。

楚晃长了一张情场高手的脸，却一碰就哭。

修祈以为活那么久，什么场面都见过了，对付一个女人绰绰有余，可一见她委屈，便不忍心了，怕是再来这么两次，就被她找到规律了。

不用两次，楚晃抹掉挤出来的两滴眼泪，踮脚朝卫生间的门看了一眼，深呼出一口气。

修祈竟怕她哭？

蛇打七寸，她觉得她已经掌握了制约修祈的要领。

修祈洗完澡，要在楚晃家过夜，楚晃不同意，但修祈的眼神威严凶狠，似乎她只要再唱反调，他就不管三七二十一，过来收拾她。

她没敢拒绝，于是晚上被他爬上床，搂住了腰。

楚晃敢怒不敢言，抿着嘴像个小怨妇。

修祈的鼻息吹动她耳朵边上的小软毛，她觉得痒，挠了挠，修祈便攥住了她的手。她抽了两下没抽回去，放弃。

不知过了多久，她有了困意，昏昏沉沉，修祈在不在她枕边突然变得无所谓了。

就在她要梦周公的时候，修祈在她耳边轻声道："儿童晃，生日快乐。"

第二天，楚晃的生物钟早早喊起了她，修祈又一次像梦境一样早早离去。

她盯着他枕过的那个枕头，突然想，昨晚会不会都是假的？想着，她拿起那个枕头，放在鼻下轻闻。洗衣液的香味很浓，但除了洗衣液，她分明还闻到一种她不熟悉的味道，怪怪的，不知是来自哪里。

她趴下来闻了床单、被子，都不是。

直到她离家去上班，站在电梯门口，戏剧性地低了一下头，她终于在自己身上闻到了那种怪怪的味道。原来是她自己，原来是这样。

解决了困扰她一早上的问题，她却没有得到答案的喜悦，反而陷入更大的迷惘中。自从修祈出现，她就再没有自己的味道了。明明很抗拒，却每次都从了他的意，她知道如果她抵死不从，修祈根本不会动她一根手指头。

会造成今日这副局面，不过是她嘴上说着不愿意，身体却自作主张地给了他权利。

她不喜欢这样的自己，但她管不住。

明天要怎么办？

以后要怎么办？

这天晚上，新城饭店。

傅承风第三次看表时，郭心蕊蜗行牛步地赴约了。

郭心蕊看着空荡荡的餐桌："怎么没点菜啊？"说着她扭头喊服务员："点菜！"

傅承风不是来跟她吃饭的，经公司流传才知道，郭心蕊的目的是辰光影业，难怪她拼着得罪盛辰光也要这么做。

辰光影业等于是另一个天地了，即便得罪了盛辰光，他也碍不到她的事了。

只是，傅承风说："你不觉得为了你的欲望拉别人下水太自私吗？"

"别人是谁？米伊莎？"

"楚晃，拜你所赐，她被富二代抛弃的旧事重提，现在辰光的空气里都是她的隐私，你让她在公司怎么待？"

郭心蕊微笑，丝毫不觉得愧疚："有点误伤在所难免。如果你是要给我庆祝我即将加入辰光影业，那我会很高兴，如果你是要说教，免了吧，我毕业很多年了，早不听讲了。"

傅承风偏要说："就算米伊莎上位不磊落，你做这些事跟她又有什么区别？你凭什么看不起她？"

郭心蕊摇头道："我是洲大毕业的，她呢？"

眼看着郭心蕊变成如今这副鬼样，傅承风扼腕叹息："你还提洲大？洲大的口碑都被你败完了。楚晃也是洲大的，你知道吗？"

"知道。"

"那你还这么陷害她。"

"心照吧傅总，当年博导在四个人里挑中你，你敢说你没用一点手段？"

"我在给教授工作期间，听到过他跟别人的对话，他挑我有一部分原因是我家里条件一般，见识短浅，这种学生没后路，能一直为他驱使。"

郭心蕊觉得他在找借口："那也是只挑了你。"

"有用吗？我不还是转行了？"傅承风不是来跟她聊这些的，"盛辰光、周嘉彦、修祈，这都是成了精的狐狸，你斗不过他们的。"

郭心蕊势在必得："周五的中高层会议，我等你的祝福。"

傅承风提醒她："你就不怕到时候被全公司的管理看了笑话？"

郭心蕊置若罔闻，也不知是真不知道，还是在自我催眠，只听她慢条斯理道："你是男人，你不知道，女人到了我这个岁数，都是明知不可为而为之的。"

留给她的机会不多了，她不能等别人来赶她走。

赌还有机会，她什么都不做，就只会有一个结果。

傅承风是不能理解，但从来敏感的他恍惚感觉到郭心蕊的视死如归……话到嘴边又咽下，终是不再劝了。

是人各有命，各奔各命吧。

辰光现在两大热门话题，一个是谁给楚晃送了玫瑰，另一个是米伊莎骗前男友七十万到底是不是真的。近几天，米伊莎肉眼可见地憔悴了，清纯俊俏的脸蛋愁云密布，只是做做表格、整理整理方案都一再出错。

老刘把她叫到办公室，语重心长："我知道你最近压力很大，那也得好好工作啊，辰光不养闲人，你一直这个状态，我管都不管，那我怎么跟其他员工交代？你就稍微配合一下，演演，行吗？"

从他的语气中不难听出他的卑微，米伊莎只会低头道歉："对不起……"

老刘说了等于没说，保存口舌，强压着不耐烦叫她出去了。

米伊莎内外交困，实在听不进去老刘的话。

午饭时间，她悄悄溜出公司，穿过八条街，见了她前男友一面。

时隔多年，两人再次相对，比起过去她对他的信任依赖，此刻的她，只剩下怨恨了。她开门见山："你说个数吧，要多少钱才能不再纠缠我？"

前男友托着下巴故作姿态，令人作呕："你现在这么有钱，我才不会离开你呢。"

"你别太过分了！"

"要不是有人告诉我，我真不知道你现在在辰光那么大的公司工作，还傍上了老板。米小米，没有我把你带到上海，你能有今天吗？"

米伊莎恨得牙痒痒："你带我来上海是骗我下海！"

前男友辩解："援交不是工作？你高中都没毕业，能干援交不错了。还有，你别忘了，是你弄伤老板害我被讹钱，要不是你，我能去借高利贷吗？"

米伊莎不想听他黑白颠倒的屁话了："你就说要多少钱才会从我的世界消失。"

"别想了，我是不会在你的世界消失的。"

米伊莎这才意识到跟他见面这个决定多么愚蠢。他就是个无赖，他要是有良心，她也不至于被害成这样。

眼见没的商量，她不再跟他浪费时间，愤懑离去。

当天下午，她做过援交的流言就传遍了辰光。

郭心惢的戒指到底是谁偷的没人关注了，楚晁是不是跟富二代旧情复燃也没人关注了，盛辰光从周嘉彦嘴里听到这个消息时，态度平平。他没有把妹之前先调查身世经历的习惯。他的每一段关系都是即兴的，只要对方没病，合他的眼，他就可以，给她金屋银屋，给她千宠万宠。

米伊莎有没有援交过对他来说不重要，重要的是她把他伺候得很好，但再好也有腻的一天。最近他就常在腻烦的边缘徘徊，本想回国后给她一笔钱，跟她散伙，眼下她被爆出有这样一段历史，倒是省了他再找理由。

米伊莎援交这件事被热议了两天，最终以她辞职作为收场。

她离开公司的时候，郭心惢把自己办公桌上放了一年的"前程似锦"摆台送给她。

米伊莎的心情出离差劲，没有收。

郭心惢拍拍她的肩膀，安慰道："没了盛总这棵摇钱树，你还有男朋友，别慌，你不愁出路。"

郭心惢说完数秒，米伊莎才反应过来，神情突变，指着她，怒喊道："是你找到了他！也是你传出去的！是你害我的！"

郭心惢笑了笑："你怎么能这么想呢？我戒指丢了，焦头烂额，哪儿有工夫害你？"

米伊莎怒急攻心，什么体面都顾不得了，扔掉包，扑了上去，那架势就像要杀人。

保安及时拦下，把她请出了公司。

郭心惢站在辰光一楼大厅的门内，看着狼狈慢行的米伊莎，柔和的眼神渐渐消失。

接下来，她就只需坐等周五的中高层会议了。届时，辰光上下的管理都会到位，他们将听到她被指派到辰光影业的消息，她也会迎来久违的高光。

谁知道在这关键时刻，辰光传起了她的流言。流言主要围绕着她跟她亡夫的双出轨事件，说她亡夫的死跟她有极大关联，还说她出轨的对象已婚，她是介入了别人的婚姻。

这桩旧事突然被提起，打了郭心惢一个措手不及。前不久，米伊莎被公司上下投以有色眼光的处境，她也经历了一回。她想解释，但又怕说多错多，马上她就要去辰光影业了，不好在这时候节外生枝，便忍了下来。

星期五，辰光总部的中高层会议将于下午两点整在南会议室召开。

会议开始前，居静和跟坐在她身侧的楚晃聊天："据说辰光影业和辰光新零售的老大都被叫来了，我估摸着都有人事调度。"

她说着话朝郭心惢看了一眼，郭心惢负面新闻缠身还能春光满面，想来是去辰光影业的事已经板上钉钉了。她叹口气，说："郭心惢开了个坏头，以后想升职，作妖就好了。也不知道盛总怎么想的，就这么着了她的道。"

楚晃玩着自己的名牌，心想这回的名牌质量真好。

居静和把手搭在楚晃的椅背上："你说咱们公司传她跟她老公那事儿是不是真的？"

楚晃正玩儿得不亦乐乎，没注意听她说话。

居静和把名牌从她手里夺过来："问你呢。"

"啊？"

"我是说，郭心惢跟她老公双双出轨是不是真的？"

"不知道。"

居静和把名牌还给她："你怎么这么呆啊？问你什么都不知道。"

楚晃笑笑不言。

一点五十分时，大部分人已就位。

周嘉彦跟盛辰光一道，在傅承风之后结伴而来。修祈着一身简单的深蓝纹西装卡点到，落座后，一只手搭在座椅的扶手上，另一只手抬起，轻摸嘴唇，姿态显得过于随意。

楚晃悄悄看了他一眼，立刻别开。

修祈也看了楚晃一眼，相比楚晃，他的眼神倒是大方多了，还捎带着弯起唇。

两点整，众人到齐，会议开始。

开场惯例传达公司有关文件、决策，接着便是辰光旗下各公司，以及辰光各部门管理下个季度的规划和目标。

进行这些程序时，众人正经八百，用词严谨，看得出盛辰光对他们要求极高。

说到岗位的调度，郭心蕊不自觉坐直了身子。

辰光内部的人事调派由人事部宣布，辰光旗下各公司由各公司管理宣布。辰光影业和辰光新零售本不用参与这次会议，但会议的架构调整涉及了他们，便被叫了来。

话语权交给修祈，他微微转动座椅，半副身子面对大家，淡淡说道："经董事会商议，将由楚晃出任辰光影业营销部总监。"

语毕，会议室的人都抬起了头。

跟周嘉彦同等地位的人反应相对平淡，虽然这件事事先没有风声，但既是董事会的决定，自然是考量过的。

部门管理们反应较大，心头疑惑横生：不是郭心蕊吗？传了那么久郭心蕊，结果不是？就算不是她，也不该是一个小主管吧？这是升职还是登天？

楚晃的职位在他们当中微不足道，他们万万没想到这么好的差事竟落到了这么一个小人物手中。郭心惢则直接傻掉，浑身发起抖来——到底是哪一环出了问题？

居静和从听到楚晃的名字就一直盯着她看，也不知道错过了哪些重要信息，楚晃为什么能打败运营部的女人夺得这次机会？

楚晃处之泰然，平静地接受大家的审视。

会议继续，郭心惢却继续不下去了，顶着张煞白的脸仓皇站起，说了一声"对不起"后匆匆离了座。

傅承风看向周嘉彦，周嘉彦正好看过来，两人相视一眼，他心领神会。他早知盛辰光不会如郭心惢的愿，却没想到，他会这么公然打她的脸，毕竟辰光总部的人，连保洁大妈都深以为，加入辰光影业的是郭心惢。

不愧是盛辰光，不给任何人算计他的机会。

会议结束，居静和拉住楚晃，正要说话，修祈在前头喊了一声："楚晃留一下。"

未离开的人齐刷刷地看向楚晃。

比起米伊莎那种空有脸蛋的女人，他们这种有本事、见识渊博的更关注有内里的女人。

郭心惢刚来辰光时，风头很盛，无非是她成绩不错，有些个决策令人刮目相看。现在有个楚晃横空出世，他们才后知后觉地想起，这位公关媒介部的小主管也是洲大出来的，而且是进公司没多久便坐到了现在的位置。

会议室的其他人陆续走完，周嘉彦好心提醒修祈："会议室有监控。"

修祈一个字解决了他："滚。"

周嘉彦拍拍他的肩膀："得偿所愿了，记得请客。"

修祈没搭茬。

其他人都走完，修祈还坐在原位，看着在门口罚站的楚晃："过来。"

楚晃不会过去的："你说吧，我听得见。"

"我听不见。"

"那我说话声音大点。"

修祈便站了起来。

楚晃下意识往后退一步，眼看着修祈朝她走来，她转身往外走。

修祈动作快，把她捉住，拽回来，堵在会议桌边。

楚晃呼呼喘着气，大眼睛看着他："这儿有监控！"

修祈不管："吃个饭？"

"我不饿。"

"我饿了。"

"那你去吃啊。"

修祈亲了一下她的花瓣唇，惊得楚晃立刻去看监控，回过头来捂着嘴骂道："你别是有什么疾病吧修祈？"

"你该改口了。"

"什么？"

"老公，或者老板。"

楚晃轻哼，从他胳膊下钻出去，往外跑："做梦吧，梦里什么都有。"

跑出会议室，楚晃在同事的"审视"中回到办公室。

她的部门里，几乎所有人都在讨论她要去辰光影业的事，跟她关系比较好的，一个接一个到办公室对她表达祝福和不舍。造谣生事的两个人显然没料到楚晃有这么一出，几个小时不见，已然脸色铁青。

晚上下班，居静和特意来堵她，就想知道错过了什么。

刚进入停车场，郭心蕊拦住她们的去路。

居静和无奈，抱怨道："又来了一个截和的，我今天还能不能跟你说上话了？"

楚晃笑了笑："明天再说也行。"

"行吧行吧。"

居静和走后，郭心焱上前来，停车场的灯照得她像是有副死人面容。

她说："聊聊。"

楚晃跟她去了公司附近的一家餐厅。

两个人接触不多，同在一家公司那么久，这还是第一次私底下见面。郭心焱想问的问题太多，看着楚晃这张比米伊莎心机百倍的脸，突然觉得，她这一趟或许是自取其辱。

楚晃等她先开口，因为自己没话要对她说。

半晌，郭心焱问了一句："我哪步走错了？"

楚晃帮她分析："大概是伤及无辜？"

郭心焱疑惑。

楚晃浅浅一笑："我们的业务天差地别，本不会有什么交集，但你非要把我拖进你的计划里。"

郭心焱恍然大悟："我和我老公那些事是你透露出去的！你怎么会知道？"

楚晃最多跟她说到这里："我是做公关的，你可以粗疏地理解为，解决危机。公司的危机，自己的危机。"

郭心焱面容更像死人了。

她怎么都没想到，螳螂捕蝉，黄雀在后，她弄走让她生理反感的米伊莎，眼前这个女人用同样的手法弄死了她。

楚晃拿起包，喊来服务员，买了单，最后跟她说一句："害人之心不可有。"

郭心焱牙在打战。

"因为，害人终害己。"

回到车上，楚晃没立刻发动车子，闭眼回忆起整件事。

起初碍于修祈的恶劣，她不愿去辰光影业，却架不住意外接踵而至。

她和舒伯乾之间的事真实发生过，别人想讨论，她堵不住别人的嘴，这便算了，造谣她偷东西是怎么回事？看她老实听话就什么锅都往她头上扣？

当决定反击的时候，她就打算去辰光影业了。

水往低处流，人往高处走，不愿跟她平视相处，那就被她居高临下。

周嘉彦讹了修祈一顿火锅。

酒足饭饱后，修祈接到个电话，紧接着到门口见了个人，回来时手里提了一个精致的包装袋。

周嘉彦好奇道："什么啊？"

修祈像开套娃一样打开七八个盒子后，取出一对戒指。

周嘉彦吃了好大一惊："你不会到现在都没求婚吧？戒指也没送？那你给了你媳妇儿什么？你这副肉体吗？"

说来可笑，连肉体都没送出去，他媳妇儿不要，每次要给，她就哭。

他把男士那一枚戴上，手背向上，看了看，还算满意。

周嘉彦更惊讶了，花生米都吃不下了："你知道你戴上这枚戒指是什么意思吗？"

"知道。"

意思是对外公布，他已婚。

11

"你别闹了。"周嘉彦打定不信。

眼前这一幕要是发生在别人身上，他或许会信，但主人公是修祈，修祈是参加商业活动到后半场都要换一位女伴的人。

网上一搜，半个娱乐圈的女人都跟他关系匪浅。

他怎么会放弃一整片森林，天天浇灌一棵不知道会不会开花的树？

但当周嘉彦看向他，他又是一副意已决的样子——陌生，太陌生。

周嘉彦觉得这里边有隐情，忍不住疑惑地道："为什么？"

修祈把装有女戒的盒子收好，一个一个包装重新套上，袋子放在卡座上，胳膊放在卡座靠背，不答话。

周嘉彦看着修祈手上的戒指。

他擦了擦手，又道："老四，你跟我说实话，你是以前就认识弟妹吗？"

修祈转了转杯垫，见它位置正了才轻盈道："为什么这么问？"

周嘉彦把纸巾丢进垃圾桶，身子前倾，说："你这段时间以来的所作所为就是这个意思啊。要是因为你俩被拍的事上了新闻，动静太大，收不了场，你决定娶她，那勉强说得过去。这又没到那个地步，新闻没两天就替下去了，你还是跟她修成正果了。

"你别跟我说，是因为爱情。

"这几个字用在我身上合适，用在你身上那可就太违和了。"

修祈瞥他一眼："装什么情种？你也就是这两年收心了，还是没完全收。"

周嘉彦身子后仰，坐回先前的姿势："你嫂子等我五年，我要还不收心，迟早错过她。有些机会一旦错过了，这辈子就这样了。"

"机会？"

"嗯，机会。遇到这么好的人的机会。"周嘉彦说着话看了眼手机，像是在看有没有妻子的消息。

修祈没说话，只是笑了笑。两年前的周嘉彦还不是这个态度，与此时这副情种样不可谓不截然相反。他们几人都是事业型，也都浪，促使他们成为英雄的动力之一就是女人。他们以为有本事的男人就该有很多漂亮女人，好像小时候受的教育就是这样：等你长大了，有本事了，女人都不要命似的往身上扑。

他们骨子里没有"浪子回头"这回事，靠岸只是因为累了，等歇够，继续扬帆起航，乘风破浪。有一天烧了船，上了岸，原因只可能是他们老了，浪不动了。渣男老了要找一个踏实过日子的，这跟渣女老了要找一个老实人接盘是一个道理。

周嘉彦深谙此道，曾对几个兄弟说，即便是老了也不折了自己飞向花丛的翅膀。今日再看他这张"幡然醒悟"的脸，时间还真是个变性大师。

周嘉彦看修祈的眼神，猜他心里就没往好处想："说你呢，怎么说到我头上了？"

"我可没提你。"

周嘉彦想了想，还真是自己把火引到自己身上来的，咳了两声，说："说说，你跟弟妹怎么回事？"

修祈眼前浮现出楚晃那张狐狸脸："我喜欢。"

"呸，以前那些女人你不喜欢？我记得有段时间有个叫樊宁的演员，天天跟魂儿似的跟着你，这上门的便宜你不喜欢？"

"多多、熙熙你更喜欢哪个？"

多多、熙熙是周嘉彦的一双儿女，他不假思索地答："当然是熙……"

他答到一半反应过来，皱眉瞪修祈："算计谁呢你？"

修祈说："都是你的孩子，你却在心里厚此薄彼，她们都没能成为我女朋友，为什么能跟我老婆比？"

周嘉彦闻言愣住，须臾，搔搔耳朵："演上瘾了？"

修祈是实话实说。

周嘉彦问不出来，不问了，作为兄弟提醒他一句："你媳妇儿不是盏省油灯。"

修祈大概知道他要说什么。

周嘉彦正经了些："老大不是说把郭心惢派到你那儿去吗？你不要也罢了，再挑别的，谁知道郭心惢把主意打米伊莎头上去了。米伊莎你可能不知道，老大前段时间养着玩儿的。郭心惢把米伊莎以前做外围的事抖搂得尽人皆知。她这么打老大的脸，老大那个人你还不知道？损事儿做完了还要装出副无辜样儿，还得让人承他的情。那他就答应你，把弟妹给你了吗？这还不行，他还准备给郭心惢安排一个总裁办的管理职位，谁不知道总裁办的管理跟秘书头没有区别？偏偏他还不准备撤掉原先的秘书头，等于就加一个郭心惢。

"从前是做产品的，整个项目从头到尾都是她负责，之后要去干服务老大的活儿，这不显而易见地明升暗降吗？

"但这都是先前的计划，我跟老大都没想到，中高层会议之前，郭心惢的私事会在公司流传起来。"

周嘉彦说完这番话，喝了口柚子水，似笑非笑地看着修祈，语气阴不阴阳不阳的："你觉得会是谁干的这缺德事？"

修祈没反应。

早在楚晃情急之下说出"可以去辰光影业"这话时，修祈便知道定是发生了什么事，让她改变了主意。

周嘉彦看热闹不嫌事大："弟妹这招够阴的，虽说是以其人之道还治其人之身，但这个心术，保不齐以后不算计你。"

"算计我又不是算计你，那么多屁话。"

周嘉彦伸手："行行行，我嘴欠，你现在神魂颠倒，兄弟的话你也听不进去了。"

上次随楚晃回娘家，修祈便见识过楚晃扮猪吃老虎的样子了，她能游刃有余地解决给她难堪的同学。她多游刃有余不打紧，打紧的是她同学非要她难堪。

他不信楚晃这个人不犯我我不犯人的性子会主动挑衅任何人："你不如说说那女的怎么得罪了我媳妇。"

周嘉彦一怔，本来打的是挑拨离间的主意，没想到修祈意志坚定，不听他这套。

他不逗修祈了："郭心蕊摆了老大一道，实施计划过程中不免要连累几个人，其中就有弟妹。"

"那就是了。"

周嘉彦很好奇，咂了嘴道："要没这回事呢？弟妹要就是个心机深沉的呢？"

"那就是呗。"

周嘉彦下意识睁大四分之一的眼，修祈这么风轻云淡，真有点陷进去的感觉了。

他作为兄弟好心劝道："你悠着点，别阴沟里翻船了。咱们兄弟就你没在女人身上吃过亏，你身负众望，可得严防死守，别让哥儿几个全军覆没。"

修祈没接话，闭眼歇了会儿，歇够了，要走了。

周嘉彦想出去喝点儿："老二下旬回来，回来都是酒局，你不准备提前练练吗？"

修祈拿上戒指："你先去练练吧，偷奸耍滑来的第三，还以为自己是个人物了？"

周嘉彦看着修祈离开："怎么跟你三哥说话呢？！"

没得到回音，他转回脸来，盯着杯盘狼藉，摇头笑笑。这嘴角还未放下去，他恍然想起来，修祈没买单。

他又扭过头，修祈早没影儿了。

他忍不住，骂了大街。

这一夜，郭心惢无眠，包了 KTV 一个大包，准备放纵到天亮，待天亮再去收拾这个烂摊子，随后便离开辰光，回家养老。

包厢里头光怪陆离，音响里放着她听不懂的说唱，屏幕上的 MV 是年轻人喜欢的街头风格。她坐在地上，自斟自饮，已然接受了一败涂地的结局。

只是她不明白，从前也有人这么算计过盛辰光，却跟她的结局截然相反，为什么？就因为她快四十了，不年轻了？

傅承风赶过来时，她已经喝了七八瓶啤酒。他把她扶到沙发上，把她脚边的酒瓶踢到一旁，跟服务员要了壶热水。

郭心惢睁眼看到是他，咧嘴笑了笑："傅总，你来了啊。"

傅承风给她倒了杯水，反被她推开，他放下水杯，叹口气道："你现在死心了？"

郭心惢自嘲道："原来你是来看我笑话的，看吧，是挺好笑的。"

"你一点筹码都没有，为什么敢跟盛辰光斗？"

郭心惢慢慢看向地毯，是啊，她只以为按前人走过的路走，便有一线生机，要么救活猎狐，要么谋个别的出路。

她多蠢啊，愚不可及。

"我早劝过你，盛辰光不会给你算计的，你以为他是靠做慈善做成的辰光吗？"

"明明以前也有人大胆地跟他讨要前程，明明他答应了，为什么到我这儿变了？"

傅承风告诉她："前提是你有价值，好生跟差生犯同样的错误，惩罚一样吗？"

郭心蕊抬起头："你是说我没本事？"

"你只知其一，不知其二，以前算计盛辰光的人本来只想做小项目，是盛辰光觉得屈才，用了点手段，逼得他只能来跟盛辰光讨说法，盛辰光顺理成章地把他指派进了新项目。"

郭心蕊呆住，五味杂陈，惊惶万状。

事已至此，傅承风不再多说："你接下来打算怎么办？"

郭心蕊本想着去了辰光影业，辰光这边再有人传她那点儿事，她也听不到了。现在去不成了，她不仅要听他们对她过去的污蔑，还要听他们的冷嘲热讽，说她痴心妄想。

她已经准备明天递交辞呈，离开辰光了，上海她待了十几年，每次以为自己攀上高峰了，又发现更高的山峰就在眼前。

就这样，她一座一座，攀到现在，终是没那个体力了，索性不攀了。

她扭头看向傅承风，醉了的眼猩红显著："替我谢谢楚晃，她教的我记住了。"

傅承风懂她这番沉默，自然会帮她的忙。

他是个重感情的人，总是尽可能地维系故交，怕极了这名利场、纸金堆让他忘记自己是谁，却忽略了，他不会被这繁华迷眼，但别人不能保证。

以后，他们这行再不会有郭心惢的名字出现了。

也好，既然时代不会被她以一人之力改变，那就，跳出这个时代吧。

修祈很久不回陆家嘴的家了，跟周嘉彦分开，他在自己家和楚晃家里做了一番选择，回了自己家。

他站在门口，打开灯，房间里的灯陆续亮起。他慢慢走到落地窗前，回过身来，看着这偌大的房间，想起他刚买这套房时的样子。这是他靠自己买的第一套房，买房时钱不够，还是盛辰光借给他的。老二李文孝是个心直口快的，那时还嘲笑过他——"钱不够买什么房呢？"周嘉彦心细，操了李文孝肩膀一下，让李文孝少说话。

其实修祈不怨，没钱是事实。

没钱还买房，是他想要个家。

他是个孤儿，别人想脱离却脱离不了的家，其实是他那么多年的心病。

没得到过的东西都是最好的。

他这几年在国内拍了不少电影，倒不是每部都拿奖，但每部都挣钱了。连本带利地还了盛辰光，他才敢对楚晃的父母说，他在陆家嘴有套房，他可以转赠给楚晃。

盛辰光这种高度的人，都是等别人巴结他，早过了巴结别人的时期。他死拴着修祈，要什么给什么，当然不是看上修祈了，是他知道，修祈能给他创造出巨大价值。

他一个这么热衷于资源运作的人，便宜或值钱，也就一眼的事儿。

修祈不是不明白，但明明可以互利互惠、互相成就，为什么要拒绝呢？

始料未及的是，他们处了许多年，兄弟感情成了真，现在几人已经是钱可以不挣，兄弟不能不要的关系了。其实郭心惢赌对了一点，如果修祈不要盛辰光安排人，盛辰光的确不会硬塞给他。

修祈知道楚晁在辰光总部的作用很重要，但盛辰光并未犹豫。几乎是他要，盛辰光便给了，只不过恰好被郭心惢算计，让盛辰光的答应看起来像是不想让郭心惢如愿。

盛辰光问过修祈，死乞白赖把楚晁弄到手里要干什么。

他把他老婆弄到手里，能是想干什么？

这不是显而易见？

想到那只小狐狸，他不自觉勾起唇角，走到西厨岛台，倒杯酒给自己。

谁都问他为什么娶楚晁，楚晁也问。

他说过很多遍了，因为喜欢，只是他们一直不信。

他看起来那么不像会喜欢谁的人吗？

他晃了晃酒杯，看着杯中转圈的酒液，兴致寡然。这酒太涩，不如楚晁值得品。

楚晁什么都好，哪里都香，就是太烈了，一碰就瞪眼。不过他就喜欢不好啃的骨头。

现在这块骨头到他眼皮子底下了，来日方长，新婚夫妻，迟早入洞房。

他慢慢贴住杯口，喝口酒，再慢慢咽下，让酒液滑喉。正想着媳妇儿，李文孝给他发微信消息，要他发两张照片，他没理。

李文孝又发来："老四，给我两张你的照片。"

"干什么？"

李文孝说："我从网上认识了个女的，她非要看我长什么样，我说互看，你快给我发两张，我好让她给我发两张性感的。"

修祈看着这条回复，皱起眉："是不是有病？"

"快点啊！是不是兄弟？"

修祈随手把他拖进了黑名单。

过了会儿，周嘉彦给他打来电话，接通便发出高亢造作的笑声，他嫌烦，摁免提把手机放在一旁。周嘉彦说："老二给你打电话没？他网恋了你知道吗？还要用你的照片，我刚给他发了两张。"

修祈不爽，把手机拿起来："贱不贱？"

周嘉彦哄他："生什么气？你想想也知道成不了啊，你就让他过过瘾呗。"

"滚。"

周嘉彦被他骂了不怒反笑："你一点都不懂利用自身资源，你有这个小白脸的条件，你跟他提要求啊，他还能不答应你？"

"你才是小白脸！"修祈怒声道。

"你怎么俊美不自知呢老四？我跟你说，你得正视自己，你以为你能在花丛里徘徊是你撩妹手段高啊，那不还是因为你小脸儿……"

修祈火冒三丈，给他挂了。

一群老爷们儿成天不干正事，长了张嘴就会胡说八道！

郭心蕊辞职了，辰光总部又热议了几天。

中高层会议之后，楚晃便开始交接工作，到今天，她该交代的，都交代完了，等中午跟居静和吃顿饭，下周就要去辰光影业上班了，距总部十几条街。

居静和终于有机会问楚晃，到底是发生了什么了。

饭桌上，楚晃被问了太多问题，皱着眉反问："你想让我先答哪一个？"

"为什么是你去辰光影业？"居静和问。

楚晃说："因为我想，也因为领导觉得合适。"

居静和差点忘了楚晃没多久便坐上主管位置，眼高得很，不是个混吃等死的人。辰光影业营销部，这么大一块饼，又是她专业所在，她想吃，也在情理之中。

至于领导觉得她合适……

居静和问她："哪位领导觉得你合适？"

楚晃第一次在她面前展露不自然的神色，修祈到底是难以启齿的名字，她用喝水掩饰微妙的表情变化："周总、盛总，很多。"

居静和摸爬滚打这么多年，这点事儿还是能看出来的，猜测道："盛辰光、修祈，你拿下了哪一个？"

楚晃被水呛到了。

居静和已经看穿她了，过去拍拍她的背："行了吧楚晃，我也不是个傻的，别看我这么多年还是个主管，眼可毒着呢。"

楚晃擦擦嘴，看她："那你看出我不想说了吗？"

"看出来了，所以不问了。"

楚晃淡然道："谢谢。"

居静和坐回到自己的位置，眯眼看楚晃，好大会儿工夫，说："原来你是在扮乖啊，你这一仗太让我刮目相看了。"

楚晃没为自己辩解，说什么"人不犯我，我不犯人"都没意思，干了就是干了。

居静和也不是要她搭话，她不说，居静和便不问了，给各自杯里添了点酒，道："好楚晃，山高路远，姐姐在这里祝你前程似锦。"

多了便不说了，她们之间没到那份儿上。

楚晃干了这杯酒，跟她在辰光总部最后一份情谊告了别。

楚晃周一要去辰光影业了，周日晚上，修祈给她发微信消息，告诉她辰光影业在文件之外的地方还称"安徒生"，也是为了跟总部区分开来。

楚晃看了便当回了，洗澡回来，修祈又发来了三条消息。

第一条："我过去了。"

第二条："不说话当默认了。"

第三条："开门。"

最后一条发于十二分钟前，她以为他走了，象征性地去开了一下门，哪承想他就在门口。

她反应快，立刻关门。修祈反应也快，握住门边。

楚晃没他力气大，眼看着要挡不住他了，提醒道："修导，辰光新规，禁止员工之间谈恋爱，请你尊重规章制度。"

"辰光新规，关安徒生什么事？"

楚晃大意了，她就说为什么突然告诉她辰光影业内部还称安徒生。

"开门。"

"我要是不开呢？"

修祈直接推开了，反正十个楚晃也不如他劲儿大。

楚晃眼看着修祈把门推开，再眼看着自己的鞋底在地板上打滑，慢慢往后挪，深知自己的力气不是修祈的对手，放弃了。

她放修祈进门，转身继续喝药。

修祈跟在她身后。

楚晃喝完药，转过身，想警告他不要离自己太近，他却当她是投怀送抱，直接把她抱进怀里。

她挣扎起来："放手！"

"新员工福利，上班第一天老板亲自接送。"

楚晃用力抽回自己的手："这是上班第一天？"

"我起不来。"

"所以你就提前半宿到我家里等着？我是不是还得夸你聪明？"

楚晃被他抱得太紧了，腰要断了，胸也压得疼，"你先放开我！"

"新员工需要培训。"

楚晃停下来，抬起头："什么培训？"

"想知道？"

"爱说不说！"

"老板单独培训，为期一周，方便起见，我把你办公室安排在我旁边了。"修祈用通知的口吻。

楚晃不悦："我不去了行吗？"

"不行。"

"为什么？"

"周五我就给你办入职了。"

楚晃用力推开他："本人不去能入职？你骗谁？"

"我有你身份证复印件，也有银行卡账号。"

他当然会有，他们是法律认可的夫妻关系。

楚晃怒火攻心，气喘如牛，看着修祈从容的姿态，恨极了自己的技不如人。她有五十分的手段，修祈却有一百五十分。她知道她去了安徒生免不了被他折磨，她以为他进了组，她便能清净几日。这么一想，她也不觉得多难了。

却没想过他没有项目的时候，她能不能熬过去。

她明明都知道，知道自己会被他压，没有一个回合有胜算，还是咬牙去了……

她慢慢倒退，退到桌前靠住，故意不看他："如果我跟你做了，你是不是就腻了？就放过我了？"

修祈坐到沙发上，说："可以试试。"

楚晃慢慢摇头，显得无比坚定："我偏不，别的女人觉得跟你做是占便宜，你去找别的女人，对我来说就是吃亏！我还没傻到付出这

138 -

么大代价跟你赌。修祈，你有本事就强奸我，我礼尚往来，拼了命也要给你争个无期徒刑。"

"你以为我每次找你只有这一件事？"

"您有其他事？"

修祈把手放在膝盖上，戴戒指的手在上。

可是楚晃看不到，她恨他恨红了眼。

修祈第一次没那么淡然，轻蹙的眉有烦恼和自嘲的意味："楚晃，你没良心。"

他说完，站起来，头也不回地走了。

楚晃提着的心放下来，也有一些她不知道是什么的情绪落了下来，飘飘摇摇，不知道要坠到哪里去。

他走了吧。走了就好。

修祈坐在车里，开着车窗，车内却仍是烟雾缭绕。他抽了多根烟，停不下来，好像这一根一根的烟不是尼古丁，是他的续命膏。她那么点劲，他轻轻钳住手，她便不能动了，他却没一次强迫过她。

他怕坐牢吗？他怕吗？他修祈无父无母，生来一人，死无牵挂，有什么能让他害怕？

他要想碰她，她有时间说那么多话？

狐狸相的女人，没个良心。

他抽完最后一根，靠着座椅，闭上了眼。

楚晃失眠了。

她不知道为什么，但她以为，绝对不是因为修祈。

只是，为什么她会这么想呢？

为什么不是"绝对不是因为看的那部电视剧"？

为什么不是"绝对不是因为明天要去安徒生"？

她用力闭眼，用被子蒙住脸。

没有为什么。

雨下了一夜，浇到了无数失眠人，只不过有的浇到了眼睛，有的浇到了心。

楚晃硬撑到九点起床，洗个澡，黑眼圈位置用了厚厚一层遮瑕，让自己看起来没那么疲惫病态才敢出门。

她刚下楼，路边传来两道喇叭声，吓了她一跳，她皱着眉看过去，看到修祈的车，再便是人，他坐在驾驶位，胳膊搭在车窗，眼看前方，侧脸线条十分优越。

她的第一反应便是：他真来接了？

她以为自己会像往常一样拒绝，但走到路口，还是停下，思量许久后上了他的车。

她坐在后座，闻着满车的烟味儿，再从内后视镜看到他发红的眼睛，确定了一点——他一夜未睡，而且，一夜未归。

她突然没勇气再看他了。

一路煎熬，总算到公司，她先一步下车，客气话都没顾上说，急匆匆地进了大楼。

修祈看着她进入公司，像是习惯了她对他唯恐避之不及的样子，淡然地去泊车了。

楚晃先到人事部报到，人事部总监知道她是被修祈挖过来的，不敢怠慢，先把她安排在办公区外的会面厅，茶点咖啡伺候好。

会面厅还有一个女人，清纯那一挂的，但好像没有找到自己的定位，偏喜欢成熟妖气的打扮。楚晃一个自带妖气的，却不是黑就是白，生怕别人以为她不纯。这两个人坐在一起，不光讽刺，还有些滑稽。

女人坐了一会儿，许是觉得这么干坐着太尴尬，主动跟楚晃说话："你好，我叫樊宁，我是来入职经纪部的。"

楚晃冲她点了点头："楚晃，营销部的。"

樊宁挑眉："营销部总监？总部过来的那位？"

"嗯。"

樊宁突然站起来，冲楚晃伸出手："你好，樊宁，修祈的旧相识。"

楚晃看到她的手还无动于衷，听到她说修祈，双眉不自觉地蹙起。她慢慢抬头，看向樊宁，终于觉得这张脸眼熟了——金马影后啊。

修祈上楼时接到了张子蕴的电话，他说："给你准备的惊喜送到了，不要感谢我，都是兄弟。"

修祈听不懂："通俗点。"

"你到公司就知道了，绝对合你的口味。"

张子蕴打了半天哑谜，挂了电话。

修祈没当回事，从电梯下来听助理两个聊天，听到那句"樊宁啊，大影后入职我们公司啊，太有排面了"。

他锁死眉头。

12

楚晃把手递上去，握住樊宁。

樊宁重新坐下，主动添加楚晃的微信。

楚晃大方同意。

樊宁笑起来很漂亮，有两个小梨涡，眼睛有神似秋水，挺鼻如峰却不突兀，嵌在她巴掌大的脸上，恰到好处。

楚晃没有刻意搜过修祈的情史，但既然樊宁主动承认，想来两人是有过一段的。

这虽不在楚晃意料之中，但因早有心理准备，即便事发突然，也没慌神，很从容地接过樊宁递给她的小饼干。

樊宁说："你刚来可能不知道，修导有很多规矩，到时候我一一告诉你。他这个人，了解后就很好拿捏了。看着蛮成熟的，其实就是一个大孩子。"

楚晃委婉拒绝："我是来工作的，摸清老板的脾性，感觉像是来混日子的。"

"好像也是。哈哈……不过你要想知道，随时可以问我，我随时回答哦。"樊宁说话声音像百灵鸟一样好听。

楚晃不知樊宁是试探还是宣示主权，但樊宁肯定不知她和修祈结婚了。

这时候，HR走过来，跟樊宁点了点头："樊老师，我先给您办理入职吧，您这边请。"

樊宁很配合："嗯，好。"

很快，樊宁就出来了，还有HR，HR手里拿着合同，站在楚晃面前。

樊宁不走，HR就不说话，她懂眼色，笑了笑："那我先去办公室看看。"

她人走后，HR把几份合同放在桌上："楚总，这是聘用书，这是持股协议书，服务协议，保密以及脱密期协议。"

楚晃从第一份开始看。

HR好心提醒："楚总，修导看过了，您的个人信息也是他提供的，您只要签个字就行了。"

楚晃听而不闻，硬是把这些协议一一看过，确定无误，才签上自己的名字。

随后，HR领楚晃到她的办公室，途经策划区，都是跟楚晃差不多大的年轻人，看向她的眼神充满探索欲。

楚晃进入办公室，HR说："这就是您的办公室了。等会儿，您跟樊老师一起跟大家伙打个招呼。正好又到一个月一次的聚餐了，这次聚餐会调整成欢迎会，欢迎楚总和樊老师加入我们安徒生的大家庭。"

楚晃走向左侧的玻璃隔断墙，这好像是块不可视的玻璃，她问HR："隔壁是谁？"

HR说："哦，隔壁是修导。"

楚晃摸了摸，又问："这是面单向玻璃吧？"

"啊这，我没有注意过，但这样的玻璃咱们安徒生到处都是。"

楚晃转过身来，看着她，她没丝毫局促感，淡定自若、慧心妙舌的样子像是得到了修祈真传。

楚晃刚说完，敲门声响起。

"进。"

门被打开一条缝，有颗小脑袋钻进来，先是笑了一下，然后才进门，站在楚晃面前："楚总，我是您助理，我叫焦彤，他们叫我小鱼，您有事可以叫我。"

又是一个机灵的小姑娘，楚晃笑笑："正好，我有事儿要问你。"

HR走后，楚晃问了一些安徒生目前统筹的影视项目，主负责人和进度问题，再有便是公司有哪些需要提前知晓的规则。

修祈的规矩不用知道，而其他同事的规矩，很有必要知道。

助理知无不言，一一告诉她。

助理以为楚晃第一天上班就是熟悉一下公司架构和环境，没想到早做过功课。所有公开信息楚晃都已知晓，她只需要告诉楚晃一些内部流传、不公开的便好。

她们说到一半，又有人敲门。

楚晃抬头："进。"

是个男生，说："楚总，修导叫您去一趟。"

"嗯。"

助理以为楚晃要走了，自觉闭上嘴，没想到楚晃抬头，说："继续啊，说完。"

助理愣了一下，反应过来后咳了一声："好。"

悉数交代清楚时，时针已经走到十二点，楚晃放助理去吃饭，她则准备去修祈办公室走个过场。

经历前几次修祈不按常理出牌，她已经明白了，他这个人撞了南墙也不回头，所以别看已经过了那么久，他肯定还在办公室里。

她在办公区看了几眼，没看到人影，这才敲了修祈办公室的门。

但这次她失算了，修祈不在办公室。

那正好，她省得应付了。

她准备回办公室时，有个漂亮女孩不知道从哪儿冒了出来，跟她说："您找修导吗？他跟樊老师一块儿走了，应该是去吃饭了。"

楚晃停顿一下，点了点头："嗯，好。"

她回到办公室，站在房间中央，眼神放松下来——是这样最好了，互不干涉，以后便能相安无事。

她呼口气坐回办公桌前，打开电脑，继续写先前想到的整合营销的方案。

没写几个字，她停住了，看着文档，脑袋空空。

她的想法呢？怎么……突然就不见了？她揉揉太阳穴，好似更昏沉了，便锁了电脑屏，准备到茶水间煮一杯咖啡喝。

她出门时，修祈正湿着手从大门处走来，她一见到他，下意识扭头，要返回房间。

紧接着，修祈推开她办公室的门，举止自若地走了进来。

楚晃把空杯子放在一边，抽出张纸巾，撕两个小条，揉成球，塞住耳朵。

修祈走到她跟前，把她两只耳朵里的小纸球拿出来，重新展开，擦了擦他的湿手，丢进垃圾桶。

楚晃把脸转向一侧，后脑勺给他，是个拒绝交流的意思。

修祈问："出去吃？"

楚晃不理。

修祈坐在她的办公桌沿，脚踩住她椅子上的踏脚杖，往回钩，座椅轱辘转了起来，她连人带椅滑进修祈两腿间。

楚晃转过头，看看他近在咫尺的裤裆，心跳加快，慌里慌张地抬头，又对上他的眼："你干什么？"

修祈不答，昨晚他们不欢而散，他现在没有逗她的心情。

楚晃等不到他说话，站起来，要离开。

修祈在她站起来时搂住她的腰。

楚晃扭头看门口，小声提醒他："这是公司！你别乱来！"

修祈微微歪了一下头，没有一般人歪头杀的可爱，倒像是哪个反派杀人前的小表演。他对着楚晃的耳朵说："我是在培训你。"

楚晃躲开："我昨天说的话你听不懂？"

"说了什么？"

"你！"

修祈喜欢看她死命挣扎却挣不开他双臂的样子，一夜未眠也不觉得累了。

楚晃索性踩在他的脚上："安徒生不只我一个新人，樊老师也挺需要修导培训的。"

什么人都往他身上推？修祈说："她的培训不归我管。"

楚晃冷笑，使劲踩他的脚："装？刚不还跟人吃饭？便宜占完了要跟人撇清关系了？做人还是别太渣。"

修祈微笑："吃醋了？"

楚晃"呸"一口空气："滚，我是揭穿你的伪善面目。"

修祈把她腾空抱起，她惊得挑眉。她才发现她九十多斤的重量在他臂弯不堪一捞，难怪她那么用力踩他的脚，他都能面不改色。

修祈突然松了一下手，楚晃害怕得搂紧他的脖子。

两个人面对着面，鼻尖相贴，楚晃那颗跟脑子不配套的心又狂跳起来了。

修祈问她："你需要多久？"

"什么……"

"你不是要揭穿我的面目吗？揭吧。"

"你……你有……你在说……你疯了！"

修祈低头看到她结结巴巴的嘴，忍不住了，这一次询问了她：

"我能亲你吗？"

"不能！"

修祈不等她话音落下便吻住她，唇齿碾磨间低声道："就一下。"

"嗯……修……你这个……"

修祈趁机舔了她的唇角，还咬了她的舌尖："听话。"

楚晃用力咬破他的舌头，从他身上弹开，捂着嘴，凶神恶煞地瞪着他。她烦透了他，她深以为，她从没有这么讨厌一个人。

修祈抽了张纸巾，擦了擦舌尖，看到血迹，笑了笑。

两人僵持之时，有人敲了敲门。

楚晃怕来人进门看到她跟修祈青天白日独处一室还神色不自然，急道："谁？"

"楚总，我小赵，修导助理。中午前修导让我买两份午餐，给您一份。"

"不用了，我不饿。"

"您要是忙，那我给您放门口的柜子上了啊，我先给修导送过去。"

楚晃认为她没听错，不由自主地皱起眉，低声呢喃："两份？还给他送过去？"

修祈听到了，走到她跟前："下回打听清楚再吃醋。"

楚晃抬起眼，瞪他。

修祈太久不睡的后遗症慢慢显现出来了，眼睛缓慢地张合，比起他平时那副松弛样，更显得慵懒、娇弱。

他又轻又缓道："我的午饭是跟你吃的。"

修祈说完话便离开了，他离开许久，楚晃仍若有所失地看向一个地方，恍恍惚惚，眼神无法聚焦。

安徒生中午休息时间为两个小时，下午两点上班。

下午两点半时，所有人都在自己岗位上工作了。

安徒生是家两百人左右的企业，分为投资和制片两个大类——投资大类分得不细，全系统也就五十人，高管却占公司高管的五分之三；制片大类分得细，主管级别的管理十多个，总监级别只有四位，楚晃所担任的营销部总监是其中之一。

目前安徒生正在进行的项目有十多个，重中之重是修祈自己编写剧本、自己执导的电影《遥遥》。这部电影目前还在筹备阶段，大部分内容只有修祈一人知道，期待指数却在市场上遥遥领先。

除了《遥遥》，营销部手上还有几个项目的宣传工作，楚晃一一看过，眼下都在甩物料的阶段。

接下来就是联系电商、社交平台，做植入和曝光，还是沿用老一套的宣传方案；再有一项便是利用主创个人话题，煽动粉丝情绪，引起大面积热议、打架。

她把所有项目整理成一目了然的样子，再什么锅配什么盖地一一配上方案。

她忙了五分之一，助理进门提醒她，今天要早下班。

楚晃忙中抬头："早点下班？"

"嗯。今天咱们聚餐。"

楚晃不太喜欢公司动不动就聚餐，无非是听有些表达欲强的管理胡吹乱嗙，给他们打鸡血。

员工不光要认真听，还要懂一点酒桌文化，不然得罪谁而不自知，容易葬送前程。

助理是个机灵的，从楚晃微微蹙眉的表情中捕捉到她的不愿，解释说："咱们公司的聚餐跟别的公司不一样。"

楚晃靠到座椅上。

助理说："咱们公司年轻人多，修导不拘着我们，很多人都不用坐班，咱们聚餐就是玩儿，不为了凝聚人心。"

这样啊。

助理看看表，热情地跑到楚晃跟前，把她拉起来："楚总，咱先去自我介绍一个吧。下午看您忙我就没敢来打扰您。"

楚晃被她拉到策划和制作两个大区中间的过道，助理拍拍手："下班了下班了！"

办公室的人都抬起头。

助理拉着楚晃："楚总都见过了吗？是不是还没跟咱们打招呼呢？"

大家打趣："楚总太敬业了，还没出过办公室门呢！"

有人在这时说了一句："樊老师也一下午没出办公室，是跟楚总打商量了？"

樊宁正好从办公室出来，听到大家在聊她，笑着走到过道去："聊什么呢？"

有人说："樊老师也跟大家说两句吧，说完下班聚餐去！"

樊宁笑了笑："这是新人入职必不可少的环节吗？"

有人答："别人可能不是，但您跟楚总必须说。"

樊宁明知故问，吊着眉梢："为什么？"

有人做好架势，正要抢答，修祈从办公室出来了。

所有人都默契地化身哑巴。

修祈目不斜视地走到茶水区，慢吞吞地煮了一杯咖啡，然后一只手端着咖啡，另一只手插进裤兜，目不斜视地往回走。他这个人有军人身姿，无论是走还是站，都不含胸，这样的身姿穿西装就很赏心悦目。

在大家都以为他要进办公室时，他突然停下来，靠在不远处的原木吧桌上。

所有人都等他进门再说话，他突然不进门了，打了他们一个措手不及，他们就这么大眼瞪小眼地让场面尴尬住了。

修祈的助理走过去，问他："您是有工作要交代吗？"

修祈喝一口咖啡，说："没有。"

助理小声提醒他："那您在这儿是怎么……"

"我不能在这儿吗？"

"不是不是……是您在这儿，大家放不开。"

"聊你们的，我不插嘴。"修祈说。

助理知道了，转过身来，跟大家使眼色，对口型：他不走。

其实不用他转达，修祈说话声音不小，大伙儿都听见了。

樊宁倒是很大方，继续道："那我就……希望接下来这段时间，跟大家相处愉快。我虽不常坐班，但也是你们中的一员哦，别忘了我。"

该楚晃了，所有人都安安静静等着楚晃说话，楚晃不能扫大家的兴，提半口气说："很高兴加入安徒生……"

"喀嗯。"

不远处的修祈突然清嗓子，打断楚晃说话。大家闻声看向他，他又是一副置身事外的表情，还自然地喝口咖啡。

楚晃压着火，继续说："初来乍到，关于公司还有很多需要熟悉的地方，到时候还请大家……"

"喀喀。"

又来了。

大家再一次看向修祈，这次连樊宁也不例外。

楚晃不生气，没让人听出她最后几字是蹿着火苗说的："不吝赐教！"

照预想，两个美女说完话，大伙儿是要激动一阵子的，各有问不完的话，但碍于修祈在侧，一个个像吞了颗枣，话不敢说，大气儿也不敢出。

修祈把一杯咖啡喝完，迈着他傲睨闲在的步伐回了办公室。

大家终于得空喘气了。

楚晃的助理摆张苦脸："修导平时可不爱管我们，也不知道今儿怎么了。"

楚晃没发声。

樊宁从修祈身上收回眼来就一直盯着楚晃，看到现在，场子散了，仍没挪开的意思。

楚晃知道樊宁在看她，也大概能猜到，樊宁在想什么。

不出所料，樊宁应该是为修祈来安徒生的。现在修祈的注意力稍微偏向了别的女人，她自然是感觉到了。

楚晃觉得，她有必要跟修祈说清楚这些，避免一些不必要的麻烦。

当然，跟修祈谈条件，她得做出点牺牲。

修祈的助理小赵跟他进了办公室，修祈扭头看到他，上下打量一眼，意思是：你进来干什么？

小赵说："修导，您还有事要让我去做吗？没有的话我就下班了。"

修祈不知道他们具体几点下班，但肯定不是这个时间："到点了？"

"今天聚餐啊，要提前下班。"

修祈还真不知道，没参加过他们的聚餐。

"那我先下班？"

"都谁去？"

"哦，制片这几个部门的都去。"

"都？"

"都，四大部门，还有今天加入我们的两位美女老师。"

"在哪儿聚餐？"

"嗯？"小赵没反应过来，他也去？

"地址。"

小赵回神，木讷地报了饭店名字，又小声提醒道："今天吃自助，按人头买单，没有您那份……"

"那你别去了。"

小赵急了："可以解决！再多订一个位置就行了！我去通知行政部！"

紧接着，他像是逃离沼地一样匆匆跑了出去，生怕修祈把他叫住，不让他去了。

大家听说修祈也要去聚餐，都像是戴了一副痛苦面具，全无之前的欢呼雀跃了。

从公司出来，有车的开车，没车的三五个人一道，拼一辆车。

楚晃来公司是修祈亲自送的，这会儿站在路边等车，小伙子们怜香惜玉，有车没车的都来邀请她："楚总，上我的车！"

"滚蛋，你有车吗？楚总上我的车吧，我开车是最稳的。"

樊宁这时候挎着包出来，指了指他们几个："你们几个，想什么呢？楚总要上也是上我的车啊。"

说着话，她冲楚晃笑笑："我开车了，我载你过去吧。"

楚晃微笑："我打车了，马上就到了。"

"都有车，还打什么车啊？"樊宁走上前，自来熟似的挽住楚晃的胳膊。

楚晃推托不掉，正要答应，修祈从身后走过来，毫不违和地插进嘴来："都堵在这儿干什么？"

几个人一下子弹开来，让出了一条路。

修祈看向楚晃："没开车？正好，我开了。"

小赵这才从公司出来，正好听到这句，不想这点小事麻烦他，擅作主张地说道："怎么能麻烦您呢？我开车了，我载楚总过去吧。"

修祈微微皱眉。

天快黑了，助理看不清修祈的神情，以为他这番操作要立大功，还颇为卖弄地提供了第二个方案："要不就樊老师顺道把楚总载过去。"

樊宁在这时说："我就是这么想的，让楚总上我的车吧。"

楚晃没再拒绝："好。"

大家上车的上车，前往的前往，这个小人堆很快散开了。

樊宁跟楚晃一前一后地往外走，走着走着，有人从楚晃身后搂住她的腰，把她打横抱进了一辆车的后座。

樊宁上车前往后看了看，傻了眼，楚晃呢？

楚晃在车里看着车外的樊宁四处找她，刚想叫对方，"歹徒"捂住了她的嘴。

她挣扎得更凶，咬了"歹徒"的手。

"歹徒"不松手："属狗的？"

楚晃瞪着他，被他捂着嘴也要骂："人渣！"

"歹徒"正是修祈，他见樊宁走了才松开楚晃。

楚晃的嘴自由了，更不加休息地骂他："败类！贱男人！你不得好死！从今天开始你必倒霉！倒八辈子血霉！"

修祈听她骂完："你会凶一点吗？"

"这不够凶？也是，你天生犯贱！"

修祈笑了笑，提醒她："我再看到你张嘴，你就小心点。"

"张嘴怎么了？！"

修祈没说话，也不用说话，眼神已然作答，估计她再张嘴，他就又亲上了。

楚晃恍然想起她现在在修祈手里，还是闭上了嘴，顺便抿起来。

修祈换到驾驶座，开车去了聚餐饭店。

楚晃不想跟修祈一起出现，又是先他一步下车，跟大伙儿会合。

小赵看到楚晃，好奇道："楚总，您去哪儿了？樊老师说上车前就找不到您了。"

楚晃不得已扯了个瞎话："我叫的车到了，忘记跟樊老师说了。"

大家没有疑心，端着生食材围坐在铁板桌前，等厨师现烧美食。

修祈姗姗来迟，看那步伐似乎是奔着营销部去的，没承想半路杀出个程咬金——策划和发行总监把他拉走了。

樊宁从卫生间回来，坐到楚晃旁边，冲楚晃笑笑。

楚晃也客气地回笑。

樊宁切着别人帮她要的鹅肝，轻声说："楚总，喜欢吃鹅肝吗？"

"不喜欢。"

"我也不喜欢，但偶尔也会吃。这就是调剂品的地位。"

楚晃假装听不懂她这话的意思。

樊宁突然扭头，看着她："有时候调剂品不是很摆得正自己的位置，上了主桌，就以为自己是主菜了。"

楚晃觉得她有话要说，放下刀叉，说："出去透透气？"

樊宁就等她这句："好。"

饭店外的空中花园，有个露天的酒吧，酒吧左半边载歌载舞，右半边饮酒聊天。

樊宁跟楚晃坐在右半边靠栏杆的位置。樊宁先喝了口酒，觉得有点甜，放下杯，别了一下头发便双手抱臂，看向了远处。楚晃也不着急打开话题，拿着酒杯端详杯里变色的酒。

终是樊宁先开了口："修祈载你来的？"

楚晃没答。

樊宁笑笑："我看见了。"

楚晃说："我也没否认。"

樊宁闻言挑了一下眉，极细微，不易察觉，随后说道："我猜你们目前的关系应该是他正在追求你。"

楚晃当她猜对，没应声。

樊宁又说："你也看出来了，我们的关系不简单。"

楚晃面无表情。

"我不是来求你把他还给我的，我是想让你知道，他是个什么样的人。"樊宁说着笑了一声，"当然我也有私心，当你知道他有多渣，你就不会给他机会了。"

楚晃觉得樊宁想多了，她本来也不准备给修祈机会。

修祈的光辉历史，不用详说，光是那些女星自己发在社交平台的合照就够她消化了。

她身边没异性缘这么好却没下过海的男人，由此可见，修祈早湿鞋了。

樊宁有些自嘲："我早知道，他千方百计从辰光总部挖了一个人过来，我刻意通过张子蕴来到安徒生，就是想从中作梗。"

她很坦诚，楚晃觉得，她比电视剧里抢男人的女人们多个脑子。

樊宁看向楚晃："但我挺喜欢你的，你看起来不俗气，明事理，我觉得你不会跟其他女人一样被修祈的才气和外表迷惑。"

楚晃等她的下一句话。

"今天修祈在办公区喝咖啡时，所有人都只好奇他为什么会在办公区停留，但其实，最引人注意的，是他手上的戒指。"

楚晃根本就没看他。他爱戴什么戴什么，她没有兴趣。

她端起酒杯，喝口酒。

樊宁看到修祈的戒指就向张子蕴确认了，张子蕴当即否认，笃定地说修祈不可能结婚，要是结婚了不可能不请兄弟吃饭。于是她生了一计，准备诓骗楚晃："修祈跟我结婚了。"

楚晃被半口酒呛到了。

修祈一回头，楚晃不见了，把小赵叫过来，问他："楚晃呢？"

小赵喝了点酒，醉醺醺的："楚总？楚总跟樊老师出去了吧？两人都不见了，可能是去空中……"

修祈没听他说完，解开袖扣，拉了拉领带，朝空中花园走去。

樊宁满意她这个反应。

她想过，如果修祈在追楚晃的过程中告诉了楚晃那枚戒指的来历，她就说那是修祈扯谎，真实情况是他们结婚了，那是他们的婚戒。

如果修祈没告诉楚晃，那她连解释都不用了。

她冒着被拆穿后丢人现眼的风险，造了这个谣，这招虽险，但见成效。试问哪个女人在被一个男人追求时，意外得知这个男人已婚，不是吞了苍蝇似的恶心？

若是兵不血刃就换得这场争夺的胜利，她愿意承担这份风险。

但楚晃什么都没问她，只是说："我想知道，他是怎么渣你的。"

樊宁回答这个问题之前，先问了她两句："他是不是从来不说爱你，哪怕喜欢都不说？他总是一副尽在掌握的样子，做什么事都很从容，从头到尾慌的只有你？"

本来，楚晃听到樊宁说她跟修祈结婚了，就不准备再听她说什么了。结婚这种谎都编得出来，那她的话可信度不高。

但听到这两句，她连睫毛都有了反应——修祈就是这样。他总说奇怪的话，做荒唐的事，他有时候野蛮浑蛋，想抱就抱，想亲就亲……有时候又很哀伤，像是有很多秘密，有很多委屈，不能说，于是只用抱她、亲她来自我解救。

樊宁又说："我不知道你有没有看过一个他的采访，就是从那个采访起，他被嘲是渣男，后来他就开始频繁传出桃色绯闻，坐实了渣男的名号。"

楚晃从不主动去看修祈的新闻。

"现在那个采访已经找不到了，其实就是问修祈对爱情、婚姻的理解，他说这世上没有爱，只有偶尔的需要。"

楚晃心里一疼，像是被什么刺了一下。

"那个采访后面是访问修祈的朋友，其中问到了周嘉彦，为什么修祈异性缘这么好，周嘉彦说因为修祈会给每个女人家的体验。"

樊宁的语气变了，说不上愤怒，但能觉出急躁："周嘉彦跟他关系那么铁，都这么说他，那他能是好人吗？"

原来是这样。

只是这样吗？

楚晃没在这段叙述里感觉到修祈有多渣，就……仅此而已？全是媒体和周嘉彦给他贴的标签？她不信："你跑题了，不是在说渣你的事吗？"

樊宁说："那时候我刚拍了他的电影，晚上剧组人一起吃饭，大家起哄说我们般配，他没否认，那时候我只以为他有点喜欢我。杀青后第二个礼拜，我回剧组补拍镜头。那天雨特别大，我们在棚内等雨停，聊了很多表演上的事。第二天新闻出来，说我跟他在拍摄现场旁若无人地调情。我开始是害怕的，我怕这件事影响到我的事业。但那时我已经不是我了。

"时隔那么久，我仍怀念那天的雨，怀念他说话的声音伴着雨声流入我的耳朵里，怀念他向来自在的人生态度……因为我要补拍的戏有点多，所以又在剧组多待了半个月。那半个月剧组内外都以为我们私下在一起了。我也以为。可是不出半个月，那个演网剧出身的杨纤予发了一张跟他一起吃饭的照片，还配文说很久没有这么开心过了。"

樊宁开始讲这段过往时，还有些不情愿，拘谨，不愿多说，越到后来，说得越快，像是生怕楚晃不能感受她的愤怒。

楚晃感受到了，她也可以想象出，修祈是怎么在两个女人之间徘徊，再让她们沦陷的。

现在的樊宁比两人刚坐在这里时难过太多了。

她还要说："你以为只有杨纤予吗？还有很多，各行各业，什么携美包场，什么独处一室，什么潜规则。这些新闻你应该看得不少了吧？"

楚晃没看过，但听说过。

樊宁越来越激动，把杯里的酒一饮而尽："或许开始的采访说他是渣男，有污蔑他的嫌疑，但他后来的所作所为，绝对对得起'渣男'二字。"

楚晃看她好难受，那些女人应该也很难受吧？

樊宁喝完酒，双手捂住脸，声音哽咽："如果不喜欢，为什么要靠近呢？为什么呢？为什么啊？"

她好像醉了。

楚晃看着她，恍然间以为是在看自己。

她会有这么一天？

怎么可能？她从没给过修祈机会，她不会，她在想办法，很快就能跟他划清界限了。

只要她守住底线，就不会。

一定不会。

楚晃把食指的指甲摁进拇指的指腹，让自己清醒："你那么恨他，可你还是为了他来到这里。"

樊宁抬起头来，她又何尝不知道？"我有办法吗？你有办法吗？你告诉我，你要是爱上他，你有办法吗？你没有，你不可能有！"

"我不爱他。"

楚晃觉得这场谈话该结束了，便站起来："你想争取就去争取，不要再来找我了，我来安徒生是为了工作，不是为他。"

樊宁也站起来："那……"

楚晃知道樊宁敢这么公然找到她，就是揣摩过她的心性，知道她不会多嘴，但还是喂对方吃了一颗定心丸："你放心，今天我们的聊天不会有第三个人知道，除非你说，除非隔墙有耳。"

修祈端着杯酒，坐在吧台，背朝散台，听完楚晃和樊宁的对话。樊宁跟楚晃说什么他都无所谓，但还是连饮了两杯烈酒，只因楚晃那句——"我不爱他。"

她说得真决绝，好像是过去、现在、将来都不会。

那喜欢呢？有没有？

楚晃回到餐厅，年轻人玩起游戏，她情绪不佳，无法参与进去，便以有事为由离了场。

从大楼出来，晚风拂面，带着梅雨季节的清冷和潮湿，她被那几口酒冲乱的脑子有些微回转，清楚了不少。

她大大地吸一口气，沿着路边慢慢走向地铁站。

樊宁说话时，楚晃分明看到自己坐在她的位置，脸上是跟她一样的表情，说的话也一样，卑微地祈求对方把那个男人还给自己。

她突然有一点害怕。

她是有主心骨的人，从小到大或许她行为上会妥协，但心里从不。

她一直都知道自己想要什么，在所有人混沌、看不清未来的时候，她的眼光已经看到了几年后。

唯独在面对修祈时，她不知道该相信他哀伤的神情，相信他一直情有可原，还是相信网上那些有图有字的新闻。她有时候稍微偏向他一点，他就玩失踪，不见了；当她的思想偏向新闻里说的那样，他又看起来很难过地说"你没良心"。

到底哪一个是真的？

她是该相信她一直以来对他的印象，还是该相信他对她父母承诺时，那个匪石匪席的眼神？

他若是真的上心了，那为什么呢？为什么上心？

他喜欢她什么？

她的家庭、学历、外貌、身材，放在老家的相亲角可能是出挑的，但放在修祈身边，貌不惊人，言不压众。她有时候也会暗暗得意，那么多人喜欢他，他却只看到她。

但得意不能顺意，要是她陷进去了，他反而抽身了呢？

他或许给了每个女人这种假象，让每个女人以为只有自己是特殊的。

当谎言被拆穿，真相大白于天下，她该怎么办？工作怎么办？生活怎么办？

难道她真要去祈求下一个人，把他还给自己吗？

楚晃走着走着，停了下来，蹲在路边，抱住胳膊，缓解突如其来的无助感。

她必须承认，樊宁那番话有杀伤力。那些她或逃避、不愿面对，或一直就没想清楚的事实，在樊宁那番话后，一股脑地钻进她的神经里，逼她看清楚现实。

楚晃身后不远，有辆出租车正以不超过她步伐的速度跟着她。那辆车副驾驶座上的，正是导致她心神崩溃的人。

修祈让司机把车停在一旁，胳膊肘杵在车窗窗框，轻摸嘴唇，看着没状态的楚晃。

看见她这样，他有个地方隐隐作痛。

楚晃缓了缓，站起来，走进地铁站。

修祈没跟上去，他想去喝点酒。

正要离开时，楚晃出了地铁站，站在台阶上，望着眼前道路，像是在看人来人往。

突然，有个男生急匆匆地跑向地铁站，他没注意到楚晃，蹭了她的肩膀，差点把她撞倒，但还算有礼貌，立刻回身道歉。

楚晃痛苦万状，看着撞得不轻。

修祈皱起眉，下了车。

楚晃没为难那个男生，放他走了，那个男生连说了两句"不好意思"便消失在拥挤的站台。

楚晃肩膀不怎么疼，就是头晕，可能是不久前喝的那杯酒来劲儿了。她酒量不好，以为那种调的酒不会上头，可能是基酒加多了。

修祈扶住她的肩膀。

楚晃回头看到是他，甩开他的手，迈下台阶，沿着路边，往前走。

修祈在原地干站了几秒，跟了上去。

楚晃不回头，坚决不回头。

突然下起雨来，路上行人变得匆忙。

楚晃走着走着胃里一阵翻江倒海，有点想吐，于是贴着灌木丛朝前跑去。她不知道，她身子歪歪晃晃，牵动着身后之人的注意力。她跑进一家便利店，买了雨伞和矿泉水，再打着伞跑到垃圾桶跟前，胳膊夹住伞骨，双手抖开塑料袋，吐了个痛快。

力气太小，而雨大风也大，伞就被吹走了，她赶忙丢了塑料袋，跑出去追伞。

修祈帮她捡了起来。

她停在他身前，什么也不说，要把伞拿回来。

修祈不松手。

楚晃抢不过，眼泪吧嗒吧嗒地掉下来，最后干脆蹲在地上，抱着双腿，把脸埋进膝盖，痛哭起来。

修祈看着她，攥紧了伞柄。

他心疼，像是碎了。

他突然想告诉她，开始不是真的，但现在是了。

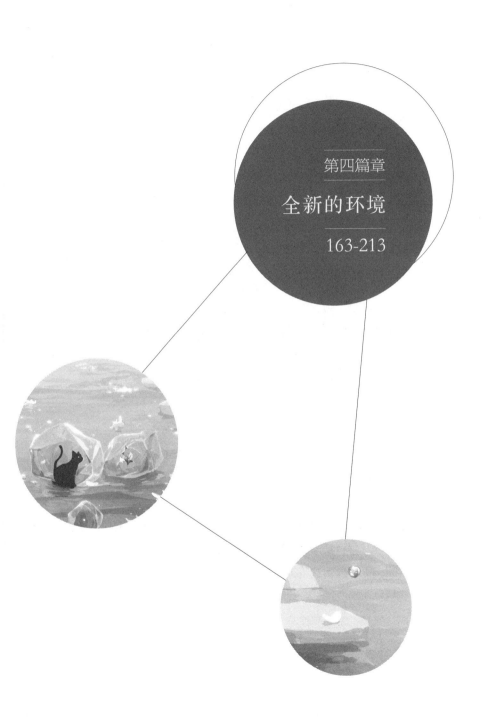

13

雨越下越大，楚晃喝了酒又吐了，再淋雨定是场大病。修祈没跟她商量，胳膊夹住伞，腾出双手把她抱起来，确保她不会被淋到，慢慢走到路边，拦了辆车。

楚晃好像已经生病了，整个过程没有像往常一样挣扎。

修祈报了他家的地址。

楚晃胃里不舒服，头痛欲裂，意识逐渐消失，残存的理智让她伸手挡在她和修祈之间。

修祈是个不懂迁就的人，或许他懂，只是不愿意。但这一次，他没再靠近，给了楚晃空间，让她自行疗伤，结果还是因楚晃一个抱住双臂的姿势破了防。

他认为她自己疗不了伤，于是把她抱进怀里。

平安到家，修祈抱她下车，快要失去意识的她只能凭着肌肉记忆反抗，条件反射一般一拳一拳打在修祈身上。

修祈全然不顾她这番折腾，还算轻松地把她抱进门，刚把她放上沙发，她自己从沙发滚到了地毯上，既迷糊又防备。

修祈先烧了水，顺便拿了条毛巾过来，到她跟前坐下，把她胳膊拉过来，从手开始给她擦身上的雨水。楚晃清醒了一些，醒来唯一确定的就是不让他碰，但又想吐，就捂着嘴让他滚。

修祈把垃圾桶拿过来，手在上方晃晃，感应盖子打开后，放到楚晃跟前。

楚晃看见垃圾桶，一阵反胃，把晚上吃的几片菜叶子全都吐了出来，吐完找水，修祈正好把水杯递到她面前。她的身体太不舒服了，尤其吐了这几回，已经没力气再跟他争持，乖乖接过。喝完水，她踢开垃圾桶，趴在沙发上，闭上了眼。

修祈从她手里拿走水杯，放到桌上，挽袖给她脱湿衣服。

楚晃不让碰，躲开他的手，甚至把湿衣服往身上裹了裹。

修祈不惯着她，攥住她的小臂，一把把她拎起来，脱了她的短西装外套。要碰到她的细腰带时，她用力推开他的胳膊，有气进无气出似的骂了他一句："滚！"

修祈懒得跟这个脑子不清醒的说话，把手又伸过去。

楚晃跟他开启拉锯战，就是不让他碰到自己。要不是修祈念在她现在醉着酒又身子不舒服，早下重手把她衣服脱了，哪还有眼前他拿她没有办法这幕。

他提醒她："别找事。"

酒壮尿人胆，楚晃放开了自己："你才是别找死。"

修祈不再跟她废话，开始使用蛮力扯她衣服。

拉扯中，新买的黑衬衫被他扯掉了一颗扣子，楚晃一下火大，精神劲儿也回来了，怒目切齿地看着他，然后解开剩下的几枚扣子，脱了衬衫，扔到他脸上："你不想看吗？给你看！好看吗？"

她上身只剩胸罩了，薄薄的质地，包不住一对美丽。

她身材绝好，修祈却顾不上看，现在也火大，把楚晃的衬衫从肩膀拿下来，走到一边给张子蕴打电话。

张子蕴以为他是来感谢他的，语气颇有点邀功的意思，没想到修祈一顿劈头盖脸："是不是没别的事儿干了？保媒拉纤的，你要转行？"

张子蕴不敢吱声，半晌才问："怎么了这是？"

"那女的你怎么弄来的，怎么给我弄走，弄不走，咱俩项目拉倒，都别干了！"

修祈说完，挂了电话，把手机扔一边，楚晃的衬衫也放一边，拿了条大毛巾过来，扔在楚晃身上。楚晃听见他打电话了，但不知道他在说什么，她现在的意识一阵清醒，一阵糊涂。

修祈看她傻了吧唧不知道擦，强迫症犯了想给她擦干净，刚走到她跟前，她以为他是来给她脱衣服的，防备劲儿又上来了。

修祈不管她，从她肩膀上把毛巾拿起来，给她擦了擦脖子上挂着的水珠。

楚晃身上的每一滴水，都是灌进他嘴里的催情药，楚晃要是再作死，他就控制不住某些东西了。

脑子纷乱的楚晃没那个觉悟，就是不让修祈碰她。她喝完酒劲儿都大了，修祈还没跟谁这么费劲过，逼得他攥住她两只手："给我老实待着！"

楚晃偏要动，还要骂："你算什么东西？"

修祈被她这一声镇得不轻，手劲儿不自觉地小了。

她知她喝了酒是这个德行吗？

楚晃从他手里逃掉，站在沙发后，指着他大骂："咱俩敞开天窗说亮话，为什么结婚我不说了，当时脑子里都进水了，谁也别说谁！就说离婚，你既然不喜欢我，凭什么不同意？凭什么拖着我？"

修祈把毛巾搭在沙发靠背，拿了自己一件 T 恤过来，扔给她："把衣裳穿上告诉你。"

楚晃不穿他的衣服，拿起那条大毛巾，披在身上。

修祈靠在留声机上，那姿势像是已经累过了劲，是以怎么待着都无所谓了。

他看向楚晃："你好好想想，我什么时候说过要跟你离婚，什么时候说过不喜欢你。"

楚晃冷笑："你是喜欢我吗？你是喜欢吃不到的！"

"你问过我吗？"

"什么？"

"你脑子里对我的这些印象，你问过我吗？"

"用我问吗？有图有真相！"

"自作聪明。"

楚晃大笑："你是说，别人都在诬陷你，全网都在诬陷你，你跟那些女人的合照也是她们 PS 的，其实你还是个处男？"

修祈皱眉。

楚晃指着他："我见过你的相好的了，没想到吧？她都告诉我了，你是怎么让她们爱上你的。你对我如法炮制，你就想让我爱上你，然后就不要我了！"她说着说着就哭了，但她有骨气，自己抹掉眼泪，"你别做梦了，你不会如愿的！"

修祈一见她哭就心里堵，突然想，她说什么就是什么好了，别再让她哭了。

他开始时只觉得楚晃漂亮，有气质，想逗她的心思更多一点，至于后来喜欢她，完全在他意料之外。

说实话，他本人也满是始料不及的感受。

他无父也无母，幸得舒家爷爷领养，悉心教导和栽培，成为今天这般人物。他虽渴望有安身之所，却不渴望跟谁绑成某种关系。

他无法释怀童年的经历，婚姻和爱情对他来说就像小时候看过的动画片一样幼稚，所以默许了舒爷爷撮合他跟舒母。

所以当楚母发现他在楚晃床上时，他不假思索地说会娶她。

因为无所谓，所以无所谓。

后来，所有人把婚姻当成神圣之事，问他为什么那么儿戏。他才发现，世间如此大，人口如此多，他看起来一呼百应，事实上一直是孤舟独桨。

没有人懂他，没有人愿意懂他。

对于他们来说，那张结婚证，那份法律承认夫妻关系的文书很重要，就得所有人都觉得它重要。

很多人喜欢挖空心思猜他做某件事的动机，其实哪有什么动机，他本一浪子，活得洒脱最打紧。只是有一天，这份不羁变了味，他出现了些他自己都没察觉的变化。

起初他没发现，是他性格如此，想达到一种目的时，就会异常投入。他以为他对楚晃看似真心的撩是因为投入，但自从他身边的人都开始好奇，他跟楚晃是不是一早就认识，一早就有纠葛，他就知道，他中招了。

很多事，都是别人先发现的。

楚晃没问他为什么喜欢她，其实到目前为止，他自己也不知道。关于为什么，他还需要好好慢慢想清楚，但喜欢她这点，是板上钉钉的。

他看不得她哭，他会心疼，他也才知道，心疼是一种生理感受。

他看着那个满口酒言酒语的狐狸脸女人，慢慢走到她面前，伸手擦擦她的眼泪。

楚晃躲开："滚开！别碰我！"

她现在很晕，酒精和酸沉乏力的身子一直在逼她，她几乎就要撑不住。

修祈仿似未闻，继续给她擦。

楚晃气急，大吼："我说别碰我！指不定碰过多少人！我嫌脏！"

修祈闭了闭眼，压住火气："你拿小道消息当真相，给我定罪，还不让我反驳。"

楚晃觉得可笑："无风不起浪，你的桃色新闻满天飞，你什么都不说，我凭什么相信你是个好人？我凭什么相信你的喜欢是真心实意的？"

"我说你会听？"

"你说啊！"

"没有的事你让我说什么？"

楚晃笑起来，笑着笑着哭起来："骗子，你就是想骗我。你让我现在特别像一个笑话，他们肯定都说我是个绿帽子侠……"

修祈又心疼了，往前走了一小步，想抱她，又觉得现在的她太脆弱，而男人手重。

楚晃也疼，浑身上下，无一处不疼，她不愿再跟他纠缠。

她累了倦了烦了。

她缓缓走向他，笨拙又小心地靠在他胸膛，双手一点一点环住他的腰。

修祈皱起眉。

楚晃靠了他一会儿，双手慢慢挪到他的衬衫前襟，解开一颗扣子。因为不熟练，她的手背不止一次碰到修祈的胸膛，她知道他身子滚烫，而她也是。

她一颗一颗解下来，两个人终于赤裸相对。

修祈不是菩萨，这样搞一定会有反应，楚晃身子一顿，明显地紧张无措。

但很快，她接受了。

她双手沿着修祈的肩窝慢慢爬到他的脖子，小心地搂住。

停顿了许久，她才抬起头，踮起脚，主动亲了他。但她只会嘴唇贴一贴，不会修祈那种深入，没有他吻得人心慌的本事。

她不知道，就是这样主动贴贴，修祈已被她贴得心慌了。

她就亲了一下，又低下头，额头要靠不靠地贴在修祈肩窝，攀着他脖子的两只手攀累了，酸了，放了下来，改为揪着他衣裳下摆处一点点。

修祈知道她是什么意思，她是打算做完散伙。

他不同意，却不能对做到这份儿上的她无动于衷。他想要，脑子和心都这么想。

楚晃每一个害羞的表情，每一个不熟练又像是下定决心的动作，就像谁捏着一根狗尾巴草，精准地搔动他的敏感点。

她好娇，像朵花。

他只要从现在起顺从她，顺从自己身体的欲求，他就可以得到她……

但那之后呢？跟她散伙吗？

修祈攥住她，已经变了颜色的眼睛盯着她还很纯粹的脸："你想干什么？"

楚晃本来还在害羞，修祈一句话让她醒过来。她抬起头，半歪着："你不就想要这个吗？我给你啊！"

"你先前不是很硬气不给，让我有本事强奸你？"

"我改变主意了。"楚晃深知自己对修祈的态度在一点一点改变，眼看着就要抑制不住了，她必须悬崖勒马。失去身体，还是失去自己，这一道选择题的答案一目了然。

"你现在不清醒。"修祈狠心拿开她的手，把毛巾拿过来，裹住她。她太美，他在这方面的自制力不行，不能一直看。

楚晃拿开那块毛巾："我很清醒！"

"那我是谁？"

楚晃微抬下巴，很坚定："修祈。"

修祈不能跟楚晃散伙，她这决定的代价是跟他桥归桥路归路，划不来。楚晃现在是半醉半醒的状态，平时不会做的事，借着这一脑门昏沉，做了一个遍。早做早解脱，反正她现在醉着，说不定明早起床她都不会记得整个过程。说起来，她也算是轻轻松松就跟他划清界限了吧？

她激他："你不敢了吗？"

修祈不能被激，一激就会豁出去。

他解开腰带，边解边走向她。

楚晃想到之前他醉酒，把她摁到沙发上，骑着她解腰带，就是现在这副神情，他丝毫不掩饰对她的馋。

她没来由地打了个战。

修祈注意到了，但还是把她抱起来，抱到岛台。

"别哭。"他提醒她。

楚晃不哭，反正就是一晚上的事，早死早超生，除非他太猛，让她难忘。她再度抬头，满眼酒意驱动的无畏："之后一刀两断。"

她这一提醒，修祈理智回来不少，艰难地拉上了裤链："那算了。"

修祈听到散伙，逼自己穿好了裤子，那是不是说，他很清楚，在这之后两人就真是分道扬镳了？

楚晃大着胆子解开了自己的腰带。

修祈看得心头火烧，理智已经破防。他逼着自己转过身去，咬牙低骂一声。

楚晃把裤子脱了，扔到他的背上，裤子砸了他一下，贴着他的身子摔落下来。

修祈后背那一块，哪是被她的裤子砸了，那分明是炭火，仿佛烧出一个巨大的火窟窿，他又疼又爽。

修祈转回身来，看见她一副柳腰花态，男人是为什么而生，他从未如此清醒。

修祈面上看不出什么，但牙一定是快咬碎了。是他大意了，他知道自己赢不了，但没想到整个折在她手上了。

他的手背从她脸上往下游走，落到她脖子上，轻轻扶住，忍住掐断的冲动，沉声道："你钓我呢？"

他的脸很近，楚晃可以看到他的毛孔，她不禁疑惑，一个男人的鼻尖为什么那么干净？

她不能回答他的问题，她觉得这话由她来问也很合适。

到底谁钓谁？

楚晃一直以为她是为了散伙才出此下下策，直到修祈俊美的脸在她面前放大，她心狂跳的身体反应席卷而来，原来她在自欺欺人。

她到底是趁着醉酒跟他划清界限，还是趁着醉酒跟随她的心，炳如观火。

她没有回答，修祈也不是要她回答，话未毕就把她抱到了浴室。

楚晃被他一只手抱着，也丝毫不担心自己会掉下去，修祈的胳膊看着细，没想到挺有劲儿。

她还在感受他的力量，他的吻已经落下来。他好熟练，很快逼得她放开牙关，两条舌像两条蛇一样纠缠。

她睁大眼，看着他，搂住他的脖子，撒娇一样叫了一声："你别弄……"

修祈的嘴唇从她脸上缓缓挪到她的嘴唇，轻轻咬住一瓣："老婆，我们结婚了。"

楚晃红了脸、耳朵、脖子。她不知道怎么接这句话，娇羞地把脸埋进他颈间，紧张得十指指甲整整齐齐地嵌入他的肩膀。

她脸颊红扑扑的，微张着饱满红润的嘴唇，勾死人了。

修祈又亲了她。

楚晃被亲得来了感觉，这回下意识地搂紧修祈的脖子，眼神拉丝般拉着他的心弦。

她怎么好像越来越适应、越来越喜欢他亲她了？

是习惯吗？

他俯身搂住她，星星点点亲吻她。

楚晃一脸害怕。

他轻捏她的鼻子："没良心。"

房子、车子、存款、职位、戒指，他做的这些事，每一点都表明了他的心意，她偏不看，就要相信别人的话。

她到底是笨，还是聪明？

他给她盖好被子，走到客厅窗前，看着华灯盛世，恍然想起楚晃要跟他划清界限。

他不由得轻笑。

她心里有他，她瞒不住了。

楚晃醒来时，头已经不疼了，但腿疼。

她四处看看，没看到修祈，就又把脸埋进了被子里。

她无法面对自己了，修祈是人精，肯定知道昨晚她说分手的话就是扯淡。

她越想脸越红，楚晃，你还知道脸为何物吗？

谁天天拒绝他，好像他身上有虱子一样？谁一直放狠话，跟他势不两立的？现在再看过去的自己，不像个笑话吗？

难怪男人总说女人口是心非，这不是吗？

楚晃不能再躺下去了，她要逃，从床上坐起便四处找衣服，没找到，只好先裹着薄被出去。

她是踮着脚走的，很谨慎，唯恐出一点声音。

她出门没见到修祈，还想着正好可以悄悄走，谁知修祈的声音突然出现："找我？"

楚晃一下站直身子，转过来，修祈正侧靠在墙边，一只手端着杯子，另一只手插进裤兜。

她没给他们之间留白，也是怕彼此尴尬："我找我的衣服。"

修祈朝沙发位置抬了一下下巴。

楚晃看过去，衣服就挂在沙发靠背上，她红了脸，忍着疼，快步走过去，把自己几件衣服——拿起，低着头，急匆匆地返回卧室。

她在路过修祈时，意料之中地被攥住了胳膊。

她没看他："松手。"

"你可以晚点到。"

差点忘了他是老板，楚晃转腕，试图挣开他的手："松手。"

修祈不松，吹了吹杯里的牛奶，端给她："喝了。"

"不用了。"

修祈自己喝了一口，捏住她的脸，灌进她的嘴里。

楚晃傻了眼，什么也顾不上了，呆呆笨笨地罚自己站。

修祈问："是要这么喝，还是自己喝？"

楚晃扭头瞪他一眼，从他手里把杯子接过来，回到卧室，还不忘把门重重摔上。

修祈低头一笑。

楚晃放下杯子，双手挂在柜子上，身心俱疲。

她完全不是对手。

这时，修祈在门外说道："衣服放门口了，你收拾完下楼，我在车上等你。"

楚晃没答应他。

等外头没声儿了，她才打开一条门缝，看到地上有个纸袋，伸手捡了进来。纸袋里是套新衣服，有里边穿的，还有外边穿的。

她没有发现，看到这身衣服的时候，有很不明显的微微弯起唇角的小动作。

她站在床前，不知怎的想起修祈说的那句，"老婆，我们结婚了"。

她不知不觉背过手，低头看自己的脚轻踢了两下地毯。

喊，谁跟他结婚了？

当终于发现自己的不对劲，她的神情严肃起来，莫名生出些后怕，赶紧去洗了澡，试图等自己清醒一点再理这些她不愿面对的烦恼。

但当她站在防雾镜前，看着红润的自己，好多现实问题等不到她清醒的时候了——

他还是没解释他的绯闻，她是再问，还是直接跟他散伙？

分手，等会儿要怎么提？

经历昨晚，她还能骗自己吗？骗自己自己还信吗？

她早就没自己的味道了，她终于正视这个问题了，但若是他在这时候抽身了，她该怎么办？她还能在安徒生待下去吗？

她离开安徒生，可以去哪里呢？

她要出国吗？出国是不是说，以后再也见不到了？

楚晃的问题逐渐变了味，很多下意识的思想都吓到了她。

她慢慢握住洗手台边缘，她怎么都没想到，她最在意的，竟是还能不能见面。

昨晚闹这么一场，是想分手，还是打开她封闭已久的内心的一炮？

一切不言而喻了。

修祈等了楚晃半个小时，她下楼看到他的车，没等他开口，自觉上了车。

不过，她上的是后座。

他笑了笑，不急着开车，想听听楚晃在楼上那么久，是想了点什么。

近十分钟过去，楚晃终于开口："你想要的已经得到了，咱俩这婚姻再进行下去也没什么意义了，你挑个时间，我们把离婚证领了。以后，大路朝天，各走一边。"

修祈没应她的话，只扔到后座一个盒子。

楚晃看一眼，没拿起来。

修祈说："周末跟我回趟广东。"

楚晃看向他："我说咱俩散伙。"

修祈没理她，驱车驶出小区，目标公司。

楚晃的话一点底气都没有，她比谁都知道，"散伙"二字，说来可笑。

她虽不是聪明绝顶，却也不至于愚蠢，昨晚说的分手的话，简直愚不可及，甚至不好意思把它归于酒精的作用。

万分难挨地到达公司，楚晃惯例先行一步。

进入公司就见一伙人围在一起，他们一个个都是想看热闹但又怕热闹太大的神情，就像是公司出了什么天大的事。

楚晃的助理看到她，立刻迎上来，给她看手机："楚总！大事儿！"

楚晃边朝办公室走，边看向递过来的屏幕："什么事？"

"修导告了好几个营销号，说他们造谣他跟众多女星有一腿，星恒受理的。"

楚晃停下来，仔细看手机里那张图，果真是律师声明。

助理还说："律师声明昨天半夜里发的，今早上就上热搜了。真勇啊修导，他敢告是不是说，他那些事儿的真假有待考证？"

楚晃现在心跳很快，手突然就拿不稳东西了，修祈给她的盒子从手里掉落，在地上滚了两周，磕到墙根儿，停下来。

助理跑过去，帮她捡起来："什么啊这是？好精致的盒子。欸，这个牌子……"

她一说话，别人也看过来。

楚晃突然想起这个包装是哪个牌子，反应过来这会是什么东西，从助理手里拿回，快步走进办公室，关上门。

她站在门内半晌，方打开盒子，果然是戒指。

樊宁说，修祈戴了一枚戒指，现在，修祈送了她一枚戒指。

14

楚晃在安徒生的办公室很大，是她以前办公室的三倍，窗脚是宽、高四十厘米的坐台，和招待区一致。

招待区的坐台是员工吃下午茶时聊天的地方，她的坐台上，全都是昨天问助理要的以前的项目的物料，还有项目在放映时期，竞方的营销模式汇总。

她走到窗前，拨开一沓杂志，脱了高跟鞋，光着脚踩上去，看窗外的景。

她看到的上海是灰色的，但更愿意相信，拨开这一层灰，它蓝得剔透。

时代巨变衍生而来的压力是这一代年轻人最大的仇敌，楚晃年纪轻轻已经是互联网小巨头的半个高管了，她好像比很多人都幸运，但其实一直没解决焦虑带来的问题。

她总是思考前程就是焦虑最大的体现。

修祈出现得太不是时候了。

他的出现，让她更焦虑了。

她偏头看向桌上的小盒子，在得知它是戒指的时候，心里想的不是她无福消受这个浪子的在意，而是他竟买得到这一款，还在想他是不是花了很多钱。

她转念一想，花的又不是她的钱，她为什么要上赶着操心？

这些烦恼泄洪一般灌入她的大脑，她自认为虽看着傻，但并非真傻，反应还是快的，不会被分不清真假的面目迷惑，却还是在不知不觉中变成提线木偶，踩进修祈的奶酪陷阱。

她甚至抱有一丝侥幸，也许不是陷阱呢？

她很不喜欢这样的自己，太不理智了，不是她一个受过高等教育、思想超前的职业女性该有的样子。

但是，她所谓的职业女性应该是什么样子的呢？

她也不知。

她只知她对修祈感觉变了，丝丝情谊细无声，渗进她的表情、呼吸频率当中，把她彻底出卖在他面前。

恐怕他再不信她的狠话了，或许他就没信过。

上一次这样焦虑是因为她找不到自己了，这一次是因为她找到自己了。

她慢慢抱住双臂，眼神不由自主变得深沉。

先这样吧，顺其自然。人有时候不幸福，就是因为想得太多，不如这一次就想得少一点，也许命运还是眷顾她的呢？

修祈进公司时，办公区鸦雀无声，他边朝里走边跟身后的外卖员说："每人一份。"

小赵看到他，迎上去，就要脱口而出的"修导"被外卖员手里的大箱子打断了，他忍不住问道："这是什么？"

修祈停在过道，问大家："都吃早餐了吗？"

大家抬起头来，陆陆续续地答："吃了。"

修祈冲外卖员伸了一下手，是个分发下去的意思："再吃一顿。"

大家本来要"扑哧"一声笑出来，但看到外卖员放到他们办公桌上的早餐，都不敢笑了，这么丰盛的早餐还笑，有点不识好歹了。

修祈手里也有一份，当着大家的面，他走进楚晃的办公室，还关上了门。

这下办公区一半人都不对早餐感兴趣了，交头接耳地聊起老板的八卦。

"不是说跟樊宁吗？两人之前在剧组的时候就传过绯闻。"

"没看修导告营销号了吗？那就是说以前那些事不一定是真的，说不好是那帮人看修导流量大，吃他的血馒头给自己引流呢。"

"但樊宁不是来咱们公司了吗？修导不点头，她能进来？"

"那我就不知道了。不过咱安徒生是辰光控股，就是说人事调动盛总也有决定权，没准儿是盛总塞进来的。"

"别聊樊宁了，我看见她那张假脸就难受，聊聊楚总，你们说楚总跟修导有戏吗？"

"没戏没戏，楚晃那张脸太骚了，你看盛辰光他们找的女人，都是清纯那一挂的。楚晃在总部那么久都没被盛辰光看上，塞进了咱们安徒生，君子不受嗟来之食，修导心多高的人啊，别人都不要的，他才不要呢。"

"你又知道了，说多少遍了，在办公室别带这么浓的个人情绪，你脑子呢？"

"咱们组聊天，他们听不见。"

"我觉得楚总挺好看的，多辣啊，她还收着呢，她太不懂我们直男了，越收，我们越想知道她到底有多辣，哈哈哈哈……"

"你恶不恶心啊？别当着我们女的面聊这些，要聊，下了班酒吧里聊去！"

"就是！辣不辣干你屁事啊，你没看见修导进去了？"

"你们就是思想龌龊，楚晃能力很强的，之前辰光两个收购案都

180 -

是楚晃打的舆论战，她挺有东西的。"

"看着不像。"

"我也觉得，所以她要不是头披着羊皮的狼，就是背后有军师。不过哪位军师想不开，在一个初出茅庐的新人身上下功夫？"

"刚不提到了吗？楚晃辣啊，军师可能是有什么好处。"

"哈哈……你真损。"

"别聊了别聊了，是不是被人包的，咱也不知道是不是？但我敢笃定，修导绝对跟她没关系。你们忘了之前策划部一个也挺辣的，天天露沟，被辞了？"

"对对对，差点忘了这回事。"

"那要是修导跟楚总没那事儿，是不是说我就能上了？"

"想去吧。"

"我吐了，干活儿干活儿，散了散了，这还没到晚上呢，就开始做梦了。"

这边聊天的几人散了场，那边聊天的还在热火朝天地进行，办公区里除了小声交流的声音就是吃早餐的声音。

办公室里，女主人满身的攻击性，盯着闯入她领地的男人。修祈把早餐放在桌上，看到戒指盒，随手拿起，走向楚晃。楚晃躲开他的注视，重新打开门，意思是，有什么话当着大家的面说，不要在公司里搞特殊化，办公室里聊私事。

修祈没有反应，还是走向她，把戒指从盒子里拿出来，拉起她的手。

楚晃皱着眉往回抽，不想戴。

修祈直接搂住她的腰，挨着她的耳朵低语："现在可以想婚礼了。"

楚晃还急着往回抽手，他的手好凉，凉得她心里难受，她不想被他攥着，小声斥他："你放开我！"

修祈不放，还抱着她的腰把她提起一些，让她脚离地。

楚晃惊得瞪大眼睛，抓紧他的胳膊。

修祈说："再动，我就让他们看见。"

楚晃身子不动了，但眼珠子在动，横眉瞪目的，仿佛要用眼神把他活剥。

修祈捏住她的脸，逼得她放松了咬肌，说："随便想，我来给你实现。"

楚晃不知道他在说什么，不是假装，是她一直没认真听他说话："说完了吗？说完了就放开我，我要工作了。"说着话，楚晃把手从他手里抽了回来，"慢走，不送！"

修祈没逼她戴戒指，改为一只手攥她两只手腕，另一只手单手解开他的手链，把他要送给楚晃的戒指套上去，硬是给她戴上了。

最后扣弄不上，他过于自然地拉起她的手到嘴边，用牙弄上了。

他很优雅，只微微张了嘴，却不怎么老实，嘴唇总是若有似无地轻蹭她的皮肤，丝丝缕缕的酥麻感像是连接了神经，在她身体里放肆地游走。

他疯了，一定是。

楚晃没他力气大，只能眼睁睁看着他做这些超出常规操作的动作，眼睁睁看着他的手链到了她手腕上，还有那枚戒指，最后安静地听着她的脉搏。

修祈给她戴好后还不忘拉拉她的衬衫袖口，把它们严丝合缝地遮起来。

楚晃的心扑通扑通跳，他跟有病一样，一分钟都不让她的心休息。她也不明白，为什么他这些动作会比做爱还让她紧张、羞赧。

修祈什么也没说，这些事情做完便离开了。

他波澜不惊的样子会让很多人摸不着头脑，似乎是习惯了，楚晃竟不觉得他怪异，反正他总是这样，能用行动表达的话，就不用嘴说。

修祈走后许久，她举起手，样式简单的手链露出一个边来，她眼前突然闪现刚刚修祈用嘴给她扣手链的样子，心又跳个没完了。

命运会眷顾她吗？

她又不自觉地抱紧了手臂，静静站了许久。

时间消逝得极快，她冷不防回神，已经是几分钟后了。她提口气，准备回到电脑前，刚走两步，又被一股来自大脑的力量限制了步伐——他刚是不是让她想婚礼了，还让她随便想，他来给她实现？

修祈刚坐下，张子蕴的电话又打来，已经是早上第六通了。

他转动椅子，姿势变换为背朝办公室的大门，面朝全景窗。他看着窗外，接通电话。张子蕴上来便是一通道歉："不好意思啊老弟，不知道你跟樊宁之间没那事儿，我刚跟盛总联系过才知道，你已经英年早婚了。"

"英年早婚"这词不怎么好听，修祈还没说，他却已经意识到，又道歉："你看我，你昨天那一通火那真是让我担惊受怕了一整宿，我现在这舌头还不利索呢，话也不会说了。

"这样，老弟，我组局，你挑地方，你当面骂我一顿，咱们让这事儿过去。成吗？"

道歉又不值钱，修祈只想让他知道："谁都能搭上你这条线，都能被你塞到我这里来，那以后我们的合作，你就没优势了。"

张子蕴有些慌，不少钱投在修祈这儿了，修祈这人若尽心，那必有所成，若不尽心，当真是血本无归。

修祈一个玩艺术的，不像他们商人一般爱财如命，赚钱赔钱全看心情，他不行。

他赶紧说好话："我这不是不知道吗？那你俩之前不是有过一段儿吗？我就想着，人影后有那份心跟你重修旧好，都求到我头上来了，我就成人之美嘛……

"这样，老弟，我马上把她弄走，然后我亲自跟弟妹去道个歉，你觉得呢？"

小张总的名号够响亮，这样放下姿态、舍了面子，都是因为赔不起。他太知道修祈的本事，为了避免被其他资方盯上，决心跟修祈深度绑定，什么保障协议、对赌协议都没让修祈签，就为让修祈安心创作，没有后顾之忧。

他可不能在这关键时刻因为个女人得罪这棵摇钱树。

修祈不能深想楚晃蹲在他面前哭的样子，他会很疼。

说来可笑，他虽不滥交，却也不是什么好人，确实有意让很多女人爱上他，但又不跟她们在一起。

有幸跟他在一起的人最多当他两个月的女朋友，两个月是极限，一般一个月他就烦了。

比起带各种出了名地难搞的女人出入各种场合，享受其他男人羡慕的目光，他更乐于看着她们因得不到他的爱而痛苦。

可能是报应来了，他开始有痛苦的感觉了。

他对张子蕴说："道歉就算了，你把人弄走就行了。"

"好好好，我这就找她。"修祈准备挂电话，张子蕴又说，"那咱们这局你看……"

"再说吧。"

电话挂断，张子蕴静待数秒，突然扔出手机，啪的一声摔到墙上，手机碎成一块一块的，掉落下来。

身边的女人被他吓了一跳，惊叫一声。

他一把薅住她的头发，揪起来，拍她的脸："你叫唤什么？"

女人哆哆嗦嗦，不敢说话，眼泪在眼眶里转啊转，摇着头。

张子蕴把她摁到沙发上一顿打，还在她身上啐了两口浓痰，最后从包里拿出另一部手机，转给她五倍劳务费："滚！"

女人衣服都不敢拿，裹着浴巾就跑出了房间。

张子蕴走到冰箱前，拿了一罐无糖饮料，喝两口便捏瘪了罐子，剩下的饮料全被挤了出来，顺着他的胳膊，流了一地。

修祈，小崽子，是个有能耐的，但这个脾气，着实是大了。

安徒生营销部在楚晃来之前死气沉沉，他们的营销方案基本就是老一套，她来公司的第二天便整改，提出新的工作模式，即每人针对某个项目出两个以上方案。

手里几个项目的宣传，她其实早就有方向了，但为了让大家跳出固有思维，还是把他们召在一起，美其名曰思想碰撞才能产生风暴。

当然也不是长久以这种模式工作下去，太耗费精力，只能说现阶段很适合他们。

他们需要改变一下思路。

许是楚晃有老大的气势，却没老大的架子，思路清晰，能精准找到他们的优势，不指桑骂槐，不画饼充饥，他们觉得新鲜，连开一下午的会，没一个累的。

她请大家吃下午茶，都没几人挪位置。

还是她一声令下，说吃饱喝足再聊，他们才陆陆续续出了会议室。

会议室里只剩下她跟助理，助理喝着咖啡，跟她说他们之前遇到的大无语事件。

楚晃听着她说，看着电脑屏幕上的项目汇总，其中有两个陌生的命名，"奉我为"和"摇摇"。她打断了她，问道："'奉我为'是什么项目？"

助理凑过去看了眼："哦，就是'遥遥'。"

"摇摇？"

"嗯，'遥遥'立项时叫'奉我为'，后来修导改成了'摇摇'，'摇摇晃晃'的'摇摇'。最近才改成'遥遥无期'的'遥遥'。"

楚晃皱眉，摇摇晃晃？

助理想起什么来似的，说："听小赵说修导私人微信名就叫摇摇晃晃。"

楚晃开始走神，手链突然发烫，她的手腕也有点疼。

助理没察觉她的异样，又说："我也不知道，我没机会加修导的微信。"

楚晃突然起身，椅子腿在地板划出尖锐一声。

助理没防备，被吓得一激灵。

楚晃说："我去个卫生间。"还不忘拿手机。

她一路心跳加快，走到卫生间，锁门，在消息表找到她备注为"贱男人"的微信，点进主页，真是"摇摇晃晃"……

她一下就脸红了，这一定会被人发现的！到时候，到时候，被人知道了怎么办？他是不是疯了啊？

好烦。

还是说，"摇摇晃晃"其实跟她楚晃无关？他还认识其他的晃晃？

这么巧？可能吗？

应该是她吧？

啊——烦死了！

她细长无肉的手为她滚烫的脸快速扇着风，想达到降温的效果，但好像越扇越热了。

不过，私人微信，别人应该也不知道。但是，就，他、他为什么要"摇摇晃晃"？摇什么啊？

奇怪！有病！

她在厕所里待了五分多钟，把所有怪异的情绪发泄完，又恢复成高冷稳重的样子。她走到办公区时，修祈正好从外边回来，一只手插着裤兜，另一只手拿着手机，所有人在路过他时都跟他打招呼："修导好。"

他眼一直看着手机，轻轻点头算回应。

一个不经意的抬头，他看到楚晃迎面走来，便不再看手机了。

楚晃微微低头，准备就这么路过，修祈却后退几步，跟她一人朝南一人朝北，身子从侧面呈一条直线似的站立。

楚晃不得已停下来，扭头看他，意思是：你干吗？

修祈搔搔耳朵，意思是：叫我。

楚晃不叫，微扬下巴，表明态度。

修祈微笑，两根手指捏着手机，转了转，意思是：不叫不让走。

办公区已经有很多人看向他们，楚晃大概扫了一眼，最后还是咬牙向他妥协，说："修导好。"

修祈却不像对待其他人那样点头示意，他问了一句："哪里好？"

楚晃好烦，敷衍一句："牙好，真白。"说完迅速逃离。

回到会议室，修祈的微信消息发了来，说："活儿不好？"

15

楚晃没回，锁了手机，继续开会，只是再面对兴致高涨的同事们，注意力没先前那么集中了。都怪修祈，有他在的地方没好事。

她状态不好，便没耽误大家时间，提早结束会议，放他们独立总结思路。

人都走完，她没走，继续整理未完成的案子，直到助理进来，问她要不要去听听修导的会，她才抬头问："听听？"

助理点头："嗯，修导会开两种会，一种是公开的，一种是不公开的，公开的会谁手头没事都可以去听，他的思维对我们很有用。"

楚晃还是第一次听说这种形式，来了兴趣，暂停工作，回办公室拿上平板，去了修祈的会议室。

公开会议室是无声自动门，地毯很厚，即便穿着高跟鞋也不会有声音。

她坐在最后一排，看着坐在主席台的修祈。他微微低着头，看着手里文件，声音淡淡浅浅，很有质感，不知是不是错觉，她觉得他有些咬字很暧昧。

她打开会议记录，抬起头来，再次看向他。

他坐得笔直，肩膀的线条很好看，西装的垫肩设计并没有帮到他什么，他靠自己完全就是一个衣架子。

看过他不穿衣服的样子，她才发现他的身材是标准的有力量却不臃肿。很少有男人有些肌肉却给人清瘦的感觉，她接触过那么多公众人物，修祈的身材可以说得上数一数二了。

他有时候会有一种比"慵懒"这个词要丰满的随性感，潇洒又脆弱，这个形容勉强能概括他给人的感觉。

他五官精致，是俊美的类型，但偏偏说一不二，行为处事很有威慑力，这样的性格就让人觉得他的眉眼有攻击性，所以才没有跟男人的绯闻。

美而不阴，很是难得。

楚晃上大学时兼职给公众号写稿子，对方就要这种面部分析的文章，她看着修祈，不由自主地拾起了她的老本行。

这时，修祈突然抬起手来，轻扶着额头，做思考状。

他指骨轻薄，手指又细又长，指甲修剪得整整齐齐，本来这样的手一亮相，大家的注意力都会被手所吸引，但若是手上有戒指，那就不一样了，鸦雀无声的会议室突然骚动起来。

楚晃有些心虚，低下头，手放到桌下，把那条串着戒指的手链又往袖口里塞了塞。

修祈跟左侧的制片说："八月四五号，通告都签完，不要耽误开机。"

制片跟他说："差不多了，就美术组那边有点磨蹭，再有就是还有几个景没定下来。要不你这周跟我一块儿去看？"

修祈说："明天去吧。周末我有事。"

楚晃想起修祈说，让她陪他回广东。

修祈这个戏没有编剧，他自己就是编剧，他画了厚厚几册故事板，案头准备非常专业，除此之外，所有能想到的意外他都有备用方案；摄影团队是他自己带的，跟他磨合了很多年，一行人有默契又有实力，还对他脾气，工作都是事半功倍的；只有制片团队先前没合作过，不过看他们交流，似乎没有沟通障碍，审美也没天差地别，那就等于没问题。

制片人又说："原定的一个女演员不是辞演了吗？就那个跳舞的，现在我正接触一个新人，看着不错。"

"再等等。"

"嗯。"制片人又想起一个事儿，"主角青年时期的人选你得定下来了。"

修祈未应，但看起来心里有数。

接下来，就是各个部门筹备工作的情况，只说进度，不说内容。

楚晃听了半个小时，明白了他们为什么会公开这样的会议。这种会议让大家学的是执行力，以及对于工作重点的把控，再就是轻重缓急的划分。

修祈的团队条理性太好了，楚晃知道那种即兴导演，很有艺术天分，没有剧本，纯靠现场发挥，完成一部惊人之作。但这样有些弊端，就是拍摄时间太长，预算太高，作品个人色彩颇浓，评价两极分化。

她以为修祈也是更侧重于到现场发挥的，因为他的电影有很浓烈的个人风格，而且他不缺钱，完全有条件做个艺术家。

原来他不是。

导演名儿若太大，容易飘，以为自己长了一张金嘴，说的都是圣旨，轻了说投资人没眼光，演员没演技，重了说观众是傻的……

楚晃以前接过一些半大不小的导演的公关案子，可以做，但没必要。

这些导演业内评价就那样，给的钱也不多，她虽不富裕，但也不是什么活儿都干。她没有行业偏见，也许是有这样几个例子在前，加上修祈私生活过于丰富，导致她对他的专业性也不太看好。

现在再看，她好像有一点走眼了。

修祈还挺敬业的。

那是不是说，他那些绯闻真如他那封律师声明说的那样，子虚乌有？

她走神时，会议中场休息，前边几个人一脸激动地讨论："戒指啊！咱们老大结婚了？"

"别激动，冷静冷静，万一是戴着玩儿的呢？他以前走红毯也经常戴首饰。"

"这又不是走红毯的时候！"

"可是，为什么啊，怎么就戴戒指了呢？会不会是樊宁啊？她今天没来公司，我已经开始脑补她跟老大撒娇，说她不想来上班的画面了。"

"我也觉得！你有没有看过樊宁跟老大之前在片场的照片？妈呀，影后那个娇羞劲儿，我都没眼看了。"

"聚餐修导和影后提前走了，不知道你们有没有印象。我觉得这事儿能锤了。"

楚晃锁屏平板，起身离开了会议室。修祈全程没发现她在，她离开时他正好不经意地抬眼，看见了。他摸了摸嘴唇，拿出了手机。

制片人在这时候看到他脖子上的抓痕，眉头高耸，扫一眼会议室，觉得没什么人看向他们才凑过去小声说："又浪了一宿？"

修祈抬眼看他。

制片人指指他脖子："这爪子跟上回那个不相上下啊，你是就好这一口吗，修？"

上次也是楚晃。

修祈没理他，给楚晃发微信。

楚晃刚回到办公室，手机就响了，修祈的消息，他说："下次坐到前边来听。"

楚晃不想回，把手机扔到了桌上。

坐到椅子上，转了一圈，她又拿起手机，回过去："现在只想失忆，忘记刚才听到的那些污秽。"

修祈看到这条，微微皱眉，随即抬起头，看向楚晃刚才的座位，前边几个是策划部的，话最多，脑洞最大，大概猜到了什么，微笑着回："他们说了什么？"

楚晃看到回复的一瞬间，脸红了个透彻。

那种偷看别人被发现的局促感涌上心头，手机越发像个烫手山芋，她想扔又想解释，他们什么都没说，但这样好像又有些不打自招。

她好尴尬，索性就当没看见，迅速锁了手机，扔得远远的。

她在内心默念理智，最近总在修祈的事上失智，就算打定主意顺其自然，也不能是被他牵着走的那种顺其自然。

那是顺他的心，全他的自然。

很快到下班时间，楚晃要上西班牙语课，就没在公司多留。

外头又下雨了，楚晃在一楼大厅打车，前台走过来递给她一把伞："楚总，给您把伞，这雨且得下呢。"

楚晃谢绝好意："我打车也用不到伞。"

前台小姑娘笑起来很甜，硬塞到她手上："你就当给我一个献殷勤的机会。"

楚晃不好意思再拒绝，便又道了声谢。

两人说话的工夫，傅承风从电梯里出来，看到楚晃，挑了一下眉，接着便朝她走来，那架势很有点要跟她说两句的意思。

楚晃也看到他了，不好装没看到，就没走，站在原地，等他过来打招呼。

傅承风是那种典型的绅士做派，一言一行，待人接物，都很体面，给人感觉如沐春风。他笑着问楚晃："楚总是在等人吗？"

楚晃也礼貌地笑笑："在等车。"

傅承风又挑眉："要去哪儿吗？正好我没事，可以送你一趟。"

"我叫过车了。"

"好吧。"

片刻沉默，傅承风又问："在新公司怎么样？"

"挺好的。"

又是一阵沉默。

安徒生的员工陆续往外走，看到他们站在一起，眼神倒没有不对劲，在互联网公司工作，面部表情管理都不会太差，但有多看两眼。

楚晃等半天，结果司机取消了订单，她正要再打一辆，察觉出什么的傅承风说："我送你吧，这么大雨，不好打的。"

傅承风说着话，已经撑开伞，打在楚晃头顶："走吧。"

他堵在门口，别人进不来，出不去，楚晃便跟他走了。

许是到了下班时间，前台几个小姑娘也不像上班时矜持端庄了，看到这幕，眼睛亮晶晶的，激动地拉扯对方的胳膊："好配！"

"傅总怎么来我们公司了？"

"不知道，不过看上去有点像来看女朋友的。"

"楚总好性感，我就穿不了她那种紧身的裙子，我这屁股没肉。"

"以前还没觉得，她这一升职，我真觉得她气质好好。"

"总部 HR 总监是盛总重金从窦盾挖过来的，眼可毒了，像楚总这种深藏不露的，总部还有不少呢。"

"唉，深藏不露与我们无关。"

她们不知道，她们下班前的小八卦被有心之人听了去，当笑话讲给了《遥遥》的制片人，制片人又是个嘴不牢靠的，刚到他耳朵没五分钟，他又讲给了修祈。

修祈在看手机，闻言抬起头。

制片人以为他没听清，重复道："傅承风跟楚晃有情况。"

修祈停顿片刻，锁屏了手机，双手撑在桌沿，身子微弓，抬头看向自动门，眼神高深莫测。

制片人没觉出他的不对劲，还叽叽讲个不停："你说你把人弄来干吗？这不棒打鸳鸯吗？我说怎么傅承风来你这儿了。"

修祈维持这个姿势许久，站直身子，拿起手机，朝外走去。

制片人跟上他："去哪儿？"

修祈没跟他翻脸，但也没给他好脸，头未回地说了句："别跟着我。"

制片人停下来，看着他进入电梯，半晌，摸摸后脑勺："怎么了这是？"

楚晃迟到了，好在老师好说话，冲她笑笑，摆摆手，让她悄悄进来。她坐下后，头发还在滴水，一颗一颗饱满的水珠挂在发丝尖端，最终像成熟的桃子从枝上脱落般，坠于她身，融进衣服里。

她浑然不知她的诱惑力，随意地别了别头发，漂亮的下颌线到天鹅颈，美感一气呵成。

身后人递来一张纸巾，她顺着手看过去，是位男士，长了一双笑眼，她没有接，小声说："谢谢，不用了。"

五十分钟的研讨，一个小时的课，下课时雨还没停，商场已经没人了。

这所外语机构在商场的四楼。

跟楚晃上了很久课的男同学，专门等她收拾好东西，从上课的教室出来，迎上前问她要微信。

楚晃不是第一次被要微信，但没被堵在门口要过，吓了她一跳。

男同学很不好意思，手忙脚乱不知道该怎么挽回自己的形象："我吓到你了吗？"

楚晃没有为他停下，说："没有。"

男同学还跟着她，不死心地问："我能加你微信吗？"

楚晃不再理会，匆匆走到商场正门。

雨越来越大，前来购物的人都被雨困在了正门檐下，楚晃打了十多分钟车都打不到，男同学还在她身后坚持不懈地要微信，她很不耐烦，回头说了一句："不能。"

男同学愣了数秒，有些尴尬地道了几声"不好意思"，往后退几步，跟她保持了距离。

楚晃正烦着，修祈给她打来电话。

她微蹙起眉，思量几秒还是选择了接通。

修祈说："出来。"

"什么？"

"别站在那儿了。"

楚晃下意识踮脚往外看，前边的停车场都是车，灯光乱舞，她哪看得清哪辆是他的。

况且，他根本不知道她在上西班牙语课。

就算知道这一点，地点她可没跟人说过。她说："别唬我。"

这话一出，修祈挂断了。

楚晃没对修祈抱有期待，但面对他秒挂电话的行为还是很不舒服。

他有意思吗？

她本意是等雨小一点再走，现在倒也不用了，淋场雨也就病一场，她也不是什么娇贵的肉，生场病又能怎样？

想着，她拨开眼前人群，顶着包跑下了台阶，还没跑几步，撞上一副胸膛，正要退开跟人道歉，那人直接搂住了她的腰，手法之熟练，使得她抬起头来。

修祈。修祈！

修祈打着把黑色的伞，伞的边缘是雨帘，他在伞下，竟然还是那副从容姿态。

楚晃一时不知道要说什么。

修祈微笑："我还以为，你在等我亲自去接。"

楚晃醒过神来，低下了头，声音闷闷的："走不走？"

修祈不走。

楚晃没得到回应，又抬起头："走不走？！"

"伞太小，走路会淋到。"

"你不走也会被淋到的！"

修祈看一眼胳膊，意思是：所以你得挽着我。

楚晃不要："你别太过分了！"

不挽的话，修祈真不走。

楚晃不想跟他在这儿耗了，这雨也没停的意思，说不好下到什么时候，就委屈自己顺了他的心，挽住他的胳膊，总算请动了这尊大佛。

小夫妻挽着胳膊上了车，商场正门檐下的男同学伤了心，原来她有男人了。

车上，修祈递给楚晃一块新毛巾。

楚晃接过来，先擦脖子上的水。谁知她只是仰了下头，修祈就跟一头恶狼一样扑了上来，在她脖子上肆意亲吻，那个细密的程度就像在找血管。

她双手抵在他胸前，推了半天推不开，哑着嗓子叫他："修祈！"

修祈听不见，甚至一只手把她从副驾驶座搬到自己腿上，楚晃毫无防备，就这么稀里糊涂地叉开腿，坐到了他的腿上。

她红透了耳朵，不由自由地攀住他的脖子，裙子被他弄得满是褶皱也顾不得了。

她很紧张，也有一点初经历这种情况的羞赧和难堪，紧扒住他的脖子："你！能不能等回到家？！你就这么急吗？！"

修祈问："你觉得呢？"

楚晃知道，他实在等不及了，但在车里绝对不行！何况这外边车来车往，灯光和行人匆忙，她丢不起这人！

她说好话："回去你说了算。"

老婆都这么说了，修祈也只能忍痛割爱，放弃了大好的机会。

他不舍地把楚晃抱回到副驾驶座，楚晃害羞地别开脸，看向窗外，头发还在滴水，袖口还没拧干。

修祈拿起毛巾，把她手拉来，从手开始，擦干净她身上的水。

要知道他还不舒服，仍然这么耐心地为她擦水，楚晃别扭一下午的心情就被他温柔的样子、轻盈的动作，一点一点擦拭干净了。

只是，不别扭不等于不计较，他对她势在必得，还跟别人纠缠不清，这算什么？

想到这里，她不让擦了，毛巾也抢过来。

修祈看着她明显带火的擦水动作，笑了笑，没说什么。

楚晃余光瞧见了，瞥他："你笑什么？很好笑？"

修祈手肘抵在车窗，手轻轻握拳撑在耳后，托着脑袋，看着她："你在气什么？"

"你管我？"

"不是你跟野男人从公司离开？你气什么？"

楚晃皱眉，停下来，扭头看他："你胡说八道什么？"

修祈不答。

楚晃反应过来："傅承风？"

修祈仍然不答。

楚晃哼一声："前台中有你的间谍？谁跟你说我和傅承风一起走的？我出来打的车，你以为我跟你一样，到处勾引人？"

"我勾引谁了？"

"樊宁不是？你们不是有过一段？影后多娇羞，跟你在片场调情呢。"

原来是这样。修祈微微一笑："你就因为这个生气。"

楚晃一愣，修祈又给她下套，但她也不傻，回道："那你呢，那么怕我找别的男人？"

修祈又不回答。

楚晃也没有话要问他了，继续擦身上的水。

时间悄悄地走，外头的雨渐渐小了，被困住的人们三三两两往外走。

修祈等楚晃擦得差不多才发动车子。

整条回家路，二人再无交流，快到楚晃家小区时，修祈突然拐了弯，把车开进旁边的付费停车场。楚晃注意到了："你干什么？"

修祈下了车，绕到副驾驶座的车门前，打开，冲她伸出手："走一走。"

楚晃不要："太冷。"

修祈脱了外套，递给她，楚晃仍摇头。

修祈不再说，把她从车里公主抱出来。

楚晃没料到，惊得搂紧他的脖子，只是如此一来，她的人便自然地靠在了他的肩窝。

修祈抱着她出了停车场。

其间有三两路人盯着他们看，楚晃脸皮没他那么厚，拍他肩膀，要下去。

修祈把她放下来，顺便给她披上衣服。

楚晃没拒绝，披着他的衣服走向家的方向。

高跟鞋踩在雨后的砖地，声音没那么脆了，路灯倒还是跟晴天时一样亮，只是路边不如晴天时热闹了。

她跟修祈一前一后地走，两个人的影子时短时长。

看着地上的影子，她突然有点后悔，夜晚，昏暗的路灯，这都是促进多巴胺分泌的条件。

她停下来，转过身；修祈也停下来，看着她。

他那样美的脸，安安静静地等她开口，她一下忘记自己要说什么，又尴尬地转回了身。楚晃还没来得及懊恼自己刚在干什么，修祈牵住了她的手。她先是由他牵了几秒，反应过来便想挣脱，但这样静谧安宁的夜，粗鲁的动作好像对它不太尊重，于是她只轻轻挣了两下，小猫挠痒痒似的。

修祈反而牵得更紧，把她整只手都包起来。

楚晃放弃了，就被他牵一会儿吧。这夜太美了，不要再折腾了。

他们就这样牵着手回了家。

站在门口，楚晃转过身来，也不看他，一会儿看看左边，一会儿看看右边，一会儿看看脚，一会儿看看他们牵着的手。

半晌，楚晃终于说："手。你该放开我了。"

修祈不放，还要搂她的腰，把她人抱起来，撑在门上。

楚晃差点叫出声来，亏得手快，迅速捂住了嘴。

修祈用鼻子轻蹭她的手背："我缺一个会跳舞的演员。"

楚晃心跳很快，说话也磕磕绊绊："关我什么事……"

"我给你一个试镜的机会。"修祈突然咬住她的手指。

楚晃"啊"一声，抽回手，攥紧他的肩膀："你要捧我吗……"

"也不是不行。"

他又说了这句话，楚晃意乱情迷，已经不是很清醒了："能捧红吗？"

"能。"

"你很牛吗？"

修祈的吻已经辗转至她的耳垂："昨天还没认识到吗？"

"那不一样……"

修祈亲吻她的锁骨："哪里不一样？"

"红不是靠命？你为什么说能就能……"

修祈咬住她的嘴唇，亲吻，再缠舌，不让她喘气："因为我是修祈。"

16

因为我是修祈。

楚晃想起网上的一句，他那么普通，却那么自信。但她不能对修祈说，他的实绩太能打了，她嘲他就是自取其辱。

还好修祈只是个导演，若是个演员，做他的粉丝面上一定光彩熠熠。

他实在是争气。

楚晃走了一下神，修祈已经吻了回来，咬住她一瓣嘴唇："你有老公，不用白不用。"

楚晃心跳怦怦怦，打鼓一样，嘴角总有上扬的趋势，眼睛也总是忍不住变成初一的月亮："你以前也对别的女人承诺这些吗？"

修祈睁开眼，目光略微柔和地看向她。

楚晃才发现，他的眉骨很锋利，眼窝比寻常人稍深一些，鼻峰从不同角度看也有秀气和坚挺这两种诠释。他这样像是工艺品的五官可以给整容机构当案例写进材料里了。楚晃一时沉迷，心跳更快了。人类的本质是好色，她何德何能得以逃脱？

她抓着他的衣服，脸往一侧扭："你别看我……"

修祈没有多情眼，楚晃却禁不住他三眼，说到底，还是因她已情动。

修祈改为一只手抱着她的腰，让她维持着挂在他身上的姿势，另一只手摁了她家密码。开了锁，她的背贴着门，他抱着她往里走，门被两个人的身体压开。

修祈把楚晃抱到吧台上，挥臂拨开桌上的酒杯茶具，双手撑在边缘，把她圈在两臂间。

楚晃傻傻坐着，很紧张。

她在车上说回家他说了算，不知他要干什么。

修祈好喜欢盯着她看，又开始了盯妻模式，什么都不说，也什么都不做，就这么看着她，好像看多久都不会腻。

楚晃害羞，低下头，小声嘟哝："你干吗老看我啊……"

修祈的脊梁又塌下三分，探头去寻她的嘴唇，蜻蜓点水一样吻了一下："你好奇我的以前，你可以问我，我会告诉你。"

楚晃才不信，现在被他撩拨得不知南北西东，看向哪里都忘记了，只低着头："我问了你会说，没有的事你没的说。"

"本来也没有。"

"那些新闻都是假的吗？"

"不是假的我敢告？自己锤自己？你是做公关的，真或假，你比别人看得透，为什么到我这里，你反而看不透了？"

"可是……"

"我不是个乖顺的，但我对你是真的。"

"我……"

楚晃"我"不出来了，确实被那些新闻影响了，先入为主地以为修祈就是那样。

修祈又开始亲她了，这次从脸颊开始，没有规律地到耳朵到眼睛到锁骨，到各处。楚晃心提至喉咙，不由自主地收紧肩，两手攥成拳。

修祈告诉她："有些事我们观念不同，我说了你也不理解，所以你就看，做的总比说的有信服力。"

楚晃迷迷糊糊，小拳头慢慢伸到他腰间，她想抱他，特别想。

"我也需要找一些问题的答案，比如，为什么脑子里都是你。"修祈说完最后一个字，精准地吻在了楚晃的嘴唇。

楚晃已经慢慢搂住修祈的腰，她不想问了。

重要吗？

喜欢一个人的前提是要了解他是不是同样喜欢自己吗？那就不叫喜欢了，那叫考量。喜欢是单方面的，向来都是。

我喜欢你，无所谓你喜不喜欢我的那一种，喜欢你。

楚晃的手一点一点爬上他的腰，把他紧紧搂住，靠在他肩膀。

其实她很害怕，但抱住他的时候，浑身都是力量，一下就变得勇敢："那我再试一试吧。试试走一走你的路。"

她声音很小，细如虫鸣，一向稳如老狗的修祈却忽地心跳漏拍，熟练的吻中道而止。

他开始微弱地抖，微弱到只有他自己知道，他内心有多慌张，慌张到狼狈。

他没指望这个嘴硬的小狐狸有所回应，他也不用，反正他从不是参考别人的意见再决定是否前进的人，他会一直前进，哪怕前方有崖无路。

他无法剥离人群，但又与他们格格不入，于是学会了在人群中孤独。

他以为会者定离，他不用在乎谁对他说过什么，因为说了再多，该走的时候还是会走，但不知道为什么，他相信楚晃。

因为无人要走他的路，只有楚晃。

他莫名地相信，她既来了，就不会走了。

他短暂地愣神，心里是海浪翻天。

《遥遥》一直不能开机的原因不是演员不到位、团队没做好准备工作，而是他缺一种感觉，如海啸将至一般的动荡和窒息感。观影人不一定要懂他，但一定要因他震撼，这是他对自己最基本的要求。

他找不到，几乎要放弃，却没想到，楚晃凭一己之力便让他感受到了海啸的力量。

他心里五味杂陈，那些信手拈来的，对这俗世的掌控能力突然就失了控。

有人在努力融入乌合，有人在努力站到顶峰，有人自由，有人疯狂，有人在咆哮，有人在这时牵住了他的手。

他之前说，他不知自己为什么喜欢楚晃，刚才也说，他想要找到一些问题的答案。

他觉得他已经找到了。

他从不缺领他走向人间的手，他缺的是陪他蹚忘川的人。

他以前不信磁场，现在也信了，他的磁场比他更早知道，楚晃是陪他走一程的人。

楚晃感觉到了修祈的僵硬，但不知他心里正燃起一场战役，战歌已经唱至高潮。

他为什么异常不重要，她可以抱住他啊。

她又贴了贴他的肩膀，心跳的频率仍然没有恢复到正常，但这并不妨碍她给予他一点力量。既然要走他的路，她就要从一根拐杖做起。

修祈稍一偏头就看到对他贴贴的小狐狸，他的防线仍然高不可攀，但楚晃应该是再也见不到了。

他毫无征兆地吻住她，把她从吧台上抱起来，托着屁股，抱到沙发，抱一路，亲一路。

楚晃裙子一侧的线已经被扯开，她的腿可以没有束缚地盘住他的腰。她以前觉得，女人做什么都不要做挂件，现在她只想挂在修祈身上！

　　修祈把她放到沙发上，单膝跪在地毯上，搂着楚晁的腰，咬住她的下巴，印上自己的牙印。

　　楚晁疼，皱眉"啊"一声，像撒娇似的："你干吗咬我……"

　　修祈不光咬她，还要压着她，贴着她："老婆。"

　　楚晁确定心意再听他叫"老婆"，心里麻麻的。他明明是贴着她的嘴唇说的话，她却觉得他是含着她的耳朵说的。

　　她还不想承认呢。"谁，谁是你老婆……"

　　修祈手沿着她的胳膊往下滑，滑到双手，十指交叉扣住："你。"

　　楚晁心还在狂跳："我才不是。"

　　修祈的鼻尖贴着她的鼻尖："我们结婚了，晁晁，你要什么时候才肯正视这一点？"

　　楚晁就嘴硬，就不改，修祈要咬她鼻尖时，她缩着肩膀往后躲："以后，再说吧。"

　　修祈一下咬住她，又是一场猝不及防的吻。

　　楚晁"呜呜""哝哝""哼哼""嗯嗯"，想躲又不想躲，躲也躲不开，修祈力气好大，他的肌肉都是硬邦邦的。

　　修祈的嘴唇大概是他身上最软的地方了，她从没被人亲过那么多次，真得好好亲。

　　修祈亲得她呼吸急促，刚放开她，很快又有无理要求："叫老公。"

　　楚晁不叫，躲在他身下大口喘气。

　　修祈磨她："老婆叫我。"

　　楚晁害羞啊，被逼半天也只是问一声："修导可以吗？"

　　"不行。"

　　"我没叫过……"

　　"要叫。"

楚晃几乎是把脸埋进他胸膛，声音很小："老公……"

修祈使坏："没吃饭吗？"

楚晃耳朵滚烫，声音稍大了点："老公……"

楚晃这么个小狐狸，却娇娇的，一颦一笑把修祈吃得要多死有多死，她自己还不知道。

她洗完澡，躺在地板上装死，修祈给她盖了条毯子，随后光着膀子跟她躺在一处。

楚晃扭头看他，修祈看着天花板，却问她："怎么？"

楚晃说："冷。"

修祈笑了笑，伸直了胳膊。

楚晃打个滚儿，滚进他怀里。

修祈顺势搂紧她，在她额头轻轻落吻。

楚晃枕着他的肩窝，脸趴在她胸膛，恍如隔世。

先前她那么信誓旦旦地说她不会喊"老公"，今天可没少喊，还一声比一声娇，生怕这个男人不怜爱她。

女人都是这样吗？

修祈在这时问她："很疼吗？"

楚晃听他这样问，突然很委屈，撇了嘴不自知，轻声说："嗯。"

修祈搂得她更紧："多跟姓傅的接触，我保证你会更疼。"

楚晃皱眉，挂着他的胸膛，撑起身子："所以你是因为这个才去接的我？"

"老公接老婆下课，不正常？"

楚晃大眼睛转向一边，轻哼一声："我只是说跟你试试，还没承认你，你不要'老公''老婆'地叫熟练了，在公司叫漏了嘴。"

修祈早料到她不准备公开，没说什么。

楚晃还需要时间，他可以给，他也想偷偷的，偷偷刺激，但这不妨碍他逗她："只是试试就跟我做了？我老婆这么随便，还是一见我把持不住了？"

楚晃红了脸："你乱讲！我没有！是你勾引我的！"

修祈微笑："哦，昨天晚上有个女人在我面前脱衣服，也不知道是谁。"

楚晃脸更红了："你、你，我、我当时喝多了！我不记得了！你明知道我喝多了还不离我远一点，你赖谁啊？！"

修祈搂着她的腰，微微歪头看着她："所以你一喝多，就对人脱衣服？"

"没有！那不因为是你……"

"哦，因为是我。"

楚晃的老脸壮烈牺牲了，她从他身上爬起来，想起还光着身子，"啊"一声，把毯子抓起来，把自己裹住跑进房间。

门关上，她蹲在门脚，捂着脸，捂着心口，脸好烫，心跳好快，只有两只手，根本捂不过来。

什么东西嘛！倒打一耙！

两只手已经不够用了，偏偏她肚子还叫了。

饿了，折腾了两个小时，饿死了。

她找了件衣服穿上，打开门，探头探脑地往外看，谁料修祈就在左边墙上靠着，她刚往外看了一眼，他就说话了："走了。"

楚晃没防备，差点摔倒，亏得修祈手快，把人拽进怀里。

她不抬头："走哪儿？"

"带你去吃饭。"

楚晃抬起头来："吃什么？"

修祈把她的头发往后拢，捧住她的脸，亲一口她的嘴唇："你说。"

楚晃眉眼皆笑："烧烤可以吗？"

"嗯。"

楚晃抗糖很多年了，也没有吃夜宵的习惯，但不知为什么，今日就是很想放纵自己。她也不是吃不起一顿烧烤，但若是修祈带她去，她就是很开心，踮起脚回亲了他一口。

她亲完就跑，绝不给他反客为主的机会！

修祈摸了摸她亲过的位置，抿了抿唇，有一边唇角不受控制地扬起。

两个人从家里出来，走到停车场，开上车，去了南浦大桥底下的新疆阿力烧烤摊，扑了个空，问了几个人，找到他家新的摊位，结果排了很长的队。

修祈问她："要吃他家吗？"

楚晃饿坏了，摇头。

修祈就没等，换了家名店，吃烤肉。

修祈点完餐去了卫生间，楚晃翻看菜单里的菜色，看着很有食欲。

正看着，有个人停在他们的餐位前，弯着腰探头看她："晃晃吗？"

楚晃抬起头，看到熟悉的脸孔，很是惊讶："姐？"

宋元英笑了笑，坐到她对面的位置："我刚就看你眼熟，但我想到你不爱吃烤肉的，怎么转性了？"

这就是楚晃那个会跳拉丁舞的邻家姐姐，他们本来约好这周五见面的，没想到提前见到了。

楚晃左右看看："你自己吗？"

宋元英看一眼西南方向的餐位："还有我家那位。"

楚晃顺着她手指的方向看了眼："你们是吃了，还是刚来？"

"刚来。"

"那叫姐夫过来吧，我也刚来。"

宋元英也有这个意思，正要叫人，楚晃突然想起她是跟修祈一起来的。

　　她还没跟宋元英说她结婚了，而且前不久联系，她刚说过男人不是好东西，这辈子能打光棍就绝不找男人……

　　她匆忙站起，一把拉住宋元英的手："我去你们桌！"

　　宋元英无所谓，笑了笑："好。"

　　修祈从卫生间出来时，正好看到楚晃跟别人去了西南桌，他站在暗处，没有喊她，只发了条微信消息。

　　楚晃刚坐下，还没来得及自我介绍，手机响了，修祈给她发来一个问号。

　　她不敢去看他，回过去："我朋友不知道我结婚了。"

　　"所以你就不要我了？"

　　"不是，我说两句话就找理由离开，你在车上等我，我们再换个地方。"楚晃怕修祈不管不顾地跟她翻脸，还不忘安抚他，"就依我一次，好吗，老公？"

　　赚了声"老公"，修祈吃了这个哑巴亏。

　　楚晃还是第一次见到宋元英的丈夫，礼貌地喊人："姐夫。"

　　陈槐序淡淡一笑，对宋元英说："难怪你总是念叨，原来是这么漂亮的妹妹。"

　　楚晃在外人面前一向很端庄，常挂微笑，客套疏离。

　　接着，宋元英跟她唠起了家常，陈槐序时不时搭一句，氛围十分融洽。

　　在角落等待的修祈越来越没耐心，一声"老公"的有效期已经过了，他不再等，起身走向他们。

　　楚晃看到修祈走来时，已经拦不住他了。他单手插兜，闲庭信步一般走来，停在他们的桌前。楚晃不自然地拨弄头发，已掩饰不住紧张。

修祈还未言一字，宋元英已经先站起了身，并开了口："修导！"

林清府市，楚家。

楚父刚预约完酒店，扭头看收拾东西的楚母："我来。"

楚母不应："你收你自己的。"

楚父硬是从她手里把衣服抢过来："我有什么，早就收拾好了，你多带两件衣服，正好在上海玩儿两天，我给你拍几张照片。"

楚母看他忙活："有什么可拍的？"

"我觉得有就行了，你别管。"

两夫妻订了明早去上海的机票，没告诉楚晃。

楚晃惊讶于宋元英的反应，却没过多表现，只是静静看着现场几人，等待事情下一步进展，陈槐序随后也站起："竟然在这儿碰到修导！"

修祈略一点头，算打招呼。

宋元英邀请他落座，正想给他腾地方，让他跟陈槐序坐一起，他已经坐在了楚晃旁边。

宋元英没多想，正好给他介绍楚晃："修导，这位是我在老家相识的小妹，现在在互联网公司工作。"说着看向楚晃，宋元英又给她介绍修祈："晃晃，修祈，大导演，打个招呼认识一下。"

楚晃硬着头皮对修祈点了一下头："你好。"

修祈不点头了，对她伸出了手。

楚晃抬头看着他，意思是：你别闹了！

这次修祈看不懂她眼神传递的意思了。

场面尴住，宋元英表情很急，恨不得替楚晃握住修祈的手："晃晃，别愣神。"

楚晃骑虎难下，最终把手伸向修祈的手，想着，敷衍地握一下就好，谁知道修祈攥住就不松手了。

楚晃渐渐瞪起眼。

宋元英看不懂，但觉得有必要为楚晃解一下围，便对修祈说："还以为要晚几天才能见到，没想到刚回国就跟您碰上了。"

修祈终于松开楚晃的手。

楚晃张了张五指，缓解被他攥住的痛感。他手劲很大，一点都不心疼她似的。

陈槐序也说："修导这么晚出来吃夜宵，是自己吗？还是有朋友没到？"

修祈说："我跟我太太一起。"

陈槐序和宋元英惊恐万状，修祈多花，业内外皆知，怎么可能结婚？他又怎么会断了自己的桃花路？

楚晃本来是不惊讶的，但宋元英和陈槐序反应那么大，便也同他们装了一下，很惊讶地看向修祈，还摸着嘴。

修祈瞥见她的表情，微笑——真可爱。

宋元英懂礼数，虽好奇，却没多问，寒暄两句说到了正题："我应该可以腾出一些时间来，您提前跟我说一声就行了。"

修祈说："具体什么时候我助理会通知你这边，如果你这边对数字无异议，就跟我们制片把合同走一下。"

"没有问题，我有钱制片的电话，我会跟他联系。"

楚晃听明白了，修祈联系了宋元英出演他的电影。宋元英拿过很多艺术大奖，若是能请到她，自然是不用再找什么舞蹈演员了。

她不明白的是，既然修祈早找了宋元英，那为什么说让她试镜？贱男人就想哄她跟他做爱吗？

聊着聊着，服务员送餐了，看到楚晃和修祈换了位置，正要说话，楚晃连忙打断："再来一打啤酒！"

服务员有眼力见，什么也没问："好的。"

宋元英没有怀疑什么，陈槐序露出了些意味深长的笑。这顿饭吃得艰辛，楚晃自修祈坐在她旁边后就如坐针毡，出门前的胃口也消失无影了。

吃完饭，四人出门，宋元英想跟楚晃多待一会儿，道别修祈后，对楚晃说："晃晃跟我回家吗？"

楚晃想，但不敢。

她老公在呢，她老公事儿很多。

陈槐序没等楚晃答，挽住宋元英的手："你也不问人家明天要不要上班，想约有的是时间，也不差这一会儿。"

宋元英争取："我明天可以送晃晃去上班啊。"

楚晃婉拒："下次吧，我养了一条狗，还得回家喂狗呢，那狗离了我一分钟都不行。"

宋元英很遗憾："那行吧。我跟你姐夫把你送回去。"

楚晃再次婉拒："太麻烦了，我自己……"

"我可以把她送回去。"一直在旁边默不作声的修祈说。

本身他的气场就强大到不容忽视，好不容易两姐妹聊天快要把他在旁边这件事忘了，他非要自己跳出来刷存在感。

宋元英怕麻烦他，也怕他这个花花公子对楚晃下手，正要替楚晃拒绝，陈槐序一口答应下来："那就麻烦修导了。"

宋元英瞪他一眼，刚想把楚晃拉到一边嘱咐两句，陈槐序却拽着她往停车场走："楚晃那么大人了，会保护自己的。"

看着夫妻俩走远，楚晃松了口气，看都不看身后的男人，径直走向车的位置。回家路上，她不说话，修祈也不说话，两个人总有这种时候，倒也不觉尴尬。进了家门，修祈自己给自己倒水，楚晃从他手里把杯子抢走，喝光了。修祈笑了笑，又给自己倒了一杯。

楚晃回房间拿了个枕头，拿了床被子，扔到客厅的地毯上："晚上你在这儿睡。"

修祈没意见。

接下来，两个人再没话说，楚晃洗漱完便上了床。

修祈洗漱完自己铺了铺"床"，躺下来，单手作枕，垫着后脑勺，眼看天花板，内心平静，像海面。

楚晃在房间翻来覆去睡不着，忍不住给他发微信消息："你有跳舞演员的人选了，还诓我，就想把我哄得云里雾里，然后跟你那个是吗？"

修祈看到这条消息，笑着回："那个是……"

"就是那个。"

"哪个？"

"修祈！"

"嗯。我在。"

"你知道我说什么。"

"我能捧红你，但我不愿意。"

"什么意思？"

"我没有跟别人分享老婆的瘾。"

楚晃看到这句，心跳又加快，敲锣打鼓，搅扰得她不得安宁。

见她不再回复，修祈把手机放在了一旁。

约莫十分钟，楚晃的房门"吱呀"一声开了。

修祈淡淡笑。

有个人抱着枕头踮着脚摸着黑走到他脚边，甩了拖鞋，钻进他被子里，从脚底爬到他两臂间，找了个舒服的位置，躺下来，不动了。

修祈把这个人搂进怀，在她额头落下一吻。

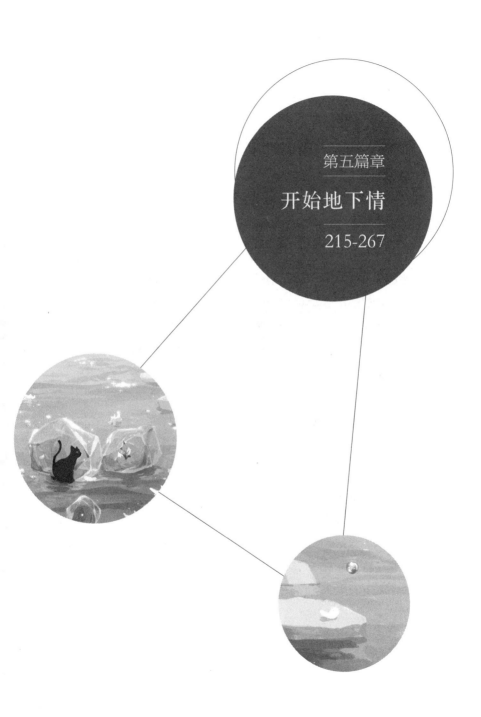

第五篇章

开始地下情

215-267

17

　　楚晃先醒来，看到平躺在她旁边的修祈仍然用左胳膊垫着后脑勺，跟她放松的睡姿比起来，他显得克制又自我要求严格。

　　他的侧脸线条很流畅，鼻梁直挺，下巴微翘，平时不算显眼，微笑时会显眼一点。她看着，忍不住上手摸，却又不敢摸，只隔空画了他的鼻子、嘴唇。他的嘴唇很薄，但很好亲，他吻技也好，她总是招架不住，被他捉住就逃不脱。

　　她不知她的表情已经集得意、欢喜、满足于一体，还时不时抿抿嘴，好像是十几岁刚喜欢一个人时的样子。

　　人家还没怎么样，自己已经兵荒马乱好多年。

　　从她找不到自己的味道开始，今日这幕仿佛就已如命运般，安排进了她的人生通告里。

　　她为什么要拒绝修祈？她根本无法拒绝修祈。

　　她一直以为只要态度够强硬，就可以瞒过所有人她对修祈动了感情，包括她自己。

　　而事实上，当她动了瞒的心思，有些事，就已经瞒不住了。

　　嘴硬的人，最是心软。

　　无论修祈的温柔是不是有游戏的成分，她都已经泥足深陷，原来嘴还不承认，现在嘴也没能幸免。她索性认命。

管他真的假的，她是真的，她就要再试一次。

他问她为什么别的事她看得透，唯独他，她怎么也看不透。

楚晃想，大概是别的事她输得起，而修祈，她输不起了。

她太知道，心一旦给出去，就很难拿回来了。

不过现在没关系了，输不输都没关系了。

人这一辈子，总要做些理智之外的事，明知不可为而为之，是与天齐的莫大勇气。

离婚那一套嘴硬的说法，别说修祈听了不当真，她自己也觉得滑稽。明明她那么热烈地回应他，再说自己想离婚，未免太不坦诚。

这一回，方是真正随心所欲，顺其自然。

她正盯着修祈的侧脸看，修祈突然睁眼，她被吓一跳，立刻把脸埋进被子，假装自己没睡醒，只是伸了个懒腰。

修祈知她看了自己多久，没拆穿她，只是把手伸进被里，摸到她的手，牵住，眼睛又闭上，嘴角却扬起。

楚晃想抽回手来，手心出汗了，紧张太明显，修祈一定会嘲笑她的。

心里承认是一回事，嘴承认是另一回事。

这不怪她，数据显示，女孩子都爱嘴硬。

修祈反而握得更紧，甚至看透她的心，淡淡说了句："明知不可为而为之，是赌徒说辞，你不在赌桌。"

说完这句，他突然翻身，把楚晃压在身下，目光在她嘴唇和眼睛之间来回调动。

楚晃下意识捂住嘴，觉得修祈要亲她。

修祈不介意她捂嘴的动作，吻住她的手背："你可为。"

楚晃微怔。

明知不可为而为之是赌徒说辞，你不在赌桌，你可为。

楚晃把手放下来："你要是骗我呢？"

修祈说："你这问题问晚了，哪有上完床再问这个的？"

"成、成年人，上个床不正常吗？我二十多岁不能跟人上床吗？我不能享受一下那个的快乐吗？"楚晃慌里慌张的样子更显娇俏，但她浑然不觉。

修祈吻住她的嘴唇。

楚晃睁大眼睛，躲开，小声提醒他："还没刷牙。"

楚晃肠胃很健康，饮食也严格按照健身教练的要求摄入，同时体现出了控制饮食和抗糖的好处，所以不会有尴尬的时候，但毕竟是女孩子，不想在喜欢的人面前有一点瑕疵。

修祈不在意，却也维护了她这份想保留自己最好一面的心，没强迫。

楚晃撑着他胸膛起身，跑进卫生间。

她租的房子虽小，却五脏俱全，主卧有卫生间，还有独立卫生间，两人洗漱并不冲突，很快便收拾好自己，出了门。

二人一起上班的体验早就有过，但以情侣、夫妻的身份一起上班的体验却是头一次。

楚晃洗漱时就在想，若是被公司里人知道他们的关系，那将是一场怎样的轩然大波。

她公关出身，最不怕麻烦，却没排练过她自己的事被大众热议的表演。

她先前跟修祈被偷拍，热度没持续几天，并且大家关注更多的是修祈，不是她。但若是他们结婚的事被撞破，那她自然而然就成了主角。

"楚晃"两个字挂在热搜……

她必须做好准备工作，以防被杀个猝不及防。

电梯里时，楚晃说："要不我们分开去公司？"

修祈说："不用。"

"次数多了会被看到。"

修祈笑了笑，左手放进裤子口袋："次数？你是想以后每天都跟我睡？"

楚晃红了脸："没有！就是提醒你，虽然怎么着都是热度，但被别人发现发酵起来，远不如自己做好准备被揭破的收益更大。"

修祈闻言，稍显平静。

《遥遥》要上，这流量不用白不用。如果被别人抢占先机，那你连口汤都喝不到。"

待她话毕，修祈突然转向她，眼神莫名，把她逼到角落。

楚晃视线乱飘，不敢抬头看他，小声抵抗："你要干吗……"

修祈维持着堵住她的姿势，没做什么疯事，只是想看她紧张，她紧张了，他满意了，放过了她，退回到朝向电梯门的位置。

楚晃惊魂未定，忍不住瞥他："你有病啊？"

修祈说："你也做好准备了，我靠近，你一样会乱了阵脚。"

楚晃皱眉。

修祈又说："你做好准备也会被打个措手不及，所以不用花心思在这种事上。资方不会因为我结婚就退出出品人行列，观众也不会因为我结婚就不去看我的电影。"

楚晃跟他是不同想法："要不我们赌一赌？"

电梯到了。

修祈边走边问："赌什么？"

楚晃也往外走："赌你刚才说的这番话。如果有一天，我们结婚一事以一种很难堪的方式曝光在大众面前，资方会走，观众也不会留。"

修祈皱了一下眉，随即笑了："这么咒我？"

"赌不赌？"

"赌。"修祈说，"既然要赌，那就不用刻意保持距离了。"

楚晃能做这个妥协："可以，但你也不能有恃无恐，故意在公共场合动手动脚。"

修祈微笑。

又来了，他又用这种运筹帷幄的姿态恐吓楚晃了，楚晃只顾着跟他置气，上了他的车，还坐在副驾驶座，对他说："我能对你提个意见吗？"

"嗯。"

"能说话的时候不要笑，我不想猜。"

修祈又笑，淡淡的。楚晃不理他了，烦。

临近公司，楚晃叫停，边解安全带，边看车外，没有熟人才下车。

修祈拉住她的胳膊。

她回头看着他，没说话，眉梢高挑。

修祈指了指自己左脸颊。

楚晃装傻，抿着嘴抿不住笑，翻个小白眼，下巴微抬，足劲儿的娇俏："不。"

修祈一把把她扯回车里，亲花了她的口红。

楚晃在他身下"嗯嗯""呜呜"，小拳头捶他肩窝："我妆要花了！贱男人！"

修祈不管，过足瘾才放过她。

结束了，楚晃在车里补妆，边补边瞪他："讨厌不？"

修祈不要脸，不觉得自己讨厌，从她手里把口红拿过来，要给她涂。

楚晃不信任他，伸手去夺口红："你别想害我！"

修祈拿口红的手举高，另一只手攥住她的手腕，偏要给她涂。

楚晃争不过他，放弃，由了他。

修祈很小心，动作轻盈，她微微张开嘴配合他，顺便盯着眼前这个认真的人。

他眼里没有星星，但有她。

修祈给她补完唇妆，扣好口红盖子，随手放进自己的口袋里。

楚晃看见了："顺手牵羊？"

"掉了再来找我补。"

楚晃要被他气笑了，这人有毛病吧？要不是她快迟到了，她一定跟他打一架，把东西抢回来！

她拿上包，下车，关门前对他说："送你了。"说完关上门。

修祈目送她进公司，随后拿出手机，忽略微信一长溜未读消息，打开朋友圈，敲了些字上去，发了一条状态。

楚晃刚下电梯，经纪部的一位老师像是早就在等待一样，满面愁容地迎上来。

她皱起眉，停下来。

老师看着她，很急："楚总帮帮忙。"

楚晃看一眼自己的办公室："到办公室说吧。"

老师随楚晃进了办公室，她甚至等不到助理端着咖啡进来，急道："昨天咱们家一个小孩儿出了点事，咱们安徒生外包的公关团队控不住场，现在事情发展越来越严重，有很多带节奏的呼吁粉丝去联系广电出具封杀公文。我实在没办法了，想问问您有什么主意。"

听得楚晃眉头紧锁："麻烦说重点。"

老师提口气，又说："这小孩儿十六岁时在外边打了他妈一巴掌，被监控拍了，不知谁把监控翻出来了。"

楚晃眉头锁得更深："还有必要救？"

"如果这孩子真是这么个忤逆不孝的东西，我也不会来找您。问题是他这个妈就不配为人母，孩子还小时就把他卖了，孩子养母把他养大，看他有表演天赋，趁着寒、暑假带着他跑剧组，稍微有点名气了，他那个妈又回来了，要钱，还把他养母气死了。

"养母不在了，他那个亲妈说什么是什么，我们有口难辩。她还找了专业律师给她把关每一次公开发言，现在舆论导向对我们很不利。"

楚晃通过她这几句话大概知道，养母和这孩子之间什么手续都没有。

按法律这孩子跟他亲妈还是母子关系，如果没有人能证明过去很多年是养母将这孩子抚养大的，对亲生母亲下手，这事儿确实不小，处理不好还会牵连公司。

安徒生刚成立经纪板块不久，有想法打造一个安徒生系演员的盛世，刚起步出了这么件事，修祈恐怕要被扣上"导演可以，管理不行"的帽子了。

楚晃明白其中利害，也有思路处理这件事，应承下来："看好那孩子，先不要发声。"

老师总算放下心来，满口答应："好好好！我把相关文件都带来了，这已是我们仅有的材料了。"

说着话，她把一个略轻薄的文件袋放在楚晃面前。

老师走后，助理才敢进门，给楚晃端上杯咖啡，小心翼翼地问："楚总，原定下午的会还开吗？"

楚晃抬起头来："开。"

助理张了张嘴，想问什么，最终没问："好的。"

安徒生的经纪部看着一片祥和，事实上已经乱成一锅粥，昨天一天没露面的樊宁姗姗来迟，那架势颇有点主持大局的意思。

她一个非执行经纪官，手里实权不足二三，何必做这副样子呢？

她跟以前入职辰光的明星一样又不一样，一样在都是各取所需，公司要话题，要明星光环，明星要钱，还没什么风险。

不一样在她不要钱，要修祈。

但楚晃有一个疑问，喝醉酒那天，恍然听到修祈跟人说把她弄走，不出意外，"她"指的是樊宁，那她为什么还没走？

中午饭前，助理来告诉楚晃，樊宁知道她接手了那孩子的公关，很有点要跟她一较高低的意思，已经联系了很多大金主打击舆论了。

楚晃不以为意，本来也不是她的活儿，如果樊宁卖面子可以解决，倒也省得她费力。只不过，这不是一件适合强往下压热搜的案子。

樊宁搞错方向了。

楚晃喝一口咖啡，没有回应助理，助理不再多嘴。

养了养精神，楚晃继续处理工作，刚忙完，修祈给她发来微信消息："吃饭？"

她笑了一下，换成胳膊肘撑着桌面，两只手拿着手机，回给他："我工作还没做完。"

修祈不回了。

接下来，楚晃开始两分钟看一眼手机，生怕错过什么消息。

当然，错过什么消息不打紧，打紧的是错过修祈的消息，结果，修祈再没回复过来。

她心里烦他，完成部分工作，又拿起手机，敲了几个字，觉得不矜持，统统删掉，鬼使神差地点进他的朋友圈。

上午十点，他更新了一条状态——

"情不自禁，万望见谅。"

她一下子想到早上她跟他讨论的那个话题，关于公共场合动手动脚的话题……她倏然脸红，心跳又不听话了。

脸红心跳的根源不是他这句话精准地戳在了她心口最柔软的地方，是他发这条状态的微信，是工作微信。

她的工作微信有一千多人，保守估计，修祈工作微信的好友数，不比她少。

就在她不知怎么应付他这么张扬的行为时，助理乐着敲了她的门："楚总！修导请客！中午吃澳龙和雪花和牛！人人有份！在公司吃！不用去楼下了！"

18

修祈的微信消息仿佛如期而至："共进午餐吗？"

楚晃没忍住笑出了声，他怎么那么幼稚？她给他打过去两个字："不要。"

很快，助理又跑进来："楚总，修导让大家到吧台桌吃饭，他给我们放电影看！可以选哦，我们可以让男同事陪咱看《穿普拉达的女王》！"

真是好心机啊，这位修导演。

楚晃靠在椅背上，手肘抵着扶手，手指摸摸嘴唇，说："你们看吧，我不是很喜欢看电影。"

助理点头："那好吧。"

很快，餐到了，助理给楚晃送进来，偷偷跟楚晃说："楚总，傅总来了，在外头跟樊老师说话呢。不去吗？"

楚晃刚有疑问，为什么傅承风来了她要去，恍然想起修祈醋了一晚上的野男人，想来公司其他人也误会了她和傅承风的关系。

既如此，她更不能去了。

她说："下次居静和居总来了再叫我，我跟居总较熟。"

助理一愣，旋即了然："知道了。"

傅承风这两天一直往安徒生跑，跟经纪部那孩子有关，倒不是跟那孩子有交情，是跟经纪部总监有交情。

二人相识于微时，现在总监这边出了事儿，他自是义不容辞的。连郭心蕊这种无人对她抱有期待的人，他都愿意伸出手拉一把，何况是早年交付过真心的朋友。

经纪部总监姓郑，公司内外一般称郑老师。跟前去求助楚晃的老师非一人，那一位只是经纪人。反正经纪部全体"老师"，大大小小的职位都脱不开经纪人的工作，倒也没必要分得太细，只用知道郑老师是头儿就行了。

再加个空有名号的樊宁老师，看上去跟郑老师平起平坐，但不享有任何决策权。

郑老师有一着险棋，但如今四面楚歌，不知要怎么下，找上傅承风也是希望可以借用他的人脉资源，所幸傅承风愿意帮这个忙。

昨日下午傅承风过来，跟他聊到下班，分开后又重聚，聊了一晚上。

现下傅承风这边有消息了，亲自来了一趟，就为告诉他。

傅承风刚从郑老师办公室出来，碰上了樊宁，两人曾在一个私人聚会上有过一面之缘，刚说没两句话，八卦的人又开始上头。

"这傅总，到底是来找谁的？"

"反正不是来找你的。"

"不懂，这些青年才俊都跟我们无关。"

楚晃的助理不爱八卦，但路过她们身旁还是告诉了她们一声："楚总跟傅总不是你们想的那种关系。"

她觉得，刚刚楚晃那话的意思很明确，她跟傅承风无关，那自然是不想大家乱传他们之间的绯闻。

闻言的八卦人士都很好奇："你确定？"

助理说："楚总说她辰光最熟的是居静和，虽然我不知道居静和是谁，但肯定不是傅承风就对了。"

"我的 CP①还没开始嗑就 BE②了？"

"这么硬也嗑得下去，傅总就很明显是中央空调的类型啊，处处送温暖，你嗑他跟楚总还不如磕他跟郑老师，还稍微搭点。"

"别带楚总就行了，楚总现在是技术部的信仰，咱们人帅头秃的代表们已经沦为了楚总的死士。"

楚晃的助理听到这句，没再听了，回到自己的位置，准备看电影。

他们公司的男同事们还是很关爱女同事的，真的陪看了《穿普拉达的女王》。

傅承风还在跟樊宁说话，修祈从办公室出来，两个人默契地停下来，做足架势准备跟他打招呼。修祈好像并未看到他们，一只手插兜，另一只手看手机，但脚步很稳健，而且方向感绝佳，就这么在众目睽睽之下进了楚晃的办公室。

樊宁愣了，员工愣了。

傅承风知道他们的关系，并不惊讶，但没想到修祈把楚晃弄来，真是为自己的私欲。他以为修祈这样的人是以大局为重的，没想到，他以妻子为重。

楚晃不想吃澳龙、和牛，正看着它们发呆，想着要不要喝点果汁算了，修祈推开门，走了进来。

她也愣了。

修祈进门收起手机，走到楚晃跟前。

楚晃下意识往后退，退到展架，靠住，细鞋跟差点踩进架下的网格里。

---

① couple 的缩写，意为情侣。

② bad end 的缩写，意为坏结局。

修祈扶住她的胳膊。

楚晃还仰面看着他，以为他不会在大家都在吧台桌吃饭时走进来的。她低估了修祈为所欲为的程度。

修祈看她唇妆掉了好些，从口袋里拿出口红，控制好力度，口红在她唇瓣轻点。

楚晃是想躲的，但莫名其妙张开了嘴，配合起了他。

修祈给她补好，收好口红，还是收进他口袋。

楚晃微扬下巴，佯装不满："小偷，想给我涂口红怎么不给我买？拿我的算什么？"

修祈显然没想到这一点，但也能招架住："你喜欢谁家的？"

楚晃喜欢很多，她没有收集癖，但喜欢的牌子每次有新的色号，都会买来，哪怕买来落灰。

她有一整理箱都是尚未拆封的。

她不说，修祈也不再问，把手机递给她。

她看一眼，没接，问他："干吗？"

"家里密码。"

"家？"

"家。"

楚晃把手机接过来，看到"陆家嘴"三个字就明白了，抬起头："你是让我设置吗？"

修祈没答，他以为，他的意思已经很明确了。

楚晃缓慢地闭上眼，脸还仰着，转动时，正午的阳光正好打下来，投在她眼睛一缕，仿佛打透她的肌肤，也仿佛是她的肌肤在发光。

她微笑着，把他手机摁在他胸膛："那是你家。"

修祈笑了一下，似乎是用鼻子出气的一下，随后托着她腿根，把她抱起来，放到办公桌上，熟悉的姿势。

他的鼻尖贴着她的："你嫁给我了，记不住吗？"

楚晃装傻，略带俏皮地看向左上角。

修祈往下看，看到她的嘴唇，她还微张着，就要勾死人了，她自己不知道？

他吻住她，攻城略地，不留余地。

楚晃"嗯嗯""哼哼"，双手紧紧攥住他的胳膊，艰难说出一句："有人在的！"

修祈管那套？亲过瘾才放人。

楚晃看着他唇上的口红，气他，但仍抽了张纸巾给他擦："你这太明显了，等一下你出去都看到了。"

修祈脸保持端正，眼向下看她的动作。

楚晃不敢用力，他看起来细皮嫩肉的，这要是擦红了，更明显了，但这么小心翼翼，反而让人觉得她很珍视眼前这个人。

她擦擦停停，抬头看他，瞪他一眼，嘴上还要埋怨："说好了不在公共场合动手动脚的，你是忘了吗？"

修祈不说话。

楚晃给他擦完，离远一些看看，觉得不太明显了，顺手把他买的和牛拿了过来："你吃点东西，这样他们都以为你是因为吃了东西。"

修祈不吃。

楚晃把椅子给他搬过来，刀叉、筷子给他摆好，最后拿他手机设置了房子密码。

修祈微笑，这才勉强地喝了一口浓汤。

楚晃坐回到她的椅子上，看着修祈吃东西，他不是很喜欢这些食物的样子，跟她一样有自定义食谱吗？

她看着看着托起下巴，问他："你喜欢吃什么？"

修祈抬起头："你不会想知道答案的。"

楚晃挑眉："很难启齿吗？不会是卤煮吧？"

刚说完，她反应过来，快速地捂住他的嘴。

修祈没说出来，她觉得他的答案是她，也可能不是，但她不要赌，若真的听到"你"这个字，她一定会头皮发麻。

修祈微笑："你以为是什么？"

楚晃收回手去，装作不在意，摸摸脖子，摸摸鼻子，要不就是背朝他，看窗外："没有以为，你别乱想了。"

修祈放下勺子，双臂撑在桌沿："很久不吃饺子了。"

楚晃扭过头来："那你中午为什么不买饺子呢？"

"跟我妻子吃饭，饺子寒酸了。"

楚晃红透了脸："你怎么、你怎么现在奇奇怪怪的？！你赶紧吃！吃完赶紧出去！我要工作了，我很忙的！"

修祈也吃饱了，抽张纸巾擦擦嘴，随后站起身："下午我要出去一趟。"

楚晃小声嘟哝："干吗跟我说？"

"你不送送我？"

"你不认路吗？到门口就几米远。"

修祈不动弹，意思是：不送我就在这儿待着了。

楚晃总是在这种事上妥协，没有例外。她表面上很不耐烦地送修祈出了门，而到底是不是不耐烦，谁都看得出来。

快到门口了，楚晃以为她终于可以松口气了，修祈突然转身，又吻了她一下，虽然很轻，但妙在猝不及防，直接把人吻蒙，她瞪圆了眼。

修祈则有那么点耍坏得逞的劲儿，潇洒离去。

楚晃怔了数十秒，心狂跳。

她不敢出门了，昨天只是跟傅承风遇到说了两句话，就有流言满公司飘，修祈大中午不吃饭、不看电影、不在办公室养神，跑到她办公室，还红着嘴唇出去……

她已经可以想象他们八卦她和修祈的眼神和口型了。

果不其然，修祈回到办公室后，《穿普拉达的女王》这部经典影片不再好看。

傅承风和樊宁还站在沟通区和办公区中间的过道，沟通区的吧台桌上躁动的八卦之魂，把这个场子谁做主的事实渲染到了极致。

樊宁聊不下去了，匆匆两句，回了办公室。

傅承风一走，这帮人撒开了欢。

"正宫！牛啊，修导，还得是老大！我说为什么请客吃和牛！为什么让咱们一块儿吃饭！为什么放电影！姜还是老的辣！"

"难道不该是楚总牛吗？难怪老大要告营销号，哄嫂子啊，我顿悟了！"

"今天技术部全体失恋。"

"这楚晃委实牛啊，怎么做到的？"

"我觉得楚总不一定是嫂子，也有可能是修导在敲打樊老师，别对他抱有不切实际的幻想。"

"我也觉得你这个猜测比较合理，修导告营销号是一回事，跟那些女人绝对有事，那些女人长得都差不多，估计他就喜欢那一挂的，楚总完全不挨边。"

"理智理智！到底是楚总，还是樊老师，咱们就看她们俩谁有修导那对戒指的女戒。"

"押一下吗？"

"说完了吗？"有个女声打断他们。

所有人看过去，是策划部的一个组长，有些不耐烦："少看戏，工作忙得过来？楚总就一定要跟修导在一起？她就不能有更好的选择啊？"

楚晃的助理在这时点了一下头，她也认同这话。

组长说完离开，有人小声跟组员说："早想说了，我觉得无论是樊老师，还是楚总，都该看看外头的世界，修导本事大不假，问题是人也花。"

有男的问："你不会想着修导所以才这么说的吧？"

"什么发言？我们女的就这么肤浅吗？比起修导，我们更想睡楚晃和樊宁好吧？"

"别加樊宁，我不喜欢她那张假脸，楚总可以，哈哈。"

男同事不知道，那些一个公司互相排挤，来个美女，别的女性只顾着嫉妒的剧情大部分出自电视剧，现实也有，但不多，尤其在他们安徒生。

谁没点本事？精神世界不要太丰富，他们有余心聊聊八卦，但绝对没有闲情嫉妒陷害谁。

"行了行了，下班再狂欢，赶紧吃，吃完干活儿去！"

不知谁说了一句，议论声渐渐淡了。

一直站在办公室门内听着大家发言的樊宁，渐渐捏瘪了咖啡纸杯。

怎么会是这样呢？

修祈回到办公室，盛辰光的电话打来，问他下午几点。

他站在窗前："三点左右。"

"成，你快点吧，我跟你们见一面，还得快马加鞭地赶下个场子。"

电话刚挂，樊宁给他发来微信消息，简单明了："你能跟我聊一聊吗？"

他删除了联系人。

没什么可聊的。他让张子蕴把她弄走，张子蕴也确实通知到她了，但她不死心，又找了盛辰光，说是资源置换，其实就是编个项目给盛辰光送钱。

盛辰光不要她的钱，却不能不看她背后的资源。

这女人或许没那么聪明，构不成威胁，但演技和流量带给她的资源不容小觑，齐刷刷地打下来，他跟盛辰光都没防备，只能暂时吞了这口恶心。

但让她留在这里，不代表就要顺她的心意，他本来不打算这么快让大家知道他对楚晃不一样，只是上午接了盛辰光请罪的电话，他必须让樊宁知道——安徒生，他说了算。

他喜欢谁，也不是资方可以左右的。

她愿意在这儿耗，那就看他眼里都是楚晃的样子好了。

樊宁等不到修祈的消息，又厚着脸皮发了一条，"你还不是对方的好友"这几字深深刺痛她的自尊心。

她的心也如楚晃的心般狂跳，却不源于欢喜，而源于耻辱、尴尬。

她自始至终都不信修祈没有爱过她。

那他为什么变心那样快？为什么？

她敢做这些仿佛失去理智一样的事，不是她真的智商不够，是她真的相信，修祈是爱过她的。她深以为，片场那些缱绻时刻便是他们相爱的证据。

她从来没想过，或许就是修祈那人缺德，把她当成一场游戏，只想让她爱上他，他好拿到"又攻略一位女性"的通关证书而已。

谁能想到呢？

谁能想到这样光彩卓殊的男人，有这么一颗肮脏的心？

她想不到，所以即便修祈删她的微信，她也认为是自己做了什么让他失望了。

她只用了几分钟，便已经收起脆弱，抹掉眼泪，继续为那孩子想办法。当然，她并不在乎那孩子的前程。

素不相识的人，说在乎，太虚假，顶多是怜悯。

她最在乎的，是在这一仗上打过楚晃，把修祈赢回来。

她把楚晃当成假想敌，殊不知她真正的对手是修祈。

修祈不爱，她连对弈的号码牌都没有。

她不知道，她只知道，她努力，或许可以回到那年片场，阳光如昔，雨下在坑洼的地面，也下进她的心。

不努力，她睁眼只能看到阴霾天，还有身上的泥点点。

李文孝回来了，哥儿几个总算凑齐了。

外滩的据点，盛辰光带着一身疲倦套李文孝网恋的细节，周嘉彦在一旁一脸坏笑。老实能干的李文孝没觉得他俩在嘲笑他，还很愉快地给他们看照片。

修祈跟他们聚向来不带脑子，只放个人在那儿，那姿态就像是，他来只为全兄弟几个的情谊，其他的，与他无关。

盛辰光看了照片，挑了一下眉："可以，但她知道你给他的照片不是你自己的吗？"

李文孝听到这个就烦，把手机拿回来："我快瞒不住了，她老想视频。"

周嘉彦踢他小腿，下巴往修祈的方向抬了一下。

李文孝看向穿一身黑过来当雕塑的帅哥，把脸转回来："我要张照片都跟上树似的费劲，指望他帮我视频？你看他像是管咱死活的人？"

盛辰光和周嘉彦哈哈大笑。

周嘉彦放下二郎腿，端起酒杯："也就不管你的死活，我们他还是稍微顾念的。"

李文孝十分后悔，跟周嘉彦说："我当时就该要你的照片。"

盛辰光说："该，让你一般的样子不装，非要装二般的，你用老三那张脸，搭配你的谈吐还能糊弄过去，你弄老四的脸，你真不怕死。"

周嘉彦不爱听，骂他句："滚。"

李文孝真郁闷，没心情跟他们开玩笑："我俩约好下个月奔现，我不知道这段感情还能维持多久。"

周嘉彦跟盛辰光交换一拨眼神："别拗深情人设，咱们兄弟几个里情种够多了。"

李文孝皱眉，看一眼修祈，再跟他们换一拨眼神，问："老四城墙失守？"

两人都没答。

李文孝来了兴趣："谁啊，新人还是旧人？"

周嘉彦说："这不知道，某人嘴严实，什么都问不出来，我只觉得那女的心机颇深，除了长得漂亮，没什么可取之处。"

后半句话他声音极小，也是知道修祈把楚晃看得多重要，不想惹是生非。

盛辰光下意识看修祈一眼，他正在打字，好像在跟人聊天，但以防万一，还是给周嘉彦找补了一下："本事还是有的，我从窦盾挖了个人事过来，窦盾最近放出的风都是想要咱们公关部的人。

"有意思的是，没有唱衰的，就是说业内觉得这很正常，除了窦盾的影响力深远，我以为重点还是在于他们认为窦盾的目标没选错。

"我现在在想，把楚晃给安徒生到底是不是我失算了。"

周嘉彦微笑，眼神莫名："看看呗，看看她怎么处理那孩子的一摊子事。"

李文孝听不懂："说什么呢你们？"

周嘉彦忽略他，跟盛辰光碰个杯："楚晃上次在郭总的事上釜底抽薪，三步上篮，打得她翻不了身，够阴损，有点东西。

"现在就看她能不能扛住樊宁那边的压力,能不能拯救安徒生眼光不行、没有核查艺人背景的危机。"

说到樊宁,盛辰光深呼一口气,放下酒杯:"这女的也不是省油的灯,她拉擎天国际下水,我不能不卖个面子,让她继续待在安徒生。"

擎天国际是樊宁背后资方之一。

周嘉彦想起擎天国际跟窦盾的官司,涉及垄断和恶意竞争的,擎天多次对窦盾的产品进行封杀,前段时间闹得沸沸扬扬,还有巨头下场站队,场面一度不忍直视,毫无体面可言。

那一地鸡毛还没收拾干净,这又掺和辰光的事了?

他对盛辰光说:"你得做好心理准备,安徒生这事儿要是不能善了,就意味着你得放点血了。我怀疑擎天国际下场也不仅仅是为了樊宁,有可能是想故技重演,把对窦盾的策略,在我们身上用一遍。"

他给盛辰光分析:"你看啊,擎天国际押宝樊宁,要是樊宁成功把这次危机公关掉,辰光就欠擎天一个人情。你要是不打情,他们反手就说我们公关废物,危机全是他们解决的。这中间再编点别的料,比如说我们过河拆桥,请他们来,结果把功劳说成自己的。以信任危机为枪,照你一条腿猛打,你怎么办?"

盛辰光早有准备,楚晃有无能力放一边,他不能给人通过安徒生打进辰光总部的机会。

他轻飘飘地说:"要是擎天做这个打算,我就亲自送楚晃到窦盾,二打一,我不断它条胳膊,就断它条腿。"

他这边刚说完,修祈带刺的眼光投过来。

他蓦地发寒,扭头看到修祈眼神不善,奉上笑脸:"开玩笑呢,楚晃有人权,怎么能我说送到哪儿就送到哪儿?别当真。"

周嘉彦扑哧一声笑出来:"合着这半天他就听见你最后这句了。"

李文孝听懂了:"楚晃是弟妹啊?啊?"

周嘉彦看修祈："不，楚晃是老四的基本盘。"

"什么是基本盘？"

"就是无法改变又抢夺不走的东西。简单来说，就是老四这一手牌，一洗一换，牌面无法预料，唯独小王，永远在他手上。这一张小王，就是你的四弟妹。"

修祈听他们扯淡听够了，该去接他老婆下班了："你们那通风险预测狗屁不是。"撂下一句就走了。

盛辰光和周嘉彦大眼对小眼，随即笑出声来。

是啊，他们把修祈忘了。

樊宁背后有擎天国际，楚晃背后有修祈啊。修祈背后的资源，可不止一个辰光。

说楚晃是修祈的基本盘，不如说修祈是楚晃的基本盘。

越来越有意思了——盛辰光和周嘉彦眼神一换，心照不宣。他们也不再急于知道楚晃到底有什么特别吸引了修祈，山高水长，他们瞧着，总有一天真相大白。

楚晃本来是打定主意一下午不出办公室门的，以防被奇怪的眼神打量，但她做不到，工作入迷什么都会忘记，直接端着咖啡杯出了门。

办公区小部分人偷偷看她，就想在她脸上看到一丝不自然，但她根本注意不到，满脑子文案和通稿。

看她没什么异样，大家一开始有点幸灾乐祸的样子瞬间被瓦解，渐渐也没人看热闹了。

不战而屈人之兵，楚晃也没想到。

当她反应过来，修祈中午去她办公室的事已经无人在意了，除了樊宁。

她到茶水区倒咖啡，樊宁也走了过去。

樊宁有影后名誉加身，不缺剧本，现在是挑不过来的阶段，今年主攻时尚领域，签了蓝血代言，还有高端商务等着官宣，楚晃一点也不好奇她为什么时间那么多。

她准备给樊宁让道，樊宁却堵她的路。

她们差不多的身高，差不多的腿，但樊宁上半身略长，脖子短一点，跟楚晃站在一起就显得稍微矮了那么一点。

樊宁看着楚晃，说："那边聊聊？"

"现在是工作时间。"

"就是聊工作。"

楚晃没话说了："北会议室？"

"好。"

两个人第二次单独聊点什么，气场还如第一次般，各成一派。樊宁的自信不仅来自她对修祈错误的认知，还有她背后的资源。

楚晃纯靠她不怕死的精神劲。

装了二十年的乖乖女，从开始反击降临到她身上的不平等时，她就已经无所畏惧了。

樊宁主动承认："上次提到跟修祈结婚，是假的。"

"不是聊工作？"

"你不想听我为什么这么说？"

楚晃不说话了。

樊宁说："你应该能理解我使的这点小伎俩吧？我觉得我们既是情敌的关系，我用点手段无可厚非。我以为这样可以劝退你，但我想多了。"

她说话越来越迷惑了，跟她网上营销的睿智毫无关系。楚晃直言："你就说你这一次想干什么。"

樊宁说："你说你不爱他的，我信了你。"

楚晃微笑，越发修祈化："你能骗我，我就不能骗你吗？樊老师。"

樊宁的脸色逐渐难看，眼神逐渐暗沉沉。

楚晃不知道为什么修祈不留她，她还能在这里，但应该是修祈无能为力。楚晃既要走他的路，就愿意相信他。她不愿再跟樊宁浪费时间："樊老师，作为冠军内定，我提醒你一句，给自己留条后路，谨防偷鸡不成蚀把米的局面。"说完，她留下樊宁，离开。

她希望樊宁醒悟过来，这样纠缠下去不是办法。她也不想在樊宁的事上浪费时间了。

樊宁指甲划破座椅的皮面。她本来是想劝楚晃，不要在那孩子的事上花心思了，跌了面子不要紧，丢了修祈的看重别来怪她太有本事。

既然楚晃这么自信，那她也不必留情面了。

樊宁为爱昏头，早无登台领奖时的灵气了。

修祈着实害人不浅。

修祈回公司时，已经过了下班时间，他没上楼，在车里给楚晃发消息："我在楼下。"

楚晃是打算加班的，看到修祈的消息，嘴角没摁住。

她没回，不是欲擒故纵，是她想把手上的工作做完。

谁知修祈不按套路出牌，等不到消息直接杀回公司。这个点，只有制作区和技术部灯火通明，他摸着黑走进楚晃的办公室。

楚晃以为是助理还没走，没有抬头。

修祈慢慢走到她的桌前。

楚晃把杯子递给她："小鱼，给我倒杯水。"

修祈接过她的水杯，却放在了一旁。

她抬起头，看到修祈，战术后仰："你、你不是在楼下吗？"

修祈坐到办公桌上："看了消息，就是不回？"

楚晃不打自招了，也不觉得尴尬："我用意念回了。你感觉不到那只能说明你跟我不够心有灵犀。"

修祈把手递给她。

楚晃看一眼门外，确定没人才把手递了上去。

修祈握住她的手，轻轻地捏，慢慢地揉。

楚晃敲了很久的键盘，手指又冰又疼，修祈的手暖暖的，很有力量，被他牵着手，疲惫感没了，似乎头都不疼了。

这令人啼笑皆非的心理作用。

她突然想让他抱抱，但这样提出来会不会被他笑话啊？算了，他一定会给她展示他的阴间笑容的。

修祈看透她一般，在这时说："给你一个机会做你想做的事，我依你。"

楚晃傻傻地看着他。

修祈就差明示了："这半边没人了，不会有人看到的。"

楚晃抿了一下嘴，停顿了数秒，缓步绕到修祈面前，低着头，藏着表情，栽进他的怀里。

修祈搂住她的腰。

楚晃下午打了很多电话，费了口舌、脑子，临近下班又开始打字，没有特别累，但有修祈可以抱，她就觉得特别累。

果然，人都是惯的。

没有依靠的时候自己就是天，有了依靠，总想要依靠。

他们都没说话，也不用说话，这么抱着，已经腻死了。

热恋中的人真是腻死了。

修祈抱了楚晃很久，抱到楚晃自己不好意思，慢慢松开他，低着头，带着两团红霞，很小声说："你好像个充电宝。"

修祈微笑："充满了吗？"

楚晃点头。

修祈牵起她的手："回去给我充。"

楚晃："？"

修祈车开得极快，一门心思回家充电，从车里出来就搂着楚晃亲，到家门口时已经脱了她的外套，亲花了她的口红，头发更是被他揉得一团乱。

两个人过于迫切，以至于连输错好几次密码。

终于进了门，他们默契地甩鞋子，马上就要走入充电流程，冷不防看到楚爸和楚妈在开放厨房一脸错愕地盯着他们。

哟——

就离谱！

19

修祈和楚晃反应都很快，看到楚父楚母那一刻已经像电击般弹开身体。

修祈转过身，把衬衫下摆收进裤子里，紧了紧领带，随后低下头，手心贴贴嘴，其实是假装自然地擦嘴上的口红。

楚晃走到墙根，利用墙角的盲区整理衣服，系上扣子，最后拢了拢发。

楚母楚父反应也不慢，很快别开眼，各忙各的，还浑然不知有人进门似的搭着话："你把蚝油给我。"

"这个要放辣椒吗？晃晃吃不了辣。"

"少放点吧。"

他们为给他们小两口足够时间收拾自己，操碎了心。

楚晃收拾好，看向修祈，用口型问他："还行吗？"

修祈点了一下头。

楚晃提口气，呼出去，从墙角走出来："爸妈，你们怎么来了？"

楚父看到楚晃，表现得很惊讶，好像刚没看到她："回来啦？洗手吃饭吧。"

修祈在楚晃身后，一声"爸妈"，喊得一点也不心虚。

楚父点了点头："先去洗手吧。"

楚晃几乎是跑到卫生间的，修祈紧随其后。

门关上，楚晃打开水龙头，转过身来，又呼了一口气。

修祈笑着看她："你非回这儿。"

"我哪知道我爸妈会来啊！"楚晃很发愁，"丢死人了，你就不能上楼洗完澡再说？我这怎么跟我妈说啊？"

修祈抽了她一张洗脸巾，问她："卸妆哪个？"

楚晃懂他的意思，把唇部卸妆拿给他。

修祈用了一点，楚晃以为他是要擦他嘴上的口红，结果他把手伸向她的嘴角，把她唇外晕开的颜色一点一点擦掉了。

楚晃的皮肤很好，白皮人，所以从不打很厚的底妆，省得显得油腻厚重。修祈擦掉她唇周的底妆，对她整个妆面没有任何影响，唯独少了唇妆，甚至衬得她更加动人。

修祈卸掉她晕色的口红，还整理了她的头发。

楚晃礼尚往来地帮他重新打好了领带，还用手贴贴他的胸膛，帮他抹平衬衫的褶皱。

她知道，除了正式场合，修祈几乎不会把衬衫掖进裤子里，通过这个小举动就能看出，他是看重她父母的。

她觉得她的父母是被尊重的。

她笑了笑，抬起头来，看着帅哥："洗洗手。"

帅哥想抱她，亲她，但忍住了，只是指了指下巴。

楚晃抿着嘴，摇头无奈地笑，这人，还真是……

无奈归无奈，宠还是要宠的，最后她踮起脚，亲了亲他下巴，用口型跟他说："好啦，不要闹啦！"

修祈勉强满意，拉着她手，叠在一起洗了洗。

餐厅的楚父往卫生间看，小声问楚母："一会儿怎么说？"

楚母从看见他们亲热到现在，就没有什么反应，没有意料之中，也没有满意或愤怒。

楚父等不到答案，也不问了。

修祈跟楚晃从卫生间出来时，楚父楚母已经收拾好了厨房，饭菜也已经摆上桌，楚父盛完最后一碗汤，笑着看向他们："快来，煲了好几个小时呢。"

楚母没有等两人，已经在吃东西了。

两人落座后，这顿各怀心思的晚餐正式开始了。

楚父一直试图打开话题，但只有修祈偶尔接一句，最终都以沉默结束。

略显尴尬。

楚母是这顿饭尴尬的源头，一直冷着脸，比那时修祈陪楚晃回娘家，还不给面子。

待她吃完，离了桌，楚晃轻轻呼气。

这个小细节被楚父捕捉到了，他笑着安慰楚晃："你妈今天有点累，不是故意跟你们冷脸的，别怨她。"

楚晃不怨，她母亲就是这样，多少年了，她早已习惯。

她以为，亲情就是某一个人难过时，不用去顾忌对方的感受，而对方会因为对她足够了解，知道当时的她正在经历什么，给予充分的理解和包容。

"无论你如何咆哮，我依然深爱你。"

这是亲情。

她一向不认同什么永远不要把最坏的脾气丢给家人这种说法。她把家当作一生迷途唯一的港湾，不想把在外面假装的坚强、硬扯的笑脸，在家里也装一遍。

同样，她永远无条件接受父母的难过、委屈、不情愿。

吃完饭，楚晃觉得她母亲有话要说，就想让修祈先回去，拉着他到门口的过程中，还不忘小声嘱咐他："你别等我微信消息了，我估计我妈有很多话要跟我说。"

修祈往后看："不用打声招呼？"

"不用，你打了也不会给你好脸的。"

"那不礼貌。"

修祈说完反握住楚晃的手，给她一个放心的眼神，返回客厅，帮楚母茶杯续上茶水，礼貌说道："这几天我不忙，爸妈有事可以打给我。"

饭桌上，楚父楚母已经说过来上海只是游玩。

楚母冷漠地回道："不用了。"

楚晃看修祈还要说话，拉了他的手便往外走。

把人送到楼底下，楚晃有些烦躁："我说了，不会给你好脸的，我爸都说了她今天有点累，她累的时候就是这样的，我习惯了，我没关系，你没习惯。"说完她还要补充一句，"傻不傻？"

修祈一时失语，难得忘记自己要说什么，只记得看着她。

他本来也没在意，女人心，海底针，楚母上次对他还算和善，不代表她从内心深处就是接纳他的。

毕竟是所有人意料之外的婚姻。

他见过太多变脸比变天快的女人了，这不算什么，让他有所触动的是，楚晃竟然觉得他受委屈了，比他还要在意她母亲对他的态度。

他单手放进裤子口袋，眼向下看着她。

他又这样，楚晃扭开脸，不给看："该回家了老板。"

老板贪心不足蛇吞象："你跟我一起。"

"我怎么跟你一起啊？你不怕被我妈活剥了啊？"

"怕什么？"

楚晃知道他也不是真要她跟他回去，就是想占她便宜，她就不给。"那我不管你了，你爱去哪儿去哪儿吧。我……"

她话还没说完，修祈已经搂住她的腰，咬住她的唇。

楚晃被他吻得脸红，软软地靠在他身上，他身上很好闻，她忍不住吸了一口，眼睛渐渐弯成了陌生的模样。

修祈捧住她的脸，最后一个吻吻在她鼻尖："我等你微信消息。"

楚晃轻轻抿嘴，脸上的笑意明显，没答，但有点头。

她跟舒伯乾暧昧的那段时间，都没有这么娇羞，想来她心里有芥蒂，总觉得在年下面前要端庄稳重。但似乎从她有这个想法起，她对舒伯乾就不会有她对修祈这样喜欢。

她在修祈这里，从来不端庄稳重。

修祈牵着她的手，捏她的手指："回去吧。"

楚晃踢了踢空气，揪着手指，身子不由自主地轻摇："嗯。"

"走了。"

"嗯。"

"走啊。"

"嗯！"

"你先上去。"

"哦。"

楚晃走不动道，但已经不能再留了，再留太给女性丢脸了，怎么能不矜持到这种程度？这才几天，就一定要这么腻吗？

最后一个"哦"字说出来，她转过身，上台阶。

修祈双手插进裤兜里，看着她上了台阶，马上就要进门，突然喊她一声："晃晃。"

楚晃管理好表情才转回去："干吗？"

修祈不说话，只是叫叫她，顺便看看她。

楚晃不能再跟他浪费时间了，她是来送人的，她又说："干吗？快点说完。"

修祈不说，就要含笑看着她。

楚晃小小皱眉，咬了一下牙，骂了句脏话："妈的！"接着跳下台阶，扑进他的怀里。

修祈就喜欢楚晃的慧根，她可真聪明，一点就透。

他搂着她的腰，把她抱起来，放在栏杆上。

楚晃害怕，双腿盘住他的腰，双手钩住他的脖子，眼睛在笑："要不——"

她说完两个字停住，修祈不急，不插话，静静等待。

"回陆家嘴吧？"

修祈托住她屁股，把她抱下来，问道："想好了吗？"

楚晃疯了："嗯！"

修祈淡淡一笑，抱着她上了车。

楼上的楚父半天等不到楚晃回来，有些担忧，走到窗边，往下看了看。

楚母很了解她这个女儿，冷言道："别等了。"

楚父转过身："怎么？"

"跟人跑了。"

楚父眉头皱得老高："这像话吗？"

"你女儿的叛逆期来了。"

楚父本来对楚晃的婚姻的要求不高，愿意就好，喜欢就好，比起什么基因、荣华，他只想让楚晃随本心。

楚母一句话，他身为人父那点小肚鸡肠也跟楚晃迟到的叛逆期一道来了。他养了那么多年、掌上明珠般的闺女，爹妈来看她，她跟个小畜生跑了？他后知后觉地生起气来。

楚母没有搭理他跟他女儿如出一辙的反射弧，只说："等明天医院的检查结果出来，我们就回去。"

"你不跟她聊聊？她之前不是要离婚吗？现在看起来，她已经不想离了。"

楚母说："现在你跟她聊什么她都听不进，满脑子男人，等她想聊时，会来找我们的。"

楚父的怨气还没发泄完："我在她小时候对她的教育全白费了，那么容易被骗走了。"

"之前也没见你这么吃醋。"

楚父不是吃醋，是他们亲吻着进门那一幕太有杀伤力了，他是一个父亲，对她女儿有不输对他妻子的爱，做不到波澜不惊。

更何况楚晃从没有过不管自己父母，跟男人跑了的历史。

楚母站起来："收拾收拾，睡觉吧。"

楚父还是觉得："我们应该告诉她，我们为什么来上海，她有知情权的。"

楚母放下水杯："她没有。"

楚父语塞，一时不知该心疼妻子，还是女儿。

从楚晃租的房子到陆家嘴修祈的房子也就三十分钟，但风太黏稠了，路灯太暧昧了，好像时间就慢了。

但其实时间是没有变化的，是记忆的密度对脑容量的需求变大了。当她满脑子都是她跟修祈亲热的画面，她不仅觉得时间慢了，连他的车都开慢了。

她是一个很守得住自己的人，不知道为什么跟修祈在一起，很多事都脱离了她的控制，她不再理智、不再克制，往后每步都走在她规划的路线之外。

是从她准备叛逆的时候开始的吗？

是她为了找回自己缺失的青春吗？

她的头靠在副驾驶座的车窗，眼睛看着专注开车的修祈，原来爱情，重点不在他爱自己的样子，而是自己爱他的样子啊。

修祈突然向她伸出手。

楚晃把手交给他，就让他握住自己。

终于到家，楚晃下车时没站稳，崴了脚，"咝"一声，弯腰摸到脚踝。

修祈锁了车，绕到她那一边，什么也没问，直接把她人扛了起来，快步走向停车场的观光梯。

楚晃的臀形很好。

修祈手却不放在她屁股上，就在大腿根。

楚晃被倒挂着，头很晕，抓紧他的腰带，走路时受颠簸影响，不小心往上提了提。

修祈很难受，裤子被她抓得卡得太紧了。

他急得多摁了几次关门，就想快点到家，做想做的事。出电梯走得更快了，到门口转过身，他让楚晃摁密码，毕竟是她设置的。

楚晃摁密码，解锁音效响了一声，修祈迅速进门，用脚关上，都不等进到客厅，直接从玄关的柜子上开始……

楚晃搂着修祈的脖子，疯舔他的耳朵和喉结。

修祈的呼吸越发粗重，动作幅度越发夸张，吻住楚晃的架势与其说吻，不如说啃，他不优雅了，他想从嘴开始，把她拆吃了。

楚晃的嘴被他吸得好疼，但也想他再多一点："嗯……"

修祈微微歪着头，看她："现在，可以吗？"

楚晃脸很红，恨不能把头低进修祈胸膛里："可以……"

她眼眶里含了眼泪，梨花带雨欲来之态，让她更娇了。

修祈看得上火。

以前她对男人身体的话题敬而远之，觉得俗气，女人又不是为男人而生的，成天讨论他们干什么？

现在她醒悟了，女人讨论男人的身体，纯粹是为自己。

楚晃不怎么累，她也没用什么劲，就是有点费嗓子。

修祈喝了一整杯水，放下水杯，双手撑在吧台，看着靠在沙发姿势扭曲的楚晃，笑了一下。

楚晃一直看着他，他一笑，她就问了："干吗？"

"还能来吗？"

楚晃摇头。

修祈回房穿了条裤子，也不忘给楚晃拿条裙子。

又是新裙子，价签还没摘。

楚晃问他："是你前女友的吗？"

"是我老婆的，你能穿就穿，不能穿就还给我。"修祈逗她。

楚晃瞥他："你就那么肯定你老婆会跟你走到这一步？连事后衣服都提前准备好了。"

修祈没答，笑了一下，走到钢琴前，抬起键盘盖，坐了下来。

楚晃只听过一次他弹琴，那时候还不认识他，只知道他是舒伯乾的爸爸。

她站起慢慢走到酒柜前，在一众藏品里挑了支外形好的。

她开了酒，修祈手指摁下琴键。

醒酒时，她就坐在吧台椅上，看着修祈弹钢琴。

以前她还满是不愿意，现在她都有点不敢想象，他们竟然结婚了，花心之名在外的修祈竟然是她名正言顺的丈夫。

更让她觉得奇妙的是，了解后的修祈好像什么都会，就是不花心。

为什么？

她不懂钢琴，但知道好听与否，修祈弹琴的水平好像不错，曲子流畅动听，她竟在不知不觉中被带进他的旋律里。

她已经一晚上没看新闻了，网上一定还在吵，那孩子的亲妈应该还在铺他的黑料。

樊宁降热搜一定花了不少钱，她却一点也不关心强压热度这招若是不管用，樊宁还会用什么招数，更不在乎若樊宁成功摆平了这件事，她以后在安徒生的日子会不会不好过，甚至忘记她爸妈来了上海，现在就在她家里。

当修祈，她的丈夫在她面前弹琴，一切身外之物都显得苍白无迹。生命难得有不落入俗套的时候，她只想把所有注意力都放在她的丈夫身上。

她看着看着，托起下巴，完全一副陷入爱情的模样。

先婚后爱的奥义她领悟到了。

修祈一曲结束，转过身来，看到楚晃在看他，并不意外，走到她旁边，拿起醒酒器，倒了两杯酒。

两个人即便是不说话，色气值也已经拉满了。

修祈说："暂时不回广东了，你就好好处理那孩子的事。"

楚晃歪着头："你是怕我应付不来，才把行程取消的吗？"

"你能不能应付都无所谓，我把你弄过来，不是为了让你给我创造多大价值，我是你老公，我能护着你。"修祈话说得轻飘飘，"让你好好处理，是我觉得你想要好好处理。"

楚晃把手伸过去，修祈牵住她。

楚晃拉着他的手到脸上，让他摸着她的脸："那要是樊宁把事情解决了呢？到时候全公司、全网都说你们般配，说你们夫妻店怎么办？"

修祈放下酒杯，脸慢慢靠过去，越来越近："夫妻店的本质是夫妻，我的结婚证是跟你领的。”

楚晃伸手捧住他的脸，笑着问："你不觉得樊宁好看吗？"

修祈眼神浅浅淡淡，乍一看没什么营养，细细看来好像有光蓄在里面，他慢悠悠地说："你不觉得醋不好吃吗？"

"我可没吃醋。"

"我又没说你。"

"你！"

修祈笑了笑，轻轻点她眉心："睡觉了。"

"还没洗澡呢。"

修祈一只手把她抱起来："那就先洗澡。"

"一个人一个人地洗，好吗？"

修祈像没听到，把她抱进浴室："那有什么意思？"

"你还想要什么意思？"

修祈放下楚晃，握着她的腰，眼神很欲："再来一次？"

楚晃扭头就跑。

修祈捞住她的腰，轻轻松松把她捉回来。

楚晃提醒他："你这么频繁是会怀孕的！"

20

修祈不当人，两个人闹着就到了半夜。

情人眼里出西施的阶段，怎么看怎么喜欢，楚晃看还不够，更是拿起手机，点开相机功能，把摄像头对准闭眼靠在秋千椅架的修祈。

修祈只穿了裤子，上身裸露，能看出肌肉线条流畅，胸腹紧致，几块腹肌十分夺目。

楚晃摁下摄影。

摄影有声音，修祈睁开了眼。

楚晃坐在秋千椅上，脚踩着他大腿，银丝线织的吊带裙子堪堪盖住屁股。她的坐姿不怎么端正，导致白色的内裤露了大半。

她不是故意的，但往往是越无意，越撩人。

她的肩带也不知道是什么时候掉下去的，尚宽松的裙子没有那种真空诱惑的效果，架不住她身材好，举手机时胳膊摆动，见者欲火横生。

修祈见过不少好身材了，但这么有感觉的也就楚晃，她精准地长在他的审美上。

其实他也不用费力去找寻喜欢楚晃的理由，漂亮、新鲜，都能是理由。

没有不好色的男人，他还没见过对美色过敏的男人。他圈子里有怪癖的人不少，但无论是喜欢男人还是女人，只挑美的，无一例外。

楚晃这样的清纯狐狸太少见了，少见到他忍不住疑惑，真有天生切除臭腺的狐狸？

两个人在一起总绕不开一个话题——你什么时候喜欢我的，为什么喜欢？好像很少有人说"因为你美""因为你帅"，有史以来这就不是一个标准的答案。

这种问题往往会关联到品性，因为诚实，因为善良，所以喜欢，因为外表突然就有些拿不到台面上了。

修祈是接受中国传统教育的，但仍然认为，因为外表，没什么羞于启齿的。

只是他明确知道，他对楚晃的喜欢里，外表吸引只占一部分，至于另一部分是什么，他还是很想知道的，只不过暂时没那么强烈了。

楚晃拍他拍得专注，还很注意拍摄角度。

修祈看着摄像头，不发一言。

楚晃看着屏幕里的他，慢慢笑了起来。

明明是很色气的氛围，却总有一种难以言喻的浪漫。

比起对着说"我爱你""我喜欢你"，他们好像更适合这样沉默。

窗户开着，风卷动纱帘，隔壁放了一首美国经典乡村音乐。

楚晃看着看着，抿起嘴，倏然放开，上下唇在一条直线里弹出来，诱惑极了。

她把手机放下，俯身落入修祈怀抱，捧住他的脸，亲吻他的嘴唇。

修祈接住她，搂住她的腰，享受她的献吻。

手机还开着摄像，只不过从楚晃丢掉它的那一刻起，它记录的只有天花板了。

楚母的检查结果第二天就出来了，确定是乳腺癌了，但情况还好，能够治愈。

楚母是想回林清府治疗的，上海这边要等待手术排期，他们夫妻也没有认识的人，不知道要排到什么时候去了。

夫妻俩坐在药房大厅，看着匆忙的身影里里外外来回穿行。正午太阳照进一缕，照亮的地面还有彩虹一样的射光，对比同一个空间里找不到方向的急乱脚步，一物两面，讽刺至极。

楚父炒了一辈子的菜，颠锅的胳膊比另一只粗了一圈，也比另一只更有力量，但拿水壶倒水的时候，分明在抖。

楚母平静地看着水洒出来，从他手里拿走了水壶，自己倒了杯水。

楚父坐回去，撑了一会儿，双手捂住脸。

楚母喝了口水，眼始终看着前方，约莫半分钟，把手伸向身侧的楚父，放在了他的大腿上。

楚父抹抹眼泪，双手覆在她的手背上，轻轻地摩挲着。

"我们就在上海治，我去找我老同学看看能不能挂到专家的号。"楚父说。

楚母坚持："待在上海楚晃会知道的，我不想她知道。"

"你瞒不住的。"

"能瞒一天是一天。再说也不是绝症，这个病到晚期都治得好，何况是我这种轻症的。"

楚父这次说什么也不听她的："你从现在起别管了，我们就在上海治，哪儿也不去。"

"你别跟我较劲！"楚母话音重了些。

楚父仿若未闻："我刚在酒店续了一个月，中午你想吃什么，我去给你买。"

楚母扭头看他。

楚父说着话，还不停摩挲她的手，感觉到她在看自己，仍等了数秒才扭头跟她对视，展开一个大大的笑脸："没事的，我耽误了你一辈子，还没还你呢。"

楚母的神情逐渐朝她控制不了的方向靠近。

"我耽误了你一辈子。"

这是她年轻时对楚父说过的话，她还记得，她是怎么指着他，骂出这一句的。

楚晃刚开完会就接到了楚父的电话，楚父跟她说，他们回去了。

她在接到这个电话时，还在键盘上敲着字，闻言，愣了一下，暂停工作，站起来，走到窗边，温柔地问道："我妈生我气了吗？我下班回去跟她说。"

"没有，本来我跟你妈来上海就是来玩儿的，到你这儿也就是看你一眼。看你有人照顾了，我们也就放心了。好好的，有事儿给我们打电话。"

楚晃很敏感，觉得不对劲："爸，你并不擅长说谎。"

楚父停顿了一下，说："你妈就是有点生气你大半夜跟人跑了，没事儿，你妈你还不知道吗？她就爱生气，过两天就好了。"

如果是这样，倒也符合楚母的脾性。楚晃手头上的事太多，就没怀疑："飞机还是高铁？几点？我去送你们。"

"我们已经到机场了，你好好工作，我们这回来也不算没收获，知道你现在工资翻了两倍，还有什么股份，挺好的，挺争气，越来越像你妈年轻的时候了。"楚父说到这儿，又停顿一下，继续，"工作再忙也要注意身体，别动不动就抗这个抗那个，吃块肉还要健身半天。上下班记得看天气预报，别冷着了。

"咖啡和酒少喝，楼梯间的纸盒子都是黑咖啡的包装，我知道你工作需要用这些东西提神，但总这样保持亢奋，不睡觉，会神经衰弱的。

"你妈对你从小要求严格，是怕你进入社会比什么都比不过，她不想你受打击。但现在好了，你找到了适合你的工作，你也喜欢，那就不用各方面都严格要求自己了。

"什么身材啊，皮肤啊，别对自己那么苛刻，工作起来也别总是当那个默不作声的拼命三娘。这年头，都是干三分说十分，就你傻，都干了还不会邀功。

"还有啊，爸爸给你把房间收拾了一下，小物件给你擦了擦，都落上灰了。

"素肉酱给做好了，装罐子放在冰箱里了。

"你的荞麦面没有了，我早上去超市给你买了。

"我不指望小祈像我们这样疼你，你也不要指望，感情这回事，可以投入，但也要保持清醒。

"也别说爸爸对你们这段婚姻没信心，我只是作为父亲担心我的女儿，如果他不值得依靠，回家来，爸妈欢迎。

"好啦，说了不少了，马上就上飞机了。

"你好好上班，到家给你发微信消息。"

楚父都没等楚晃说话，匆匆挂了电话。

电话挂断许久，楚晃仍然站在窗前，维持着握住电话聆听的姿势，背影挡住的是泪流满面。

后面十分钟、二十分钟，她收起手机，人却没有挪动，始终站在窗前，双手插进西裤口袋，精致分明的五官因为几行清泪不再清晰。

这天下午，修祈以工作邀约为由，把舒伯乾约了出来。

起初经纪人不应，修祈知他的顾虑，现在安徒生如热锅上的蚂蚁，这时候跟安徒生扯上关系的，都要被拉出来一块儿鞭打。

只是，毕竟是修祈，不能不卖这个面子，就算他们成团的成员暂时不走影视这条路，他们公司其他艺人还是想要搭修祈这趟车的。

舒伯乾训练和工作都安排得很紧密，明显比选秀时期更瘦了，都脱相了。

乍一看，他似乎没力气再对修祈咆哮了，只听他冷漠地说："找我什么事？"

修祈下午还要赶几个活动，也不跟他磨洋工，说："我新戏缺一个年轻演员，演男主少年时期，我跟你们公司老大接触过了，他答……"

舒伯乾没等修祈说完，挺起腰板，扯着脖子嚷道："你凭什么替我决定？我什么时候说我要参演了？这是什么意思，抢别人女人，拿资源堵嘴？楚晁在你眼里就是个可以买卖的东西吗？"

他刚喝下还未咽下的咖啡喷到修祈脸上，看得出来他很愤怒。他愤怒的点在于修祈轻而易举抢走他喜欢的女人，还可以决定他的前程，而他喜欢一个人要靠修祈才能追到，他也没能力为自己争取多少资源。

再有一点便是他近来跟他父亲联系过，知道了一些事，这些事让他再不能把修祈当哥来对待了。

修祈拿纸巾擦了擦自己脸上的唾沫，说："下周签合同。"

"我不签！"

修祈站起来，淡淡道："等你什么都可以做主的时候，再这么硬气地跟我说话。"

舒伯乾怒从心头起，掀了桌子，指着他大喊："你就是个孤儿！没有爹妈！要不是我爷爷愿意养你，你指不定死到哪儿去了！你以为你很牛啊？

"你敢对外公布你的过去吗？你不敢！

"你别以为我不知道你警告媒体的事！我爸都告诉我了！你以为你把过去藏起来，你就有清白的出身了？

"我爷爷养你那么多年，你连姓都不改，现实版的《东郭与狼》吗？呸！白眼狼！

"你妈那种人，谁不唾弃？是我爷爷，我爷爷帮了你，你又是怎么做的？辜负我爷爷的期待，吸他的血学你自己喜欢的东西，你以为我爷爷养你是为了拯救你吗？是让你继承他的衣钵！

"你懂什么是知恩图报吗？"

他骂得起劲，还很连贯，可见这些话在他脑海里复习过太多遍了。

修祈平静地听完，左手还插在裤子兜里，待他把火发完，转过身，面无表情地薅起他的衣领，轻轻松松把他脑袋摁在桌上，照脸就是一巴掌。

舒伯乾越怕，修祈下手越狠。

打到舒伯乾哭出来，他才松手，坐下来，扯扯领带，一只脚把舒伯乾踹在卡座上。

舒伯乾抽抽搭搭，抖着身子不敢说话。

修祈看着脚下的废物，实难给他一个眼神，只把纸巾盒扔在他身上，还是那句话："等你什么时候会站着撒尿了，再来找我算账。"说完就走，不跟他耗。

舒伯乾委屈死了，他刚说的这些都是他爸酒后告诉他的，他不信他爸骗他，他爸也没有骗他的理由。修祈已经明说不会要舒家一分财产，而且就算是给他一份，舒父那种不缺钱的人，何必计较。

他爸这么多年难释怀，一定是修祈真的对不起他们家。

他只恨自己受人蒙蔽，这么多年把修祈当哥，有什么心事都跟修祈说，现在鸡飞蛋打，自己能力不够，只能被修祈欺压。

他也恨修祈，恨修祈骗自己。

他从小到大一直很信任修祈，在舒家严格的家教下，唯一让他觉得明天值得期待的，就是修祈。

可修祈骗了他，修祈并不是他理想中哥哥的样子，修祈其实是小三的儿子，进入他家是修祈的妈用手段糊弄了他爷爷，修祈偷了他爸的位置，还把他爷爷的愿景撕碎，填满装着自己梦想的肚子。

如果只是抢走了楚晃，他何至于此？

修祈抢走的是他从小到大的后盾，是他理想中始终站在他身后的哥哥。

他慢慢蜷缩成一团，尽量藏进狭窄的卡座里。

修祈上车后，打开车窗，点了根烟。

无人发现，他左眼角有一些不明显的红血丝。

不过也没关系，即便舒伯乾发现了，也只以为他是恼羞成怒，红了眼，而不会以为是自己那番话有什么不妥。

修祈闭上眼，手肘抵在车窗，揿了揿太阳穴。

他问自己，何必计较？需要他去解释的人，怎么会听他解释？

这个夏天就要过去，什么都会过去。

楚晃开完会，修祈还没回公司，她知道他不是总有时间待在公司，但总觉得今天的自己，格外需要他。

她从会议室出来，撞上樊宁，樊宁没有生气，还笑着问她：“怎么心不在焉的？”

不是樊宁转性了，是很多人在看着。楚晃要是不理她，不知道要有多少人说她装，不给樊宁面子，故意叫樊宁冷场。聪明人都知道这时候演一下，万事大吉，但楚晃实在没心情，就没理，果然又引起了小范围的讨论。

助理进办公室时脸色不对就是因为他们说楚晃目中无人，而她并不觉得。

助理没有跟楚晃告状，更没对她抱怨，只是问："楚总，你是心情不好吗？"

楚晃抬起头："怎么这么问？"

助理摇头："没有，就是觉得你好累的样子。"

楚晃冲她笑了笑："别担心。"

助理用力点了点头："那，您有事儿叫我，我已经跟人事报备过，这一周我每天都加班两个小时，替一下小耿。她妈妈病重，做了很多次手术，也不见好。"

小耿是营销部个人实力较强的员工，学历不高，水平不低。

楚晃知道这事，小耿亲自跟她说的，她批的假。

助理离开后，楚晃靠在椅子上，左手摸着嘴唇，右手摸着左手手肘，思绪没有规律、节奏、主题，无限延伸起来了。

人为什么一定要实现经济独立？因为要有迎接磨难的能力。

她现在年薪接近百万，已经有足够的能力来面对横祸，但还是有些莫名地心悸。

她总有一种预感，她的横祸将是钱不能摆平的。

楚晃出去一趟回来，早过了下班时间，修祈还没回，公司里只有加班的同事，还有翻动文件、敲击键盘的声音。

她回到办公室，捏了捏脖子，拿出手机刷新闻。

"安徒生签约艺人殴打亲生母亲"还在各大平台的热门里挂着，修祈的桃色新闻被重提，她却不再像过去那般，抱着看热闹的心态看待了。

她不想看到他跟别的女人被偷拍的照片、视频。她可以不计较他的过去，但无法说服自己面对他的过去。或许哪天她不爱了，就有勇气了，也能坦然面对了。

她吸口气，滑过去，翻看窦盾和擎天国际之间官司的战况。

手机上方突然弹出一条消息，她没想到是修祈，平静地点开，看到备注"贱男人"，她不平静了，嘴角慢慢挑起。

修祈问："下班了吗？"

她打了两个字——"没有"，又删掉，发了一个句号。

修祈便上楼去接她了。

他回来让公司员工很是意外，意外得忘记掩饰，都直勾勾盯着他。他的步调不紧不慢，仍然带风。樊宁和楚晃都还没走，他们开始猜测，他回来是找谁。

就在他快要走过办公区时，樊宁出来了。

樊宁喊住了他："修导，我有工作汇报。"

修祈点了一下头，但还是走向楚晃办公室，到门口，敲了敲门。

所有人提起一口气。

过了会儿，楚晃打开门，第一眼看到修祈的眼睛，第二眼看到加班的员工，他们正目不转睛地盯着他们俩。

她下意识低头，但这样好像更显得心虚，又抬起头，先发制人："您是问我工作的事吧？我等会儿整理好给您看。"

修祈看到她此地无银三百两的样子，锁了一下午的双眉舒展开来。他老婆那么用心隐瞒了，他总不好拆她的台，声音略带怒意："还没整理好？"

楚晃看着他，满脑子"干吗？"。

修祈发狠，员工们不敢看热闹了，全都埋头工作。

修祈把车钥匙给她："把油加满。"

楚晃翻个不明显的白眼："嗯。"

员工没见过修祈这一面，以为他真的发火了，全都屏息，不敢吱声。

樊宁是老演员，知道他们在演戏，看完添了一肚子恶心。只闻新人笑，不见旧人哭，修祈不是长情的人，就算她喜欢他也从不否认这一点。

她就等楚晃跟她一样，成为那个旧人。

她咬着牙眍了他们一眼，转身进了办公室。

修祈随后去了自己办公室，樊宁没一会儿便也过去了。

楚晃离开公司后，办公区内议论纷纷。

"看起来楚晃没戏啊。"

"樊宁也没戏，修导竟回了自己的办公室，看樊宁屁颠屁颠过去那个样儿，也是一个爱而不得的女人罢了。"

"楚总这个我真没想到，修导的语气好凶。"

"没戏看了，赶紧干活儿吧。我听消息说盛总很不满咱们安徒生的公关，修导压力应该很大。内忧外患，多事之秋啊。"

修祈办公室内，樊宁汇报了目前的公关进度。

安徒生没有专门的公关部门，艺人相关都是经纪部主管，樊宁要汇报也是跟经纪部总监郑老师汇报，但因为她是个不受规章限制的挂牌员工，倒也不用守什么规矩。

她拿着数据说网上的形势，避重就轻地说她转移视线的方法管用，转移了多少流量，却始终不提为什么那孩子殴打母亲一事的热度下不去。

修祈全程没反应，摆弄手机给楚晃发微信消息。

楚晃说油是满的，他回了一个句号。

楚晃看到句号时，很奇怪地咧开了嘴，小白牙露了一排。

学人精，真讨厌。

樊宁见修祈心不在焉，完全没听她说话，再好的脾气也要爆发了，何况她从来不以好脾气著称。

她拿文件的手垂直落下，眼神很受伤："有必要吗，修祈？"

修祈抬了一下头："说完了？"

他说完便站了起来，搔了搔耳朵往外走。

樊宁叫住他："你一定要这么过分吗？不说我们过去有交情，就说只是同事，你就是这么对待同事的？话都不听人说？"

修祈停住脚，转过身时面目冷漠，比在舒伯乾面前更显得残忍："不想听。"

樊宁眼泪在眼眶打转："那年在片场你不是这样的。"

"你误会了，我一直这样。"

修祈没跟她纠缠，已经走火入魔的女人什么话都听不进去，聪明的做法就是不跟她讲道理。他不好为人师，点到为止，绝不多纠缠。

修祈回车上时，楚晁靠在车窗上睡着了。

他看着她的睡颜，只坚持了半分钟，还是亲了亲她。

楚晁睡得轻，被亲醒了，迷迷糊糊地说："聊完了？"

"嗯。"

楚晁坐直身子，伸了个懒腰，扭过上半身，看着修祈。她一看他，就想起她想要充电的事了。

她小声问了句："能充电吗？"

修祈把手伸向她，楚晁把手放上去。

楚晁本来是想从他身上汲取能量的，但牵住他的手，她分明感觉他的疲惫不比她少。她再抬头看他，看到了他眼角的一点红色。

她把另一只手也覆上去，握紧他，又小声说："还是我给你充吧。"

修祈看到她时，跟舒伯乾生的气已经散去了，他以为掩饰得很好，毕竟天天对他示爱的樊宁都没看到他一身倦意，没想到没瞒过楚晁。

他还算完整的神情突然溃散开来，这一分钟，他没办法像平常那样，用漫不经心的笑容来掩饰情绪，混淆别人对他的认识了。

他攥紧楚晃的手，看向她像星星也像月亮的眼睛，数秒，突然伸手托住她后脑勺，带向自己，吻住她。

他认怂了。

他玩儿不过楚晃，这女人不是善类。

安徒生签约艺人打亲生母亲一事持续发酵，互联网上下长时间处于血雨腥风的状态。

樊宁被修祈打击，仍不醒悟，仿佛修祈伤人的话是在变相激励她，她开始放更多血，甚至动用不少私人关系，更抛出数不清的圈内料、商务签约转移视线。

论坛一团乱，除了粉丝互撕，还有社会属性的人参与话题讨论。

他们讨论的不是安徒生眼光的问题，更不是这孩子殴打亲生母亲的问题，是有史以来对母亲这个身份的评价，答案是不是过于统一。母爱真的这么伟大吗？

樊宁很缺德，找人发了一篇"母爱到底有没有被夸大"的文章，一下子模糊了社会群体的视线。

值得一提的是，即便她用了这么多心思，煽动的也仅仅是不关注娱乐新闻的那一部分人，圈内人关注的还是那仨话题——

"这孩子打他母亲，该不该被封杀？"

"安徒生的眼光到底怎么样？"

"修祈到底有没有领导一个公司的能力？"

当然，这也是隐藏资方推波助澜的结果。

安徒生是辰光旗下的影视板块主力，市场上像安徒生这样集投资、制作、经纪于一体的影视公司还有不少，头部的也有两三个。安徒生现在出事，他们都恨不能踩一脚，暗地里下了不少黑手。

为什么说扩大影响，从娱乐板块延伸到社会板块这做法对这次事故没任何好处呢？因为闹大了就是相关部门下场监管，但监管的也是这几家影视公司，不是为那孩子打母亲的案子升堂。

樊宁转移注意力的思路是对的，但以黑洗黑，实不是明智之举。

楚晃的部门最近事情比较多，原本计划中的会议少开了好几场，时间还是不够用，很多人大晚上还在加班。

楚晃不是那种打鸡血风格的老板，比较推崇自愿，当然，干得多就拿得多。

安徒生出事儿后的几天，大家讨论得比较多，这两天没什么了，除了公司氛围紧张，还有一个原因就是大家都没什么信心。

团队新组建的，第一次面对全网狙击，怕不至于，但难免紧张。楚晃在这样紧张的氛围里，仍然有条不紊，那些以为她是靠外形上位的人都闭嘴了。

事实证明，证明自己的唯一方式就是实力。

修祈跟楚晃的感情很稳定，稳定的腻。

他们之间有一种魔力，那便是即使不说话，氛围感的进度条也会在他们的对视中拉到头。二人本身不是话多的人，又都是无死角的五官，于是他们相处的画面就总有一种老派文艺片的美感。

修祈出差那天，楚晃去机场送他，安检前都舍不得了，但谁也没说，只是看着彼此，看着看着，退了机票，出机场找酒店，待了大半天。

修祈走的这几天，楚晃上了好大的火，额头爆了几颗痘，助理还以为她是被工作磋磨的，给她买了药膏，但不管用。她跟修祈打电话说这件事，修祈那个贱男人挂了电话就给她订了机票，让她飞去找他，他要给她下火。

她没理他，去药房买了清火片，看到保健区的新广告，多看了两眼。

前两天跟宋元英聊天，宋元英推荐给她一个安全套牌子，正好就是广告上介绍的这款。她多看了两眼，配药师过来给她介绍，说这牌子出了新品，现在购买有折扣，买得多还赠送早孕试纸。

她有些不好意思，红着脸随便拿了一盒。配药师说这盒里面有五个，她一听五个，有点少，又多拿了两盒，三盒九折，还送了一盒试纸。

睡前，她边敷面膜边跟视频另一头的修祈说这件事。

修祈的角度清奇，没问她安全套的事，而是问："试了吗？"

她看了他一眼，视频里的他还拿着笔，腿上是他画画的本子："你不在我试什么？"

修祈说："早孕试纸。"

"哦，没有。我师姐结婚两年都没中，我们才几天啊，怎么可能中啊？想什么呢？"楚晃从桌上一堆瓶瓶罐罐里找到维生素瓶子，倒在手心两颗维生素压片，放进嘴里，说，"我跟元英姐约好下周去看拉丁舞比赛，应该是你回来那天，所以我可以不跟你吃晚餐吗？"

修祈没答，意思是：不可以。

楚晃歪头跟他说话："可以吗，老板？老板能听到吗？老公？"

"可以，正好荆雅乐和冯宸弄了个局，邀我去。"

楚晃皱眉："女歌手荆雅乐？"

"嗯。"

楚晃改口："老公，我想了一下，我还是不去看比赛了，我肢体也不协调，看别人跳得好我多难受啊，我去机场接你吧？然后去吃饭。"

"还是去看比赛吧。机会难得。"

"不去不去，我不喜欢拉丁舞，我去接你，就这么说定了。"

修祈笑了笑："早睡，别熬夜。"

"知道啦！你也早睡。别画了。"

266

"嗯。"

"老公拜拜。"

修祈指着左脸，明示。

楚晃受不了他，凑到手机屏幕前，亲了一小下："挂了挂了！"

视频挂断，她揭了面膜，偏头看到桌上的早孕试纸，盯了几秒，拿起来，走向卫生间。

图书在版编目（CIP）数据

遥遥. 上 / 苏他著. -- 北京：北京联合出版公司，
2022.9（2022.11重印）
ISBN 978-7-5596-6341-2

Ⅰ.①遥… Ⅱ.①苏… Ⅲ.①长篇小说—中国—当代
Ⅳ.①I247.5

中国版本图书馆CIP数据核字(2022)第120613号

遥遥. 上

作　者：苏　他
出品人：赵红仕
责任编辑：刘　恒

北京联合出版公司出版
（北京市西城区德外大街83号楼9层　100088）
北京联兴盛业印刷股份有限公司印刷　新华书店经销
字数213千字　880毫米×1230毫米　1/32　8.625印张
2022年9月第1版　2022年11月第2次印刷
ISBN 978-7-5596-6341-2
定价：64.80元（全二册）

遥遥

下

苏他 著

YAO YAO

北京联合出版公司
Beijing United Publishing Co.,Ltd.

她好像每一分钟都在为他心动。

有他在，平平无奇的夜晚也变得很浪漫了。

遥遥不是我们的距离，

是我们从开始到结束的距离，
它遥遥无期。

目 录

CONTENTS

修祈

XinQi

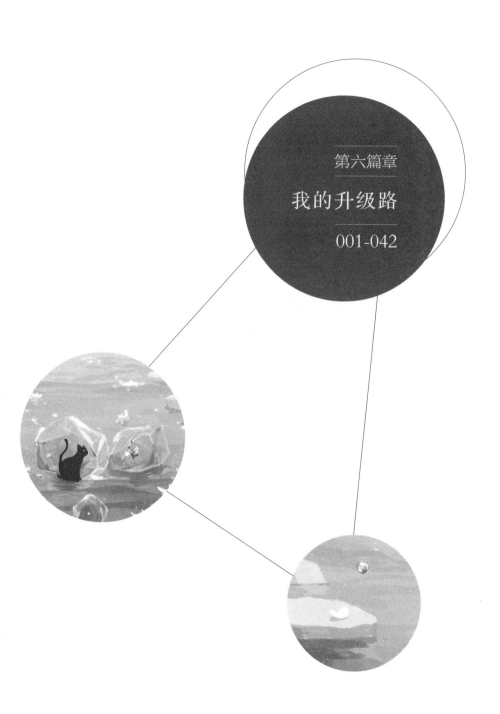

第六篇章

我的升级路

001-042

21

修祈周末回上海，上飞机之前一直跟楚晃聊天。

楚晃从健身房出来，去做了指甲，简单的护理，一只手交给美甲师，另一只手拿着手机，跟修祈打电话。

修祈喝了 VIP 休息室一杯免费的咖啡，敬业的招待人员一直问他要不要续杯。楚晃静静地听他礼貌地拒绝别人，忍不住笑了声："咖啡很好喝吧？"

修祈说："还行。"

美甲师小声提醒楚晃要换手了。

楚晃放下手机，拿出耳机，换了只手给美甲师，对修祈说："晚上想吃什么？"

"你说。"

楚晃很认真地想："吃螃蟹吧。"

"好。"

楚晃眼睛弯弯的："我看你那边天气不好，别晚点了，太晚我就不吃了。"

她有晚上六点之前吃完饭的习惯，睡觉前五个小时几乎不再进食。最近一段，她跟修祈的运动量太大，加了几次餐，这一来二去导致她有罪恶感了。

修祈还没听到通知，不过晚点也是常事："晚点你就自己吃。"

楚晃说："看吧，我也不是很饿，自己吃没意思。"

"我跟你吃完饭可能要出去一趟，要很晚才回去。"

"去哪儿能说吗？"

"一个圈外朋友订婚前的私人聚会，熟脸都去。"

"嗯，那等你回来再说呗。"楚晃说完，美甲师已经为她做好了指甲，她举着五指看了看，裸粉色，很亮，拇指半月痕位置还有两个金粉字，要在阳光下才能看出来。

她拿起包、手机，随美甲师到柜台付款。

美甲师输入她手机号发现储值卡余额不足了，小声跟她说："姐，咱卡里没钱了，您看是不是再充一些？正好我们有储值活动，您还充以前那个套餐的话，以后一次性消费五百以下打八八折，五百以上八折，对您来说很划算的。"

楚晃听了一半，对修祈说："你等会儿，我充卡。"

"我给你充。"

楚晃笑："你怎么给我充？"

"你把码给我。"

楚晃拍了付款码，发给修祈，顺便问美甲师："以前套餐是……"

"三千九，姐。"

楚晃对修祈说："三千九。"

很快，店内收款铃声响了，美甲师笑着对楚晃说："好了，姐，等会儿我给您扣除这次消费的。"

从美甲店出来，毒日头刺疼了楚晃的眼，她赶紧打伞，对修祈说："你等飞机吧，我找一趟朋友，等会儿你那边航班确定了告诉我一声，我去接你。"

"嗯。"

"你只会说'嗯'？"

"你想听什么？"

修祈是一个很会来事儿的人，总在楚晃意想不到的地方撩到她，有时候她想要点什么福利，他就开始装傻了。

楚晃不想理他了，假装很凶："挂了，再见。"

"等下见，老婆。"

楚晃不自觉笑出了声，贱男人成天玩这套："好了好了，开车了。"

电话挂断，楚晃手扶着方向盘，并不着急开车，想了想他们之间。

两个人说开关系有半个月了，刚开始楚晃还有一堆规矩，不能公开场合怎么样，不能住在一起，不能过多过问对方的事，两个人只是试试。

现在……不说也罢。

她对自己有些恨铁不成钢，提口气呼出去，摇头轻笑了好一阵子。她刚发动车子，电话不合时宜地响起，她连接到车上的中控台，说："快到了。"

电话那头是楚晃之前合作过的插画老师，贝漪馨，她声音很甜，正常说话像撒娇："这么快啊？刚想跟你说不用急，我这边签个合同，得晚半个小时。"

"没事，我先过去等你，你不用着急。"

"行吧，我给崔姐打电话，让她先过去。要不你给她打吧，反正她这人，你不催她，她不着急。"贝漪馨说。

"嗯，我给她打，你签合同吧。"楚晃说。

电话挂断，楚晃给崔亚梵打了个电话，半分多钟才接通，她声音跟她本人一样强势，明显没看来电："哪位？"

楚晃说："我，贝贝要晚点到，你呢？"

听出好朋友的声音，崔亚梵唉声叹气起来："烦死我了，有些资方净干缺德事，我这周就没在公司待过，天天往外边跑，腿都要跑断了，也不知费了多少唾沫星子。"

楚晃淡淡笑："那怎么着？下午茶还吃吗？"

"吃！我这就过去。"

"嗯，我已经在这区了，还有两条马路到据点。"

"我也就半个小时。"

"那你跟贝贝差不多一个时间。"

"那挂了啊，我换身衣服下楼。"

电话挂断，楚晃拿起咖啡，喝了一口，想象了一下贝漪馨和崔亚梵被工作折磨得焦头烂额的样子，无奈地笑笑。

楚晃先前答了知乎一个问题，跟偶像谈过恋爱是种什么体验，她对出场人物的真实背景及与她的关系做了一定程度的调整。

贝漪馨确是一位插画师，但跟她之间不仅仅是合作关系。她们是朋友，只不过不是一天八个电话、芝麻大点小事都要向对方汇报的那种朋友，她们的友谊不是气场决定的，是利益决定的。但当这种关系持续时间越来越久，利益对她们关系的作用便不大了。

开始不一定是因为"我喜欢你"，但后来还在，一定是因为"我喜欢你"。

她们偶尔会约着喝茶、出海，或者在她们比较喜欢的小众餐馆，点一份西班牙菜，听着店内爵士风的背景音乐，聊聊工作，生活，大众、小众的服装、美妆品牌，再聊聊男人。

最近她们都有些忙，要不是贝漪馨要去俄罗斯几个月，指不定什么时候才能聚聚呢。

楚晃第一个到约定地点，坐下没多久，修祈发来微信消息说，飞机没晚点，约莫下午四点到达上海。

她笑着回了一条："那可以吃螃蟹了。"

没一会儿，贝漪馨到了，看得出是赶过来的，话都顾不上说，又着腰，先干了一杯橘子汁，喝爽了才坐下来："怎么那么热啊，今天？这才走了几步，额头都是汗。"

楚晃举手叫来老板，又要了扎橘子汁。

贝漪馨冲她抬了一下下巴："怎么样啊？打赢小鬼没？"

小鬼指的是樊宁，她们知道樊宁跟楚晃斗法的事。不光她们，凡是混到了一定高度，资源金钱都说得过去的，都能看出这点事。

这是一个不透风的圈子，而不是一个不透明的圈子。圈里不少人都在打擦边球，利用各种非道德捷径捞油水，当然能心照不宣地看透不说透。

樊宁恋爱脑，为了修祈进安徒生已经在圈儿里传遍了。修祈和楚晃的关系，知道的并不多。

楚晃说："还那样。"

"你不是被压了吧？"

"差不多吧。"

楚晃若无其事地喝了口白开水，对竞争对手漠然置之的样子很是迷人。贝漪馨看直了眼，曲着上半身，隔着桌子倾向她："修导演怎么说？"

"他出差了，就算是他管，也无从下手，先让樊宁折腾吧。"楚晃说。

贝漪馨不问了："你也别忒心大了，你以为这女的主要目的是想抢你的功劳吗？她是想抢你的男人啊，晃。"

"能被抢走的男人，我要来干什么？"

贝漪馨挑了一下眉："说得也是。等会儿崔姐来了聊点正事。"

"嗯。"

说曹操，曹操就到，崔亚梵比起贝漪馨来时急吼吼的样子，悠闲

006 -

多了，一点也没有她电话里烦躁的感觉。

贝漪馨看着她跟楚晃说："崔姐这气场，不是赚钱赚疯了的人，都整不出来。"

崔亚梵白她一眼："我挣个屁的钱，又一个项目白玩儿。"

贝漪馨很感兴趣："就你之前说的那个影视投资的项目？没挣钱吗？"

崔亚梵喜欢喝茶，楚晃提早叫老板准备了茶具，她人一到就现煮了一壶。她喝口茶，放下茶杯："那你太看不起我了，只能说评估失误，没计划中那么多，挣还是挣了点儿的。

"就是烦流水线项目的盘子越来越小了，非流水线能不能挣到钱全看命。

"数据时代我还得靠命，太扯淡了。"

贝漪馨说："那你郁闷什么？我成天被逼着画不喜欢的东西，我还没郁闷呢。"

崔亚梵说："你得了吧，你是靠画画挣钱吗？你一个富二代在我们这些打工人跟前装什么委屈呢。"

贝漪馨是她仨当中工作收入最低的，却是她仨中最有钱的。

她家在海外真有矿。

这也是为什么即便她低调地办个小生日会，也都是富二代来给她过生日。

贝漪馨想在国内发展，但家里不允许，对她的规划繁多，令人窒息。

她逃来上海还没到两年，便被家里下最后通知，再不该干什么干什么去，就让她体验一把孤儿的感觉。

贝漪馨不是有骨气的富二代，要动她钱包了，她也就败下阵来了。

她没法反驳，没说话。

崔亚梵对楚晃说："你到底加不加老方微信？他又问了我一回。"

楚晃很平静："什么时候问的？"

崔亚梵说："昨晚上。"

楚晃说："加啊。"

"我把他微信推给你。"

"好。"

崔亚梵推完冲她使了个眼色："我昨天还在想，修祈这个人不简单啊，他竟然知道把你弄到手里。"

楚晃笑了笑，没说话。

崔亚梵说："咱俩要不要赌一把？赌你对修祈的加成有多少。"

贝漪馨用勺子挖着冰激凌，意兴阑珊地说道："虽然安徒生是辰光控股，但修祈背后不是郎谷图特吗？我记得我上回参加栎天的百年庆典，他跟图特老大形影不离呢。"

她说完看了楚晃一眼："这还要感谢晃，要不是她跟修祈的大儿子谈恋爱，我也不可能知道他是个谁，更不可能一眼就认出他来。"

崔亚梵点头："听过这件事，但没有得到落实。"

贝漪馨说："如果修祈背后除了辰光，还有图特，他还要什么加成？你打的这个赌方向都错了，应该是赌修祈对晃晃的加成才对啊。"

崔亚梵笑了笑："小废物，你以为我是干什么吃的？我在资本市场挣扎那么多年，会没你一个因为年消费被邀请到百年庆典现场的人看得透彻？那我这么多年白混了。"

贝漪馨好奇："你是说修祈把晃晃弄到安徒生，有除喜欢她以外的原因。"

"废话，他们这样的男人，如果只是喜欢一个人，把她当金丝雀养起来就好了，何必让她参与资本斗争？"崔亚梵说。

"那他是利用晃晃？"

"当然不是，他这么做就是要跟晃晃实现利益共同体。利益绑定，资产融合，涉及面越广、越细，两人以后越不好分开，这比金丝雀待遇高多了。"

崔亚梵说完喝了口茶，继续："他这番动作，除了证明他对晃晃的感情，还证明一点，他认可晃晃的能力。从默默无闻到举足轻重，修祈并非等闲，他再喜欢一个人又怎么会拿自己的前程豪赌？只能说，他跟晃晃绑定利益，还因为晃晃对他的事业加成太多。"

贝漪馨感叹道："以前老觉得，感情里不要掺杂钱，但不掺杂钱的感情又太廉价。怎么说呢，那种连钱都不愿意交出去的，又能有多爱？"

楚晃听了半天，很想告诉她们，她们想多了。

她对修祈的了解不算深，但也知道，他把她弄到安徒生，纯粹是想近水楼台占便宜。

修祈这人不按套路出牌，但为人果决是毋庸置疑的，真想分割资产，自损一千换三百也会干，所以说为了不跟她分开而把她弄到安徒生，跟她融合资产，完全没必要。

以他的脾气，他真想把她绑在身边，应该会把她绑在床上。

就算用钱，他也不会绕那么大弯子，直接送给她比较贴合他的行事作风。

毕竟他已经送过一次了，还是当她父母的面。

楚晃提醒道："你们当着主人公聊这些合适？"

崔亚梵聊完了，有点别的想跟她聊："我老公不是在洲大教学吗？"

"嗯。"

"你们学校有人自称修祈女友。"崔亚梵说。

楚晃皱眉："我们学校？"

"你们学校。"

"谁？"

"没记住名字，我晚上问问我老公再告诉你。"

贝漪馨说："这种小野蹄子到处都是，不用给眼神，不知道从哪儿弄点边角料，第一人称编故事，把自己意淫成哪个明星的地下女友，妄想症晚期而已，见多了。"

楚晃没当真，樊宁也曾说过跟修祈结婚了，都是没什么技术含量的手段。

后面，三人聊了些女人间的常见话题，聊了聊男人的能力跟身体素质的关联，还聊了婚姻会不会对家庭有所影响。

聊开心了，崔亚梵说晚上一起吃饭，楚晃拒绝了："我得去机场。"

崔亚梵直接问："接谁？"

贝漪馨挤眉弄眼："这回见晃晃，她满脸快要溢出来的胶原蛋白，满眼掩饰不住的明亮闪耀，这一看不是被说服的结果，就是被睡服的结果啊。"

崔亚梵反应过来，跟她一唱一和："难怪聊起男人，楚某人一改往常，竖着耳朵听了半天。我说晃啊，你以前不是不爱聊男人吗？"

她们最早知道楚晃跟修祈结婚时，就想到了楚晃被套牢的这一幕，但她们没有当着楚晃的面说过。

楚晃在爱情上很容易当局者迷，看不清自己。刚结婚时她巴不得跟修祈散伙，生怕别人知道她跟修祈的关系，说她是绿帽子侠、接盘侠。她们也就顺着她的心意，她说什么就是什么。其实她们心里都知道，拒绝修祈的难度太大了，楚晃不见得有这份能力。

樊宁何许人也，娱乐圈有名的资源咖、演技咖，为了不贴脸，有辨识度，甚至自暴在脸上动了刀，就为打开戏路。

她槽点那么多，却没一个人敢质疑她的业务能力，足以证明她在圈儿里的口碑。

这样的人都因修祈变成一副不人不鬼的样子，天天被嘲傻白甜、恋爱脑。没有恋爱经验的楚晃怎么能逃掉？沦陷，是迟早的事。

贝漪馨和崔亚梵你一句我一句调侃楚晃，别提多来劲了，楚晃拿上包，准备离开，不给她们当谈资了，临走时跟崔亚梵说了一声："周五见。"

崔亚梵点头："周五见。"

贝漪馨目送楚晃离开，随后冲崔亚梵笑了一下："我对晃晃两口子的事不感兴趣，加不加成，加成多少都没什么看点，我比较想看她打樊宁。"

崔亚梵回了她老板一条消息，锁屏后对贝漪馨说："樊宁跟擎天国际签的近乎是公益合同，她拿钱很少。擎天国际再想找一个像她这样，有业务能力，又自带话题，还不分钱的赚钱机器，不好找，所以至少这个资方不会放弃她。楚晃不是跟樊宁打，是跟擎天打。"

贝漪馨细细咂摸这话："擎天的公关战术实用性一般，但真有钱。"

崔亚梵说："他们前几天找人发文章质疑母爱，现在到处铺洗脑包，说安徒生那个艺人打他母亲是因为他母亲不配为人母，放出了那个母亲很多黑料。"

贝漪馨看到了："什么赌博欠下巨额债务，股票配资三十倍杠杆藐视证监局。从昨晚到现在，有流量的几个平台全炸了。"

这是这圈儿里最常见的套路，既然自辩无能，那就拉对方下水。到时候两方都不干净，观众视觉疲劳，只会留下一个印象，那就是狗咬狗。

崔亚梵感叹道："擎天不光是有钱。我听说安徒生最开始控不住这事儿，就因为那母亲是有备而来的，什么把柄都没给他们抓到。没想到这才半个月，擎天就已经翻天了。"

贝漪馨皱眉问道："那这是樊宁赢了？别吧，我可不想看到晃晃赢了男人、输了事业的结果。"

崔亚梵还不知道："我不知道楚晃要干什么，但应该不用为她操心。就算她在这场跟樊宁的公关比赛上输了，有修祈在，她在安徒生的待遇也不会差。"

贝漪馨叹气："修祈背后除了辰光，还有图特，虽然我也很乐意看到他护着楚晃的局面出现，但我本心真不想她靠男人。我们女人就一定要靠男人吗？"

崔亚梵说："别操心了，下周五蕙心慈善晚宴，我们就知道结果了。"

贝漪馨那时候已经去俄罗斯了，而且崔亚梵这个资源咖也得等周五才能知道结果吗？

要说樊宁是被资方力捧的，那崔亚梵就是捧人的资方。她不信她也得跟群众一起知道结果，问道："你不能提前知道？"

"暂时还不知道。"崔亚梵手机响了，她看了一眼微信，笑了笑，回过去，接着对贝漪馨说，"现在知道了。"

贝漪馨挑眉："谁赢了？"

崔亚梵没明说："蕙心慈善晚宴，有好戏看了。"

楚晃提前一个小时到机场，好几天没见到人了，她有点想，但她高冷，不想要表现出来，于是有了一面波澜不惊，一面焦急如焚的矛盾感。

刚做的指甲都要把包包的皮面划破了，她还没想通，等下要用什么样的神情迎接他。

今天天气很好，好到有点晒，但那是上午，现在太阳要落山了，橘黄色的夕阳照进航站楼，照在她的身上，她的皮肤像是涂了层蜜，犹如精雕细琢的蜡像，但又远比蜡像美。

因为她嘴角有笑。

她很开心，她就要见到她喜欢的人了。

她不停地拿起手机，对着"贱男人"的聊天窗口，明知他收不到消息，也总想发一条问问他还要多久下飞机。

机场 LED 屏上是女明星的美妆广告，她妆面完整，皮肤剔透，楚晃不时瞥个两眼，徒生出些自惭形秽来，突然很想去卫生间补妆。

但修祈的航班就要抵达，她这时去卫生间，会不会错过见他第一眼？

她好矛盾，也好急，画了半个小时的眉毛紧皱起来，不好看了。忽然一阵风来，她微微眯起眼，紧皱的眉头舒展了。最近她都在忙工作，天天往外跑，赶一个又一个局，累瘦了一大圈，风吹过来，她的头发飞舞，很有种要随风而去的感觉。

她想到了，等下修祈要是看出她瘦了，她就暗示他是想他想的，他要是没看出来，那就一个人去吃螃蟹！

左等右等，修祈的航班终于抵达。

她开始在原地转圈，细跟高跟鞋在地板上咔嗒，声音清脆。

第二阵风吹来，她的男人出现在眼前。他穿得很休闲，还反戴了棒球帽，像个少年，明媚灿烂。偏生他有一双极富故事性的眉眼，让他整个人看起来比刚到机场时的楚晃还要矛盾。

楚晃的小碎步停下来，盯着修祈，心怦怦跳，越来越快，越来越快！

怎么会这样呢？已经在一起那么久了，怎么还像初相见？

修祈出来时一直在看手机，旁边有个陌生女人在说话，他好像没听到，给人一种那个女人不是在跟他说话的错觉，但她分明是在对他说话！

楚晃的好心情跑掉大半，刚举起来的手又落了下去，微微抿了一下嘴。

修祈看完手机，抬起头来，看到楚晃时眼里一亮，她做了头发，穿了红裙子，还是细肩带，但当他看到有人一步三回头地看她后，那点亮光转换成了凶光。

他快步走出出站口，站定在距离楚晃数十米的位置。

楚晃也不上前，微抬下巴，隔着人群看他。

修祈淡淡笑了一下，拿手机，给她发微信消息："过来。"

楚晃看到消息，仰起头瞪他一眼，回过去："不。"

"我不说第二遍。"

"哼。"

修祈便打给了她。

楚晃不情不愿地接通，不说话。

修祈看着她："你不是来接我的？站在那儿干什么？"

"你旁边有人。"

修祈这才注意到旁边的女人。

女人见他终于发现自己，礼貌地问道："我可以加你的微信吗？"

修祈看了楚晃一眼，故意摁了静音，扭头对那女人说："你可以问问我太太，她说可以就可以。"

那女人好尴尬，连说了几次"对不起"。

修祈微笑："没关系。"

楚晃不知道他们说了什么，但看到了那女人低着头匆匆逃离。

修祈关掉静音，对楚晃说："还有其他问题吗？"

楚晃想知道他静音后说了什么："为什么静音？是有什么话不能让我听到吗？"

修祈没答，只是笑笑。

他又来了，又来了，他就喜欢这样笑，他每次笑笑就算回答问题，她就惨了，他每次笑笑，她就开始猜东猜西，琢磨他的用意！

她扭头就走！不接了！自己去吃螃蟹！

但还没走两步，她又后悔了，螃蟹重要吗？螃蟹一直都不重要，跟修祈一起吃才重要，想着，她又转回来，朝修祈走去。

修祈挂了电话，手机放进口袋。

风一阵阵，吹动楚晃的长卷发，还有她的红裙子裙摆，纤细的小腿在火红之间若隐若现，美极了，她实在是美极了。

楚晃走到他面前，微扬着下巴问他，有点傲慢，却不讨厌，尽是娇俏："你开静音干吗？"

修祈点点头，示意她靠近。楚晃会意，耳朵贴近他的嘴唇。

修祈突然吻了一下她的耳垂。

楚晃弹开，捂着耳朵，瞪着眼看他："你干吗？"

修祈没答，只是张开了手。

楚晃看着他，心跳又快起来，那点怒气随风散去，只剩下热忱在她眼眶里。她突然跳起来，扑到他身上，熟练地搂住他的脖子——不要脸了。嗯。就这样吧。

修祈没想到，惊讶了半秒，旋即托住她的屁股，还不忘帮她护住裙底。

楚晃却埋进他脖子，小声跟他说："我穿安全裤了，看不到。"

修祈笑了："是不是瘦了？"

啊！他感觉出来了！楚晃压住心头狂喜，装蒜："没，没瘦，还那样。"

修祈没拆穿她："没想我？"

"想了！"楚晃急道。

楚晃急完就反应过来了，很不好意思，赶忙从他身上跳下去，低头往外走。

太不矜持了，不过她总算明白什么叫小别胜新婚了，她根本控制不住自己，职场上那点精明劲儿都被见到修祈的喜悦吞没了。

修祈跟上她，牵住她的手。

楚晃看看手，看看他，微低下头，抿嘴笑了笑。

算了，就给精明放个假吧。

上了车，楚晃还没来得及系安全带，修祈已经扑过来吻住她，看起来很急。

楚晃抓着他："嗯，嗯，能不能等到家……"

修祈等不了，她穿成这样就应该想到他根本等不到回家。

楚晃用力推开他，喘着气看着他嘴边全是她的口红："这边不让停太久，要是有人过来轰我们怎么办？脸不要了？"

修祈不管，意思是：你换成我，你能忍吗？

她看一眼窗外，提口气："找酒店。"

于是他们就找了家酒店，从电梯亲到床上，边走边给对方脱衣服，脱了一路，衣服落了一路。

楚晃决定生他的气。

说生气就生气，修祈洗完澡出来，楚晃翻了个身，不想看他。

修祈笑了笑，由她气一会儿，等擦干头发，走到床边把她抱到床头，拿个枕头垫在她后背，双手撑在她身体两侧，看着她："我晚上有个局。"

楚晃知道，他之前就说过了，但不想理他，就没有说话，装聋作哑。

修祈问她："要不要跟我一起去？"

楚晃没想过这个问题，有了丝反应，恍然想起自己还在生气，突然有些不上不下的尴尬，不知该做什么表情了。

"去不去？"

楚晃别扭了一会儿，说："你朋友聚会，我去干吗？"

"带你去认认人。"

楚晃愣了一下，尴尬和别扭倏然消失，须臾，不太自信地问道："合适吗？"

"合适。"

"他们也带家属吗？可我们不是还没公开吗？你朋友是我们圈子里的吗？他们知道你结婚了吗？他们会问我很多问题吗？"楚晃有好多问题。

修祈一一回答："我管他们带不带！没公开又不是永不公开。既是朋友，就值得信任。知道我结婚了。他们不敢问你问题。"

楚晃还有问题，抓着他的胳膊："那要是没人带家属，只有你带了，我怎么办？"

修祈点了点她皱起的眉头："我在，你怕什么？"

楚晃捂住额头："我不是怕，我是不想惹不必要的麻烦。"

"那就跟我去。"

楚晃看他很认真，想着，如果说不去，他一定会难过吧，她好像总是不信任他的样子。最终她点了头，但是："你把我裙子撕坏了。"

修祈把她从床上拉起来，扛在肩膀，走向浴室："带你去买新的。"

楚晃洗完澡，跟修祈去了商场。

修祈没问她想穿什么，全程被她牵着走，她去哪儿，他就去哪儿。楚晃的眼光很高，她对牌子的了解也深，选的衣服都是能突出她魅力的。

她挑选完，准备买单，恍然想起她是带着男人出来的，转过身，看着修祈，明示他。

修祈笑了笑，去给她买了单。

楚晃让他看自己身上这一条："是不是很低调？"

修祈在她买的裙子里拿出一条布料少的、性感的："你可以穿这条。"

楚晃挑眉："你确定？"

"嗯。"

楚晃小碎步踩过去,挽着他的胳膊,歪着脑袋看他:"我穿那么少让别人看,你受得了?心那么大?"

修祈偏头亲了亲她的额头:"只能看,不能碰,我有什么受不了的。"

楚晃把脸贴近他胳膊,娇娇地说:"电视剧里的男主角都不想让自己的女朋友穿太少,你怎么跟他们不一样?你不在乎我啊?"

"你有展示你的美的权利,我不剥夺。"

楚晃第一次听到这个说法,眼睛睁大看着他,半晌没组织好语言,看起来傻乎乎的。

修祈牵住她的手:"走了。"

回到车上,楚晃想起一件事,很严肃。

修祈暂停开车的程序,看着她。

楚晃问他:"你们聚会那里有螃蟹吗?"

修祈以为是什么大事,笑了笑:"早孕试纸用了吗?"

"用了,没中,可以吃螃蟹的。"

修祈冲她伸出手,楚晃把手交给他。

修祈握紧:"那我继续努力,早点让你吃不了螃蟹。"

楚晃呃嘴,皱眉,小表情特别多:"你好恶毒。"

修祈微笑:"你第一天认识我?"

他又微笑,楚晃抽回手来,两只手去捏他的嘴:"以后能少点这种阴不阴阳不阳的笑容吗?"

修祈任她动作:"自我保护机制。"

楚晃身子微僵,慢慢放开了他。

修祈用手背蹭了蹭她的脸,什么也没说,只发动了车子。

楚晃知道,当一个女人决定跟一个男人做爱的时候,无论出于什么目的,这个男人都不会不留痕迹地行过她的生命。但刚刚听到"自我保护机制"这六个字时，她分明感觉到了心皲裂的痛。

就在这一瞬间，她心疼他，她甚至什么都还不知道，就已经做好准备陪他去死了。

他不仅不会不留痕迹地行过她的生命，还将在她的生命中掀起滔天波浪。

继叛逆姗姗来迟后，奋不顾身也来了啊。

她的左眼有一滴眼泪悄然滑落，迅速擦过她脸颊，就像是她再也不愿回忆的索然无味的二十几年。

她既然敢走他的路，那就是可以保护他的吧？

修祈不知道她看着他的时候在想什么，可他知道要牵住她的手，她好像很难过，但一直在压抑忍耐着。

两人带着这种奇怪的氛围到达目的地，异样的情绪总算散去。

聚会地点是个不算隐蔽但要过好几个门的复古酒馆，楚晃看过报道，这里是沪圈儿一位大哥的店，免费，但门槛极高，不是什么人都能进的。

修祈把车钥匙扔给门童，牵住楚晃的手。

楚晃刚听修祈说要带她来认朋友时，还有些紧张，被修祈一句"自我保护机制"鞭醒了脑子，现在一点都不紧张了。

她没来过这地方，网上也没图，以为也就是像她去过的那种高档会所一样，金碧辉煌，谁知道真的只是小酒馆——旋转小舞台、聚光灯、乐队、围着舞台的一圈一圈卡座，夜店既视感。

只不过夜店里都是草根歌手，这里都是知名乐队和知名歌手，就连台下坐着的都是娱乐圈的大人物。

她看到了好多熟脸，但都是在屏幕里看过的，有一些参加活动见过，也是远远地见。

她正在认人，突然有个黑影扑过来，揽住修祈的胳膊："你要不要再晚点来？等散场再来。"

修祈挡住他："刚下飞机。"

他们说着话，那头一个熟悉的声音传来："老四！"

楚晃扭过头，竟是盛辰光、周嘉彦他们。她下意识躲了一下，抓紧了修祈的手腕。

修祈牵着她走过去。

楚晃挣扎了一下："我以前的老板，你认真的吗？"

修祈没说话，把她领过去。

盛辰光看到楚晃，跟周嘉彦相视一眼，一个眼神，太多信息。

周嘉彦主动跟楚晃打招呼："楚总。"

楚晃礼貌地笑了一下："您还是叫我小楚吧。"

李文孝让位置，倒了杯酒，夹了两块冰块放进去，大声说道："坐啊，别站着了。"

楚晃看了修祈一眼。

修祈说："坐吧。"

三人看不下去了，嫌恶感都堆在脸上，盛辰光更是直言："差不多行了，就你有老婆？"

修祈没搭理他们，凑到楚晃耳边跟她说："我去那边说两句。"

"嗯。"

修祈起身时端起了李文孝倒给楚晃的酒，喝了一口，对他们说："照顾好我老婆。"

周嘉彦说："你就不能态度好点？我们仨欠你的啊？"

修祈没再说，放下酒杯，离开了他们的卡座。

盛辰光他们几个还蛮会聊天的，但仅针对陌生女人。

陌生女人让他们充满探知欲、征服欲，楚晃相较陌生女人可能更迷人，但已经有主了，还是他们当中脾气最差、毛病最多的修祈，他们与生俱来的搭讪技巧就施展不出来了。

周嘉彦不想让楚晃难堪，靠过去说了句："老四跟新郎官报到去了，那家伙心眼儿小，老四若是不去，他一定会念叨半年。"

现场音乐是一首老歌，*Party Up*，台上的说唱歌手用这个伴奏即兴来了段主歌，风格太强劲了，全场都跟着和。

当然全场也没几个人，跟开放场合的酒吧还是有实质区别的，不过已经很燃很带感了。

楚晃一只耳朵听音乐，另一只耳朵听周嘉彦说话，回了一句："知道的。"

没的聊了。

还是不熟，说两句就容易冷场。

没一会儿，过来一位香港演员，跟盛辰光喝了杯酒，说了两句话，无意间看到楚晃，以为是他们谁带来的女伴，没当回事，但有夸一句："这个比上回那个漂亮。"

盛辰光顺着她的目光看向楚晃："你别乱配啊，这是老四家那位。"

她很惊讶，多端详了楚晃两眼："是演员吗？"

周嘉彦回答："我们行业内的。"

她懂了："商人啊？"

周嘉彦客套了两句，没跟她多说。

她看一眼台上，拉着周嘉彦的胳膊，凑近他的耳朵说："修导可能下不来了，老顾非要他唱歌儿热场子。"

话音刚落，修祈就被架到了台上，还被塞了一个话筒。他神情复杂，从观众到乐队都不怀好意地看着他，都是朋友，朋友最缺德，就想看他下不来台。

他要是拒绝，那就是小家子气。

他要是答应，这里没人听过他唱歌，不开口自然是不怎么样，这要是硬着头皮上了，这一礼拜的笑话就有了。

新郎官喝了点酒，起哄最来劲："修导不是带女伴来的吗？不得在人家面前露两手？"

"这样吧，哼两句，多了我们也不听，这总行了吧？"

"都一帮看热闹不嫌事大的，喝点酒嗓门都大了。修导来两句，堵他们嘴！"

修祈对着话筒，淡淡道："你们配吗？"

前排都乐了，扭头给身旁人一副不可思议的神情，意思是：看这家伙狂的，这不让他开了嗓，能放过他？

起哄的越来越多，楚晃有点为修祈担心，鬼使神差地端起酒杯，喝了半杯。

李文孝正跟网恋对象聊天，周嘉彦和盛辰光都等着看修祈的热闹，只有楚晃是真为修祈担心。

她觉得他们这样架着修祈有点过分，热衷于让修祈丢人更是令人难以理解，但又怕是她过于敏感，不懂他们的相处方式，闹了笑话。

修祈看起来很从容，似乎没有被进退两难的局面影响到，可他一直都是泰山崩于前而面不改色的行事风格，很难说他此刻的淡然置之不是强撑。

楚晃酒量不行，半杯酒渐渐上了头。

她突然站起来。

周嘉彦和盛辰光第一时间看向她，一直关注着她的修祈，见她起身，眉心微动。

修祈不怕楚晃说什么，她说什么他都喜欢，但别人不这么想，楚晃也不这么想。他看到她喝酒了，若是她借着酒劲儿说点荒唐话，那明天难受的是她自己。

有了这番考量，他赶在她开口之前扭头对乐队老师说："《单车》。"

楚晃心提到了嗓子眼。

修祈还是第一次见她这样紧张，今天好像比昨天更喜欢她一些。

前奏开始，场内静了下来，前奏结束，修祈稳稳开口："不要不要假设我知道，一切一切也都是为我而做……"

全场阵亡。

他竟是会唱的，看热闹的人都傻了眼。

周嘉彦和盛辰光也没想到，修祈竟然不跑调？那每回让他唱歌，他那个抵死不从的劲儿是干吗呢？装呢？

看看现场这些美女惊喜的神情，他二人心里十分不爽，又让他装了一回。

"……怀紧贴背的拥抱，离难舍想抱紧些，茫茫人生好像荒野……"

修祈唱到这句，楚晃的鸡皮疙瘩才冒出来。

她下意识地抱住胳膊，握住双肘。

她听到他标准的粤语，才想起他是广东人。

唱到第二段，乐队老师相视一眼，变了调，加了鼓点进去，抒情歌变嗨不少，修祈竟也接得住，安静的场子又躁动起来。

乐队老师显然不想放过修祈，串了《我怀念的你》和《你给我听好》，最后还过于缺德地吹了萨克斯，想让他接《夕阳醉了》，结果他硬是套了两句同为张学友的《纽约的司机驾着北京的梦》。

乐队老师考他的曲库量，一会儿周杰伦，一会儿陈奕迅，梅艳芳的《亲密爱人》还没结束便转入了林俊杰的《修炼爱情》。这是今晚这个场子内除了歌后，第二个有这种待遇的人了。

乐队老师十分给面子，看得出来想让他展示到底了。

修祈唱得爽不爽不知道，但大家听得挺爽的，当然这种爽里有一些刮目相看的成分。谁能想到从未开口的大导演不是五音不全，是怕唱得太好被抓去唱OST①啊!

楚晃在酒精的作用下听修祈唱歌,脸颊滚烫,心怦怦跳,没有像其他人那样跟着和,实在是她不会唱。

这一点楚母最清楚,楚晃除了长得漂亮,一无是处。有时也不怪楚母眼红修祈这样的基因,实在是楚晃各方面的资质太一般了。亏得楚晃争气,先天不足后天补,而且很聪明地选择自己喜欢的事。无论多么没天分的事,只要喜欢,就先赢一半。

乐队伴奏越来越快,场子越来越热。

修祈唱累了,乐队老师也放过了他,但气氛已被带动,哪儿那么容易打住,男男女女起哄尖叫。

结束时,楚晃的情绪正好抵达沸点,她的行为开始脱离大脑掌控,竟然加入大部队,跳起来欢呼:"好听——"

周嘉彦笑了一声,对盛辰光说:"看看弟妹眼里的崇拜,都要溢出来了。"

盛辰光瞥一眼下台的修祈:"他什么时候缺过崇拜?就他会装。"

周嘉彦哈哈大笑:"看酸得你,你也去唱一首,我给你欢呼,保证为你叫破嗓子。"

盛辰光皱起眉,看起来像是想象到了那个画面,周嘉彦恶心他们兄弟几个很有一套,他骂一句:"恶心我?滚蛋!"

周嘉彦不理他了,扭头跟李文孝说话:"还没聊完呢?你俩这么多话说吗?"

李文孝愁眉苦脸了一整晚:"我们不是明天去打球吗?"

"怎么了?"

"我跟我女朋友说漏嘴了,她正好明天上午的飞机到上海,想去

----

① Original Sound Track 的缩写,意为影视原声带。

看我们打球。"

周嘉彦纠正他："你那不是女朋友，是网友，什么人啊，就带去我们团建现场？你以为她是楚晃这种正经八百的家属啊？"

李文孝动情了："我挺喜欢她的。"

"她喜欢你吗？"

"喜欢啊。"

周嘉彦坐到他旁边，重新措辞，又问了一遍："如果你开始发给她的照片是你自己的，她会喜欢你吗？"

李文孝有些难过，摸了摸脸："有那么差吗？"

论外表的话，他们四人当中，李文孝只能说是差强人意，这跟可以靠脸吃饭的修祈和周嘉彦近乎是云泥之别。

周嘉彦没答，作为兄弟想一拳打醒他，又觉得这件事情，换成自己也不一定想得开。

李文孝没有太纠结外表的问题，很快问道："有什么办法让老四跟我们一起去打球？到了现场我再说服他帮我演一场戏。"

周嘉彦想晃晃他的脑袋，看看里边有多少水："就算他去了，你能说服他帮你演戏？"

"试试呗，万一呢？"

周嘉彦看他执迷不悟，考虑一番，说："那你得找楚晃，她要是想看老四打球，老四应该会带她去现场。"

李文孝眼一亮，起身走向已有些微醺的楚晃。

周嘉彦半喜半忧，很难形容自己听到李文孝这件事的心情。他也很难想象，若事情真照李文孝的计划发展下去，修祈会不会跟他翻脸。

但如果这样能让李文孝早点醒悟过来，他也不怕代价太大了。兄弟一场，修祈再翻脸不认人也不至于混账吧？

李文孝完全没注意到楚晃的状态不对，吹了一通修祈的篮球，接着便说："明天我们团建，你可以让他把你带过去，这样你就能看到他过三人扣篮的英姿了。"

李文孝第一次表现出超乎他个人气质的谈吐，也许爱情真能让人脱胎换骨吧。

楚晃听到了篮球，但她现在更想知道的是，为什么修祈还不回来。

修祈不是不想过来，刚下台又被拉扯住了，若是一个人，他也就甩脸回来了，但一群人，他根本不可能冲出包围圈。

挨个儿说完话，他总算是呼吸到了新鲜空气，大步返回楚晃身边，看到她一身醉意，李文孝还在她耳边胡言乱语，他立刻把楚晃拉起来。

周嘉彦了解修祈，知道他不爽，解释了句："没喝多少，就半杯。"

修祈没理他，带着楚晃离开了。

他叫了代驾，师傅接单又退单，他很烦，没再叫，搂着楚晃在风中站了会儿。

楚晃没醉，只是飘，神志还是清醒的，甚至记得她一改往常，活像个追星的小女孩，对台上的修祈大喊了好几声"好听"。

她靠在修祈肩膀，嘴角微勾，眉眼含羞，发丝被风吹乱，追星小女孩的影子已经不见，现在只有她最擅长的清纯式妩媚了。

说来有趣，竟有清纯和妩媚同时兼具的人。

修祈点了根烟，抽了一口，夜风很快把烟雾卷走。

有风的夜十分迷人，余下九十分裹满暧昧。

他一直关注着楚晃，看到了她追星小女孩的一面，当时就想扔了话筒，冲向她，把她带走，找个没人的地方。

他觉得她在勾引他，似乎他不为她做些什么，她就不饶他。

事实上，她什么也没做，只是用缀满星星的眼看着他，仅此而已。是他没把持住，他看向她的眼神向来都很混浊。

楚晃突然开口："我刚才看到图特的老大鞠茂川了。"

修祈没说话，只是抽烟。

楚晃有点冷，往他怀里挤了挤："你被他们围住时，我问了我在郎谷的朋友，她告诉我，鞠茂川原定行程是飞往梨亭的，转道来上海是临时决定的。你上飞机前没准备带我来见你的朋友，下飞机后改口，不是带我认人，是想让鞠茂川认我。

"你为什么这么做？

"因为你要把你的资源介绍给我，让我用图特打樊宁背后的擎天国际。"

修祈抽完一根烟，对楚晃所言不置可否。

楚晃看着马路对面那棵无所依靠、只能被风吹得面目全非的柳树，反观她自己，靠在修祈怀里，他宽大的身躯为她拦下一半的凉意。

她继续说："我的理智告诉我，你只是不想拿安徒生冒险，所以把图特牵扯进来，但当我看向你，看到你下台直奔我的样子，我根本无法说服自己，你这么做不是为了我。"

修祈看起来不以为意，他的手却在无人注意到的角落，捏扁了烟屁股。

楚晃的声音弱下来，娇娇软软地说："我好像越来越喜欢你了，你看我还有救吗？"

楚晃从他怀里抬起头，看着他，有些忧心忡忡："是我自作多情了吗？"

她喝了酒就变可爱了，修祈只看了几秒便低头吻住了她。

她没说错，他把她带过来，就是要鞠茂川认人。

到底是樊宁成功公关了安徒生的危机，还是楚晃，对修祈来说都没关系，作为老板，他只看结果就好了。

但他不忍心楚晃输给樊宁。

他知道楚晃对樊宁大概五五开，严谨一点可以说楚晃六、樊宁四。楚晃有多少本事不是他情人眼里出西施，瞎给她定义的，是数据，是她的经典案例告诉他的。既然她有这么大赢面，那为什么还要把背后的资源分享给她呢？自然是一丝一毫楚晃会输的风险，他都不想冒。

他能感觉到，楚晃跟他在一起后越来越大胆了，这不仅仅是勇气的问题，是她解放了自己。而他好像走向了另一个极端，越发稳扎稳打。

他们对爱情的经营似乎背道而驰，但一定是殊途同归，因为爱是真的。

修祈亲完，擦了擦她嘴角的口水。

楚晃笑了笑，额头撞了撞他的胸膛，双手慢慢环住他的腰："我们怎么回家？"

"我叫车了。"

楚晃说："到前边路口再叫行吗？"

"嗯。"

楚晃从修祈怀里离开，原本拉着他的手，她慢慢后退，也就慢慢松了手。她退着走向路口，眼睛始终看着他，对他说："你团建能带我吗？我想看你打球！"

她说话时，有一辆开了远光灯的车飞速而过，强光刺到了楚晃的眼睛，她伸手挡了一下。

黑长卷发、黑裙子、黑色细跟高跟鞋，仿佛在发光的纤细胳膊、纤细脚踝，这些画面突然变得清晰，她像是身在电影当中，而修祈只是个观影人。

修祈走过去，牵住她的手。

楚晃歪头看他："好吗？带我去吗？"

修祈牵着她朝路口走去："好。"

楚晃很开心，挽住他的胳膊："那我明天早上起来去买身啦啦队的衣服。"

"你能起来再说。"

楚晃愣了一下，反应过来，提醒他："今天已经做过了！"

修祈给她看了眼手机屏幕上的时间，已经凌晨一点了，说："昨天做的。"

楚晃假装没看见，略微生硬地转移话题："你能单独给我唱首歌吗？"为了不显得那么生硬，她讨好性地补了一声，"老公。"

"想听什么？"

"你什么都会吗？"

"你点的肯定会。"

"为什么？"

"你看起来五音不全，应该没听过几首。"

楚晃捶了他一下："你看不起谁呢？"

"你说说看。"

压力来到楚晃这里，她才发现，修祈一点都没说错，她确实因为五音不全，不爱听歌。

她点不出小众又好听的歌，耍起了无赖："你自己不会唱吗？还要我点，让你唱个歌，你事怎么那么多？"

修祈笑了笑，拿她一点办法都没有。

他惯她惯到底，悠悠唱道——

银色小船摇摇晃晃弯弯

悬在绒绒的天上

你的心事三三两两蓝蓝

停在我幽幽心上

你说情到深处人怎能不孤独

爱到浓时就牵肠挂肚……

楚晃听着听着，整个人都黏在他胳膊上。

她虽不会唱，但她会听。

修祈的音色偏冷，辨识度很高，却没那么清透，多了点不知是因为抽烟，还是因为喝酒带来的沙哑，以至于他明明很清晰地咬字，都有一种剪不断、理还乱的缠绵感。

也许是她听得太少，她觉得修祈的粤语歌最好听，但更喜欢他现在清唱的这首。

他唱到"摇摇晃晃"时，她的心跳总是会更快一些，她甚至有一种冲动，想要主动亲吻他，弯着眼睛问他：晃晃是我吗？

她已经不去想离婚的事了，她想三个月后，三年后，他们还在一起。

修祈唱完，两人已经走到路口。

楚晃看了看前路，说："要不再走一段吧。"

"嗯。"

楚晃喜欢晚上跟他牵手在街头散步的感觉，路灯很亮，影子很长，偶尔开过去一辆车，偶尔有风，吹起他们的头发和衣裳。

她好像每一分钟都在为他心动。

有他在，平平无奇的夜晚也变得很浪漫了。

"修祈。"

"嗯。"

"你爱我。"

修祈浅浅一笑："嗯。"

最近几天，樊宁红光满面，一天去八趟茶水间，生怕别人看不到她胜利者的姿态，跟同事聊天也三句不离业务能力，明着暗着讽刺楚晃技不如人。

周末她也没闲着，约了万蓝出来，想多条线齐头并进，把楚晃打得再也站不起来。万蓝是修祈的前女友，出演过《卫子夫》，后来因为传播修祈的谣言，被圈儿里默契地抵制了好久。

万蓝是从剧组赶过来的，下工晚了，迟到了，直跟樊宁道歉。

樊宁对情敌以外的人都很随和，没架子，笑着说："没关系。"

万蓝以为樊宁这位前辈托那么多关系找到她，是想拉她一把，表现得十分谦逊，生怕给她的第一印象不太好，没想到樊宁第一句话竟是："你跟修祈，还有联系吗？"

万蓝的笑容止住，瞬间明白了她约她的目的："没了。"

樊宁更是直接问："你对他还有感情吗？"

万蓝本想跟她体面点，聊两句散伙，偏偏她句句戳她心窝肺管子。既然樊宁不是来帮衬自己的，那也不用给她面子了："你就不怕我把你今天跟我说的话捅出去，让所有人都知道你樊宁私底下找到修祈前女友，阴阳怪气，莫名其妙？你别忘了，我以前爆过他的料。"

樊宁知道她有前科，也不是没做准备："你帮我一个小忙，我给你拉两个商务，解你的燃眉之急。"

万蓝皱起眉，她现在确实很缺钱，也很缺露脸的机会。

樊宁看她没拒绝，继续说："我知道前段时间修祈带女人回广东的新闻是你搞的鬼。"

万蓝抬起头，看着她，用不聚焦的眼神掩饰真实情绪。

樊宁又说："你偷偷跟他去了广东，然后找人偷拍，爆了出去。你万万没想到，修祈花了钱，最后新闻只是说他带一个女人回了广东，没说这个女人是谁。"

万蓝不用樊宁帮忙回忆，她记得她的失败经历："你还是直说，要我帮你干什么。"

樊宁又展露她胜利者的笑容："等蕙心慈善晚宴之后，我会告诉你的。"

万蓝知道樊宁最近在为安徒生公关，看她目前这个状态，应该是胜券在握。她想，樊宁是打算在蕙心慈善晚宴上大肆宣传这件事，让修祈对她另眼相看。

但樊宁似乎不是很自信，所以做了两手准备，不仅要对修祈证明她在事业上能帮他，还想从她这里找机会。

万蓝在修祈身上吃过太多亏了，有些后怕，说："你还是先告诉我要干什么，我也不是什么都能答应你。"

樊宁说："你只需要让楚晁知道，你跟他回了广东就好了。"

万蓝有些疑惑："楚晁是谁？"

樊宁也有些疑惑："你不知道？"

万蓝在她这个反应后猜到了："他现在的女朋友？"

"对。"樊宁还是不明白，"你真的不喜欢他了？"

万蓝看她现在，就像是看以前的自己，她们还真是出奇一致地没出息，只爱渣男，为了挽回渣男，丢人现眼的事都做不够。万蓝苦笑两声，真心对樊宁说："樊老师，你一直是我很敬重的一位前辈，你的演技、眼神，我在咱们行业里找不到第二个。

"我实在没想到，你竟然跟我一样，是个恋爱脑。

"不是讽刺你，我重点是想说，我也曾跟你一样。

"奉劝一句，修祈的手段太高了，你玩儿不过的。别的渣男朝三暮四，但好歹付出过真感情，修祈是纯粹的玩弄。你跟他斗，渣儿都剩不下。"

樊宁陷得太深，正是昏头的时候，什么话也听不进去。经纪人给她开了那么多次会，都不能把她从悬崖边上拉回来，她甚至连剧本都不看了，已经默认她后半生的事业就是爱修祈了。

万蓝知她一句也没听进去，不再相劝，像是自言自语地念叨了句："算了，不死一回，是醒不过来的。"

樊宁听到了这一句，她不听劝，但还是想知道，万蓝为什么不喜欢修祈了，她认为真爱是不会放弃的。

她问万蓝："你为什么放弃了？"

万蓝想起她在广东看到的画面，时隔那么久，还是心有余悸。

她没见过那样的修祈，很可怕，那一幕幕，就像一桶冰水，从头顶浇了下来，她一下子醒过来，后知后觉地脚底发寒，毛骨悚然，酒店都顾不得回，立刻订机票，逃也似的离开了。

被迫回忆起过去，她冷不丁打个寒战，汗毛又竖了起来。她没告诉樊宁，说了樊宁也不信，不是自己亲身体验一回，都不愿相信。

樊宁没逼问，最后对她伸出手："合作愉快。"

万蓝盯了樊宁的手一会儿，没第一时间握上去。她不愿再卷入修祈相关的事情里，但她现在真的很缺钱。

樊宁偏了一下头："还有疑问吗？"

万蓝咬了咬牙，把手递了过去，握住她的手。

团建日是周末，楚晃前一天被修祈压榨了半宿，早上没起来，等修祈告诉她要出发时，她还没买啦啦队制服。

她穿着他的运动服，甩着袖子坐在瑜伽球上发脾气："你搞那么晚，早上也不叫我！"

修祈看着她头顶上半扎的小丸子："你穿这身也好。"

楚晃问他："你给我买衣服时，怎么就没想过给我买运动装？你是不是暴露了，你就想看我穿很性感的衣服？"

修祈没想那么多："你可以穿裙子去。"

楚晃趴在球上，很烦："我昨天说了回我那儿，你非把我带来你这儿。我说早点睡，我要早起买制服，你说好，结果上了床就开始动手动脚。说好了一次，你一次又一次，五个都用完了！

"我睡觉前让你早上叫我，你早起去健身房举了两个小时铁，把我扔家里睡觉，到团建时间了，你才喊我起床！

"你根本就不考虑我的感受，你完全没想过，我要穿什么去篮球场！

"还穿裙子？不觉得丢人吗？"

修祈很少见到她话这么多的时候，有点怀疑她酒还没有醒，摸了摸她的额头。

楚晃拿开他的手："别碰我！"

修祈说："俱乐部旁边有卖篮球服的店，应该也有卖啦啦队制服的。"

楚晃抬起头来，眼睛很亮："没骗我？"

"没骗你。"

楚晃这才消气，过去牵住他的手："那走吧。"

面对楚晃堪比变天的变脸速度，修祈有些无奈，告诉她："私人俱乐部，没有观众，你穿得再漂亮，也没有人给你艳压。"

楚晃说："我昨天听李文孝说要带女朋友去团建。我还听到，他跟他女朋友是网恋，而且是用你的照片跟她网恋。"

修祈知道这事，但不知道他们竟当着楚晃的面提起了这事。

"他们以为我喝多了没听见。"楚晃说，"我不是要艳压，那女孩被骗已经很惨了。"

修祈想听下去。

"李文孝是想把你骗到现场，逼你帮他演场戏。他以为你会同意，我知道你不会。到时候你们翻了脸，那女孩知道了真相，事情会走向两个方向。

"第一种，她很愤怒，很伤心，或许会报复，或许会跟李文孝老死不相往来。

"第二种，她陷得很深，你在现场，正好移情你。

"我是想着我若是好看一点，她觉得移情没戏，或许就没第二种局面发生了。"

修祈从没听过女人聊这些，身边的男人十个有九个是渣男，他们有时会分享搭讪女性的经验。有些人看着体面，其实很龌龊，没干过什么好事。像李文孝欺骗网恋对象这件事，在他们看来，根本不算什么。

他知道他们这些想法源于责任分散效应，即群体做坏事，个人不会有负罪感。但没有人提醒他，他也不觉得这是值得他去在意的事。

楚晃这么一说，他第一次站在女性的角度，反观他们男性的行为。他有一瞬失神，脑子里一闪而过的，是他这些年来玩弄过的女人。

楚晃又说："我以前会比较多考虑别人的感受，因为我以前很乖，比较好欺负。可能我本身没那么乖，但当所有人都这么说我的时候，我就不由自主地乖了。

"我觉得这个现象可以用巴甫洛夫的条件反射来解释。

"现在我不想乖了，那我再面对一件事时，就会想，我原本的人格会怎么做。

"我原本的人格顶多可怜她的遭遇，但不会为她牺牲自己的利益。

"所以我不会给她打扰我们的机会。

"能在根源处解决这个隐患，就不要手下留情。"

修祈还在想她上一句话，虽然被他玩弄过的女人只在他脑海里一闪而过，但他不能不有所顾虑。

因为他从未有过这种负罪感，哪怕像刚才那样一瞬，他都没有过。

上车后，他忍不住问："你觉得李文孝骗人过分吗？"

楚晃上车时收到崔亚梵一条微信消息，没注意听修祈说话，边打字边问他："什么？"

修祈没问第二遍："没事。"

其实从他越来越谨慎小心起，就注定了他会在未来的某天，因为太喜欢楚晃而觉得自己一身污秽，配不上她。他看着她，她正认真地回复朋友的消息，额头的发掉下来一绺，挡住她的脸颊。他伸手把她的头发别到耳后，发动车子。

楚晃回完消息，系上安全带，在他开车前亲了他脸颊一下，她没说话，但眼睛很亮，自动蕴含千言万语。

谁能想到，走到现在竟是她更加勇敢了。

修祈看着满脸无畏的她，知道自己配不上她，但也不会把她交给别人。

他是不配，别人更不配。

团建地在静安区一家私人俱乐部，内置运动场馆两三个，附近有文体店，但不卖啦啦队制服。

楚晃自从被老板告知不卖衣服，就一直掐修祈的手出气，在他虎口位置掐了一排指甲印。

修祈由她，被掐也不松手，就这么把她领进了篮球场。

盛辰光还没到，周嘉彦和李文孝正在热身，傅承风也在，正跟总部几个管理层聊着天。

他们看到修祈，都停了下来。

周嘉彦他们对修祈和楚晃一同前来的画面见惯不怪，别人不是，辰光总部的这些管理，除了傅承风，其余都不知道修祈和楚晃的关系。

他们看到这一幕，瞬间明白了郭心焱是输在了哪里。

他们跟修祈的身价相差太多，跟他也算不上朋友，即便知道他跟楚晃有事，也没起哄、东问西问，默契地当了一回傻子。

修祈把楚晃领到观众席第一排，把她的长袖挽起来："很好看，艳压群芳。"

"滚，哪儿来的群芳？这里有第二个女人吗？"

修祈以前不觉得自己的衣服大，怎么给她穿这么大？裤腿卷了几次，走两步就掉，现在又拖地了。他不得不半蹲下来，重新给她卷好，跟她说："我让人去买水，你别动了。"

"说好了我请你们，你买算什么？我去吧，我会请那店员帮我搬进来。"

"嗯。"修祈说，"我去换衣服，你自己在这儿待着？"

楚晃还没说话，李文孝跑了过来："来来来，二哥有大事儿要跟你说。"

修祈被李文孝强行拉走，楚晃继续挽袖子。

盛辰光就是这时到的，看到楚晃，有些惊讶。

周嘉彦见他身边有个眼生的女人，以为是他的新欢，没在意，喊他去换衣服："赶紧的，就差你了！"

盛辰光扭头跟他身边的女人说："你先到观众席坐一会儿吧。"

那女人点了点头，朝楚晃走去。

盛辰光在停车场遇到的这个女人，她向他打听修祈，说是他女朋友，他以为是修祈背着楚晃摘的花花草草，就给她带过来了。

谁知道修祈把楚晃带过来了，那就是说那女人说谎。

盛辰光正想问修祈认不认识那个女人，为什么说是他女朋友，突然想起李文孝用他照片网恋的事了，恍然大悟："我就说她怎么自称是你女朋友，原来是我忘了老二干的缺德事儿。"

李文孝不敢看那女人，祈求修祈："你是不是非要二哥给你跪下，你才肯帮我演这场戏？"

修祈看向楚晃："你让我老婆看着我跟别人演情侣？"

"弟妹那边我去说，她看着就懂事儿，不会生气的。"

"要是懂事就得吃亏，以后谁还懂事？"修祈态度明确。

李文孝还要说什么，盛辰光把他拉到一边："你不知道老四那个脾气？你怎么敢跟他玩儿先斩后奏那一套？"

李文孝很急："还不是老三瞎出主意，我……算了，现在不说这些没用的了，就说怎么办吧，我怎么收场啊？！"

盛辰光看一眼那女人，挺漂亮的，希望她的智商跟外表一样漂亮："这样吧，走一步看一步，你别主动跟她说话，她被冷落了，可能就不在这儿待了。"

"你让我冷落她？我怎么忍心啊？"

"那你要不愿意，就去跟她承认，就说你拿老四照片跟她网恋，看她会不会当众给你一耳光。"

李文孝不说话了。

"你好好想想，我先去换衣服。"盛辰光说完，走向更衣室。

他比修祈换得快点，很快回到球场，开始打球前的热身运动。

周嘉彦看了眼观众席那两个漂亮女人，对盛辰光说："光顾为老二出谋献策了，没想到带家属这回事，我应该带家属过来的。"

"你？带哪个家属？"

周嘉彦笑着白了他一眼："就你知道得多。"

盛辰光说："没用，咱俩这球技，拿不了几分，回去还得挨骂，说我们给她们丢脸了。我不给自己找那不痛快。"

"也是。"

"什么时候玩儿点我擅长的，我再考虑带家属。"

观众席第一排，楚晁跟李文孝女朋友隔着五个座位。修祈回来时，李文孝的女朋友直接站起来，举手跟他打招呼，还没开口说话，修祈已经目不斜视地走到球场中央。

楚晃看到了这一幕，突然发现，就算她想跟对方说点什么，也有些无从开口。

谁能接受个陌生人上来说"你想打招呼的那个人是我老公"？

楚晃准备先去买水，等回来再找机会跟对方说。

她刚站起来，修祈朝她这边看了过来，她指指外边。

修祈点点头。

李文孝的女朋友见此情形猛然扭头，看向朝外走去的女人，又看向冲她点头的修祈，突然有些摸不清楚状况。

楚晃买了很多水，还买了两桶爆米花。

店员用小推车帮她把水运到球场，中老年篮球队队员齐刷刷地看向她，她抱着两桶爆米花，冲他们笑了一下。

有会来事儿的冲她喊："谢谢弟妹请喝水！"

楚晃有些不好意思，快走两步回到观众席，路过李文孝女朋友时，给了她一桶爆米花。

李文孝女朋友没要，道了一声谢。

楚晃也不死乞白赖，回到原座位。

修祈他们打球打全场，开场五分多钟了都没找到状态，频频掉节奏。

楚晃以为他们能打出《灌篮高手》的热血感，是她想多了。

她有些无聊，便扭头问了李文孝的女朋友一句："你是叫张诗巧吗？"

李文孝女朋友愣了一下才答："你认识我？"

楚晃又问："洲大的？"

她很惊讶："我们认识吗？"

楚晃通过她的反应已经知道答案了，她就是那个在洲大宣称是修祈女朋友的人。

楚晃在来时收到崔亚梵的微信消息，崔亚梵告诉她那人叫张诗巧。

洲大有些人不相信她跟修祈在一起，她便扬言这两天她会跟修祈见面，到时候发合照。

女人的直觉向来准得可怕，楚晃冷不防想到这一点，就问了问她，果不其然。说起来，这个张诗巧也不算骗人，是李文孝先骗了她。

不过她就从没有怀疑过吗？

楚晃正想着，修祈进了球，场上传来盛辰光骂街的声音："这你也能进？"

修祈进球了，楚晃不再想张诗巧的事，专注地看起了打球。

修祈的手感来了，接下来的十几分钟里，十投八中，楚晃终于有点看《灌篮高手》的激动劲儿了。

傅承风和辰光的技术总也打得蛮好，跟修祈有来有回，还有个人高光比他还多，其他人就有点像是来凑数的了。

上半场最后十几秒，修祈带球过全场，纵身一跃，扣了个篮，盛辰光掀起球衣擦了擦脸上的汗，大骂一声："不是，你这能让他抢走了？"

楚晃看个球也心跳加快，修祈灌篮时她胳膊哆嗦了一下，爆米花撒了一身，她顾不上，站起来冲修祈大喊："超级棒！"

盛辰光本来输球就有气，他还没啦啦队，没直接跟修祈说，冲周嘉彦阴阳怪气："以后再团建能不带啦啦队吗？！简直扰乱军心！"

周嘉彦笑了一声，气没喘匀就说："别输不起了，打得不行就赖人家有啦啦队？"

正好中场休息，楚晃抱着爆米花跑向修祈，拽着他的胳膊，把他人拉下来，踮脚亲了他一口，顺便把爆米花递给他，两手帮他捏胳膊："你怎么跳那么高？是你这鞋的问题吗？你这双鞋多少钱？"

修祈俯身在她肩膀上蹭了蹭额头的汗："回去给你买一双。"

楚晃躲他："别蹭，我身上都湿了！"

修祈握住她肩膀，不让她动了，就要蹭到她身上："想白嫖？"

"我不是给你爆米花了？"楚晃不给蹭，"能不能要点脸？脏死了。"

修祈揪住她头顶的小丸子："嫌脏？"

楚晃疼，认怂了："我没有！你别拽我头发！"

盛辰光看不下去了："你们俩干吗呢？这是你们家客厅啊？要腻歪回家腻歪去！别在我正斗志昂扬的时候辣我的眼！"

修祈正好不想打了，搂住楚晃肩膀："回家？"

楚晃看看球场，再看看观众席，正想问他会不会不合适，就发现张诗巧不在了，她刚才过于专注，把张诗巧还在的事情忘了。

再看看李文孝，他没有追出去，也是，他以什么身份追出去呢？

周嘉彦不放人："你能不能有点竞技精神，打那么一会儿就走，那还不如不来呢！"

修祈揽着楚晃往外走，没有回头："你们玩儿。"

盛辰光骂他："以后团建你给我有多远滚多远！"

打球本来是泻火的事，这打不过修祈就算了，还要被他的啦啦队刺激。他们都一把年纪了，怎么那么想不通上赶着找虐啊！

傅承风说："没事儿，修导走了人也够，他心不在这儿，硬留也玩儿不痛快，咱们几个玩儿会儿吧。"

李文孝也没心情玩儿了，撂下一句"你们玩儿吧"，朝场外走去。

剩下几人倒也能玩儿，好不容易有时间，不玩儿也是浪费，就多打了会儿，打到晚上七点，正好一块儿吃了个饭。

饭店包厢。

盛辰光每回打球都觉得自己不年轻了，这回也是，捏了捏脖子："这半年我都不想打球了，老四那王八犊子！"

周嘉彦夹了口菜："马上到蕙心慈善晚宴了，我看樊宁这回十拿九稳了。她把这事儿解决了，对我们真没什么好处，我们得提防擎天来阴的。"

话毕，他的手机弹了条消息，他刚打开就放下了筷子，赶紧把手机递给盛辰光。

盛辰光接过来，看到标题，眉头紧锁。

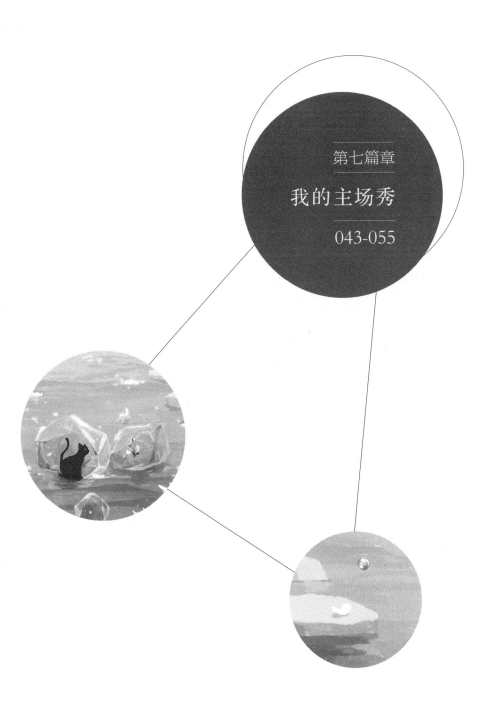

第七篇章

我的主场秀

043-055

22

樊宁出事了。

那篇引导性强的关于母爱的文章原作者被网友发现，她曾于两年前以网名"脸上有痣"在实名区论坛发布过多个引战楼，内容大致相同——

"樊宁跟 ×× 谁更耐看一点？"

"×× 代言顶奢，title 跟樊宁没法比。"

"樊宁演技怎么样？"

"樊宁情商好低，公开场合点炮前辈，怎么想的？真笑掉大牙。"

"有一说一，樊宁是修祈带火的女星里最好看的了。"

"……"

同一个 IP 下还有多个发布在匿名区论坛的帖子，多为尊此卑彼的话术，用现在的话说就是踩一捧一，明踩别人，暗捧樊宁。总之，正炒反炒，全是给樊宁在论坛增加话题度，再联动营销，全网发通稿。

此事一出，骂声四起，各大论坛都在指责樊宁做人不地道，为了公关安徒生的危机，把母亲这么伟大的身份拉进战场转移视线，仿佛没有母亲。

本来，这件事只在论坛小范围发酵，要知道论坛和路人大盘之间是有墙壁的，但架不住有不怀好意的第三方煽风点火，很快闹得全网皆知。

现在安徒生坐实"眼光差""艺人烂""公关阴毒""修祈不具备经营能力"这几个标签，一连几天，公司气压极低，谁都不敢说话。

楚晁这几天工作忙，回家也忙。

修祈的朋友出事缺钱，跳水三成急转给他一套闲置的位于黄浦区的房子，二十九层和三十层，上、下两层大复式。

修祈本意是带楚晁去看看，但见楚晁很喜欢那个大露台，就打算装修装修搬过来。

想想他们到现在也没一个说得上是家的地方，楚晁不愿意搬到他那儿去，她那儿地儿太小，隔音也不好，他也不愿意去，那就一起搬到新房好了。

楚晁不想搬，架不住修祈引导，竟随着他的话说下去，说着便开始规划装修了。

她很认真，设计师都有人选了，就要跟修祈聊她认识的小众家居品牌创始人时，修祈把她压在玻璃门上亲了上去。

楚晁被他压着很烦，想推也推不开，只能骂，骂着骂着被他弄得气不匀了。

就这样，楚晁一下班便联系设计师，聊装修方向，修祈没事就陪她，楚晁得了空，他就拉着她到二楼厕所，狠占一把便宜。

搞得楚晁每天要喝好多咖啡提神，唯恐别人问她最近怎么精神不好。

不过大家也顾不上她了，樊宁一番反向操作彻底把安徒生送上风口。现在，来自东南西北的狂风把安徒生那杆旗刮得摇摇欲坠。

是不是真的摇摇欲坠不好说，只是从外部看来是这样。

楚晁修改完文件，捏了捏脖子，走到窗前，双手插进裤兜，看看窗外的景，缓缓眼压。

修祈中午之前回到公司，随他而来的，还有他们公司附近一个花室的工作人员，推着小推车，车上放了几千朵玫瑰，颜色繁多，还有一束挂满了LED灯的满天星，很是令人瞩目。

修祈还是熟悉的慵懒步调，还是随性地抬了一下手："谁都有，周三快乐。"

死气沉沉的办公区陡然活跃起来，大声回应："周三快乐！老大！赶紧给我们找个嫂子！"引来众人笑声不断。

修祈没理，只是笑笑，拿起那束满天星，走进了楚晃的办公室。

见到这一幕的人眼又亮了，他们因为修祈跟楚晃的关系，天天仰卧起坐，再这样下去，腹肌都要练出来了。

"上次修导不还凶楚总来着吗？让她把油加满，怎么送上花了？"

"我们都有花啊，该说不说，修导够浪漫的，眼光也好，要不说他的文艺片能创造出商业片的价值呢。"

"楚总在辰光是做公关的吧？我觉得修导这个举动是想请她来擦屁股了。"

"我也觉得，樊老师还是去演戏吧，先前牛吹得多大，这会儿翻车就有多狼狈，放着好好的演员不当，非要来打工，何必呢？"

"樊宁应该是想为修导解决麻烦，但没正确认识到她在公关方面的能力。"

"傻子似的，没有金刚钻，非要揽瓷器活儿。"

"别说了，你看我这束花。"

楚晃办公室的门被打开，她抬起头，首先看到的是修祈手里的花，还有一个挺大的没有写品牌的盒子，看上去像是故意找了个白袋子，盖住了商标。

她放下手机，左手托住下巴，看着朝她款款而来的修祈，头不自觉歪了，修祈的微笑看久了，让人觉得好漂亮，他一个大男人，为什么要笑得那么好看啊？

楚晃认为自己没有滤镜，一定没有，以前不喜欢他的时候，也没否认过他长得帅，所以她坚定地认为，她现在喜欢修祈的笑，只因为他笑得很漂亮。

修祈走到她办公桌前，站定，鲜花给她，礼物放在桌上。

楚晃把花接过来，明明很开心，嘴上还是要说："俗气。"

修祈双手撑住桌沿，看着楚晃："我周末有时间，可以陪你去一趟日本。"

楚晃摆弄着花，头也不抬地说："下次再去吧，装修也不急在这一两天，而且我朋友有事，陪不了我们，我自己不知道哪儿的装饰品好看。"

"嗯。"修祈把楚晃的眼镜摘了下来，走到她身后，给她揉了揉太阳穴。

楚晃很舒服，放下了花，拉下修祈一只手，两只手握着，摩挲他的手指："等你开机了，我是不是就见不到你了？"

"你可以跟组。"

"那我不工作了吗？"

"你要是不想工作，也没问题。"

楚晃哼了一声，扁了一下嘴："那你可养不起我。"

"是吗？"

楚晃转过身来，双手环住他的腰，仰头看他。

修祈捏了她鼻子一下："干吗？"

楚晃抿了一下嘴。

修祈笑了笑，俯身亲了她一口。

楚晃不是要吻，就是想看着他，谁让他亲了？她脸又红了，耳朵也红了，娇娇地打了他一下："办公室！"

修祈攥住她的小拳头："我下午还要出去，晚上也有事，来不及接你，你自己回？"

楚晃下午也有事："我也要出去一趟，估计也赶不回来。"

"你几点结束？要是时间合适，我去接你。"

楚晃看了一眼手机："应该在七点左右，我这边完事还要去上西班牙语课。"

"那来不及，我这边结束更晚，不过我可以去接你下课。"

楚晃接着摆弄他的手，转他手上的戒指，恍然想起自己那枚，还被手链串着，戴在手腕上，便伸了一下胳膊，让它露出来，挨近他的戒指。

他的眼光确实很好，她没想过他会准备戒指，毕竟不是严格意义上你情我愿的婚姻。就算知道他要准备，她也不会想到他直接买了限量款的奢侈品。

像她手上这枚女戒，类似的品质和重量，她身边结了婚的朋友都是直接选择裸钻定制。

品牌溢价会对产品的质量有所削减，但奢侈品不会，奢侈品注重品牌形象，产品质量方面会更加严格。

他选的这个品牌不难买到，但限量款很难买到。就像有些品牌，购买时要配货，但其实没有这样的规定，只因为限量，所以品牌方会把购买名额给到消费更多的顾客。

她手上这款女戒，限量十二枚，可想而知要在他家消费多少才能购买。

因为顶级奢侈品圈这些不成文的规定，这款戒指就被赋予了更大的价值，能买到属实不易。

这样一款戒指自然是比定制款更难得，所以当时的楚晃下意识心疼了一下修祈的钱包。

　　修祈在这时候问她："打算什么时候戴在手上？"

　　楚晃抬起头，没有回答他的问题，而是问了个有一点煞风景的问题："你介意我用你的名号达到我的目的吗？"

　　"你也要有能力用才可以，要有能力，都是你的。"修祈摸摸她的脸。

　　楚晃不自觉笑起来，真的被他蛊惑了，他怎么说话都让人酥酥麻麻的？

　　她盯着他看了好一会儿，而后轻声问道："你会一直这样吗？"

　　这不是楚晃会问出来的话，但自从跟修祈在一起，她不会做的事一桩桩地做，她已经不给自己贴什么"不会""从不""以前不是"这样的标签了。

　　人从一个阶段迈步到下一个阶段的时候，总要有些改变。

　　她觉得幸福就应该有幸福的样子，看起来就不幸福的人，又怎么会幸福？

　　修祈看着楚晃的眼睛，看了很久，没答，只是执起她的手，亲了亲她的手背。

　　执子之手，这是一辈子的事。

　　楚晃得到答案了，不求始终，但愿长久。

　　樊宁稳赢的局面被不知哪股力量拦腰斩断，现在擎天国际已经顾不上安徒生的公关问题了，全都在为她奔走。她现在一个头两个大，已经好几天没去安徒生了，没完成她对修祈立下的军令状，甚至让局面更糟糕了。

　　她虽然恋爱脑，但还是要脸的，把事情搞成这样，已经没脸再到修祈眼前晃悠了。

打母亲的艺人叫小芽，楚晃说的下午有事，就是到现场看他拍摄物料。

小芽有些紧张，近来发生在他身上的事实在太多了，有些被打击到了，丧失了一部分自信心，总觉得周围人戴了有色眼镜看他。

幸好摄影师很有耐心，一直帮他进入状态，倒也没耽误太多时间。

造型师看到楚晃，抬抬下巴，跟她打招呼："来了。"

楚晃冲她笑了笑："还行吗？这孩子。"

造型师看向小芽，点点头："就是有点紧张，不过不是大事，现在已经进入状态了。看他这反应就是没经过事，练练也好，经此一战，得重新给他规划路线了，是个流量苗子。"

"嗯。"楚晃没有跟她就这个话题聊下去。

造型师也不聊他了，转向楚晃："蕙心慈善晚宴的裙子有着落没？"

"我等你问我呢。"楚晃乖乖地说，显得文静。

造型师笑着瞥她："就你机灵，元元还说你傻，我看是她傻。"

"那我直接跟你要多不好。"

"行了，别跟我装了，早给你俩准备好了。"造型师说，"我晚上的航班回巴黎，你这顿饭我是吃不上了，我给你记着，等蕙心慈善之夜过后，我再来找你。"

楚晃笑着说："行。"

楚晃从拍摄现场离开，赴了经纪部郑老师的约。

樊宁出事后，郑老师就约了楚晃，想跟她聊聊安徒生面临的危机，楚晃以事情太多抽不开身为由，拖了好几天。

见面地点在一家高端咖啡馆，楚晃比郑老师到得晚，但没有晚于约定时间。

她一坐下便道歉："让您久等了，不好意思。"

郑老师笑着摆摆手："没事儿，要不是咱俩在公司的时间总对不上，在公司谈也行，这把你约出来，我可是下了一番决心，就怕你反感。"

"没有的事。"

客套话说完，郑老师摸了摸咖啡杯杯口。他是老江湖了，小芽和樊宁后续搞出来的事虽然棘手，让他上火，但严格来说，这只算是他职业生涯中平平无奇的一次危机。

楚晃看他还算淡定，故跳过了安慰环节，直接问："您找我是有什么想说？"

郑老师搭在沙发扶手的大拇指一直揉搓着食指，许久，说："第一次见你的时候还是在《理想自由》的庆功会上，你站在杨总监旁边。"

《理想自由》是一档综艺节目，杨总监是那档节目的编导。

楚晃微微一笑："您还记得我。"

郑老师说："那时候你还没毕业吧？"

楚晃说："大二。"

郑老师点点头："前段时间跟杨总监在活动上碰到，聊了几句，原来你们还有师生这一层关系，她还拜托我多磨砺磨砺你。"

楚晃淡淡笑着，没搭话。

郑老师说："我心说，哪用我磨砺，你在辰光时的战绩就已经很漂亮了。盛总、修导这些人物的拉练不比我强多了？"

楚晃笑着，没过度反应。

他又说："所以我想问问人脉这么广的楚老师，现在这个局面，若要你来处理的话，你会怎么办？"

楚晃歪了一下头，还真有思考那感觉："郑老师不是有主意了吗？"

郑老师挑起眉。

楚晃看向他，眼神干净清澈："'脸上有痣'那位网友，是樊宁营销团队的人，这件事不是您发现并推到风口浪尖的吗？"

郑老师笑了起来，不置可否。

楚晃又说："这个消息是江南电视台的官博发布的，也因为是官博发布的，所以事情得以扩散，而且收不住。"

除了官方，其他发布源都会被擎天国际买断，压下。

郑老师点头。

楚晃又说："江南电视台台长跟傅承风傅总有私交，最近傅总为了安徒生的危机，经常来找您。"

她没说完，话说到这儿已足够。

郑老师笑着点头："没错，我拜托傅总帮我跟江南电视台的郭台长搭上了话，我也是在跟郭台长认识后才知道，他太太就是杨总监。"

楚晃早知道，只是这没什么，也不重要。

郑老师不这么认为："以楚老师的人脉，安徒生目前的危机需要多长时间来解决？"

楚晃皱着眉笑了一下，表情有些假模假式的尴尬，很缓和现场略严肃的氛围。她说："郑老师说笑了，我哪儿有什么人脉？"

"我敢这么跟你单刀直入，就是说我不想听虚头巴脑的东西。"郑老师说，"我找郭台长的初衷不是要扩散樊宁团队营销翻船的事，目前樊宁跟安徒生在一条船上，她翻就等于我们翻，内讧而致的损失太大了，我承受不起。"

郑老师看向楚晃，比刚才更正经："我们部门的人找过你，她说你答应帮忙公关这次危机，但你始终没有行动，这不是一个答应的作为。

"所以我想你是在等事情闹得更大一点，或者你私下在做了什么动作。"

郑老师说完停下了，直勾勾地看着楚晃。

楚晃看他有点等她回应的意思，便给了点回应："您有话可以直说。"

郑老师说："我起初打不定主意，你到底想要怎么做，直到上周末，宋元英和仲婷公开亮相一场品牌活动。她们两位，一位是知名拉丁舞者，曾担任过舞蹈类型的选秀的导师，另一位是杂志的主编。我认识品牌方在中国区的老板，她说他们品牌跟宋元英的短期合作是在仲婷推荐下完成的。就连宋元英参演修导电影，也是仲婷搭线的。"

楚晃端起咖啡杯，喝了一口。

郑老师继续说："宋元英的前造型师是仲婷的亲妹妹仲晓，所以不难理解仲婷为什么会给她介绍资源。仲晓在时尚圈的地位不可撼动，她跟多个顶级奢侈品品牌关系密切，还曾为国内顶级设计师推出高定出过力。要知道能称为高定的时装是要经过 FHCM①认证的，条件很严苛。据我所知，这位设计师在巴黎的工作室都是在仲晓的帮助下开起来的。仲晓这么好的人脉资源，都是别人上赶着巴结，她却联系了我，要跟小芽对接一些商务。"

郑老师看着楚晃，她长得妩媚，但眼睛很清澈，这样的眼睛会让她看起来有点单纯，可他这些天了解的这些事，真不是个天真的人能够办到的。

他接着说："我以为是樊宁联系的仲晓，若说她认识仲晓，那不足为奇。我委婉地问了她，她的反应显然是不知道这件事，那我就好奇了，是谁帮小芽联系的仲晓？然后我就收到了媒体偷拍的照片，照片中你、修导、宋元英，还有她丈夫在聚餐。你不用担心，公司已经把照片买了，不会爆出去的。所以仲晓会给小芽介绍商务，其实是你的关系，我说得对吗？"

---

① Fédération de la Haute Couture et de la Mode 的简称，即法国高级定制时尚联合会。

楚晃也学他不置可否，说："您说这些是想表达什么？"

郑老师说："这就是你私下的动作。然而，你不只帮小芽搭上仲晓，还帮樊宁买了通稿。樊宁买的通稿都是'樊宁入驻安徒生''樊宁跟修祈再续前缘？'，要不就是艳压。

"我前段时间看到的关于她的一些通稿却不是这个方向，标题是'樊宁的公关能力太强了，原来是因为她的工作室有非常完善的营销体系'。这些通稿一看就是在夸她，很多人都会以为是她买的，包括她自己，可能都会以为这是她的团队买的。

"事实上，就是因为这些通稿在吹她演戏之外的领域，公关能力，所以才有人去扒她的营销体系，'脸上有痣'就是这么被发现的。"

郑老师说到最后，竟有一丝快感，一种猜中了楚晃百分之八十的招数的快感。

他微微眯眼，眼里的光逐渐饱满："樊宁今天的翻船，是你做的。"

"不是您做的吗？"

郑老师说："如果不是我看透你的心思，选择站在你这头，帮你把事情闹大，你还是会自己把她拖下水，这怎么算是我做的？"

楚晃又喝了口咖啡，对郑老师说："这咖啡很好喝。"

郑老师没有品咖啡的心情，多好喝的咖啡，最多当水喝，他更想知道楚晃接下来要怎么做，急匆匆喝了两口，问道："看在我烧了樊宁的船，上了你的船的分儿上，能不能告诉我，我猜不到的那百分之二十的招数是什么？"

后天就是蕙心慈善晚宴，楚晃和樊宁之间，谁胜谁负，自见分晓。

楚晃没说，只是笑了笑。

仲晓就是小芽拍摄现场的造型师，楚晃跟仲晓认识确实是宋元英牵线搭桥，但仲晓会帮小芽介绍商务，是仲婷跟她开了口。

仲婷之所以这么做，是因为楚晃把修祈搬了出来。

这就是为什么楚晃对修祈说，要用他的名号达到她的目的。

用修祈的名号足矣，用不着图特，打擎天还用得着图特？她若是用了，恐怕是要惹得哄堂大笑了。杀鸡而已，焉用牛刀？

尽人事，听天命，戏台子早已搭好，唱戏的人也陆续进场，就等后天多方捧场了。

楚晃原本没打算上这桌子、吃这席面，但一路以来都有人强拖着她晋升，她恭敬不如从命，那就去跟修祈站到一起好了。

夫妻，就得般配。

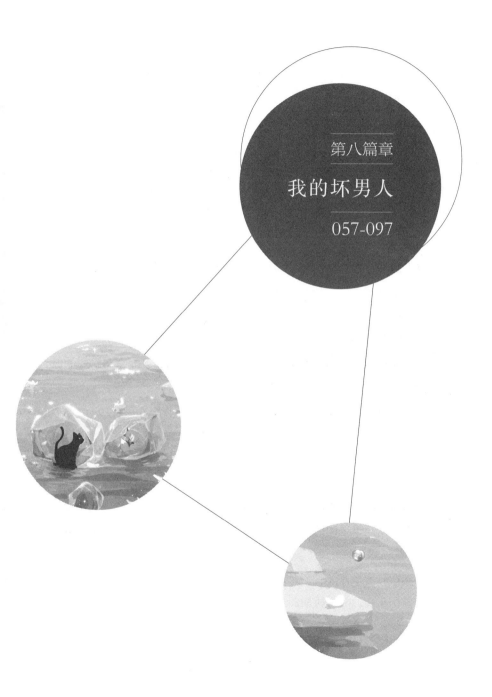

23

楚晃跟郑老师分开时，西班牙语课已经开始半个小时了，她赶过去也下课了，就没去，改道回了家，半路上给修祈发消息，跟他说了一声。

修祈没回。

她没在意，最近他们俩事情都有点多，顾不上回消息正常。

楚晃快到家门口时，宋元英给她发来消息，说："有空吗？我朋友回国，把你要的东西带回来了，在我这儿，我给你？"

楚晃回过去："姐，你给我送一趟成吗？我请你吃晚饭。"

"行，你家是吗？"

"我在陆家嘴这边，地址发你。"

"好。"

楚晃拿上副驾驶座的盒子，下了车，走到后备厢，盒子夹在两臂间，把刚从超市选购的两大袋子瓜果生鲜拎下来，锁上车门，走向电梯，到家先脱鞋。

高跟鞋穿久了，使她的身材线条越发动人，刚脱鞋的那几分钟，尤其前凸后翘，无可挑剔的胸形、臀形，怪不得直男看了直红眼，说她脸长得骚，人勾得慌。

她光着脚走到冰箱前，打开两扇冰箱门，把食物摆好，转身时用脚带上冰箱门；然后走到吧台，从咖啡盒里拿了袋挂耳咖啡，简单冲了一杯；接着拿起遥控打开投影仪，幕布从吊顶自动降下，她随便找了部电影开始播放。

宋元英来时刚过九点，她进门大致扫了两眼，挑眉说道："你老公这眼光可以。"

楚晃记得她的喜好，从冰箱给她拿了瓶芒果汁，倒进菠萝杯，加了冰块，踮脚从身后的透明橱柜里拿出奶油喷罐，给她喷了一团奶油，插上吸管端给她。

宋元英一只手接过来，另一只手拿来一个坐垫，放在沙发区前的地毯上，坐下来，先喝一口芒果汁，然后舔了舔嘴角的奶油，说："以后找你，是不是就要来这里找了？"

楚晃盘腿坐下来，手肘抵着玻璃茶几，手托着下巴看着她："他在黄浦复兴东路那边买了一套房，我们准备搬到那边去。"

宋元英又挑眉："多少钱买的？"

"便宜买的。"

宋元英不信："便宜？老西门你没大几千万能买下来吗？"

楚晃笑笑，不再说。

宋元英把身侧白色纸袋递给她。

楚晃打开看了一眼，又盖上了盖子，抬头问宋元英："多少钱？我转给你。"

"六万三。"

楚晃拿手机给她转过去，顺便把她下班从快递站带回来的盒子拿过来，递给她："这个给你。"

宋元英打开盒子，是一套半哑光口红，27个色号。她抬头问："买了两套吗？"

楚晃说："我买了一套，今天修祈送了我一套。"

白天修祈放到楚晃办公桌上的盒子就是一套口红。

宋元英把盖子合上："所以你给我准备的生日礼物就是你多买的这一套小羊皮？"

"当然不是了，给你买的丝巾还没到呢。我这口红多了，用不完，放着多浪费。"楚晃解释。

宋元英跟她开玩笑的，跟她认识那么多年了，她是什么人宋元英最清楚了，从不恃宠而骄是楚晃的特点，炫耀更不会。也是因为楚晃外表虽妖，内在却诚，所以宋元英才会把自己的朋友介绍给她。

想到介绍朋友，她问楚晃："仲晓下午还给我发微信消息，给我看了咱俩的裙子，让我们请吃饭。"

楚晃说："慈善之夜之后，我们跟她约时间。"

宋元英点头，随后冲楚晃抬了抬下巴："你还没告诉我你跟修导是怎么在一起的。上回在烤肉店匆匆分开，回家我老公就跟我说你俩有事，我当时还信誓旦旦地反驳他，说你不会喜欢那种花边新闻无数的，还没两天，我带你认识仲婷、仲晓姐儿俩，你就自称修太太。"

在烤肉店巧遇后，楚晃需要有人牵线搭桥，打进仲晓的圈子，从她那儿给小芽拿到一些资源，就跟宋元英说明了想法。

宋元英本来就热情，楚晃又是她最喜欢的妹妹，就答应了。

宋元英约了仲婷、仲晓，把楚晃带了过去，局上，楚晃亲口说修祈是她丈夫，现场除了楚晃自己，其他人全都是一脸愕然。

宋元英只能带楚晃认识仲婷、仲晓，其他帮不上。

仲婷、仲晓这样的人不是以做慈善为生，不是什么人、什么忙都会帮，但跟修祈扯上关系就不一样了。

仲婷和修祈有利益往来，经常资源置换。

修祈在业内的人品是有目共睹的，或许脾气不好，看着冷漠，但不会让他的合作伙伴赔钱，所以他的项目向来是要什么来什么。

楚晃既是修祈的人，仲婷当然愿意顺手帮她一把，说帮可能有点不准确，准确来说应该是想利用这一点从修祈那儿吃到更大块的蛋糕。

也正是因为楚晃和修祈这一层关系，使得楚晃打入仲婷、仲晓的圈子更迅速、深入，帮小芽争取到了红血代言。

像这种越过考察期，跳过支线推广，和各种支线代言、大使、挚友 title 直接空降全线代言人的现象，圈内极为罕见，是谁听到这个消息都会惊掉下巴的程度。

所以不怪郑老师在楚晃和樊宁之间选了楚晃，在他眼里，楚晃能争取的资源逆天了。

宋元英往楚晃身边挪了挪，撞撞她的胳膊："前些天你忙，我逮不到你，好不容易见到了你，你别想糊弄过去。"

楚晃抿了一下嘴，不知道要怎么说，她也不是有意隐瞒的，只是这件事解释起来太费时间了，还不好理解，她跟修祈的开始像个笑话一样。

她想了想，说："我们在车库被拍了，我妈又撞见他在我那儿，各种因素吧，我们闪婚了，在彼此还不了解的情况下。"

宋元英瞪大眼："今年的事吗？你们怎么会在车库被拍？"

"一言难尽，要详说还得说上舒伯乾。总之，我们是先结婚后在一起的。"

宋元英闻言，不再纠结细节了，摇头感叹道："活得久了什么都能碰到，两个世界的人也能凑到一起。"

楚晃每次跟别人解释她跟修祈的故事，都要复盘一遍这一路，越复盘越深刻。

宋元英又说："知道你们俩的关系后，再去想那天偶遇你们，他好像一直都在关注你，这跟我印象中的修祈可不一样。"

楚晃心里有点暖，眼光稍稍柔和一些，问道："那你印象中的他是什么样的？"

宋元英双手兜住膝盖，身子后仰，靠到沙发前，边想边说："我对他的了解仅限于听说，但很确定他是个挺牛的人物，冲过好几个奖了吧？他选我参演他的电影，我还挺意外的。

"仲婷跟我说，她给他介绍了好几个舞者，他最后定了我。我那时候正在考虑参加一个节目，他这边联系到我，我跟我老公都觉得能参演他的电影很难得。

"有个词怎么说来着？与有荣焉，幸甚至哉。正好我老公要把事业重心迁回国内，我们就提前回国了。"

楚晃总在听别人说，修祈很厉害，以前她不屑一顾，现在总是会有一点骄傲，这样厉害的人，会抱着她说想她，会亲亲她的额头说晚安，会经常送她鲜花和礼物……

她忍不住弯起唇角，手托着歪了的脑袋，手指在脸上轻轻敲着。

宋元英见状，忍不住逗她："想什么呢？"

楚晃回神："什么？"

宋元英笑她，阴阳怪气地说："晃晃，我应该把你刚才那个样子拍下来，不愧是花丛里扑腾久了的蝴蝶，你这么死心眼儿的都能给套牢了。"

楚晃回击得没什么底气："哪有？"

宋元英逗归逗，该提醒也得提醒："修祈以前什么样，互联网有记忆，浪子回头什么的我不信，你长个心眼儿，别让他给骗了。我听我助理说，隔三岔五便有自称他前女友的人上热搜对他喊话。虽然空穴不来风这话没什么根据，但敢站出来说，至少说明有那么点过去。我把握不好这个'点'到底有多少，你要把握好。

"说句你不爱听的话，等他真腻了，你俩真到了撕破脸的程度，不说占他多少便宜，但别吃亏，知道吗？他这人势力太大了，你不要一陷进去就把脑子也丢了。你见过有哪个负面新闻缠身的人一开项目，各大资本上赶着送钱？我老公跟我说，修祈背后没团队，但有的是资方。

"我这么多年没看着你，不知道你攒了多少资源，但百分之百不及他的十分之一，你信我，我拉我老公站在你这一头，也只是让他一个人撕碎的程度，所以不要恋爱脑。

"听到了吗？"

宋元英嘱咐了很多，还把楚晃的手拉到手里握着。

她说的都是楚晃其他朋友不会说的话，楚晃知道宋元英是把自己当亲妹妹才这么说的，心里感激。但从小到大权衡利弊惯了，在喜欢修祈这件事上，楚晃想勇敢到底。

说好了走修祈的路，哪有半路刹闸的道理？上了路再想被负的可能，太晚了，她不是马后炮的人，敢上路就敢承担被抛弃的后果。

她对宋元英笑了笑，说："我一开始有很多顾虑，怕他骗我，怕他负我，怕他玩弄我，我不敢承认喜欢他，也不敢向前一步。

"我拿别人的话当借口，别人说他渣，别人说他浑蛋，别人说了很多他的不好，可当我问问自己，我会说什么，我说不出，我渐渐觉得别人说的不重要。"

她垂下眼帘，看着她脚指甲上釉浆似的一层淡粉色，淡淡说："元元姐，我喜欢他，我长不了心眼，他要是负我，那就分手。"

宋元英张开嘴，提了半口气，最终只是叹了出去。

楚晃抬起头，看着她："我想相信他。"

不是相信，是想相信。

她一句话就表明了态度，她想，她愿意，她能为自己负责，她不会后悔。

宋元英拨弄她的头发，一脸心疼样："那你以后的日子怕是不怎么好过。"

楚晃微笑:"看当下吧,以后有点远,我就不想了。"

这时候的楚晃,好像跟修祈前面那些恋爱脑的女人没什么区别,都那么固执,都陷得极深。

然而她并不用宋元英提醒,她虽对这段感情认真,但若是被负,也绝不纠缠。

这是她跟那些女人的区别,这都是她的家庭教育、她的脾气秉性决定的。

我会爱,我也会让你滚。

周嘉彦出差前跟修祈见了一面,修祈刚从局上下来就赶去了周嘉彦的场。

周嘉彦刚跟他妻子吵了架,心情不是很好,修祈到时他已经自斟自饮了好一会儿,眼看着酒瓶子见了底。

修祈从他手里把酒杯拿走,给他要了杯冰水,递到他手上。

周嘉彦接过来便喝了一口,抬头有些委屈,问道:"为什么女人都这么不可理喻?"

修祈解开西装扣子,坐下来,身子后仰,靠着沙发,手臂搭在沙发扶手上,说:"你自己偷吃不擦嘴,别赖别人。"

周嘉彦皱眉:"你哪头的?"

"要立深情人设的是你,立不住的也是你,嘴上说收心,身体管不住,歇会儿吧。"

周嘉彦转过身来:"嗐呀,你今儿上火了?"

修祈说:"说你的事儿,别说女人,我老婆很好。"

周嘉彦翻了一个大白眼:"滚!"

修祈也没空跟他耗,刚回楚晃消息说十一点回去,现在距离说好的时间只剩下半个小时了。他说："找我干什么？"

周嘉彦喝了口冰水，聊正事了："安徒生目前的危机，你有多少把握？"

修祈说："不知道。"

周嘉彦皱眉："不知道？"

"楚晃在管。"

周嘉彦知道："我是说，她没告诉你她准备怎么做吗？你呢？你没做准备吗？她要是不行，你应该有补救的办法吧？"

修祈没说话。

周嘉彦说："别以为我不知道上回阿乐婚前聚会你带楚晃去是什么意思，不就是把鞠茂川介绍给她吗？但我不认为你会真的用图特来解决这次麻烦。

"老大暂时没有跟鞠茂川合作的意思。安徒生毕竟是辰光控股，你把图特牵扯进来，等于是让老大被动跟图特建立联系。你会那么没分寸吗？

"你不会，所以我斗胆猜测，你是在给楚晃抬身价。"

周嘉彦说着，眯起眼，盯着修祈没什么反应的脸，唯恐错过他一丝一毫表情的展露。

他继续说："已知窦盾跟老大要过楚晃，你把鞠茂川拉入战场，给外界的感觉就是图特也要楚晃，那楚晃可就不得了了。

"所以你一定会确保楚晃这次公关漂亮收场，她一战成名，外加窦盾、图特、辰光三方争抢的背景，国内公关大手的位置算是稳了。

"我说得对吗？我比猴儿精的修大导演！"

修祈不置可否："说完了吗？"

周嘉彦觉得他没猜错："我现在就想知道，你到底有什么绝妙计策，确保楚晃这次成功公关安徒生的危机。"

修祈没说话。

他让鞠茂川认人，确实有两个意思，一个是让楚晁抓住机会，利用他搭上鞠茂川。他相信只要把她引荐给鞠茂川，她就有能力让鞠茂川帮她打擎天国际。

但他也知道，楚晁同意的概率很小。

安徒生是辰光控股，图特要是加入战场，免不了要刮辰光一层油，盛辰光不会乐意，到时候恐怕会跟他生嫌隙。

他们哥儿几个私下会聊背后资源的事儿，没有禁忌，那也是知道彼此心里有盘算，不会乱来，要是修祈真的用背后的资源了，盛辰光不会高兴的，这直接影响了他的利益。

楚晁那么聪明，能想到这点，一定不会让修祈为难。

所以她不会顺风吹火地搭上鞠茂川。

修祈让鞠茂川认人，还有一个意思便是周嘉彦说的那样，抬高楚晁的身价。窦盾惦记上楚晁在业内已经不是秘密了，但不管什么东西，要有人抢，才显得珍稀。

他带楚晁去参加他的私人聚会，这件事可以被解读成一百种意思，只要他不咬死是什么目的，大部分人会猜测鞠茂川临时改道是为了见楚晁一面。

毕竟他跟修祈经常见，能让他临时改道，一定不是见老友，而是见新朋友。

这个信号给到各大资本，楚晁在外界的印象就会从"辰光一个有点能力的女公关"晋升为"行业内首屈一指的女公关"。

这是一个数据说话的时代，实力要有，声量也要够。

但如果楚晁在处理安徒生危机的事上败了，那他营造的这些繁荣都会覆灭，楚晁或许连"辰光一个有点能力的女公关"这个印象都保留不住，所以周嘉彦以为修祈有两手准备也正常。

事实上，修祈只做到了这里。

楚晃要有能力解决这次危机，才配得上多方争抢，如果失败，那就不配。

强捧会有反噬，他自己老婆他自己心疼，不会把她捧得过高，捧得高，摔得狠，若她实力没到那份儿上，那就把她养在安徒生，他会好好护着。

如果她可以，他自然愿意化作东风，让她飞得更高。

其实他也很矛盾，明知她不愿被帮扶，内心深处仍不想她独自去面对这次危机。他越来越心软了，想到楚晃或许会因为失败而难过，他就不能坐视不管。

但私人聚会那天晚上，温柔的夜色下，她亲口拒绝了他的帮助，他也只能放手让她自己去闯了。

也好，他不用再考虑强捧之下的隐患了。

周嘉彦得不到修祈的回答，也不问了，只说："天不亮我就走了，赶不上慈善之夜了，这么大一场热闹，我是看不到了。"

修祈看他没别的要说了，站起来："还有别的事吗？"

"没了。"周嘉彦刚说完，改了口，"哦，对了，老二跟那个网恋对象分手了。那女孩儿不怎么地道，明知是老二假借你的名号跟她谈恋爱，还是为了面子对外说跟你的见面不太愉快，撞见了你跟别人在一起，暗示你跟她在一起期间出轨了。老二这眼光，是真的差劲。"

修祈不给眼色："给脸不要就提告。"

周嘉彦笑了笑："为了楚晃？"

他就是调侃一句，没指望修祈这个没礼貌的狗男人回他，谁知道修祈一个眼神递过来，说："以前胡来，以后不能。"

周嘉彦怔了怔，什么也没说。

他们兄弟几个起初都以为修祈是玩玩儿，他也很热衷于玩玩儿。

他有很多前女友，千百颜色不分伯仲，他们从未质疑过他将要浪一生的态度，直到有一天，他开始守起了男德。

这个现象刚出现时，他们还是抱着看热闹的心态，甚至在私下赌他这回的热情能持续几天，却没想到一天又一天，他好像对"忠诚于楚晃"这件事上瘾了。

周嘉彦一直觉得"浪子回头金不换"这句话很傻，现在一看修祈，竟然觉得他大彻大悟的样子闪闪发光。

对比他偷吃被逮住，修祈这番为爱洁身自好，道德层面一下子高了他好几个水平。

明明最渣的就是他修祈了，怎么现在他一上岸就显得自己这个第二渣的尤其拙劣了？

真的是坏人回头立地成佛，好人犯错上耻辱柱，这世道没救了。

修祈走后，周嘉彦摇头叹气，喝光了酒。

修祈跟周嘉彦分开已经超过跟楚晃约定的时间，取了车，他每几分钟就看一次手机，但楚晃一直没有发来消息。他完全没发现他这个频繁看手机的行为有多可笑，小心翼翼得让人心疼。

这样的感觉还是在童年时短暂出现过，那时候的他总是怕被抛弃，养成了轻度睡眠的习惯。

具体是什么感觉他记不得了，但时隔多年又出现了令他害怕的东西，有点恍如隔世。

进家门前他看了看表，十二点半，晚了一个半小时，这叫他轻蹙了一下眉。

家里灯都关着，只有客厅区的幕布亮着，正在播放汤姆·希德勒斯顿出演的电影《摩天大楼》。

楚晃趴在玻璃茶几上，桌上有几瓶空了的啤酒，她手里是一只空

068 -

了的酒杯。

修祈皱起眉，脱了外套搭在沙发上，脱了拖鞋，踩着地毯走到楚晃身边，轻轻地把她手里的酒杯拿走，再把她垫在胳膊下的 iPad 拿走。

楚晃轻轻哼了几声，皱着小眉头表示不满。

修祈停了下来。

电影正好演到汤姆赤身裸体晒太阳的画面，一本标题写着 welcome 的书盖在他的私处，很色情。镜头一转，有人搅扰了他的好时光，他匆忙站起，那件东西极快地在画面中闪过。

修祈皱眉，楚晃在看什么乱七八糟的东西？

他把她的胳膊抽出来，想抱她到床上，她被弄醒了，晕乎乎地搂住他脖子，脸埋在他颈间，哑着嗓子说："你喷香水了。"

修祈歪头闻了一下自己的肩膀，哪有香水味？他托住她的腰："到床上去睡。"

楚晃摇头，搂他搂得紧："到床上你就不让我睡了。"

修祈有点无奈："哪次没让你睡？"

"你好香啊。"楚晃像只松鼠，在他领口嗅来嗅去，"新买的香水吗？"

修祈弓着腰半蹲着很难受，她不愿起来，他干脆盘腿坐下来，让她靠在自己身上能更舒服一点："你要是告诉我，这些酒都是你喝的，我就打你了。"

楚晃一下子弹开，皱着眉，微噘着嘴，看着他："家暴！"

修祈差点因她这个娇嗔的表情融化了，当下没说话，但仍然虚弱地捏了捏她的脸。

纯情狐狸，这是什么稀有品种？

楚晃两只手扒拉着拨开他的手，揉了揉鼻子，又看向修祈，突然笑起来，傻乎乎地说："你可以抱我吗？"

修祈笑了笑，冲她伸过手去："过来。"

楚晃晃悠悠扑到他怀里，在他胸口嗅个不停："就是香水味啊，哪个牌子的啊？"

修祈抱着她，拉起她的手，亲亲她的手指："是谁来过了？"

楚晃搂着修祈的腰，脸贴着他胸口："元元姐。"

修祈眼睛正前方的沙发上有一个纸袋子，他胳膊长，伸手拿了过来，一只手打开，有两个盒子，盒子里分别是一条腰带、一条领带。

他又一次忍不住皱眉，问她："你之前说托她帮你带东西，是带这两件？"

楚晃顺着他的手看到她准备送给他的腰带，没答，又从他手里拿过来，套在他的脖子上，酒精熏红的脸微微笑着，眼睛和嘴唇都是一样的弧度："你喜欢吗？"

修祈的眼神充满溺爱，歪着身子把西装拿了过来，从口袋里掏出个小盒子，取出项链扔掉盒子，把项链挂在楚晃的手腕上："回礼。"

楚晃呆呆地看着项链："你什么时候买的？"

修祈没答。

项链坠子上是一只镶钻的小狐狸，好可爱。楚晃突然心跳很快，本来醉酒就很让她面红耳赤奇奇怪怪了，看到他准备的礼物，她的心跳又加码了。

她看看项链，看看修祈，还是修祈更好看，但她不能把修祈戴在身上，于是歪了歪脑袋，娇娇软软地说："你给我戴上呀。"

修祈笑："你的手呢？"

楚晃立刻把手背到身后："我的手不见了。"

她一动，项链从她手腕上脱落，掉在了地毯上，修祈捡起来，解开弹簧扣："来。"

楚晃笑吟吟地伸过脸去，正对着修祈的脸。

修祈给她戴上项链，俯身亲了一下躺在她胸口的坠子，实际上是

070 -

亲了一下她胸口的肌肤，酥酥麻麻的感觉瞬间冲向楚晃的天灵盖，像是启动了她的开关一样，叫她喘着粗气攥住修祈脖子上的腰带，紧几个扣的同时把他拉到自己面前，毫不犹豫地吻住他的嘴。

修祈被她主动吻过，但没被这么主动吻过，眼稍稍睁大了些。

楚晃只有在喝酒的时候这么勇敢，总想着趁酒劲儿还在，把主动权牢牢抓在手里，不然等修祈反应过来，就该是她被摁在地上了。

修祈这回不是很急，很享受楚晃的撩拨，她不熟练又下定决心的样子，乖巧又蛊人。

楚晃喜欢含着他的唇角吻，喜欢用自己的鼻子去蹭他的鼻子，他优越的鼻骨让她舒爽，她不由得软了身子，只能瘫在他怀里，娇娇地叫"老公"。

"老公。"

修祈亲吻她的脸颊："嗯。"

"喜欢你。"

"谁喜欢我？"

"不知道。"

修祈笑了笑，把她抱到床上去，亲了亲她的嘴唇。

他不知道，论蛊人，他有过之无不及，吊足了楚晃的性胃口，令她有点急地揪着他的衬衫，皱着张小脸哼哼："嗯……"

修祈解开了衬衫扣子。

楚晃没出息地吞了口口水，还舔了舔嘴唇。

她每次喝醉小动作就多了，修祈本来还想着放缓节奏，循序渐进，但她这些下意识的小表情一出来，他就改变了主意。

循序渐进？

扯淡。

他们都有轻微的幽闭恐惧症，越是狭小的环境越是难以呼吸，越是难以呼吸，越是激烈。

时间静走，不知辗转多少个地方后，楚晃睡了。

修祈睡不着，自己去洗了澡，站在客厅窗前看了看外头的月亮。

有云挡住月亮的时候，他看了眼手机，他的大名还挂在微博热搜上，只是怎么在中位？他皱起眉，打了个电话，直接买到了榜一。

21 号，蕙心慈善之夜在上海沈萃升国际酒店举行，国内外电影圈、电视圈一线明星到三线明星，社会名人，商业巨贾，知名品牌以及媒体相聚一堂，共同助阵本年度最为盛大的慈善大典。

当天天气出奇地好，天一擦黑，月上柳梢头，星披满天空，晚风温暖，人海温柔，处处透露着这一场盛事将会圆满进行、完美落幕的信息。

随着红毯时间越来越近，各位嘉宾的车陆续开到红毯现场。警戒线外的媒体扛着设备整装待发，两位主持人在签字墙前聊着天。早到的嘉宾在后台等候，几个大休息室、多个小休息室，人满为患。造型师、经纪人、助理、慈善之夜的工作人员，入目皆是人头。

酒店房间外的走廊偶有明星拍活动图，拍完精修，挑九张出来发在工作室官方微博。有些明星早就在落脚的酒店完成了这些工作，早早到现场后台等待，要么是趁机跟老朋友叙旧，要么是趁机在前辈跟前混脸熟。

活动现场热闹，线上也热闹，慈善之夜是大型活动，相关热搜不会少于五个，高中低位都有，这么大流量，蹭到就是赚到。

当然他们本质还是想给足自己喜欢的艺人排面。

后台的一些情况也被实时转播，屏幕内外的粉丝看着自己喜欢的人的物料，激动大叫，全都在说"他好帅！""她好漂亮！"。

活动现场向北一千米的酒店房间里，楚晃刚做完妆发。她一直没喝水，化妆师心疼她，给她拧开一瓶，她道了谢，却没喝，继续发完了微信消息。

她身后的假模特身上是一条直观上白纱缀花的高定裙子，细看其实白纱上也有白丝绣的花卉图案，仲晓给她借来的。

修祈在公司公布带她走红毯时，说给她买高定，她拒绝了。

她是想，就穿这一次，花大几十万买条裙子实在没必要，修祈本来没参考她的意见，但不知道从哪儿打听到是仲晓给她借的裙子，就依了她。

楚晃发完微信消息，修祈走了进来，化妆师有眼力见儿，退到套房外间。

修祈走到楚晃跟前，一只手插兜，另一只手转着手机，背朝着化妆镜，半坐在化妆台上，看向她的精致妆容。

楚晃抬头看他，他打了个蝴蝶领结，样子好乖，她忍不住弯起唇角："我今天走纯情路线，你也是？"

"为了跟你搭。"

楚晃皱了一下鼻子："你可别跟我搭，我不想跟你上热搜。"

"那你还同意跟我一起走红毯。"

"那是因为我知道今天有比你更吸引大家关注的事情发生。今天那么多名流到场，那么多品牌坐镇，只要我们正常营业，就不会有人以为我们有什么关系。"楚晃信誓旦旦，"我们最早在车库被偷拍，可没拍到我长什么样子，你别想害我。"

修祈淡淡笑着，没说话。

就要到红毯时间了，楚晃喝了口水，站起来，拉起修祈往外推："我要换衣服了，你先去外边。"

"你还有哪里我没看过？"

楚晃不管："外边还有人呢！他们又不知道我们的关系，你看着我换衣服像话吗？"

修祈被她推到门口，突然转过身，背靠在门上，挡住了门把手。

楚晃皱眉："干吗？"

修祈只看着她，不说话。

楚晃被他看笑了，很无奈地摇头："你又用这种眼神看我，看得我浑身发毛，你要是没事做就去外面坐一下，我很快就穿完了，你非要跟我耗着……"

她还在可可爱爱地碎碎念，修祈突然俯身，亲了她一口。

她一愣，快速捂住了嘴，但脑子还没反应过来，蒙了很久才想起捶他："你！有病是不是？！"

修祈心满意足，打开门出去了，临走时看了眼楚晃脖子上的狐狸项链。

嗯，很适合她。

楚晃已经跟他在一起那么久了，他突然袭击，她还是会心跳加快，她也不是一个迟钝的人，但对上这个男人，能占的便宜屈指可数，她心里发怵，反应就在不知不觉中变慢了。

她连着叹了几口气，带着气把裙子穿上了。

她一直很漂亮，所以打开门的时候，修祈反应平淡，没有电影里男主角眼睛一亮的画面出现，反而是楚晃的助理和公司带过来的小姑娘，激动地扯着彼此的袖子。

楚晃提着裙子走到修祈面前，仰头看着他，说："我好了，可以走了。"

修祈含笑看着她，冲她伸出手，像个绅士。

楚晃大大方方把手交给了他，挽住了他的胳膊。

车在车库，因为有其他明星入住这家酒店，车库都是粉丝、私生粉、站姐居多，胳膊上好几个帆布口袋，相机、周边、小马扎，很是齐全。

修祈和楚晃从电梯里出来时，正好赶上一个流量小生上车，他的粉丝把他的车死死围住，七八名保镖什么作用都没起到。

修祈和楚晃趁乱溜上了车，他们俩的保镖倒是省心。

待那些粉丝反应过来身后一闪而过的是修祈时，修祈的车已经开出了这个区域。

"修祈逃离车库"的热搜很快升至高位，几乎是空降到热搜第四的。

他们的车赶到蕙心慈善之夜现场时，刚刚好红毯仪式正式开始，控流程的工作人员按照脚本一一通知各位走红毯的嘉宾。

主持人在签字墙前的主席台后控全场，首先走上红毯的是一些资方。

以擎天资讯为主业务的擎天国际首席运营官汪冬冬、擎天投融资主负责人金雯打头阵。

接下来是窦盾集团的项目总监崔亚梵，还有集团下占领影视市场百分之四十份额的综合视频平台窦盾视频副总裁方志敏。崔亚梵和方志敏刚到就被提醒该走红毯了，即便是这样，崔亚梵还是跟等待区的楚晃打了个招呼，打手势示意她等会儿坐在一桌。

楚晃冲她笑了一下，表示会意。

方志敏看到了楚晃，也朝她点了头。

后台等待区的艺人都看到了这一幕，红毯区警戒线外的媒体也看到了这一幕。顿时，楚晃的名字比修祈还要迅速地登上高位热搜。

楚晃的话题广场热闹非凡，一时涌入大量网友猜测楚晃的身份。

有人科普她是辰光公关部的一个中高层，有人反驳说她已经升职成为辰光影业，即原安徒生的营销总监了。

有人爆料她跟窦盾集团的项目总监崔亚梵是闺密，还被窦盾视频的副总裁方志敏方总挖过。图特创始人，现图特董事鞠茂川商业行程临时改道就为见她一面，满腹惜才之意昭然若揭。

既然她能得到窦盾和图特的青眼，那为什么要留在安徒生这个小池塘？

随着修祈携手楚晃走过红毯的实时转播结束，这个问题的答案已明了——修祈于前一天晚上登录八百年不登的微博号，发了一张小狐狸项链图，在热搜榜第一挂了一宿，网友猜了半天他的用意，都没得到合理答案。

今天蕙心慈善之夜，小狐狸项链出现在楚晃的脖子上……

网友都懂了。

楚晃当然会拒绝窦盾和图特的橄榄枝，留在安徒生这个小池塘，因为她是修祈的人。

那楚晃这次公开亮相是修祈要给嫂子正名，还是安徒生对外释放的一个信号，告诉大众安徒生的公关目前已由楚晃接手，樊宁已经被弃用了？

楚晃热搜话题下，五万人头针对这个问题实时讨论，最后得出一个结论——修祈发项链照片，带楚晃走红毯，要么是公开恋情，要么是让外界知道，楚晃才是公关此次安徒生危机的负责人。

如果是公开恋情，修祈前女友们会不会组成一个复仇者联盟？参考修祈的情史，网友一致押宝修祈和楚晃这段感情不会长久。

如果是公关预告，那樊宁刚公关翻车不久，楚晃这时候接手，能力挽狂澜吗？

网上炸开了锅，蕙心慈善之夜的后台也炸开了锅。

宋元英在其中相对平静，她比这些人了解楚晃，所以没有很惊讶。楚晃走完红毯，她也去跟楚晃打了声招呼。

楚晃还笑着凑到她耳边说了会儿话。

网上又开始热议，后来有网友挖出她们俩都是林清府人，也就不讨论了。

后台其他艺人可没有宋元英淡定。

艺人跟网友的侧重点不一样，艺人眼里真相不重要，重要的是楚晃和修祈的关系，以及她背后的资方，实在强大。

并不是每个人都眼红，却是无一不在心里头感慨。

樊宁在小休息室里眉头紧皱，桌上是她刚扔在地上的手机，助理给她捡了起来，屏幕已经碎了，但还亮着，画面是楚晃挽着修祈走红毯的照片。

楚晃脖子上的狐狸项链好刺眼。她不明白，楚晃个女公关，凭什么能让修祈公开？！

她的助理在旁边大气也不敢出，经纪人不是，提醒她："擎天国际那边给你压这次公关翻车花了不少钱，你现在就庆幸你这事不是社会事件，没那么多道德卫士过来抵制你。

"顶多在圈儿内被笑话几天，但只要你以后离修祈远点儿，专心拍戏，再冲个奖，这些烂事也就会被大家抛到脑后。

"如果你还不醒悟，还跟修祈死磕，我不知道你还能不能在这圈儿里混下去。

"早跟你说过，别对修祈死缠烂打，他现在是没拿你当回事儿，让你蹦跶，等你真的惹急了他，他开始对付你，你觉得擎天国际还能站在你这头吗？他们心里也有一杆秤，挺你等于跟修祈对立，跟修祈对立，他们会损失多少资源？你当资本家讲道义啊？都只看钱！

"擎天国际帮你公关安徒生的危机，那是因为帮安徒生，就等于帮辰光，他们想着从辰光那儿捞好处呢，你真以为擎天国际是你的不动产吗？

"今天务必要低调，无论发生什么。"

樊宁的经纪人前好几年加一起都没今年一年对樊宁说的话多。

自从樊宁喜欢上修祈，脑子就跟被切掉了一样，行为语言完全没逻辑，好好的一个有灵气儿的人，灵气儿全跑了。

经纪人把椅子拉过来，坐下，接着说："樊宁，喜欢一个人，切忌失去自己。"

樊宁一直呼呼出着重气，经纪人这番话更是刺痛了她的自尊心，她一气之下把化妆台的东西都拂到了地上，站起来冲她大喊："凭什么？！凭什么他送给她一条项链，还要买一宿热搜宣告这件事？"

经纪人说了那么多，樊宁的注意力还在修祈身上，她放弃了，樊宁被荼毒得太深，恐怕没有一桩灭顶之灾，是不会醒悟过来了。

她蹲下来，帮樊宁把地上的东西一一捡了起来，装进化妆包。

樊宁看着跟了她很多年的经纪人捡东西，看着看着，眼泪掉了下来，蹲下来抱住了经纪人，无声痛哭。

经纪人停住手，让樊宁靠了自己一会儿。

在喜欢修祈之前，樊宁是个要能力有能力、要品格有品格的人，她现在泥足深陷，不知道在她幡然醒悟的那一天，回想今天为修祈放弃的这一切，会不会痛心疾首。

樊宁哭当然不是因为她清醒了，是她本质就是个心软的人，她知道经纪人对她好，但她又不能放弃修祈……

安徒生的员工看到楚晁的热搜，大受震撼，他们不是惊讶于楚晁的美貌，而是惊讶于修祈和楚晁的关系。

原来和牛、鲜花，都是有迹可循的！

修祈也太有想法了，他是为了请楚晁吃饭，为了给楚晁送花，就把全公司的人都请了一遍、送了一遍吗？

策划群里动辄九十九加的消息数，全都在讨论修祈和楚晃。

"咱们修导也算是个流量人物吧？流量公开恋情那不是找死？但如果对象是楚总，那当我没说。"

"对啊，这招太高了。"

"先让网友扒楚总的背景，洲大毕业，辰光、窦盾、图特都把她当香饽饽，要实绩有实绩，要相貌有相貌，谁敢说什么？"

"这要是哪个十八线女艺人、网红，早就被修导那一小撮战斗粉给撕碎了。"

"所以很多时候不是粉丝不认嫂子，是嫂子不配啊。"

"也不能这么说，修导是用实力说话的，只不过恰好长得好看，有了些关注，这跟 idol①不一样，idol 爆嫂子那才是找死。"

"我知道樊宁为什么输了，楚总真不是省油的灯，看着乖，不代表真的乖。"

"快看快看！新扒出来的！"

"贝漪馨去年低调过生日，楚总也在？贝漪馨啊，是不是家里有矿，跟家里作对偷跑到上海，靠朋友救济的那个？"

"也没那么寒酸吧？人家只是短暂地缺钱，想有钱也就是跟家里低个头的事。"

"我要再看看还能扒出什么来。"

活动现场，红毯仪式已经结束，艺人回到休息室，或者酒店房间，等待半个小时后慈善之夜正式开始。

慈善之夜的节目单很丰富，嘉宾席是圆桌会的形式，观众席前排是媒体人，后排是艺人家的线下应援和买票进来的观众。

---

① 意为偶像，一般指娱乐明星或者其他娱乐公众人物。

正式开始的前几分钟，嘉宾、媒体记者、观众均已到位，明明众星云集，现场内外的观众却只看到坐在修祈旁边的楚晃。

今晚的红毯仪式，男女艺人均有艳压通稿，热门全都是精修大片，但观众心里跟明镜儿似的，好看不好看，生图说了算。

樊宁等一众红毯常客，都有专业的造型团队，基本没翻车的时候。

所以观众对他们这部分艺人的期待值本身就有七十，那他们今晚的造型即便有九十分，对观众来说也是意料之中的，意料之外的是楚晃、小芽。

他们先后进场，叫观众很是吃了一惊。

因为没有期待值，所以他们的造型一旦超过七十，给到观众眼里、心里的震撼往往是翻倍的。

楚晃这张妩媚的脸搭配她乖巧的眼睛，太新鲜了。

天生吃性感这一碗饭的女艺人有，但性感总是和勾魂摄魄的眼神同时拥有的，一面骚，一面纯，实在不多见。

她那条裙子也为她这份特别的气质出力不少。

人物的表现力、精准的造型是相辅相成的，没有好的造型，表现力就很空泛，没有表现力，再好的造型也是暴殄天物。

有人挖出楚晃那条高定裙子是仲晓帮忙拿到的，这下被大家知道，楚晃不光有资方加持，还有时尚圈资源。

至于小芽，他是前一段时间闹得沸沸扬扬的"打母亲事件"的主人公，几乎每天都在各平台热门里接受言语的鞭挞。再加上樊宁公关的一系列操作，很败坏好感，除了大家眼中他那些负隅顽抗的粉丝，没人期待他出现。

万万没想到，他不仅来了，还穿一身黑色燕尾服，衬得他腰细腿长，气质脱俗。整个人看起来眉清目秀、唇红齿白，一时间跟楚晃的实时讨论人数不相上下。

有一个背离传统道德的特别现象，颜值即正义。

个别社会新闻总是不难出现"最美罪犯""最帅罪犯"这样的标签，因为完美的外表而逃脱法律制裁的现象虽不是比比皆是，但也能搜索出二三。

小芽因为帅气而被关注、讨论这件事，恰恰说明，有部分人对道德的要求是弹性的。

慈善之夜正式开始，除了主办方发言，就是各资方代表上台表示对本次盛典的期待，再有就是各公益品牌的广告时间。

楚晃第一次作为嘉宾参加这种活动，大方得体，从出场到现在稳稳坐在圆桌前，表情没有管理失败过。

修祈老麻雀，一如既往地气定神闲。

往常他出席活动都会上热搜，今天也上了自然热搜，但楚晃、樊宁、小芽他们一出来，他很快就掉出了热搜榜。

今天是他老婆的场子，他愿意只做他老婆的陪衬。

楚晃看了热搜才知道狐狸项链的事，鉴于现场人太多，她没表现出被算计的不满，但也没想饶了修祈，轻掩着嘴，严肃地说："你强取豪夺我就算了，你还算计我！不要脸！"

修祈不掩嘴，不怕被人读唇："婚后那么久我才当新郎，还是在你喝醉的情况下。你一直不公开，难道是想几年后再给我名分？"

楚晃睁大眼："你说什么呢！"

修祈微笑，没有说话，伸手拨了拨她散下来的几根头发。

他刚做完这个动作，观众席传来惊呼声。

楚晃躲得后知后觉，待她皱起眉，新的热搜已经在预热，待舒伯乾他们那个组合登台表演，修祈帮楚晃理头发的热搜已经爬到了十几位，九亿阅读量。

楚晃看着手机发愁，修祈则是怡然自得。

幸好今晚到场的明星太多，也都有营销准备，轮到谁演唱，谁家的热搜就安排上了，这样楚晃热搜的排名不至于太高。

其他人的话题，比起夸的，还是嘲的更多些。

楚晃这种需要深入挖掘的人，因为不了解，所以都想了解，也就没空嘲。

其他人买什么"沉浸式表演""全开麦真唱""玻璃耳环""百合长裙"，除了热门是粉丝在加热，搜索实时都是看热闹不嫌事大的人在嘲讽，什么难看、丑、土、做作、油腻。

楚晃第一次上热搜，待遇好一点，等她多上几回，也就跟这些明星是一个待遇了。

楚晃看了会儿微博，回了营销部还在加班的同事们几个消息。

这时，崔亚梵弓着腰走到她这桌，拍了拍她。

她回头看到崔亚梵，往修祈身边挪了挪，崔亚梵正好坐在她旁边的空位上。

崔亚梵跟修祈点了一下头，算打过招呼，接着凑到楚晃耳边，说："你这裙子过分了。"

楚晃笑了一下："好看吗？"

崔亚梵点头，但她不是来跟楚晃说裙子的："你今晚上这一仗，明天会被做成 PPT 各公关公司人手一份。"

"夸张了吧？"

崔亚梵把手搭在楚晃的椅背上，笑着说："好戏开场，你这儿视野最好，我就在你这儿看了。"

话闭，小芽上台演唱了。

他唱了一首抒情歌，是今晚上截止他这里，演唱得最好的人。

网上继"小芽帅气"的讨论之后，小芽的唱功也惊艳到了不少网友，前段时间传播他唱歌像杀猪的洗脑包顿时破灭，已经有人开始怀疑打母亲事件是否恶意抹黑了。

两个小时的表演时间后，就是当晚重中之重，慈善项目的公开，以及对各个头部集团、品牌、明星的答谢时间。

社会层面上说，这些人都捐钱了，用在哪里，总要让公众知道、看到，真的是在做慈善，而不是把这些个话题人物聚焦在一起来营销；从粉丝层面上说，自己喜欢的人捐钱了，得公布出来，做慈善是大事，让别人知道自己的偶像做了慈善也是大事；从商业层面上说，品牌方做慈善也是对品牌很好的宣传，做慈善固然重要，但也要有钱才能做慈善。

主持人介绍蕙心慈善之夜本年度主创参与的慈善项目时，说到窦盾视频发起的慈善基金项目，邀请方志敏上台详细介绍。

方志敏上台，台下掌声一片。

主持人问："窦盾视频这次发起的慈善基金是救治儿童顽症的一个项目，方总是在一个怎么样的情境下产生了做这件事的想法？"

方志敏拿着话筒，沉思了一下，说："这是一个沉重的话题。"

主持人点了点头，静静等待。

台下的嘉宾、观众也都在目不转睛地看着他，等待他的下一句。

方志敏轻呼了一口气："我在前两年救助过一个白血病的孩子，他只有十二岁，找到骨髓配型却没有做移植手术的费用。我辗转知道了这个消息，并在第一时间去帮助了这个孩子，但就因为我知道得太晚了，孩子还是离开了。

"那一整年，我都没再去过那个孩子的城市。我很痛苦，虽然跟我无关，但我真的很痛苦，我接受不了一个鲜活生命在我全程关注下离开。所以在两年后的今天，我决定做一个发起人，呼吁更多人加入我，来挽救更多生命。

"有人问我，为什么两年后才来做这件事，我必须诚实地告诉大家，两年前窦盾视频正在经历改革，我们团队人仰马翻，而且那时的我慈善方面的知识很匮乏。我也不会说什么，我这个人多善良、多怎么样，我不那样说，我就是一个普通人，我在努力实现自己的价值，我获得我应有的报酬。

"那时候的我不认同挣得多就得捐得多这个规律。钱是我自己挣的，我想捐多少就捐多少。你看我好像挺现实的哈，但那时的我仍然会因为没有救到那个孩子而难过，只因为我们都是拥有一颗柔软的心的普通人。

"主持人问我是在什么样的情境下决定去做这件事的，我想说，是因为我对悲剧的深入了解，是因为现在的我活明白了。我拥有的一切，既是我努力得到的，也是社会赠予我的，因为每个人都很努力，却只有我获得了这样的机会，去拥有了这一切。公共资源只有那么多，我拿到了，我不能恬不知耻说我多配，别人也配，我的努力可能只占成功的百分之几，所以我当然要在能力范围内去回报如此善待我的社会。"

方志敏一番肺腑之言，众人都沉默了。

他缓了口气，又说："当我决定去做这件事的时候，我发了一个朋友圈，大半夜发的，我说我想成立一个基金。我刚发完，就有人弹了个消息给我，几乎是在我发出去的那一刻，你们想不到是谁。

"是冉子芽。"

观众席开始热议，嘉宾席的有些嘉宾表情也很有趣。

冉子芽是小芽的大名。

方志敏接着说："他给我发消息，我才发现我这条朋友圈发到了工作微信。

"他问我，他能做点什么。我当时很惊讶，凌晨四点，他发了一个这样的消息给我，我觉得换作是谁都会感到惊讶。我问他为什么没睡，他没说，我也没再问，不是很熟，就只说了现在要做这件事。然后我们就没再聊。

"第二天，陆陆续续地，开始有人来问我打算怎么做。很多人，我没想到会有那么多人响应，就是你们熟悉的今天来到蕙心慈善之夜现场的这些人，还有没有来到现场的一些。

"我很感动，所以在接到蕙心慈善之夜邀请的时候，我答应得很痛快，我说我要来，我要跟我的这些朋友在这样的盛典上聚一聚，共同去完成慈善这项伟大事业。"

方志敏一说完，台下掌声如雷。

崔亚梵跟方志敏认识那么多年，听过他那么多次演讲，还是每一次都有新的感受，他确实是一个很有感染力的人物。

她打开微博看热搜，果然，"小芽捐款"词条上了热搜，点进去，热门第一是一个素人的微博。她发了一张泄露的捐款名单，小芽捐了两百万。

与此同时，红血品牌官方微博正式宣布，小芽成为他们的代言人，无预热，无物料偷跑，直接视频官宣。

视频里小芽首先以一口流利的英语表达对品牌的尊重，接着用中文告诉大家他是中国人。

全网热议。

越来越多的人忍不住发问，小芽打母亲的事是不是有隐情，如果他真是一个殴打亲生母亲的道德败坏的人，为什么窦盾视频的副总裁方志敏会为他说话？跟楚晃有关吗？

就算楚晃是一个很具有实力的公关，方志敏也不是个草包，无脑为劣迹艺人站台，这损害的可不是他个人的利益，他有那么大权利和胆子拿窦盾押注？

唯一可以解释通的，就是小芽不是殴打母亲的道德败坏的人，而楚晃只是作为一个中间人，让方志敏了解到了这点。

加上今晚红血品牌官宣，一句"我是中国人"叫围观群众好感大增。

崔亚梵是知道方志敏想跟楚晃合作的，方志敏跟她要了很多次楚晃的联系方式，楚晃拒绝过两次，那天她们闺密聚会，她又问了楚晃一次，楚晃答应了，她就推荐了微信名片。

那天楚晃要去机场，提前走了，她刚走，方志敏就给崔亚梵发来消息，说要请她吃饭。

她也就知道，方志敏和楚晃联系上了。

楚晃为什么会从拒绝方志敏的橄榄枝到接受，无非是方志敏那里有她需要的东西。而她在事业上连升了好几级，婚姻也很美满，她能需要方志敏什么？

崔亚梵当下便知道，楚晃准备借助窦盾的力量解决安徒生危机。

业内外都知道，窦盾和擎天国际打了很久的官司，窦盾一直因为公关劣势，被擎天国际压着打，所以他们在业内找了很久的公关团队，最后根据楚晃一次漂亮的公关案例，把目光放在了她的身上。

不巧擎天国际押宝樊宁，想要碰瓷辰光，楚晃若和窦盾联手成功公关这次危机，不光安徒生会走出困境，窦盾也等于是狠狠打了一回擎天国际的脸。

崔亚梵在听方志敏说话的时候，朝擎天国际的几个代表看了一眼，那脸可太绿了——真是过瘾！

崔亚梵想到了楚晃跟窦盾合作的这招，却没想到楚晃还给那孩子争取了红血代言，这也就算了，那官宣视频里的广告词绝对有她的想法，"我是中国人"这一步走得太绝了。

为了安抚红血，她还让那孩子先用英文表达了对品牌的敬畏，对品牌文化的钟爱……崔亚梵不知道网上说的图特争抢楚晃是不是真的，但经此一战，恐怕图特要真的动这个心思了。

她忍不住看向楚晃，楚晃倒很从容，性感的五官、无辜的眼神……真是个妙人啊，便宜修祈了。

楚晃见她正看着自己，冲她笑了一下："怎么了？"

崔亚梵拖着椅子挪到她跟前，一只手扶着桌子，另一只手扶着她的椅背，说："接下来的动作能跟我说说吗？你是让冉子芽在公众心里的印象逆转了，但他打母亲的事可没被洗白。"

楚晃从一块蛋糕上拿下一颗樱桃，放进嘴里，揪掉樱桃梗，用纸巾包住放在桌边。

"我不信你只做到这里。"崔亚梵又说。

楚晃又冲她笑了一下。

崔亚梵皱了一下眉，后知后觉地拿起手机，冉子芽专访已经上了热搜，她点进去，竟是江南电视台约的专访。

这个电视台自官博建立以来，没说过假话，没犯过错。

采访冉子芽的主持人是知名刀子嘴，不会准备采访稿是他的标签。崔亚梵打开视频，就听到他问冉子芽："你打了你的亲生母亲吗？"

冉子芽说："打了。"

"为什么？"

"因为她逼死了我的养母，而我是我的养母养大的。"

"你能证明你说的话是真话吗？"主持人又说。

冉子芽说："不能。我养母跟我之间没有领养手续。"

"我接到采访你这份工作的时候，去看了针对你的那些讨论，我很希望在采访你的过程中，你能证明那些争议都是子虚乌有的，但你现在告诉我，你不能证明这一点，那我们这个专访还有进行下去的必要吗？你身上除了这一件新闻，好像没有可以聊的点了。"

冉子芽低头看了看自己的手，看了好一阵，抬起头来，说："那我可以跟你说说我养母吗？"

主持人说："随你。"

冉子芽的声音很轻，慢慢讲述他跟他养母这些年来是怎么相依为命生活的，最纯朴、真诚的语言最动人，崔亚梵听着有一点难受。

冉子芽讲完，主持人没有问题问他，他就继续说："我以前没想过，有一天我需要向别人证明，养了我很多年的母亲是我的母亲。我也没想过，因为没有一份领养手续，我就要向从未管过我的人叫母亲。"

他从口袋里拿出一个小本子，封皮已经破旧不堪，角打了卷，脊上还有一块暗黄色的印记，他掀开第一页，轻声说："这上边记录了我从小到大生过多少次病，每长一岁的身高，考了多少次一百分，参演的每一部影视作品，拍摄过的每一个广告……

"这些都是我养母这么多年记录的，我想问问我所谓的亲生母亲，她知不知道这些，知不知道我第一次吊威亚，出了事故，被摔折了几根骨头，在医院住了多久，又有多久不能吃饭，只能插胃管进食，出院的那天天气怎么样，有没有阳光，街上的车又多不多。"

崔亚梵看到这里，因为过于难受，关掉了视频，只看了评论，竟然看到了熟悉的名字，有些电视剧导演和制片在这条专访微博的评论区打了很多字——

"别的我不知情，但当年小芽来我剧组试戏的时候，跟在他身边的是已经过世的冉翠梅女士，不是突然冒出来的这位耿女士。"

"当时跟小芽这孩子签合同，都是跟本人签，因为我没有跟未成年签合同的先例，所以还找了公司法务，了解了一下这个问题。"

"冉女士是一位伟大的母亲。"

"那时我们拍华夫饼的广告，因为小芽第一次拍广告，很紧张，一直不能进入状态，足足拍了四天才出来我们想要的效果，那四天里，冉女士一直在现场，帮我们跑前跑后。"

"我不知道冉女士是小芽的养母，因为自我认识他们，冉女士就在像爱生命一样爱着小芽，我不认为这样的爱不是真正的母爱。"

"……"

导演、制片真情实感地发言，搜索实时里都是路人在感慨以后看热闹要谨慎，提醒自己不要再给别人当枪使了。

这一仗到这里，才算是结束，而且是完美的结束。

崔亚梵再抬起头来时，一脸肃然，不由得合拳头抵住嘴唇，让脑袋里的信息横冲直撞地驰骋了一会儿，才说："厉害。"

如果是在今晚之前发布这个专访，召集这些导演、制片，一定没有现在这样的效果，或许还会被骂是收钱说话。

现在这个时间放出来就不一样了。

今晚先有小芽帅气亮相，稳住看脸的粉丝，又有歌声动人，稳住操心事业的粉丝，再有捐款两百万、红血官宣视频直言自己是中国人，稳住社会人士，最后专访堵住黑粉的嘴……

这一条龙安排下来，即便聪明人看出有公关的成分，也不敢再说什么。

因为两百万捐款是实打实的，方志敏为他站台是实打实的，红血官宣视频的爱国宣言也是实打实的。若仍有人站在对立面哗众取宠，就会引来社会人士的质问："你捐款了吗？""你爱国了吗？"

如此一来，他们就不敢说话了。

楚晃对整个互联网营销生态了如指掌，叫崔亚梵佩服得五体投地。

这是一个轻易便能颠倒黑白的世道，抹黑和造谣真的可以毁灭一个人。

有时候澄清是一件很无力的事，谣言说一百遍就会变成真的，在所有人对一个所谓的"事实"深信不疑的时候，那澄清就变成了造谣。

所以一定要找到他们的弱点，精准打击，让他们就算有造谣的话术，也不敢再说。

崔亚梵又衷心地对楚晃说了一句"厉害"，顺便看了一眼旁边的修祈，他还是那副处变不惊的姿态，但她认为，他不一定知道楚晃的计划。

因为自她知道修祈这号人物，他就一直是这样的神情。

不知是不是夫妻相，她再回过头来看楚晃，竟觉得楚晃越来越从容，越来越像修祈了。

她没多想，握住楚晃的手，跟楚晃说："今晚之后我还有的忙，等我空了给你打电话，咱们再在一块待会儿。"

楚晃应声："你什么时候有空提前跟我说。"

"嗯。走了啊。"

崔亚梵说完弓着腰回到了自己的位置。

楚晃扭头看向修祈，眉梢微微上挑，有一点得意，也像是在讨夸奖。修祈对楚晃有信心，有点在他意料之中，但不得不说也有点惊喜，楚晃比他想象中更强，也让他不由得生出些可望而不可即的感受来。

他当然会夸奖她，但这里不是夸奖的地方，就假装不知道她什么意思，回挑了一下眉。

楚晃被他扫兴了，懒得再搭理他，回身继续听主持人介绍慈善项目。

主持人介绍完各个私人、组织新成立的慈善基金，便开始回顾往年慈善事业的成果。

随着主持人播音腔的引入，大屏幕上播放起视频，第一幕便是救助过的贫困区以前、现在的全景对比，一幕一幕，催人泪下。还有被救助过的群体的代表发言，发言基本是对未来的展望、对捐款人的感谢、对蕙心慈善项目的感恩，以及不会辜负期待。

这是一个沉重的环节，蕙心慈善办了这么多年，一年比一年有经验，也一年比一年能找到打动人心的点。

这个环节的巧妙就在于为下个捐款环节打下了基础，大部分人准备追加捐款了。

有这么好一个抛砖引玉的环节，使得今年的捐款数额轻轻松松破了纪录，主办方现场宣布后，这个好消息一举登上全平台热议榜首。

一整晚各路人士的震撼、混乱、狂欢、感动在这项伟大的事业面前都淡下去了。

就这样，蕙心慈善之夜完美落幕了，但也没有完全落幕。

晚上十点，活动结束后，嘉宾先离场，提前约好的都前后离开、各自赴约了，有工作的继续工作，有行程的马不停蹄地赶去机场……

艺人们几乎是在差不多的时间到达车库，车库里各家粉丝不知道是怎么冲破层层防卫蹲守在艺人车前的，人山人海，毫不夸张。

后台的休息室里，助理跟修祈说明了这个情况，修祈还没说话，有一个歌手向他提议，可以在酒店住一晚，第二天再离开。

助理说："酒店前一周就没有房间了。"

歌手略尴尬地笑笑："那没办法了，只能等了。"

楚晃坐在沙发上单手刷着手机，另一只手搭在膝盖上。修祈正要过去，主办方的负责人进入休息室，笑着走向修祈："修导！"

修祈只能回身。

负责人上来便轻拍了两下修祈的胳膊："感谢捧场。照顾不周，等忙过了这一阵，咱们私下里聚聚。"

修祈微笑："客气。"

负责人专门找到修祈，是因为修祈带来的楚晃为活动创造了太多话题。

他们不光要线下的圆满，还要网上声量的圆满，今天晚上热搜太多，话题太多，明天数据复盘一定很漂亮，而讨论最多的话题都是楚晃促成的。

他跟楚晃不熟，但跟修祈说得上话，既然楚晃是修祈的人，那找修祈准没错了。

负责人说了两句去忙了，跟修祈合作过的男演员又走了过来。

男演员参演修祈电影获得过华语电影三大奖之一的最佳男配角提名，因此一举成名，后来在正剧方面也有不错的表现，现在有国家项目基本会优先考虑由他来演绎。

他刚要开口，修祈转过身，先走到楚晃跟前，把西装外套脱下来盖住她的膝盖，然后才回身面对男演员。

男演员见状愣了几秒，只有几秒，随即笑了笑，没在这种场合问私事，而是问道："新电影筹备怎么样了？快开机了吧？"

"得再等等，看情况吧。"

男演员点头："前几天在广州碰到小张总的局了，我还以为你也在。"

修祈抬起眼。

男演员看着他，别的什么也没说。

修祈心下了然。

男演员手机来了信息，看了一眼，又冲修祈笑了一下："我先走，改天请你吃饭，我们再聊聊。"

"嗯。"

男演员走了，马上又有新的人走上前来。

楚晃已经不刷手机了，就乖乖看着修祈跟他的朋友们聊天，其实没有很委屈，但整个状态给人的感觉，就好像是很委屈。

修祈的助理小赵自从不久前在微博上，跟网友一起知道修祈跟楚晃的关系，就多留了一个心眼。这会儿看楚晃一个人孤零零地坐在沙发上，不知道做点什么，而修祈身边围了一圈又一圈的人，遂走到她跟前，帮修祈说话："修导参加这种活动总是避免不了这种情况。"

楚晃知道啊，她又不失落："他聊他的，我等着就好。"

小赵一直对楚晃有好感，因为在他的印象中，长成这样的女人都有点趾高气扬，有点看不起人，但楚晃不是，她很温柔，说话也软软的。

楚晃这话更勾起他的好感了，他点点头，说："咱们自己人跟自己人说，因为咱们是从酒店过来的，没在后台待，没给他们机会见到修导，现在好不容易有机了，他们肯定不会错过的。"

楚晃笑了笑，没再搭话。

贝漪馨在这时给她发来消息："牛啊我晃！"

楚晃看到她的消息笑得更甜了："你起床了？"

"嗯，我这边想问问崔姐你们那边情况的，好家伙，不用问了，网上已经炸开锅了。你搞事业太有魅力了，真的，让那姓修的完蛋玩意儿自己玩儿去吧！"

"你跟崔姐，一个比一个夸张。"

贝漪馨说："夸张吗？实话实说。不过说真的，我不用问都知道那什么狐狸项链不是你的手笔，你老公够阴的，趁你忙得脚不沾地的时候，偷摸上位了。"

楚晃知道，她是说修祈趁机公布他们之间关系的事。

可修祈的用意不是秀恩爱。

她的计划是把小芽推上热门，成功洗清外界对小芽的抹黑，顺便帮窦盾敲打一下擎天国际。

修祈却是把她推上热门，昭告天下，这一场公关是她做的，辰光、窦盾、图特都在打她的主意，他更是自爆拜倒在她的石榴裙下……

他是在抬她的身价。

楚晃心里清楚着呢，修祈这贱男人，野蛮无理，但好像真的很喜欢很喜欢她。

喜欢一定要是能够感觉到的，她总是能够感觉到。

想到这里，她的笑容更甜了，小白牙都露了出来。这是婚姻吗？婚姻是这样的吗？为什么感觉结婚那么幸福呢？

她收起手机，抬头看着修祈的背影，今天那么多帅哥，但她始终没有眼花缭乱，因为最帅的那个一直在她身边。

他就是最帅的，就是，一定是！

她心里想着，还抿了一下嘴，以表示自己的坚定，小表情可爱至极。

修祈那边送走一拨又一拨圈内人，待十二点多，终于没什么人再过来找他说话了，楚晃已经困得不行，靠在沙发频频眨眼了。

修祈走到她跟前，蹲下来，摸摸她的脸，她一下睁开眼，吸了口气，微嘟着嘴，睡眼惺忪地问："要走了吗？"

"嗯。"修祈牵住她的手，揉搓着她的手心，"回家了。"

楚晃闭着眼点了一下头："好。"

修祈拉她起来，对跟了一整晚的小赵说："回吧，回去早点睡。"

小赵连着点头："嗯嗯，我跟您下去，等保镖把您和楚总送上车，我就回去了。"

楚晃站起来时一阵眩晕，不由得靠在了修祈肩膀。

小赵也不由得嘴角上扬。

修祈扶着楚晃的腰，让她缓了一会儿。

小赵提议："您可以把楚总抱到车库去。"

修祈瞥了过去。

小赵立刻抿起了嘴，不说了。

楚晃听到了，咯咯笑了两声，声音里带着倦意："不要再占用公共资源了，今天上了够多的热搜了，给别人上一点。"

小赵扑哧一声，悄声说："您这牛吹得一点也不俗套。"

修祈在他乐的时候，一脚踹在他屁股上，踹得他身子弯成了初一的月亮："开门去。"

小赵吸一口气，乖乖去开门了。

楚晃不晕了，从修祈身上起来，整理整理裙子。

修祈问她："用我抱吗？"

楚晃反问他："那你想抱吗？"

修祈不问了，很突然地把楚晃抱了起来。

楚晃被他吓了一跳，睁着大眼搂紧了他的脖子，提醒他："会上热搜的。"

修祈抱着她往外走，边走边说："不差这次了。"

樊宁看着修祈和楚晃上了车，才跟司机说开车。

她点开自己在微博的超话，她的粉丝已经吵起来了，她看了看，大概三种属性最多：脱粉的、还在粉的、脱粉了还想带着别人一起脱粉的。

"今天鸟事一堆你们还去热搜控评，丢不丢脸啊？你主子舔修祈舔得都快没脸了，还没舔到，你们还有脸去控评？"

"脱粉，我只能做到不回踩，喜欢过阿宁，我不后悔，但卸掉粉丝滤镜，我真的想说句，她是真的有病，应该去看看脑子。演员不拍戏去公关，公关还翻车全网嘲，粉丝哭着反黑，她在干什么？她还跟个脑瘫一样为修祈伤春悲秋呢。你那么喜欢男人，赶紧退圈去结婚吧。"

"大家不要被有心之人挑拨，说脱粉的都不是宁宁的粉丝，宁宁一路走来不容易，我们要做的就是相信她，不要对自家人散播负能量好吗？"

"我就想问问樊宁，你看到你的黑热搜是不是一点都不在意？你在意你的粉丝吗？"

"累了，我十个号熬夜打榜、抢博，给你每条微博百万转赞评，你觉得是为了什么？因为我闲得慌吗？我不用学习吗？你很享受被人说是资源咖吗？可是没有粉丝给你做数据、撑票房、买代言，擎天能看上你吗？如果不是粉丝给你排面，会有好饼找上你吗？"

"随他妈便吧，八五花那么多，不差你一个，爹走了，再见。"

"太丢人了太丢人了，是我不敢暴露粉籍的程度。樊宁就差把'我喜欢修祈，我要嫁给他'写在脸上了，还以为她能舔成功呢，被不知哪儿冒出来的楚晃截和了，问题是这个楚晃今天还吊打她……"

樊宁麻木地看了一会儿，退出来的时候，脱粉的词条已经上了热搜，她不用看也知道，都是她的粉丝。

万蓝在这时候发来微信消息："樊老师，还按原计划进行吗？"

樊宁提了口气，轻呼出去，回复："嗯。"

回完万蓝的消息，她给小张总张子蕴打去了电话。

楚母在林清府本地医院检查出乳腺 4a 结节，夫妻俩对这个病了解不多，便收拾东西赶到了上海，在三甲医院做了几次检查，结果各不相同，医生的说法也不太一致，但有一点是可以确定的，就是她的病症属于早期良性的状态，情况尚好。

楚母本意是回林清府治疗，但楚父坚持在上海治疗，并先斩后奏地挂了复旦大学附属肿瘤医院乳腺外科专家的号。

他们比较幸运，只排了半个多月就等到了空床位。

下午的时候，医院打来电话通知楚母办理住院手续，楚父立刻收拾东西，楚母坐在床边默默地看着他。

老夫老妻，好像没什么话说了，他们相处的大多数时间是这样，在同一个空间，各做各的事，安安静静，互不打扰，偶尔出现一两声说话声，也是"我的花镜呢？""晚饭吃什么？""给我水杯"。

他们的婚姻里爱情的成分好像很少，但楚父坚定地对楚母说要在上海治疗时，他一定是深爱楚母的。

楚父东西收拾到一半，老家那边的亲戚打来电话，让他们看微信，说："快看看电视上这个穿白裙子的是不是晃晃！边上是咱们姑爷吧？咱们晃晃是当明星了吗？还走红毯了，没听你们说过啊！"

楚父、楚母一头雾水，看了照片确定是楚晃和修祈，赶紧打开电视，调了所有卫视，找到了蕙心慈善之夜的直播。

楚晃和修祈的地位好像很高，镜头一直切到他们。

楚父和楚母看着，心情很是复杂，说高兴吧，谈不上；说不高兴吧，怎么能不高兴呢？自己家孩子上电视了。

两夫妻目不转睛地看完了整场直播，新的节目都开始了，他们还没有换台，呆呆地看着屏幕，眼泪在眼眶里要掉不掉的。

这才见过女儿没多久，怎么又这么想她了呢？

楚父回头看向楚母，她看起来好憔悴，好惦记女儿。这一场病，终究是把她的性子磨软了啊。

他把手伸过去，握住楚母的手，轻声说："我们再去看看孩子吧？在你手术之前。"

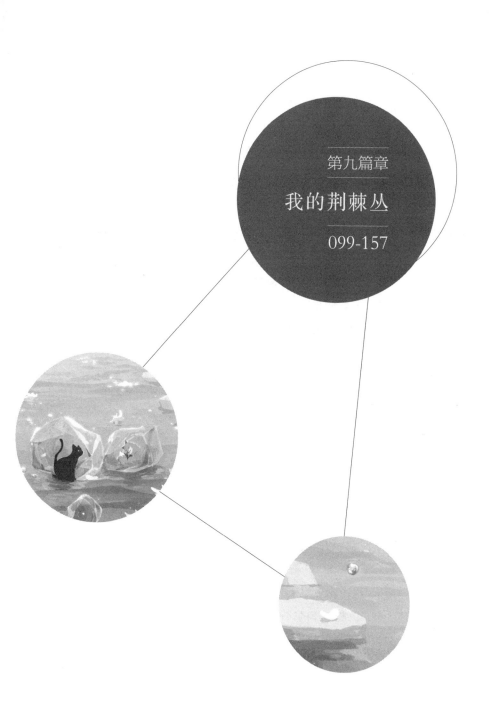

第九篇章

我的荆棘丛

099-157

24

修祈和楚晃的车开小区门口，司机呼口气，摸了一把额头："竟然还有跟车的！以前可没有！总算是甩掉了！"

修祈先下车，冲车里的楚晃伸出手。楚晃把手交给他，被他从车里拉出来。他力气很大，迫使她一下撞进他的怀里。她低头一笑，嫣然如花："导演，今天的戏已经喊'停'了，你不能拖我时长。"

修祈声音蛊蛊的，对着楚晃的耳朵说的每一个字都在挑弄她的性癖："谁喊的？"

楚晃耳朵痒痒的，缩脖子躲他："别闹了。"

"谁闹了？"修祈搂住她的腰。

楚晃被他托起腰，不得不挺胸抬头看着他，楼下路灯把他的脸映得像是打了釉，她想要克制却又忍不住弯起的嘴角暴露了她的心情，即便她说出不耐烦的话，也没什么说服力。

她朝后仰头，眼睛向下，缓慢地合眼，说："司机还在。"

修祈看了身后的车一眼，把楚晃抱了起来。

一路抱到家，放到桌上，他撑着桌沿轻吻了一下她的嘴唇。

晚上有风，刚上车的时候有点冷，修祈就没让司机开空调，现在看楚晃脸颊红红的，应该是热到了。他突然觉得她笨，热也不说，但恰恰是这样矛盾的人格，才吸引他。

灵魂不该是可以形容出来的东西，乖乖静静是表象，绝顶聪明是常态，性格复杂但品性纯良，长相妩媚但眼神清澈，充满矛盾性、复杂性，这样的人才鲜活，才像是个人。

修祈喜欢漂亮的人，有时会认为他对楚晃另眼相看只因她确实是一个美人。刚刚他又有了新的想法，楚晃的内在比外表更值得探索。

会不会过段时间他又有想法出来呢？

他不知道，但这样的感觉好奇妙，永远不知道她会不会带给他惊喜的感觉好奇妙。

楚晃手搭在他的胳膊上："我去卫生间。"

修祈不动弹，好像没听见，只知道静静地看着她，仿佛她的眼睛是一块磁铁，他使尽浑身解数都不能挪开看向她眼睛的目光。

楚晃从他的胳膊下钻出去，退着跑了两步，笑着转过身，边朝卫生间走边拆头发、脱裙子。

她换了件大T恤去卫生间，当她出来时，背对着她的修祈也脱了西装外套，正在解袖扣。

她突然停住，靠在展柜旁边，抱着双臂，看着修祈诱人的腰臀比。

男人衬衫外佩戴背带……

看来修祈今晚上手下留情了，不然就他这副身材，稍微露出一个背带边边，都不会让她上那么多热搜了。

他好像是听到了动静，转过身来，手没停，还在解袖扣，微微抬头时，流畅的下颌线在疯狂叫板楚晃的原始欲望。

他们俩其实不太像普遍的情侣，或者夫妻，他们之间总是话很少，有些情侣、夫妻可能要三年、七年这样的时间，才会触发这个机制，但他们似乎经常默默欣赏彼此。

眼神做爱能有真实的高潮的神情，一定是爱到血液里了。

他们就这样看着彼此，看了许久，楚晃微笑着拿了瓶酒过来，歪头问："喝一点？"

修祈走到吧台区，拉开吧台椅，坐下来，看着她开酒，倒酒，从冰箱拿来了个胡柚，一把水果刀。

她把胡柚一刀切成两半，手攥榨汁，柚子汁从她细白的手指头缝里流下来，流进杯子里，再打碎一些冰块铲进杯，推到修祈面前。

修祈喝了一口，放下杯子，继续看楚晃。

楚晃不怕看，还坐在吧台对面，手掌托着脸跟他对看。

等冰块融化了，楚晃冲修祈伸出手。

修祈把手交给她。

楚晃两只手包着他一只手，抬起到她的脸庞，展开，让他手掌贴在她左脸，说："小芽后续还有两个百年老牌的代言，我帮他签的，也跟郑老师聊了他接下来的路线。我不去寰盾，但跟他们签了外聘合同，你可以理解成他们委托我跟擎天国际打公关战。

"我是看了我的劳动合同才做这个决定的，合同条款里没说我不能接私活儿。安徒生的合同不会这么不严谨，所以我知道，这条是你划掉的。"

修祈笑了笑，没说话，他想听楚晃说话。

楚晃歪头亲了一口他的手心："那么，我工作完成得还算可以吗？老板。"

修祈笑得深了些："叫老公。"

楚晃乖乖地叫："老公。"

"给你发点奖金？"

楚晃故意说道："给我卡吧。"

修祈直接拿来钱包扔在她面前，手机也给她："要多少你自己转。"

楚晃笑得眼睛都没了，摇摇头，说："我想要你回答我一个问题。"

"什么？"

"你能告诉我，你为什么会有自我保护机制吗？"

修祈微笑未退，但神情微动。

楚晃等了他五分钟，他没有答，她轻抿了一下嘴，并不失落，只是有些难过，他好像藏了一个很大的秘密，这个秘密让他痛苦。

她轻轻捏了一下他的手，吸了一口气："无论多晚，一定告诉我，好不好？"

修祈看着她。

楚晃扯扯嘴角，有些难以启齿的样子，但还是硬着头皮说："我喜欢你，不是喜欢你喜欢我的样子，如果我只是喜欢你喜欢我的样子，那我不是喜欢你，是喜欢我自己。"

修祈没听过这个方向的话，那种新鲜刺激又一次扑面而来。

楚晃眼睛向上，好像是在回忆，也好像是酒精又有些上头："我生活在一个很传统的家庭，你已经见识过了，碍于我妈的条条框框，我必须做一个乖小孩，因为做乖小孩，我会少一点麻烦，比如不用挨骂、挨打，比如我会省去检讨、反省的时间。

"但其实从我开始装一个乖小孩，我就注定不是一个乖小孩。哪有装出来的乖小孩？我就像一枚定时炸弹，虽然不知道什么时候会炸，但一定会炸。

"果然，我那么讨厌你，还是跟你闪婚了。

"那时候我看不透这一点，以为我只是被赶鸭子上架，加上我那段时间正忙着找人生方向，很忙。方方面面吧，让我产生了一些错觉，一些我嫁给你是被逼无奈的错觉。你陪我回家那次，我提出要离婚，也是想证明我的无奈。说到底这不过是人本能地推卸责任，仿佛只要我把嫁给你的原因推给其他人，那我就是无辜的。

"最近去回忆那段经历，未必不是我这颗定时炸弹要炸了。"

楚晃说完吸了口气，喝了口酒，继续说："我不乖了，我开始叛逆了，这一切其实在冥冥之中都有定数。可能对你来说，我们一定会有今天这一幕，因为你算不上是个好人。无论你怎么解释，一个总会准备鲜花的男人都不可能纯情，你只不过把我当成你想要攻略的其中一个女人而已。

"你在感情上那么有经验，我好像一定会成为你的囊中之物。而我不是，我那时候完全没想到我会妥协。要知道刚开始我为了拒绝我们现在这个结果，做了多少努力，黑过多少次脸。但我还是失败了。

"我想可能是我低估了心动的力量，误判了你的品性。而除了我低估、误判的这部分，还有我那股子叛逆在蠢蠢欲动。我厌倦了我谨小慎微的二十年，我对你抗拒，却也对你充满了好奇。"

楚晃目光越发柔和，柔和中满是坚定："当我能够直视我自己，我也能够知道，我对你的喜欢是从我自己开始的，是我想，是我愿意的，而不是因为你那些驾轻就熟的撩拨人的方式。所以修祈，你可以把你肩膀上的东西放到我肩膀上一点，我对你的感情足够让我帮你承担。

"你不用跟我说男人、女人那些，男人做什么，女人做什么，我这里没有那些。

"虽然我是个女人，但女人也有力量，女人的肩膀挑得了一担柴火，更放得下你一颗脑袋。"

修祈心跳有些快了。他强压着不自然，压到这个时候，已经有些压不住了，他就要被楚晃发现他的假把式了。

楚晃却不再说了，笑了一下，亲了亲他的手指，隔着吧台摸着他的脸，眼睛温温柔柔，声音细细软软："你一定要告诉我，而不是让我猜出来。"

如果让我猜出来，我会很难过。

因为我那么坦白，你却不是。

宋元英嘱咐楚晃多长个心眼儿的时候，楚晃很坚定，她愿意跟修祈走到底。但宋元英那些话过于现实露骨，夜深人静时，她免不了要在心里想上一遍。

今天事情很多，她也喝了酒，干脆把这些话都说出来，省得心里总有疙瘩。

修祈此刻掩盖不住地不知所措，分明就是没想过这个问题。楚晃提出来，他当下慌乱，但也知道应该怎么回答可以让她消除这部分不安，可以让她放心，不用再担心……但他不想骗她。

楚晃说得没错，开始他确实不是真的，但现在是了。

既然现在是了，就不能再为了拿到满分的试卷而写违心的答案了。

他定睛看了她许久，最后说："你要跟我回广东吗？"

楚晃眼睛亮亮的，猛点起头来："嗯！"

她知道的，他要告诉她了，等回到广东她就知道了。

她笑得很甜，有醉意的那种甜，甜甜的她对修祈说："去睡觉吗？"

修祈轻轻合了一下眼，同时点了一下头："来。"

楚晃绕到修祈身边，展平双手，修祈把她抱了起来，抱到了浴室。

估计不会再发生什么了，他们今天太累了。

但往往估计的事最后都会被忽略不计，刚脱了衣服，他们就来劲了。

蕙心慈善之夜后的工作很多，各方都要协调，楚晃一整天都在打电话、开会，好不容易闲下来还要被同事追问跟修祈是什么关系。

修祈今天没来公司，没人跟她分担压力，她不想骗人又不想说，就一直没出去。

中午时，助理给她买了饭回来，饭盒放下却迟迟不走，欲言又止的样子叫楚晃一下猜透她的心思："问吧。"

助理立刻高兴起来，缩下肩膀凑到楚晃的办公桌前："楚总，我一直以为您不会喜欢修导那样的，他虽然很优秀，但他走到哪儿，哪儿就乱腾，而您，过于沉静温柔了。"

楚晃想了一下，说："可能因为我太安静了，所以需要一个不那么安静的。但安静这个事情是相对的，你只见过工作当中的我，当然觉得我是安静的。"

助理愣了一下，忽略了楚晃这话里主要表达的意思，只听到了"需要一个不那么安静的"这一句。楚晃对修祈动真格的了，看来早上公司里猜测，修祈把楚晃弄到安徒生就是为了天天看到她，是真的。

楚晃这个态度，加上修祈第一次公开他的女朋友，这两点都说明，他们已经暗度陈仓了一段时间，而不是最近才勾搭上的。所以说，能够空降的或许真的有能力，但也真的是有关系的。

助理从楚晃办公室出来，大伙儿围了上去，瞥着她身后的门，小声问："什么时候在一起的？问了吗？"

助理虽然跟他们共事比较久，但楚晃入职安徒生后，一直对她不错，她不愿意嚼舌头："管那么多干什么？反正是在一起了。"

"看见戒指了吗？"

"没有。"

"那修导戴戒指是什么意思？单纯表达自己有主了？"

助理回到自己的工位，同事追过去，坐在她的办公桌上："他俩公开会不会有公关咱们公司这次危机的意思？就是说为了转移大众视线，自暴绯闻？"

助理觉得她思维太发散了，皱着脸说："你一天都在想什么？"

"刚爆出来的时候还觉得挺燃的，楚总压影后一头抢了修导，还让修导送项链，让修导主动公开，这种剧情太爽了。但冷静下来想想，有些不真实。"

"哪儿不真实了？就算安徒生危机没公关掉，那也是楚总一个人吃排头，修导的主业是拍电影，不会经营公司这个标签对他有什么影响？但他还是站出来公开了他和楚总的关系，除了是真爱，别的原因都不太能说服我。"助理说着打开电脑，打开表格。

同事听了她的话，哑摸了一下，觉得也是这个道理，不说了。

谁知道下午竟有新的讨论出来。

有一小部分人心里十分不满，不是他们喜欢修祈、楚晃，接受不了这个消息，而是楚晃空降这件事他们觉得不公平。

如果有一个同样有能力的人跟楚晃一起竞争安徒生营销部总监的职位，还是楚晃胜出，因为她是修祈的人，而安徒生，修祈说了算，另一个只能打掉牙齿和血吞。

本来只是小范围的讨论，不知道怎的就传了出去。

有人在论坛里开帖子含沙射影，说前不久大放光彩的营销女大佬其实是靠潜规则上位的，多方争抢都是她背后大佬为捧她营造出来的假象。

几个关键词直指楚晃，猜都不用猜。

楚晃看了论坛，没当回事，公关怕什么事儿大？闹得越大，破绽越多，留给她的余地越多，可发挥的空间就越大。

临近下班，小芽给楚晃发了条微信消息，是篇约莫两千字的小作文，感谢她一个词一个词地教他英语发音，监督他一遍一遍地唱同一首歌，更是严格把控他的饮食，确保他在慈善之夜亮相时清冷有破碎感，字字用心，情真意切，看得出他对楚晃的感谢。

楚晃也觉得值得，知恩图报的孩子都值得。

小芽这篇小作文除了致谢，还透露着对楚晃的敬佩，楚晃的计划不能说无懈可击，但绝对说得上考虑全面。

楚晃先前告诉他，不必起诉亲生母亲，只声明，若对方到此为止，他便到此为止。

虽然小芽不知道为什么，但还是同意了，没想到早起风向就变了。

樊宁前段时间掀起舆论战，试图给母亲这个身份泼脏水，本是想引导大众重新审视小芽的母亲，但那时大部队不站在小芽那一头，所以这个策略很愚蠢。

现在不一样了，现在小芽和他生母的大众支持率五五开，甚至可以说是六四。在这样的情况下，小芽仍不状告生母，而是画下底线，言明敌不动，他便不动，压力就给到了他生母那边。若他生母不依不饶，那小芽的处境就明朗了。

果然，网上发酵了一上午后，小芽生母律师的微博便销号跑路了。

这场热闹终于尘埃落定了。

楚晃晚上十点多还在公司，要不是修祈发微信消息问她什么时候回去，她可能会加班到半夜。

她伸个懒腰，懒洋洋地说："你回家了？"

"马上下高铁。"

"你早上是开车去高铁站的吧？不记得了。用我去接你吗？"楚晃捏着脖子说。

"你要是想接，我不拒绝。"

楚晃笑着说："那你自己回吧。"

"我还没吃饭。"

楚晃托住下巴，歪着头，软软地问："那老板想吃什么呀？"

"可以点餐吗？"

"不可以。"

"那你问我。"

"那你答不答嘛！"

"饺子可以。"

"OK，首先排除饺子。"

电话那头传来修祈低低的笑声，溺爱之情尽显。

楚晃听着他笑，眼睛也亮晶晶的，不像星星，像月亮，她一笑，月亮就分解散落成一捧发光体，钻进她的眼眶里。

她希望三年之后，七年之后，她还能听着他的笑声弯起唇角和眼睛。

电话挂断，她下班了，去了超市，准备买食材包饺子。

但太晚了，超市新鲜的蔬菜没多少了，她挑挑拣拣就多花了些工夫。

她不会和面，买了现成的饺子皮，买的时候傅承风给她打来了电话。

她一边听老板给她介绍剩下的两块牛肉，一边对电话那头说："傅总有事吗？"

傅承风说："老郑去舟山了，空运回一些海鲜，让我一定要给你送过去。你方便给我一个地址吗？"

楚晃边跟老板沟通，边对傅承风说："郑老师太客气了，您帮我跟他说一声，海鲜就不用了，实在想送点东西给我，就等回来后给我买杯咖啡好了。"

"这要你去跟他说了，他交给我这个任务，让我务必完成，你不能让我难办。"

"实在要送就明天吧，现在太晚了。"

"我给你们公司打过电话了，你刚下班，而且听你那头的声音，你应该在超市，就是说我应该不会打扰到你。"

他把楚晃的话都堵死了，楚晃没法反驳了，只好答应下来："那我把地址给您，您记得帮我跟郑老师说，再这么客气，就不好共事了。"

"好。"

楚晃回家时已经十一点了，把食材放进厨房，去换了身衣服，边换边觉得傅承风这个人有一点神奇。

　　天南地北的人都认识，人脉不亚于她，且每个跟他认识的人都对他评价极高。

　　结合这一点，再去想他坚持半夜给她送海鲜这件事，好像也不难理解了。永远把别人的事当成自己的事，这境界又何止是高。

　　她走进厨房，洗菜前把头发绾了起来，绾头发时不由自主地挺胸提臀，身材曲线十分好看。

　　她不会包饺子，她家吃饭的事都被楚父一个人包了，活了二十多年，她可以说是十指不沾阳春水。今天要为修祈包饺子，她一边唏嘘一边看着平板电脑上的教程操作。

　　脑子好使的人就有一点好，即便没做过，只看教程操作也不会差太多，饺子馅调出来，香味儿就飘满了厨房。

　　就是包饺子的手法有些欠缺，包出来的饺子大的大，小的小，但她知道扬长避短，虽然饺子单个看着不好看，但要是摆放得好看，就有一种包得还可以的错觉。

　　修祈下高铁往回走时，给她打了个电话，她没说她包了饺子，只说傅承风要给她送海鲜，应该就要送到了，嘱咐他碰到了就拿上来，省得她再下楼。

　　修祈听她说完，沉默了一会儿，说："你跟他很熟？"

　　楚晃刚洗完澡，正在擦头发，没听出修祈语气里的不痛快，说："一般吧，说过几次话，他人还挺好的，谁的忙都会帮。"

　　"帮过你？"

　　"那倒没有。哦，有一回，就咱俩刚结婚没多久，他说要替你照顾我来着。"

　　修祈不给面子："他是什么东西？"

楚晃才听出他的不悦，挑眉的同时换了个手拿手机，说："你们，不是朋友？辰光活动那回，他把我的酒换成了果汁，说我喝多了，他不好跟你交代。"

　　"轮得着他跟我交代？"

　　楚晃一下明白了，修祈跟傅承风只是知道彼此这号人物的关系，会一起打球也是在盛辰光、周嘉彦他们在场的情况下。

　　事实上他们不熟。

　　她知道了，以后不会再提起他："你碰上他把海鲜拿回来就行了，以后应该也不会有什么交集了。"

　　刚说完这句话，修祈那边传来提示音，让她等候，她猜他应该是有电话打进来了，就把电话挂了。

　　过了会儿，修祈又打来，说："盛辰光闪了腰，我得去一趟医院。"

　　楚晃皱起眉："严重吗？"

　　"周嘉彦说得挺严重，我先去看看吧。"

　　"嗯，好，你去吧。"

　　"你早点睡，我不知道要几点回去了。"

　　楚晃也不困，可以等他的，但为了让他安心，没告诉他，说："嗯，你记得吃点东西，扶手箱里应该还有巧克力条，我放的。"

　　"嗯。去睡觉吧。"修祈最后两个字声音极柔，"晚安，老婆。"

　　楚晃笑笑："知道啦。"

　　电话挂断，她提了口气，呼出去，心情有些怪，总有一种即将要发生什么的感觉。

　　是女人的第六感在作祟吗？她不知道。

　　她把饺子盘子封上保鲜膜，放进冰箱，做完护肤，准备睡觉了。

　　傅承风这送海鲜的也不知道还来不来，她是等不了了。

　　刚躺上床，修祈发来消息，晚上可能不回了，楚晃从床上坐起来，回过去："很严重吗？"

"只是要折腾一晚上了。"

"那你吃饭了吗？"

"顾不上了。"

楚晃记得白天发微信消息，他就没吃饭，这都一整天了，她生气了："你别作死。"

修祈淡淡笑了一下，说："还死不了。"

楚晃从床上下来，走向厨房，把饺子煮了："你把地址发给我。"

"干什么？"

"发给我。"

修祈说："你睡你的。"

楚晃煮上饺子后去了衣帽间，摁免提，手机放在一边，找了条裙子，边穿边说："你不回来我也睡不着，我给你送点吃的就回来。"

"我们饿了会叫外卖。"

"外卖会比我做的饭好吃吗？"

修祈捕捉到了关键词："你让我点餐，是要给我做？"

楚晃说漏了嘴，拿起手机，理直气壮地转移话题："你不要废话了，快点把地址发给我，不发就离婚。"

"你别吓唬我。"

"那你被我吓到了吗？"楚晃笑吟吟的。

"没有。"

楚晃光速变脸："那你闭嘴。"

"我叫宋哥去接你。"修祈还是同意了。

宋哥是修祈的司机，楚晃说："不用，我自己开车过去，你把医院地址给我。"

通话结束，楚晃也穿好了衣服，回到厨房把饺子盛进保温桶里，鲜榨了两杯果汁，出门了。

去医院的路上，傅承风打来电话说他临时有事，可能要明早上再给她送了，她刚跟他说完没关系，两人在医院南大厅碰到了。

傅承风看到她时挑了一下眉，旋即笑了："差点忘了，盛总出事，修导一定会过来。"

楚晃笑了笑，没搭话。

距离这种东西，把握不好，多一分会疏离，少一分会亲密，他俩倒是有天分似的有礼有节。

两个人从电梯上下来，走廊的景都没完全看清楚，就有个黑影横冲直撞了过来。傅承风下意识拉了楚晃一把，楚晃反应也不慢，迅速闪开身子，最后只被撞了肩膀，但也够疼。

她揉着肩膀，扭头看人，竟然是樊宁。

她红了眼，看起来悲痛欲绝，但作为公众人物，应该在公众面前露出这样一副神情吗？楚晃当下有些疑惑，待她觉得不妙，转过身时，楼梯间的门已被打开，看着像媒体记者的黑压压的一群人扛着设备蜂拥而入。

傅承风有绅士本能，往前迈了一步，站在了楚晃前头，没承想那群人跑向了他们的反方向——盛辰光所在病房的方向。

樊宁趁乱偷跑，楚晃瞥见她的动作后，迅速拉住她的胳膊，她很不耐烦地挣脱："你干什么？"

楚晃才想问："发生了什么？"

樊宁笑了一下，皮笑肉不笑的那种："你自己去看啊。"

楚晃不放开她，看向傅承风："傅总，帮个忙。"

傅承风懂楚晃的意思，帮她去看了看，还没走到病房门口，周嘉彦走了出来，挡在媒体前，神色不悦。

这一刻，楚晃的后背沁出一层冷汗。

樊宁突然挣扎起来，媒体也很快发现了她们俩，分流了一部分朝她们跑来。

楚晃只好迅速摁电梯，赶在被人潮围住前扯着樊宁躲进去，猛关门。她紧张地看着显示屏上的下行提示，图标动了，她才松了口气。再回身看樊宁时，樊宁已经缩到了角落，浑身发抖，额头油得发光，也不知道是热得出汗，还是吓的。

电梯到了，楚晃一把抓起樊宁的胳膊，往外扯。

樊宁手扒着电梯门，不跟她走："你放开我！你干什么？！你有病啊！松手！"

楚晃转过身来，眼角是她从没有过的凶光，一步迈到樊宁跟前，说："你要不再叫大声点，反正你比我有名。"

樊宁看着沉着，但嘴唇发紫，活脱脱一副色厉内荏的样，恨恨地盯着楚晃，什么话都没接。

楚晃看她老实了，走偏门把她拉到一个楼梯间，身子挡在门把手前。

樊宁在楚晃的注视下还算镇定，但未必不是强装镇定，走廊灯一亮，光从门上方的窗户投进来，打在她的脸上，楚晃正好可以看到她眼底那抹慌乱紧张。

楚晃看穿她了，省去了车轱辘废话："你做了什么？"

樊宁下巴微抬，傲劲儿未退："我听不懂你说什么。"

楚晃点头，打开了手机。

已经有媒体赶到医院了，虽然不知道他们是通过什么途径进来的，但有这行动，网上一定已经闹开了。

她刚打开微博，直接搜修祈，广场上全是修祈和众女星的合照、视频、音频，更有人总结发文，七问修祈——

你和倪欢欢王府井被拍当天分手，倪欢欢三天内暴瘦十斤，到现在都不在状态，没有戏拍，你可有愧？

你和梁染圣托里尼同游，在她微博晒同款当天你给如曼送应援车，梁染从此退出微博，你可有愧？

你跟如曼在地下车库一前一后进电梯，第二天你的电影如曼的角色换了人，网友心疼如曼，发文质问你，被你粉丝屠广场，维权热搜上不去，第三天全网搜索如曼，查无此人，现在她在直播卖货谋生存，你可有愧？

你跟万蓝在一起期间劈腿给别人包场过生日，万蓝曝光后遭到业内抵制，到现在没有好的资源，你可有愧？

你跟樊宁片场躲雨被拍，更是把樊宁招到安徒生给你当活招牌，结果你反手抛弃，跟楚晃甜甜蜜蜜公开，导致樊宁工作室连夜发文，说樊宁目前状态很差，准备休息一段时间。这是不是隐退？你逼得影后隐退，你可有愧？

根据网友整理的时间线，你跟楚晃在一起期间，还带万蓝回过广东，你把消息压了下来是怕楚晃知道吗？这么骗楚晃，你可有愧？

你跟那么多女人被拍，被爆，却从未承认过她们；你身为劣迹公众人物，却仍然可以辗转各大资本舞台，流水一样的投资拍出屎一样的作品，你可有愧？

楚晃大概看了几眼，再抬起头时凶相毕露，她走近樊宁："谁帮了你？"

樊宁顾左右而言他："我不知道你在说什么。"

楚晃让她看手机屏幕："你做不到，你现在的反应也说明事情超乎了你的预料，是谁帮了你？或者说，你找谁合作了？"

樊宁不承认，仰着头，嘴角泄出几口粗气，似哼不哼："你有病吧，楚晃？能不一天到晚被害妄想症似的吗？敢做就敢当啊，怕被人扒，别当公众人物啊！"

楚晃只能靠猜测了，攥住她的手腕："擎天国际首席运营官汪冬冬？"

樊宁不答，只瞪着她。

楚晃接着猜："果然嘉汇张子蕴？"

樊宁皱了一下眉，很细微，几不可察，但楚晃运气好，问到这句时，正好走廊的声控灯亮了，让她看到了樊宁的不自然。她明白了，松开樊宁，转身朝外走，走到门前，转过身来，又对樊宁说："你最好祈祷修祈没事。"

其他的话她没说。

她不太擅长说威胁的话，这句是她的极限了。

有些人，即便骨子里不是乖乖女，也学不会大吵大闹，她们在情绪爆发的时候更习惯于冷脸。

她再回到楼上时，医院保安已经把场面控制住了，可以看出这家医院在防止闹事这方面的措施很到位，但架不住入侵者不依不饶。

楚晃猜到了部分真相，再看到这群人，基本确定他们不是媒体人，眼红骂街的样子更像是私生饭，或者是谁雇来闹事的。他们似乎不怕自己的样子多扭曲、狰狞，只怕病房里的人活着出来。

医院不敢跟他们直接发生冲突，病房里的盛辰光等人也是，因为大家不知道他们会发什么样的文章、照片。他们在互联网有自己的一方天地，里边都是跟他们一样极端的人，虽然人少，但具备了毁灭性的力量。

突然，不知道谁挤开了门，他们如蝗虫般涌入那扇小门。

楚晃紧张地往前迈了一步，却还是忍下来。

保安开始拦人了，但不敢喊，比起在医院喧哗搅扰病患，好像把事情闹大才更严重。

这一条长长的走廊，一扇扇一样的病房门，偶尔会有病人或病人家属因为被打扰，出来看看，他们神色冷漠，眼里没有一丝情绪，像神祇看凡间，看过便转身回到天堂。

黑压压的人头像破了的黑芝麻馅汤圆，在病房前那口热锅里争先恐后地发出质问。

好乱，气氛也好紧张，无论是正面，还是反面人物，都过于狰狞了。

楚晃不能上前，也无法上前，她不能再为修祈目前的糟糕处境添砖加瓦了。

突然，病房里传来巨大声响，随即是一道凄厉的女声："啊——"

楚晃攥紧了保温桶，脚趾紧缩，神经紧张，站在楼梯间的门内，透过窗户，目不转睛地看着病房门口。

直到修祈的身影出现，她悬着的心才落下。

修祈和扶着腰、脸色难看的盛辰光一齐出来，她正看着，电梯门开了，几个保镖打扮的人跑向了人群，隔开聚众闹事者，拥着两人走向电梯。

就在楚晃以为这就没事了的时候，万蓝从病房里出来，也被保镖保护着走向电梯。她突然心上一紧，手也一紧，攥着保温桶的手被压成了灰白色。

前不久樊宁的不适她好像也开始感受到了。

修祈一次都没有回头看，但万蓝始终跟在他身后，像是受惊的雏鸟找到了一棵适合栖息的大树。

楚晃不是雏鸟，是一个局外人。

她眼看着他们艰难地进入电梯，预料到那群闹事者会走楼梯，她一步两级台阶，上了半层楼，停在了半层平台。

听着他们跑进楼梯间，楚晃突然有些麻木。

好没意思啊，这群人，这件事，这场阴谋。

过了会儿，楼下"蝗虫"轰隆轰隆的声音渐渐淡去，她手扶着楼梯扶手，慢慢坐了下来，保温桶放了身旁。

走廊的灯忽明忽暗，时而有一条亮光照在她的脸上，正好盖住她的眼睛，她睁眼是电影，她闭眼是杂志封面。

就这样静坐了许久，楼梯间的门吱呀一声，她没有回头看，爱是谁是谁，她想就这样坐一会儿，坐够了就回家。

傅承风慢慢走上来，看到楚晃，鼻息略微重了一些，像是在感慨，也像是跟她一样无奈。

她没跟他说话，只是掀开保温桶的盖子，没用她给修祈准备的筷子，直接下手，把自己包的、煮的饺子一个一个往嘴里填。鲅鱼馅的饺子很好吃，虾仁的也好吃，牛肉好像有点老了，羊肉很鲜。

她越填越快，咽不下去了都不停下，整张嘴被塞得满满当当，终于填不进去了，她使劲咀嚼，眼泪吧嗒吧嗒地掉下来。

傅承风说："盛总在张子蕴张总的局上喝多了，不慎摔了腰，要来医院，万蓝也在局上，就被张总一同带过来了。不巧修导在这时上了新闻，就这个工夫，不知道从哪儿来了群闹事的人，把他们堵在了病房内。"

楚晃嘴里用力嚼着饺子，没有反应。

傅承风又说："至于樊老师，我就不清楚了，但她应该没什么恶意。"

楚晃咽不下去，想吐，跑下楼梯，推开楼梯间的门，回到走廊，找到电梯旁的垃圾桶，半倚在上面吐了个痛快。

傅承风追了出来，跟护士站值班的护士要了纸巾盒，递给楚晃。

楚晃接过去，道了谢，擦了擦嘴。光照得她脸色苍白，双眼无光，但很美。她有一张电影脸，完美适配所有的文艺电影。

傅承风脑海里突然闪过一些奇怪的画面，好像是他的潜意识生怕他的大脑不知道，他对楚晃嫁给修祈这件事，有一些遗憾。

　　她值得更好的。

　　他把水递给她，没看着她漱口，转了一下脚尖，靠在了墙上，单手插口袋，看着前方的科室。

　　声控灯突然熄灭，整条走廊只剩下护士站内还有微弱光亮，他们的影子在瓷砖上被扯得细长，衬得他们的身躯小小一团，不堪重负。

　　修祈凌晨两点多到的家，到家先充电，给楚晃打过去，她还是关机状态。

　　他的手机在下高铁时就没什么电了，被堵在病房那会儿自动关机了，他有找旁人借手机联系楚晃，只是一直没通。

　　他不知她是看到新闻生气了还是手机没电了，一直不踏实。

　　有软肋了，有害怕的东西了，对他这种四处树敌的人来说，肯定不是件好事，但只要想到楚晃，他会遭遇什么就都不重要了。

　　他现在真的很喜欢很喜欢她。

　　他穿着一条宽直筒的浅灰色运动裤，裤腿拖了地，上半身是一件白背带背心，他的胸肌被紧紧包住。他好像不知他有优美流畅的肌肉线条，也不知他身形挺拔，只是拿着手机，光着脚在客厅踱步，就像是电影演员在走戏。

　　这场戏似乎是一场等待的戏，导演要求演员在平和的心态下表达出内心的焦灼。他很聪明，没有用表情，而是一遍一遍看向手机，一遍一遍沿着玄关走到窗前，胳膊上分布着像是特效化妆一样的青筋，手背上也鼓起了一条又一条……

　　他让助理联系崔亚梵、宋元英这些楚晃可能会联系的人，她们都说没接到过楚晃的电话，他不知真假，也不好再问。

她能去哪里呢？

他不知道，但没再等，拿起衣裳准备出门找，也不管小区外有没有人在蹲守了。

摁了电梯，他盯着显示屏，看着数字变换，再看看手表，这样反复几次，电梯总算到了。

电梯门打开，楚晃就站在门内，修祈微怔。

楚晃一脸憔悴地看着他，没动。

电梯门即将合上，修祈双手握住门边，撑开，上前一把搂住楚晃，搂得很紧，紧到他能感觉到楚晃的骨头有多坚硬，他那么宽厚的胸膛都被她硌到了。

楚晃任由他抱着，慢慢环住他的腰，轻轻吸了吸他身上的味道。

才一天没见，她怎么能那么想他？

回到家，两人也没说话，楚晃把保温桶放回厨房，打开盖子，把空了的内胆取出来，放进洗菜池，顾自清洗。

修祈站在岛台外，看着，不时皱眉是心在疼。

楚晃洗着洗着，眼泪掉下来，砸在手背上，她不由得撇嘴，咬住嘴唇，想阻止，可眼泪还是接连不断地掉下来。

修祈很心疼，走过去攥住她的手，把她的手拉到自己腰后，抱紧了她。

楚晃抱着他的腰，慢慢哭出了声。

她好难过，可能是因为那些视频和照片，也可能是因为万蓝在修祈身后的样子太小女人，还可能是因为修祈对她表心意期间，带万蓝回过广东。

他说带她回去的，怎么会是万蓝呢？

这是假新闻吗？视频是拼接的吗？她不知道，她还没机会当面问修祈，就算这时候回家，他也不见得回去了。

在得到真相之前，她不会根据这些言论、情形给修祈定罪，但她是人，她有情绪，她会难过。

她可以懂事，但此时她不愿意了。

懂事就意味着妥协和失去，从小到大，她做了太多人眼中期待的自己，放弃了太多委屈、倾诉的权利。

她忍不住去想女人的这一生，想整个世间压在女人身上的应该和不应该。

按道理说，她聪明有能力，但聪明有能力的女人面对今日这样的境况，就应该游刃有余吗？就应该从容不迫吗？

聪明有能力的女人就被剥夺了难过的资格吗？

那她们好委屈。

她哭到眼睛睁不开，修祈把她抱到沙发上，蹲在她跟前，轻轻吻她的眼泪。

楚晃始终牵着他的手，她看着修祈疲惫的眼睛、有些苍白的嘴唇，嘶哑着嗓子，轻轻说："我很喜欢你，很喜欢很喜欢，你知道吗？"

修祈突然痛苦，觉得好疼，也很奇怪，怎么听她说话心会那么疼？

修祈攥紧她的手，把她冰凉的双脚也揣进怀里，更扯来毯子盖住她的腿。

楚晃说："你不知道。修祈，我们是有差别的，你可以选择我很多次，而我不是，我只会选择你一次。你中途可以看别的风景，我不行，我看不到别的风景了。"

她说着话，眼睛还是红红的，语气委委屈屈。

修祈只摇头，没说话。

他想让她知道不是的，不是这样的，他不会看别的风景了，他已经改了，但没有，那样好像在狡辩，毕竟现在在上新闻的是他，让她伤心的也是他。

楚晃看他摇头，又想哭，她那么喜欢他，她根本不忍心生他的气，但她很委屈，她只能用双手捧住他的脸："我不会跟你分手，我知道这是一场阴谋，是张子蕴要搞你。

"但我想知道，万蓝真跟你回广东了吗？"

修祈说："没有，是她自己跟去，又找人拍的。"

"好。"楚晃没有犹豫，"我相信你。"

修祈更心疼她了，他不能要求她这么宽容的。这样的新闻出来，她不用那么懂事的，她可以跟他闹，她可以发火、发脾气的……

他托住她的腰："晃晃，你可以怪我，是我没做好……"

楚晃又哭，眼泪又掉下来，一边抹眼泪，一边说："我舍不得。"

修祈红了眼，眼眶里有亮光。

楚晃大拇指在他眼睛上轻轻擦过，轻轻说："但我很难过，你得让我难过，明天我会去跟元元姐住两天，等我消化好了就回来了，好不好？"

修祈往前挪了一下，摇了摇头："不好。"

楚晃说："张子蕴对你下手，你要做的事情还多着，我不能控制情绪，会影响你的，所以我们分开住几天，等我战胜情绪了，等你厘清楚思路了，你再接我回来。

"好不好？"

修祈不能再阻止了，她看起来意已决。

楚晃从沙发上下来，爬到他怀里，在他胸膛蹭蹭："你要快点来接我。"

修祈轻轻吻她的额头："嗯。"

夜尤其静，浮躁复杂的人性就显得兵荒马乱声势滔天了。

爱能不能像神话中那样战胜一切，不得而知，但爱里一定有力量，有力量才能有战胜一切的勇气。

刚刚那几分钟里，修祈被楚晃给予了无尽的力量。

他们会走得很远，就像在声势滔天的人性混战中，仍然独善其身的夜晚那样。

这么紧要的时候，樊宁没敢露面，也不敢在外头声张，回到家才给张子蕴打电话，质问他："你搞什么？！不是说好了只让修祈离开安徒生，离开辰光？你现在这做法，是要搞死他吗？"

张子蕴那头音乐声很大，不是在另一个声色之所，就是在家里庆祝这场阴谋的圆满。

樊宁更火大："你耍我？"

张子蕴好像换到了较为安静的空间，尾音有一些些若有似无的愉悦："是你向我提供了修祈那么多劈腿证据，我也提醒过你，舆论是把双刃剑，能不能用好要看天时地利人和，你不能因为结局超出你的期望就来找我的晦气，显得输不起，樊老师。"

"你没说你搞那么大，而且我说过，我只想让他离开辰光，跟楚晃分开，最早是你告诉我，曝光这些事会给辰光施压，辰光为了股票和企业声誉会跟修祈割席！"樊宁大喘气，"我问你这对修祈个人的声誉不会有影响吗，你说不会。

"你说修祈经常因为私生活上新闻，司空见惯的事不会掀起什么大的水花，你只是要用这件事逼宫辰光，以你们后续合作规避风险为由，让辰光方面罢免修祈的职务。

"你说修祈离开辰光还可以拍电影，对他不会有什么影响。现在网上发酵那么严重，劈腿成性、玩弄女性这些标签给他贴上，比小芽那件事影响还大，小芽能翻身，修祈这边这么多指控，怎么翻身？！"

张子蕴听不懂她的话一般："开弓没有回头箭，奉劝樊老师，该明哲保身的时候不要犹豫，玩儿火会烧到自己的。"

樊宁没他那么无耻，也不是那么胆小怕事的人："你以为我能让你得逞吗？"

张子蕴应着声："嗯，嗯，差点忘了，樊老师是个痴情人。但你觉得，你的团队能允许你飞蛾扑火吗？樊老师，您身上可有不少待履行的合同呢。

"当然，你可以不拿你的前程当回事，就是赔呗，樊老师有的是钱，对吧？"

樊宁被他一句话戳到了心窝肺管子，这个人好阴险，她确实不能轻举妄动，违约赔钱事小，如果合作品牌因为她的行为受到影响，她还得吃官司。

她烦得摁掉了电话，关了机。

她靠着墙，身子慢慢滑向地面，双手捂住脸，眼泪湿满手。

她好蠢啊，出道那么多年了，所有人都说她聪明，她会演戏，她会营业，她人缘好，对粉丝好，怎么突然那么蠢了呢？

她为什么要上赶着给别人递刀啊？

她是爱修祈吗？还是说只想让修祈爱她呢？

从看到新闻的那一刻到现在，她有些醒悟了，有些明白先前万蓝对她说的话了。她就是丧失了理智，她就是被"爱修祈"这件事冲昏了头脑。

那现在该怎么办？还可以挽回吗？

楚晃跟修祈聊过之后便没有再提起这次事件，各自去洗了澡。

修祈洗完没像往常一样去画画、弹琴，而是直接回了房间。楚晃洗完做了一些护肤，之后也回了房间。

两个人躺在床上，各不说话，想睡却无心睡，就这样硬撑到了天亮。

早上起来，楚晃给修祈打了一杯海鲜粥，在他的面包上涂满花生酱，一宿没睡，身子很乏，酸黄瓜的瓶盖怎么都拧不开。

她就要气急败坏的时候，刚洗完澡的修祈停下擦头发的动作，放下毛巾，走过去，从她手里把玻璃罐子拿了过来，轻轻一拧，开了。

他递回给她，她盯着那瓶子看了几秒才接过，拿筷子扒拉出几片酸黄瓜，接着从乐扣碗里夹出几块辣白菜，分别放进两个碟子里。

金枪鱼罐头只要钩住拉环轻轻一掀就打开了，但今天的她好像运气特别差，做了无数遍的工序竟然还是出错了。

她把拉环抠掉了，便用罐头刀开了口，谁知开盖时被盖子边缘刺了手，血一下子涌出来沾满手背。

修祈急慌慌地拿药箱，给她处理伤口。他很小心，先给她的伤口消毒，才清理手上的血污，最后贴上块创可贴。创可贴上的图案是哆啦A梦，她看着那只小蓝猫张着大嘴做吃惊状，看得呆住了，心里不知道开始想些什么。

修祈把她从厨房拉出来，拉到餐桌前坐好，然后返回厨房继续准备早餐。

这次换楚晃看着他动作。

他给她热了牛奶，在她面包上涂上薄薄一层苹果酱，等烤箱时间到，把烤好的牛肉用剪刀剪成条，放在面包上，接着是番茄片和圆生菜，最后再盖上一块面包，对角切成两半，放到盘子里，连同咸菜碗一起端到餐桌上。

修祈再回到厨房时，豌豆和玉米煮好了，他把玉米切成两半，豆子碾成豆泥，拿了椒盐罐子和零卡糖，还有煮鸡蛋、鱿鱼寿司、麻花、紫薯……

楚晃每次把厨房让给修祈，他都会这样，把餐桌摆得满满当当，生怕她吃不饱。

她久久不动，等修祈走到桌对面，放下挽起的衬衫袖子，她突然起身，伸手拉住修祈的衣领，把他拉近自己，吻住他。

修祈显然没想到，但接受能力很强，做了个被动的角色，让她吻了很久。她会用力，也会放松，不时细细吮吸，偶尔热情如火。她的信任、委屈、怨恨、不舍得、不甘心、不情愿，都在这吻里了。

结束后，修祈看着她，眼神已经和最开始调戏她时不一样了。她太好了，他想好好爱她。

坚硬了那么久的心就这样一点一点被楚晃揉软了啊。

叫人感慨，也过于幸运。

他活了那么久，才知道喜欢一个人后是能被改变的，原先坚持的很多事都会因为爱她而妥协，爱她或许不是这一生做得最好的事，但一定是最对的。

楚晃没让修祈送，她怕他把她送到宋元英家门口，他舍不得了，她也舍不得了，那前边下那么大决心让自己冷静、那么努力说服他，就没有意义了。

宋元英在上海的房子一梯一户，听到电梯声便跑到了玄关，拉开了门，很激动地把楚晃拉进来，把她的旅行包接过来，给她拿拖鞋，一路拉到客厅。

楚晃刚想跟她说别忙活了，她已经把她亲自做的牛肉干、芒果干，各种小零食拿了过来，还现磨现煮了一杯咖啡给楚晃。

楚晃有些无奈，却也因为情绪低落，没有说话。

宋元英逼她："如果你来我这儿住两天，还是要蔫头耷拉脑，让我对着你这张伤心难过的脸，那你还是回家去吧。"

楚晃扯扯嘴角。

宋元英捏她的脸："给我说话，有什么说什么，别憋在心里边。"

楚晃不好让她担心，就看了眼她准备的零食，说："好多甜口的。

你别让我在你这里住几天重好几斤。"

宋元英把咖啡端过来，盘腿坐在圆几旁，给她剥荔枝："抗糖也不能一点糖不吃，你尝尝我这个芒果干，我自己弄的，你姐夫说绝了。"

楚晃听她提到陈槐序，朝房间四周围张望了一下："你已经把姐夫赶走了？"

"不然呢？他不走，你会来吗？"

楚晃有点不好意思："感觉我像是拆散你们的那个恶人。"

宋元英笑了笑，说："早看腻那张脸了，可算是有两天不用看了，我巴不得呢。"

"姐夫听见要伤心了。"

宋元英喝一口果汁，撇着嘴摇了一下头："他？可得了吧。"

楚晃手托着脑袋，看着她："怎么？有故事吗？"

宋元英呼口气，感觉比这两天的楚晃还无奈："哪能叫故事？陈槐序给我头上加点颜色是常规操作，结婚这么多年我早习惯了。"

楚晃一时语塞。

宋元英摆了一下手，无奈之余还有无所谓："来聊聊你吧。"

楚晃知道她过来就免不了这个话题，宋元英也不是能忍住不问的性格，不托着下巴了，玩起手链上的戒指。

宋元英看到了新闻，身边有朋友知道她和楚晃认识，也来跟她八卦，问她知不知道楚晃和修祈的事，这次换她手托着下巴："七问修祈，真的吗？"

楚晃没把这个当回事："这个圈子隔三岔五就来个几问，没什么新意。"

"我是问你内容，我上次跟你说的，不要吃亏，你还记得吗？"

楚晃说："那七问不是新闻，是旧闻，只是有人把它们总结到了一起，再加上全网煽风，所以形成了现在这个修祈被全网讨伐的局面。我跟修祈认识的时候就知道他人不老实，我也计较过，计较半天还是爱上他了，等于这条路是我自己选的。

"这件事出来，我唯一在意的是修祈跟我结婚后，有没有带别的女人回广东。

"他说没有。"

宋元英皱起眉，很不理解的样子："你信了？"

楚晃点头。

"你这就信了？"

楚晃也不理解："我为什么不信？他是我丈夫，他爱我，对我好，我为什么不信他，要信别人的话？"

宋元英想了一下，倒也是这个道理："那你刚看到新闻时，就没有怀疑过吗？"

"怀疑了，所以我就问了。"

宋元英上次跟楚晃聊天，她还是听比较多，今天刚跟她说了这么两句，宋元英就觉得她有些变了，但再看她的眼睛，还是那样。宋元英说："可男人天生会撒谎，你不能盲目相信。"

楚晃觉得不对："没有人天生会做什么，男人跟男人不同，女人跟女人也不同。

"很多男人擅长撒谎，不代表男人都撒谎，很多女人擅长无理取闹，不代表女人都无理取闹。

"在修祈这件事上，我明知道有人要算计他，还要跟他闹，我做不到。"

宋元英心疼她："那你就接受了？"

楚晃摇头："没有，不闹不表示不难过，所以我来找你消化我的难过了啊。"

她傻傻地笑，眼睛亮亮的，还跟小时候一样，那个乖乖巧巧的样子好像又出现了。

宋元英放松了表情，损她一句："你才结婚几天，已经总结出婚姻经验了？"

楚晃这个做法不是跟婚姻斗智斗勇，是她觉得在这件事上，她应该这么做："我对婚姻的认识还很浅显，也没有经营之道，我只是作为楚晃，做了楚晃会做的事。"

宋元英也不说了，反正她已经有想法了，只要她不吃亏就行了："我跟你说，我为什么对男人没那么多信任，反复提醒你长心眼。"

楚晃洗耳恭听。

"我跟陈槐序刚结婚那一年，他玩儿一个软件，就是社交的那种，跟一个做内衣的女人搞在了一起，睡了两宿。"

楚晃有些惊讶，陈槐序看着不像那样的人。

修祈那些事儿好歹有迹可循，他的眼神和动作总是给人一种无形撩的感觉。而陈槐序的气质就像搞学术的学问人一样，只热衷于学问，似乎多看女人一眼，都是在犯罪。

宋元英点了点头，解答了她未说出口的疑惑："是的，睡了两宿。"

"那，你是怎么知道的？"

宋元英去冰箱拿了两瓶啤酒，开了瓶，倒了两杯，自己先喝了一口："我们结婚后他一直给我买香水，我一直用那一个牌子，有一次他给我买了瓶我一闻就会过敏的其他品牌的香水。"

楚晃看着她，又不知该说点什么了。

宋元英说："你是不是很好奇，为什么他出轨了，我还没跟他离婚？是不是因为资产问题？

"都不是，是我知道，换一个人也不会比他更好。你听我这句肯定觉得我在受委屈。其实没有，他找，我也找，他睡，我也睡，各玩儿各的呗。我们不会离婚最重要的原因是三观合，我可以找到契合的炮友，但再找不到聊得来的人了。"

楚晃越听越觉得匪夷所思，她本来无心多说，不想把低落的情绪带给宋元英，但对宋元英的观点不敢苟同，还是发表了想法："那你们各自在外边有床伴，回到家还能没负担地聊天、开导对方，这样的婚姻关系正常吗？"

宋元英说："你不理解我的样子，就像我刚才也不理解你为什么选择相信修祈。也不是非要理解，对吧？对错这件事，好像对我们活这一生也没什么影响。很多人都在用错误的方式生活，也挺好。非要把大家硬拧回到所谓正确的道路吗？

"没必要的。

"有时候啊，走错误的路就像是不好的性格一样，改不过来，而它对我们人生的影响也不是很大，既然这样，管它干吗？"

楚晃摇头："不对，你有不好的性格，不应该是让别人来接受这样不好的性格。经常会听到有人说，我脾气不好，我就是这样的脾气，你能接受就接受，不能接受就拉倒。好像脾气不好是件多了不起的事。

"没有人会一直容忍一个人的，父母都不会。我觉得应该是，我脾气不好，对身边人发火，这是我的缺点，我会尽量改正。"

楚晃边想边说，声音厚重，沉稳缓慢："我以前也觉得，我可以允许家里人跟我发脾气，把外部压力发泄在家里。因为在外面已经很委屈了，那就不要再在家里边忍气吞声了。但就在你说完那番话后，我觉得，我这个想法不对，家人没错，家人不应该接受这样的委屈。

"还有你赞成的各玩各的婚姻，我不赞成。

"但我不能深刻理解你的经历，也不好指指点点，所以这里我就不说。"

宋元英听着她说话，歪着头看着她，她有一张聪明的脸，性感妩媚的人就会给人感觉很聪明，但她总是时不时流露纯真的眼神……

宋元英一下子明白为什么会觉得她变了，又觉得她没变。

楚晃摸摸脸："你看我干什么？"

宋元英说："你小时候有一点讨好型人格，别人不喜欢的事你就不会做，所以每个人都说你乖。其实你一点也不乖，你只是太聪明了，你为你自己规避了很多麻烦。"

楚晃不置可否，眼看向芒果干。

宋元英又说："我记得我小时候总听我妈跟我爸说，楚家阿姨觉得自己孩子资质太差，好像什么都学不会，要比寻常人付出更多努力，才勉强跟他们比肩。

"但其实，不会唱歌跳舞，跟资质有什么关系？你不会唱歌跳舞，但你聪明啊，所以你才能考上洲大，所以你才能一路升职，不到三十岁就年薪百万。

"你走到现在，好像是因为你比别人更努力，其实不过是因为你比别人会装乖。

"你一直很有能力。

"我刚才听你说话，觉得你变了，因为小时候的你不会大方表达，你更愿意听。其实与其说变，不如说你是不再装乖，你准备卸下伪装，重新生活。

"可是晃晃，你做不到的。"

楚晃抬起头来，看着对方，很好奇为什么说她做不到。

宋元英喝了口啤酒，说："你那二十年是发生过的，是你的经历，你的乖巧和循规蹈矩已经随你那二十年的经历，植入了你的骨髓里。

"所以即便你要做坦诚的人，偶尔也还是会展露天真单纯的一面。"

楚晃皱了一下眉。

宋元英伸手抚平她的眉毛，说："不聊这些乱七八糟的了，既然你聪明劲儿一直没丢掉，那我愿意相信你不是恋爱脑，是修祈真的让你感觉到了被尊重。

"那我们来聊点正事儿吧。"

楚晃把她的手拉下来，两只手握住："什么？"

宋元英说："我老公有一个新的项目，建设偏远地区，主要是关注青少年的受教育程度问题，以拉近三线开外城市青少年与一、二线城市青少年的起跑线为目的去建设的。"

"这么大的工程？"

宋元英说："嗯，他在考察过程中认识了CCUC的高管。"

"CCUC？"

"嗯，CCUC对华朔天成的收购案一年前就完成了，改革结果并不理想，CCUC注入新的血液也没挽救华朔天成蒸发的市值。我老公跟我说，他们聊天的时候聊到了你。他能跟我老公聊起你，必然是知道你跟我的关系，你觉得这是个什么信号？"

楚晃已经懂她的意思了："是想找我？"

"肯定是想通过我们探探你的口风。"宋元英喝口啤酒，"CCUC啊，我的建议是你可以考虑一下，反正已经介入资方角逐了，不如就去更大的舞台施展一下拳脚。"

楚晃说："如果是因为我成功公关了安徒生的危机，我要说一下，这个案子百分之七十的功劳在修祈。"

宋元英知道："我老公跟我说了，现在各行业手里传阅的你这案子的PPT有说明这一点，说你在某种程度上借助了修祈的人脉。

"可是晃晃。

"修祈的人脉给到别人，别人还不知道怎么用呢，过程相对结果，当然还是结果更能直观地展现一个人的能力。

"反正是CCUC方面看上了你，决定权在于你。"

楚晃垂下眼帘，盯着圆几反光面上的自己，没回话。

宋元英把最后一口啤酒喝完，挪到楚晃跟前，握住她的胳膊，轻轻摩挲她的肌肤："我要有你这份儿聪明才智，我可不会放弃任何一个高升的机会。"

楚晃没应声。

宋元英伸手给楚晃拿了一块芒果干："我觉得楚家阿姨一直看不透你，是因为你跟她一模一样，所以她在理解你时，本能地把你遗传她的地方过滤掉了。"

楚晃不想吃，没接。

宋元英硬要给她："吃一块。"

楚晃只咬了一口，这一口让她的面部表情过于狰狞了，逗乐了宋元英："怎么吃个芒果干这么难受？很酸吗？"

楚晃摇头："最近天热多雨，我一直没胃口。"

宋元英挑眉，开玩笑说："怀孕了？"

她一句话，楚晃愣住了，半晌，抬起头来，看着她，说："好像，是迟了几天。"

宋元英挑完眉，皱眉，眼睛瞪得圆圆的："是迟了，还是，还没来呢？"

"还没来。"

宋元英凑近她的脸，小声问："最近有过吗？没做保护措施吗？"

这个问题楚晃都羞于启齿，哪是最近有过吗，应该问，哪天没有。

宋元英杵她胳膊："跟我你还害臊？"

"不是，我们有措施。"楚晃的耳朵和额头都红透了。

宋元英关心之余还有点八卦："一直吗？"

楚晃脸更红了，躲开她的注视，转移了话题："你有那个试纸吗？"

宋元英站起来："应该还有。"说着去给楚晃找了。

楚晃觉得好丢脸，感觉要被宋元英笑很久了。

第一次试就是两条杠，宋元英激动得跳起来，还骂了脏话："这就中奖了？这贱男人是欺负了我妹多少回？"

楚晃脸更红了。

宋元英托着她的腰，慢慢把她扶到沙发坐下："从现在开始，你不要动了，我动，吃什么喝什么吩咐我。"

楚晃不知道是哪次中的，但应该没多久："我手脚没事啊。"

"刚开始两个月很危险的，你有生孩子的经验吗？没有就听我安排。"

接下来，楚晃就看着宋元英忙前忙后，不知道忙点什么。一会儿上网购物，一会儿又觉得网上的东西不好，说带她去实体店买。刚决定要去哪家实体店，想起来应该去医院做个B超，又赶紧挂号。

楚晃来的时候就是晚上了，天刚黑，这会儿已经十点多，挂了几家医院终于挂到专家号。

刚闲下来三分钟，她又一拍巴掌："想吃夜宵吗？"

楚晃摇头，为了让她停下来，说："我困了，想睡了。"

"行，我去给你把待客的四件套扒下来，把我前几天买的最贵的那套给你装上。"宋元英说着走向客房。

楚晃拉住她的胳膊："不用了。"

宋元英坚持："你就在这儿好好坐着。"

楚晃被她摁到沙发上，重新坐好，看着她满房间逛，没有一点方向和规划的样子，不由得摇头轻笑，顺便好奇，修祈知道了，也会这样吗？

楚晃低头看向肚子，把手放了上去。

最近她一直觉得胸部肿胀，小腹下沉似的难受，以为是来月事前的征兆，因为这么多年她都是这样的，现在想想，好像有一点不一样。

她好像也容易头晕了，困，醒不来，没什么胃口，她傻傻地把这些反应当成阴雨天的"杰作",还真是傻。

说来奇怪,她知道自己怀孕了,也没有什么特别的感受,就觉得"我竟然怀孕了?""我要生孩子了?"。

呵,都是修祈那个浑蛋干的好事。

她想着想着竟然笑了起来。

明明这两天那么难过,怎么知道自己怀孕了就笑了?她也不是很喜欢小孩,为什么?

她不知道,就是一想到她跟修祈要有孩子了,就觉得好幸福,以后会有一个乖乖小小的宝宝,刚学会走路就晃晃悠悠地追着修祈,叫"爸爸"。

修祈可能不喜欢小孩子,一天到晚全世界都欠他似的,肯定不会耐下心来哄小孩子的。

他可能会弄哭小孩子,又怕她骂他,恶人先告状,说不赖他。

想到这里,楚晃笑得更甜了。

她拿起手机,想给他发消息,打开微信,最近一条正好是修祈的消息,他最后一条消息是"晚上睡觉要关空调"。

突然,她那点甜被这几个字张着大嘴一口吞掉了,弯弯的眼睛恢复成原样,眼泪毫无预兆地掉下来。

怎么办?好想他。

他现在好难,她是不是应该陪在他身边?

她打了两个字,发过去:"老公。"

刚发过去,她又立刻撤回,把手机扔一边,假装刚才什么也没发生过,她没想到两个人有宝宝以后的生活,也没有想起他。

宋元英从卧室出来看到眼睛微红的楚晃,放下手里的香台,走过去,直问:"怎么了?"

楚晃摇头,没说。

宋元英看到旁边的手机："又看热搜了？"

楚晃抬起头，皱眉问道："热搜怎么了？"

宋元英下意识做了个抿嘴的动作。

楚晃拿起手机，修祈的名字正挂在热搜，她做好心理准备点进去，刚看到遗照，宋元英就把她手机抢了过去："别看了。"

楚晃已经看到了，他们给修祈P了遗照。

她开始傻傻地看着一个地方，不再有任何反应，巨大的难过在这时包裹着她，周围空气弥漫着难以掩盖住的窒息感。

宋元英知道现在的她跟刚才不一样，什么都听不进去，没有车轱辘劝，只是领她去休息了。

为了让她睡得好一点，宋元英还点了香。

楚晃情绪低落，睡不着，但香太助眠，她身子又太乏，像是有什么在支配她快快入睡，她抵抗了一阵还是败下阵来。

一夜无梦，却不安眠。

修祈到盛辰光那儿时，凌晨三点半。

周嘉彦站在沙发前，端着酒杯，面无表情地看屏幕上播放的电影，看不出来有无投入进去。李文孝坐在角落，保持着一个尽量降低自己存在感的姿势。盛辰光半趴在靠枕上刷手机，为受伤的腰部放松压力。他腰伤很严重，忍痛开了一天会，本来只有休息时间，但因有话要对修祈说，就把三人喊了过来。

修祈进门，他们三人未有反应，知道他最近水深火热，都不知道该用什么话开头。

修祈把外套脱了，放在沙发，边解袖扣，边走向篮球篓，拿了个篮球，走到台球桌后，伸手一抛，进了一个三分球。

周嘉彦把酒杯放下，走过去，靠在台球桌前，看着他："去哪儿

136 -

了？来这么晚。"

修祈没答，继续投球。

"我上午听到图特那边的信儿，说《遥遥》这项目要跟你签对赌，张子蕴那边也放消息出来了，他要行使合同里附加条款的权利。"

修祈投了几个球，出汗了，额头细细的一层。

周嘉彦又说："鞠茂川这是被张子蕴忽悠傻了，怕你这次起不来，在你身上花的钱打了水漂儿。"

盛辰光托着腰拿着靠垫慢慢走过来，坐在椅子上，在腰后垫好靠垫，说："他们这么一搞，那些散户心里都没底了。"

周嘉彦点头："你这事儿如果不能尽快得到解决，最后被停，开机延期，对整个剧组的伤害无疑是巨大的。张子蕴这孙子让他们公司一个基层爆料，说他们只跟你签了包赔损失条款，但这个只针对劣迹艺人。"

盛辰光骂了一句："都是阴险家，就他爱装白莲花。"

周嘉彦叹气："没办法，他已经对外散布《遥遥》导演恶性事件导致他赔了多少钱。安徒生那小孩儿出事前没有合同在身上，所以不存在违约情况，楚晁公关得漂亮还让他因祸得福了。老四这事儿不一样，《遥遥》万事俱备，就等开机了。"

修祈好像没听他们说话，打球打得专注。

周嘉彦双手撑在台球桌："你出事儿，影响确实太大。"

盛辰光说："那也怪不着他，从张子蕴组局带那什么，姓万的那女的开始，然后就是'七问修祈'，再到各个女主角的上场，全网联动，最后是张子蕴和图特轮流落井下石，谁敢说这一切不是事先计划好的？"

"是，是计划好的，但不是暂时没办法吗？图特这一回突然反水够恶心的。不过也没办法，利益和友谊，谁选友谊？他跟张子蕴后续应该还有合作，为了修祈跟张子蕴对立，他一定会被业内说是傻瓜。"周嘉彦越说越头疼，对这局面颇为无奈。

盛辰光接上："张子蕴这是打着宁为玉碎的算盘，老四这棵摇钱树他自己不能掌控就干脆砍了它。"

"不是砍，他是连根拔，他要把过错都归到老四身上，想在大众面前升堂帮他挽回损失。"周嘉彦捏着眉心说。

盛辰光也头疼，他不明白："所以老四，你怎么得罪张子蕴了？"

周嘉彦没盛辰光日理万机，有时间关注八卦，解答道："我猜还是张子蕴把樊宁弄到安徒生那事，老四那狗脾气估计没给他好脸。"

一句也就够了，盛辰光明白了："那没办法。"

修祈好像没有听他们说话，但后边的球都不容易进了，他已经两天多没睡觉了，他很累，但比起疲惫，他更疼。

心疼。

他害怕的事还是发生了，那些肮脏的过去还是被添油加醋地吹进楚晃的耳朵。

他伤了她的心。

她哭的时候，捧着他的脸说不分手的时候，他都觉得自己不是个男人，他应该保护她的，他没有做到。

他越想这些事，越投不进，越投不进，越急，最后几大步迈上前，跃起扣篮。因为太近了，扣球时胳膊被坏了的篮球框刺了胳膊，小臂内侧顿时显现出触目惊心的一条口子，血瞬间流出，染红白衬衫。

"我去！"周嘉彦和盛辰光吓傻了，赶紧冲到他跟前，抬起他胳膊。

盛辰光腰疼也顾不上了，扭头对李文孝大喊："叫车！上医院！不不，先打客房服务，让他们送冰块、药箱上来！"

李文孝噌的一声站起来，看到修祈那边流了那么多血，眉头锁得很紧："马上！"

周嘉彦拿纸给修祈裹住胳膊，骂道："你是傻的吗？"

修祈没有反应，好像伤的不是他胳膊。

盛辰光也没给修祈好脸："这就怂了？你老大我还没说话呢，什么图特、张子蕴算个屁！"

周嘉彦火很大："我就问你，至于吗？就算那货组合拳有点猛，老二一个打真拳的给你坐镇，你还没安全感吗？你实在气不过，我们给你把那货绑了让你出出气不行？非糟践你自个儿？！就没听说过别人犯贱，惩罚自个儿的。"

盛辰光一只手扶他，另一只手扶腰，觉得不行："还是得先上医院，我叫司机上来。"

这时，李文孝抱着冰袋和药箱回来了。

周嘉彦要给修祈处理伤口，被修祈抽回胳膊。

修祈推开他们，平静地走到台球桌前，没拿冰袋，没开药箱，而是拿起毛巾，擦了擦沾到血的戒指，擦得一点血污都没有了。

盛辰光和周嘉彦相视一眼，已然明了，修祈的失魂落魄不是为他自己，是为楚晃。

修祈知道他们叫他过来是想帮他理理思路，好精准反击，所以无论他多难过，还是没辜负兄弟们的好意，来了。

但一个小时候就坏事做尽、不择手段的人，怎么可能这点事都处理不了？

他歪着头，表情冷漠地擦着戒指，周身透出一股阴毒气息，但很奇怪，他的眼神很温柔，他并不隐瞒，他爱楚晃。

修祈什么也没说，盛辰光和周嘉彦却知道了，张子蕴不会是他的对手。

遇事从容，心志坚定，判断准确，执行力强，就算身处低谷，也能翻身称王——是修祈没错了。

他们关心则乱，忘记了，修祈是怎么从身无分文走到他们面前跟他们成为兄弟的。

早上，楚晃醒来，宋元英已经做好早餐，还是严格按照孕妇菜谱做的。

洗漱完的楚晃站在餐桌前，她看着不太自然的宋元英，再看一眼桌上宋元英的手机，问道："又有新闻了吗？"

宋元英说："昨天你睡着之后，修祈来了，我跟他说你睡了，他就没上来，在楼下车里抽了一个小时烟。"

楚晃像是麻木了，没反应，但只有她自己知道她心里已经绞成什么样。

宋元英又说："再就是叔叔给你打电话了，问你什么时候回，他跟阿姨在你那儿。"

楚晃拿起手机，果然有楚父的电话，她顾不上吃早餐了，跟宋元英说："我爸妈来了，我得回去一趟，然后我自己去医院吧。"

宋元英跟着她走到门口："我陪你吧，反正我也没事做。"

"在你这儿睡一晚我好多了，不用担心。"

宋元英不能不担心，昨晚因为她没管理好表情，让楚晃知道了热搜上那些乌七八糟的事，她已经很愧疚了："不行，我要陪你去医院。"

楚晃没再拒绝："那我去的时候打给你。"

"嗯。"

从宋元英家离开，楚晃就回了自己家。

开车前她看了看手机，没有修祈的消息。至于热搜，她不想打开。上一个因为男女关系混乱被全网抵制的艺人，到现在都没再露面，任何风吹草动都能激起全民辱骂。

"玩弄女性"这个标签甭管真假，都能脱人一层皮。

站在那些女人的角度，修祈确实不能原谅，但据她从一些碎片信息里了解到的，各路不明水军下场，应该是不止一方资方浑水摸鱼的结果。

这说明，那些黑料的真实性有待考证。

她现在还没想好要不要插手，也不知道自己能不能不带感情地插手，网上有很多"善意提醒"她的，内容一直在一个圈子里打转。

基本是说修祈这种男人改不了的，什么有一次就有无数次，现在还没抛弃她，完全是新鲜劲儿还没过，等他腻了，她的下场不会比以前那些女人更好，替她焦虑时过于真挚，甚至引起身边人动摇，开始提醒她要擦亮眼睛。

可是两个人的爱情，为什么要听第三个人在说什么？

网友又不认识修祈，跟修祈结婚的是她，过日子的是她，他一直疼她，爱她，她为什么要因为别人几句话就怀疑他？

她早说过，她爱得起，修祈真敢抛弃她，她也真敢离婚，让他哪儿来的滚哪儿去。

她虽爱他，却不是无脑爱，爱跟理智在她身上是并存的。她嘴上怨他有那么多女人，但自他们相爱以来，她能感觉到他对感情、对她的诚意。

比起相信人云亦云的网友，她更相信这么长时间相处后她自己的判断。

当然，无论她多么信任修祈，她都需要他来告诉她，她的信任是对的。

他一定要带她回广东，她一定要跟他去广东，他一定要告诉她过去的事，她一定要听到他亲口讲他过去的事。

她一路思绪乱飞，浑然不觉车也开得飞快，到家才发现仅用了半个小时。

她进门先脱鞋，弓着腰朝里张望，楚父在厨房做饭，楚母在客厅看电视，老掉牙的苦情戏，正演到矛盾爆发点，女主角和男主角相拥哭泣。

楚晃看了一眼楚母的表情，她倒是反应平淡。

楚父听到动静，先从厨房出来："回来啦？"

楚晃看楚母不想搭理自己，也没跟她打招呼，进了厨房，挽袖子："吃什么？我来帮您。"

楚父忙说："不用，你去陪你妈说说话吧。"

楚晃拿起一把豆角："她不是很想跟我说话，我不自讨没趣了。"

楚父从她手里把豆角拿回来："听话！去！你妈很惦记你的，看见你上电视都不换台。"

"电视？"

"你不是走那个红毯了吗？你跟小祈。"

楚晃知道了："你们过来是因为这个，干吗跑一趟呢？打个电话就行了啊。你们又不习惯这边的气候。"

楚父一笑，眼角的皱纹又长又深，一直延伸到鬓角的几根白丝。

楚晃恍然发现，她父亲已经那么老了。

楚父拉着她的手腕，语重心长地说："听爸爸话，去跟你妈聊聊天，她很想你。"

楚晃还沉浸在楚父一夜之间变老的感叹中，没顾上拒绝，被推出了厨房。等她反应过来，她已经不好再回去了，只好尴尬地转过身，边把挽起的袖子放下，边叫了声："妈。"

楚母没理她，目不转睛地看着电视。

楚晃习惯了，回房间把自己杯子拿了出来，倒了点水喝。

楚母这时候问她："晚上去哪儿了？"

楚晃放下水杯，没转身，背朝着楚母说："元元姐那儿。"

"你跟谁学的夜不归宿？"

楚晃闭了一下眼，转过身来："我不是三岁也不是五岁了，我已经结婚了，'夜不归宿'这个词不适合我了，就算要用在我身上，也该是我丈夫来说。"

楚母闻言站了起来，眼睛红红的，但很明显不是难过，是生气："你现在张嘴闭嘴你丈夫了，要离婚的不是你吗？说是被我逼的不是你吗？我多可恶啊，我逼我亲生女儿嫁给她不喜欢的人。"

楚晃头很疼："妈，我最近很累，我不想跟您吵。这件事我只说一次，那时候您确实逼我了，虽然我跟修祈结婚有我昏头的成分，但我想止损的时候您没同意。

"您忘了您的基因论吗？修祈这么好的基因，可以弥补您生了个残次品女儿的遗憾，您忘了吗？"

楚母听着楚晃的话，身形微晃，差点摔倒，指着她，沉声道："你怨我？"

楚晃摇头："我不怨您，我只是想让您知道，即便我爱上了修祈，您当初促成我和修祈的决定还是做错了。不能因为我恰好爱上他，您当初那些伤人的话就变得顺理成章了。

"他们都说我跟您像，其实不像。

"无论我将来的孩子像谁多一点，聪明还是呆笨，漂亮或是普通，我都会爱他，我不会让他像我一样，披着虚假的人格渐渐长大。"

楚母开始大口喘气，逐渐喘不过来气，眼睛也越来越红："你就是这么理解的？"

楚晃不明白都到这时候了，还聊这样的话题有什么意义："我不会跟修祈离婚了，您也终将拥有一个有修祈基因的外孙，不是皆大欢喜？我不愿说这些可能会伤人的话，所以恳请您不要逼我。"

楚母三两步迈到楚晃跟前，扬起手来。

楚晃抬头，伸脸，给她打。

楚母巴掌扬了半天，嘴唇和胳膊一直在抖，终究没落下来，转手抄起她的水杯，啪的一声摔碎在地上，冲楚晃喊："我逼你学习？逼你努力？

"我不逼你，你能上实验班？不上实验班你能有好的学习环境？你考洲大是因为你学习好，你学习好是因为我没有一刻放弃过你！

"你现在考上洲大了，到大公司上班了，年薪百万了，你开始怪我逼你了！"

楚父听见动静赶紧出来，看到楚母和楚晃红着脸争执，没管楚晃，小跑到楚母跟前，搀住她的胳膊："不待了，我们这就走，你不要动气，我不做饭了，我们走。"

楚晃这边，修祈出事，她还怀孕，她很难过、很疲惫，眼睛一直是闭上就睁不开的状态，她不明白为什么她母亲要过来雪上加霜。

她站在餐桌前，眼睛也不知道是在什么时候蒙了一层雾。

她不想说自己委屈，但真的很委屈，为什么要让她知道，她母亲不爱她呢？

楚母推开楚父，继续说："你资质差，要比别人付出更多的努力，这道理有问题？你努力背书、算题的时候，我在干什么？我去玩了？去睡觉了？

"你熬夜到几点，我就熬夜到几点。

"你说我注重基因，我那么注重基因，我为什么不跟你爸离婚？我当年是找不到第二个男人了吗？我生不出第二个孩子吗？

"我把半辈子耗在你身上，就因为我让你嫁给修祈，我说他基因好，你就告诉我你从小到大的听话都是装的，你心里边早就恨透了我是吗？"

楚母颤音越来越多："我把你培养得太听话，所以从小谁的话你都听，随便来个坏心眼儿的装成问路的都能把你骗走。你长大后喜欢的那些小男孩，哪个不是油嘴滑舌没点本事全靠你照顾？

"我生个闺女就是为了照顾别人的？

"我看修祈不错，我觉得他能照顾你，我让你们结婚怎么了？他基因好不是事实？我说事实，你接受不了，又为什么要爱上他？你对我逼你结婚耿耿于怀，那我不逼你结婚，你就走了，你就出国了，你还会回来吗？

"楚晃！我问你！你还回来吗？！"

楚晃一下愣住，大脑一片空白。

楚母往前走了两步，她看起来比楚晃还无力。她怎么走路都走不稳了呢？

楚晃只看到楚父的白发，其实楚母脸上的皱纹也多了，肩膀又窄了一些，距离上次见面还没几天，怎么会瘦成这样？

到这种时候，要强如楚母也不掉一滴眼泪，几乎是一个字一个字地说："你走十年……

"二十年……

"三十年……

"你事业有成，你资产过亿，你会做饭吗？你想吃的那些，你会吗？

"你知道红霉素和维生素不能一起用吗？你知道你那个破体质到了我这个岁数就会怕冷怕热，阴雨天就动弹不了吗……"

楚晃有些心堵，从未听楚母说过这些话。

楚母最后一句话是指着楚晃说出来的："我告诉你楚晃……

"你妈活了半辈子，就是比你眼光好……

"你不服气就别在这时候告诉我你爱上修祈了，你能做到吗……"

她放下手来，声音抖得更厉害："你好好想想是我逼你，还是你长大以后对我一直是这副要死不活的态度！

"你好好想想！你妈我欠你吗？"

楚母说到最后像是吊着的一口气散了，说完这一句，如释重负，脸色一下难看起来，腿也一下站不住了，整个人朝后摔倒。

楚父及时托住她的腰，她缓过劲儿来，看了楚父一眼："我们走……"

楚晃也在楚母摔倒的第一时间伸出手去，只是没楚父离得近，没他及时。她觉出不对劲了，拉住楚母的手，问楚父："我妈怎么了？"

楚父亦是一副倦容，欲言又止后拿开她的手："我们就是来看看你，看到了，我们也该回去了。"

楚晃不信，看了看已经累到说不出话的楚母，她妈才五十岁，不可能几天不见就这么憔悴，她不信他们只是来看看她。她摇着头慢慢后退，转身跑到玄关柜子前，拉开楚父的包，在楚父赶来阻止时看到了病历本，眼前一黑。

她扶住柜子，匆忙翻开，这时候眼泪已经不受她的控制了。看到"乳腺"两个字的时候，她只觉得一阵天旋地转，身子仿佛在一瞬间羸弱，风不来都坠落了。

她抬起头来时，泪流满面："怎么回事……"

楚父低下头，神情痛苦。

"这是什么意思？！什么时候？！你们还想瞒我多久？！"楚晃的嘴唇干巴巴的，她一大声吼，下唇直接被扯开个口子。楚父正不知怎么跟她解释，楚母已经疼得身子弯了，慢慢滑向地面。

楚晃和楚父几乎是同时冲到楚母跟前，楚父把楚母背起来，楚晃帮忙扶着，急匆匆地跑向门口。

楚父把楚母抱上车，楚晃想让楚父开车，她在后座搂着楚母，楚父没同意："还是你开车吧，你妈太较劲了，我怕她半路闹。"

楚晃想争取，最后却没争取，听从了楚父的安排。

她一路疾驰，其间懦弱到不敢从车后视镜看楚母苍白的脸。她刚才是在干什么啊？为什么要说伤人的话呢？

她怎么跟宋元英说的？对家人的包容呢？她在干什么？

宋元英剖析她母亲的话，她不是也在心里认可了吗？

怎么就忘记了呢？母亲哪里对不起她呢？

她一边开车，一边抹眼泪，方向盘上湿漉漉一片。

楚父搂着楚母，看着楚晃，心疼妻子，也心疼女儿。是人到中年，万事变难了，还是他变老了，不能像以前那样游刃有余地应对灾难了？

不知道。

他只希望他这个小小家庭平平安安，妻子、女儿平平安安，哪怕她们吵吵闹闹呢？

医院的走廊不太安静，楚晃站在月光和灯影之中，白裙子裙摆舞动，却没有人感觉到风，但知道她很冷，因为她面目绯红。

医生给楚母吊水止疼，药输入大半时，她抵抗不住药劲儿，睡去了。

楚父在病房陪她，楚晃随医生出来问了问楚母的情况，才知道楚母已经做过几轮检查了。

医生离开很久，她始终站在门口不动，她不能消化，她父母来上海是为了给母亲看病，上次见面后就一直没有离开，而她什么都不知道。

她在干什么啊？

她慢慢靠到墙上，眼光放平看着对面的窗，头发凌乱，发梢没有方向，心里又乱又疼。

有什么意义？跟亲生母亲分个输赢，争个对错有什么意义呢？谁会给她颁奖吗？就算是母亲错了，又能怎么样呢？二十几年她其实活得很好，不是吗？

她干吗呢？

她就这样在走廊站了很久，病患、家属、医护来来往往，偶尔有人注目，眼神就好像在说，这么好看的姑娘，为什么哭成这样？

楚父见楚母睡踏实了，出来叫楚晃。

楚晃别开脸，不想让楚父看到她的狼狈，那种油然而生的责任感逼迫她只能展现出坚强。

楚父看到了她眼角一抹红，什么也没说。

楚晃不敢看楚母，走到窗前站住，盯着瓷砖地一言不发。

楚父给她倒了杯水，坐到陪护床上，拿了一袋子核桃放到腿上，怕开核桃器动静太大便用手捏，捏开一颗，把核桃仁倒在手上，吹掉碎渣，然后放在罐头盖子里。

楚晃眼看着他的手心捏了两颗就已经通红不能看了，走过去从他手里把核桃袋子接过来，拿着开核桃器到病房外，开了半袋。

她把核桃仁和开核桃器放在桌上，给楚父见底的水杯添了水。

楚父看着楚晃小心翼翼的样子，想跟她说，她母亲其实很爱她，就是长了张恶毒的嘴，但不知道该怎么说。

他一直是做得多，说得少，不清楚什么样的表达才不会搞砸，犹豫再三还是没说话。

楚晃知道楚母的病不严重，做完手术好好休养便能无碍，但毕竟是不小的手术，加上她前边说了不少混账话，不知道有没有影响到楚母的病情，也就格外担心。

楚父在两人相对沉默了半个小时后，说："别担心，你妈命硬，而且给你妈做手术的是位主任医师，听说这位主任医术很高明，我也在网上查了，这个病是可以治愈的。"

楚晃靠在窗前看着自己的脚，静静听着，不说话。

楚父看楚晃一直不在状态，心疼得慌："晃晃，这不是你的错，你不要自责。"

楚晃数秒后才摇了摇头："没有。我只是想起来，我好像没为我妈做过什么。"

楚父闻言还是没忍住，说："晃晃，当妈的不会计较你为她做过什么，甭管她多嘴硬，她都不会计较。在你很小的时候，还不会说话只会哭，不让我们睡觉的时候，她就在爱你了。"

楚晃鼻尖很酸，咬了一下嘴唇逼自己忍住，不要哭。

楚父一口气叹出颤音："爸爸没用，她对你严苛的时候，我没有为你说话，你心里那么多委屈，我也只会让你原谅她。因为你妈明明可以有更好的选择，我却用你拴住了她，我一直在亏欠她。"

楚晃不怨的，她是在装乖，长大后是喜欢跟楚母偶尔拌一句嘴，巴不得让楚母知道她翅膀硬了……

但她还是会想家，会想妈妈，知道楚母生病时她的心还是像被刀剜一样疼。

她不忍了，就让楚父看到她的眼泪："爸，一家人没有委屈不委屈的，吵架的时候会口不择言，但我心里不是这么想的，我知道我妈也是。她说得对，她没有对不起我。

"我现在的一点优秀，都因为她没放弃我。爸，我妈那句是说给我，也是说给你的。她当年或许是有更好的选择，但她还是留下来了。而她从来不是委屈自己的人，所以我们不要怀疑，她留下来一定是因为爱我们。"

楚父老眼红肿，泪眼模糊，拿手掌抹了又抹。他不是帅气的，但有一双很漂亮的眼睛，楚母哪里都好看，只有眼睛狭长，所以看起来很凶。

楚晃会长，随了楚母的其他五官，唯独长了楚父的眼睛。

楚母在这时醒了，动了动胳膊，抻到了输液管，楚晃立刻上前，扶住楚母的胳膊。

楚母没有躲，也没有把脸别开，但也没有握住楚晃的手。可楚晃还是感觉到楚母服了软。她就是这样的，低头也跟别人的低头不一样。

楚晃蹲在床前，轻声叫她："妈。"

楚母没答应。

楚父怕母女俩又吵起来，打算把楚晃支出去："晃晃，你去叫护士，就说病人醒了，看看怎么说。"

楚晃正要起身，楚母说："你怎么没去上班？"

楚母说话，就是不别扭了。楚晃又蹲下来，帮楚母把手放进被子里，嘴角微微扬起一点，微笑着说："今天周末。"

楚父放下心来，不知为什么也觉得有些欣慰。

楚母看着楚晃的下巴颏，还是那个凶凶的语气："你最近没吃饭？"

楚晃摇头，有些不好意思："只是胃口不好。"

楚父急了："怎么会胃口不太好？生病了吗？看医生了吗？"

楚晃低下头，小声说："怀孕了。"

她说完，病房寂静一片，半晌，楚父惊呼起来，拍着巴掌："竟然是、竟然是怀孕了！啊！哈哈好啊！好啊！小祈呢？他知道了吗？他怎么都不在家陪你呢？！"

楚母的眼睛也在发光，还不易察觉地弯了唇角。

楚晃抿了一下唇角，更不好意思了："我、我还没告诉他，他最近事多。"

"那也得让他知道！我去给他打电话！"楚父高兴得什么都忘了，到处找手机，"我手机放哪儿了？"

楚母骂他："生孩子不遭罪吗？你还这么高兴？"

楚父被楚母这么一提醒，情绪一下子低落，慢吞吞地坐了回去，喃喃自语:"是啊,生孩子多遭罪,修祈那个浑蛋东西,胆敢让你遭这份儿罪!"

楚晃握住楚母的手,跟他们说:"我之前没想要孩子,但,他来了,我就想把他生下来,我也想知道,我能做一个什么样的妈妈……"

她说话时很温柔,能看出来她对这个即将到来的小生命充满期待。

楚父说:"你们这一代好像都不喜欢孩子。"

楚晃想了想,说:"可能是因为我们想做的事情太多了,生养一个孩子会耽误太多实现自我各方面价值的时间。"

"那你……"

"我也要实现自我价值,但我也想留下他。我那时候不想生孩子没有错,现在我想要他也没有错。或许将来我无法平衡宝宝和事业,但那是未来的事,或许我都活不到未来,那想那么多未来干什么?"楚晃淡淡地说。

楚父理解不了他们年轻人的想法,不说了,但不喜欢她其中一句话:"什么活不到未来!瞎说!"

楚晃笑了一下,接受了批评。

楚母干脆不再继续这个话题:"让你爸留在上海照顾你。"

楚晃摇头,笑着说:"我爸应该照顾您,我也有老公的。"

楚父哼了一声,一会儿看得上修祈,一会儿看不上修祈,矛盾得不行:"他会照顾什么?长得俊的男的都不会照顾人。"

楚晃笑,一个"哦"字八个转音:"可我怎么觉得我妈是颜控呢?您是不是太妄自菲薄了?我妈真不是看上您那双多情的眼了吗?"

楚母把手抽回去,看着凶,语气却很柔和:"胡说八道。"

楚父轰她:"去去去,去叫护士!"

楚晃给他们夫妻二人空间,顺势出了病房。

只剩下夫妻俩,病房又安静了下来,许久,楚父才问:"喝水吗?"

"嗯。"

楚父转身倒水。

楚母看着他的背影，突然说："你之前说照相，等我做完手术，我们就去。"

楚父突然停住。

楚母又说："当年我刚怀晃晃，我爸就给我找了梨亭的工作，但我没去。"

楚父的肩膀轻微抖动起来，正面已经被眼泪铺满一张脸。

楚母不是软性格的人，这样的话一辈子没说过，只是刚刚提前醒来，听着丈夫朝女儿说爱她、不怨她，为她解释，再硬的人也柔软了。

想想自己为什么要在手术前去找楚晃，不就是看到楚晃上电视，想楚晃了吗？想那个不让她省心的女儿。

只不过她嘴硬，见到女儿就一百个不满意，就想要跟女儿吵。

这无非是她不愿意承认，她的乖乖女儿晃晃已经长大了，有了自己的家庭，不用她管束了，她心里不舒服……

或许是这一场病来得猝不及防，击溃了她坚不可摧的信念堡垒。让她知道，多么要强的信念在"好好活着"面前都卑微得不见踪影。

人不生病，就总不服输，当感受过生命的脆弱，过去计较的事就都变得没那么值得计较了。

总之，她的外强中干越来越明显，直到今天跟楚晃大吵一架，她终于承认了。

就这样吧，一家人，好好在一起。

楚父倒完水，抹掉眼泪，转过身来，笑着对楚母说："等你好了，我们就去照相。"

楚母的手术安排在周二，修祈周日就出差去拍摄地考察环境了。

他走时给楚晃发了微信消息，楚晃第二天看到，回了一个"好"。

"路上注意安全"六个字，打打删删，她犹豫时喜欢咬手指，这一回手指都被咬破了，还是没决定发还是不发。当时楚父叫了她一声，让她去楼下拿个外卖，她抬头答应，匆匆删了这六个字，打过去一句"记得想我"。

她回来再看手机，修祈已经回过来："不记得，你要天天提醒我。"

楚晃看着消息笑起来，有那么一瞬忘记现在网上还在 P 他的遗照，骂他的词条也没有一天从高位热搜上下来。最近的舆论内容甚至向他身世方面延伸了，开始造谣式抹黑，似乎不在这一次踩死修祈，以后就没机会了，看得出幕后人其心之歹毒。

楚母的手术很成功，医生说一星期左右就可以出院回家里休养了。

《遥遥》开机在即，公司一堆事儿，楚晃要处理，还有窦盾和擎天国际的舆论战要打，但又不能把楚母这边晾着，自己的母亲肯定是最大的，她就只能白天上班，晚上替楚父的班照顾楚母。

她不嫌累，就怕修祈那边惊现不好的消息。

楚母情况好转后，楚晃做了检查，听医生嘱咐了很多注意事项。她答应宋元英产检要告诉她，所以检查完给她打了电话。

宋元英把她一顿骂，说她瞒得严实，检查完才说。

楚晃跟宋元英说给她买条裙子赔罪。

宋元英急了，死活不让买，楚晃那么聪明，当下便知道网上又出事儿了。她打开微博，果然看到"修祈素人前女友自杀未遂"几字挂在热搜榜首。她点进去就看到二十多亿的阅读量，讨论量持续飙升，全都在辱骂修祈，骂得好难听。

但凡有人为修祈说话，或是问"前女友不是没事吗"，就会被围攻，被骂杀人犯粉。

还有"正义人士"问："自杀未遂就不算自杀了吗？自杀未遂，

修祈对人家造成的伤害就能抹去了吗？"

若有人质疑："为什么在这个节骨眼儿上自杀，真的不是蹭热度吗？还是阴谋？"

同样会被"正义人士"们攻击，被扣上"支持杀人犯"的帽子。

修祈在网上的处境更差了。

楚晃不想看了，要关掉时，微信弹出消息，助理告诉她，修祈出差回来了，现在被堵在机场。

她心里一沉，回过去："被谁？"

"说是媒体，但他们太激动了，看着像被人雇去搞事的。楚总，我们要不要出个声明？现在网上……"

楚晃没看完消息，边往外走边把检查单折叠装进包里，开车上路后才给楚父打电话说有事儿要去解决。

楚父没问是什么事，就嘱咐了句路上小心。

这边电话刚断，宋元英打来提醒楚晃："你注意肚子。"

楚晃心里很慌，心跳很快，不由得开快了速度，急中敷衍宋元英一句："没事。"

"什么没事？你这是头胎，别作。你那个老公浑身是能耐，没问题的。"

"是吗？"

楚晃不知这两个字是问宋元英，还是问自己。她是相信修祈，但她作为他的妻子不能一句"我相信你"就让他一个人去面对千军万马。她第一次觉得"我相信你可以"是一个天大的笑话，是逃避责任最狡猾的借口。

她赶到机场外，庞大的人群在她面前砌成一道结实的人形围墙，她看不到修祈，但她听到了他们的骂声，骂的是贱男人修祈全家死绝。

保镖很多，警务人员也很多，但架不住闹事的人更多，所以疏通起来有些困难。

楚晃向四周围看，有对情侣从出站口走来，女方手里拿着一捧鲜花，她走过去，礼貌地询问男方："您好，请问您的花是在哪儿买的？"

问到后，楚晃跑去买了一捧玫瑰，回来时放慢脚步，喘了几口气，眼看着人群，手解开手链，把手链上的戒指取下，戴在无名指上，给人群拍了几张照片发给助理，然后打过去："等一下我打你语音你直接挂断，然后按我说的做。"

助理那边应声，她挂了电话，挤进人群。

"各位让一让，我是安徒生的工作人员。"

"安徒生"三个字果然好用，闹事人群给楚晃让开了一条路，当然，他们不是善良，是要把她圈进去一起骂。

修祈看起来很累，但依然没把这些人当回事，在身强体壮的保镖保护下，倒是没有被碰到一毫。

看到楚晃后，他没那么无所谓了，神情逐渐紧张起来，担忧都写在脸上。

楚晃被推来搡去，越往里越艰难。

修祈见状果断地躲开保镖的围护，冲进人群揽住楚晃。

保镖也拥上去，帮他们隔开人墙。

就这么几分钟，场面更混乱了，在保镖身后的一小点空间里，修祈皱着眉问："你来干什么？"说话时还不忘给她弄头发。

楚晃用戴着戒指的手把玫瑰送给他，仰起头，笑着说："接你回家。"

人形墙渐渐停止了喧哗，他们认识楚晃，也知她手上那枚戒指跟修祈手上那枚是一对。

修祈皱眉看着她，心情复杂，头脑乱作一团。

楚晃把花放在他手上："不能一直是你送我花，我有的，你也得有。"

她说完看向人群，微笑着说："我知道有钱能使鬼推磨，有钱人犯罪替罪羊都很好找，你们不怕犯法就是说对方给得够多。"

她一说完，人群当中骂得更凶了，连她也骂上，要多难听有多难听，但还没骂两句，就有人收东西撤了。

保镖们很疑惑，这，就撤了？

修祈始终没说话，楚晃看人形墙外围的人陆陆续续离开，说："我知道你不反抗是想用被害者的身份反击，但我有更好的办法。"

楚晃微微笑着，遮住嘴不让别人看到，悄声说："修导，您这单我接了，我帮您公关，还不要钱，怎么样？"

她说完又纠正自己："哦，不对，轮不到你说给不给钱了，我去元元姐家那天，你就已经连夜把你的资产写进给我的赠予合同了。"

修祈眼睫在轻轻晃动。

人形墙散了一半，还剩一半，还在骂，楚晃在骂声中，对修祈说："你一定觉得一个人扛下所有很帅，确实很帅，但我不用。"

她牵住修祈的手，踮脚亲吻他的唇角："我陪你。"

今天天气特别好，太阳很大，光很强，楚晃身上莹莹一层。修祈不想扯她进来的，他那么想她也还是忍住了不见她，就是不想连累她一起被骂。

但她好傻。

人形墙最前端的人在看过手机后，也相继离开了，剩下几十号人，警务人员再疏散就容易了很多。

修祈拉着楚晃朝外走，保镖紧紧护住他们。

有个别极端的人举着相机跟上来，边骂边拍，由于靠得太近了，长镜头杵到了楚晃的脖子，她下意识地往前伸脖，"咝"了一声。

修祈被堵四个小时都没发火，这一下把他的火激起来了。

他动作很快，拽住楚晃的胳膊把她拉到他身前，转身便是一脚，踹在那人腹部，踹了他一个跟头，没管现场多少人，没管警务人员就在不远处。

被踹到的人愣了数秒，破口大骂，唾沫星子乱飞，修祈走上前把他的相机抢过来，照着广告柱，用力摔过去，登时，镜头稀碎，黑色零件碎了一地。

那人大叫一声，接着便是脏话，边骂边张牙舞爪地冲向修祈。

保镖把他拦得死死的，修祈走过去，站定在他跟前，正好比他高半头，却不低头，只是眼神向下，拍拍他的脸，沉声道："去告我。"

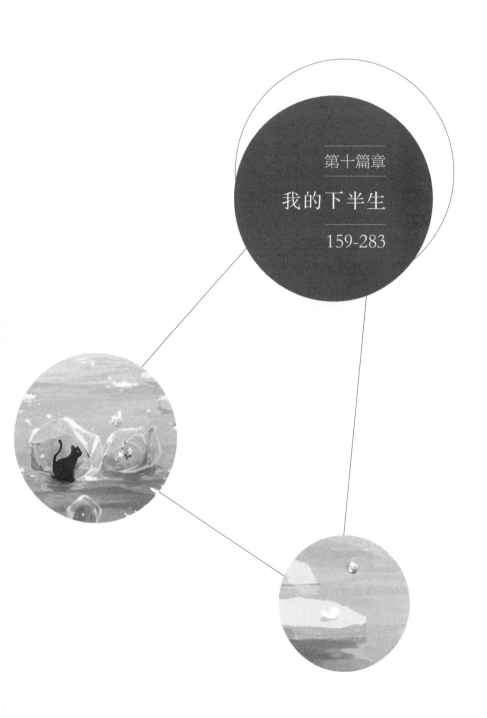

第十篇章

我的下半生

159-283

25

回到车上，开离现场，楚晃一直有一搭没一搭地看向修祈。

她心情格外好，不知是因为跟楚母和解了，楚母手术又很顺利，她产检的结果也是好消息，还是因为修祈即便是糟心事缠身，状态和思路也没乱，关键时刻反应还是那么快。

心情好了，她偷偷瞧修祈的几眼都甜甜蜜蜜的。

真好，她坐在副驾驶位，她的丈夫开车载着她逃离纷纷扰扰，这感觉真好。

修祈的车开到一半，单手扶住方向盘，空出来的手扯掉领带，递给楚晃。

楚晃接过来，领带上还有他的温度，她把它系到自己手上，手托着脸，胳膊肘抵着车窗，偏头看他。

修祈扭头看她一眼，笑了笑。

楚晃问他："我好看吗？"

修祈说："还可以。"

"只是还可以？你追我的时候不是这样的，那时候好不要脸。"楚晃说。

"有吗？"

"有啊。"至于怎么有，她没举例子，刚厮混到一起的时候天天复盘，恨不能把每次亲嘴亲多长时间都刻进 DNA，再说就烦了。

修祈笑了笑，没再搭话。

楚晃也不言语了，专注用眼神盯他。

修祈始终目视前方，不知几分钟后，微笑问道："我好看吗？"

楚晃点头："好看。"

修祈伸手捏她的鼻子："什么时候开始不害臊了？"

楚晃缩脖子躲他的手："你手凉！"

修祈收回手去，笑容收了一些："我还没去接你。"

楚晃点头，也随他，眼看向前方，说："嗯，你老不去接我，我就自己回了。"

修祈说："我想等事情结束再去接你。"

"那有必要连夜写赠予合同吗？"楚晃看向他。

那几天，修祈的助理哈欠连天，楚晃觉得修祈交给了他一些任务。出于对修祈的关心，她请他吃了顿午餐，想套他的话。

但能成为修祈的助理，业务能力一定是过关的，嘴相当严实，什么都没透露。他越不说，她越好奇，就以体恤他为由，把修祈留给她的司机借给了他几天。他可能是没想到楚晃心眼那么多，就没怀疑。

楚晃从他的行迹中了解到，修祈找了律师。

安徒生有法务，也有跟专业律师团队合作，以解决公司法务解决不了的企业纠纷，那他再找律师大概率是为私事。

她只上网查了一下那位律师主攻什么类型的案子，也就知道了修祈在干什么。

修祈没有怀疑是他的助理透露了消息，说："早该写了。"

"那你把钱都给我了，要是张子蕴有后手，你根本无力招架，还是走到赔付违约金那一步，怎么办？你从哪儿搞钱？"楚晃问。

修祈说："他能有后手，我不能有吗？"

楚晃点头，故意说道："我多此一举了？你根本不用我帮忙？"

修祈听到楚晃这话，看了一眼后视镜，确定没有车辆跟车，把车停在了路边。

楚晃小机灵，一下子挺直了腰板，脑袋像拨浪鼓一样顺着他的眼神看向车后头，再看向他，反复几次。

修祈歪过身子，看着楚晃："要听实话吗？"

楚晃点点头："嗯。"

修祈盯着楚晃的眼睛，盯了好一阵，什么都没说。

又是这样沉默的相处，许久过后，他托住她的头，吻了下去。

他实在不擅长去解释，不然也不会一直不知道怎么跟楚晃讲起自己的过去。当然，也有一部分原因是过去难以启齿。

她离开的这段时间，他才知道"重要"这两个字的真实分量。

她一走，带走了他许多东西，他明显感觉到视力变差了，听力不行了，嗅觉不灵敏了，心剧烈跳动的感觉也失去了。似乎一瞬间内，他浑身上下只剩下躯壳一副，不见了支撑这副躯壳的灵魂。

楚晃觉得他吻得太深，她不能呼吸了，便推开他，可看到他眼里有雾，雾里的遗憾太满，满到溢出，又心疼。

她皱着眉，探着头看他的脸："你干吗这样啊？"

修祈只看着她，一句话不说。

楚晃把手伸出来，轻轻问："你是想我了吗？你要是想我了就牵我的手。"

修祈看着她伸过来的手，缓缓牵住。

楚晃撇了一下嘴，搂住他的脖子："那你怎么不去接我呢？我等你接我呢。你也不问我这两天在哪里住，你问我啊，我会不告诉你吗？"

修祈一百个滋味儿在心里乱窜。

楚晃怀孕后有些情绪化，以前也是挺口是心非的一个人，现在动不动心里一疼，鼻头一酸，实话就说出来了，感性不少。

她抱了修祈一会儿，他没反应，她还不乐意，松开他："你怎么不抱我？"

修祈说："我手凉。"

楚晃一下子又气又想笑，伸手打了他一下："蠢死了。"

修祈拿了张纸巾给她擦嘴边晕掉的口红。

楚晃也拿了一张给他擦。

他亲得太重了，把她的口红亲花了，他的嘴上也沾到了不少。本来觉得碍眼，想给他擦干净，擦着擦着发现他嘴唇有口红的样子还挺性感的，不知怎么又嘴馋了，搂住脖子吻了上去。

他们亲过那么多次，照理说应该麻木了，但还是每一次都有新的面红耳赤出现，跟上一次感觉完全不一样。

她本身没有经验，修祈教多了，她就有经验了。

她亲完，又害羞了，别过头，抿了一下嘴。

从修祈的位置能看到她侧脸圆鼓鼓的弧度，那是笑起来才会出现的。他嘴角向上挑了一下，温柔问道："我后天回广东，还去吗？"

楚晃猛然回头，狂点头："去。"

修祈突然冲她伸出手去。

楚晃看看他的手，又看看他："怎么了？"

"手给我。"

楚晃停顿了一下，把手递给他。

修祈把她手上的戒指取了下来，抬头看了她一眼："这个，应该我来戴。"说着亲自给楚晃戴上。

楚晃看着自己的手，无名指上还是那枚戒指，跟她自己戴上后的画面未有不同，但就是觉得不同，可能是感受，可能是意义。

难怪结婚戒指这东西要交换，要在正式的场合为对方佩戴。

她把修祈的手拉过来，把他的戒指取下来，也为他戴了一次，然后拉到嘴边轻轻地吻，吻在手指。

缱绻时刻，楚晃的手机一直在没有眼力见儿地响，她在修祈发火之前，赶紧给助理回了一个电话。

"楚总，高位热搜已经上了，还在加热。"助理汇报。

楚晃说："被撤掉一个，就上一个。词条关联上了吗？"

"词条被撤了。"

"接着上。七点多之后刷榜。"

"咱们上得没有对方撤得快。"

"没事，撤一个比上一个花的钱多，我们花得少，就是赚。"

助理愣了一下，旋即笑出声："好。"

电话挂断，楚晃没等修祈问，点开微博热搜，把手机递给修祈看。

热搜第一是"修祈机场被堵"，广场热门是新浪娱乐，博文是"修祈被围堵，围堵组织疑似与'9·22'市公安局聚众闹事的是同一伙"。

修祈看懂了，把手机还给她。

楚晃说："我大概能猜到你是想以退为进，不做任何回击，等张子蕴黑到深处遭到反噬。张子蕴投资有道，网络生态他不懂，看他目前这几个步骤，应该是被他的公关团队忽悠了。

"以为下水军就可以翻天呢。

"他雇的这帮人并不是'9·22'事件那些违法乱纪分子，现在我把他们关联上，他只会上蹿下跳地想辙撇清。

"毕竟堵你他可以扭曲成民意，而堵公安人员办事就是犯法。"

修祈说："撤热搜那几个钱对他来说九牛一毛。"

"我知道，我就是要自损八百争他一千。我也知道结果，结果就是他花了大钱，还被我激怒，更大力度地造你的谣。"楚晃说。

修祈没搭话，等下文。

楚晃揉搓他的手心，轻声说："黑红也是红，造谣永远是造谣。有一个水军，就会有一个头脑清醒看得明白的正常人。

"张子蕴以为下手稳准狠就能把你在娱乐圈除名，毕竟有过成功案例。

"这个圈子的'防爆'成功率永远是百分之七十。有些没防住，被送上顶峰；有些防住了，从此查无此人。

"他对你如法炮制，却没想过，你有实绩在手，你斗不过偌大的资方，但你的优势是这世界上只有一个你，只有你能刷新电影圈的新纪录，而资本无数。只要你修祈活一天，就永远不用担心拍电影没钱。'摇钱树'的称号不是媒体杜撰出来的，是你这么多年为自己挣下的。

"他以为没有图特，你就是断了腿的螳螂，光凭辰光根本无力与他抗衡。

"但他没想过……"

修祈打断了她的话，反握住她的手："他没想过，我还有你。"

楚晃轻挑了一下眉，声音很小，但很诚恳："我算什么啊……"

修祈学她歪了歪头，唇角微微上扬："你是我老婆。"

楚晃抿嘴笑了一下："你老婆有什么值得说的？"

"他很快就会知道，得罪你比得罪我还要难受。"修祈手指顺着她的手指往上爬，爬到手心，爬到手腕，攥住。

虽然修祈不是明晃晃地夸，但这种话比明着夸还叫人受用，楚晃眼角的笑意要如洪般泄下来了。她看着修祈的眼睛，越看越觉得漂亮，右手也伸过去："你能抱我吗？"

修祈把手给她："来。"

楚晃把手交给他："搂我腰。"

修祈搂住她的腰，用了一下力，楚晃喊停："你轻一点！"

修祈以为自己弄疼她了，放缓了动作。

楚晃爬上他的身，坐上他的腿，搂住他的脖子，靠在他的肩膀："这个世界不是谁掌握的人多谁就掌握了真理，再多人，都是乌合之众，也没用。

"接下来，就看着他发疯好了。

"他越恨你，你越红火。

"你不用怕他会有什么大动作，他想摸到你，总要过我这关。我小小肉身，在庞大资本面前形同蝼蚁，但就果然嘉汇的公关，我是看不上的。

"你从现在开始，不用给任何眼神，把目前的麻烦整理在案，一件件去解决，该做什么做什么，开机时间也不用延后。"

她后边的话好像安慰："当然，这样你在圈里圈外的处境就会异常艰难，可能身边的人都开始质疑你，旁敲侧击，想知道你是不是真如网上所说的那样。"

她忍不住蹭他颈窝："你要是顶不住压力了，我就给你抱一抱。"

她很抱歉，也很无奈："这段时间，我，也只能这样。"

修祈一听到她这种话，心就疼得不行，她太好，他配不上她。

楚晃搂紧修祈的脖子："我下这个决定不太容易，我尝试了很多次还是不敢点开看那些对你的污蔑。各种P图，我看一次疼一次。未来，可能会更辛苦，可能……"

修祈偏头吻了一下楚晃的额头，他是心疼她，也是宽慰她的心情。

他不愿楚晃牵扯进来，所以他躲、藏、私下写赠予合同，就是想跟她分得清楚，避免意外来临殃及她。

张子蕴的污蔑于他不痛不痒，目前的境况他也有一定把握应对，但人就怕有软肋，有软肋就有了意外发生的可能。

运筹帷幄是必要的，若真有状况之外的事，及时解决意外事故也是必要的。

楚晃不是那种事儿来了自己躲起来的人，他也不是那种硬要在她面前展现大男子主义的人，他会保护好她，但如果她想试着跟他一起面对，他不会拒绝。

某种意义上，他确实霸权专政，要亲要抱不考虑楚晃感受，好像总在强迫她。但爱这个东西一旦是发自内心的，真正的危险来临，他首先考虑的，只有楚晃。

楚晃想为他做点什么，他接受，也会为她保驾护航。

他的思想和行为有一个默契的认识，那就是楚晃想做什么都可以，他会永远保护她自由的心，会永远托着她。

他没有把这些话对楚晃说，但他紧紧抱住她，有些时候，不言的力量更大。

楚晃靠着修祈，明明他什么都没说，她却好像听到了很多。

跟修祈结婚时她可没想过，她会被这样爱护，也没想过，她会这样爱护别人。不结婚就可以过得很好的人，结了婚也不会过得很差。这让她一下有了信心，不生孩子的人生若是精彩，那她生了孩子，也一样精彩。

人这一辈子会过什么样的日子，能过什么样的日子，到底只跟自己有关系。

她向前看了，不多愁善感了："不分析张子蕴怎么无效狂怒了，你跟我说说回广东的注意事项吧？我还没见过公婆。"

聊完工作，怎么也轮不到见公婆的事，修祈吻了吻楚晃的脖子，手从她的腰往上，摸到胸。

楚晃嗅到危险信号，摁住他的手："干吗？"

修祈抬起头，微垂的眼角有些些诱惑力，他不用说什么，神情已经替他回答，他想她。

楚晃不许："不行，未来一段时间你忍忍吧。"

修祈忍不了，分开她两条腿，让她跨坐在他大腿上。

楚晃夹紧屁股，使劲攥着他两只手："不行！"

"凭什么？"

不是为什么，是凭什么。

楚晃不知道要怎么说，不知道修祈接不接受，不知道……她不知道很多，聊起工作的健谈一下蒸发，支支吾吾，都不大方了。

她不说，修祈就乱想："是身体吗？不舒服？"

楚晃摇头，觉得不对，又点点头。

修祈那点火倏然熄灭，紧张之心溢于言表："怎么了？去医院了吗？"

楚晃从他手里把自己的手抽出来，搭在他肩膀上，略微郑重地说："我有一个消息要告诉你，你、你得保证，不能激动。"

当下，修祈眉头锁住，嘴唇惨白。

楚晃蒙了，没见过修祈这样子，赶紧搂搂他的脖子，轻拍他肩膀："你这脸色也太难看了……"

修祈声音有不明显的颤抖，这是情绪过于紧张时不自觉流露的："是什么病？"

楚晃愣了一下，随即笑起来："傻吗你，我能生什么病？"她话音含糊，"就、就是，多长了一块肉。"

她说完，抿嘴低头，修祈呆呆地看着她。

楚晃知道他猜到了，点了点头。

修祈得到肯定，盯着她看了数秒才回神，稍后把楚晃搬回到副驾驶座，自己则下了车。

楚晃没看懂，透过车窗看着他朝前走去。他一直没回头，她不知他的心情，有些担心，跟下了车。正想叫他，他停住，转过身，单手解开衬衫扣子，看着她的目光已然柔和。

楚晃双手背到身后，摇晃身子，看着帅哥，身姿挺拔，背靠车水马龙，面上惊喜灿烂就像三月的花。

她的丈夫啊，真的一直是顶天立地、睥睨一切但又永远会对她温柔微笑的样子。

修祈站定看了她一阵，轻呼出长且缓的一口气，足以证明他的惊讶和毫无准备。

她踢踢脚，歪着身子，歪着头，微抬下巴，等修祈走来。

终于，修祈朝她走来，把她抱进怀里，想抱紧却没抱紧。

楚晃不怕，搂紧他的腰，踩到他的脚上，踮起脚，直到自己的下巴足够搭在他的肩膀："开心吗？"

修祈当下没答，把她抱上车，回到家，才回答说："我不想要孩子。"

"嗯，我也不想要。然后呢？"

"然后你有了，我就想要了。"

楚晃把脚丫伸进他怀里："我到现在都觉得有点不真实。你不觉得很神奇吗？睡个觉就有孩子了，他现在就在我肚子里长大。"

修祈看楚晃像个小朋友一样，摸着肚子充满好奇，还语无伦次，觉得可爱，亲了亲她的额头。

楚晃顺势抱住他的胳膊，靠在他肩膀："我爸妈说帮我们带，我想不了那么远，我觉得我们应该先给他取名字。你说叫什么好呢？"

修祈抱着楚晃："你说。"

"我取？"

"你取。"

楚晃不乐意了，从他身上起来："你爽了，我怀了，名字还得我取，你这爹是不是太好当了？"

"那我取你肯定不满意。"

"那你要用心，我会不满意吗？"

"会。"

"你不要胡说八道，我不是一言堂。"

"那我取？"

楚晃盯着他看了几分钟："算了，你别取了，你也取不了什么好听的。"

"你看。"

修祈这两个字激怒了楚晃，她立刻改变主意："取！你现在就取！"

修祈搂她的腰："修楚，或者楚修。"

楚晃听到他的话，表情显得过于痛苦了，斟酌了一下，说："算了，还是我取吧。"

"会不会显得我这个爹当得太容易了？"

楚晃瞥他一眼："你别说话了，我不想听你说话了。"

修祈笑了笑，拉着她的手到嘴边，亲了亲她的手心："你不想做得再交给我。"

"你能做好吗？"

"不保证，但会认真做。"

楚晃很容易满足，这就被哄好了，重新靠在他肩膀："我让助理盯着你被堵事件的进展，张子蕴撒一个热搜，我们就上一个。但我知道，现在热搜上不光是这件事。"

修祈把玩着她的手腕，没搭话茬。

楚晃让他看自己的戒指，前不久他给她戴上的："所有人都知道我们结婚了。"

修祈在机场接过楚晃手里那束花时，就想到了。

他牵住她的手："当时有些人跟我出现在同一个空间都难受，总是想方设法划清界限，结果洞房花烛是她主动的，结婚这件事也是她公开的。"

楚晃不爱听了，扭头看他："你怎么翻旧账呢？"

修祈微笑地看着她毛毛躁躁的样子："陈述事实。"

楚晃翻脸："我都是被迫的好吗？什么洞房花烛，你那时候满脑子色情淫秽，我想摆脱你，所以下了很大的决心，做出了巨大的牺牲。"

修祈点头："嗯，一次就上瘾了，离不开我了。"

"胡说八道！谁离不开谁？！还是我提出在外不要透露我们关系的好吗？"

"嗯，那怎么主动公开了？"

楚晃被堵住了话，顿了几秒，突然暴躁起来："你非跟我抬杠是不是？"

修祈惹不起这么大个宝贝，把她圈回到怀里："是我追你，我死皮赖脸占你便宜，我非要你来安徒生，近水楼台。"

楚晃的脾气弹性十足，不完全炸药包，虽然一点就着，但也说灭就灭，抱一抱就消气了。

她换了个姿势，搂着修祈的脖子，靠在他的肩窝："老公。"

"嗯。"

"为什么男人不能生孩子？"

"你不知道吗？"

"知道，就是觉得造物主有点不公平。"

修祈知道她为什么会这么问，她看起来承受能力很强，但也只是一个二十多岁刚进入社会的小姑娘。

她其实很害怕。

但她要强，不会说出来。

楚晃淡淡地说着："我在医院等号时，旁边坐着一位宝妈，她主动找我聊天，热情地拉我进了一个宝妈群。我看了几眼，里边的准妈妈都不赞同无痛分娩，说是不经历疼痛不能感受做母亲的伟大、母亲的具体意义。

"还说无痛分娩是用药物镇痛，对婴儿极其不好。我问了认识的医生，人家说无痛分娩对婴儿不好的言论没有科学根据。我还没打定主意，觉得分娩对我来说还很遥远，但也觉得，时间那么快，十个月而已，好像也没那么遥远。"

修祈说："做无痛的。"

楚晃抬头："她们都不做无痛。"

"你管她们，我没听过要用疼来体现母亲这个身份的伟大的。别人愿意疼，就让她们疼。"修祈一口气说了好多话。

楚晃看着他，数秒后，笑了："有玄学说无痛分娩的孩子跟母亲不亲，要是我宝宝跟我不亲怎么办？"

"那不要了。"

楚晃被他这二百五的话弄得又气又想笑："你别二百五了，说什么傻话呢？"

"我们算有钱，并不需要子女养老送终，至于传宗接代，更滑稽。我们生孩子只在于我们想不想尝试，既然这样，为什么要被母亲的意义所绑架？"

修祈把楚晃搬到自己腿上，小心呵护着，又说："想生就生，不想生就不生，想怎么生就怎么生，想怎么养就怎么养。"

楚晃听着他的话，咯咯笑起来："你这些傻话还挺好听的。"

修祈看着她乖乖的笑脸，因她染上的心疼病又犯了，微低下头，凑近她的嘴唇："我要亲你了。"

楚晃笑了笑，抓着他衣裳前襟，歪头瞧着他近在眼前的帅脸："怎么突然这么客气？你什么时候在这事上询问我的意见了？"

"能不能亲？"

楚晃眼睛嘴角弯弯翘翘，摇摇头："不能。"

话音刚落，修祈吻了上去。

楚晃被亲得脸红耳朵红，躲进他怀里。她这个人，害羞也是弹性的。

修祈擦了擦嘴边的口水，说："没什么怕的，我又不离开。"

这话等同于——我会一直在。

楚晃微怔。

修祈这个人渣撩拨人一套一套的，光是这一会儿就给她弄破防好几次了。他对怎么让女人为他着迷这件事几乎是信手拈来。哪个单纯的男人会是这样？

她偶尔也会"仰卧起坐"，在相信他和怀疑他之间左右为难，但只要想到离开他，她就很难受，久而久之也就麻木了。

按部就班的人生她也不是没经历过，属实没什么意思。

况且，她总有一种事情远没有她认识到的那么简单，她在等一个答案的感觉，在答案揭晓之前，她会好好爱他，没有任何顾虑、负担地爱他。

她把手钻进他衬衫里，摸到他的腹肌，抬起头，笑眯眯地看他。

修祈挑了一下左眉毛，悄声问："干什么？"

楚晃爬到他耳边，声音好小好小："你爱我呀。"

修祈笑着点了一下头："嗯。"

我爱你。

中午十二点，人民广场的人流量正大，人来人往，行色匆匆。万蓝在这附近拍广告，还没有下工，樊宁已经在博物馆的空中餐厅等她一个多小时了。

樊宁的手机一直在响，是微博群消息。她用小号加了一个八卦群，里边正在实时转播当前互联网最大的八卦，修祈与他的百来个前女友。

她不愿看这些东西，一是脱离事实，二是骂得太难听，主要她不是看过就过的人，看到太恶毒的评价，总得难受一阵。

但她又忍不住，跟张子蕴闹掰后，想知道事情的进展只能跟网友用同一种方式。

就目前来看，"围堵修祈群体"这个词条，上了下，下了上，看得出来有两方在玩儿拉锯战。

樊宁以为，应该是楚晃想把这伙人跟"9·22"事件联系起来，引起相关部门重视，但张子蕴不想跟社会新闻关联上，就一直在撤热搜。

除了这件事目前讨论得热火朝天，再就是修祈和楚晃的结婚戒指。

樊宁看到这个新闻时，确有刺痛感，但因为她的愚蠢，让事情的发展脱离了她的掌控，很有可能会毁了修祈一生，她再痛也不会像之前那样发疯了。

想想她以前还扯过谎，跟楚晃说她跟修祈结婚了，那时楚晃的反应就值得品味，想必早在那时，修祈和楚晃的关系她就已经望尘莫及了。

楚晃在修祈黑料满天飞的时候没跟他闹，反而站出来公开他们的关系，分担一部分火力，要么是蠢，要么是爱。

樊宁更愿意相信后者。

若她跟楚晃换一换，她设身处地，不见得能为修祈做到这种程度。

电影里的爱情是以爱对方为基准，现实里的爱情多是计较对方爱自己有多深。

她那么喜欢修祈，却也做了很多伤害他的事，就是因为她想让修祈喜欢她。这样考虑自己更多的喜欢，自然是不能跟楚晃这种把自己推到风口浪尖的喜欢相比。

她不时看一看手机，每看一眼，感慨万端。

临近下午一点，万蓝姗姗来迟。

万蓝给了樊宁一点面子，叫了一声"樊老师"，说："现在要怎么办？"

樊宁第一次找到她，让她把她偷偷跟修祈去广东的事透露给楚晃，但要让楚晃误会她是被修祈带去的。她为了钱答应了。

谁知道樊宁的计划出了岔子，楚晃借着蕙心慈善之夜的舞台打了个翻身仗。

樊宁为此改变了主意，让万蓝把她知道的，修祈跟其他女人的事迹整理好，然后去张子蕴私下的聚会。

当时万蓝便知道樊宁跟张子蕴合作了，应该是打算给修祈泼脏水。

她拿了钱，又对修祈死心了，胆子大了不少，明知山有虎也偏向虎山行了。

主要是她后来又考虑到，就算她被樊宁当枪使的这些事儿抖搂出来，也是流量，圈儿里混的，谁怕自己挨的骂多？就怕没人骂。

张子蕴的局上，盛辰光摔了腰，修祈和周嘉彦这些人物没一会儿都赶来了。

当天晚上，她整理的修祈那些破事儿就被添油加醋地送上了热搜，张子蕴雇的闹事群体很快把医院攻陷了。但她也在现场的事儿没有被爆出来，网上还是以讨伐修祈人渣行径为主旨。

直到昨天，修祈机场被堵，楚晃赶到，戴在无名指的戒指成为焦点，几乎是同时，她在医院走廊跟着修祈的照片被曝光了。

她知道，照片是张子蕴方面爆出来的。

很快，网上掀起新的一轮骂战，骂修祈的同时开始骂楚晃。

有人说修祈背着楚晃跟万蓝藕断丝连，楚晃还赶到现场曝光他们的婚姻关系，为修祈分担骂声，蠢得离谱。

有人说修祈手段高明，这么多黑料还能让楚晃对他死心塌地，渣男祖师。

有人说楚晃是不愿放弃这么大的金主，还想着从他身上多捞点，跟修祈不过是一丘之貉罢了。

骂人群体的体量大且战斗力强，角度清奇又刁钻，没一个为他们说话的，也是因为维护发言一旦上了实时广场，就会被骂到删除。

正常过路人不愿意沾染这份晦气，纷纷闭上嘴，修祈和楚晃在网上的处境也就越发艰难了。

张子蕴想让修祈死，万蓝和樊宁递了枪，张子蕴却不领她们的情，准备让她们当炮灰灰飞烟灭……

万蓝可以自己选择挨骂，但不接受被迫挨骂，张子蕴背地里做的这些事太离谱了。

樊宁像是早就考虑好了，回答说："我没想到张子蕴叫你去他的局是想制造你和修祈藕断丝连的新闻，他跟我说的是修祈会带楚晃过去，让你借机挑拨他们的关系，最好能让他们产生信任危机。"

樊宁清醒过来后，看明白了先前看不明白的弯弯绕绕，入行时的聪明劲儿也就回来了："我确实是打算跟他合作曝光修祈那些事，前提是他跟我说，不会对修祈的事业有任何影响，只是给辰光施压，让辰光跟修祈划清界限而已。"

再加上万蓝挑拨修祈和楚晃的关系，她到时候站出来力挺修祈，帮他渡过难关，他们一定会回到那年片场。

只是事与愿违，她聪明反被聪明误，想利用人却被人利用了。

后面的事万蓝也知道了："你没想到张子蕴利用我们整理的那些黑料，打算踩死修祈。他一定也威胁你了。"

樊宁听到"也"字，皱了一下眉："他找过你了吗？"

万蓝说："他的话术很巧妙，说我硬性条件很好，要给我牵线一个彩妆代言，还有几部大 IP 电视剧，当然我要签给果然嘉汇控股的一个影视公司。"

"这是要控制你吗？"

万蓝摇了摇头："我们俩都当了他杀死修祈的帮凶，但他只威胁你，不威胁我，还主动给我资源，你知道是为什么吗？"

"为什么？"

"你说的控制我也对，但他根本目的是想知道我在广东看到了什么。"

"什么意思？"

万蓝说："修祈的身世。"

樊宁逐渐惊讶："什、什么身世？"

万蓝吸口气，轻呼出去："张子蕴调查过修祈的背景，他应该是查到一半被一股力量阻止了，而我正好是从广东回来后就跟修祈保持了距离，所以他认为，我知道了什么。"

"你知道了什么？"

万蓝不是来跟她说这些的，她提到这点也只是看樊宁清醒了，而她们俩现在算是一根绳上的蚂蚱，这是为了巩固双方信任的一点小心思。

她刹住车，说："你还是说说，你现在打算怎么办。"

樊宁也没多问，现在修祈的身世不是当务之急，即便好奇，也不会在这个褪节儿上好奇："我在安徒生的时候，了解了一下楚晃这个人的行事风格，她在辰光任职期间，击退过互联网业内一个挺厉害的角色，叫郭心蕊。"

"然后呢？"

"这个人想往上爬，手段有点下作，拉了楚晃下水和稀泥，结果楚晃反手把她的破事儿翻了出来，打了她一个措手不及。"

万蓝放弃修祈的时候，楚晃还没加入战场，她也就没机会认识，但蕙心慈善之夜的事她是知道的。

据她观察，楚晃很有人脉，四两拨千斤也用得挺妙，是个人物。

樊宁身子前倾，认真地说："我们打正面是斗不过张子蕴的，除非自毁前程，本着鱼死网破的心，可是凭什么？往后不吃饭了吗？你我都知道，在这个圈里混的，没有副业的，出了圈就是死，狗急了都会跳墙，高级物种为什么要被拿捏？"

万蓝懂这些，不用樊宁提醒："你先说说你的计划。"

樊宁说："学楚晃，张子蕴打我们，我们不守，反攻果然嘉汇。"

"能行吗？"

"张子蕴破事一堆，等他城墙失守，后院着火，他肯定就顾不上对付我们了。"

万蓝摸着杯口，静静思考。

"就凭我们俩？"万蓝觉得有难度，"同一水平可以叫打架，不同水平是送人头，别到时候还没点上火，就被张子蕴没收了柴火。"

樊宁像是早就想到她会这么问，显得从容镇定："当然有帮手。"

"谁？"

第二天上班，修祈一改往常，直接把车停到公司楼下。

正是上班时间，一楼大厅进门处人潮涌动，一颗颗黑不溜秋的脑袋朝那扇自动门走去，过程中不时朝后看一眼，看楚晃什么时候从修祈的车上下来。

楚晃看了他们几眼，回过头来埋怨修祈："多事之秋，你非要这么高调地分散员工的注意力吗？"

修祈俯身给她解开安全带："这就被分散了，说明意志不坚定。"

楚晃笑了一下，唇红齿白，很是好看："那你就不考虑我？这一上午，我一定会被迫回答很多问题。"

"充分体现在公司太随和的坏处。"

"呸，你自己目中无人，成天跟八百人欠你钱一样，你还嫌我待人处事太体面？"

修祈把果汁递给她："隔一个小时给我发一个微信消息。"

"不要。"

"那我隔一个小时在公司大群 @ 你。"

楚晃"哐"了一声："你是不是有病？"

"发不发？"

"不发！"

"不要后悔。"

"你威胁我！！！"

"是的。"

楚晃说不过他，他一点理都不讲，但又气不过，就扁着嘴瞪他，大概是想瞪死他。

修祈半夜不睡觉，给她手机下载了很多儿歌："你到办公室连上音响听。"

"不要，那些歌太土了。"

"什么？"

楚晃凑过去，声情并茂地只说了一个字："土。"

修祈微笑，提醒她："不要噘嘴。"

楚晃偏要说："土。"

修祈给过她机会了，她不要，非作，他只好亲她一口。

楚晃刚涂好的口红，怕他亲第二口，立刻捂嘴："你干什么？！"

修祈伸手给她开车门："给我未出世的孩子一点父爱。"

"哇，你这个理由找得真好，给你孩子父爱就是占我便宜吗？要不是我逻辑在线就被你忽悠住了。"

修祈笑："你逻辑在线，我想亲你的时候，你也躲不了。"

楚晃张了嘴，却没说出话。她真有点没法反驳。

"去吧，中午我能回来的话，给你打电话，接你吃饭。"修祈有《遥遥》开机前的工作要落实，一上午都不在公司。

楚晃知道了，点了点头，下车前问他："机票买了吗？"

她是说回广东的机票。修祈回答："买了，明天中午的航班。"

楚晃从修祈的车上下来，进入公司，上电梯，路经办公区，最后走进办公室，至少一半的员工都无法专心做事，只想通过看她来试图解答心中疑惑——她竟然和修祈结婚了！她竟然可以？

安徒生大部分的员工对修祈没有不切实际的幻想，比起女员工意淫修祈，那还是男员工意淫楚晃、樊宁的占比更多。

他们吃惊的根本在于觉得整件事情过于不可思议。

谣言传了一千遍就是真的了，当呼喊修祈是渣男的声音更大时，他们就会在心里认为修祈就是个渣男，哪怕他告过营销号，哪怕分析他的恋爱时间，发现他其实没劈过腿。

楚晃给人的观感就很好，乖巧安静，长得妩媚但眼睛清澈，尊重下属，有事一起扛，不甩锅，尽可能给大家争取福利……

这种人几乎是天选领导人，专门吃老板这碗饭的。

楚晃配修祈，只有那群修祈的颜粉、老婆粉会觉得是修祈扶贫了，跳出粉圈思维，分明是修祈高攀了。

不过，真的很甜，俊男美女一起挨骂就奇了怪地甜。

助理听公司里的人议论一早上了，车轱辘话没完没了，阻止了几次，停了几次，还是会莫名其妙地讨论起来。

她听得烦，拿着平板电脑进了楚晃的办公室。

楚晃正在犹豫要不要听会儿儿歌，助理进门替她做了选择。

她放下手机，坐下来，转了一下椅子，面对助理，观察了几秒对方苍白疲惫的脸色，淡淡地问道："他们在说什么？"

助理把平板电脑放下，先问了一句："会耽误您的时间吗？"

楚晃看了一眼手表："你有十分钟时间。"

助理闻言抓紧时间说："上次公司内部讨论您空降安徒生是靠着跟修导的关系，当天就被论坛搬了，所以我们公司肯定有内鬼。"

楚晃心里有盘算，没发表。

助理没等她反应，继续说："这次事件我也在网上看到了我们公司里流传的哏。"

助理说完情况，表达自己的看法："也可能不是内鬼，就是单纯工作不如意，想报复公司，把我们内部的言论抖搂出去。"

楚晃笑了笑："最近事多，你太紧张了。"

"我没有……"

"大家讨论我跟修导也累了，这样，中午我请客，你去征集一下他们想吃什么。"

助理还有话想说，被楚晃打断："好了，内鬼这说法太荒谬了，公司里的人都怀疑的事，那外边的人也会怀疑，就是想到一起去了而已，不用大惊小怪。"

楚晃说到这份儿上，助理再有话反驳也不好继续了。

中午，楚晃请大家吃了鱼火锅，休闲区的自动窗帘遮住晌午的太阳，屏幕开始放映漫威电影。

电影是楚晃的助理用平板电脑投屏上去的，刚演完片头，弹出一条消息："我这儿有一个爆炸性新闻，能吓死个人！你知道修祈的生父是谁吗？"

助理赶紧退出微信，但大家已经看到了，就这么会儿工夫，公司上下议论纷纷。

修祈身世这件事只在安徒生内部讨论了半天，没有传出去，但有意思的是，张子蕴给修祈安排的黑热搜热度降下来了，应该是没再续费。

次日中午的飞机，楚晃早上七点多就起来准备了。

昨天一天修祈都没回公司，晚上有局又喝了个烂醉，十一点才到家。

楚晃本来带着气去楼下接人，但看着那么要强的男人撑着车门缓神、司机在旁边不敢说话的样子，什么气都消了。

《遥遥》开机前出这档子事，他需要解释的地方还多着，没必要为那点不愉快的情绪跟他发作了。

她站在蚊虫萦绕的路灯下，看着修祈纤细的、长长的影子，时间仿佛静止了。她下班回来看了半天微博、论坛，修祈被拍到的照片显得那么瘦，脸颊些微凹陷，一双肩膀好像撑不住原先定制的西装了。

讽刺的是，这么明显的变化她却是从网上那些黑通稿中发现的。她心里酸酸的，缓慢地朝他走过去。修祈可能是感觉到楚晃靠近了，抬起头来，眼皮像是很疲惫似的垂下来，盖住他明亮的眼睛，嘴角微微上挑，一个字都没说，但就是有满满的安慰感。

他还安慰她……到底是什么傻男人？

楚晃走过去，握住他的手，搂住他的腰，往家里走。

司机有眼力见儿，什么也没说，悄悄离开了。

回到家，楚晃想让他在沙发上坐会儿，她去给他倒杯水，他却不放手，搂着她的腰，脸贴近她的小腹。她只能站着不动，让他抱。

修祈的呼吸渐渐放慢了节奏，等到彻底平缓下来，楚晃想扶他躺下，刚握住他的胳膊，还没用力，他便清醒过来，下意识做了个抽回胳膊的动作。

楚晃心头乍起一个不好的念头，冲他伸出手："手给我。"

修祈往沙发里挪了挪，不给她。

楚晃不跟他废话，把他胳膊拉了过来，眼睛看着他，手解他的袖扣，把袖子往上挽，看到整条小臂都缠了纱布，她的眼圈一下就红了。

她什么都没问，什么都没说，只是看着他的胳膊，心里头巨石那么大的痛苦无处宣泄，只能憋成眼泪裹住双眼。

修祈眉心微微聚拢，嘴唇的血色不知被什么力量抽走了。

他把楚晃拉到怀里，逼她坐在他腿上，没有任何解释，只是这样抱了她很久很久。

他们就这么在客厅睡了一晚。

夜晚不冷，甚至因为依偎显得更温暖。

修祈挤出两天时间带楚晃回广东，除了给老爷子过生日，还有一个原因就是让楚晃认认舒家的人。

楚晃一大早起来整理行李，想到只有两天，衣服自然不用多带，那别的呢？

修祈很少提起他家，他不说，她也不好问，但能通过他的回避，感觉到他和舒家的关系有些不好明说的尴尬。若是这样，舒家会有他的房间吗？会准备他的生活用品吗？

她看着一沓封闭袋，迟迟做不了决定。

修祈醒来，楚晃还在考虑，沙发上是一应生活用品，衣服、鞋子，都是照着进组的标准配备的，觉得他老婆可爱又可笑。

楚晃试探着问他："带这些，可以吗？"

修祈说："随你。"

"别随我啊，要是这些洗漱用品都有，那我再带上这一路多重啊。"

"你带上也是我提着。"

楚晃愣了一下，笑了："也是。"

修祈拿着电动牙刷刷牙，看着楚晃叉腰对着一堆衣物，竟有一瞬感受到结婚的好处——可以看到自己漂亮贵气的妻子露出烟火气的一面。

楚晃考虑来考虑去，还是决定轻装出行，她老公的手还受着伤呢。

她整理好行李，回身走向修祈，搂住他的腰，仰头看他："你有要嘱咐我的吗？"

修祈低头看到她的素颜笑脸："没有。"

"我要是说错话怎么办？"

"我兜着。"

楚晃踩上他的脚，钩住他的脖子："会不会说你娶的老婆没教养？"

"你站好再说话。"

"干吗？不让抱？"

修祈没让她走，把她扛到了卫生间，放在洗手池上，他把嘴里的牙膏沫吐掉，漱了漱口，腾出手来把楚晃圈在两臂间："得负责。"

楚晃有免死金牌，歪着脑袋得意地说："我怀孕了。"

"有别的方式。"

"我要是不呢？"

"别跟我逞强，对你不太好。"

楚晃不信："真能吹啊，修导。"

修祈的左手放在她腰上，"来试试"这样的就不用说了，他向来是行动派。

下一秒楚晃就笑不出来了，刚要爬走，修祈攥住了她的脚踝……

楚晃整个人的神经立刻绷紧。

修祈抬起头，他好自信，什么都没说，但楚晃就觉得自己听到了，他好像在说："服不服？"

她咬紧后槽牙，妥协得很不情愿："算你厉害！"

修祈喜欢咬她，亲吻的时候总是咬她。

她天生冷白皮，有些人很羡慕，却是她比较郁闷的，她喜欢偏蜜色的肌肤。有一年夏天采取不科学的方式，试图晒成小麦色，结果皮肤晒伤，捂了半年才好。

人一白，哪儿都白，白了就幼，像是套袋栽培的水蜜桃，阳光下撕开果袋，白得耀眼。

结束后，楚晃光着下身躺在床上，想用力踢修祈几脚，却连抬腿的力气都没了。

修祈怕她着凉，给她盖了条毯子，她有气无力地问："我文胸呢？"

修祈看一眼挂在柜角的她的文胸，说："那边。"

"给我拿过来。"

修祈丝毫不觉得不好意思："坏了。"

楚晃立刻满血复活，坐起来，中气十足："你是不是有病？！我新买的！"

修祈说："我给你买新的。"

楚晃拿起枕头扔过去，"嗞"一声，吸了口凉气，重新躺下，翻个身，不理人了。

修祈看着她娇俏可爱的一连串动作，从身后搂住楚晃的腰，叫了声老婆。

楚晃暗叫不好，想跑，但脚踝已经被抓住了，硬生生被拖了回来。

两个半小时的飞行时间结束，修祈和楚晃到达广州。最近他们热度正高，虽然是私密行程，但为保万无一失，修祈还是全程走VIP通道，登机下机都有保镖护送上车。

楚晃上车后朝后看了一眼，说："难以想象有一天我会享受流量的待遇。"

到了广州，修祈的不自在就渐渐体现出来了，不光是注意力不集中，连反应都慢了不少，要楚晃重复两遍才接话："嗯。"

只有一个"嗯"字。

楚晃看着修祈强装镇定、生怕她担心的样子，担心的话和神情硬是被压回心底。

她悄无声息地握住他的手，想给他一些力量。

修祈反而转过脸，轻轻合了一下眼，又睁开，嘴角微扬，仿佛在告诉楚晃，气场不合而已，影响不到他大杀四方。

楚晃觉得自己没理解错他的神情，但只是回老家，用得着大杀四方？

她挑眉，又皱眉，小表情很丰富。

修祈捏了一下她的鼻尖："饿了吗？"

楚晃摇头："不。"

"喝水吗？"

"不。"

"怎么只说一个字？"修祈把她的手拉过来握住。

楚晃在手机备忘录打上一行字，给他看。

那上边写着：我在网上查了舒智渊舒先生的百科，家族竟然有百十来口人，我不知道舒先生的寿辰是不是大办，会到场多少人，但我觉得，要我说的话一定很多。

修祈把她手机拿过来，打上：那你是准备晚饭之前都不说话了？

楚晃接着打：你可以说话啊。

修祈坐过去，手从她后背和靠背中间穿过，握住她的手打字：我也省省嗓子。

楚晃笑：你的日常不就是省嗓子？你什么时候说过很长一段话？

修祈打字：早上那几声，嗓子疼。

楚晃脸一下红了：胡说八道！你叫了吗？分明是我叫得嗓子疼！

修祈点头：嗯，你叫的。

楚晃反应过来，他就是要她反驳。她把手机拿回来，挪到最左边靠近车门，不想搭理他了。

修祈把头转回来，看向前方。

过了会儿，他朝楚晃伸出手。

他没说话，也没碰到楚晃，但三分钟后，楚晃还是把她的手放在他的手上，哪怕她没有回头，还是那么精准地跟他十指紧扣了。

两个人在一起久了，就是会有这种默契。

楚晃不认识路，但也知道二沙岛怎么走，眼看着司机把车拐进花城大道，扭头问修祈："不是回家吗？"

修祈说："是回家。"

"你家不是在二沙岛那边吗？"

修祈没说话，这时候车已经开进了珠江新城的别墅区，停在一栋大改过的别墅前。

楚晃一头雾水，修祈先下车，把行李搬下来才回身给楚晃开车门，伸出手。

楚晃把手递给他，从车上下来后环顾四周，这一栋外观好现代，比弗利既视感浓重，好格格不入。

修祈歪头看她："看完挪步。"

楚晃回头："你的？"

修祈说："准确来说是你的。"

楚晃皱眉："你当初跟我妈不是这么说的，你只说过陆家嘴的房。"

"那时确实只有陆家嘴的房。"修祈把楚晃抱到行李箱上坐好，推着她朝里走，不等楚晃问，主动坦白，"不是买的，是继承的，我找人改了改，还有一些改天跟你说。"

楚晃坐在行李箱上，曲着腿，脚丫飘着，不沾地，忽略了"还有一些"四个字，仰头问他："半年就改成这样了？我看旁边的房都不是这样的。"

"两年左右。"

楚晃疑惑了："那不对，你如果是刚继承的，怎么会两年前就开始改了？除非两年前你还没继承这套房的时候，就知道这套房是你的。"

修祈微笑，外部大门自动打开，入目是一个阶梯花园，还有一间休息闲谈的玻璃房。

别墅内门旁边有根户前柱，柱上浮雕大字"奉我为"。

楚晃大眼睛盯着柱子，被修祈推进了门，房间内部的左侧是全透光客厅，右侧是西厨和餐厅，中间是旋转楼梯，旁边是观光电梯。

修祈把楚晃推到客厅，把她抱到沙发上，转身去给她拿了瓶水。

楚晃看着他一只手拿着两瓶水走向自己，好奇地问道："有人在帮你打理吗？"

她说的是房子，修祈说："回来前让朋友检查了一下房间，顺便让他在冰箱里添了点东西。"

楚晃把水接过来，拧了一下没拧开，又递还给他。

修祈把自己拧开的那瓶递给她，把她手里那瓶接了过来，动作自然。

楚晃喝了口水，又问："为什么回这里，能说吗？"

"我父亲的寿宴在晚上，到时直接去饭店。"

楚晃张了张嘴，发现脑袋没安排什么东西给她表达，又给闭上了。

修祈把她喝过的水接过来，盖盖子："吃什么？"问着把瓶子放在桌上。

楚晃伸了个懒腰："想吃糯米粽。"

"早上就说想吃，给你买了，你又说太黏了，消化不好，你现在说……"

楚晃打断修祈的话，可怜兮兮地说："我就想吃糯米怎么了？我不能吃吗？凭什么我不能吃？我们结婚才几天，我连糯米粽子都不能吃了？"话说着眼泪都要掉下来了。

修祈妥协："我叫人去买。"

楚晃点点头，她还提要求呢："一个枣的、一个腊肉的、一个水果的，可以吗？"

修祈能说不可以吗？"可以。"

楚晃满意了："那我去睡一会儿，到了叫我。"她站起来转向，"卧室在哪儿？"

"你就在这儿睡，等一下我抱你上去。"

楚晃觉得可以，但是："那我要是睡觉了，你干吗？"

"画画分镜。"

楚晃突然来了兴趣："你那个画画的本子我可以看看吗？"

是怀孕的原因吗？修祈觉得楚晃突然变得好分裂，一下子任性到不行，一下子又好有礼貌像是陌生人。

他直接拿来给她。

楚晃以前看到过，但没像这样一页一页地看。她很知道修祈是一位优秀的导演，他的作品画面感、氛围感、情感丰富，也恰到好处。

很多人夸她是天生的人脉运用师，她一直想说，修祈才是天生的导演。

哪怕那么厌恶他的那段时间，她也没有否认过他的业务水平。他不存在矮子里边拔高个儿的情况，他一直很高，鹤立鸡群。

她看着看着，问题自然而然问了出来："奉我为，是什么意思？"

问题刚问出口，他们的午餐到了，修祈去拿了，他的助理还跟他说了两句悄悄话，楚晃看见了，没听见。

修祈把盒子提到餐厅，楚晃走过去，他停下拆盒子的手，先给她拉开椅子。楚晃自然地落座，身子前倾压住桌沿，双手像小松鼠的爪子挤在胸口和桌面之间，乖乖等修祈给她打开一个竹筒粽子。

修祈开好递给她，她拿勺子把里边的枣子挖出来吃掉了，先前一直嚷嚷要吃的糯米看都没多看一眼。修祈像是早就知道这个结果，把她剩下的糯米叉到自己的盘子里，给她撕开一只烧鸡，扯下鸡翅，剔除骨头，放在她盘里。

楚晃觉得油，勉强吃了一口，盯着修祈盘里被她嫌弃的一堆食物，说："你最近吃那么多都不胖，这也太不公平了。"

修祈帮她倒果汁："我为什么吃这么多？"

"因为你馋。"楚晃说。

修祈笑："嗯，因为我馋，不是因为你点了不吃。"

楚晃起身走过去："我早上没注意，还有腹肌吗？"

修祈说："没了。"

楚晃不信，两只手摸了一下："骗人。"

"还有吗？"

楚晃很满意，点点头，娇娇地说："还有。很喜欢。"

"等一下去睡觉，寿宴之前我叫你。"修祈喂了她一颗枣子。

楚晃慢吞吞地嚼着枣子："要盛装出席吗？"

"你想的话，也可以。"

楚晃微笑着说："我带了一条裙子。"

修祈看楚晃不想吃了，牵她到沙发坐下，单膝向下不沾地，只是蹲在她面前，别了别她的头发，说："对于晚上的宴会，你有要问的吗？"

从楚晃的角度看修祈要更帅，她不自觉地摸了摸他的睫毛，说：

"你有要说的吗？"

修祈说："没有，我觉得没有，但你或许不这么认为，所以我让你问，我答。"

"你这么说是怕我今晚被什么阵仗吓到吗？"楚晃捧住他的脸，"我只会被一种情况击退。"

修祈看着她。

"那就是你现在这副样子，是假的。"

修祈总是会被她弄得不知所措，他向来能预判到一场交流中对方的下一句话，但楚晃总在他的预判之外，他沉默片刻，说："如果我很坏呢？"

楚晃低下头，声音很小，像是在自己权衡："那确实很麻烦，因为我没做过坏事，勉强算是个好人。"

修祈牵住她的手。

"不过你也不用担心，我虽然不坏，但也不伟大，不会为别人伤春悲秋。你的话提醒了我，那我就不看你做什么了，我看你为什么那么做。"楚晃抬起头，嘴角微微勾起，很温柔，"我不乱猜，我等你给我看，我保证，我会不那么理智地对待。"

修祈以为她最后一句话会是"理智地对待"，没想到是不那么理智。

楚晃俯身亲了亲他的眼睛："我不能对我的丈夫保持理智。所以无论你过去发生了什么，你又做过什么，我都永远偏向你。人生短短数十年，圣人交给别人去做吧。"

修祈倏然闭上眼，平复了很久，缓缓睁开，说："后悔了。"

楚晃歪着头看他："什么呀？"

"收回'你有展示你的美的权利'这句话。"你不能去展示了。

楚晃微微笑，看着修祈深不可测无法透析的眼睛，淡淡叫了他一声："修祈。"

"嗯。"

"你爱我。"

修祈低头一笑。

"是。"

张子蕴发了很大的火，家里被砸个稀碎，办公室的书架未能幸免，胳膊也跟修祈一样被割开了一条挺长的伤口。

他能做到跟修祈一样冷静，但修祈身边有人关心，而此刻他的办公室，秘书和保洁阿姨面无表情地整理一地破烂，对他毫无心疼之意。

许久，办公室的地面恢复洁净，保洁阿姨提着工具离开，留下秘书端庄地站在张子蕴跟前。

张子蕴始终坐在办公桌上，脚耷拉在半空，包扎过的胳膊搭在腿上，反光的镜片挡住了他的眼神。这样持续了很久，他才开口："压不压得住？"

秘书有些对职场压力信手拈来的气场，过于冷漠地说："暂时可以。"

张子蕴抬起头来："暂时？你不是说热一都能被撤吗？"

秘书说："是，但我们撤的同时，对方在买。"

"能问到是谁在买吗？"

"肯定是修祈那边，但微博方面是不会告诉我们的。辰光还没表态，为我们得罪辰光，这笔账不划算。"秘书说，"这个问题不大，到时候全网删料就行了。

"比较麻烦的是辰光指数下跌5%，盛辰光仍不表态，基本可以判断他不会放弃修祈了。

"但盛辰光方面的反应不是很敏锐，说明他只是不管，可能是跟我们有合作，他也不好直接管。他不管，却也不放弃，只说明一个问

192 -

题，修祈一个人就可以应对。

"我差不多把修祈的资源都整理出来了，除了辰光，就只有图特了。

"但图特的鞠茂川现在要规避风险，所以才跟修祈对赌。他这个人行事作风就很向利益看齐，不站在修祈那头，也不会站在我们这一头。我们在打压修祈的价值这件事上始终是孤军奋战。"

张子蕴不用她提醒了："只有图特了吗？"

秘书点头："修祈另外的背景，您从哪儿得到的消息？真实性大吗？连打十几个电话让我撤他的黑热搜，是不是有点小题大做了？"

她是张子蕴非常信任的人，知道张子蕴很多事，所有见不得人的勾当基本都是她帮忙完成的，张子蕴给她的权力不小，她一直有话直说。

张子蕴没说是哪儿来的消息："你也说了，他背后只有辰光和图特，但图特不管，辰光不管，他还这么有底气，我们撤一个热搜，他买一个热搜，结果不是显而易见吗？"

秘书猜测道："或许是楚晃？这次窦盾在慈善之夜的举动很圈好感，肯定是楚晃在背后出谋划策了。她这个人有点本事，说不好可以把窦盾很多方面的关系据为己用。"

张子蕴摇头："楚晃，不成气候。"

秘书鼻子哼气，表示不太赞同："看不起女人？"

张子蕴抬起眼皮，瞥过去："不是看不起她，是看得起你，她再有本事，你跟我几年了，打过败仗吗？"

秘书笑了笑："那我要是这回没如你的愿把修祈搞得翻不了身，你还看得起吗？"

张子蕴摘了眼镜，合了一下眼，看向她："我不管你用什么办法，给我弄清楚修祈的身份背景。这很重要。"

秘书知道修祈是舒智渊的养子，但这有什么？他只是一个工程院院士，跟他们这行当八竿子打不着，除非张子蕴说的是修祈的生父。

她问道："你是怀疑修祈的亲生父亲有背景？"

张子蕴从办公桌上下来，沿着观景区缓慢地走了一圈，停下来，说："你去了解一下，这事让我很不安。"

秘书突然想到了什么："先不说修祈的生父，舒智渊兄弟姐妹六个，舒家算是个大家族，这个信息有价值吗？"

张子蕴之前去郎谷就是查这件事，舒家在广东相当有影响力，影响源头主要集中在郎谷和广州，涉及产业包括但不仅限于金融、医疗、珠宝、科技与互联网领域。

最近最活跃的消息就是，舒家老六，即舒智渊六弟正准备进攻大数据这个方向。

舒家的势力盘根错节，张子蕴本想了解舒家对修祈的加成会有多大，刚查到他们家族各自为政，会有家族聚会，但从无利益牵扯，让他吃了一惊的同时放了心。

这就是说，修祈最多沾舒智渊的光，而没机会运用到舒家整个家族的资源。

舒智渊是工程院院士，老为国先驱，社会地位是有的，如果修祈继承他的衣钵，那他能给修祈不少助益，但现在修祈走了影视这条路，舒智渊就有些鞭长莫及了。

这也能解释修祈为什么出口转内销，在国外火了回国内拍电影。

张子蕴查到这里，没查到修祈背后有什么势力，稍微松了口气是有的，但没敢完全放松警惕。谁知蕙心慈善之夜结束那天晚上，他辗转得知修祈上次回广东，到陵园去悼念了莫善缘。

莫善缘是一九九几年一届亚洲小姐的第九名，在选美结束后如约加入亚视。后面两年，其他人气选手全都遭遇事业滑铁卢，欠下巨款，被黑帮逼迫拍摄三级片还账，几年后相继退圈，没了音信。

而以清纯著称的莫善缘，因为一支面霜广告大火，风头盛于当年最火的电影明星，得到电影邀约无数，还有很多行业大佬的青眼。

饭局邀请大佬过多这个新闻在当年霸榜了好几个月。然而就在大家以为她即将以玉女身份红遍大江南北的时候，她召开新闻发布会，宣布退圈，再一次引发热议，之后就消失在了公众视野内。

有人说她是因为爱情，有人说她是迷信巫蛊遭到了反噬，有人说她患有绝症，众说纷纭。

直到 1997 年，莫善缘死于广州的消息传出，圈内动荡，众人惊讶之余为她短暂的一生感到唏嘘。

修祈为什么会去墓地看望她？他们之间什么关系？

就在张子蕴想深入了解的时候，果然嘉汇的一个项目出了问题，他不得已把注意力收回一些。他再有空去了解修祈和莫善缘如何相关时，所有线索都变成了没有线索，莫善缘、修祈各自的人际网仿佛凭空消失了。

这件事情过于诡异，他当时以为是沾染了不干净的东西，毕竟港圈儿热衷于鼓捣一些歪门邪道，便连夜飞去了泰国找大师化解，回来就去找了万蓝，试图稳住她，从她那里得到一些内情。

万蓝跟修祈去过广东，回来后明显放弃了对修祈的纠缠，结合如今他在修祈的事上碰到的钉子，他不得不多想万蓝是知道了什么。

后来便开始了打压修祈之路，本来万事俱备，就算中间杀出个楚晃，他也无所谓，楚晃要有跟果然嘉汇抗衡的能力，盛辰光不会拱手让给修祈。

盛辰光这人，或许真把修祈当兄弟了，但也仅限于这个兄弟不会威胁到他的利益。

楚晃目前只是想把张子蕴跟社会事件捆绑在一起，他只要花钱删新闻就行了，真正让他感到害怕、一气之下砸了展示柜的，是他在安徒生内部的熟人传来修祈亲生父亲的消息。

他一下子想明白，为什么调查修祈背景这件事会受阻。如果莫善缘和修祈是母子关系，那其中就有一个很大的变数，即修祈的亲生父亲是谁。到底是谁可以让所有莫善缘和修祈的线索在一夜之间蒸发，谁有这个能力？

他想不到，给秘书打十几个电话让她暂停散布修祈的黑料，上了的黑热搜先撤掉。

针对秘书的问题，张子蕴说："不用管，修祈的背景应该跟舒家无关。"

秘书头脑风暴，提出一个不负责任的猜测："舒智渊马上过寿，舒家即将大聚。有没有可能修祈的生父在舒家其他兄弟当中？而当年出于某种原因，他不得已将修祈交给舒智渊，对外声称是舒智渊收养的修祈？"

秘书这几句话给张子蕴提供了另外的思路，他皱了一下眉，揉搓着大拇指，没说话。

"盛辰光不管，鞠茂川不管，修祈靠他老婆跟窦盾、江南电视台的关系，跟果然嘉汇对打，说实话有些不自量力，那么楚晃就应该不是修祈的底气。"秘书又说。

张子蕴揉搓手指的频率越来越快，稍微能看出些焦虑来。

秘书注意到了，但还是把话说完："修祈要想在对付我们的时候有信心，找的帮手至少得跟我们同一实力，又要跟他密切相关，我只能想到舒家。"

张子蕴皱眉琢磨了半天，突然想到什么似的猛然抬起头："舒家老六是……"

秘书点了一下头："舒逸和，逸和集团创始人。"

逸和集团创立于1980年，是一个主消费与服务的高端产品运营集团。集团内多线并行，收购高级品牌多达二十多个，涉及领域丰富，早于 2003 年在香港联合交易所主板上市。

舒逸和是舒家已过世老爷子的私生子，在舒智渊这一辈的兄弟姐妹中，排行老六，但因为身份一直见不得光，就没被舒家承认过，前几年舒家老大离世，临终遗愿便是代表整个家族将舒逸和写进族谱，舒逸和这才认祖归宗。

秘书说："如果是逸和集团兜着修祈，那就算其他出品人撤资不干了，他这电影也还是拍得起来的。

"修祈这个人的业务水平是够标准的，电影真让他拍起来了，那他有多少黑料也于事无补了。这是一个可以靠作品洗白的世道。"

张子蕴的思绪稍微有点乱，但脑子转得还算快，说："你去落实一下这件事，看看舒逸和跟莫善缘到底有没有过交集。"

"好。"

秘书走后，张子蕴坐到椅子上，手指在桌面上轻敲，半晌，拨通了一个电话："帮我约一下淅川集团的独立执行董事，裘东滨。"

舒智渊的七十大寿是家族大事，舒家上下都腾出了一天时间前往徂乐庄园为其庆祝。

徂乐庄园二十多栋独栋别墅，七十多套房，舒智渊过寿当天舒家全数订下，庄园近千服务人员提前一天就开始准备了。

早在大家伙儿聚齐商议过寿细节时，老四家就提议去老大的酒庄，但老大家的子辈不如老大看重家族兴衰，以酒庄近两天有沙龙举办为由拒绝了。当时场面就有些尴尬，还好老五打圆场，搬出了她参股的徂乐庄园，这茬才算过去。

舒家很复杂，复杂在舒智渊他们几个，同父异母。

舒老爷子十七岁娶妻，生了老大；后出轨大上海舞女温婉小姐，生下老二，妻子知情后闹离婚；二人离婚后，舒老爷子迎娶温婉进门，第三年又生下老三舒智渊。

前妻离婚后去了法国深造，归国后成为民国当红女刊的主编，舒老爷子又后悔，背着温婉追求前妻，最终藕断丝连，生下老四。

温婉得知真相，决定离婚重回上海滩，舒老爷子没答应，温婉一气之下出了家。

舒老爷子把前妻接回家，又生了老五。

也就是说，老大、老四、老五是原配妻子所生，老二、老三舒智渊是温婉所生。

老六舒逸和是他高龄时，强占了当时青帮头目刚满十八岁的孙女所生下的。

头目不认这孩子，彼时舒家势衰，老爷子年事已高，儿子当家做主，这样的龌龊事被家人发现免不了大闹一场，也没认这孩子，托关系送他去了日本，找了位医生抚养。

老爷子1984年离世的时候，舒逸和回国看望过，当时他手里有老爷子的手书和送给医生的信物，舒家上下这才知老爷子还有个私生子。

1985年，舒逸和在香港创立了逸和品牌，到1995年的时候，逸和品牌已经成为粤地的龙头产业。

他的成功跟妻子史蔓脱不了干系，若不是得到史家的提携，当时仅是一个庸医的他断不可能在太平山有立足之地。所以他对史蔓十分敬重，跟她育有两儿两女，几个孩子在他们的悉心教养下，不负所望，都很有出息。

大儿子和大女儿经营家业，小儿子和小女儿一个投身医疗，另一个投身采矿行业。现如今，舒逸和已过六十岁，迈进老年人门槛，特意来给没有几天兄弟之情的舒智渊过寿，诚意尽显。

下午三点，舒家人基本到齐了，基本，因为还差一个修祈。

楚晃没被修祈告诉要穿什么，她心里有了数，把那条特意准备的裙子放回行李箱，换了一条简单大方的白裙子。

修祈洗完澡出来，看到已经收拾好自己的楚晃明媚得像枝百合花，扔了毛巾，长手把她捞进怀里。楚晃腰软，弧度很美，修祈想着她的肚子，换双手托住她的细腰。

楚晃怕摔倒，张嘴惊呼，顺便双手钩住修祈的脖子。

修祈低头去寻她的眼睛。

楚晃别开脸："干吗？"

修祈不说话，托住她的屁股，轻轻松松把她抱起来。

楚晃改扒住他的胳膊，摸到坚硬的小臂肌肉和凸起的青筋。男人的力量就是一种性吸引力，就像她身上女孩子的温柔和娇软，会让男人把持不住一样，她每次都会被他的男子气概蛊惑到。

修祈抱她到飘窗，把她圈在两臂间，下巴蹭了蹭她的耳朵："我叫人送你过去。"

楚晃觉得她没听错："你呢？"

"我晚点到。"

楚晃有一点失落，就一点，没表现出来："哦，好。"

修祈亲了她的脖子一口："害怕吗？"

楚晃摇摇头："我不怕。"

修祈点点她的鼻子："真棒。"

楚晃歪头说："你还没告诉我注意事项。"

修祈说："想干什么干什么，想说什么说什么。"

楚晃停顿了下，是在思考他说的话："认真的？"

修祈把她肩膀前的头发拨到脊背："嗯。"

"那要是我说错了话怎么办？"

"没事。"

楚晃假装不在意，噘嘴哼哼："那你晚到是多晚？你不会把我一个人放在那里待到结束吧？"

修祈低头，找到楚晃的手，牵住，说："不会。"

"真的吗？"

"我偏心我老婆。"

楚晃忍不住微笑："什么啊？"

"可以不去祝寿，但不会不接你回来。"

"那是你养父啊。"

"但你是我老婆。"

修祈的态度很暴露问题，楚晃的问题太多了，但她可以等，把疑惑都压在心里，问道："那几点？"

"一个小时左右。"

楚晃的话说完了。

没一会儿，修祈的助理小赵来接人了，楚晃换上鞋，拿上包，回头搂住修祈的脖子，踮脚亲了他一口，伸手"拜拜"："我先去了。"

修祈光脚站在门口，单手插进裤兜，看着楚晃这枝百合花出了门，挥了一下手。

上了车，楚晃从车前镜看了眼别墅的大门口，点了几下手机，看起来像是得到了一个结论，神情骤变。

拐出别墅区，楚晃淡淡道："去廊桥公墓。"

小赵眼睛大："啊？"

"你身上有很浓的菊花味儿，路过花店是沾不上的，只能是买了一束又抱在怀里才能有这种浓度。你不是广东人，在广州没有亲戚，你买菊花只能是修祈交给你的任务。他说他有事，又说一个小时后会赶到徂乐庄园，符合条件的墓地只有廊桥公墓。"楚晃说着话又看了一眼表，"时间宝贵，不要跟我说其他没用的东西，你是修祈的助理，你不会背叛他我知道，但我是他老婆，你也不用防着我，我比你知道怎么做是为他好。"

小赵有些惊讶，嘴巴微微张开，半晌没合上，等反应过来，好像可以说的话都被楚晃堵死了，最终延续沉默，改变了路线。

廊桥公墓三面环山，山川形势为九龙九星之状，左右水流围绕，源头在公墓正门两侧，一直延伸进主山脉深处，纵观藏风聚气，趋吉避凶。

9月的广州还是很热，每天平均三十摄氏度，许是廊桥公墓周遭绿化范围广，车开进山道明显感觉出秋高气爽的舒适来。

楚晃在手机上查了一些信息，看得头昏脑涨，打开车窗，随意看了两眼被薄雾吞没的山峰。

很快到目的地，小赵找了个不容易被发现却可以看到入口的位置停了车。车内很安静，楚晃一直看着手机，但也知道小赵局促不安，好几次欲言又止，像是热锅上的蚂蚁。

没一会儿，楚晃将手机锁屏，抬头看向小赵，说："你有话要跟我说吗？"

小赵转过身，看起来很严肃："楚总，修导虽然没嘱咐过我保密，但为他保密是我的职责，我知道您是为他好，可在我这里，总归有些说不过去。"

楚晃知道："我会跟他说的。"

"那谢谢了。"

楚晃说："反正你也带我来到这里了，能不能再跟我说说，他跟整个舒家的关系怎么样？"

小赵停顿了一下，说："实话就是，不太好。"

楚晃皱眉："怎么说？"

小赵就把他所了解的都跟楚晃说了。

以前也有过来向他套话的女人，他一直守口如瓶，只因修祈的态度强硬。修祈打心眼儿里珍视楚晃，他跟了修祈那么多年，没人比他看得更透彻。他始终觉得修祈在某些事情上有些不合常理的极端，但出于身份问题，从未在修祈面前表达过。

楚晃也发现了这个问题，并且比他有身份去干涉，她愿意帮他，帮修祈解决困扰。

他们正聊着，疑似修祈的车开进停车场。

楚晃提醒小赵闭嘴，同时眼睛紧盯着那辆车，看到他停在C区。

没多久，车里的人下了车，即便背朝着楚晃的方向，她也一眼认出了那是修祈，看动作他应该是在系西装扣子，随后从后座拿出一捧白色菊花。

待他离开停车场，楚晃拿上手机，打开车门，下车前嘱咐小赵："你在这儿待着，等我消息。"

"好。"

楚晃悄悄跟上了修祈，他单手插兜，身姿挺拔，始终目视前方，姿态上有些若有似无的孤傲。

他明明是为悼念逝者而来，却浑身透着一股子不屑。

楚晃没敢跟太紧，只确保自己不会跟丢。

等修祈停下，她立刻找了棵树蹲下，关注着修祈的动向。可能是她从没干过这种事，整个过程掩饰不住地滑稽。

修祈说了几句话便把那束花摔在了墓碑上，楚晃皱眉的同时捂住嘴。她全都想错了，修祈对那个已故之人的恨意要飘得这满山岗都是了。她听不到修祈在说什么，但她看着他的背影，能感受到他很痛苦。她突然无法理解，若是恨，为什么会难过呢？溢出身体的恨意怎么会夹杂难过的成分？

修祈没待多久，话说完便转身离开了，似乎朝楚晃的方向看了一眼。

楚晃没来由地出了一身虚汗，赶紧转身，压低身子，脑袋空空，心怦怦跳个不停，就怕被发现。

无论他会不会怪她，她偷偷跟着他的行为都不地道。

她估摸着修祈已经走了，呼口气往外走，快到门口时终于放下心来，结果一出门就看到修祈靠在车头前，眼睛看着前方，正好给楚晃一个优越的侧身和侧脸。

她本来缩着肩膀，像做贼一样，看到修祈的一瞬间，肩膀放松下来。

修祈转过头，看向楚晃。

楚晃泄气一般走了过去，什么也没跟他说，打开车门，自己上车了。

修祈笑了一下，转身上车。楚晃自己系好安全带，被发现后有些破罐子破摔，也不心虚了，还通知他："你记得让小赵回去，他还在停车场等我。"

"我已经让他回去了。"

"哦。"

修祈给她买了杯奶茶，递给她："红豆的。"

楚晃没接，他们跟修祈来的时候，看到修祈半路停下买了杯奶茶，她起初以为是逝者喜欢，没多想，后来忘了这杯奶茶，见修祈下车只拿了花也没觉得有什么不对。现在看到这杯她喜欢的红豆奶茶，她反应过来，这杯奶茶一开始就是给她买的。

楚晃扭头看着他，问："你怎么知道我跟你过来了？"

"有内鬼。"

"骗人，小赵不会说。"

修祈点头："嗯，现在已经把我的助理策反了。"

楚晃直接避而不谈这件事："你是怎么知道的？"

修祈看了一眼手里的奶茶，先问："要不要喝？"

楚晃从他手里把奶茶接过来，吸了一口，还是红豆奶茶好喝，她永远热爱红豆。

修祈发动车子，边开车边说："出家门十五分钟还没到徂乐庄园，猜也猜得到。"

楚晃瞥他："你还在徂乐庄园安插眼线？"

修祈没答。

楚晃既然被发现了，也不跟他打马虎眼了，直言："那束白菊是送给曾经的港星莫善缘的，对吗？"

"我晚一点回答你。"

"好。"

楚晃的直觉很准，脑子转得也还算快，修祈这么一说，她大概知道，等一下舒智渊的寿宴一定会非常精彩。

徂乐庄园的大堂酒廊，舒伯乾坐在吧台喝闷酒，堂兄走过来给他换了瓶酒，自己酒庄刚研发出来的，还没上市。

舒伯乾刷了会儿手机，看网友大骂修祈，一边觉得解气，一边不爽。不知道是谁传播了修祈和舒伯乾的关系，把舒伯乾在选秀比赛中没有拿到第一名的锅扣给了修祈。骂他是渣男，人品拙劣就算了，怎么还有造谣他只手遮天打压自己的？

舒伯乾自认为是个正人君子，修祈干过什么，自有这么多眼睛雪亮的人制裁，但他没有C位出道是自己能力欠缺。他长得不错，唱得不错，可四肢协调能力是团里最差的，他纯粹是靠人气挺到前五的。

现在团里天天高强度练习，各种晚会拉练，公司又在几个娱乐区下水军，然后在各个平台设置屏蔽关键词……

这么大强度，就是逼观众和老天再选一回C，选出来的直接用资本硬捧成断层顶流。团里另外有实力佳、相貌好的人，人气也跟他不相上下，早在比赛进行时就收到过资本的橄榄枝，他到现在只接了团的商务邀约，唯一的影视邀约还是修祈那个关系户。

每年靠选秀出道的人那么多，照这情形进行下去，他能不能活到明年还两说。

看不到方向就容易迷茫，他最近很惆怅，唯一的乐趣就是上网看看别人骂修祈。他们骂得越难听，他的虚荣心越能得到满足。

偶尔看到楚晃被连坐，他的爽意会蒸发一半，然后怨她眼瞎没选自己，再怨修祈夺人所爱，下三烂。随着他从他父亲那里知道的真相越来越多，他对修祈这个"哥哥"的感情已经所剩无几了。

第一次知道修祈和他那小三妈设计他爷爷，他还挺难过，毕竟是从小给过他很多建议、很多帮助的哥哥。

现在他全无难过心情，只有恶心愤恨。从修祈欺骗他的家人，利用他的家人，再到抢走他喜欢的女人，最后像施舍一样扔给他一个只有三分钟镜头的角色，修祈以为，他会感恩戴德扑上去跪舔裤脚吗？

那就是修祈想多了。

堂哥坐下来，冲他点了一下下巴："明星当得怎么样？是不是瘦了？好像每回见你都瘦一圈。"

舒伯乾没答："意欢姐来了吗？"

舒意欢是舒伯乾的堂姐，他眼前这位堂哥的亲姐姐，早年跟家里闹过矛盾，扬言跟舒家断了，这两年在外头过得不好，听说已经认命了，跟家里服软了。

堂哥说："来了，修祈都要来，她一个正经八百的舒家人为什么不来？还嫌被别人占的坑不够多吗？"

舒伯乾刚忘记修祈几分钟，又被迫想起，很烦："别提无关人员。"

"有什么不能提的？家族聚会，他来干什么的？"论社会地位，舒家哪个拉出去都不甘示弱，被捧得多了，就让一些晚辈养成了傲慢的姿态。

舒伯乾说："家族聚会，但也算是招商会，我看不少资本一把手、二把手也来了，是给我爷爷过寿，还是找机会互相认识，一目了然。"

"喝酒，"堂哥顾自跟舒伯乾碰了一下杯，说，"哪年有大事都引来一群蹭货，要是钱这东西蹭蹭就能到手，咱家上下也不用从小就被教育要能武能文了。"

舒伯乾忘了自己已喝了小半杯基酒，又在他鼓动下饮下半杯红酒。

他们这边聊着天，一个看着才十七八岁的小姑娘从外进来，摘了帽子、手套和冰袖，绑起头发从服务员的托盘里端起水杯，喝了一口又放了回去，把高尔夫球杆交给一直跟在她身侧的球童，对他礼貌一笑："帮忙放回去，谢谢你了。"

球童离开，她看到舒伯乾和堂哥，走过去，跟他们打了声招呼。

她是舒逸和的孙女，堂哥问她高尔夫好玩儿吗，她说："好玩儿啊，有点热，不想打了。我刚看见修祈女朋友了，真人比屏幕里好看，而且个儿高。"

舒伯乾神情微动："在哪儿？"

"正堂啊，我刚路过，他们俩进去时没人说话了。被排挤成这样都有魄力过来，一般人可做不到。"

堂哥说："可能还做着继承什么的大梦？"

舒伯乾不久前知道修祈进入舒家的真相，顺便知道了，舒家上下都知道这一点。

是舒智渊，他爷爷为了保护修祈，没提起过，等于是他一直被他爷爷织就的修祈善良感恩的人设欺骗。舒家傲慢的那几支，本来是不屑给一个靠手段进入舒家的人眼神的，也顾不上，但没想到修祈一个奖接一个奖地拿，什么辰光、图特、果然嘉汇都把他当香饽饽供着。

要知道在互联网与科技行业当中，这几个都是佼佼者。

看过修祈，反观自己，基本是借助家族人脉和资源，出去单干两年全都灰溜溜地回了家族企业。

人比人，气死人，一个倒贴来的孩子，比舒家这一辈所有人加在一起都有出息，就算长辈不提，不对比，自己心里也不是滋味。

时间久了，众人提起修祈总忍不住阴阳怪气。

年龄大的，嫉妒心没那么重的，对修祈也有意见，因为没有嫉妒心还有荣辱心。

修祈在舒家长大，接受舒智渊谆谆教诲，已经比大多数人起跑线靠前了，还用舒家的资源出国读书。在他们眼里，修祈学成归来的基础完全是建立在舒家卓越的成长环境下。

都是运用同一份资源，外姓却在国际享有名号，这还不让外头那些坐等着看舒家热闹的人笑疯了？

就这还明里暗里讽刺舒家没落，这一辈都是草包呢。

修祈这匹半路杀出来的黑马仿佛给了他们肆无忌惮嘲弄舒家的底气，一个个像是握了把尚方宝剑一样，哪儿都能看见他们的剑术表演。

很多人有一个误区，认为越大的家族越明亮，其实越大的家族越腐败，明亮的只是表象，而维持表象是他们穷其一生奋斗的目标。

舒伯乾跳出舒智渊精心包装出的一派和睦，才看出舒家上下，真的只有他们家这一支一直拿修祈当家里人，至少当舒家人，其他几支对修祈的厌恶都写在脸上了。

他又喝了一杯酒，听着堂兄、堂妹颇有水平的阴阳怪气，什么也没说。

舒智渊正在换衣服，等一下且有的他应付。修祈来时没跟他打招呼，他还是从别人嘴里听到的，当下就要找人。好久不见儿子了，他心里想得紧。

亲儿子看到他这副样子，当着几位叔叔、姑姑的面，没说好听的："您先把药喝了，他这么大活人还能跑了吗？"

舒智渊没搭理他，扯了扯身侧的护理人员："你去给我把他叫过来。"

舒奶奶把药搁到他手上，哼哼两声没好气："结婚这么大事，结完了通知你一声，你养的好儿子。"

"你让他娶伯乾妈妈，他不也依着你了？我也依着你了，都是过去的事儿了，你现在说它干什么？他都快三十了还不该结婚吗？我当年二十岁就娶你了。"

舒奶奶搡了他肩膀一下："你喝不喝药？！"

亲儿子这时候说："没娶，当时就是家里办了个订婚宴，没两天亚兰就病逝了。"

舒奶奶瞥过去："订婚就等于是结婚了，我们那个年代就是这样的，这是承诺。你都又成家了也不让前妻再嫁，我怎么生了你这么个霸道儿子？"

亲儿子有点无奈："不是不让再嫁，那就没有嫁啊，再说您当时是惦记亚兰，不想让她离开咱们家，您就没有私心啊？还说我。"

舒奶奶在舒伯乾妈妈离世后已经清醒了，自以为为别人好，其实是在道德绑架。

堂内几位老人都知道这些事，听他们拌嘴，纷纷露出笑意。

舒逸和来晚了，跟史蔓一前一后进门后，欢笑声戛然而止。就像舒家上下除了舒智渊都跟修祈之间有一面隐形的墙一样，舒家这几支，除了已故的老大，都跟舒逸和面和心不和。

几位老人互点了一下头算打过招呼，接下来的话题比先前更客套

208 -

了一些。

舒逸和举手投足知书达礼，史蔓跟他步调极其一致，传闻他们是场面夫妻的谣言似乎在这一次家族聚会上不攻自破了。活了大半辈子，临入土了，哪个都是身经百战，手腕比牛毛多，骨头比钢筋硬，暗箭比明枪耍得好，舒智渊的亲儿子在一旁静静听着，没出声。

过了会儿，护理回来了，跟舒智渊说没找到修祈，舒智渊不悦，要给修祈打电话，被亲儿子拦下了："等一下吃饭就能看见了。"

舒奶奶也劝，舒智渊这才消停了。

老四跟老五相视一眼，眼里的轻蔑那么明显，却什么话也没说，舒智渊拿假儿子当真儿子养，还养出感情来了，太讽刺。

史蔓看了舒逸和一眼，舒逸和假装不知道她在看他，依然从容。她收回眼来，微笑着对众人说："大家聊着，我去一下卫生间。"

她起身离开，没多久，舒逸和也以出去打电话为由离开了，剩下的人看起来都有些心照不宣。

阴天了，好像要下雨。

修祈的车进入徂乐庄园，停在服务大堂前，楚晃下车后，修祈把车钥匙交给泊车员代为停车。随后二人进入大堂，扫码登记后，手机收到一条电子码，用于开启独栋别墅的房门。

本来是很简单的流程，每人都是这样的，但楚晃就觉得有很多双眼睛在盯着他们。

跟随服务人员前往独栋别墅稍作休息的时候，路过咖啡厅和中央酒廊，只有寥寥几人两两相对地聊天，望向他们的眼神分明是看不起。

楚晃感到心疼，为什么要对修祈露出那样的眼神？

进入房间，修祈领着楚晃到沙发坐下，摸了摸她的额头："热吗？"

楚晃没答，直接问他："他们是因为你是养子，所以才露出那样、那样……的眼神？"

她实在说不出口，修祈替她说："不屑一顾？还是轻蔑？"

楚晃皱眉。

修祈伸手抚平她的眉毛，说："别在意。"

楚晃心里不安，从墓地开始，她就不安，只是路上不明显，刚才经过那些人，被他们用那么瞧不起的眼神打量，那点不安已开始膨胀异变了。

修祈说："你就在这里，等我事情弄完，我们就回家去。"

"我不用跟你过去吗？"

"不用。"

楚晃抿了一下嘴，不说话了，不知说什么。

修祈牵住她一双手："你想知道的，即便不出这个门，也能知道。"

楚晃知道了，看来今晚上会闹得满城风雨，全网皆知。看修祈的样子，他应该有把握，但她还是忍不住担心："真的不用我陪着你吗？"

修祈想了一下："你要是想去看看，我就带你去看看。"

楚晃微笑："这么快就妥协了吗？我还没求你呢。"

修祈揉了揉她的头发："那你现在求我。"

楚晃下巴一歪："你已经答应了。"

"求一下。"

"我不。"

"像之前在床上那样。"

楚晃忽地脸红，赶紧捂住他的嘴："你闭嘴！"

"求不求？"

楚晃不情不愿地张嘴，瞎哼哼："求……求……你……了……"

修祈单手撩开她的刘海儿，亲了一下她的额头："好的，老婆。"

楚晃晃着脚丫，栽进修祈怀里，吸一口他身上的味道："张子蕴已经到了吧，他要开始表演了。"

修祈低头看向楚晃，暂时没接话。

楚晃抬头冲他微微一笑："很好奇我为什么会知道张子蕴也来了，是吗？"她说完指指脸颊，闭着眼说，"这里。"

修祈如她愿亲了她的脸颊一下："他来给我父亲过寿是公开行程。"

楚晃的嘴角自觉落下去了，没劲，修祈这人真没劲。

寿宴来这么多人就是要商业化，只是明着叫寿宴。但有些人，一定不是来寻求好项目的。

大堂酒廊，张子蕴在跟裘东滨聊天。裘东滨是淅川集团的独立执行董事，两个人刚聊完影视行业内卷问题，扯了两句闲篇儿。张子蕴狐狸尾巴藏了好几天，终于藏不住了："裘总，路总还没来吗？"

裘东滨淡淡一笑，端起酒杯，喝了一口："您很急吗？"

张子蕴看了一眼左右，说："路总不来，咱们的合作怎么谈呢？"

裘东滨反问他："张总，这里没有别人，你跟我说句实在话，如果我们淅川没有跟逸和集团合资做数据库，你还会找上我们旗下那个那么小的项目投资吗？"

张子蕴捏着领带，轻轻一拉，好像是一个可以忽略不计的小动作，但裘东滨也是只老家雀，怎么能不知道他在紧张？张子蕴像是组织了一下语言，说："您也知道我是做投资的。

"早前窦盾有意涉足英美剧市场，我们就谈过这个项目，后来因为项目策划不完善，很多问题没办法形成闭环，不得已作罢。但我还是很馋这块肉的，知道淅川方面有做这个项目的想法，又有很成熟的团队在为整个项目做准备，我一个无利不起早的奸商，闻到肉味儿了，怎么还坐得住？只要淅川方面平台搭建得好，可以完成流量转化，或者后续营销计划全面，我当然愿意投这个资，拿下那些优质外语剧的版权。"

裴东滨点了点头："这个您放心，我们的合作还是没有问题的，只是路总不会每个项目都参与，给意见然后敲定。"

张子蕴点头："理解。"

"所以他会不会来，我也说不好。"

张子蕴不说话了。

花园广场的看台上是一个露天咖啡厅，史蔓把头巾摘了下来，又戴上，再摘，再戴上。看得出来她很烦躁，似乎有一肚子火忍不住发泄。

舒逸和跟了过来，站在玻璃护栏内，手扶着栏杆，说："你又闹什么？"

史蔓并没有外界传闻中那样和善，甚至有点跋扈，狠瞪了他一眼，说："听到修祈，你脸色都变了，怎么，又想起修颐那个贱人了？"

她说的修颐是莫善缘。

舒逸和扭头看着她，眉头紧皱："你何必这么刻薄？修颐死多少年了，你还过不去？"

"过去？过去什么？舒逸和，你为什么能有今天还用我再跟你重复吗？你怎么隔三岔五就跟我装失忆呢？我告诉你，我史蔓这辈子都忘不了我当场逮住你们俩光着屁股的画面！"史蔓是真心实意在恨舒逸和，又翻起了旧账，"当年选美，逸和赞助，你把修颐从前三刷下来，不就是不想让她当演员，只给你当金丝雀吗？

"没想到那贱蹄子命里带火，没名次还能打个翻身仗，你怎么穷追猛打也不记得了吗？当年的平顶山豪宅，你给我买过吗？你们还搞到公司里，更生出一个贱种！"

舒逸和解释："你要我跟你说多少遍？修祈是修颐的儿子，但不是我的儿子。"

史蔓以前也信了他的鬼话，相安无事那么多年，但他最近又开始对修祈的电影上心了，还有投资的计划，这还不能说明问题？

史蔓不想听他车轱辘废话了："你不要拿人当傻子，老夫老妻了，你什么货色我比你清楚。那个贱种准备开机的电影受阻了，而你我都知道，没有犯法，没有道德败坏，那网上骂个几句根本影响不了什么。

"要是有影响就是有势力在推波助澜，有人要用这些骂声来掩饰他对当事人采取了不正当的竞争手段。到底谁要搞他我不知道，也没有兴趣知道，但没人保他我知道。你巴巴地来给舒智渊过寿，说你不是为了见那个贱种，给他站台，给他投资，帮他渡过难关，谁信？"

舒逸和说："我跟你说过我为什么会过来，因为我们女儿那个数据库的项目是和淅川集团合作的，但最近项目出了些纰漏，你看看我们女儿几天没睡觉了！正好今天淅川的董事会主席路清过来，我就想跟他聊聊女儿项目的事，这跟修祈有什么关系？"

史蔓戳破他的谎话："你知道为什么女儿和淅川的项目出问题了吗？因为你是修祈那个贱种的爹，有人怕你给他撑腰，提前敲打你呢！你跟路清是才认识吗？你们的合作这么多年有过问题吗？新项目怎么就出问题了？你女儿能力不行吗？你还跟我装！"

舒逸和捏捏眉心："我不跟你吵，你已经钻入牛角尖出不来了。"

史蔓冷笑："省省吧，舒逸和，这么多年我给你料理了多少莺莺燕燕，安排妥当了多少私生子，你跟那些艳星不堪的照片我几个硬盘都装不下，我早麻木了，但我为什么还没有离开你，为什么对修颐耿耿于怀那么多年，你真不知道吗？

"因为我心里头有你，而你的心里头只有修颐！"

舒逸和朝前走了一步："我们有事回家再说可以吗？今天这个场合被人看到我们这样红脸，没有好处，回家我给你一个解释，可以吗？"

史蔓摇头，躲开他的手："舒逸和，四十年了，四十年婚姻，我忍过了那么多跟你撕破脸的情绪，那现在也不会怎么样，你解释了那些事就能当作没发生过吗？算了吧，反正已经这么过了几十年，马上就要见阎王了，还解释什么？"

舒逸和叹气："那你这是闹什么呢？"

史蔓说："我已经不跟你计较了，你还想剥夺我发火的资格？"

舒逸和不说话了，史蔓正在气头上，他理亏，根本说不过她。

寿宴七点开始，在徂乐庄园最大的宴会厅，豪摆四十多桌，比很多盛典的分量都重多了。然而这都建立在商业化的基础上。

舒家人和来宾纷纷就座后，娱乐圈知名主持人宣读开场白。

程序化的内容结束后，修祈闲庭信步地走来，关注度是有的，毕竟是帅哥，身材也好，又是家族话题人物、网络话题人物，但没有想象中那么大。

所有人都在表演自己有多看不起修祈，连一点眼神都不想给他，都以为自己演技炉火纯青，但都有点贻笑大方。

楚晃不久前有些不舒服，修祈就没带她过来，也怕到时候局面不好看，需要他应付的地方太多，再疏忽了楚晃。

这里一帮人都没她一个重要，他不想冒这个险。

台上贺词爆炸输出，台下众人道貌岸然，多么上流社会的一幅画面。

很快就结束了。

舒智渊被扶到台上，说了两句话就满场找修祈，老眉老眼皱皱巴巴，脖子上松弛的肉皮被他转动的脖子扯来扯去。

这里只有他一个人心疼修祈，拿他当家里人。

舒智渊找到了修祈，席面也开了，先前还客气的众人开始端着酒杯敬酒，求认识、求机会。他去找修祈的道路就变得有些艰难——每走两步都会被熟人拦住说上两句话。

修祈静静坐在角落，只喝了口酒，觉得有些酸，就又放下了酒杯。

舒意欢走到他座位前，叫了他一声："修导。"

修祈没有抬头，但受了她的敬酒，给面子喝了一口。

舒意欢又问："可以借一步说话吗？"

修祈没答，但站了起来，一只手握着酒杯，另一只手插在裤兜，随舒意欢走到一旁。

舒意欢先跟他寒暄了两句："没见到你妻子。"

"她在休息。"

"这样。"舒意欢喝了口酒，看起来像是无事，也像是不知道怎么开口，连连点头，看起来心不在焉。修祈在工作交际这方面还是很有耐心的，舒意欢要是没话说，他可以跟她站到寿宴结束。舒意欢也就让修祈装了三分钟，说："不管你想干什么，得饶人处且饶人。三叔不会想要看到你割裂舒家的。"

舒意欢把舒智渊搬了出来，是因为她知道，这家里，修祈也就在乎舒智渊了。

修祈淡淡一笑，答非所问："你不是早就离开舒家了？为什么回来？当救世主？"

舒意欢说："我祖父去世前那几年，过得很辛苦，他无数次忏悔，对他过去所做的事深表愧疚，让我暗中关注你，帮助你……"

修祈打断了她："原来强奸了别人，忏悔一下就行了？"

独栋别墅卧室里，楚晃趴在床上，跷着脚，托着下巴翻看修祈的画，他画画真好，等他这部戏拍完，她要让他教一下，教会了她就可以给小宝画画像了。她一边看一边笑，眼睛弯弯，眼角翘翘，又温柔又漂亮。看得她都忘了前不久因为修祈临时变卦不带她去吃饭，她还生气骂人来着呢。

没怀孕的时候，她觉得独立女性的幸福感最高，因为经济自由，会挣很多钱，可以买很多自己喜欢的东西，没想到怀孕以后幸福感也挺高的。

她不知道是母性在发挥作用，还是因为她怀孕后得到了身边人更多的关爱。她前两天还搜了很多热知识，但感觉别的宝妈没有她那么幸福，他们的情绪好像一直不是很稳定，好多委屈，找不到宣泄口。

她职业病犯了，参考了很多数据，拉了个表，找到了现代女性不愿意生孩子的一部分原因。如果生孩子没有不生孩子幸福，那谁还生孩子呢？如果女人没有在怀孕期间、养育孩子期间感受到幸福，为什么要生养一个孩子呢？总不能因为人类需要延续下去，因为世界需要新生的力量，就威逼利诱哄骗女人生孩子吧？

如果女人感受到了幸福、尊重，怎么会拒绝生养一个孩子？小孩子多可爱啊。

楚晃不能代表所有女人，仅仅是根据数据，还有她自己怀孕以来的一些状态产生的想法。无论她的想法是不是大多数女人的想法，作为同类，她都希望女人能基于自己的幸福感做要不要生孩子的决定。

觉得身边的爱足够多，自己也喜欢糯米团子似的小宝贝，那就生。

觉得身边没有那么多爱，没有人体谅和尊重，生孩子的过程和生孩子之后的处境过于糟糕，那就不生。

她认为，小小人物不必肩扛拯救世界的责任，也不必因为对某一种现象的不满意而用薄薄的身体去抗争。

世界的生命大概率会一直延续，而个体的生命不会，要让自己幸福才是这粗短一生的真理。

楚晃怀孕以后思维很发散，有时候看着一件东西，脑子就天马行空不知道想什么去了。等回过神来，她忍不住笑起来，然后在某一个瞬间，特别想修祈，她的丈夫，她感到幸福的根本。

她翻个身，平躺在床上，看着吊顶的灯，怎么会那么幸福呢？这是婚姻的本来面貌吗？还是说，这只是嫁给修祈的本来面貌？

她一边想一边傻傻地笑，再一边回工作上的消息，又聪明又傻的，看起来有些精分。

就在她跷着腿玩儿的时候，门响了，她以为是修祈回来了，赶紧下床，光着脚跑出去，结果就看到了从观景台跳进来的舒伯乾。舒伯乾一身酒气，脸红脖子青白，看着很不清醒。

她的笑容消失了，没有跟他说话，下意识返回房间，想把房门上锁，但舒伯乾动作也快，看她往回跑就追了上去，手攀住门边。

楚晃用力推门，但因为力量悬殊，门还是一点一点被挤开，舒伯乾还是进了门。

楚晃退到柜子前，双手撑住柜沿，只敢用余光搜寻手机，就怕自己眼神指向太明确被舒伯乾看见，先她一步抢走手机，那她真的是要叫天天不应，叫地地不灵了。

舒伯乾没有关门，站在门口看着楚晃，喘出来的都是酒臭气。

楚晃看起来很镇定，但其实，心里已经在打鼓了。

舒伯乾松了松领带，歪了歪脖子，叫了她一声："楚晃。"

楚晃没说他应该叫"妈"或者"嫂子"，这时候激怒他太不理智了。她不说话，双手紧紧抓着柜沿，眼睛看着他，寻找一切脱险的办法。

舒伯乾慢慢朝楚晃走去，楚晃心怦怦跳个不停。

舒伯乾眼圈很红，皱着眉问楚晃："为什么不是我呢？修祈交过多少女朋友你知道吗？他妈是杨知君的情妇，你知道吗？杨知君你知道是谁吗？20世纪90年代高绥区区长。

"当年我奶奶被人骗，帮犯罪组织走私了一批文物，是杨知君把事情压了下来。我爷爷欠杨知君一个人情，就帮他照顾了修祈母子一段时间，修祈他妈那个贱女人为了赖上我家，自杀了，这不是威胁我爷爷收养修祈吗？

"我爷爷对外声称修祈是他从孤儿院领回来的，视如己出，悉心培养，修祈是怎么报答他的？用舒家的资源学自己的东西，成名了抢走我喜欢的女人。你为什么看不到他的真面目？"

舒伯乾走到楚晃跟前站定，双手握住她的肩膀，眼泪在红红的眼眶里："你为什么看不到呢？"

楚晃被他捏得肩膀疼，吸一口凉气，想拿掉他的手，几下都没有拿开。

舒伯乾嘴越靠越近："你跟他睡了吗？睡了吗？"

他整个人压上来，楚晃脸色大变，用力推他："舒伯乾，你清醒一点！"

舒伯乾早不清醒了："你本来应该跟我睡的，就因为我尊重你，你不愿意就不强迫你，就因为我比修祈是个人！凭什么呢？啊？楚晃！凭什么呢？"

楚晃被压得很疼，尤其后边柜子还硌着她的腰，她不想求他，他酒喝太多了，已经在撒酒疯了，怕是她越求他，他会越兴奋。

但这样下去不是办法，她不如一个男人有力量，现在还勉强能推拒他，等一下体力不支就是人为刀俎的份儿了。害怕之余，她开始疯狂给大脑压力，搜寻办法。

舒伯乾双手往下，掐住了她的腰，弓着背，脸埋进她脖子，酒气打在她胸口，声音嘶哑，一声轻一声重："你这张嘴他亲过多少次？"

楚晃感到极度不适，扭开脸："你不就是想跟我睡？你先起来，我去洗个澡。"

舒伯乾笑了起来，捏住楚晃的脸，硬把她的脸转向自己："你拿我当傻子蒙？我已经不是当初那个追喜欢的女人还要修祈手把手教的废物了，你知道吗？"

"好，你不是，但我总得洗澡吧？"

舒伯乾手往后，要摸到她屁股了："那我们一起洗？"

楚晃搡开他的手，没让他摸到自己："行！你先起来，先让我喘口气！"

舒伯乾慢慢松开她的腰："你最好是……你要搞花样，我就弄到你怀孕！"

楚晃假装去拿衣服，但其实抓衣服的时候，用衣服盖住了手机，顺便把手机也拿了起来。

喝了酒的人会胆大，但动作和思维也会变慢，楚晃以为，只要她表现得够自然，就不会被舒伯乾发现她的小动作，也不会激怒他。

果然，舒伯乾没看到，但当她准备出门，舒伯乾突然喊停："等一下。"

楚晃没回头，攥着衣服和手机的手手背惨白，她很紧张，也很害怕，但不能让舒伯乾知道这两点。

舒伯乾问她："刚才在床上是不是有一个手机？手机呢？"

楚晃心跳得越来越快："你看错了。"

舒伯乾突然发狠，冲上来抓住楚晃的头发，用力往后一拽，拽疼了她，被扯动的表情实在痛苦。

他用力薅着楚晃的头发，拍拍她的脸："你什么时候变得这么奸了？"

楚晃在他拍第三下时，咬住他的手指，当下便咬出血来。舒伯乾惨叫一声，甩了几下没甩开她的嘴，另一只手照着她的脸就是一巴掌。

这一巴掌打得楚晃眼冒金星，半张脸瞬间红透。

舒伯乾看着自己流血的手指头，怒了，又是一巴掌打在楚晃脸上，把她打倒在地，他顺势骑上去，掐她的脖子，撕她的衣服。

楚晃不能让他坐在自己肚子上，可能是出于一个母亲的力量，竟在被他压制的情况下翻了身，一脚踹向他下体，趁他疼得打滚时，起身就跑，跑出了独栋别墅。

她怕极了，不敢停下，脚心被门前的石子刺了几个口子，浑然不觉。

跑出庭院花园的门，她撞上一个怀抱，她下意识躲开，就怕是舒伯乾追上来了。她太怕了，甚至忘记就算舒伯乾追上来也不会在她前面。

她抬起头，看到修祈，眼泪一下子掉了下来。

刚刚那么害怕，那么紧张，她都没哭，看到修祈，眼泪止不住地掉，她搂紧他，声音断断续续："修祈……"

修祈的愤怒遍布全身，但因眼下最重要的是楚晃，只能抖着嘴唇压住杀意，不停顺她的后背："是我。"

"我想回家……"

修祈那个短促轻微的皱眉又出现了，那是他心疼的意思，他好心疼。

他们身后是舒家跟过来的人，还有张子蕴、路清等人。

修祈把楚晃一个人放在房间不是很放心，就找了个女服务员看着独栋别墅走廊和阳台的监控，也只有走廊和阳台有监控。服务员看到舒伯乾翻进窗就赶紧去告诉修祈了。

修祈闻言脸色突变，转身就走，舒意欢不知道是怎么了，但也知道是出事了，便叫了人一同赶来，来了就看到楚晃脸上的巴掌印和脖子上的掐痕。

再看看修祈的神情，她当下便觉不好，但没等她拦人，修祈已经把楚晃交给服务员照顾，让她叫医生，自己走进独栋别墅。

舒智渊被护理扶着随后而来，看到楚晃的情况，也暗叫不好，嚷道："快！快去拦住他！"

一伙人像蜜蜂一样冲向独栋别墅。

修祈从独栋别墅门口的工具间里拎了根棒球棍，沉着脸推开门。

舒伯乾刚缓过劲儿来，正准备去追楚晃呢，跟修祈打了个照面。

修祈没跟他废话，照着他太阳穴便是一棍子，接着一脚把他踹翻在地上，过去攥住他衣领，把人拽起来扔到台球桌上，走过去时扔了棒球棍，扯掉了自己脖子上的领带，手一甩就把舒伯乾的脑袋摁在了台球案边沿，勒住他的脖子，勒得他脸上青筋迸起。

舒伯乾开始害怕了，抓着修祈的胳膊求饶："哥！我错了！哥！我错了！"

修祈俨然未闻，把他好一顿打，往死里打！

前来阻止的人进来就看到这一幕，眼看着要出人命，就算怕修祈这不要命的架势也还是硬着头皮上了，不拦真的会出事的！

众人下手拦人，都拦不住修祈想要宰了舒伯乾的心。

修祈薅着舒伯乾的头发，往岛台上撞，血顺着岛台大理石花纹往下流，血腥，像一朵曼陀罗花，花瓣狭长向外延伸，狭长的花瓣里注满了鲜血。舒智渊走得慢，赶到房间时，看到这么多人都没拉住修祈，他手下的舒伯乾已经奄奄一息，只剩一口气吊着。

舒智渊大喊："修祈！你要气死我吗？！"

修祈看一眼晕死过去的舒伯乾，松了手，舒伯乾立刻像一根软趴趴的橡皮糖一样摔在了墙角。舒意欢赶紧让人把他送去了医院，并跟五姑姑商量了一下，第一时间封锁消息，把整个徂乐庄园控制起来。

修祈打开水管，把手放在水流下。手上的血迹可以被水流冲掉，那愤怒呢？愤怒要用什么消除？

所有人看着他洗手，没人敢说话。

修祈洗完手，转过身来，只看向楚晃，然后走到她身边，问她："能走吗？"

楚晃看起来已经冷静了，但还有些余惊未消，点头都点得小心。

修祈问了，却没让她自己走，弓腰把她抱了起来，换了个房间，把她抱到床上，摸了摸她的脸，说："在这儿等我，事情结束就回家。"

楚晃点点头。

医生这时候赶到，修祈让开位置，让医生处理楚晃脸、脖子上的红肿，问："她怀孕了，有影响吗？"

医生下意识地问："您是说对孩子，还是说对您太太。"

"我太太。"

"都没有。没什么问题，您要是不放心就带她去做个产检，保持好心情，别让她受刺激，这个阶段的孕妇受到惊吓不仅会对孩子有些微影响，对她本身也有。"

修祈闻言脸色更不好看了，扭头看向门外。他刚才应该宰了舒伯乾的。

医生在楚晃红肿的地方用了缓解疼痛的凝胶，修祈看她情绪平复下来了，牵了一下她的手，朝外走去。他没有关门，楚晃可以清楚听到客厅的声音。修祈安置好楚晃，才有空搭理现场的人。舒家几支都到了，还有张子蕴等一干看热闹的，猫着身子站在外围，看起来只是前来帮忙的，但滴溜溜乱转的眼珠子出卖了他们。

那生怕错过什么细节的态度，着实令人作呕。

舒智渊差点被气得哮喘病犯，舒奶奶在一旁边给他顺脊梁，边偷偷抹眼泪，他亲儿子来晚了，没看见被打得命悬一线的舒伯乾，只看到一摊血迹。

但就是这一摊血迹，足够触目惊心，叫人隐隐后怕。

舒智渊的亲儿子指着修祈大骂："忘恩负义的狗东西！这是你撒野的地方吗！"

修祈叫了他很多年的大哥，心里是尊重他的，当然，这位大哥知道所谓的真相前，也是待修祈极好的，不知道从哪儿知道了点不切实际的消息，心里生了偏见，认为修祈就是联合母亲做了一个下三烂的局，以进入舒家，从此态度大变。

修祈不解释，但会用另一种方式让他知道真相。

修祈从左到右看了一圈，然后单手拎把椅子过来，自己坐下了。

史蔓感觉不妙，看修祈的样子他好像是要把舒家闹得天翻地覆，她跟舒逸和使了使眼色，想让对方阻止他。

舒逸和很疲惫，被一件事折磨了这么多年，是真的疲惫，天天捂嘴，谁的嘴都捂，捂到现在已经没有人跟他说实话了。

他有时候也想，要不就把真相公之于众算了，但又不能拉逸和集团陪葬，这不是他一个人的事业，逸和上上下下上万员工，不能因为他的错误葬送前程。他接收到了史蔓的信号，却没阻止修祈，而是亲自请走一众宾客，只留下了舒家的人。

张子蕴有些不情愿，但涉及别人家私事，也不好赖着不走，敷衍地笑了声，接着便随路清等企业家离开了。

修祈本来就是要在寿宴上揭破这一家伪善的嘴脸的，所以不管现场有多少外人，于他来说甚至越多越好。舒逸和知道这一点，所以赶人的动作很快，不相干人员全数撤离，独栋别墅房间内只剩下舒家的人。

舒智渊往前走了一步："有话我们回去再说。"

修祈没搭他的茬，脱了外套，扔在一旁的单人沙发靠背上，然后单手解开一颗靠近领口的扣子，说："难得人这么齐全，今天不说，难道要等他们当中哪个死了再说？"

舒家晚辈一脸震惊，纷纷指责他："怎么说话呢？你一个外头捡来的，够给你脸了吧？怎么得寸进尺呢？"

"找抽呢吧？"舒家老大的儿子是个血气方刚的，当下便表达了他的态度。

修祈抬起眼皮看过去，还没说话，他那点血气方刚就消失不见了，头低着，脚也往后挪了一步。这一位是不久前跟舒伯乾在酒廊喝酒的，舒伯乾的堂哥，舒意欢的亲弟弟。舒意欢挪到她弟弟身前，有那么点保护的意思："人为什么不能向前看呢？你一直活在过去里，不痛苦吗？"

修祈微微一笑："你们伤害了我，还让我向前看，做人可以这么好事占尽吗？"

小辈们都听不懂了，老一辈的脸色逐渐难看，尤其是史蔓、老四和老四媳妇，舒智渊和舒奶奶倒还好。

舒逸和已经认命了，准备好接受修祈的指控，并愿意补偿。

听到这里，舒智渊有些听不懂了。

他以为修祈是怨恨杨知君，而他今日请了杨知君，所以从这场寿宴开始，就在满场找修祈，就是想提前安抚他，但听修祈的意思，修祈是怨恨舒家？

这，又是怎么回事？

舒奶奶也不懂，于是攥住他的手，提醒他不要说话，先听听修祈的话。

舒意欢似乎不想让修祈说出真相，一直在截他的话，截到舒智渊亲儿子不满："有什么不能说的？我倒要看看他是有多大的委屈！"

舒意欢瞥他："你别添乱！这事情不是你能把控住的。"

弟弟不理解姐姐："咱们这么多人，咱们舒家什么门户，有什么不能把控的？他不就是个拍电影的？哪朝哪代的戏子都是下等人……"

"你给我住嘴！"老四打断了他，骂了句，"说什么朝代！现在是法治社会，反黑反贪一年抓多少人，你知道哪个新上任的官什么时候被弄下来，你忘了你酒庄被处罚的事儿了？！"

弟弟不说话了。

舒意欢接着老四的话说，就是想拖延时间，阻止修祈说话。

修祈听他们在那边唱戏，听到没劲了，丝毫不给面子地说："哪朝哪代的戏子都是下等人，所以在当年，你们舒家几兄弟因禁了亚洲小姐莫善缘，轮流玩弄，对吧？"

"修祈！"舒意欢往前大迈了两步都没拦住他说出这句话。

史蔓本想瞪向舒逸和，听到修祈这句话也惊讶了，几兄弟？不光是舒逸和吗？

舒智渊和舒奶奶抬头的速度倏然拔高很多，仿佛在修祈说完后重回了二十岁，当然，让他们有这个快速反应的是消息过于震撼；几个小辈面面相觑，一腔看似为家族着想实则排除异己的话统统咽回肚子里。

卧室内的楚晃不自觉抓紧了被子。

竟然是这样？怎么会是这样？

原来这就是修祈一直欲言又止的过去吗？

她在听助理说安徒生内部有人往论坛发东西时，就想过跟张子蕴有关，其实她并不知道真相，但确实有通过一些蛛丝马迹揣测张子蕴在怕什么，助理平板电脑里弹出来的那条"修祈生父"相关的消息是她发的，她当时只是想验证张子蕴是不是怕这一点。

来到广州，她知道修祈继承了一些资产，又看到他去了莫善缘的墓地，她便猜测，莫善缘是他母亲，而他父亲已经不在了。但目前来看，好像另有隐情。

只是，如果他母亲是受害者，那他为什么会那么恨她？

修祈拿出手机，将屏幕展示给他们，让他们看了点很有历史感的照片，放了几条他们年轻时下流龌龊的语音。照片和语音分别来自舒家已故的老大、老二，还有在场的老四以及老六舒逸和。

他们的调笑声下流又无耻，淫秽的言语、恶心的举动，把那个年代里一个漂亮女人的地位展现得淋漓尽致。

修祈只给他们看了一部分，然后锁了手机，手机在两根手指下轻轻一转："看这些视角眼熟吗？都是你们拍的吧？为什么会在我手里？你们那么精明，权柄那么大，来猜猜看，为什么会在我手里？"

老四还没从修祈公布他们当年恶行的惊吓中恢复神态，他妻子比他镇定得多，看起来已经麻木到妥协了，她后边说的话甚至表明她为了维护她的家庭，而选择维护一个劣迹斑斑的丈夫，只见她站出来义正词严道："除了修颐还能是谁？"

修祈看过去，她又说："她拿到这些照片和语音，就为了让你在今天指控舒家整个家族，我很难不去想，当年她被轮奸不是她计划的。"

老四突然醒神，仿佛找到回击的豁口："你当这里的人都不认识修颐？就是大名鼎鼎的莫善缘啊。她是怎么在亚洲小姐发展普遍低迷的情况下红透半边天的，当年谁不知道？狐媚的东西生个狼崽子企图翻天呢？"

他刚说完，修祈抄起椅子扔过去，正中他的额头，血淌了下来，从鼻子流到嘴唇。他妻子大叫一声，赶紧扶住他，临场反应过于迅敏，攥住他手的同时扭头叫她儿子报警。

没等修祈再有动作，舒智渊拄着拐杖用力在地板上敲了几下，使全力吼了一声："我看谁敢！"他吼得双脚踮起，身子颤抖。

舒奶奶和他亲儿子左右各搀住他一条胳膊，就怕他太激动了，一口气背过去。他这个岁数，过去了就回不来了。

他喘了几口气，用拐杖指了一下修祈："你接着说。"

修祈已经说完了，只是感慨一句："原来受害者有罪论一直很流行。"

他慢慢走到老四的面前，用自己的手帕给他擦了擦血，然后嫌弃地把手帕丢进了垃圾桶："你们把她玩儿完了丢掉，还嫁祸给当时高绥的区长杨知君。"

想出这个主意的舒逸和眉头紧皱。

修祈瞥了他一眼，很不屑，又说："杨知君也不是省油的灯，又把莫善缘塞回舒家，塞给了我养父，就为恶心你们，让她永远当你们的眼中钉、肉中刺。"

修祈说完突然发笑，有点癫狂疯魔了："莫善缘看我养父人好，以自杀威胁他收养了我，我就这么在一个全是我杀母仇人的家里长大了，你说讽刺不讽刺？"

舒智渊听到这里，气得浑身颤抖；小辈们满脸惊愕，只有知情的舒意欢皱着下巴，对真相遗憾又同情。

她当年离家根本不是叛逆，就是因为知道了这件事，知道了自己祖父作的恶，不能接受，所以离了家。祖父去世后，父亲也走了，须得她撑起家业，她不得已把这些恶浊过去深埋，又回到舒家。她祖父当年做主让舒逸和认祖归宗，就是因为逸和集团资金链断裂，需要家族帮助，舒逸和找到他，要他以舒家老大的身份，允许舒逸和回归家族。

舒逸和是个奸商，利用家族影响力，解决了危机，又扩大了逸和集团，如今成为家族企业中最强势的一支，倒开始撇清关系了。

舒意欢深知这个家族的破败，知它表面风光，实则千疮百孔，知时代的不同已经让它没办法像90年代那样只手遮天，所以她才想劝修祈收手。

哪怕她知道，整个舒家对修祈母子有多亏欠。

她年轻时最不屑"没有办法"这样的话，自命不凡，好自矜夸，觉得世上无难事，只怕有心人，当经历一次又一次身不由己，她不得不认命。

就算是不分青红皂白，她也得保住舒家这几支血脉，哪怕是苟延残喘地活下去呢？

修祈双手扶住一把椅子的椅背，侧身对着众人，轻轻合上眼：

"放心，我不会做什么，把事情挑明了就是让你们彼此心里有个数，顺便让你们担惊受怕。"

说完，他转过脸，看着他们："因为你们不知道我什么时候就把这些照片、语音公开了，你们永远活在恐惧当中，直到死。当然，你们可以联手弄死我，但是很不巧，时代变了，你们烧杀抢掠的黑社会那一套不管用了。"

他微微笑着，就像死神的面庞，一下刻在几人的记忆里。

老四当场发疯，豆大的汗珠湿透了他的针织衫；舒逸和也肉眼可见地神情恍惚；在场的小辈受的惊吓也不轻，他们都没有想到一直不被尊重的修祈才是最有资格不尊重人的。

修祈所有话都说完了，转身回到楚晃身边，温柔地问："休息了一下好多了吗？"

楚晃点点头，样子乖乖巧巧的。

修祈牵住她的手："换战场。"

以修祈刚才这么漂亮的战场来看，他是个不动声色纵横捭阖的人已经板上钉钉了。那楚晃就知道他说的另一个战场是哪里了，正好她也收到了一点信息，张子蕴该为在背后使的那些绊子负责了。

钱张子蕴已经挣了那么多，总不能还允许他想毁掉谁就毁掉谁。

修祈领着楚晃穿过舒家一干人，到门口时，舒智渊喊住他："小祈，我还是你父亲吗？"

修祈停住脚步，许久，说："您说是就是。"

到这里就结束了，跟舒家的全部恩怨。修祈不是一个活在过去的人，有人陪他走未来的路了，他就会向前看。

回到宴会厅，除了少数知情的，其他人还沉浸在交朋友加微信的快乐当中。其实上不得台面，但确实什么场合都少不了这个现象。

张子蕴看到修祈和楚晃的身影，沉寂半个多小时的心弦，又开始拨动了。

裴东滨注意到张子蕴的神情，用胳膊碰他一下："张总，看什么呢？"

张子蕴回过神来，冲他笑了一下："没有，就是说路总这个电话打得有些久，我到现在都还没跟他说上话呢。"

说着，修祈到他们跟前停了下来。

裴东滨跟他打招呼："修导，好久不见了。"

张子蕴不惊讶他们为什么认识，所有的圈子都是一个圈，尤其他们这些食物链顶端的人，都是在大盘里扒拉肉吃，难免咬到过同一块。

修祈淡笑，打了声招呼："裴总。"

裴东滨接着跟楚晃打招呼："楚总，第一次见。"

楚晃很乖，该给修祈的排面给得很足："我见过您了。"

裴东滨挑眉。

"砝码商学院，我给文老师做过几天助教，那时候您是他的学员。"楚晃说。

裴东滨知道楚晃还是通过窦盾，没想到她跟砝码商学院的文老师还有这样一段关系，看来他们这个大盘，兜兜转转总是这些人。

或者说牛的人相识于微时，然后在顶峰相遇。

"原来是这样，早知道今天我们会在这里遇到，我当时一定去认识你。"裴东滨颇为客气地说。

修祈没听楚晃说过这段故事，却也不惊讶，比起她曾跟文思明相识，他更在意的是她已经从不久前的惊吓中恢复了。他老婆有很强的自愈能力，从不让自己陷入逆境太久，跟他一模一样。

张子蕴跟修祈没撕破脸，但都知道他们之间就差撕破这层浮于外表的皮面了。

他们没打招呼，场面一度有些尴尬，这时路清走了过来，越过张子蕴跟修祈握了一下手，说："到梨亭记得找我，我有不少话要跟你说。"

修祈笑了笑："好。"

他们看起来像是忘年之交，把一旁被彻底无视的张子蕴尴尬到不行。

自从他联系上裘东滨，就一直求对方把自己引荐给路清，因为路清的淅川集团跟舒逸和的逸和集团在合资弄数据库，一旦他掌握到内幕消息，从中作梗，就可以威胁舒逸和弃养修祈。

不管舒逸和是不是修祈的父亲，数据库这个项目要是黄了，舒逸和赔的钱就多了，他再有心搭救修祈，也不会拿整个逸和集团陪葬，这就是他这种商人的命数——要钱不要亲的命数。

张子蕴利用裘东滨小小地运作了一下，让淅川和逸和的合作出现点小瑕疵，但以舒逸和的本事，会很快把这个瑕疵补上，所以他才迫不及待想跟路清联系上，再找后招。

修祈或许没那么可恨，值得他这么费尽心机地毁掉，但开弓没有回头箭，已经做到这里了，断没有回头的道理。

谁知道，他千算万算，没算到，要是修祈认识路清呢？

眼前一幕叫张子蕴眼前一黑，他脑袋疯狂地运转，到底是哪里出现纰漏了？

路清跟修祈打完招呼，转向楚晁的面庞很慈祥，说话也很温柔："你好。"

楚晁不认识他，但知道他，这么大的人物当前，也没露怯，礼貌地打招呼："路总，您好。"

路清笑了笑说："跟他一起来。"

"他"是指修祈。楚晁看了修祈一眼，他的眼神是让她自己决定的意思，她便点了点头道："好。"

路清跟两人打过招呼就离开了，裘东滨好像有事跟他说，匆匆道别，跟了上去。

这一方角落只剩下淡定从容的两口子，还有一个看似淡定的张子蕴。

修祈双手插进裤兜，朝张子蕴走了一步，微笑，说："张总，如意算盘打空了。你就算再下三倍水军，我的电影还是能拍起来。没有图特，还有辰光；没有辰光，还有逸和；没有逸和，还有淅川。"

张子蕴面上装得很是从容，但没有控制住怒火，还是让太阳穴的青筋跳动了两下。

修祈捕捉到了，帮他整理了一下领带，说："别紧张，这只是第一份大礼，接下来我要送第二件了。"

张子蕴任他动作，后槽牙咬得吱吱作响。

修祈淡淡地说："现在拿手机，准备接收消息。"

张子蕴没有照做，但确实是修祈话毕后，他的手机响了，他把领带从修祈手里拽回来，走到一边看手机，是他秘书发来的。

她说，市场监管总局就两项垄断现象对果然嘉汇立案调查了。

秘书可能是怕自己表达不清楚，消息刚发过来又打了电话，难得急切地说："被淅川摆了一道，购买外语剧版权那个事被指控垄断了。"

张子蕴心跳很快，本就难看的脸闻言更扭曲了。

秘书又说："还有，CCUC 收购华硕天成后一直没水花，两个小时前联合两大视频创作平台、两大网文网站，控诉我们拒绝二次创作却挖创作者，还侵占原创作者版权，违反《反垄断法》。两件事来得突然，市场监管总局下了文书，要立案调查。"

张子蕴听得火大，又气又恼："华朔天成跟我们有什么关系？！"

秘书很无奈："CCUC 通过陈槐序接触了楚晃，应该很快就有楚晃跳槽到 CCUC 的新闻出来了。"

张子蕴猛地转头，狠狠看着楚晃，心里恨得牙痒痒，他还真是小看了楚晃！

"值得一提的是，视频创作平台的关系是樊宁提供的，看来是樊宁、万蓝这两杆枪被楚晃拿去用了。"秘书比起张子蕴的愤怒，更多的是疲惫，"接下来很长一段时间我们要接受调查，配合监管总局的工作。放血是避免不了的了，影响什么的可以等事情过去后公关。"

后面一句话她说得有那么些小心翼翼，她知道张子蕴就是因为要毁修祈才惹出这些事，他现在赔了夫人又折兵，一定不想听到修祈的名字，但不得不说："只是，你要暂时把对准修祈的矛头收回来了，来日方长，气不过也以后再说。"

电话挂断，张子蕴再也装不出从容淡定了，走到修祈跟前，几乎是咬牙说："算你赢了。"

说完他剜了楚晃一眼，又说："狗男女！"

张子蕴气冲冲地离开后，修祈看着楚晃："还害怕吗？"

楚晃仰头看他，摇摇头："你在我就不怕。"

修祈牵着她的手，领着她朝外走，不管偌大的宴会厅多么热闹纷呈，不管每个人脸上是因为喜悦还是因为酒精染上的红晕，只是牵着楚晃，回到他们的世界当中。

修祈问："你做了什么？"

楚晃的声音听起来软软傻傻的："我什么也没做啊。"

"那他为什么骂你？"

"哦，送他去跟监管总局解释了，可能还会罚个几百亿？大概吧。"

"这就是心有灵犀？"

"你也？"

"嗯。"

"你学我啊。"

"心有灵犀。"

"呸，你就是学我。"

"好，学你。"

"那学人精，我们现在去哪里？回上海吗？"

"还有事情没做完。"

"嗯？"

"你不是想知道，我为什么怨恨莫善缘吗？"

"也不是那么想……"

"我告诉你。"

樊宁接到电话，果然嘉汇被立案调查了，挂断电话的那一刻长舒一口气，仿佛在跟过去的自己和解。万蓝喜欢她的咖啡，喜欢她上海的家的装潢，好像除了爱修祈这件事，她一直都是一个有思考、有深度的人。

万蓝也不好去对她说教什么，毕竟谁没在修祈那里栽过跟头呢？

樊宁重新坐下来，对万蓝说："答应给你牵线的商务邀约一定会给你。然后，我认识的一个制片最近在做一个网剧，女主定了，还有一个人设挺出彩的女配，你可以考虑一下。"

似乎是怕万蓝不同意，毕竟她只演过女主，樊宁又说："我们演戏的还是以角色为主，尽可能尝试不同的角色，然后有判断，知道这一部剧下来谁吃到的红利比较大。"

樊宁给万蓝重新倒了一杯咖啡："很多时候番位都不如人设，毕竟看这部作品的不会只是粉丝，像上星剧都是对标路人市场。路人不管你是不是女主角，只在乎你饰演的角色是不是精彩。"

万蓝不会拒绝的："樊老师不给机会，我连女配都演不了，怎么会挑？而且您都打包票了，我肯定会演。"

樊宁把制片的微信推给她："那我给你说一声，你跟他联系一下，然后去试个戏，就走个过场。"

"好。"

樊宁操作完把手机放在一边，靠在沙发上，脚搭在方几上，面朝着天花板，眼看着屋顶的灯："终于，结束了。"

万蓝抿了口咖啡，顺手刷了刷手机："还是有骂的，不过已经不在热搜上了，都在修祈的广场上。"

"正常，水军退了，还有讨厌修祈的人，他们好不容易找到宣泄的理由，轻易不会放弃。"

"昨天还看到有组织举报修祈电影有反动情节，恨意让他们失去理智。"

樊宁把眼收回来，看向她，说："也正常，当什么牛鬼蛇神都握有了评价、举报的权利，那这份权利就成了排除异己最有力的武器。

"因为不喜欢，所以就举报，当然举报的时候会编一堆冠冕堂皇的理由，比如'对我家孩子有影响啊''对我的身心造成了伤害啊'。

"修祈这个就是'他的哪部电影有隐晦的反动情节，由于该导演影响过大，恐有分裂祖国的隐患'，这么顶帽子一扣，修祈可能就会被调查。

"不管结果怎么样，他被调查仿佛就已经是被定罪了。

"然后他的口碑一落千丈，最后查无此人。那些讨厌他的人，目的就达到了。"

万蓝叹气："时代的悲哀。"

"社会发展到一个阶段，总会经历这些，我现在想明白了，就保持自我比什么都重要，不管外界纷纷扰扰，我自向善，岿然不动。"

万蓝笑了："樊老师这是在修祈事件后又得到升华了？"

樊宁摇头："你说得对，我就是被他迷惑了，一直活在信息茧房里，看不清外界的面貌，也看不清自己，当我清醒过来发现，其实他除了长得帅一点，也没什么独特的。"

万蓝必须跟她碰一杯："你这点说得很对，他人真的不怎么样，也可能是对我们不怎么样，所以我们为什么要为了一个渣男成天折磨自己？"

樊宁吸了长长一口气，再呼出去，像是准备迎接新生："所以我想好了，继续干事业，为了我自己，也为了一直期待、相信我的粉丝。"

万蓝冲她微笑："那预祝樊老师再拿下一个影后头衔。"

"共同努力。贱男人就让给楚晃吧。"

两个女人碰杯，敬过去、未来。到底有没有走出来，有没有放弃修祈，已经不重要了，就算心里还有他，日子久了，也总会过去的。

没有一个人可以永远霸占一个人的心。

只要愿意放下，迟早能放下。

樊宁和万蓝自己给自己写了结局剧情，在修祈的故事里落幕了。

修祈带楚晃坐了船，目的地是香港。

楚晃因为怀孕有些不舒服，吐了两回，把修祈心疼得眉头一直舒展不开，搂着她不敢用劲也不敢松手。

修祈不想怨她，她已经很难受了，他怎么忍心怨，但又气，就轻声说："我说开车，你说坐船，我问你能不能坐船，你说能，结果你只是想坐船，不是能坐。"

楚晃听他唠叨半个小时了，真的好烦："哎呀——我知道了，你别老说我了。"

"你知道什么，重复一遍。"

"你现在跟几个小时前打舒伯乾的好像是两个人。我想念那个修祈了，能不能换他来搂着我？"楚晃在他怀里蹭，跟他撒娇。

修祈伸手把水杯拿过来："喝水。"

楚晃乖乖张嘴咬住吸管，喝了一小口："那我也不知道我会晕啊。"

她这么说，修祈开始怨自己了，这是他应该注意的，是他疏忽了，他不怪她了，轻声说："要不要睡一下？"

楚晃摇头："不困。"

"听听歌？"

楚晃抬头看他："你能给我唱吗？"

"不能。"

"那不听了。"

"想听什么？"

"那首，祈求天地放过一双恋人，怕发生的永远别发生。"

修祈没有讨价还价，拿来就唱了——

> 从来未顺利遇上好景降临
>
> 如何能重拾信心
>
> 祈求天父做十分钟好人
>
> 赐我他的吻
>
> 如怜悯罪人
>
> 我爱主　同时亦爱一位世人
>
> 祈求沿途未变心
>
> 请给我护荫……

修祈讲粤语的时候声音很低，感觉他没有刻意用腔调，但就是那种不刻意的腔调，很好听，他讲英语也是这样，跟他说普通话时不太一样。

楚晃上学的时候还是个声控，就喜欢他们学校广播的主持人，对

236

方是他们学校学生会的会员，长得清秀帅气，声音低沉清爽。另一个主持人的声音倒也低沉，但就多了些磁性，磁性得有些油腻，她就不喜欢。

长大以后工作了，没有小女孩儿时的心情了，对声音好不好听也没那么在意了。跟修祈结婚的时候，她还很讨厌他，什么都讨厌，包括声音，后来在一起了，又有幸听到他唱歌，哇，那种相见恨晚的感觉就来了。

她甚至想，如果他们从小一起上学，如果修祈小时候就对她穷追猛打，她一定会露出本性跟他早恋的。

这也充分解释了为什么女孩子都会喜欢渣男，长得帅，身材好，有才华，能挣钱，还会送花，会唱歌，谁不喜欢啊？

楚晃听着听着就走神了，修祈点了一下她的额头："你又想什么？"

楚晃被他戳疼了，捂着额头皱着眉："你干吗啊？！"

"你想什么呢？"

楚晃揉揉额头，搂住他的胳膊，脑袋靠上去："你早恋过吗？"

"什么？"

"算了，你那么多前女友，怎么可能没早恋？"

修祈没答这个问题："快到了。"

楚晃终于想起一个严肃正经的问题："你带我去的地方远吗？"

其实这个问题是，你带我去的地方恐怖吗？

关于修祈的问题，楚晃还有很多没得到解答，感觉修祈就是来带她找答案的，也感觉这些答案她接收起来不会比在徂乐庄园时轻松。

楚晃来过几次香港，但也是因为工作，没什么机会四处看看，印象深刻的地方深水埗算一个。那时候因为朋友有买小玩意的需求，跟她去过一趟鸭寮街，犹记得本就逼仄的马路被那些花里胡哨的小摊位塞满，遍地小玩意，就跟内地一些夜市没什么区别。

市中心的穷人显而易见，讨生活让他们的表情很麻木，看着没什么生气，但可能因为人多，没生气却有烟火气。

这次随修祈从客运码头来到天水围这一带，三十分钟的车程，空旷、比想象中人少很多的街道，密集又高耸的住宅楼，是楚晃的全部感受了。

可能因为视觉冲击过于寡淡，楚晃下意识觉得会在这里发生的故事也很寡淡，谁知道修祈就让她认识到了，眼见不一定为实的道理。

原来高楼里也有逼仄的房间，最多三十平方米，地面和天花板之间距离有些近，近到修祈这么高的人走进去会给楚晃一种就要磕到头的错觉。

进门有一股烟灰味，射到地面的光柱中间有尘在飞舞。

屋里是老旧家具，沙发的皮面被烟头烫了好几个窟窿，黄色的海绵露了出来。桌椅柜子像是20世纪的家装，与今日一切格格不入。

如果这是修祈生活过的地方，几乎可以说明他已经很多年没有回来过了，修祈把楚晃领到窗边，用纸巾擦了擦窗棂上的土，用了些力道才打开窗户。

楚晃已经可以看到对面阳台晒的衣服上面有什么图案。

修祈问："还有哪些问题你没得到答案？"

楚晃没答。

修祈说："哦，为什么有自我保护机制？"

楚晃不言。

"莫善缘不是我母亲。"

楚晃猛地扭头，看着他，却什么都没问。她不知道要问什么，真相令她愕然。她确实没想到这点，他以为他在莫善缘墓前那些做法是因为他们之间有误会。

他们竟然不是母子吗？

修祈握住楚晃的肩膀，重新把她转过去，让她看着窗户，他好从身后搂住她。

他又说："我母亲是当年亚洲选美冠军。"

是，徐荣贞吗？

楚晃知道，那一年亚洲选美的冠军叫徐荣贞，楚晃看过老照片，她笑起来很甜，她的五官比莫善缘要精致很多，脸只有巴掌大，符合当代的审美，而不太符合当年的。

修祈的陈述过于平静，没有一丝异于平常的发音，好像在讲别人的事。楚晃不太明白，如果是这样，为什么要从身后抱住她？她总觉得他这个举动是不想让她看到他说话时的神态，可是口吻那么沉着，神态会有所波动吗？

修祈说："我没见过她，我是跟着莫善缘长大的。都说莫善缘是亚洲小姐比赛后最风光的选手，我没见识过，我有意识时，她就已经落魄了。

"很多人猜测过她隐退的原因，大多是说她因为爱情，其实她是因为吸太多毒。那个年代的人沉迷她活泼的性格，却不知道活泼都是毒品带给她的。她对外声称是我的母亲，是想用我骗钱，找那些睡过她的男人。那些人非富即贵，大部分有家庭，不想沾上她，基本会拿钱消灾。

"她拿到钱会去买毒品，买首饰、衣服。她很会享受，也很能挥霍，有钱了就把我丢给一个四川来的女人养，她没钱付给人家时，就带我去卖粉，让我去给她揽客。她跟舒家那几只王八一丘之貉，半斤对八两。

"舒老四没说错，那些照片和语音是他们决定留下的，却是莫善缘引导的。莫善缘养我，留那些照片，就是要用私生子这个筹码狠敲舒家一笔，但没等她找上门，舒家那几只王八，就先不当人地把她丢给了杨知君。杨知君听了她的遭遇，假意替她讨回公道，其实是又把她推回了舒家，只不过是推给了我后来的养父，舒智渊。

"我养父是正人君子，她什么招都施展不开，只能另想他法。而且我养父跟舒家另外几支联系不多，她想找他们也一直找不到，我养父又待我们很不错，她就想先受着这份接济，慢慢想主意。没等她想出办法，她就已经因注射毒品过量身亡了。

"当时所有人都以为她是自杀，我养父更是以为她爱子心切，为了把我寄养到好的生存环境，不惜用生命来成全我。后来，我就在舒家长大了。"

楚晃听着他说话，很平淡的语气，但就是让人心发酸。

她想看看他的脸，但那应该是他最脆弱的样子了，他不想让她看，她怎么好逼他？

楚晃声音很小："难怪，你没有安全感……"

修祈轻轻扳过楚晃肩膀，俯身看她的眼睛，他停顿了数秒，看起来像是在给自己打气，话说出口像是早就在心里排练到了烦腻，只见他薄唇轻启，郑重地说道："这是我曾经居住的地方，我没有带任何人来过这里，我的过去全都在这一间房里。

"我想告诉你。《遥遥》这个故事原先是写给我自己的，原名《奉我为》，是在这个世界我只相信我自己的意思。改名《摇摇》是遇到你之后，我灵感一动想'摇摇晃晃'，想看你生气，想你因为我的戏弄委屈、着急，卑劣如我觉得那会很有趣。

"最终改成《遥遥》，是我把这个本子从写'我'改成了'我们'。

"我想告诉你，遥遥是我们的距离，距离阻止不了我爱你。"

楚晃的眼泪唰的一下掉落，鼻尖和眼睛几乎是同时通红可怖。她不是感动，是心里那块石头终于落地。

她没忍住，拥住他。

没有女人想听男人的坦白和承诺是想从中找到对自己有利的部分，好在将来跟他吵架的时候当把柄拿出来跟他辩驳，女人只是想听实话，想被尊重。

至少楚晃这个女人是这样的。

她不在乎真假，只要他说了，她就会相信。

她哭湿他的肩窝，委屈死了："你早说会死吗？会吗？你说了我会不信吗？我什么时候不信你了？"

修祈心里那块石头也落地了。

他伸手擦掉她满脸眼泪，那么温柔："我没有你勇敢。"我很胆小，胆小到不相信自己有能力张开双手，接受谁扑进我怀里，是有一天我抱住你，才知我可以。

楚晃撇嘴，眼泪又要掉："你不勇敢你交那么多女朋友？"

修祈闻言眼睑微垂："我不为自己辩解，我过去确实交了很多女朋友，没有你想象中受了创伤这样有故事性的原因，她们没骂错，我一直没有交付真心，一直在玩弄别人的感情，享受她们为我吃不下饭、睡不着觉的快感……"

他再抬起眼皮时，有几根眼睫毛因为雾气黏着在了一起："我怕你。"

我怕我说出真相，你觉得我肮脏，你嫌我恶心。

我怕你离开，那样我的世界就又只剩下我了。

我好不容易等到一个你，我小心藏起过去，我怕你知道，也怕你不知道，别人知道了就害怕了，走，对我死心了，我怕你也会，她们我都不在乎，你要是害怕了，走了，对我死心了，那怎么办？

可你若是不知道，我又怎么知道你真的不会走？

他小心揽住楚晃的肩膀，他好卑微："晃晃，我改了，你要相信我。"

"我信你啊。"

修祈从没对她说过这样的话，以他对待前几段感情渣得明白这点看，他好像也不屑于用这样的可怜形象博得信任。他不用让那些女人信任他，他只需要让她们爱他，而他什么都不做，那些女人就会爱他。

他那么郑重地告诉她，那么谨慎地表白，小心翼翼地组织措辞，就说明他在害怕。

楚晃不会因为害怕被辜负就把自己藏起来，就不去爱，离开一个一身劣迹的男人，去找一个老实本分的，也不一定不会被辜负。

她始终明白这个道理，但她理解修祈隐瞒的原因，曾几何时，他或许坦白过，但没有被信任，所以他怕。

她抱着修祈，手爬过他的腰，交叠在他背后："我永远相信我的丈夫，而非一些不相干的人。"

窗外有鸟飞过，过梢不留，树叶被太阳照着，绿得发光，夏天已经离开许久，秋天好像还没有来的样子。

从香港回到广州，修祈就很累，但好像对自己有要求，不能睡在楚晃之前，就一直硬撑着。楚晃感觉到这点，闭上眼装睡，很快就有他细弱的呼吸声传来。她睁开眼，轻轻坐起，摘掉修祈的眼镜，拿走他手里的书，手托着他的脑袋，帮他平躺到枕头上，最后给他掖掖被角，悄悄下了床。

她到楼下的水吧，倒了杯水喝，然后在客厅坐到了天亮。

现在九点多，一向对自己的作息严格要求的修祈还没有醒。她朝楼上看了一眼，便给助理小赵打了电话，让他过来，以防修祈醒了找人找不到。

她要出去一趟。

说走就走，她洗了个澡，换了身衣服，离开时又走回卧室床前，手指插进修祈的头发，用拇指摸了摸他的额头，轻轻落下一吻，嘴唇缓缓挪到他的耳边，淡淡说了声："我说你爱我，其实一直是，我爱你。"

说完，她维持着这个姿势待了数秒，然后猛然起身，转身时抹了一下眼泪，做下决定，不论发生了什么，知道了什么，她都不会把交给他的心收回来。

但有些事，一定要清楚。

楚晃又去了香港，来到修祈昨天带她来的地方。

修祈对她有所隐瞒，她不知道是什么，但她不希望这件事成为她的刺，她是要跟修祈过一生的人，她不能让这样一根刺一直鲠在心里。

她从修祈原先居住地的邻居开始打听，但运气不好，问到的都才搬来不久。

不知不觉，大半天就过去了，已经有人对她厌烦，不给好态度了，她只好一边道歉一边告诉他们，她必须知道的原因。

问到楼下一个哄孩子的大姐，她连听都不听，直摆手："唔好问我啊！"（不要问我啊！）

楚晃恳求："他长得帅气，您一定见过，就在这楼上。"

大姐后面的话没听完，把楚晃关在门外。

楚晃敲了敲门，大姐在房间内骂："扯呀！都话咗我唔知唔知唔知啊！"（走啊！都说我不知道不知道不知道啊！）

话说到这份儿上，楚晃不好再问了，放下手，靠在墙上，仰起脸，面朝走廊的灯泡，她额头的汗顺着下颌线流到下巴，挂在下巴尖上。

想喝水，她抬起手才发现水瓶子已经空了。

她只能闭上眼，用养神来压制住口渴的感觉。

就在这时候，门又开了，大姐抱着孩子，站在她面前，她抬起头来时，大姐叹了口气，拿过她的水瓶，给她接了点自来水。

她连忙道谢："谢谢！"

大姐说:"你去对面一楼,会见到有个老人家坐喺凳上面,佢住咗好耐,应该知你讲嘅人。如果唔知,我都冇办法啦。"(你去对面一楼,会见到有个老人坐在凳子上面,他住了很长时间,应该知道你说的人。如果不知道,我也没办法了。)

这个信息太有价值了,楚晃又道谢:"谢谢!"

她水都顾不上喝,赶紧跑下楼,进了对面楼,过道果然有一个老人!

她跑过去,弓腰问道:"您好!您认识对面楼十四层一个年轻人吗?他长这样!"她说着给老人看修祈的照片。

老人有老花眼,眯着眼看了半天,摆手大声说:"我眼睇唔清楚喇。"(我眼睛看不清楚了。)

大声说应该是耳朵也背了,楚晃把照片放大,大声说:"您有没有见过这个年轻人啊?他以前是住在这里的!"

老人这才听见,拿着她的手机端详了半天,认出来了:"嗰条友仔。"(那个小子。)

"您认识!"

"修祈。"

"对!"楚晃又惊又喜,还是有人认识他的。

老人把手机还给他,开始摇头:"佢早就唔喺呢个屋嘞。"(他早就不在这个房子了。)

"他是什么时候来的,又是什么时候离开的?"

老人好像陷入了回忆,眼神有些飘忽,过了会儿,用不太流畅的普通话问:"你跟他是什么关系?"

楚晃又翻出他逼修祈拍的合照,说:"我是他妻子。"

老人眼梢上挑:"他结婚了。"

楚晃微笑,摸着肚子,说:"嗯,很快就有宝宝了。"

"好，那很好。"

"所以您能告诉我，他来到这里都发生了什么吗？"

老人又开始叹气，这一次甚至停顿了许久，在楚晃就要问第三遍时，说："他很惨的，过来的时候十岁，不说话，一个人住公屋。每天早早就走，晚上很晚回来，这边小孩子都很凶的，我们以为他是妓女，或者东兴帮的人生下的。过了三四年，这里开来几辆车，就是来接他的。我也是那时候才知道，他是有钱人家的孩子，住寄宿学校，从学校偷跑出来的。

"好像是他去的那个学校老师不好，摸他亲他啊。当时来了好多老师，被他的家人逼着给他道歉。那几个老师那时候差不多三十岁，有女老师，也有男老师。我还听到放学把他留下，让他脱衣服给他们看啊，还有拍照。再有记不清楚了，反正小孩子就逃到了这里。"

楚晃以为她听到什么都不会反应过度的，但听到这句，还是猛地捂住嘴，眼泪一下涌出，流满指头缝。

老人又说："后来走了一段时间，又回来了，这次是为什么我就不知道了。但应该是在他家里受委屈了，他家有钱，但看起来有点冷漠。哪有法治社会啊？小孩子长得太漂亮了，怎么会安全呢？有钱人家的小孩子也不能很安全。这些小孩子都被毁掉了。"

楚晃调整了很久，才让自己的哭腔不那么明显："您知道是哪所学校吗？"

老人又陷入回忆。

楚晃看他想不起来，不想为难他了，他也说了很多对她有用的信息，便道谢，准备离开了。

老人在这时候说："好像是有个什么蓝色。"

楚晃点头："谢谢您。"

老人好像看得清她了，也点了点头："他不容易的，小时候吃了很多苦。"

楚晃咬住唇内的肉。

"人人不容易，小孩子最不容易。"老人说。

楚晃走出这一带，上了车。

一直等待她的同学看她失魂落魄："怎么了？发生了什么？"

他是楚晃的大学同学，个头儿很大，目前定居在香港，早上接到楚晃的电话，被她拉来当车夫。楚晃这个人他很熟悉，如果只是车夫，她不会找他，果然，接下来她便报了一个他意料之中又意料之外的地方。

他因此知道，他不只是车夫，还要兼职保镖。

楚晃一直是个情绪不外显的人，他鲜少看到她释放出这么多悲伤的情绪，有些担心，又道："你说啊。"

楚晃没有答，只是突然双手捂脸，痛哭起来。

她哭得很大声，她看起来好难过。

同学急了，手忙脚乱地问："怎么了到底？你倒是说啊，别这样，不知道的还以为我欺负你，你老公我知道的，我得罪不起！"

楚晃听不见一般，哭了好大一场，妆都哭花了，最后傻傻坐着，木讷地看着正前方。她没有表情，像个假人，但假人也会掉眼泪吗？眼泪会从眼眶掉出，砸在手背溅出水花吗？

同学得不到回答，便也不再问了。

车前的电线杆子脚下有一个粗短的影子，随着太阳西落，它被慢慢拉得细长。他们已经在车上待挺久了。

楚晃的情绪平复了些，看着手机上搜索出来的信息，问道："蓝色希望贵族学校，你知道吗？"

"啊？"同学当下没反应过来，"哦，知道，你要去吗？"

"嗯。"

246 -

修祈醒来没见到楚晃，下了楼。

助理看到修祈下楼，立刻站起来，往前走了两步："修导，您醒了，吃饭吗？"

修祈走向岛台，过程中朝水吧看了一眼，那是楚晃的杯子。打开直饮机上的柜子，一整桶水下去了三分之一，他当下得出一个结论：她昨天一夜没睡。

他转过身来，问："她去哪儿了？"

助理"哦"一声："楚总去找朋友了，叫李系扬，说天黑之前就回来。"

还留了名字，就是知道他一定会问，那未必不是她刻意留的。

修祈知道楚晃聪明，即便是那么聪明，在面对舒伯乾一个有意图的男人时，还是毫无还手之力，这么看来，她化解危机的能力基本可以忽略不计。

越想越后怕，他从休闲裤口袋拿出手机，给楚晃打电话。

约莫半分钟，楚晃接通。

修祈没有立刻说话。

楚晃那边窸窸窣窣一阵声响，接着听到她问："老公？醒了？"

"在哪儿？"

"我跟朋友待一会儿，小赵没告诉你吗？我怕你着急，还让他告诉你，我是跟谁出来了。"

修祈听着她说话，伸手跟小赵要手机。

小赵探着脖子确认两遍才反应过来，立马把手机递给了他。

"好。"修祈边跟楚晃说话，边用小赵的手机搜了一下李系扬，找到了他开的公司，找到他们公司前台的电话。

楚晃还在电话那头乖乖地说："每隔半个小时给你打一个电话，可以吗？"

"那给你计时。"

"我就那么一说，老公。"

"我不是那么一听，老婆。"

"哦。"

"早点回来，别让我担心。"修祈不跟她闹了，略严肃地说。

楚晃也严肃地回："好。"

挂断电话，修祈上楼换衣服，边爬楼梯边给李系扬的公司打电话，打通后直接预约李系扬本人的时间。

电话那头是女声："李总今天不在公司，要不我给您约明天？"

"一整天都不在？"

"是的。"

"那能说他去做什么了吗？"

"不好意思，这个我不能说。"

"好，谢谢。"

修祈走进衣帽间，把手机放在角桌上，两只手交叉攥住衣服下摆，往上一掀，利落地脱了短袖，标准的手臂、胸腹肌肉顷刻展现。

换好衣服再下楼，小赵还在，修祈对他说："给你放半天假。"

修祈一直是乐于给员工福利的老板，小赵并不意外他这句话，相比放假，他还是更想跟修祈出门，跟修祈出门长见识，但凡是上进的人都不会错过这样的机会。

他跟在修祈身后："您要出门？那我开车吧。"

修祈没接话，直接走到门口，开车门上车，随着滔天声浪渐远，车影已不见。

楚晃在蓝色希望贵族学校里待了半个小时，出来时整个人神色凝重，不比从上一个目的地出来时的状态好到哪里去。

同学没多问，熟练地给了她一点自我缓解的时间，静静地没有出声。

这一次楚晃没哭，只是沉默。

为保证可以问出消息，她刻意避开了学校的老师，就怕他们为了维护学校声誉对她隐瞒。

她在教职公示栏上排查半天，最后选定寝室的管理员，是一位老阿姨，看工龄不短了，那应该在这学校待很多年了。

果然被她打听到了一些事情。

蓝色希望贵族学校，以前不叫这个名字，全校老师都有宗教信仰，有些甚至工作日上课，休息日去教堂、公会当神父、当修女。

楚晃听到这里，瞬间明白了修祈的电影为什么叫"奉我为"，他曾经有无信仰不知道，但如今没有信仰一定是被这些道德败坏的有信仰者逼的。

阿姨说，当年确有老师猥亵学生的现象，但没外界传闻那么严重，修祈那一届学生的外形条件很好，小男生小女生都长得很漂亮，就激发了一些老师潜在的恋童心理，把这些小孩子单独留下摸摸抱抱亲亲，然后拍些小手、小脚、小屁股蛋子的照片，大多发生在午睡和晚上查寝这两个时间，所以那一届的小孩子都不喜欢睡觉，准确地说是不喜欢在学校睡觉。

楚晃很难想象道貌岸然的神职人员当着人是传道授业解惑的人民教师，背着人却是对未成年下手的衣冠禽兽。

桌下的手不自觉攥成了拳头。

阿姨说，那些小孩子都没有反击能力，只有一个孩子有，但不记得他名字。

只是，就算反击，方式也仅仅是逃避，单纯伪造了走读文件，签名，然后一个人在天水围那一带别人废弃的公屋住了很多年。

听到天水围，楚晃便知道是修祈，竟然只有他一个反击了吗？

那没有反击的呢？是不是比修祈遭受得更多？

当楚晃问道，那些老师现在怎么样了，阿姨说，都已经离世了，有的是病逝，有的是意外，反正大部分人不在了。

楚晃觉得可惜，没机会看到他们因毁掉别人一生而被报应不爽的狼狈了。

直至现在，阿姨在向后来人陈述过去的事时，也还是用"没有传闻中那样严重"作为开场，都是从小孩子长到这么大的，难道就真的不知道即便是微小的伤害也是伤害，是会伴随一生的？况且微小只在她的眼中。

楚晃忍不住思考，他们有没有小时候被这些所谓不严重的事情伤害，然后多年来一直在午夜梦回时想起？或许是有的，只是杀掉恶龙的勇士看着宝座下的金币，自己也长出了鳞甲①，很多人最后都变成了自己曾经最厌恶的人。

楚晃要离开时，阿姨又告诉了她一件事，当年通报批评的那位行为最严重的老师，才去世不久，到学校征集了几次捐款，因为过去的事没有征集到，听说为此去找了当年那些孩子一一道歉，但没等她家人带她找完，她就已经去了。

楚晃突然心跳加快。

对上了，这跟万蓝告诉她的事对上了。

万蓝上次悄悄跟修祈回广东，回去后放弃了对他的纠缠，这件事让很多知晓一部分内情的人百思不得其解，这次修祈被张子蕴下水军，全网黑，樊宁、万蓝被她拉拢过来，她顺便问了问万蓝这件事，得到的答案是——

––––––––––––––––––

① 此句非原创，引用自网络平台匿名用户。

万蓝在地库亲眼看到，修祈让一个看起来患了重病的妇人和她的同行者一同下跪，然后把钱摔在了她的脸上。

修祈在人后竟是这么一副高高在上的姿态，虐老兽心，伤天害理，她从没见过，这跟她认识的修祈判若两人，她瞬间清醒，逃也似的离开了广东。

回到上海，她已然对修祈下头，自然不纠缠了。

楚晃坐在李系扬的车上，把所有事串了一遍，那些她疑惑的地方都得到了解答。这两天她的心情被各种真相反复拉扯，她后知后觉地理解了修祈不解释的原因。如果不是亲眼看到，光听他说，她怎会相信？

最后一站，楚晃去找了亚视当年的工作人员，想了解更多莫善缘和徐荣贞的事。

她以为这会是今日她这三个目的地当中，她收获最少的，至少是震撼最少的，是她大意了，故事走向从不在她的预想中。

在徂乐庄园，楚晃了解到的是，修祈的母亲是莫善缘，原名修颐，在亚视的工作人员口中，楚晃知道了，莫善缘的原名是章代浓，徐荣贞的原名才是修颐。修颐跟一位大人物有牵扯，没多久想要解约做个普通人，刚有这个打算，便被黑帮算计欠下巨款，然后被威胁拍三级片还账。

当时一些有名的影视公司都是黑帮在经营，很多人以为拍三级片是演员为钱，为出名，但其实是亚洲小姐这样的身份去拍三级片，更有话题，影视公司会赚得更多。

修颐是被性虐待折磨致死的，当时在港圈儿掀起很大的风浪，但因为整个行业都被黑帮掌控，所以每个人都遭到了捂嘴对待。

久而久之，徐荣贞的名字不再被提起了。

现在工作人员敢提起这件事，也是因为时代不同了。黑帮？自然是还有，但已经不如当年明目张胆霸道横行了，现在只能潜藏在角落。

工作人员没提到修颐有孩子，楚晃猜测修颐应该是悄悄生下修祈的。那么后面的事应该是——

莫善缘为骗钱，想把修祈据为己有，于是对外说她的本名叫修颐——这就是修祈会在莫善缘的墓碑前那么对待她的原因。既然修祈不是莫善缘的孩子，那他的父亲也不会是舒家那几个兄弟之一。

工作人员不敢透露的大人物，会是什么样的人物？

修祈找到那个人了吗？

还是说，他一直知道是谁，只是不愿、不会再提起？

楚晃想得头疼，第一次听到修祈问她要不要随他回广东时，她只以为是他要坦白一些事，一些很平常，但他觉得不平常的事，却没想到，广东和香港，修祈的过去，跟"平常"两个字一点不沾边。

跟亚视的工作人员分开，楚晃慢慢走在路边，不看车来车往，只看着脚下的方砖。路过便利店，她停下来，进去买了包烟，买了一个打火机。买完出来，她坐在台阶上，撕开烟盒的塑料包装，突然想起她怀孕了，不能抽烟。就这么一件小事，才刚熄火不久的难过情绪卷土重来，她拿着烟盒、打火机，重新捂住脸，无声痛哭。

他们都对他做了什么？

她不想把他交过那么多女朋友，戏弄过那么多女人的原因归结于他有一个悲哀的过去，那样好像在给他开脱，错了就是错了，他自己也不给自己找借口。但她又做不到无视它们的因果关系，修祈所有报复行为她都没办法不跟他的经历结合起来。

他很多时候明明那么温柔，他在爱她的时候，她明明有感觉到他在用生命爱。

楚晃好难过，知道真相好难过。跟修祈的过去相比，她抱怨母亲严苛仿佛过于矫情、小题大做了。楚晃哭得眼睛疼，路过的人都看她，她哭完了，累了，木木地看着路边的小草叶子。

她上一次哭得这么难过还是她表姐因病去世，很难过，但可以忍，直到护士用那块白布盖上她，从头到脚，她爆哭，她不能想象，她再也见不到她表姐了，一个不久前还对她笑，跟她说"晃晃要做世界上最快乐的小女孩"的人，这辈子再也见不到了……

修祈，她丈夫，这些经历像重雷一样一道一道砸下来，他温柔地牵住她时，她要怎么忍住眼泪，怎么压下不断想起的他终生无法被修复的童年？

她有点后悔知道真相了，可如果她不知道，修祈的委屈就永远都没人知道，那对他多不公平啊。

她眼泪一拨又一拨，悲愤难以纾解时，烟盒都被她捏扁了。她坐了够久，李系扬给她打了个电话，她知道她要回去了，便站了起来，要把烟盒丢进垃圾桶。

有位衣衫简陋的老人拦住了她："这个你是要丢掉吗？"

楚晃抬头看到他，点了点头。

老人笑了笑问："可以给我吗？"

楚晃递给了他，连同打火机。

老人道谢："谢谢你，你会有好运的。"

楚晃说："我可以问你换一句祝福吗？"

老人说："什么？"

"可以祝福我丈夫会有好运吗？"

老人又笑了笑："你很善良，你和你丈夫都会有好运的。"

楚晃接连道了两声谢："谢谢，谢谢。"

在李系扬第二个电话打来前，楚晃已经快到停车的地方。

李系扬看到她，呼了口气，虽然只是给她开车，但大半年没这么紧张过。最近两天网上黑她和修祈的少了，但也只是跟前段时间比。

谁知道这些水军什么时候卷土重来，他怕极了载楚晃出来遇到极端的人，所幸他运气不错，终于圆满完成任务了，这朋友没丢。

楚晃回到车上，李系扬说："我送佛送到西，把你送到你老公身边，可以吧？"

"你送我去坐直通车。"

"我送你吧，你怀孕了我还让你一个人回去，我媳妇儿知道又该说我了。"

"我想一个人待一会儿。"

李系扬看她坚持，没勉强："那行吧。"

两人刚系好安全带，正准备走，窗外响起巨大的发动机的声音，他们同时抬头，看向声音来源，只见一辆阿斯顿·马丁，型号是什么楚晃不知道，但她看得懂品牌标志。

她没有心情去想这个人把车停在他们前边是不是有病，李系扬有心情，正准备想这一点的时候，修祈从车上下来了。

李系扬下意识地问："真人这么帅吗？"

是很帅，但楚晃在经过这两天后，再看到他，已经没有余力感慨了。

修祈下车后直奔李系扬的车，停在副驾驶座门前，打开了车门，什么也没说。

他也不用说什么，楚晃知道，除了"下车"没别的意思。

楚晃下了车，修祈就牵住她的手，把她领回去，带着巨大的声浪绝尘而去了。

这一路，修祈和楚晃似乎在比赛沉默，谁也没说话。

回到广州他们的住处时，已经是半夜，修祈等楚晃下车先走。

天黑走在她身后，已经成了他的习惯。

进入房间，两个人持续沉默。

楚晃换了鞋子，鞋子好像在跟她作对，扣子怎么都解不开，解了几次，急得掉眼泪。

修祈正在给她倒水，看到这一幕，放下水壶，走过去，蹲下来轻轻给她解了扣。

看到楚晃的脚踝又红又肿，他便把它们握在手里，轻揉起来。

楚晃哭着抬起头，修祈正好也抬头，眼神相对，楚晃崩溃，扑进他怀里，抱着他哭起今天不知道第多少回。

她一哭，修祈就心疼，但他替不了她。

楚晃哭着告诉他："我说你爱我，其实一直是，我爱你。"

修祈知道。

至于今天去了哪里，做了什么，楚晃没说。但她知道，修祈能找到她，就是说知道她的目的，知道她了解了真相。

修祈也什么都没问。

往后几十年，他们都不会再提起这件事。

楚晃用双倍、十倍的爱去帮修祈修复童年，修祈身为男人不愿意比自己的妻子爱得少，便给楚晃十倍、百倍的爱。修祈是在很久后，突然想起自己曾经的疑问，为什么会是楚晃？他好像一直没找到答案，仔细想想，其实并不是没找到答案，而是他一直没有正式回答自己。

为什么是楚晃？

因为楚晃没有被他的过去吓住，退缩，没有害怕自己找了个心理有缺陷的人是葬送了一生。

他有一个只能三缄其口的过去，永远害怕有人会因为他有这样的过去退避三舍，所以擅长保护自己，跟所有人保持距离。

当他把自己的心封闭起来时，也就不会相信会有人接受真正的他。

遇到楚晃的时候，他这个无神论者明显感觉到自己有些微妙的身体变化。就像不会有人如她一般告诉他，她是来走他的路的，楚晃来的那天好像有心声在说，她若是牵住你，便会牵到死。

他因为这样不确切的感觉去尝试与她认识，相处，最终深陷，直到今天，发现自己跟随自己的心，原来是对的。

他偏头亲吻楚晃的头发："明天回家。"

明天是新的一天，明天太阳升起的时候，过去就会像垃圾焚烧炉里焚烧的垃圾一样，仿佛从未出现过。

垃圾就该有垃圾的结局。

回到上海，楚晃觉得空气都清新了不少，看来还是要在自己习惯的地方才能过得舒坦。她伸个懒腰，胳膊往后，打到了修祈的脸，然后扭头傻笑，很难说不是故意的。

修祈牵住她乱摆的手："我送你回家，然后出去一趟。"

"去哪儿？"

"盛辰光他们找我。"

"哦，那你送我去公司吧，我还有些收尾的工作要做。"

上了车，修祈才说："今天回去睡觉，工作明天再说。"

"那你今天就别去找盛辰光，你可以，我就可以不去公司。"

修祈说："好。"

楚晃："……"

她没想到他答应得那么痛快，堵住了她后边要说的话。

半晌，她挪到他旁边，挽住他胳膊，顶着张小狐狸脸发起温柔攻势："那会不会显得我不懂事啊？要不你去吧？"

修祈拿开她的手，扭头微笑看着她："不用了，老婆，我还是在家陪你吧。"

楚晃："……"

话题终结者修祈让车内的氛围极其尴尬，过了好一会儿，楚晃才又说服自己，贴上他的胳膊，撒娇："我想去公司。"

修祈宠死了："已经在去公司的路上了。"

楚晃惊喜地扭头看窗外，还真是！回头便亲了修祈一口："怎么回事修祈？我爸都不这么惯着我。"

修祈被她亲了个口水印，他擦擦自己的脸，把她衣领翻进去的地方弄出来："可能我才是你爸。"

"滚，少占我便宜。"

修祈把水杯上的盖子打开，递给她："喝水。"

楚晃把脸凑过去，咬住吸管嘬了一口："你为什么不把水杯挂在脖子上？"

"蠢得要死，要挂你挂。"

楚晃冷笑："呵，差点忘了，你是修祈，你对我上下其手占便宜的事还没过去几天，你修祈哪会惯着我，你只惯着你自己。"

修祈就把那个幼稚的带绳的儿童水杯挂在了脖子上。

楚晃弯着眼睛傻笑。

盛辰光他们几个是刻意为修祈腾出时间来的，修祈被全网黑也就一周前的事，仿佛已经过去了一年半载。

这次小聚只有三个人，李文孝开始一段新的网恋，奔现去了。

盛辰光听到这个消息，眉毛差点飞起来："这一次是用他自己的照片吗？"

周嘉彦苦着脸："我的。"

"哈哈。"盛辰光问问题的时候没想到答案会这么好笑，扭头跟修祈说，"你总算是解脱了。"

修祈刚收到楚晃的微信消息，她进门的时候不小心挤了一下手，手指头红了，赶紧给他拍张照片卖惨，还说："老公，你看我的手。"

幼稚。修祈心里想这聪明媳妇儿是从什么时候开始越来越猪了，好像很嫌弃，但其实一直有浅浅的笑挂在嘴角。他已经喜欢她到她干什么他都觉得可爱得要死，但其实她从长相到气质一直就不是可爱那一挂。

周嘉彦一直瞧着修祈，把他那点若有似无的笑都窥探进眼底了："笑什么呢？"

修祈收起手机，恢复无情脸："你们俩有事吗？"

盛辰光瞥他，讽刺道："你现在这么忙？没事儿都不能找你了？"

"有屁快放。"

周嘉彦换到他旁边的座位，扭脸看着他，说："叫你是跟你说点推心置腹的。"

盛辰光也放下了酒杯。

"我们当时对楚晃了解不多，觉得你喜欢上她是你人生的滑铁卢，因为美貌这个东西对我们这样的人来说只能是加分项，而非重点题。"

盛辰光接着周嘉彦的话说："然后楚晃从辰光到安徒生，到艺人的危机，到与窦盾的合作，到与擎天国际的公关战，到与果然嘉汇的公关战，最后得到 CCUC 控股的华朔天成的青眼，我是真后悔把她放给了你。"

周嘉彦听得都想痛饮一杯烈酒，这比打游戏通关刺激多了："她让我们想起了你，好像很多年前，你就是这样，一步一步走到我们的身边，在原本没有你的名字的地方，站稳了脚跟，直到今天。"

盛辰光叹气："这一眨眼，那么多年过去了，浪子回了头，花丛变成了火海。"

周嘉彦端起酒杯，很真心地敬修祈："你本身就横，找个媳妇儿也横，你有她护航，以后怕是用到我们的地方都不多了。"

盛辰光也喝一个："你这说得我还有点感慨，我这老大这就被弃用了？”

周嘉彦说：“那不至于，你不了解他？他这人对利益的嗅觉敏锐着呢，有挣钱的项目他第一个找你拉投资，就怕你不放血。”

“你这么一说我倒是想起来，收购安徒生就是被他忽悠了。”

“那安徒生赚没赚钱吗？”

“那要是不赚钱，我买来博这少爷一笑啊，你当我盛辰光是不爱江山爱漂亮小伙子的断背啊？”

“怎么话到你嘴里就那么不是味儿呢？”

“你心眼儿脏，你能听什么对味儿啊，你听什么都对不了。”

“……”

两人你一句我一句，借着酒劲儿聊起来了，修祈猜到他们找他没事，就是奔着听那两句“肺腑之言”来的，既已说完，这局他也该退场了。

哥们兄弟，往后余生有的是时间相聚。

他拿起外套站起身，两人消停了，异口同声道：“哪儿去？”

修祈没回头：“去看看我的最新项目。”

“什么项目？”

建设楚晃的惬意人生这项时间跨度悠长的重大项目，建设目标：楚晃。他在看过她的手指之后一直惦记，他必须去看看了。

什么破门把他老婆的手都挤了！

楚晃回到公司，助理跟看见亲人一样，眼睛亮亮的。

她跟公司员工打过招呼就去了办公室，助理紧随其后，有工作要汇报。

也就离开了几天，这办公室里的空气难闻了不少。

助理看她扇了扇风，赶紧把窗户打开，说：“这几天下雨，就给您办公室窗户关上了，都是文件和展柜的胶水味儿，不怎么好闻。”

楚晃坐下来，把手机放在桌上。

助理开始汇报："张子蕴被偷了屁股，又被淅川集团摆了一道，现在被监管总局盯上，水军自然而然就退了，现在只剩一些本来就不喜欢修导的人负隅顽抗。

"没了水军，修导粉丝的厉害就显出来了，把这部分硬撑的活人压得张不开嘴了。

"那个自杀蹭热度的女艺人，就是现在在直播带货的那个，被扒出卖假货，推的护肤品烂脸，要打官司了。

"为了 KPI[①]扭曲事实的营销号和收钱拉踩的营销号已打包提告，其他平台以造谣、人肉为主的娱乐组找出几个不要命的，已经通过法院发函给平台官方调取那几个人的个人信息了。

"最后就是您要我发的 offer 我发了，您真的要离开安徒生了吗？"

CCUC 是更大的舞台，是楚晃小时候梦想要站到的高度，她现在有爱情，有爱情的结晶，本意是打算把这舞台让给别人，但后来思考了一番，她能走到现在，都是修祈在托着她，她认为以修祈的深度，会愿意让她去更广阔的天地施展拳脚。

回上海的前一天晚上，就在她坐在电脑前，准备同意 CCUC 方面的邀请时，她突然想到生命的意义这个俗套的话题。

她以为，生命的意义是赚更多钱，成为更好的自己，但那是嫁给修祈之前。

现在再想这个问题，她又多了几项答案，比如用全力爱她的丈夫，比如努力建设好他们这个小家。

而去往 CCUC，一定可以赚更多钱，成为事业上更好的自己，却不一定有心力满足全力爱她的丈夫这个条件，更别妄想有时间建设好

---

① Key Performance Indicator 的缩写，即关键绩效指标。

他们的小家了。

那一刻，她还是决定留在安徒生，但电脑的面容识别开启，屏幕上却已经回复过了一封邮件。

修祈帮她同意了 CCUC 的邀请。

她当时心跳很快，眼泪即将汹涌而来，下意识转身找人，然后就看到斜靠在门框的修祈，他双脚微微交叉站立，像座温暖的雕像。

她又哭又笑，撇着嘴骂他："你这样就坐实了我是一个踩着男人上位的女人了。"

修祈走到她跟前，擦擦她的眼泪："那你是在做梦，我不可能让你踩着别的男人上位，踩着我可以。"

楚晃打他："你怎么这样？"

修祈任她小猫挠痒痒似的打了两下，说："婚姻不是牺牲，我也不会是你的绊脚石，能去更好的地方，是你有本事，我不会拦着你，我只会托着你。"

楚晃差点又要哭，再哭两场，这眼睛要废掉了。

今日助理问她的 offer，是给她找到的适合接替她在安徒生的职位的营销好手。

她正面回答了她的助理："世界很大，人很多，各有缘法，我离开安徒生，是因为有更好的去处了。"

楚晃很坦白，助理舍不得也不好说什么了，能去更好的地方，是值得高兴的事，她喜欢楚晃，所以会为楚晃高兴的。

楚晃要走了，公司里最难过的就是技术部了，比知道楚晃跟修祈结婚了这件事还难过。就算楚晃结婚了，只要楚晃还在安徒生一天，他们就能在公司看到她，就能靠她的漂亮脸蛋解乏醒神，现在樊宁走了，楚晃也要走了，他们又要恢复码农的枯燥生活了。

但他们总不能阻止人家去更优秀的平台。

于是安徒生上下又哭又祝福，闹了好几场，把楚晁弄得哭笑不得，无奈又感动，就做东请大家吃了顿饭，算是离开前的团建。

玛阳国际度假酒店三楼的西班牙餐厅。

楚晁包了场，让安徒生的同事玩闹，本意是过来买个单就让他们自己玩儿，谁知道这帮人不让她走。要她喝酒她还能用怀孕了搪塞过去，要她唱歌真是不能不唱，什么理由都不能说服他们。

开始听到楚晁说自己怀孕了，全场同事恨不能代替孟姜女去哭长城，趁着修祈不在，把他骂得狗血淋头，说他辣手摧花，还摧最好看的，一点吃的都不给广大男同胞留，也不怕一口吃成个胖子。

当修祈一来，他们嘴闭上了，眼泪都憋回去了。

楚晁看到修祈，眼睛和嘴角不自觉弯起来——绝了，真的帅。她以前怎么就有眼无珠那么讨厌他呢？好像也不能这么说，谁让他是个远近闻名的大渣男呢？

想到这里，楚晁弯弯的眼睛和嘴角没有了。

修祈走到她跟前，摸了摸她的额头："回家了。"

楚晁仰头看着他："可以不回吗？"

"不可以。"

修祈牵住她的手，牵着往外走，对身后同事们的告别听而不闻。

回到车上，楚晁双手捂住了肚子。

修祈皱眉："怎么了？"

楚晁摇头："我想吃炸鸡，冰激凌。"

修祈还以为多大的事，把她的手拉过来。

楚晁看着他："你干什么？"

"手不是挤了吗？"

楚晁把手抽回来："你再晚点看，不仅不红了，还更白嫩了呢。

你明明看见了，怎么不回我消息，我惯着你了是吗？"

修祈笑了笑："你问医生了吗？"

"什么？"

"能不能吃炸鸡和冰激凌。"

"当然可以，怎么可能不能吃？我是怀孕，又不是受刑，凭什么不让我吃？"楚晃闹气。

修祈认识一个妇产科的医生，跟他说了一声，让楚晃加了他的微信，让她有事儿随时问他，楚晃觉得麻烦，一次也没问过，每次修祈问，她都说瞎话。

修祈拿出手机，找到医生电话，打过去。

楚晃一看急了，伸手去抢："你干吗啊？！"

修祈摁住她的脑门，问医生："孕妇能吃炸鸡和冰激凌吗？"

电话那头说："可以啊，少量。"

"哦，我问她，她说她忘了你跟她说的了。"

"没有啊，我跟你媳妇儿微信加好几天了，只有加的当天说了一句话，还是她问我叫什么，她说她要备注。"

修祈扭头看向楚晃，沉声道："是吗？她太懂事，可能是不想麻烦你。"

"那你真是有福气。"

修祈把电话挂了，扭头看楚晃，等她解释。

楚晃心虚，把脸转向窗外："我突然不想吃冰激凌了，我想回家睡觉。"

"学会骗人了？"

面窗思过的楚晃脸纠结得像块麻将，扭过来时却是假笑，声音很娇："我没有。"

修祈点头："好。"

这个"好"字之后，他们俩就没再说话了，但修祈还是给楚晃买了炸鸡和冰激凌，放在她的腿上。

楚晃看着腿上的好吃的，觉得自己确实做得不对，辜负了修祈的信任，想求和，但修祈不给机会，理都不理她。

到了家，停了车，上了楼，修祈一直习惯性走在楚晃后边，楚晃总想回头看看他，却不知道回头要说什么。

走到家门口，她终于想好了，提了口气，正要说话，他们家门口站着一个女人。

那女人回过头来，双眼自动无视楚晃，踮起脚来，甜甜一笑，伸手跟修祈打招呼："修！"

楚晃扭头看修祈。

她扭头的时候是这么想的，要是修祈敢跟她一起笑，她今晚上就不让他上床了。

还好，修祈没笑，反应平淡。

进入房间，修祈给那女人倒水，那女人看着在沙发上坐着玩手机的楚晃，接过修祈的水时问："这位是……"

楚晃抬起头，有一点没想到，她以为全世界都知道她和修祈结婚的事了。

"我老婆。"修祈说。

女人比楚晃的反应精彩多了，明显有一丝错愕，但可能因为常年立大方人设而不能过多表现出来，笑了笑，说："怎么没听你说过？"

"新闻上应该有。"修祈说。

楚晃还是第一次发现修祈说话那么动听，忍住弯了唇角，见那女人看了过来，便咳了一下，问修祈："这位又是……"

修祈说："九球天后。"

楚晃记得九球天后不是这位："不是潘晓婷吗？"

264 -

"新九球天后。"

"哦。"楚晃问，"朋友啊？"

修祈没答，问女人："什么时候回国的？"

女人说："刚回来，回来就来看你了，好想你。"

楚晃的脑袋像拨浪鼓一样猛地扭过去，想什么？当着他老婆的面说这种话合适？难道因为是从国外回来的，说话开放就得被接受？

修祈跳过了这个问题："最近有比赛吗？"

女人又笑了："有啊，还有训练赛呢，你想去看吗？我给你通行证。"

修祈居然跳过了这个问题，还问她有没有比赛，真叙旧啊？她一个大活人还在这儿坐着呢，当她是多余的吗？楚晃越看越气，越听越气，越想越气，尬蹶子到楼上去了。走到一半又返回，她把炸鸡和两桶冰激凌拿上了。

回到房间，楚晃甩掉拖鞋，到床上打滚，呼哧呼哧喘粗气。她以为她在经历过修祈"丰富"的情史之后，已经不会有吃醋这种幼稚的反应了，她想多了。

她现在觉得自己就是一颗在醋缸里泡过的柠檬。

呵，九球天后，有什么了不起的？她还是世界知名芭蕾舞演员的朋友呢！她也没半夜去男人家里，当着人家老婆的面显摆啊。

她一点胃口都没有了，炸鸡和冰激凌都不香了。

修祈也是有病，怎么能聊那么久？跟她怎么就没那么多话？

在床上躺着，越躺越难受，她又下了床，打开电脑，打开知乎，准备了一堆四字成语，她要找个热辣问题回答一下，以表达她此刻的心情，释放一下爆棚的倾诉欲。

打开知乎首页，她又没那心情了。

她刚才不应该闹气跑上来的，这要是他们俩干点什么，她都看不到，虽然也不可能干点什么。但她怀孕以后，思维越发发散了，总想些没什么逻辑、没什么可能的事，然后某一个意识对此深信不疑，让她特别焦虑。

她反复纠结了很久，还是悄悄开了门，正好看到那女人要走，修祈还出门去送她！

门关上后，她赶紧跑下楼，跑到窗户旁，踮脚往外看，看不到，就去搬了一个小板凳，甩掉拖鞋踩上去，再踮脚往外看。

什么也没看到，他是没送到楼下吗？

她刚有这个疑问，门响了，她大迈步从小板凳上跳下来，小碎步跑进书房里。

因为书房最近。

修祈进门看到全景窗前那一大块空地上有双底朝天的粉色拖鞋，还有个纯紫檀木的艺术小板凳，笑了一下，到书房找她去了。

楚晃躲在窗帘后，但脚露出来了，两只脚还脚踩脚叠在一起，白嫩嫩一双，特别可爱。

修祈没过去，而是坐到椅子上，说："明天回林清府市。"

楚晃掀开窗帘："干吗去？"

修祈扭头看过去："我上次出差，妈做手术，你也没告诉我。"

当时修祈被骂得正惨，他们又在冷战，各种事堆积在一起，楚晃就没说。

她站在窗边，没说话。

修祈看着她："过来。"

他的声音有魔力，楚晃很想过去，但理智告诉她不可以，她还有问题没搞清楚："九球天后是怎么认识的？"

"过来我告诉你。"

楚晃摇头。

修祈就过去了，把她打横抱起来。

楚晃被吓了一跳，下意识搂紧他脖子，眼睛睁得大大的。

修祈把她抱到楼上卧室的床上，在她后背垫上枕头，把她的头发整理好，说："她客串过我的电影。"

"就这样？"

"就这样。"

"她为什么要跟你叫'修'？这么亲密。"楚晃越说越咕哝。

"你也可以叫。"

"'老公'两个字打败一切暧昧称呼，而且还不是谁都能叫的。"楚晃还有点骄傲。

"把你机灵的。"

楚晃往里挪了挪，拍拍旁边，眼神很乖地看着他。

修祈躺了上去。

楚晃拉着他的胳膊，钻到他怀里，枕着他的胸膛："你会去看她训练吗？"

"不会，不熟。东西都让她带走了。我也没加过她微信。"

"你说话算数吗？"

"我对你说的哪件不算？"

"哪件算？"

"我要跟你睡觉，然后我做到了。"

楚晃皱眉，从他身上起来，手撑着床，看着他："你，都不觉得无耻吗？"

"有耻没有老婆。"

楚晃被他正经的神情弄得发笑："好像是这样。"说完觉得不对，她又说，"但你这个行为也不对，这都叫骚扰了。"

"所谓你认为我骚扰你的行为，都是建立在我们两个已经领证，是合法夫妻的情况下，夫妻行房是我作为你丈夫的合理要求。"

"就算是夫妻，一方不同意，你也不能强行发生关系，那也是犯法！"楚晃说。

修祈淡淡笑了一下，拉住她的胳膊，把她拉到怀里，带她翻了身，双手撑在她身子两侧："事实上，那天是你强迫我的。"

楚晃一下子从脸红到了耳朵，脖子胸脯无一幸免。

楚晃不敢看他了，别开脸，从他胳膊下钻出来："我去洗个澡，反省一下。"

修祈延迟微笑，窗户上人影很苏。

他下了床，把楚晃拿进来的零食收拾了一下。真的是怀孕了，以前她进卧室连水都不会拿的，这一气之下炸鸡都带进来了。

他为了在楚晃怀孕期间照顾好她，问了医生很多注意事项，医生一一解答，其中就有注意她情绪、口味、喜好的变化。他起先觉得小题大做，现在觉得有点道理。

他的小娇妻最近变化真的大。

他边摇头轻笑，边整理桌面，看到她电脑开着，想给她关上，结果被他看到界面上她回答过的一个问题——

跟偶像谈过恋爱是种什么感觉？

他皱起眉，坐下来，点开了楚晃的回答。楚晃的标题是："我和通过某选秀节目成团出道的某一个成员暧昧了三个月，但我最后嫁给了他爹。"

他眉头锁得更紧了，什么东西？

这篇回答于几个月前重新编辑过，他不知道原回答，但就是现回答，也看得他一肚子火。

舒伯乾追楚晃的事他知道，也确实是他出谋划策的，那时候不认识楚晃，没觉得有什么，现在看到那些经过，他悔死了。

这篇回答点赞数很多，评论数更多，竟然有十二万条评论。

他点开看了一眼，好像是被什么 KOL 转发了，吃瓜看戏的特别多，都在猜测这个答主是谁，她说的偶像是哪个偶像，是谁家塌房了，只有少部分人好奇这个偶像的爸爸是谁。

修祈脸色更沉了，这个偶像有什么好讨论的？重点不该是这个答主最后嫁给这个偶像他爸爸了吗？

他爸爸才是主角吧？

这么明显的重点都划不出来，这些评论的人小时候语文一定很差。

他很生气，就又重新编辑了一下，把他和楚晃的结婚照发在回答里了，还在照片下附上一句：我的结婚照。

发完他还静坐欣赏了一番，以前没细看过，原来红底白衬衫这么好看。

他老婆也太漂亮了。

他正看着，楚晃洗完澡出来了，他很自然地关掉了页面，合上了电脑。

楚晃擦着头发走过来，到修祈跟前也很自然地坐在他大腿上，眼皮在打架："突然好困，我们明天几点回去？"

修祈把毛巾从她手里拿过来，帮她擦头发："你什么时候醒，我们就什么时候回。"

"那我爸会唠叨死我的，他以前就老说我是拖延症晚期，回个家磨磨蹭蹭的。"楚晃趴在他肩膀上，"一说拖延症，我就想起我的房子了，还没装好。"

修祈搂着她的腰："坐直了，给你擦头发。"

楚晃坐不直了，困："哎呀，我不想动。"

"等一下你头疼。"

"疼就疼吧。"楚晃搂住修祈脖子，吸吸他脖子深处的香水味道，"老公。"

"嗯。"

"舒伯乾不知道从哪儿弄到了我的电话，给我发微信消息道歉了。"楚晃说这些不是试探修祈的反应，"但我不想原谅。"

修祈没说话。

楚晃说："我一直不明白，为什么道歉就要被原谅？道歉对受害人来说有什么实质性的补偿吗？心理慰藉？哪个受害人真正需要的东西是心理慰藉？"

她喜欢修祈的颈窝，想一直窝在里边："我知道你断了他的资源，以后圈儿里不想得罪你的人都不会再给他好脸色。挺好的，为民除害了。"

她说完，呼吸渐渐轻缓。

就在修祈以为她已经睡着时，她小声叫他："老公。"

"嗯。"

"你不要去看九球天后的训练。"

修祈有一点啼笑皆非，迷迷糊糊的楚晃，可爱就大过了漂亮。

他明知故问："为什么？"

楚晃轻轻捏住他的耳垂，凑过去悄咪咪地说："我会吃醋。"

修祈被她吹了口气，就很给面子地有了反应。

楚晃本来软趴趴的，困得睁不开眼，他的反应叫她一下清醒了，睁大眼睛从他身上弹坐起来："我，去吹个头发！"

修祈拉住她的手腕，把她拽回来，重新坐好。

楚晃打起十二分精神，眼睛滴溜溜地转："怀孕了。"

"我知道。"

"那你不能注意点吗？"

"这怎么注意？"

楚晃也不知道，猜测："你少想些乱七八糟的，好吧？"

修祈只看着他，什么也没说。

楚晃懂了，他控制不了，她一身丧气："那怎么办？"

修祈拉着她的手："帮我。"

楚晃不要："我困了。"

修祈把她拉进怀里，咬了她耳朵一口。

楚晃汗毛都竖起来。

修祈问她："醒了吗？"

"醒了。"楚晃躲不过去了，噘着嘴，没什么好气地解他的腰带。

修祈看着楚晃亮晶晶像是有雾气的眼睛，红润的双颊，饱满剔透像水蜜桃的嘴唇，这怎么忍？

他托住她的腰，把她往怀里压，吻住她，吸咬她柔软的唇瓣，她小小一只粉舌头。

怎么能把她吃了？他急需答案。

楚晃被吻得哼哼哝哝，修祈冷不防咬了她舌尖一下。

修祈感觉到她的节奏有了变化，猜测她在走神。

"你想吗？"

"我不想！"楚晃嘴硬，用大音量来掩饰几乎要从她体内跳出来的心虚。

修祈坐了起来："那好。"

楚晃看他真坐起来了，又后悔，但这怎么跟他说？她浑身都难受，就踹了他一脚。

修祈微笑看着她："怎么了？"

"也不是不想。"

"那就是想。"

"不是！"

修祈慢慢凑过去，胳膊撑在她身侧，嘴唇贴着她的嘴唇，话说得极其暧昧："到底是想还是不想？"

楚晃想啊，但怎么好意思说啊，就抿了抿嘴，把脸埋进他胸口，点了一下头。

她点头点得很含蓄，就为了事后狡辩，但修祈没给她事后复盘的机会，她直接睡到了第二天日上三竿。

楚晃还做梦了，梦到她很嫌弃修祈，蔑视的眼神搭配讥讽意味浓郁的尾音，说他没用。

她在梦里好牛，直接笑醒了。

醒来看到修祈光着上半身，下边穿着条宽松的黑色居家裤，松紧带的裤腰挂在他的胯上，再往上是他的细腰、腹肌、胸肌……

他有一副一看就精力旺盛的肉体，昨晚果然是梦，现实里没用的只会是她。

她的好心情荡然无存了，翻个身，不看他了。谁喜欢看腹肌什么的啊？没意思，好没意思。

修祈套了件 T 恤回到卧室，上了床，从身后搂住楚晃，说："爸打来电话。"

楚晃扭头："说什么？"

"让你别回去了，接着睡觉吧。"

楚晃皱眉从他怀里挣脱出来，打他的胳膊："赖谁！赖谁！"

修祈双手垫在后脑勺，笑着说："你说想要。"

"你勾引我的！你不勾引我，我会那什么吗？而且我到现在都嘴酸，话说多了就疼，不是因为你吗？你怎么推卸责任？"

修祈牵住她的手，把她人拉到他胸腹躺好，说："你先去洗个澡，爸说我们什么时候到家，就什么时候开饭。"

楚晃一哄就好，每次她闹，修祈抱一下，她就顺毛了，搂着他的腰："我爸说做什么了吗？"

"都是你爱吃的。"

楚晃闻言从修祈身上爬起来："那我们快点出发吧。"

修祈闭眼时嘴角轻轻弯起，笑得有些许无奈。

修祈和楚晃要下午三点多到，两点半楚父就要收拾东西，出门去等，楚母看着他在客厅走来走去，完全没心情看书了，摘下眼镜，皱着眉骂他："你还要晃悠多久？"

楚父算算时间："他俩怎么会三点多到呢？算来算去都是两点多到。"

"三点多到就说明你女儿骗你了，她说上飞机，其实才出门。"楚母一语道破，丝毫没顾及楚父的心情。

楚父回过头来时，确实有些伤心："这不可能。"

"以前不能，但你想想她现在，翅膀比你那磨刀石都硬。"楚母把书合上。

楚父坐下来，抹了抹额头的汗，全是刚才在厨房忙活时流的。

楚母看楚父被她一说情绪稍有低落，走过去，给他倒了些茶水，说："也别要求太多了，还愿意回来就行。"

楚父把茶缸子接过来，放桌上，扶着她坐下，看了她几眼，笑了。

"你笑什么？"

楚父说："以前这话是我劝你的。"

楚母的威严又一次遭遇崩塌危机了，她面上挂不住，把楚父轰出去："行了，到点了，你去看看他们到没有。"

"你不是说三点多到吗？"

"三点半了。"

楚父一看时间，还真是，赶紧起来："哎哟，真是，我去接他们。"

没等他出门，两口子已经回来了，楚晃像动画片里的公主，打扮得漂漂亮亮的。

至于修祈，哪怕他长得很帅，看起来也跟随从没什么区别，手里拎着很多东西。

楚晃进门就闻到香味了，睡了一程，还真饿了，甩掉鞋子喊了声"爸妈"就跑到餐桌前，直接下手拿了一块锅包肉。

楚父帮修祈提东西，楚母说楚晃："洗手！看看像什么样！"

楚晃咬了一块，好吃到原地迈起了小碎步，跑到修祈跟前，抓住他的胳膊往下压，同时踮脚把剩下的半块肉喂给他："老公！你尝尝这个！"

这回楚父也说她："你洗手了吗？"

"他又不嫌弃我。"楚晃扭头问修祈："你嫌弃我吗？"

修祈说："不嫌弃。"

楚晃歪着脑袋很得意："爸听见了吧？"

楚父拿她没有办法："小祈，这我要说你了，你不能惯着她。"

修祈笑了一下："没事，我惯得过来。"

楚父心说：我是问你惯不惯得过来吗？

他正要接话，楚母看了他一眼，他就没接。

饭桌上，楚父一直给修祈夹菜："上回你俩回来也没给你弄点老家的菜，看你也没吃好，这回我专门学了几个粤菜，来尝尝，看看爸这手艺行不。"

修祈很客气："太麻烦您了。"

楚母说："你爸知道你俩要回来，三天前就琢磨菜谱。"

楚晃边吃边腾出嘴来感谢："谢谢爸！"然后她扭头冲楚母笑了笑："谢谢妈。"

楚母给她夹鸡腿："孕检做了吗？"

楚晃看了修祈一眼，修祈替她答："约了周一孕检。"

楚母点头，嘱咐楚晃："不要吃生冷的东西，咖啡别喝了。"

楚晃敷衍地点了两下头，想起楚母的病，扭头就问楚父："我妈呢？好多了吗？"

楚父说："你妈回来时的精气神就挺好的了。"

"那就行。你们下次再有事给我打电话，别再什么都自己去弄，弄完了再跟通知一样告诉我一声，那我这女儿当得算是怎么回事啊？"楚晃说话很凶。

修祈也说："您若是怕晃晃担心，可以打给我，我们手里有资源可以利用的。"

"对啊，我给您挂专家号，您可能都不用等那么长时间。"楚晃说。

楚父和楚母相视一眼，眼角的皱纹随着笑意加深了一些。

"好。"楚父点点头，"那我不是怕你们忙吗？导演不是常年住在剧组吗？"

楚晃说："那是开机以后。"

"那下一部电影什么时候开机？"楚父问修祈。

"下个月。"

楚父点头："正好，你就踏实工作你的，我跟你妈两个照顾晃晃。"

"我不用，我也得工作啊，怀孕了又不是什么都不能干了。"楚晃接了句。

修祈也说："我跟晃晃说好了，到时我两头跑，怀孕后期剧组停工，我回来陪她。"

楚父下意识问："剧组这么多人，停工没事吗？"

"带薪的，正好他那个新电影有几个阶段，我分娩的时候正好是一个阶段结束，本来也有休息的计划，让剧组人员忘记上个阶段的状态，正好放假了。"楚晃替修祈回答。

"有计划就好。"楚父又说，"但到你怀孕后期我跟你妈也得去啊。"

"嗯嗯嗯，好好好，来来来。"楚晃笑着，敷衍地说。

楚母说她："又不耐烦。"

楚父有她们娘儿俩动不动就吵架的阴影，她们一对话，他就想拦着，经常忘记这娘儿俩已经和解了，这回又条件反射地转移了话题："你俩下回回来也别带那么多东西了，上回那些都还没拆封呢，这又买了一堆，保姆房都被我塞满了。"

楚晃对这句话选择性听不到，把吃了一半的鸡腿放进修祈碗里："说到这个，我想起来，修祈给你买了辆车，定制的，应该是下周交车。"

楚父惊大了眼，支起了脖子，放下筷子："你们买车了？"

修祈说："给您买了辆商务车。"

楚父"哎呀"一声："你们俩怎么那么钱多呢？我买车了，我前两天才交的定金。"

楚晃吃一口蜜枣："不就是我表姑那继子给您推销的吗？"

楚父看了楚母一眼，楚母也跟他一样不清楚状况，他探着身子问她："你这是从哪儿知道的？"

"我在家庭群里啊，我看到了。"楚晃说，"他是在车行工作，他要业绩才给你推这个车。他说的那些优点、优惠都不是那么回事。修祈说这车性价比很低。是，好像载的人多，价钱也不贵，但性能这些问题也得考虑啊。"

"那，这车不行？"

"不行，您交多少定金我补给您，车修祈给您买了，下周就到，到时候交车让他助理来一趟，帮您弄一下手续。"楚晃又把咬了一口的豆沙包放进修祈碗里。

楚父一时语塞，好一会儿才说："这就买了？"

"这就买了。"楚晃吃得好饱。

楚父看一眼楚母，寻求她的帮助，他不知道要说什么了。楚母倒是比他想得开也大方，孩子送了，那就接受，说："买了就买了吧，定金就别补给你爸了，到时候又藏忘了。"

楚晃笑："我爸开始藏私房钱了？"

许是当着女婿的面聊这个不高兴了，楚父的脸拉下来："吃饭吃饭，吃个饭都不消停。"

楚晃笑得更灿烂了，还缩了缩肩膀，靠向楚母："妈，您看我爸脸红的。"

楚父不理她们娘儿俩了，把修祈的碗端过来，把碗里楚晃剩的东西倒进了垃圾桶，说她："有你这么吃饭的吗？吃不了放自己碗里，往人家碗里放什么！"

"习惯了。"楚晃说。

楚父给修祈换了一个新碗，又换了新筷子给他夹菜："虽然爸是开饭店的，食物为大，但咱们家没有一点都不能浪费的规矩，也不互相吃剩饭。"

楚晃好想告诉楚父，修祈也不总吃她的剩饭，他才不因为剩饭没人吃就牺牲自己的好身材呢。他没事的时候会吃，因为没事的话，他就有时间运动，有事就不吃了，只吃到他的量就停下。但看楚父那么认真，她就没说穿。

修祈看着碗里完整的鸡腿，抬头是楚晃和楚父、楚母眼睛弯弯的笑脸。

这就是他跟楚晃的距离。

这时，楚晃在桌子下牵住了他的手。

他扭头看她，她正好看过来，她眼睛很亮，他在她的瞳仁里看到若有似无的绿色，他知道那是客厅展架旁那棵小乔木的影子，但他就觉得那是绿洲，而他是沙漠。

楚晃走了他的路，可能是觉得他的路不太好走，就把他带到她自己的路上了。

其实已经无所谓了，楚晃在哪儿，哪儿就会是修祈的路。

吃完饭，楚母和楚晃在客厅吃水果看综艺，楚晃被芒果甜到了，脸扭向厨房刷碗的修祈，大叫："老公！水！"

修祈把刷碗的手套摘掉，给楚晃倒了杯水。

楚晃吸一口，又叫："爸！冷！关下窗户！"

"哎！好嘞！"楚父正好在阳台看象棋谱，顺手把窗户关上了。

楚晃拿起楚父给她做的零食，边吃边看电视，还让了让楚母，楚母不吃，说她："你这就什么都不干了？上厕所要不要我们帮你上？"

"可以吗？"楚晃笑问。

"就算是怀孕要被照顾，也要把握分寸。"楚母教楚晃。

"您是怕他吃亏吗？他才不吃亏，他都给我记着呢，到了晚上……"说到一半，楚晃觉得这话题在母亲面前说不合适，把未出口的话改了改，"我会给他按摩的。"

"你自己有分寸就行，别这样的小事也让我教。"楚母说，"对了，今天是小周天庙庙会，等会儿你跟小祈去烧香，求个签。"

"修祈无信仰。"

"你有吗？就是烧个香，图个吉利。顺便求个签，找庙里的师父解一下，看师父有没有好的字，给小宝取个小名。"

"几点结束啊？"

"庙会节目到晚上十点，庙门八点多就关了。"

楚晃把盘在沙发上的脚放下来，穿上拖鞋去找修祈了。

修祈刚刷完碗，正在涤洗碗布，楚晃从身后搂住他，握住了他湿漉漉的双手。

他挤了点洗手液，给她洗了洗手："休息好了？皇上。"

楚晃笑："陪朕去烧个香呗？"

修祈抽了张擦手巾，给她把手上的水擦干净："现在？"

"嗯。"

小周天庙在小周天山上，位于林清府市的最西边，开车要一个小时，林清府市人少，一个小时都没用就到了。

下午五点太阳要落山了，不晒了，人也多了，修祈和楚晃坐缆车上了半山腰，在凉亭歇息。

楚晃看着山下和山上的人，突然有点后悔过来了，怕被认出来，全程戴着帽子、口罩和墨镜，但好像越这样，被盯着看的概率越高。

她坐回修祈身边："你想好求什么了吗？"

"没有。"

"你说他们是求什么，姻缘吗？"楚晃看看逛庙会的人头，黑压压一片看不到尽头。

"你不是要师父取名？"

"哦，对。"楚晃点头，"给我小宝取个小名。我妈说大名交给我们取，小名找人取。我不知道有什么讲究。"

"结婚那个日子也是这里求的？"

说到这个，楚晃想起来，她那时候要离婚，她母亲约定了一个婚宴日期，给了他们大半年时间相处，若时间到了仍然要离婚，那就是没缘分，她不会强求。

这还没到约定日期，他们相爱了，孩子都有了。说缘分，什么是缘分？这就是缘分。

修祈看了眼时间，手伸向楚晃："走了，早求完早回去。"

时间不对，楚晃没有看到想象中的藏于云雾缭绕深处的小周天庙，只看到一座庙门大开、香客不绝的场面，倒也有烟雾，只不过是烧出来的烟雾。

烧香，求签，程序很简单，等坐到师父跟前，楚晃才知道，师父只解签，不取名字。

他们白来一趟。

不过求的签是支好签，还算安慰。

下山时，楚晃想走一走，修祈随她了。楚晃挽着修祈的手，闲聊一样问他："修祈这个名字是妈妈给你取的吗？"

修祈说："不是。"

"嗯？"

"自己取的。"

"你从开始就知道自己姓什么吗？"

修祈笑了笑："你想说什么？"

楚晃也笑："关于广州那套你'继承'的房子，原户主是淅川集团的裘东滨。裘东滨担任法人、执行董事的公司有几百个，都是淅川集团控股，也就是说，他名下再多公司，核心掌权人也还是路清。那是不是说，你'继承'的那套房子，其实是路清的？"

修祈没有回答，但笑容未退。

"路清的房子给你，可以理解，你们有合作，他用赠予房产这样的行为来支付你那份红利，没有问题，但你为什么要用'继承'这样的词呢？"

楚晃没等他回答，又说："继承是只存在于身份关系中的词，而且'继承'这词一般用于遗产，所以，路清是爸爸，对吗？"

修祈一直笑着，眉眼如常，看不出情绪波动："你再猜猜我为什么说继承。"

"继承的就是遗产，对你来说，父亲已经死了，那自然是继承了。只不过你是一个有商业头脑的没什么风骨的艺术家，所以你心里不认这个爸爸和拿他的钱并不冲突。"

修祈停了下来。

楚晃也停下来，仰头看着他。

修祈拉起她一双手，吻了吻："我后悔了，别去 CCUC 了。"

楚晃歪头说："晚了，导演。"

"人太聪明了，不好。"

"你是在说你自己吗？导演。"

修祈牵好楚晃，继续下山："我现在的心情就跟盛辰光放你来安徒生，结果发现你被窦盾惦记已久的心情一样。"

楚晃挽住他的胳膊，贴着他身体："他是后知后觉，你是吗？"

"不是，我一直知道你厉害。"

楚晃笑得很甜，眼睛要弯成娘娘的绣花线了："但我还是不知道你为什么叫修祈。你为什么取这个名字？"

"因为修身齐家治国平天下。"

楚晃挑眉，略有质疑："你有这么大抱负吗？"

"那时还小，你小时候不想当科学家、宇航员、外交官这些吗？"

"不想，我小时候的梦想是当公主。"

"那是妄想了。"

楚晃不走了，闹气："你好烦啊。"

"好，当公主。"

楚晃这才给他重新牵手，继续走："那你想知道我为什么叫楚晃吗？"

"不想。"

"你这人！是不是没劲！"

"好，想。"

"我爸说的，因为我刚生出来那几个月，脑袋大，脖子细，看起来脖子支撑不了脑袋的重量，我又爱动，就摇摇晃晃的，我妈说，那就叫晃晃吧，然后我就叫晃晃了。"

"还真是，意想不到。"修祈忍不住笑。

"我小宝的名字不能这么随便。"楚晃摸摸肚子。

"好。"

"不能是有歧义的字，也不能是生僻字，我希望以后小宝的同学、朋友们会说她的名字很好听。"

"好。"

"不要那些用太多的，女孩子应该……"

"你现在知道是男孩女孩？"

"不知道啊，就先取女孩子的，我觉得是女孩子，我想要女孩子。好吗？"

"你别问我。"

"你的小蝌蚪你不知道吗？"

"这我怎么知道？"

"反正都是你的错。"

"嗯，我错了。"

"那原谅你了。"

修祈笑："这就原谅我了。"

"因为我善良。"

"好的。"

楚晃接着想名字，刚有灵感，手机铃声打断了她的思路，她拿起看到是宋元英打过来的，看了修祈一眼："元元姐。"

她接通后，改牵住修祈的手："元元姐，怎么了？"

"晃晃，你看热搜。"

"热搜？"楚晃松开修祈，打开微博，然后就看到她和修祈的名字正在热一挂着，实时搜索量一骑绝尘。

她皱着眉点进去，扫了两眼立刻切换到知乎，看到她和修祈的结婚照，她一下就上火了，抬头骂人："修祈，你是不是有病？！谁让你动我知乎号了？咱俩又上热搜了你知道吗！咱俩又要挨骂了你知道吗！"

修祈早有预感，已经走出很远："快点，太阳下山了。"

"我收回原谅你的话！我不原谅你了！"

修祈回来牵她："你烧香时爸打电话问你晚上吃什么，你想吃什么？"

楚晃被转移了注意力："那做条鱼吧。"

"好的，还有呢？"

"嗯，我还想吃枣糕。"

"我带你去买。"

"好呀。"楚晃笑着挽住修祈的胳膊，"再买点栗子。"

"好。"

我常常不解这世上许多难题，比如爱情、事业、婚姻无法共存的原因。

爱情是下课后的情书，事业是半山腰的几分良田，婚姻是双人床和酱油瓶，是吗？

没遇到修祈之前，是的，分工明确，各不干预。

当我的爱情、事业、婚姻都与他息息相关、密不可分时，我才知道，我深信不疑无法共存是我对未知的逃避。

可人不能因为怕受伤就只看自己的一亩三分地。

我比较幸运，在我人生第二个阶段的起点，刮了一张马路上捡到的彩票，以千万分之一的概率刮到了大奖。

从此，修祈成为我梦想的终章。

遥遥不是我们的距离，是我们从开始到结束的距离，它遥遥无期。

图书在版编目（CIP）数据

遥遥. 下 / 苏他著. -- 北京 : 北京联合出版公司,
2022.9（2022.11重印）
ISBN 978-7-5596-6341-2

Ⅰ. ①遥… Ⅱ. ①苏… Ⅲ. ①长篇小说—中国—当代
Ⅳ. ①I247.5

中国版本图书馆CIP数据核字(2022)第120560号

遥遥. 下

作　　者：苏　他
出 品 人：赵红仕
责任编辑：刘　恒

北京联合出版公司出版
（北京市西城区德外大街83号楼9层　100088）
北京联兴盛业印刷股份有限公司印刷　新华书店经销
字数228千字　880毫米×1230毫米　1/32　9.125印张
2022年9月第1版　2022年11月第2次印刷
ISBN 978-7-5596-6341-2
定价：64.80元（全二册）